D0754410

EL JARDÍN DE LAS MUJERES VERELLI

CARLA MONTERO

EL JARDÍN DE LAS MUJERES VERELLI

PLAZA & JANÉS

Papel certificado por el Forest Stewardship Council®

Primera edición: octubre de 2019

Travessera de Gràcia, 47-49. 08021 Barcelona

Printed in Spain – Impreso en España

ISBN: 978-84-01-02223-4
Depósito legal: B-17.430-2019

Compuesto en Pleca Digital, S. L. U.
Impreso en Liberdúplex
Sant Llorenç d'Hortons (Barcelona)

L 0 2 2 2 3 4

Penguin
Random House
Grupo Editorial

A mis abuelas, Mercedes y Conchita

Se llama calma y me costó muchas tormentas.

Se llama calma y, cuando desaparece, salgo otra vez en su búsqueda.

Se llama calma y me enseña a respirar, a pensar y a repensar.

Se llama calma y, cuando la locura la tienta, se desatan vientos bravos que cuestan dominar.

Se llama calma cuando se aprende bien a amar, cuando el egoísmo da lugar al dar y el inconformismo se desvanece para abrir corazón y alma, entregándose enteros a quien quiera recibir y dar.

Se llama calma cuando la amistad es tan sincera que se caen todas las máscaras y todo se puede contar.

Se llama calma y el mundo la evade, la ignora, inventando guerras que nunca nadie va a ganar.

Se llama calma cuando el silencio se disfruta, cuando los ruidos no son sólo música y locura sino el viento, los pájaros, la buena compañía o el ruido del mar.

Se llama calma y con nada se paga, no hay moneda de ningún color que pueda cubrir su valor cuando se hace realidad.

Se llama calma y me costó muchas tormentas y las transitaría mil veces hasta volverla a encontrar.

Se llama calma. La disfruto, la respeto y no la quiero soltar.

Dalái Lama

Barcelona, 1919

Anice detuvo su carrera antes de precipitarse al mar. Jadeaba por el esfuerzo y la angustia. El aire apenas le llegaba a los pulmones. Cayó de rodillas al suelo siempre húmedo del muelle, vencida. Con la barbilla clavada en el pecho, le pareció escuchar una sirena a lo lejos, entre la bruma que acariciaba el mar, pero al levantar la vista comprobó que todo lo que se abría frente a ella era un abismo de agua oscuro y desierto, apenas salpicado de luces difuminadas; el gran faro a lo lejos parpadeaba.

El barco había zarpado. Lo habían perdido. Miró a su alrededor con la ansiedad de un animal acorralado entre el mar y una ciudad desconocida. Se halló rodeada de sombras en mitad de aquel muelle vacío; las de otros barcos, las de los voluminosos contenedores apilados en forma de muro, las de las cajas de madera, las de las bobinas y los cabos enrollados como culebras, las de las altas y espigadas grúas de carga. La marea borboteaba entre los recovecos de la dársena y todo lo demás era silencio.

Habían perdido el barco.

Dos lagrimones recorrieron sus mejillas. Aquello no podía estar sucediendo. Ese barco se lo había llevado todo: el equipaje con sus pocas pertenencias y, lo que era mucho más grave, la oportunidad de volver a empezar. Tuvo tanto miedo que pudo sentirlo en mitad del pecho como una soga que le cortara la respiración. El llanto se volvió incontenible. ¿Qué iban a hacer ahora? ¡No tenían adónde ir! Al otro lado del mar había quedado su hogar, ahora amenazador e infestado de recuerdos terribles, demasiado cerca de donde en ese instante se hallaba como para poder esconderse y olvidar. Demasiado cerca. Su huida se había frustrado. Los encontrarían y entonces...

—*Senyoreta, es troba bé? Necessita ajuda?*

Anice alzó la cabeza. Ni siquiera entendía lo que aquel hombre acababa de preguntarle.

—*Abbiamo perso la nave* —sollozó.

El jardín de las mujeres Verelli

Mi bisabuela tuvo una vez un gran jardín, allá en Italia donde nació. Lo adoraba. Lo había plantado siendo una niña y lo había cuidado con devoción. Para ella, no se trataba sólo de un pedazo de tierra sembrada. El jardín era una prolongación de su ser, parte de su propia esencia, como si ella misma hubiera surgido de una semilla enterrada en sus entrañas.

Sin embargo, mi bisabuela tuvo que emigrar a Barcelona y se vio obligada a abandonar su querido jardín. En esta ciudad, justo en la orilla opuesta del mar Mediterráneo, empezó una nueva vida. Pero nunca volvió a tener un jardín como aquél. No le quedó más opción que conformarse con unas pocas flores y plantas repartidas en tiestos por el reducido balcón de su piso en el centro de la ciudad. Su pequeño jardín, su gran consuelo.

Yo era muy chica cuando murió y apenas la recuerdo. Pero es curioso cómo conservo la viva imagen de ella en el balcón, susurrándole a las plantas, acariciando sus hojas con la punta de los dedos, cantándoles en voz baja canciones en italiano; transportándose con los ojos cerrados muy lejos de allí, a otro lugar que también olía a hierba y a tierra mojada.

Una de las veces que me sorprendió observándola con curiosidad infantil, me llamó, haciéndome una señal con la mano para que me acercara. Yo corrí hacia ella con los pasos cortos de los críos y me senté entre macetas de albahaca, orégano y romero, de capuchinas, pensamientos y siemprevivas. Ella me sonrió. Tomó un pellizco de tierra negra y dibujó con él una espiral sobre mi frente mientras musitaba un nombre que no entendí.

Por entonces no lo sabía y aún tardaría muchos años en averiguarlo, pero mi bisabuela era un hada de la naturaleza y necesitaba vivir en un jardín.

Su historia escondida por fin ha llegado hasta mí. Ahora es mía también. Una historia de mujeres sin hombres, de segundas oportunidades, de sabiduría susurrada a través del tiempo, de un jardín abandonado que renace muchos años después como reflejo de la vida misma. El jardín de las mujeres Verelli.

Bombones de violeta

La tienda ya había cerrado. Solía cerrar tarde, a eso de las nueve, salvo que quedara algún cliente rezagado, en cuyo caso no había más remedio que esperar unos minutos para echar la persiana. Aquel día de luto no había sido diferente allí. Andrea, que llevaba de empleado media vida, era el último en marcharse ya cumplida la noche.

—*Buonanotte, bella*... Procura descansar —me deseó con una sonrisa triste, dejándome un beso en las mejillas y el manojo de llaves.

Así lo habría querido Nonna. Ella se jactaba de que en casi cien años la tienda sólo había cerrado los días de Navidad. La tienda era su hogar, su vida. Suspiré. Aquel lugar olía a casa, olía a ella. Era un olor único, salado y dulce a la vez; a madera y a café, a especias y a chocolate, a ahumado...

Mis pasos lentos creaban eco en la sala vacía. Mientras caminaba, acariciaba con la punta de los dedos el mármol frío de los mostradores. Deambular por allí me hacía viajar en el tiempo, no sólo a mi infancia, también mucho más atrás, a otra época, a otro siglo. La tienda había cambiado poco en cien años. Conservaba el suelo de baldosa hidráulica, el techo artesonado, las lámparas de bronce y cristal, las alacenas de roble con tallas de estilo *art déco*, los tarros de loza pintada a mano, los cestos de castaño y las cajas de madera; incluso la vieja balanza y la caja registradora de marca National, que era la admiración de la clientela, con su cajón de madera, su decoración de filigranas y sus teclas de vieja máquina de escribir.

«Ven, Gianna. Ayúdame a colocar los raviolis en el mostrador.» En mi mente podía escuchar nítida la voz de mi abuela, como si estuviera allí mismo, con su mandilón blanco impecable y las manos manchadas de harina después de arreglar el expositor de la pasta fresca. Sonreí. Pero ni siquiera la sonrisa pudo frenar entonces las lágrimas. Daba igual; ahora, allí sola, no me importaba llorar. No había llorado en todo el día, contenida como era yo, y sentí que el llanto me aliviaba. Cuando la nariz comenzó a gotearme, busqué en el bolso un pañuelo. Era un bolso demasiado pequeño y las cosas se apretujaban de tal manera que apenas podía meter la mano para revolver entre ellas.

—Si buscas la barra de labios, aparecerá el pañuelo; te suele pasar con el móvil.

Reconocí sin levantar la vista la voz de Carlo y me sentí algo avergonzada. «Gianna, eres como un témpano, tú nunca lloras.» Tanto me lo habían repetido desde que tenía uso de razón que había llegado a creérmelo o, al menos, a pretender que los demás se lo creyeran.

—Asco de bolso... —murmuré impostando la voz para que sonase seca y serena.

—Toma.

Aún sin mirarle, recogí el pañuelo que me tendía. Me sequé torpemente la nariz y las mejillas. Ese gesto debería bastar para dejar de llorar, pensé. Pero me enfadé al comprobar que el llanto no cesaba, que era incapaz de controlarlo; yo, que todo lo controlaba, y más en lo referente a mis propias emociones.

Según libraba aquel tenso debate conmigo misma, Carlo me abrazó.

—Anda... deja de hacerte la fuerte.

Sus palabras bastaron para dar rienda suelta al desconsuelo. Me acurruqué en los brazos de mi hermano y me dejé llevar por la pena que ambos compartíamos.

Unos minutos después, me había serenado sin necesidad de luchar y me había sumido en una especie de sopor. Carlo y yo nos habíamos sentado en el suelo, en nuestro rincón favorito, detrás de las cestas de legumbres, con las espaldas pegadas a los cajones de las cintas de empaquetar, bajo la estantería de los botes de *passata* y otras conservas de verdura. Allí era donde de niños nos ocultábamos a intrigar, a jugar a las chapas o a adivinar el color del pelo del siguiente cliente que entraría por la puerta.

Me había quitado los zapatos. Caminar con tacones de aguja sobre los adoquines del cementerio había resultado una tortura y sentía los pies doloridos. Descalza, desmadejada y con el maquillaje embadurnado de lágrimas, como si acabara de despertar de una borrachera, buscaba consuelo en una bandeja de bombones de violeta. Carlo la había sacado del mostrador refrigerado, confiando en que serían un buen remedio para paliar nuestra tristeza.

Los dos adorábamos los bombones de violeta, todo el mundo los adoraba. Eran únicos en Barcelona, probablemente en el planeta entero. Antes, durante la época de esplendor del local, había gente que acudía desde cualquier parte del país y del extranjero sólo para comprar los bombones de violeta. Se trataba de una receta de nuestra bisabuela que había heredado Nonna, su hija, como casi todas las recetas. Cada semana, Nonna los preparaba en unos viejos moldes de cobre y la trastienda entera se impregnaba del aroma del chocolate fundido y la crema de violetas, que era como un perfume al olfato y al paladar.

Tomé uno y lo mordí con los incisivos, dando así inicio al ritual que acostumbraba. La fina capa de chocolate negro se quebró con un crujido y liberó la crema aterciopelada que fluyó hacia el interior de mi boca. Cerré los ojos y saboreé el gusto dulce de las flores y ligeramente amargo del cacao. Todo un placer después de las lágrimas saladas.

—¿Quién hará ahora los bombones? ¿Quién se encargará de todo esto? ¿Qué haremos sin ella?

Aquella última pregunta brotó intempestiva. Hubiera deseado no hacerla. Como si el hecho de no verbalizarla mantuviera la realidad detenida en el instante previo al fallecimiento de mi abuela. Como si nada hubiera sucedido. Como si todo siguiera igual. Temí volver a llorar. Ahogué un sollozo con otro bombón.

Obviamente, ambos sabíamos que la abuela no estaría siempre con nosotros. Pero habíamos aparcado aquel hecho en favor de nuestra propia e ingenua defensa emocional. Y habíamos continuado con nuestras vidas. Ahora nos enfrentábamos a aquella realidad cargada de decisiones aplazadas y, sobre todo, de la añoranza y el abandono propio de la orfandad, algo que nos impedía pensar en nada más. Porque Nonna, además de nuestra abuela, había sido nuestra madre, nuestro padre... nuestra única familia. Y también el pilar que sustentaba aquel negocio: La Cucina dei Fiori, un nombre evocador para la tienda centenaria de ultramarinos y especialidades italianas frente al mercado de la Boquería.

Nonna era toda nuestra referencia. También la bisabuela, *bisnonna* la llamábamos, usando la lengua de nuestros antepasados. La recordábamos ya muy anciana pero llena de energía, trasteando entre el obrador y los mostradores del colmado; dando instrucciones a los empleados, incluso a su propia hija, sobre cómo cocinar adecuadamente sus recetas. Poseía toda la autoridad que le confería el haber fundado el negocio allá por los años veinte.

Sin embargo, de nuestra madre, yo, particularmente, no recordaba nada. Tampoco creo que Carlo, a pesar de ser casi un par de años mayor que yo, pudiera recordarla. Había fallecido siendo nosotros muy pequeños. Sólo sabíamos de ella lo que Nonna nos había contado. Y nuestra abuela había sido muy clara al respecto. Cuando llegamos a la adolescencia y ya empezábamos a tener mayor conocimiento del mundo y sus claroscuros, cuando Carlo dio las primeras señales de convertirse en un peligroso recuerdo del pasado, ella nos fue dando pinceladas de la vida de nuestra madre.

Nos contó que antes de cumplir los dieciocho años, se escapó de casa. Se fugó con un supuesto novio holandés a vivir en una comuna hippy en Formentera. De allí había vuelto a los veintiuno, con el nombre del holandés tatuado en el hombro, la peste de la marihuana incrustada en los poros de la piel y embarazada de seis meses. Dio a luz a su bebé. Empezó a ayudar en la tienda. Había dejado de tomar drogas. Parecía que había sentado la cabeza. A los pocos meses volvió a quedarse embarazada, de nuevo sin que se tuvieran noticias del padre. Nací entonces yo. Pero nuestra madre sufrió de depresión posparto. Desaparecía de casa, al principio algunos días, después durante semanas. Sólo regresaba cuando necesitaba dinero... Nonna sabía que había recaído en sus adicciones. Una noche, el coche en que viajaba se salió de la carretera y cayó a un barranco, dando una vuelta de campana tras otra hasta quedar hecho un amasijo de hierros. Iba con otro hombre. Ambos habían consumido cocaína y alcohol.

Aquéllas eran las sórdidas pinceladas sobre mamá... Incluso me resultaba raro llamarla «mamá», una palabra demasiado cercana para alguien tan lejano para mí, pues aquello era todo lo que nos quedaba de ella. Y alguna fotografía en la que una mujer guapa con la melena castaña, ondulada y larga hasta la cintura, sonreía.

—¿Qué haremos sin ella? —repetí pensando de nuevo en mi abuela.

Carlo me tomó la mano y la apretó.

—No lo sé... —Le tembló la voz, tan abrumado como yo.

Tisana de manzanilla, menta y anís estrellado

No recordaba la última vez que había cogido vacaciones. Unas vacaciones de verdad, al menos dos semanas de un tirón, nada de un par de días sueltos para un puente largo. Quizá hiciera más de dos años. Y lo sorprendente era que, visto con perspectiva, tampoco las había echado de menos. Me gustaba demasiado mi trabajo y también me daba la oportunidad de viajar. Viajaba tanto que, a menudo, lo único que deseaba en mis ratos libres era quedarme en Barcelona.

Había estudiado arquitectura y tenía la inmensa suerte de poder dedicarme a ello. Después de terminar la carrera y hacer prácticas y trabajos temporales en empresas de lo más variopinto, había encontrado un trabajo serio en un importante estudio de arquitectura que gestionaba multitud de proyectos internacionales y que había sido galardonado con más de un premio de prestigio en el sector. Realmente, era el trabajo de mis sueños, ¿por qué iba a añorar vacaciones?

Sin embargo, aquella mañana me había levantado terriblemente cansada, con náuseas y el estómago revuelto —cosa igualmente rara en mí, que nunca me ponía enferma—. Además, tenía mucho papeleo que gestionar después de la muerte de Nonna y, lo que era peor, acometer la desagradable tarea de recoger sus cosas, su casa... Cuanto antes me quitara aquella losa de encima, mejor. También debía aprovechar que Carlo estaba allí para ayudarme ya que, en breve, mi hermano tendría que volver a París, donde vivía. De modo que había decidido cogerme unos pocos días libres.

Como me había levantado vomitando, después de llamar a mi jefa, sólo tenía ganas de volver a la cama, y dormí hasta casi el mediodía. Cuando me desperté, me encontraba un poco mejor, aunque sin ganas de comer nada. Me di una ducha larga, me puse ropa cómoda y llamé a Carlo. Quedamos en que él iría al notario y yo empezaría a organizar la casa de la abuela.

Nonna vivía en un piso justo encima de La Cucina dei Fiori. Aquélla era la casa familiar, donde habían morado las Verelli desde que la bisabuela la adquiriera junto con el local de la tienda. Se trataba de la típica casa de principios de siglo: los techos altos con molduras de escayola, muchas habitaciones más bien pequeñas y largos pasillos con suelos de madera quejumbrosa. Apenas se había reformado en todo ese tiempo, sólo un poco la instalación eléctrica, los baños y la cocina, pero, con todo, éstos se habían quedado anclados en los años sesenta. Por lo demás, estaba atestada de muebles viejos, pesadas alfombras y tapicerías, libros en italiano, fotografías de todos los colores, cientos de trastos y miles de recuerdos.

Me metí directamente en el dormitorio de Nonna. Su armario y su cómoda rebosaban, no sólo de ropa; había zapatos, estuches, papeles, bolsos, alguna joya sencilla, conchas de la playa, cajas de cerillas, tarjetas postales... Esas cosas que se guardan al fondo del cajón y se olvidan. Y todo, absolutamente todo, olía a Nonna. No es que ella usara un perfume especial, se trataba más bien de una mezcla de jabón, polvos de arroz, aceite de oliva y romero; de su esencia. Más de una vez se me saltaron las lágrimas. No recordaba haber llorado nunca tanto. Quizá porque no sabía lo que era añorar a alguien tanto que dolía.

Cuando llegó Carlo, ya entrada la tarde, me sorprendió tirada en el suelo, rodeada de la ropa que estaba clasificando. Había encontrado el viejo *mezzaro* de la bisabuela Giovanna. Recordaba que siendo niña me ponía los zapatos de tacón de Nonna y me cubría con el *mezzaro* la cabeza para imaginar que era una princesa. Me encantaba aquella enorme pañoleta de algodón ricamente estampada en tonos azules y grises. Nonna me contaba que los primeros *mezzeri* llegaron al puerto de Génova en el siglo XVII, procedentes de la India, en los barcos de la Compañía de las Indias Orientales. Enseguida causaron sensación entre la aristocracia genovesa porque, al contrario que las pesadas telas bordadas que se usaban en Europa, resultaban frescos y ligeros; así, las damas empezaron a lucirlos sobre la cabeza y los hombros como las mantillas en España. Después, cuando los costes de producción de las telas bajaron, fueron adoptados por las clases populares hasta pasar a formar parte del traje regional y de la identidad de Liguria, la pequeña provincia italiana de la que procedían las Verelli. Aquel *mezzaro* era una preciada posesión de Nonna, recuerdo de su madre y de sus raíces.

Apreté la prenda contra el rostro para sentir su suavidad y percibir una vez más el aroma de mi abuela. Alcé la vista hacia mi hermano.

—¿No es precioso? —constaté con los ojos todavía hinchados y enrojecidos, recreándome en la filigrana de flores y el magnífico árbol de la vida que lo adornaban—. Éste me lo quedaré.

—Te he preparado una infusión. —Carlo me tendió una taza grande—. Ten cuidado que está muy caliente.

—Gracias. —Suspiré al percibir el aroma de las plantas—. Qué bien huele...

—Manzanilla, menta y anís estrellado. La mezcla de Nonna para las náuseas. Además, le he añadido un poco de jengibre fresco y limón, que sientan muy bien al estómago.

—Vaya, te veo muy puesto. El gen de curanderas de las mujeres Verelli ha pasado por fin a un hombre —observé rozando el borde de la taza con los labios, sin atreverme aún a beber hasta que la infusión se enfriase un poco.

Mi hermano me dio la razón con un gesto y se acomodó en el suelo junto a mí.

—¿Te encuentras mejor?

Ni yo misma sabía cómo responder a aquella pregunta.

—Sí... ¿Qué tal en el notario?

—Bien. Les llevé todos los documentos que hacían falta y ya tengo cita para que vayamos los dos. Luego te la paso. ¿Y tú... por aquí?

Emití un suspiro que acabó en bufido.

—Ya... Me imagino.

—No veo el momento de terminar con esto.

—Entre los dos tardaremos menos.

Según echaba un vistazo a su alrededor para hacerse una idea de la magnitud de la tarea, Carlo vislumbró una caja entre una pila de jerséis. Tiró de ella. Se trataba de una vieja sombrerera de una tienda llamada Maison Germaine, según rezaba el rótulo estilo años treinta que, acompañado de una pizpereta señorita, decoraba el lateral. Estaba algo rota por los bordes y tenía manchas de humedad. La sellaba una cinta de embalar y sobre la tapa habían garabateado la palabra «mamma».

—¿Y esta caja? —preguntó.

Tragué un sorbo de infusión antes de responder.

—No lo sé. Supongo que son cosas de la *bisnonna*. La había dejado apartada para abrirla luego...

El ruido de la cinta al despegarse me interrumpió.

—... aunque veo que tú vas a hacerlo ahora mismo.

Cuando Carlo levantó la tapa, me asomé con interés.

—¿Qué hay?

—Papeles. —Carlo no pudo ocultar su decepción.

Eso parecía: montones de papeles viejos, arrugados, doblados, rotos... Sin orden ni concierto. Carlo los fue sacando con la esperanza de encontrar algo más interesante al fondo. Facturas amarillentas, hojas de cuadernos que aún conservaban las barbas tras haber sido arrancadas, panfletos publicitarios, servilletas de bar, bolsas de dulces, entradas de cine...

Me preguntaba por qué alguien querría conservar aquello. Los revolví.

—Espera un momento —anuncié entonces, mirando el reverso de un pedazo de papel de envolver con motivos navideños—. Aquí hay algo escrito...

Seleccioné uno más, luego otro. Así hasta varios. Todos tenían alguna anotación con la misma bonita caligrafía de aspecto trasnochado, picuda y clara. Y todas las anotaciones estaban en italiano.

—«Pese a todo, echo de menos Italia» —leí—. «Pero Italia ya no es más que ese pedazo de tierra en el que está mi casa y mi jardín. Sólo eso.»

Miré a mi hermano, desconcertada. Él me devolvió un gesto similar. Tomé otro papel, una factura de la tintorería, y leí de nuevo:

—«Sacrifiqué la calma por una promesa.»

Carlo me imitó con otro recorte y recitó:

—«La pena me ha hecho fuerte. El miedo, astuta. La furia, equilibrada. Es la culpa lo único que me destruye.»

—En todos hay una especie de... cita —constaté y, como para corroborarlo, leí otro al azar—: «No hay que disculparse por amar».

Seguí revisando los papeles que quedaban dentro de la sombrerera. Hasta que llegué al fondo y topé con algo diferente.

—¿Qué es eso? ¿Otra cita?

—No estoy segura... —respondí mientras desplegaba una cuartilla amarillenta y quebradiza con sumo cuidado. El papel era tan viejo que parecía que fuera a deshacérseme entre las manos.

Tenía el aspecto de una carta, escrita en italiano, pero sin fecha, ni encabezamiento, ni despedida. La caligrafía, aunque cuidada, daba la sensación de estar trazada con mano temblorosa; además, las líneas bailaban y algún borrón la ensuciaba. A simple vista, había algo angustioso en aquel escrito.

Carlo se asomó por encima de mi hombro y lo leyó en voz alta:

> Mi amor, mi vida, mi todo. Perdóname...
>
> Ya no puedo soportar la angustia. Instalada en mí desde hace años, me pudre, me deshace... Y tú ya no estás aquí para aliviarla. Entre las paredes de esta celda eterna, ¿qué sentido tiene seguir viviendo cuando el espíritu ya ha muerto?
>
> Mi condena es la tuya. ¡No puedo consentirlo! Tú eres todo lo que tengo, lo que quiero, lo que guardo. Tú eres mi redención.
>
> Sonríe, canta, ama... encuentra tu lugar en el mundo lejos de esta prisión. Vive, Anice. Tu libertad es la mía y tu paz es mi descanso.
>
> Perdóname...Y dile a nuestro hijo que le quiero aun antes

de conocerle. Porque es tuyo. Porque de ti sólo nace lo bueno y hermoso.

No llores. No tengo miedo. Ya no. La muerte es mi refugio, a sus brazos me rindo, ella me acoge con dulzura y un extraño sentimiento de sosiego me hace sonreír. Sonríe conmigo.

Mi amor, mi vida, mi todo... Malditas palabras, inútiles para expresar cuánto te quiero.

Cierro los ojos y a ti vuelvo. Por fin para siempre. Contigo. Siempre.

La habitación quedó sembrada de cosas sin recoger. La tarea, a medias. Sobre la mesa de la cocina reposaba un papel viejo. Yo lo observaba en silencio mientras Carlo se preparaba un café.

—«Vive, Anice»... ¿Quién es Anice? —me pregunté en voz alta después de releer la nota.

Con la taza llena de un expreso bien cargado, mi hermano corrió una silla y se unió a mí en la contemplación del pasado.

—Ni idea. ¿La persona a la que va dirigida la nota?

—Nonna se llamaba Lucia, la *bisnonna* se llamaba Giovanna... No hay ninguna Anice en la familia. ¿Qué hace esto entre nuestras cosas?

Alargué el brazo sobre la mesa como si fuera a coger el papel. Sólo lo acaricié.

—Es tan hermosa y espeluznante a la vez... No sé quién sería Anice, pero quien escribió esto la amaba de veras.

Carlo emitió un sonido de asentimiento entre un sorbo de café y tras tragarlo, concluyó:

—Hasta el punto de quitarse la vida por ella... No estoy muy seguro de si eso es amor o locura.

—Anice —murmuré. Al pronunciarlo en italiano, sonaba como «Ániche»—. Qué nombre tan extraño.

—Anís —tradujo Carlo—. Es un nombre de especia. Como si a una mujer la llamasen Salvia en lugar de Silvia. Sí, sí que es extraño. Ni siquiera creo que sea un nombre.

Carpaccio de bacalao con pesto genovese

Sobre la mesilla de noche de Nonna había una vieja fotografía. Siendo una niña, a menudo me detenía a contemplarla en su marquito de plata manchada. La imagen en sepia de un hombre y una mujer, jóvenes, que miraban a la cámara tomados del brazo y mostraban una media sonrisa algo tensa, como si no supieran muy bien qué esperar de aquel aparato que tenían enfrente y les apuntaba con su objetivo. A mí siempre me había parecido que se habían vestido con sus mejores galas para la ocasión: él, con traje de chaqueta, corbata, cuello almidonado y sombrero; ella, con un sencillo vestido de color claro por encima del tobillo, unos pequeños pendientes en forma de lágrima como única joya y el cabello recogido y peinado con ondas. Ambos eran atractivos. Él poseía un porte alto y atlético, su rostro era anguloso y sus ojos, rasgados. Los de ella por el contrario eran grandes y almendrados, de color claro; su expresión era dulce, igual que sus rasgos, de pómulos redondeados, nariz pequeña y labios bien formados, como dibujados con pincel. En una foto en blanco y negro resultaba difícil de precisar, pero él seguramente sería moreno, mientras que los cabellos de ella parecían claros. En una esquina de la fotografía, Nonna había anotado con su letra picuda: «*Mamma e papà.* 1919».

—¿Éste era tu padre? —le pregunté una vez a Nonna mientras mi abuela se cepillaba las canas frente al tocador.

Ella asintió.

—¿Cómo se llamaba?

—Luca.

Recuerdo que pronuncié el nombre en silencio una y otra vez, como un conjuro, mientras miraba la foto.

—¿Y cómo era? —dije al fin.

—No lo sé. No lo conocí. Murió antes de que yo naciera.

—¿En un accidente?

Por entonces, yo pensaba que todas las personas jóvenes morían en un accidente, como mis padres.

—No... Simplemente, murió.

En la familia Verelli, sólo había mujeres; los hombres, sencillamente, morían; así me lo contaban a mí. En la casa sobre La Cucina dei Fiori, las cosas de Carlo eran extraños objetos masculinos que aparecieron de pronto, sin que antes hubiera otros objetos masculinos. Los tebeos, el balón de fútbol o las camisetas de deporte raídas no sucedían a una vieja pipa manchada de hollín, ni a una brocha de afeitar despeluchada, ni a una americana con los codos desgastados...

—¿Por qué yo no tengo abuelo? —también le había preguntado a Nonna.

Era normal no tener bisabuelo, pero la mayor parte de mis compañeros del colegio tenían abuelo. Y padre, por supuesto, aunque esa ausencia estaba resuelta junto con la de mi madre.

—Porque murió —respondió ella, como no podía ser de otro modo.

Fin de la historia.

Pero los muertos no desaparecen del todo, siempre dejan

huella: un recuerdo, una anécdota, una fotografía... Nada de eso había dejado mi abuelo, ni mi bisabuelo, ni siquiera mi padre.

Ya era una mujer adulta cuando Nonna me habló realmente de mi abuelo. Cuando yo ya no pensaba en ello, ya no me preguntaba por las figuras ausentes, cuando había asumido mi familia tal y como era, pequeña y femenina.

Fue una tarde de domingo, de ésas de primavera que le dedicaba de cuando en cuando a mi anciana abuela.

—Sólo me enamoré una vez —me sorprendió con su relato sin que yo preguntara, mientras dábamos de comer a los patos en el parque de la Ciutadella—. Yo era muy joven y él también. Murió durante la guerra. Muchos, muchos años después hubo un hombre y una noche apasionada. Dijimos que nos habíamos casado porque en esa época hubiera sido mi ruina tener un bebé fuera del matrimonio. Pero nunca pasamos por el altar, ninguno de los dos tenía intención de hacerlo. Él se marchó pronto. Y yo lo agradecí.

Ésa era la historia de mi abuelo. No tenía nombre ni más papel que el de ser el padre de mi madre, pero al menos unas frases breves explicaron su fugaz intervención, como otras frases igualmente breves habían explicado hacía años la de mi propio padre.

Para Luca, en cambio, nunca hubo ampliación de la historia, que parecía haberse perdido en el abismo del tiempo. Luca simplemente moría. Y como los demás hombres de la familia, apenas era mencionado. Otra figura ausente. Otra historia escondida.

Muy escondida. Ya habíamos vaciado la casa entera y no había aparecido ni un solo rastro de Luca, el hombre de la fotografía sobre la mesilla de noche de Nonna. Sin embargo, en la vieja sombrerera con las frases garabateadas de la bisabuela había una nota para una tal Anice.

—No es nada nuevo que nuestra familia no es como las demás —me recordaba Carlo cada vez que yo me enredaba en cavilaciones sobre la misteriosa nota, como si en ella debiera hallarse la respuesta definitiva a todos los interrogantes.

Y yo asentía poco convencida para terminar aparcando la historia.

Habíamos decidido vender el piso de Nonna y ya estaba completamente desmantelado. Las paredes llenas de sombras, los suelos cubiertos de polvo, los armarios abiertos y las bombillas colgando del techo. Sólo quedaban unos pocos muebles de los que nos daba pena deshacernos.

—Iré esta tarde a casa de Nonna. Van los del guardamuebles a llevarse lo que queda —le hice saber a Carlo.

Debió de traslucir en mi voz lo ingrata que se me hacía aquella tarea pues él se ofreció a relevarme.

—Ya has pasado suficientes malos ratos en esa casa, déjame ir a mí. Y esta noche, para celebrar que por fin hemos terminado, cocinaré algo especial. ¿Te apetece un carpaccio de bacalao con pesto? Y que Nonna me perdone el sacrilegio...

«El auténtico pesto genovese no tiene nada que ver con las porquerías que por ahí llaman pesto», sentenciaba siempre Nonna con ácida crítica. Ella había aprendido de su madre que la clave está en los ingredientes, que han de ser de origen exclusivamente ligur: la albahaca, cultivada en la localidad de Pra', en Génova, que posee un auténtico sabor a albahaca y no a menta; el aceite de oliva taggiasca, que es dulce y apenas tiene un toque amargo; los piñones mediterráneos, que concentran el aroma y el sabor de la resina del pino; el queso pecorino, elaborado con leche de cabras que pastan en el valle de

Arroscia; incluso el ajo, que mejor si había crecido en las praderas de Imperia. Aquello había sido como un mantra para las Verelli y, al principio, procuraban importar tales productos directamente de Liguria, tanto para su propio consumo como para la tienda. Hasta que Nonna se hizo demasiado mayor y dejó de hacerlo.

Lo cierto era que aquel dogma, con el paso del tiempo y las generaciones, había perdido fuerza. Aunque Carlo tenía que reconocer que como el pesto genovese de la bisabuela no había otro, a veces, las circunstancias le obligaban a utilizar los ingredientes que tuviera a mano, con resultados bastante satisfactorios. Del mismo modo, empleaba la salsa en recetas que no pertenecían estrictamente a la tradición ligur de nuestra bisabuela. Es probable que a las abuelas Verelli les hubiera dado un ataque si supieran que aquella noche para la cena iba a mezclar su sagrado pesto genovese con bacalao. A mi hermano le hubiera gustado que ellas pudieran probarlo, estaba seguro de que se sorprenderían; además, el bacalao era un producto bastante habitual en la cocina ligur, no era tan grave su pecado.

—Sólo necesitaría que te acercases a la Boquería y comprases unos cuantos ingredientes que me hacen falta —me pidió Carlo a cambio de recibir él a los de las mudanzas.

El mercado de la Boquería es uno de los mercados más grandes, más antiguos y mejor surtidos de Barcelona. Convenientemente situado a pocos pasos de La Cucina dei Fiori, allí acudían casi a diario las Verelli para abastecer su despensa, y, con el tiempo, habían creado toda una red de proveedores de confianza: su frutero, su carnicero, su pescadero, su pollero... Todos ellos negocios que trataban productos locales y que acumulaban una larga tradición, por lo que en aquel momento estaban atendidos por los hijos o los nietos de aquellos que habían servido a las Verelli. Yo los conocía a todos. Hasta hacía bien poco acompañaba a Nonna cuando iba los fines de semana y yo misma me llevaba la fruta y la verdura para mi casa; después, tomábamos juntas el aperitivo.

Me encantaba la Boquería. No sólo su inconfundible cubierta metálica, las grandes lámparas de estilo industrial del pasillo central, las gruesas columnas de los soportales o los rótulos modernistas; sobre todo, disfrutaba de su ambiente, de ese orden militar de los productos, que se alineaban frescos, coloridos y brillantes, tan atractivos a la vista como al paladar; de ese aroma a mil esencias que se mezclaba en los pasillos; de esa carga de emociones que acompaña al comercio y que se traduce en intercambios, lisonjas, disputas y relatos; de esa reunión de todo lo «multi»: multicultural, multirracial, multicolor, multiforme, multitudinario.

Así que acepté con gusto el plan de Carlo y su lista de la compra. Por supuesto que mi hermano elaboraría el pesto con los ingredientes de La Cucina dei Fiori; a mano, en el viejo mortero. Tampoco necesitaba comprar bacalao, ya lo había hecho él previamente para desalarlo, congelarlo y luego poder cortarlo en finas láminas de carpaccio. Pero quería unas gambas rojas de Palamós, con las que iba a preparar un tartar con ajoblanco a modo de entrante. Además, me encargó algo de rúcula, una buena rúcula italiana, para una ensalada con nueces, tomate seco y parmesano.

No me llevó mucho tiempo adquirir todos los productos de la lista y algunos más de los que no pude evitar encapricharme. Como terminé temprano, decidí subir a casa de Nonna por si podía ayudar a Carlo.

Mi hermano me recibió con una sonrisa burlona.

—Mira lo que acaba de aparecer.

Castelupo, 14 de mayo de 1922

Querida Anice:

Respondo con la presente a tu amada carta contenta de saber que tu pequeña y tú os encontráis bien. Por aquí, todo sigue igual, ya puedes imaginártelo.

Me entristecen sin embargo tus palabras cuando afirmas que no deseas volver más al que siempre ha sido tu hogar. Quiero creer que has tomado tal decisión con precipitación, influida por los trágicos acontecimientos aún recientes y que suponen sin duda una herida difícil de cerrar. Pero no olvides, Anice del alma, que aquí están tus raíces y que somos unos cuantos los que te queremos y podemos ayudarte a ti y a tu hija. Recuerda que nunca estarás sola porque me tienes a mí. Te echo tanto de menos. Creo que el bosque ha entristecido y se ha vuelto sombrío desde que tú no estás. Y yo también.

Confío en que con el tiempo acabes reconsiderando tu determinación. Es por tal motivo que me he tomado la libertad de mandar hacer una copia de la llave que me mandaste. De este modo, te envío de vuelta la original. Con gusto me encargaré de cuidar de tu casa para que la encuentres en perfectas condiciones en el momento en que decidas regresar; no dudo de que a tu hijita le gustará conocer el hogar de su familia.

Por favor, no te enfades porque ansíe tenerte de nuevo conmigo. Eres mi amiga de corazón y siempre lo serás.

Con tanto amore,

MANUELA

Al sacar los cajones de la cómoda de la habitación de Nonna para transportarla con más facilidad, los hombres del guardamuebles habían liberado un sobre que, tras años de deslizarse hacia el fondo de uno de ellos, había quedado atrapado entre éste y la trasera del mueble.

Clink, sonó al caer. Pues contenía, además de una carta, una llave vieja, grande y herrumbrosa, como de mazmorra medieval. Y de nuevo Anice asomó la cabeza entre polvo y papel viejo.

—Fuera quien fuera Anice, la mujer con nombre de especia, tuvo una vez una casa en un lugar llamado Castelupo que, según acabo de comprobar en internet, es un pueblo de Liguria. Y de algún modo su llave ha acabado en la trasera de la cómoda de nuestra abuela. Curiosa historia —resumió Carlo con el pesado hierro entre las manos.

—Me hubiera gustado saber más de ella.

—Sí, pero me temo que esto es todo. Ya no quedan escondites para más sorpresas.

La voz de Carlo hizo eco en la habitación vacía.

Como debió de percibir mi desilusión, mi hermano me rodeó con un brazo por los hombros e improvisó una buena historia para conformarme.

—No lo sientas. Estas cosas suelen ser menos emocionantes de lo que parecen. Seguro que Anice era una amiga de la familia, una anciana solterona sin descendencia, que al morir les dejó a las Verelli todo lo que tenía: el recuerdo de un desgraciado amor y una vieja llave —relató mientras nos encaminábamos a la salida.

Se me pasó por la cabeza replicarle que Anice tuvo al menos una hija; eso decía la carta y también la nota. Pero no lo hice.

Tampoco tenía demasiada importancia, pensé mientras apagaba la luz y salía de casa de mi abuela para ya no volver. Con el corazón encogido.

Cenamos en mi piso y después reposamos la cena en la terraza. La noche era fresca pero agradable, con una ligera brisa que venía del mar y traía un aroma salino. Encendimos unas cuantas velas, dejamos sonando de fondo a James Morrison y nos acomodamos en los asientos, cubriéndonos las piernas con un par de mantas finas. Carlo se preparó un café, pero yo preferí una de las infusiones de jengibre y limón de mi hermano. Aún tenía el estómago revuelto y apenas había podido terminar el carpaccio, aunque estaba delicioso.

—Llevas así ya varios días. ¿Por qué no vas al médico? —me aconsejó él sin ocultar su preocupación.

Pero yo le resté importancia.

—Porque son sólo nervios. Se me pasará.

Suspiré para darme tiempo antes de confesar:

—Esto me está resultando más duro de lo que esperaba. Esta tarde, sin ir más lejos, cuando hemos salido de casa de Nonna... Pensar que era la última vez, que ya no va a ser nuestra casa, que ya no queda nada de ella ni de nosotros allí... ¿De verdad tenemos que venderla?

Carlo me miró con ternura. Creo que se quedó con las ganas de abrazarse a mí para llorar juntos, pero alguien tenía que mantener el tipo. Buscó refuerzos en un sorbo de café.

—Ya hemos hablado de ello... ¿Qué sentido tendría conservarla? —Hizo una pausa antes de atreverse a insinuar—: Lo mismo que la tienda...

Ante aquella mención, me dejé caer abatida en el respaldo del sofá.

—No... No, por favor. No quiero hablar de eso.

—Gia... —utilizó su tono más paternal y abrevió mi nombre como siempre hacía. Sólo me llamaba Gianna cuando estaba enfadado conmigo—. Te comportas como una niña. ¿Crees que no hablar de ello va a hacer que el problema desaparezca?

Al revés, crece cada día que pasa sin atender. He estado mirando los libros de cuentas y es todo un desastre. Desde hace meses, hay cada vez menos ingresos, los proveedores no hacen más que subir los precios en tanto que los de venta al público no se han tocado en años, los costes de agua, luz y gas están disparados, hay retrasos en el pago de algunos impuestos...

—Tú eres el de los números, yo no sé nada de eso.

—De acuerdo. Pero tú eres la de las obras. El local lleva décadas sin tocarse, la fachada está hecha polvo, habría que reparar dos refrigeradores... y eso sin contar con que no le vendría nada mal al menos una mano de pintura cuando no una reforma con todas las de la ley. El ayuntamiento ha anunciado una inspección para dentro de dos meses; si no está todo de acuerdo con la normativa podrían precintarlo, tú lo sabes mejor que yo. Y eso me lleva a otro tema: Andrea y Nelson, dos personas que dependen del salario que cobran por su trabajo allí y de las que no deberíamos olvidarnos.

Pensé con amargura en Andrea y Nelson. Nelson me caía bien, era un buen chico, amable y trabajador; hacía los repartos a domicilio. Pero Andrea... Lo de Andrea me llegaba al alma. ¡Él era como de la familia! Trabajaba en La Cucina dei Fiori desde hacía años; de hecho, no podía imaginarme la tienda sin Andrea por allí. Siempre había sido la mano derecha de Nonna, pero es que en los últimos meses, en los que mi abuela ya estaba muy anciana e impedida, no sé qué habríamos hecho sin él...

—Aunque sólo sea por ellos, tenemos que tomar una decisión ya —insistía Carlo.

Mi angustia crecía de tal modo que empezaba a verme incapaz de controlar las lágrimas. Traté de aplazar el llanto con ira.

—¡Pues si están así las cosas, vendámosla! ¡Qué quieres que yo te diga! —me encaré con mi hermano—. ¡Ni tú ni yo podemos ocuparnos de ella, de modo que no hay más que hablar!

Carlo asintió despacio. Agachó la cabeza, ocultó la mirada en el fondo de la taza y sorbió sin ganas.

Aquello me dio margen para recapacitar.

—Lo siento... —No había pronunciado la última palabra cuando ya había empezado a llorar—. Es que... Por más vueltas que le doy no encuentro otra solución y... es... es como si estuviéramos matando lo que queda de Nonna y... duele.

Crema catalana con lavanda

En mitad de todos aquellos trámites desagradables que suceden a la muerte de un familiar. En mitad de las conversaciones sobre la casa, La Cucina, Nonna, de recuerdos como espinas y decisiones imposibles, tuve que lidiar de pronto con algo absolutamente fuera de lo previsto, como si los astros se hubieran confabulado para zarandear con sucesivas sacudidas los cimientos de mi, eso creía yo, sólidamente asentada existencia.

Qué ingenua fui al pensar que podía planificar hasta el último detalle de mi vida de igual manera que si se tratara de uno más de mis proyectos profesionales. Hacer cálculos, delinear, trazar unos planos precisos y cumplir con lo proyectado. Claro que todo proyecto tiene sus contingencias, pero también para ésas se pueden idear soluciones de antemano. La vida, en cambio...

—La cuestión es mantener el control con previsión y moderar las sorpresas con anticipación. En eso consiste la inteligencia —me repetía a menudo Carme.

Carme era mi jefa. Una arquitecta brillante y una gestora impecable. Yo la consideraba mi mentora, había aprendido mucho de ella. Carme aplicaba sus dogmas profesionales también a la esfera personal quizá porque, en su caso, lo profesional casi había fagocitado lo personal. Y funcionaba. Había logrado convertirse en una mujer de éxito. Y eso la erigía en un referente para mí. De acuerdo que no era la persona más empática, cálida y entrañable que había conocido, pero yo entendía que hay determinados logros que exigen determinados sacrificios y el sacrificio de Carme era vivir con una coraza puesta.

Sí, por entonces, yo quería ser como ella...

—Tienes un problema. Dale solución —me diría, fría como una inteligencia artificial.

Y yo habría seguido su consejo como siempre hacía. Pero no sé lo que sucedió.

Ante el problema, mi problema, la cuestión no parecía tan sencilla. De pronto, los dogmas profesionales perdían sentido en lo personal porque las emociones entraban en juego y mi coraza resultaba no ser tan fuerte como la de Carme. Empecé a descubrirle fisuras y me asusté, me aturullé, me bloqueé.

—A veçes hay que poner el corazón en juego, *mia bambina*. No todo se resuelve con la razón.

Aquellas palabras de Nonna a las que en su día probablemente presté poca atención y que, en cualquier caso, olvidé, surgieron de pronto altas y claras en mi cabeza, como si las estuviera pronunciando en mi oído, y removieron mi conciencia, perturbadoras.

¿Qué ocurría que mi proyecto vital parecía estar haciéndose añicos?, ¿que las emociones surgían fuera de control?

Con tales divagaciones me enredé los días previos a verme con Pau, confiando en última instancia en que él sería el pilar en el que podría apoyarme para tomar juntos una determinación. Para mí ésa era la idea de mantener una relación estable, madura, equilibrada... Y me había convencido a mí misma de que ésa era la relación que yo tenía con Pau.

Nunca encontraba el calificativo más adecuado para referirme a Pau. Novio me resultaba un término demasiado formal y anticuado. Chico, por el contrario, sonaba demasiado informal y moderno. Tampoco se podía decir que fuera mi pareja porque, oficialmente, ya era la pareja de otra mujer con la que estaba casado.

Sí, estaba saliendo con un hombre casado. Lo que juré que nunca haría. Lo que todo el mundo me aconsejaba que no hiciera.

Nos conocimos en la inauguración de una *concept store* en el barrio Gótico. El local, un espacio en el que se podía comprar un jarrón de un diseñador nórdico, degustar un gin-tonic con ginebra de agua de iceberg, adquirir raíz de loto encurtida y envasada al vacío o hacerse la manicura francesa, todo a un tiempo, estaba atestado de *hipsters*, *influencers*, *youtubers*, *foodies* y mujeres de piernas larguísimas con vestidos diminutos. No era el ambiente en el que me sintiera más cómoda, pero había hecho a Carme el favor de acompañarla, pues ella, por el contrario, se encontraba en su salsa. De hecho, nada más llegar, la muy traidora me dejó abandonada al borde de la barra de los gin-tonics de agua de iceberg para confundirse con aquella masa de gente, decía ella, *supercool.*

Aburrida, decidí marcharme tras acabar la primera copa. Pero al abrirme paso entre la multitud, recibí un empujón que hizo que a su vez empujara a un camarero que dejó caer su bandeja de bebidas sobre un hombre que resultó ser Pau. Terminamos la noche cenando juntos.

Si tuviera tiempo de ir a menudo al cine o de sentarme a diario a ver la televisión, quizá me habría dado cuenta nada más tirarle encima siete copas de gin-tonic llenas hasta arriba de que Pau era actor. No uno de esos actores famosísimos que siempre están en la prensa (quizá en tal caso lo hubiera reconocido) pero sí un secundario habitual en las producciones españolas; incluso, había participado en una serie norteamericana de Netflix interpretando a un narcotraficante mexicano; aunque en absoluto tenía aspecto de narcotraficante, ni de mexicano y, además, hablaba español con acento catalán.

Tal vez si lo hubiera sabido no habría aceptado acompañarle a esa primera cena. Por algún motivo, siempre había pensado que salir con un actor debía de ser un incordio; por los paparazzi, las fans enloquecidas, los egos de la industria y esas cosas. El caso es que, a tenor de la primera impresión, Pau no parecía un actor, al menos no se asemejaba a la idea de actor que yo me había hecho: Pau era sencillo, cercano, amable, divertido... Su ego parecía tener el tamaño de la media y, al principio, no percibí el supuesto acoso de los paparazzi. Eso sí, sincero no era o, al menos, no lo fue en un primer momento. Me enteré de la profesión de Pau porque mi amiga Núria, que estaba suscrita a tres plataformas de televisión e iba todos los viernes al cine, me lo hizo saber.

—No te lo dije porque precisamente una de las cosas que más me gustaron de ti es que no sabías quién era —argumentó él a modo de disculpa—. Las mujeres sólo me tiran las copas encima porque me han visto salir por la televisión.

Lo confieso, no me detuve mucho a reflexionar sobre la veracidad de sus excusas al respecto; en ese momento, la profesión de Pau tampoco fue la mayor de las pegas que le pude poner. Y es que al tiempo que descubrí que era actor, descubrí también que estaba casado, con otra actriz, y ésta sí que salía a todas horas en la prensa. Demasiado tarde, ya acumulábamos varias citas y el daño estaba hecho: Pau empezaba a gustarme lo suficiente como para no mandarle a paseo sin darle la ocasión de explicarse.

—Hace tiempo que nuestro matrimonio no funciona. No soy feliz con Sandra. Le he pedido el divorcio muchas veces, pero ella se vuelve loca, no quiere ni oír hablar del tema. Me suplica que no la deje, me enreda en sus chantajes emocionales. La última vez se tomó medio bote de pastillas, lo justo para sólo asustarme, para mandarme un mensaje. Me siento totalmente acorralado. Pero ahora... te he encontrado y soy tan feliz contigo. Sé que esto no está bien, que no es justo para ti, pero dame una oportunidad. Encontraré la manera de divorciarme. Yo sólo quiero que estemos juntos.

Aquella misma noche hicimos el amor y, todavía jadeando a causa del orgasmo, Pau me dedicó un apasionado «te quiero». Yo solía restar valor a tales declaraciones en mitad del éxtasis; la embriaguez sexual a menudo suelta la lengua. Sin embargo, semanas más tarde, yo misma me confesé.

Fue un día de Sant Jordi. Paseábamos entre las columnas y los arcos apuntados del claustro de la iglesia de Santa Ana, una joya oculta en pleno barrio Gótico, lejos del ruido y el ajetreo de la Rambla. Yo aspiraba de cuando en cuando el aroma de mi rosa y Pau hojeaba su libro: una antología de poesía hispanoamericana. Leyó en voz alta un poema de Gabriela Mistral. «Hay besos que pronuncian por sí solos...»

Tras escuchar las estrofas en su profunda y aterciopelada voz cinematográfica, sentí un arrebato de amor colmarme el pecho. Me detuve frente a él y le miré a los ojos.

—Te quiero.

Pau sonrió. Me tomó el rostro con ambas manos y me besó entre las páginas abiertas de un libro de poemas de amor.

—Yo también te quiero.

Y es que probablemente no haya en el mundo dos frases más hermosas que un «te quiero» seguido de un «yo también».

Habían transcurrido tres años desde entonces y las cosas no habían cambiado: Pau seguía casado con Sandra y amándome a mí. Y yo, que al principio no había apostado demasiado por aquel asunto, estaba cada vez más enamorada de él y metida hasta el fondo en una relación extramatrimonial y casi clandestina, ambos extremos bastante enojosos.

La verdad, llevaba mal lo clandestino. Tener que vernos siempre a escondidas para evitar que los paparazzi nos cazaran juntos. No por Sandra, a quien el propio Pau le había confesado que amaba a otra mujer y aun así ella seguía negándose a concederle el divorcio, sino por Pau e incluso por mí. Si nuestra historia salía a la luz, él sería el cabrón que le ponía los cuernos a la maravillosa, angelical y adorada por los fans Sandra Forn y yo sería la zorra que se había interpuesto en un matrimonio perfecto a ojos del público. Siendo así, únicamente podíamos reunirnos en mi casa o en lugares apartados y poco concurridos a los que llegábamos por separado, a menudo fuera de Barcelona o incluso de España, donde Pau no era conocido. Antes me había parecido un poco grotesca e incluso teatral la imagen de los famosos ocultos tras gafas de sol, gorros y cuellos de abrigo subidos, pero la necesidad de camuflaje había resultado ser mucho más real de lo que yo había pensado.

Pero si llevaba mal lo clandestino, lo que peor llevaba era lo extramatrimonial, por mucho que me esforzara en negármelo.

—No me gusta ser la otra —me quejaba a Pau de cuando en cuando.

Entonces, él me envolvía en una mirada llena de amor que hubiera derretido el corazón más gélido y aseguraba:

—No eres la otra, eres la única.

—Ya —continuaba yo, poco convencida—. Pero, al fin y al cabo, yo soy la que se ha interpuesto en vuestro matrimonio. Soy el personaje malvado de todas las historias. Y no me gusta. A veces me pongo en la piel de tu mujer y si yo fuera ella... Creo que incluso me da lástima...

—Gigi... Ya no siento nada por Sandra, y ella lo sabe, pero no quiere admitirlo. He sido sincero. ¿Qué más puedo hacer yo? Esta situación es sólo culpa suya. Tú y yo somos las víctimas de su sinrazón y sus amenazas.

Y yo le creía, quería creerle porque cuando el amor nubla la razón se pierde el juicio y la perspectiva.

Nuestra relación no era perfecta, pero era nuestra, mía, todo lo que yo, en una vida consagrada a mi carrera, había logrado. Estaba dispuesta a hacer por ella cuantas concesiones fueran necesarias; a engañarme incluso si su supervivencia lo requería. Me decía: «No importa, me viene bien así. Es todo lo que necesito ahora y lo que puedo ofrecer ahora, una relación a medida que deje espacio para mi carrera». Eso me decía para convencerme de que era mejor ser interesada que idiota.

En el fondo, yo misma no era muy diferente de Sandra, quizá por eso sentía lástima por ella. Ambas estábamos enamoradas y quien lo haya estado alguna vez de una forma un tanto insana quizá pueda comprenderme. El amor es, en ocasiones, una prisión con la cerradura por dentro.

Lo que jamás hubiera podido predecir en aquel estado de ensimismamiento era de qué modo iba a darme cuenta de que, después de todo, yo tenía la llave para salir de ella.

Pau había pasado las dos últimas semanas en Marruecos, en mitad del desierto, rodando una serie sobre el Desastre de Annual. Las comunicaciones allí eran terribles, de modo que apenas habíamos hablado más que un par de veces intercambiando frases con eco y entrecortadas. En cuanto puso un pie en Barcelona, me llamó: estaba deseando verme, esa misma noche, no podía esperar más. Y lo cierto es que yo tampoco podía esperar más, aunque por un motivo bien distinto.

Quedamos en uno de nuestros rincones favoritos: un pequeño restaurante lejos de los circuitos de moda de Barcelona. Nos gustaba porque la comida era de calidad, a base de productos frescos cocinados de forma sencilla, y porque el ambiente resultaba recogido y romántico. El dueño, que ya nos conocía y sabía que andábamos buscando sobre todo intimidad, nos reservaba una mesa en una esquina apartada del reducido comedor, con un banco cubierto de almohadones y luz suave.

Apenas pude probar bocado y durante toda la cena estuve distraída mientras esperaba el mejor momento para decir lo que tenía que decir. Un momento que no parecía presentarse nunca. Pau hablaba con entusiasmo de sus días de rodaje, engranando una anécdota con otra, mientras me cogía la mano de cuando en cuando, me besaba sin venir a cuento... como si necesitase recuperar tantos días de ausencia. Se le veía relajado y contento; muy atractivo con la piel bronceada y la barba sin afeitar, lo que hacía que sus ojos brillaran más azules. ¿Cómo iba yo a estropear aquello?

Llegó el momento del postre. No necesitamos pedirlo porque el camarero ya sabía que tenía que servirnos nuestro plato favorito: la crema catalana con lavanda. El cocinero, que era francés, elaboraba el tradicional postre catalán con un toque de su Provenza natal. El resultado era una crema suave y delicada, perfumada con lavanda, cubierta de una capa fina y crujiente de azúcar caramelizado y salpicada de flores cristalizadas.

Quebré el caramelo con la cucharilla y me quedé mirando el plato.

—¿Qué te ocurre, Gigi? ¿No comes? —preguntó Pau escamado—. Te noto preocupada... —Me acarició con ternura—. Sigues triste por lo de tu abuela, ¿verdad?... Es natural, tienes que darte tiempo.

Alcé la cabeza y le miré fijamente a los ojos.

—Estoy embarazada —declaré con la voz más firme de lo que yo misma me esperaba, teniendo en cuenta los nervios que me mordían el estómago.

El bronceado de Pau mudó en un instante a cetrino y la expresión de su rostro hubiera resultado cómica de no ser porque la situación no tenía ni pizca de gracia.

—¿Qué? ¿Estás segura?

—Totalmente.

Después de varios días de mareos, náuseas y un agotamiento que yo me empeñaba en achacar al estrés y al disgusto por la muerte de Nonna, Carlo me había convencido de que fuera al médico. Un análisis de sangre había confirmado que ni el estrés ni el disgusto tenían que ver con mis síntomas.

—Pero ¿no estabas tomando la píldora?

—Sí, pero a veces falla.

—¿Cómo que falla? Se supone que es un método seguro y no falla, se supone que...

—¡Pues ha fallado, Pau! —exclamé—. ¿Qué importancia tiene eso ahora?

Pau se echó atrás en el asiento y se hundió entre los almohadones con un prolongado suspiro.

—Joder...

Yo no lo hubiera expresado mejor. Igual que él, me hallaba aturdida tras la noticia. Incluso en ese preciso instante no sabía muy bien qué decir.

Pau volvió a incorporarse, se llenó la copa de vino y la bebió de un trago.

—Vas a... deshacerte de él... ¿no?

Aquella rápida insinuación me desconcertó.

—No lo sé... Aún trato de asumir la situación...

—¿Cómo que no lo sabes? Ya habrás pensado cómo te afecta esto: a tu trabajo, a tu carrera, a tu vida...

Según Pau enumeraba la lista de los «tu», llegué a la conclusión de que nada de eso era lo que en verdad le preocupaba.

—¿Que cómo me afecta a mí? No, no te equivoques, no se trata sólo de mí. Si fuera únicamente cosa mía, no estaríamos teniendo esta conversación. Se trata de cómo nos afecta a nosotros, a ti y a mí. —Aproveché entonces para sacarme la espina que desde hacía tres años tenía clavada—: Bueno, y a tu mujer, claro. Que me olvido de que esto nuestro es cosa de tres —apostillé con retintín—. Dime, ¿vas a decírselo a tu mujer?

La pregunta cogió desprevenido a Pau, que no tuvo tiempo de meditar la respuesta.

—Pues... No sé... La verdad... Espero no tener que llegar a hacerlo. Pero ¿a qué demonios viene esto ahora?

—¡A que intuyo dónde está el verdadero problema, Pau! ¡Como siempre! ¡Quítate el bebé de encima, Gigi, no sea que mi mujer se tome un bote de pastillas del disgusto!

Era consciente de que estaba perdiendo los nervios y con ellos, probablemente, la sensatez, pero de algún modo no podía evitarlo.

—¡Por Dios, Gianna, mi mujer no tiene nada que ver en

este asunto! No aproveches para sacar ahora un tema que ya está más que hablado. La cuestión es que este embarazo no estaba previsto, ni buscado, ni deseado...

—¡Pero ha sucedido! ¡Y aunque tú pienses lo contrario, yo no tengo la culpa!

—Yo no he dicho que...

—¡El hecho de que yo lo lleve dentro no me convierte ni en culpable ni en responsable! ¡El problema es de los dos y entre los dos tenemos que solucionarlo!

Pau se había esforzado por mantener la serenidad ante tanto arrebato. Desde su punto de vista, estaba claro que yo, por algún misterioso motivo, había decidido hacer de aquello un enfrentamiento personal. Dispuesto a cortar de raíz el tema antes de que las consecuencias fueran peores, afirmó con gesto severo y tono tajante:

—Por supuesto que el problema es de los dos. Y, por mi parte, la solución está bien clara.

Fin de la conversación. Mi adrenalina se escapó como el aire de un globo roto. Cundió entonces la decepción y la tristeza. Si tenía que ser sincera, no podía haber esperado otra respuesta por parte de Pau; yo misma me repetía que abortar era lo más sensato, lo más práctico, lo mejor para ambos... No obstante, mientras que mi pareja no había titubeado al decidir, yo me perdía entre miles de emociones encontradas. Y es que Pau, por mucho que ambos lo hubiéramos deseado, no podía sentir lo que yo sentía, no podía decidir bajo las mismas consideraciones ni emociones ni sensaciones, porque Pau no era el que portaba el embarazo ni el que tenía que abortarlo. Porque resulta que la maldita biología es la madre de la desigualdad.

Sin embargo, hubiera sido bonito que la persona de la que estaba enamorada se esforzara por sonreír, por seguir cogiéndome de la mano, por preguntarme cómo me sentía y por decirme que no me preocupara, que sucediese lo que sucediese, él iba a estar a mi lado. Eso, y no los «te quiero» pronunciados después de hacer el amor, hubiera demostrado que me amaba.

Pastel de chocolate y madreselva

Un año antes de fallecer Nonna, me había mudado a mi propio apartamento cerca de la avenida Diagonal. No se trataba de un piso muy grande, pero era alto, muy luminoso y con bonitas vistas sobre la ciudad. Había ahorrado durante años para la entrada y probablemente estaría pagando la hipoteca hasta la jubilación, pero me encantaba mi casa, mi propia casa, se trataba de un logro muy personal. Además, después de proyectar cientos de reformas para otras personas, fue una gozada poder invertir mi creatividad en un lugar sólo mío.

Tiré muros y abrí los espacios para que fluyera la luz, utilicé materiales nobles, alternando los fríos, como el acero y el cristal, con los cálidos, como la madera de haya y el ladrillo visto. Lo decoré con muebles escandinavos de diseño y algún detalle *vintage* de los años sesenta, empleé el blanco, el gris y el chocolate como colores básicos, dediqué una pared a una enorme librería y reservé un lugar especial para mis pequeños tesoros, obras de arte contemporáneo que había ido recopilando cada vez que reunía algo de dinero extra: varias fotografías artísticas, un par de obras de un joven acuarelista norteamericano y una pequeña escultura de una cotizada artista española que era capaz de convertir la malla metálica y el latón envejecido en un retazo de la naturaleza.

Me sentía muy satisfecha con el resultado. Si en aquel momento me hubieran preguntado, hubiera jurado que viviría en aquella casa hasta el final de mis días.

Cuando Carlo la visitó por primera vez le pareció espectacular, aunque se dedicara a chincharme con el exceso de orden y pulcritud. Si mi sentido estético y, en definitiva, vital era rectilíneo, mi hermano poseía una mentalidad de bordes redondeados, mucho más caótica e impredecible. Por eso hacía cosas como alborotar las mantas que yo dejaba perfectamente dobladas sobre el brazo del sofá, o descolocar la pila de números de *Architectural Digest* que yo almacenaba en un bloque perfecto bajo la mesa del salón, o espachurrar los almohadones que yo me esforzaba en mullir a diario.

El primer día que Carlo cocinó en mi casa, en mi cocina de diseño italiano que más bien parecía un laboratorio, se acercó a la placa vitrocerámica y, arañando una esquina con la uña, observó:

—Se nota que no la utilizas mucho. Aún tiene puesto el plastiquito...

Casi me escandalicé.

—Pero ¿qué dices? —Corrí a arañar también la esquina—. ¿Cómo va a tener puesto el plas...? Eres idiota... ¡Me estás tomando el pelo!

Carlo se rio a carcajadas.

—¡Pero has dudado! Eso demuestra que, efectivamente, no la usas.

—Es que no tengo tiempo de cocinar.

—Pues es una lástima. Antes te gustaba. Y se te daba bien.

Era cierto. Hubo un tiempo, previo a empezar la universidad, cuando aún vivía con Nonna, que disfrutaba encerrándome con mi abuela en la cocina, contemplándola preparar decenas de platos deliciosos con soltura y maestría, escuchándola relatar los trucos e historias que había detrás de cada receta, hasta que finalmente yo misma acababa metida entre fogones con las manos pringosas.

Un timbrazo me sacó de mi ensimismamiento, de mi infancia lejana y de la cocina de Nonna y me devolvió a la mía propia, que entonces se me antojó fría y solitaria.

Me dirigí a la puerta a recibir a mi hermano. Lo estaba esperando, sólo hacía unos minutos que le había comunicado por teléfono el asunto del embarazo. En cuanto lo tuve delante, me abracé a él sin mediar palabra.

—Esto es una mierda... —renegué al cabo con la cara hundida en su jersey—. Todo es una mierda... ¿Qué más puede pasar?

—He traído un montón de ingredientes para hacer un pastel de chocolate. El chocolate es el mejor antidepresivo —me aseguró cuando le miré con los ojos enrojecidos y poca confianza en el remedio—. Gia, no se trata de una enfermedad terminal. Es un embarazo y, pase lo que pase, todo tiene remedio.

Carlo empezó a vaciar sobre la isla de la cocina las bolsas que cargaba. Enseguida dispuso los ingredientes y los utensilios para preparar el pastel, encendió el horno para precalentarlo y me pidió que le ayudara cortando el chocolate, en tanto que él montaba unas claras a punto de nieve.

Me concentré en la tarea de hacer pedacitos una tableta con un cuchillo.

—Pau quiere que aborte —anuncié sin dejar de cortar.

El cuchillo daba golpes sobre la tabla de madera y el chocolate comenzaba a desprender un delicioso aroma al romperse.

No había lugar a la duda. Habíamos vuelto a hablarlo después de aquella nefasta conversación en el restaurante durante la que mi amor propio había empañado el auténtico problema. Llamé a Pau al día siguiente para disculparme. No tenía que haber metido a su mujer en ese asunto, no tenía que haber utilizado el embarazo para echarle en cara una situación que se suponía ya estaba consentida y asumida. Él aceptó mis disculpas, pero se mantuvo firme en su decisión.

«Gianna, para mí este tema no tiene más vuelta de hoja —me dijo—. Ha sido un accidente y como tal debemos considerarlo. Los accidentes se reparan, no se dejan hasta que sus consecuencias ya no tienen remedio. Y lo que me sorprende es que tú, que al fin y al cabo eres la más afectada, tengas dudas. Pero lo respeto. Eso sí, también te pido que respetes mi postura. Lo siento, pero no estoy preparado para ser padre, no quiero ser padre y no es justo que me obligues a serlo. Si tú deseas seguir adelante, no puedo impedírtelo, pero... no cuentes conmigo.»

—No puedo reprochárselo... ¿Crees que puedo reprochárselo?

Carlo se encogió de hombros.

—No soy el más indicado para dar lecciones sobre relaciones de pareja. La cuestión aquí es el embarazo y lo que quieres tú.

—Puede que tenga razón. Puede que abortar sea lo más sensato...

Aquello no respondía a su pregunta, pero como yo seguía hablando, lo dejó estar.

—Ayer estuve reunida con Carme, con mi jefa. Me dijo que hemos ganado el concurso para construir ese hotel en Shanghái, ¿te acuerdas de que te conté que había dirigido el proyecto?

Carlo cesó de batir, su semblante dejó entrever entusiasmo, fue a darme la enhorabuena. Pero ante mi expresión se quedó con la felicitación y la sonrisa en los labios.

—Es una gran noticia —proseguí yo sin la menor emoción—. Competíamos con estudios muy reputados de Noruega, Francia, Estados Unidos... Carme estaba emocionada. Las obras comienzan dentro de tres meses y durarán al menos un año, pero lo más probable es que a raíz de esto nos salgan más proyectos en China. Es una gran oportunidad para el estudio, el empujón definitivo para consolidarnos en el mercado internacional. Y ella quiere ponerme al frente: que me vaya a Shanghái, que arranque una oficina de representación allí, que supervise la ejecución del proyecto... Y por eso va a hacerme socia.

Paré de cortar. Empezaba a ver borrosos la tabla, el chocolate y el cuchillo a través de las lágrimas.

—Yo... no me atreví a contarle que estoy embarazada... —sollocé—. Además, si voy a abortar, ¿para qué? —Me encogí de hombros y me metí un trozo de chocolate en la boca.

El llanto se volvió de nuevo incontrolable. Mientras hipaba y sorbía, seguí comiendo compulsivamente un trozo de chocolate tras otro, que en la boca adquirían un extraño sabor salado. Carlo dejó el bol con las claras y me abrazó.

—Me gusta mi trabajo. Y creo que soy buena en él —conseguí decir entre lágrimas y chocolate—. Éste siempre ha sido mi sueño. Me ha costado mucho esfuerzo llegar hasta aquí y ahora... ¿Por qué todo tiene que ser tan difícil?

Mi hermano me estrechó aún más.

—Mierda de hormonas enloquecidas... Me he comido el chocolate de tu pastel —confesé.

—No importa. —Sonrió él apoyando la barbilla sobre mi cabeza—. Tengo más.

—¿Sabes? Puede que sea sugestión, pero... siento que hay

algo dentro de mí. No es una sensación física, es como... No sé... no sé cómo explicarlo. Pero esto va a ser muy duro.

Carlo se separó un poco. Me alzó el rostro, me besó en la frente y me retiró unos mechones que se me pegaban a las mejillas húmedas.

—Lo sé... Pero pasará. Todo pasa —aseguró con la autoridad que le confería su propia experiencia.

Quince minutos de preparación y treinta y cinco de horno después, disfrutábamos de un delicioso pastel de chocolate. Cuando lo cocinaba, Carlo había echado unas cuantas flores blancas sobre el cazo de nata caliente.

—¿Qué le pones?

—Madreselva, para que infusione con la nata. Ya verás qué sabor más especial.

Y así fue. El pastel no sólo estaba esponjoso y untuoso a la vez. Además, sabía a noche de verano. El primer bocado me retrotrajo inmediatamente a mi niñez, a la fragancia de la madreselva que trepaba por la tapia de la casita blanca y azul; la que, durante las vacaciones, solíamos alquilar junto al mar. Suspiré, cerré un instante los ojos y sonreí por primera vez en aquella tarde lluviosa y triste.

—Es extraño... —cavilé después—. Aún no me hago a la idea de que ya sólo estamos tú y yo. Acabo de pensar: a Nonna le va a encantar este pastel. Qué tonta... Varias veces en estas últimas horas se me ha pasado por la cabeza la idea de correr a su casa y desahogarme con ella delante de una taza de café. Me pregunto qué me hubiera aconsejado...

—No lo sé. Pero puedes estar segura de que hubiera estado a tu lado. Siempre lo estuvo. Aun en el peor de los casos. Por mucho sufrimiento que le causáramos, por mucho que la decepcionáramos... —murmuró Carlo con la mirada gacha.

Enseguida supe a qué se refería y no era precisamente a mí. Le acaricié la espalda a modo de consuelo.

—Ella estaba muy orgullosa de ti.

Carlo asintió. Nonna nunca había dejado de creer en él, nunca le había dado por perdido, ni siquiera cuando él mismo hubo tirado la toalla. Con su temperamento volcánico, nuestra abuela a menudo se desesperaba: le gritaba, le increpaba con una sarta de insultos bien merecidos, le rogaba entre lágrimas que no le hiciera volver a pasar por el calvario que le hizo pasar nuestra madre, que no acabara como ella. Le amenazaba con rendirse y dejarle que se destruyera a sí mismo. Sin embargo, nunca cumplía su amenaza. Cada vez que Carlo caía, Nonna estaba allí para tenderle la mano y ayudarle a levantarse.

A día de hoy, Carlo era la imagen de un hombre de éxito: en la élite de su profesión, soltero vocacional, alternando a placer con mujeres igual de exitosas que él, viviendo las mieles del París más goloso... A día de hoy, Carlo era la fuerza, la templanza, el buen juicio. Ejercía de hermano mayor conmigo; de consejero y protector. Sin embargo, ni mucho menos había sido siempre así. Quien le hubiera conocido hacía apenas quince años tendría difícil creerse cómo su vida se había encauzado de tal modo, cómo había sido capaz de ascender de un abismo del que pocos escapan indemnes. Y tal vez él tampoco lo había conseguido del todo, no había resultado completamente indemne, pero ya sólo le quedaban cicatrices en el lugar de las viejas heridas.

Carlo era más inteligente que la media. Cuando era pequeño, a los niños como él, que calificaban de superdotados, los dejaban languidecer en unas aulas abarrotadas, desmotivados y aburridos. Quizá por eso se convirtió en un joven conflictivo y rebelde. Sus notas en la escuela eran buenas, pero siempre estaba metido en algún lío disciplinario que en un par de ocasiones acabó con la expulsión y el consiguiente cambio de centro. Se juntó con otros chicos conflictivos y rebeldes cuyos pasatiempos eran fumar en la calle, grafitear en los puentes de la autovía y hurtar en las tiendas del barrio.

Empezó pronto a coquetear con el alcohol, apenas tendría quince años cuando lo llevaron por primera vez a urgencias con un coma etílico. Desde entonces, hubo unas cuantas veces más. El paso a otras drogas fue fácil y rápido. Pero en aquel momento nadie lo sospechaba. Cuando terminó el instituto anunció que se iba a ver mundo, con una mochila y tres mil euros que había ahorrado trabajando los veranos, eso decía él... Nonna no hizo demasiadas preguntas, prefirió no hacerlas. Pensó ingenuamente que aquel viaje tendría algo de redentor.

Carlo estuvo más de un año fuera. De vez en cuando, llegaban mensajes suyos desde Turquía o Irán o Pakistán o Tailandia... Hasta que uno de ellos lo envió desde una prisión de Nuevo México, donde estaba retenido, acusado de un delito de posesión para la venta de marihuana y cocaína sobre el que pesaba una pena de hasta cinco años de cárcel. Nonna hipotecó la casa para contratar un buen bufete americano, que logró rebajar la acusación a un delito de posesión para consumo y le fue conmutada la pena por el ingreso en un centro de rehabilitación. Fue lo mejor que le pudo haber sucedido. El paso por aquel centro supuso una catarsis, una desintoxicación no sólo de sus adicciones, sino de todo su pasado. Un antes y un después.

Tras un año de programa de cura, regresó a España renacido. Se matriculó en la universidad, terminó la carrera de Económicas en tres años, obtuvo sendas becas para un máster en Boston y otro en Londres, al cabo del cual lo fichó una consultora de la City en la que estuvo trabajando hasta que pagó la deuda de Nonna. Saldado el último recibo de la hipoteca, dejó Londres y la consultora y se trasladó a un pueblo de Francia a trabajar en el campo, recogiendo uva o ayudando en una lechería que además fabricaba quesos artesanales; algo así, nunca supe a ciencia cierta a qué se dedicaba exactamente. Después de su aventura rural, se instaló en París y durante un par de años estuvo realizando diferentes cursos de cocina, en Le Cordon Bleu, en la escuela Ritz Escoffier, en la de Alain Ducasse... Mientras, trabajó de camarero, de ayudante de cocina, vendiendo seguros, en la recepción de un hotel de cinco estrellas... Sólo al cabo de ese tiempo, optó por un trabajo estable en un banco de inversión suizo, donde le ofrecieron un sueldo lo suficientemente atractivo como para abandonar la vida bohemia. Entre medias hubo una chica. Muchas, en realidad, aunque con una llegó a prometerse. Canceló la boda una semana antes de que se celebrara.

—¿Por qué? Estabais muy enamorados. ¿Qué ha sucedido? —quise saber en su día.

—Me entró pánico. ¿Y si los demonios siguen ahí, Gia? ¿Y si sólo están dormidos?

El miedo fue durante un tiempo su talón de Aquiles. También la prueba de que tenía mucho que perder y era consciente de ello. La prueba de que estaba en el buen camino. Con el tiempo, el miedo se fue moderando y se abrió paso la confianza. Llevaba quince años limpio, sin tocar las drogas ni el alcohol. Los fantasmas no se habían marchado, esa clase de fantasmas ya nunca se marchan del todo, él lo sabía y yo lo intuía, pero cada vez infundían menos temor, ya sólo forjaban la conciencia. Y nada más que el recuerdo del dolor provocado, el único que no estaba en su mano sanar, era lo que le causaba picor en las cicatrices.

«Pasará —me había dicho Carlo ante mi angustia—. Todo pasa.» Y él lo sabía mejor que nadie.

Trofie della felicità
(con mantequilla de albahaca, limón y ajo, y queso sarasso)

Acababa de llevar a Carlo al aeropuerto para que tomara su vuelo de regreso a París. Mi hermano no se marchaba del todo convencido de dejarme sola, pero yo no estaba dispuesta a que consumiese más días de vacaciones por mi causa.

—Puedo arreglarlo para quedarme un tiempo más —me insistió hasta el último momento—. O puedo incorporarme, resolver un par de asuntos y regresar a Barcelona en cuanto me necesites.

—De verdad que no hace falta —le tranquilicé—. Es mejor que todo vuelva poco a poco a la normalidad. La semana que viene yo también iré a trabajar, ya tengo ganas. Y he pedido cita en una clínica que me ha recomendado mi ginecóloga. Quiero que me informen, aunque dicen que es cosa de nada, como curarse un raspón.

Bromeaba para espantar mis propios temores porque lo cierto era que estaba asustada. Me asustaba el embarazo, me asustaba tomar la decisión de interrumpirlo, me asustaba lo que eso supondría. Había leído sobre las hemorragias, los dolores abdominales, las posibles complicaciones. Aunque mi ginecóloga había desdramatizado el asunto, yo no las tenía todas conmigo. Ni siquiera sabía si optar por una intervención en la clínica o por tomar la píldora y abortar en casa.

Le mentía a Carlo cuando le aseguraba que no hacía falta que permaneciera en Barcelona. Conduciendo de vuelta a casa, ya lo echaba de menos. Pensé entonces que llamaría a Pau para cenar juntos y, tal vez, después pudiera quedarse conmigo; no me apetecía pasar la noche sola. Justo en ese momento sonó mi teléfono. En la pantalla del manos libres aparecía un número desconocido. Descolgué.

—¿Sí?

Al otro lado de la línea sonó una voz de mujer.

—Nunca pensé que fueras a llegar tan lejos. —En la frase se traslucía cierta ira contenida.

—¿Quién es?

—No te hagas la tonta conmigo, que eres muy lista para follarte al hombre de otra y pretender hundirme la vida.

Sandra. Mis manos se crisparon sobre el volante. ¿Cómo era posible que me estuviera llamando? ¿Cómo había conseguido mi número?

—Puede que a los hombres los engatuses con tus trucos de pécora —continuaba ella soltando veneno—, pero a mí no me engañas. Sé lo que pretendes con este embarazo. A Pau tal vez lo ablandes haciéndote la víctima con pucheritos de niña buena: «Yo no quería. Ha fallado la píldora» —impostó la voz.

—Escucha, yo no...

—¡Menuda gilipollez! ¿A quién quieres engañar? ¡No eres más que una zorra! ¿Vas a ir con el cuento del embarazo a la prensa? ¿Vas a chantajearme? ¿Piensas que alguien va a creer una sola de tus fantasías? ¡No tienes ni idea de cómo funciona esto! Tengo contactos en todas partes, puedo hundirte si quiero. No te la juegues conmigo, bonita.

Yo soportaba la agresión mientras intentaba atender al tráfico; sin dar crédito a lo que estaba oyendo, sin apenas ser capaz de reaccionar. Sudaba y temblaba a causa de la tensión. Casi golpeo a otro coche sin darme cuenta. Los furibundos toques de claxon del otro conductor terminaron por hacerme perder los nervios.

—¡Basta, Sandra! ¡No consiento que...!

—¡No! ¡Basta tú! ¡Basta de entrometerte en mi matrimonio y en mi vida! ¡Basta de buscarme la ruina! ¡Y más te vale abortar si no quieres convertirte en madre soltera porque tu treta no te va a servir de nada! ¡A estas alturas ya deberías haberte dado cuenta de que Pau sólo me quiere a mí y no me va a dejar nunca! ¡Nunca, ¿me oyes?!

Di un volantazo para orillar el coche y lo detuve con un frenazo antes de tener un accidente serio.

—¡Ya está bien, Sandra! ¡Déjame en paz! ¡No vuelvas a llamarme o te juro que grabaré tus amenazas y entonces sí que puedes apostar a que iré con ellas a la prensa!

Colgué de un manotazo. Agarré el móvil y en pleno arrebato de indignación marqué el número de Pau.

—¡Cómo es que ella tiene mi teléfono! ¿Por qué has consentido que me llame? ¡En mi vida nadie me había insultado ni amenazado así! ¡Y tú tienes la culpa por mantener esta situación! Para empezar, ¿por qué demonios le has contado que estoy embarazada si voy a abortar? ¡¿Por qué tienes que dar cuartos al pregonero?!

Pau se perdió en una serie de explicaciones vacilantes y nada convincentes, hasta que a mí se me agotó la paciencia. Algo más calmada, fui capaz de sentenciar sin alzar la voz, casi con tristeza:

—Si hubieras tenido el valor de decirle que deseabas este embarazo como me deseas a mí, aunque no sea cierto, igual se hubiera resuelto el problema. Pero empiezo a sospechar que no tienes ningún interés en que el problema se resuelva. Y yo soy una idiota por no haberme dado cuenta antes. Ahora sé que ya no puedo seguir así. Se acabó, Pau.

Corté la llamada. Y desconecté el móvil.

Tenía la boca tan llena de saliva que era incapaz de tragar. Me sobrevino una náusea y creí que iba a vomitar. Alcancé la botella de agua junto al freno de mano. Las manos me temblaban de tal modo que apenas acertaba a desenroscar el tapón. Bebí. Y me eché a llorar.

Aún tardé veinte minutos en serenarme lo suficiente como para regresar al tráfico. Transitaba las calles de Barcelona como ida, lo mismo que un autómata, y sin pretenderlo me encontré aparcando frente a La Cucina dei Fiori.

Era domingo por la tarde, la calle se mostraba poco concurrida y la tienda estaba excepcionalmente cerrada siguiendo las instrucciones de Carlo para reducir los costes en tanto organizaba el traspaso. Aquel mero pensamiento me produjo una punzada en el pecho. Apagué el motor del coche y me froté los ojos aún húmedos. Los notaba hinchados y la piel de la cara, tirante a causa de las lágrimas. Rebusqué en el interior del bolso el juego de llaves que siempre solía llevar encima, rogando por que no se hubiera quedado olvidado en algún cambio de bolso. Allí estaban. Me bajé del coche, me dirigí a la entrada bajo el rótulo de cristal negro y dorado y, tras forcejear con la cerradura y la persiana, me encontré dentro de la tienda. Sin siquiera dar las luces, fui directa a la parte de atrás, a la cocina, como pasando de puntillas por encima de recuerdos que no me sentía capaz de soportar y que sólo me abordaban en forma de inevitables aromas.

En la cocina todo se veía pulcro y ordenado, casi abandonado. Se notaba que hacía mucho tiempo que nadie cocinaba allí.

—*Trofie della felicità* —escuché decir a Nonna cual pomposa presentación.

Y entonces me pareció ver a mi abuela detrás de la gran mesa de madera y mármol en la que trabajaba la pasta, con su mandil blanco y su blusa remangada. También me vi a mí misma, empinada en una banqueta porque apenas asomaba un palmo por encima del borde del tablero, el semblante lloroso a causa de alguna cuita infantil.

—¿Y por qué se llaman así? —hablé yo niña.

—Porque está demostrado que mientras se preparan se olvidan las penas y cuando se comen se convierte uno en una persona feliz. Muchos científicos lo han probado con sus investigaciones —se inventaba Nonna—. Ahora lo verás, cómo en cuanto nos pongamos a cocinarlos tus lágrimas desaparecen, porque habrás de estar muy concentrada para darles la forma y el tamaño adecuados. Recuérdalo siempre, *mia bambina*, cuando estés triste sólo tienes que cocinar los *trofie della felicità*.

«Harina. Agua. Amasar. Coge un pellizco de masa. Frótalo con cuidado sobre la mesa. Con la palma de la mano. *Trofie* de *strufugiâ*, que significa frotar.»

Las frases se entrecortaban en mi cabeza. Las palabras perdían fuerza. La imagen de Nonna se desvanecía.

Me quité la chaqueta y me apresuré a arrastrar un gran saco de harina junto a la mesa. Lo abrí e introduje los brazos hasta el codo en el polvo blanco, suave como la seda. Una nube blanca flotó en el aire. Agarré un par de puñados y los dejé sobre la tabla, así varias veces hasta reunir un pequeño montón. Vertí agua en el centro y empecé a trabajar la masa. Pero no conseguía integrar los ingredientes. Demasiado secos. Añadía más agua. Demasiado húmedos. Añadía más harina... No era capaz de recordar las malditas proporciones. Amasaba con tanto ímpetu, casi con desesperación, que sudaba del esfuerzo. Había harina por todas partes, pegada a mi piel y a mi ropa. Las manos cubiertas de pegotes parecían de trapo, inútiles. Necesitaba el cuaderno de recetas de Nonna.

Me volví hacia la alacena. Con ansiedad, vacié los cajones hasta el fondo. Después, arremetí contra las estanterías. Furiosa, saqué uno a uno los libros perfectamente enfilados en busca del recetario. Todos quedaron esparcidos por el suelo y, entre ellos, me dejé caer de rodillas, rendida. Las lágrimas volvían a nublarme la vista.

—Nonna —sollocé—. No recuerdo cómo hacer los *trofie della felicità*. Ya no me acuerdo de nada.

Me sentía tremendamente sola. Me encontraba ante la mayor encrucijada de mi vida y no tenía en quien apoyarme para avanzar. Mi abuela había muerto. Carlo se había marchado. Pau... De él prefería ni acordarme.

Conservaba decenas de teléfonos de antiguas amigas en mi agenda, pero no podía llamar a ninguna. No hacía tanto tiempo que había tenido varias amigas: con las del colegio me reunía para cenar una vez al mes; con las de la universidad salía de cuando en cuando a tomar una copa; con dos de ellas, que trabajaban cerca de donde yo lo hacía, quedaba a tomar café todos los jueves; a veces íbamos de compras o al cine o a una sesión matinal de belleza... Hasta que empecé a trabajar en el estudio y hasta que llegó Pau. Una relación con un hombre que veladamente ni una sola de ellas aprobaba y una profesión absorbente y excluyente habían terminado por alejarme hasta de las más íntimas. Incluso de Núria.

Me quedé mirando el contacto de mi amiga Núria, mi mejor amiga, al menos antes lo era... Deslicé el dedo por encima de su número, al borde de marcarlo. Al final, no me atreví. Llevaba meses sin llamarla, no recordaba cuántos. No podía cometer la desfachatez de acudir a ella sólo porque tenía un problema cuando ni siquiera la había llamado para contarle que mi abuela había muerto, con lo que ella quería a mi abuela... Yo me había buscado aquella situación de aislamiento, yo debía lidiar con ella.

No tenía que haber creído a los que decían que debía ser fuerte, independiente, autosuficiente... No debí tomármelo tan a pecho. Ahora me daba cuenta de que todo se trataba de una patraña, el mito de la mujer triunfadora que me habían obligado a asumir. Yo necesitaba el calor de los demás. Necesitaba que alguien me dijera: «No te preocupes, todo va a ir bien. Yo estoy aquí contigo». Necesitaba sentirme vulnerable sin avergonzarme por ello. Sin embargo, me avergonzaba llamar a Núria. ¿En qué demonios me había convertido?

Me desperté. Las tapas de un libro se me clavaban en la mejilla. Arrugué el rostro y me estiré, sentía el cuerpo entumecido. Los ataques de llanto y sueño hacían del embarazo un potente cóctel somnífero y me había quedado dormida como una niña después de una rabieta, tirada en el suelo entre un revoltijo de libros, papeles y harina. Con cierto esfuerzo, me senté sobre las rodillas, me limpié las manos contra los vaqueros ya sucios y me rehíce la coleta.

«Señor... qué caos», pensé mirando la cocina desordenada. No había quedado un solo libro en las estanterías y los cajones abiertos también estaban vacíos.

Entonces reparé en una mancha oscura sobre la madera

blanca al fondo de la primera balda. Me levanté para comprobar qué era lo que había sobrevivido a mi frenética búsqueda. Parecía otro libro, pero tuve que ponerme de puntillas para alcanzarlo ya que estaba de frente y no de canto como los demás. Quizá por eso había escapado a la purga.

En cuanto lo tuve en las manos, me di cuenta de la singularidad de mi hallazgo y aquello me causó una emoción contenida. Se trataba de un cuaderno, más bien un legajo de papeles cosidos, abultados como si se hubieran pasado y vuelto a pasar incontables veces, recubiertos de un trozo de cuero color café, atado con un cordel. No había inscripción alguna en el exterior que anticipara su contenido, aunque, fuera lo que fuera, se trataba de algo sin duda muy antiguo. El cuero aparecía seco y cuarteado, incrustado de polvo y suciedad, y el cordel estaba a punto de romperse en un tramo. Lo desaté con mucho cuidado, retiré la cubierta y descubrí una primera página en blanco salvo por las manchas de humedad que la salpicaban y se enredaban entre tres simples palabras: «*Il mio diario*».

Hojeé el resto: páginas y páginas de letra apretada en italiano, más o menos cuidada pero siempre la misma, escrita con tinta a veces negra y a veces azul; algunos pasajes, a lápiz. Mientras lo inspeccionaba, el olor del moho me picaba en la nariz y los dedos se me llenaban de polvo. Las páginas en abanico se detuvieron al llegar a un punto, una sección donde unos restos de papel rasgado junto a las costuras indicaban que varias hojas habían sido arrancadas. En su lugar había dos pliegos sueltos y una fotografía.

Examiné los pliegos, ambos idénticos, del tamaño aproximado de una cuartilla, impresos en italiano. Sobre el fondo de color natilla resaltaban las letras en rojo. Lo primero que distinguí fue el membrete superior, más grande y destacado: Navigazione Generale Italiana. El resto era una amalgama de letras de imprenta diminutas, sellos de tinta azul superpuestos y anotaciones a mano. Fui leyendo con atención: «Billete de tercera clase para el vapor de bandera italiana *Principessa Mafalda*; puerto de Génova; 11 de noviembre de 1919; con destino a Buenos Aires. Duración del viaje: diecinueve días y medio. Camarote 337, cama 6».

Me hallaba pues ante un par de pasajes de barco, y comprobé que uno estaba a nombre de Ettore Costa y el otro de Maria Costa.

—¿Y estos dos quiénes son? —pensé en alto.

¿Por qué mi abuela guardaba, casi ocultaba, un diario con dos billetes de barco de dos desconocidos que en su día viajaron de Génova a Buenos Aires? ¿Qué conexión tenía esa pareja con ella, con mi familia, con el propio diario cuyas páginas los habían atesorado durante un siglo?

Tal vez la solución al misterio estuviera en el mismo legajo cuya lectura estaba deseando acometer. Sin embargo, antes me concentré en la fotografía. El papel era grueso y ondulado por los bordes. La imagen presentaba un color entre sepia y blanco y negro y, salvo por algunas manchas aisladas, estaba en buen estado, sin arrugas ni grietas. En ella, dos mujeres jóvenes miraban a la cámara con el envaramiento propio de los retratos de época. A una de ellas enseguida la reconocí como la *bisnonna* Giovanna pues era igual que la mujer de la foto que Nonna tenía en la mesilla de noche; ambas imágenes debieron de ser tomadas próximas en el tiempo porque mi bisabuela no había cambiado entre una y otra. Vestía traje de chaqueta negro y se tocaba la cabeza con un velito de encaje. Entre los brazos sujetaba un bebé de pocos meses, envuelto en un arrullo, imposible de identificar pero que me aventuré a suponer que sería mi abuela al poco de nacer. Junto a madre e hija posaba una mujer de una edad próxima a la de Giovanna.

Se trataba de una morena guapa, de ojos grandes y cabello ensortijado, muy italiana, vestida de forma sencilla, casi humilde, pero pulcra con su pañoleta cruzada sobre el pecho. El retrato estaba tomado frente a la puerta de una iglesia. Cuando miré el reverso, leí: «*Battesimo di Lucia.* Con Manuela. Castelupo, 1920». El bautizo de mi abuela en un lugar llamado Castelupo.

—Castelupo... —murmuré. ¿Dónde había oído yo ese nombre?

De pronto recordé. ¡En la carta que encontramos en la cómoda de Nonna! ¡En la carta que firmaba Manuela! Sin duda, la Manuela de la foto. En la carta para Anice...

Las coincidencias empezaban a multiplicarse y los hilos que me ligaban a mis antepasados a enredarse en torno a alguien de quien nunca había oído hablar: la mujer con nombre de especia. Aquella idea me causó una extraña excitación. Volví rápidamente a las primeras páginas del cuaderno:

De cómo me contaron que vine al mundo
y lo que recuerdo de mi niñez

Flexioné las piernas lentamente para volver a sentarme en el suelo, recosté la espalda contra la alacena vacía y comencé a leer:

> Es extraño ser consciente de que alguien ha muerto para darme la vida, como si la naturaleza hubiera decidido, por algún retorcido motivo, cobrarse un precio por mi existencia...

Vittorio y Viorica

Italia, de 1896 a 1899

Vittorio se había convertido en viudo demasiado joven, tenía apenas veinte años. Cuando su esposa falleció de parto, se pasó varios días en silencio, seco e inerte como un árbol muerto. Tal era su máxima expresión de tristeza. Vittorio sentía tristeza por su esposa difunta, aún más joven que él, a la que amaba a su manera tibia. Sentía tristeza por el diminuto ser absurdo e incapaz que dormitaba en su cuna ajeno al drama. Pero, sobre todo, sentía tristeza por sí mismo, por la carga que acababa de caerle sobre las espaldas, mayor que las toneladas de piedra que a diario transportaba. ¿Qué demonios iba a hacer él solo con un bebé?

Por entonces, ya llevaba trabajando en las canteras de pizarra desde los catorce años y aquello le había vuelto un hombre rudo. Bien es verdad que el que fuera un niño criado por un tío medio eremita nunca había sido especialmente sensible, sino más bien tosco y taciturno, de pocas palabras y ademanes embrutecidos.

La primera vez que Vittorio sostuvo entre las manos a su

hija, el cuerpo de su esposa aún yacía caliente sobre un lecho que había sido de vida y de muerte sin solución de continuidad. El mundo se le vino encima. Sintió el impulso de dejar caer a la criatura, que parecía escurrírsele entre los dedos gruesos y callosos. Esos dedos sólo estaban hechos para picar piedra, no para cuidar de una cosa tan minúscula y delicada. ¿Qué demonios iba a hacer él solo con un bebé?

Vittorio no contaba con familia cercana. Ni abuela, ni madre, ni hermanas, ni suegra, ni cuñadas... Sólo algunas primas en un pueblo donde todos los habitantes estaban de algún modo emparentados. Fue así que los primeros meses de vida, su hija rodó de mano en mano de vecinas voluntariosas y se colgó de pecho en pecho de mujeres recién paridas. A la noche, la niña berreaba sin madre y sin consuelo, mientras su padre roncaba sobre la mesa de la cocina al arrullo del vino; hasta que un buen día, una gata vieja se deslizó dentro de la cuna y apretó su cuerpo gordo contra el de la criatura, que se quedó dormida manoseando el pelo del animal. A partir de entonces, volvió a amanecer en silencio en el molino del bosque.

Las malas lenguas decían que por motivo de la niña y no otro Vittorio se volvió a casar pronto. Eso decían, y muchos chismes más, pues anduvieron muy ajetreadas a cuenta de las segundas nupcias de Vittorio Verelli. El joven contrajo matrimonio aún en tiempo de luto con una gitana rumana que pasó por el pueblo durante las fiestas de San Lorenzo. Todo el mundo sabía que durante las fiestas de San Lorenzo gente de lo más indeseable pasaba por el pueblo, pero solían marcharse sin más incidencias que pequeños hurtos o trifulcas con los mozos locales bien servidos de aguardiente. En cambio, aquellas fiestas de San Lorenzo serían recordadas por mucho tiempo en Castelupo.

¡Qué escándalo de boda fue aquélla! Durante meses se estuvo comentando la indecencia por todas las esquinas del pueblo. Hasta que el tiempo suavizó el comadreo y Viorica, que así se llamaba la gitana, acabó por acostumbrarse a caminar entre murmullos y miradas de soslayo.

Las malas lenguas jamás lo reconocieron, pero lo cierto es que Viorica fue una buena madre para la niña de Vittorio. La mecía entre los brazos y le cantaba canciones de cuna en romaní para hacerla dormir. La alimentaba con paciencia porque siempre fue de mal comer y la llevaba de la mano mientras aprendía a dar sus primeros pasos; en cierto modo, nunca la soltó mientras crecía.

Con Viorica, la pequeña paseaba por el bosque nombrando las plantas, los árboles y los arbustos y llenando la cesta de hongos, raíces y hierbas. También con ella plantó el jardín y el huerto en la parte de atrás de la casa. Aprendió a remover la tierra, a germinar las semillas, a podar, a abonar, a colocar flores entre las verduras para espantar el pulgón y atraer las abejas, a juntar la albahaca con las tomateras... La gitana le enseñó todo lo que sabía sobre flores y plantas, todas sus propiedades casi mágicas, todas sus leyendas conocidas desde tiempos remotos. De este modo, Giovanna creció comiendo flores, entre las fresas de primavera y las coles de invierno, bajo el manzano y la higuera, junto a los pimpollos y los brotes tiernos, rodeada de los aromas del tomillo, el romero y el orégano. Acompañando a Viorica en la cocina, la chiquilla aprendió a trajinar con cacharros e ingredientes y apenas sabía hablar bien cuando ya metía las manos en la harina, pelaba los guisantes, remojaba las judías...

Viorica era, además, sabia en relatos e historias. Conocía todos los del mundo porque la gitana, peculiar hasta para eso, se había instruido en libros de toda clase. Así, le hablaba a la niña sobre los reyes persas y los faraones de Egipto, sobre los dioses griegos y los romanos, sobre las criaturas mágicas que habitan los abismos de los mares, las cimas de las montañas y el corazón de los bosques, lugares donde pocos humanos han estado.

Pero lo que la cría no olvidaría nunca es que Viorica le habló de ser fuerte e independiente, de no dejarse avasallar, de caminar con la cabeza alta por un pasillo de miradas hostiles, de ansiar la libertad...

—Pero tú no eres libre, Viorica, padre te manda todas las veces.

—La libertad, niña, no es volar como pájaro sin cabeza. Ser libre no es hacer siempre lo que uno quiere; eso es ser egoísta y desconsiderado. La libertad es algo mucho más grande: es poder escoger tu lugar en el mundo. Y hacerse respetar por ello, no permitir que nadie te desprecie o te humille. No lo olvides. Además... somos mujeres, para nosotras la mejor forma de ser libres es hacer creer a los hombres que nos mandan. —Le guiñó su madrastra un ojo.

Pero la niña había hilvanado su propio tejido de pensamientos y, a tal hilo, reflexionó:

—¿Hay que ser libre como las hadas?

—Exacto. Las hadas son los seres más libres que se conocen. De hecho, si alguien atrapase un hada y la metiese en una jaula, moriría de tristeza. Ahora bien, las hadas son libres no porque obren a su antojo, sino porque han escogido su misión y entregan su vida a ello; ya sea proteger el bosque si son dríades o controlar las aguas si son ninfas; dirigir los vientos si son sílfides o dominar el fuego si son salamandras.

—¿Y la fata Morgana? ¿También ella es libre?

—Sí lo es. Recuerda que el camino del mal también es una opción: la de los seres desesperados, abandonados y vacíos.

A la niña le encantaban las hadas. Su mayor deseo era encontrarse una en el bosque, una hermosa hada buena.

—No todas las hadas se esconden en lo más recóndito de la naturaleza. Algunas están junto a nosotros, pero no sabemos reconocerlas —la aleccionó Viorica—. Puede que tú seas una de ellas... —insinuó.

La comadrona contaba que, tras un parto penoso, no fue capaz de arrancarle el llanto a la niña al nacer. Que Dios la perdonase, pero la dio por muerta. La envolvió en un trapo y la dejó en la cuna. Todas las atenciones fueron para la madre moribunda. Y fue cuando ésta exhaló su último aliento, que la niña balbuceó por obra de un milagro.

—Se dice que, raramente y por algún motivo especial, las hadas pueden cambiar a bebés humanos que no sobreviven al nacimiento por uno de los suyos —argumentó Viorica a cuenta de aquel suceso.

La niña sonrió entre cohibida y halagada.

—Yo no soy un hada. Sólo soy una niña como las demás.

—Tal vez... —apostilló la gitana, misteriosa.

Un día que estaban niña y madrastra recogiendo hierbas en el bosque junto al arroyo, la gitana le propuso darle un nombre nuevo.

—Un nombre de hada. ¿Te gustaría?

La niña arrugó la nariz como hacía siempre que dudaba y al cabo concluyó:

—Creo que sí... Depende de cuál sea el nombre.

—Bueno, eso es cosa tuya. A las hadas no se les puede poner nombre, ellas escogen cómo quieren llamarse.

La niña no respondió al instante. Se quedó contemplando su propio reflejo entre destellos de sol sobre las aguas del arroyo, que bajaban cristalinas en esa época del año. Arrugó y estiró el rostro varias veces; su imagen diluida le resultaba graciosa.

—Anice —anunció de pronto—. Me gusta cuando me llamas *stellina di anice*, pero es demasiado largo. Anice está bien. Anice —repitió para escucharse de nuevo, y asintió satisfecha.

La gitana sonrió.

—Sí, es un bonito nombre para un hada. Un nombre de la Madre Tierra. El anís es una semilla dulce y calmante; unos grandes dones que cultivar, dones propios de las dríades, quienes tienen como misión proteger el bosque, además de guiar a quien se halle perdido y sanar a quien se encuentre enfermo.

Según contaba aquello, Viorica hacía una hoguera con ramas de romero. Cuando toda la planta hubo ardido y mientras murmuraba con los labios entrecerrados un salmo incomprensible, aventó el humo sobre la niña y, por último, vertió las cenizas sobre su cabeza.

Desde entonces, la niña siguió siendo Giovanna para los asuntos terrenales, mas se hizo llamar Anice para los espirituales.

Biscotti morbidi con mermelada de albaricoque y hierbaluisa

Descubrir que Anice no era otra que mi propia bisabuela tuvo un extraño efecto en mí. Hasta ese momento, Anice era alguien desconocido, que apenas se había insinuado de forma novelesca, dramática incluso. Anice hubiera resultado peculiar fuera de mi familia, una anécdota, algo parecido a una película, una historia ajena que uno se sacude fácilmente al salir del cine. Pero, de pronto, Anice era mi bisabuela. Su historia se convertía también en la mía, con todos sus interrogantes y sus misterios. Como la trágica nota de suicidio dirigida a ella que me ponía la piel de gallina, o la pesada llave de hierro que había guardado en un cajón de mi armario.

Sólo había leído las primeras páginas del diario pero, de pronto, un montón de recuerdos cobraron sentido para mí: la devoción de mi bisabuela por sus plantas, el extraño bautizo con tierra que me hizo siendo niña, su gusto por las hierbas, las flores y la cocina, sus dotes de curandera... ¿Qué más descubriría sobre ella y sobre mí misma según continuara con la lectura?

Aquella misma noche, con la mente saturada de rabia, asombro, pena y soledad, rescaté con la punta de los dedos una idea que serpenteaba entre todas aquellas emociones y me senté delante del ordenador para enviar una consulta al Registri Immobiliare de Sanremo, del que dependía el pequeño pueblo de Castelupo. Hecho esto, me perdí en decenas de consultas en internet que combinaban las palabras Luca Verelli, Giovanna Verelli, Castelupo... Resulta extraña la forma en la que a veces llega la evasión.

Huyendo de la cama, intenté retomar la lectura del diario de mi bisabuela, pero estaba cansada y no lograba concentrarme ni disfrutarlo. A las cuatro de la madrugada, me acosté por inercia y fui incapaz de dormir mientras me debatía entre la obligación de levantarme al día siguiente para seguir adelante con lo que quedaba de mi vida y la necesidad de permanecer bajo las sábanas esperando a que todo se resolviera por sí solo.

Carme se quedó mirándome fijamente. Seria, pero con un fondo de incredulidad en su expresión. Al cabo de unos segundos, soltó:

—¿Me estás tomando el pelo? ¿Y el padre es Pau?

Tuve le sensación de que en realidad quería decir «¿y el padre es ese actor casado con el que te acuestas, que no quiere dejar a su mujer y cuya relación sin ataduras ni futuro con él es muy conveniente desde el punto de vista profesional? Hay que ser tonta para quedarte embarazada».

Ni me molesté en contestar. Por supuesto que no esperaba que mi jefa me diera una enhorabuena efusiva por mi embarazo, pero aquel sarcasmo condescendiente me pareció que estaba fuera de lugar y me hizo adoptar una postura defensiva. Tal vez fuera una buena ocasión para poner a prueba el trasfondo humano y personal de la mujer para la que trabajaba. No le revelé que había pensado abortar.

—¿Y el proyecto de China? —Carme fue al grano.

—¿Me harías esa pregunta si fuera un hombre?

—No estarías embarazada si fueras un hombre.

—Ya. —No pude ocultar mi malestar.

Carme se incorporó sobre la mesa. Su despacho se ubicaba en una sala acristalada de un décimo piso con vistas espectaculares sobre Barcelona: muebles de diseño, obras de arte, flores frescas... Carme conducía un Maserati, vestía ropa de firma y sólo se tomaba diez días al año de vacaciones en los que viajaba en un vuelo privado a algún destino recóndito y extremadamente lujoso. Era la imagen de una mujer que había triunfado en un mundo de hombres. Con poco más de cuarenta años, era la socia mayoritaria de un estudio de arquitectura con sedes en Barcelona, Londres y Copenhague. Soltera, sin hijos, de familia humilde. Probablemente le había costado mucho esfuerzo y sacrificio llegar hasta allí. Probablemente le resultaría muy difícil ponerse en mi lugar.

—Escucha... Te voy a hablar más como una amiga que como tu jefa. No te voy a preguntar si este embarazo es deseado o no, porque no es un asunto de mi incumbencia. Yo sólo sé que eres una tía inteligente, que has trabajado mucho para progresar y destacar en tu profesión y que, obviamente, sabes que estás a punto de dar un salto importante, quizá el que te coloque definitivamente entre la élite de los arquitectos del mundo. De modo que habrás tenido ocasión de pensar y anticipar las consecuencias de tu... estado. ¿En serio me quieres hacer creer que piensas que nada va a cambiar?

—Hasta ahora he hecho bien mi trabajo, creo. Y puedo seguir haciéndolo. Joder, Carme, estoy embarazada, no me he vuelto gilipollas. Insisto: si yo fuera un hombre que te dijera que va a ser padre, estarías dándome una palmadita en el hombro e invitándome a una copa para celebrarlo. Pues haz lo mismo. Si ni entre nosotras mismas lo vemos así, cómo vamos a pretender que lo hagan los hombres.

Carme suspiró sonoramente como si me hallase al borde de colmar su paciencia.

—Mira, todas estas cosas suenan muy bien sobre el papel. El feminismo, la igualdad y todo eso... ¡Me van a hablar a mí de igualdad, que me he dejado los higadillos para que los tíos me traten como a una igual! Y no podrás acusarme de no haberte dado las mismas oportunidades que a cualquier hombre... no, que a cualquier hombre no, que al hombre más preparado, porque eres la mujer más preparada. A mí me importa un comino lo que cada uno esconda debajo de la ropa, el que vale, vale. Y así ha sido contigo, ¿o no?

—¿Entonces?

—Entonces ocurre que hay en juego un proyecto de millones de euros, con una proyección de varios millones más, para el que necesito a alguien que no sólo sea la persona más preparada, la más brillante y la de mi entera confianza, sino la que tenga disposición *full time*, la misma que tendría yo. Y, francamente, dudo de que estando embarazada y siendo madre puedas ofrecer esa disposición.

Asentí lentamente.

—Es decir: que no vas a darme la oportunidad ni de demostrarlo, que me quitas del proyecto.

—No, sólo te estoy enumerando los requisitos para que sigas en él. Ahora, la decisión es tuya. Tendrás que pensar cuáles son tus prioridades. Tómate unos días y la semana que viene me dices algo.

Abandoné el estudio con más días de vacaciones y la moral por los suelos. En realidad, era una idiota si había pensado que la reacción de Carme iba a ser diferente, si en algún momento fantaseé con la idea de que me dijera: «No te preocupes, nada ha cambiado. Toma tu decisión y el estudio te apoyará porque eres una buena profesional y eso es lo único que importa». Cierto que yo podría haberle confesado que tenía intención de abortar, que quizá callármelo no había sido jugar limpio. Pero al menos ahora sabía que si quería llegar adonde había llegado Carme, mi jefa iba a exigirme los mismos sacrificios que a ella le había costado. Lo que más me fastidiaba de todo este asunto es que una vez más tenía la sensación de no ser libre de tomar mis propias decisiones, sino que todo el mundo se apresuraba en decirme lo que tenía que hacer: ABORTA.

Esa misma tarde, después de aquella decepcionante reunión, recibí la respuesta a mi consulta sobre la propiedad en Castelupo y, en efecto, constaba inscrito a nombre de Giovanna Verelli un edificio independiente de dos plantas (antiguo molino harinero de agua) con una superficie total de ciento noventa metros cuadrados y terreno adyacente de dimensión indeterminada. La propiedad se presentaba libre de cargas y afecta al pago de los correspondientes impuestos.

—La casa de la *bisnonna* —murmuré delante de la pantalla del ordenador.

¿Sería ésa la casa en la que nació?, ¿en la que dormía junto a la gata vieja?, ¿en la que plantó el jardín con la gitana Viorica?... ¿Qué aspecto tendría aquel lugar?

El sonido del teléfono móvil me sobresaltó en plena ensoñación. Llamaban de la clínica donde tenía pensado abortar para comunicarme que al médico que iba a atenderme esa misma tarde le había surgido una urgencia que le obligaba a cancelar las visitas, de modo que me ofrecían que me viera otro doctor o reprogramarme la cita para la semana siguiente.

Escuché las explicaciones de la enfermera como algo completamente ajeno a mí. Tanto, que permanecí en silencio cuando se suponía que debía dar una contestación.

—¿Oiga?... ¿Sigue ahí?

—Sí... Sí... Disculpe... Eh... Déjelo. Si acaso, ya volveré a llamar yo.

—Entonces ¿le anulo la cita?

—Sí, por favor.

Terminé la conversación y colgué. Me quedé mirando el teléfono mientras pensaba en lo que acababa de hacer. No me encontré el más mínimo rastro de arrepentimiento, ni siquiera de conciencia sobre ello. Regresé con las mismas al punto en el que me habían interrumpido.

¿Cómo sería la casa de Anice?

—Me voy a Italia.

Aunque Carlo estaba al tanto de los recientes descubrimientos familiares, no se esperaba que mi llamada fuera para hacerle un anuncio como aquél y no pudo evitar no ocultar su asombro.

—¿A Italia? ¿Por qué?

—No lo sé.

—Pero Gia, esa casa, esa historia... Hace demasiado tiempo de todo eso. Es muy probable que ya no quede nada.

—Es que no es sólo la casa o la historia, soy yo. Quizá sea una excusa, una huida, no lo voy a negar. Una forma de darme tiempo... Todo lo que sé es que no quiero terminar con Pau, abortar y marcharme a China como si nada, como un lunes después de un domingo. Mi vida va a dar un giro de ciento ochenta grados y necesito una pausa antes de ponerme cabeza abajo.

—No sé si es buena idea. Admítelo: eres probablemente la persona más urbanita que conozco. Tu contacto más cercano con la naturaleza se reduce a pasear por el parque evitando pisar el césped y cuando te subes a ese Jeep tuyo que encoge las ruedas cada vez que pasa por encima de un charco. ¿De verdad crees que el mejor lugar para reflexionar sobre tu vida es un diminuto pueblo perdido de Italia? No aguantarás ni medio día allí. Te comerán los bichos y la maleza y las ovejas y las gentes con boina y sin prisa.

Mi hermano no desaprovechó la ocasión para burlarse de mí y tomarme el pelo.

—No tienes ni pizca de gracia.

Carlo se rio.

—Ahora en serio. ¿Por qué no esperas un poco? Si tanto interés tienes en probar la vida rural, tal vez pueda acompañarte.

—No, quiero hacer esto yo sola. Además, no te soportaría dándome lecciones todo el rato en plan boy scout —le devolví la chanza—. Soy una urbanita con mucha dignidad.

—¿Estarás bien?

Entonces, en su tono de voz adiviné una preocupación sincera y eso me enterneció.

—Sí. Si se me atascan los tacones en el barro te llamaré pidiendo auxilio.

A Pau nunca le había gustado viajar a la aventura. Siempre que podía escogía el avión como medio de transporte, y si se veía en la obligación de viajar en coche, tomaba la ruta más rápida y directa; se sentaba al volante y conducía de un tirón lo que le permitiese el depósito de gasolina. Ni siquiera se turnaba conmigo, no le gustaba ir de pasajero.

Entretanto, yo miraba el paisaje pasar veloz al otro lado de la ventanilla y leía los carteles de las desviaciones: pequeños pueblos, parques naturales, ciudades monumentales. Pensaba en cuánto me gustaría que nos detuviéramos de vez en cuando en algún lugar imprevisto y visitar un paraje con un nombre evocador o descubrir una pequeña ermita románica, desviarnos algunos kilómetros por una carretera secundaria rodeada de bosques, conocer esa catedral cuyas torres se adivinaban a lo lejos, almorzar una buena comida casera en un sencillo restaurante apartado de la autopista, comprar algún producto local. Pero no. Aquello no estaba en el plan.

«Cuando tengo que ir a un sitio lo que quiero es llegar cuanto antes, no perder el tiempo parando aquí y allá. Si tienes hambre compramos unas patatas fritas en la gasolinera. Ya cenaremos bien al llegar y haremos excursiones cuando estemos allí.»

Ésos eran los argumentos de Pau para contentarme. Él no entendía que a veces el placer de un viaje no está sólo en el destino, sino también en el camino. Además, tampoco hacíamos demasiadas excursiones al llegar. No, a Pau no le gustaba la aventura, al menos no la que no estaba relacionada con lo extramatrimonial.

Ése era uno de los motivos por los que yo estaba tan ilusionada con aquel viaje a Italia. Se trataba de un viaje sólo mío. Yo estaba al frente del volante, al control del mapa y de la ruta, de los tiempos, que podían estirarse, casi derretirse como el plástico al calor.

Según me había informado, el pueblo de Castelupo se encontraba al borde del parque natural de los Alpes ligures, cerca de la frontera con Francia, en el llamado valle Argentina, por el río que lo recorría. De acuerdo con Google Maps, el trayecto entre Barcelona y Castelupo duraba, en las condiciones actuales del tráfico a la una de la madrugada, que fue cuando consulté la web, ocho horas y diecisiete minutos.

«Si salimos a las nueve en punto de Barcelona y comemos algo rápido por el camino, podemos llegar para la cena, contando con un par de paradas para repostar.»

Así habría planificado Pau el viaje. Pero yo pensé con satisfacción, casi revancha, que ni mucho menos sería tan rápido, directo, simple y aburrido. Hacer aquel viaje en modo supersónico era un sacrilegio teniendo en cuenta que la ruta atravesaba algunos de los lugares más bonitos del Mediterráneo: la Costa Brava, el Languedoc, la Provenza, la Costa Azul y la Riviera de Liguria.

Con aquella máxima de sosiego y disfrute, partí de Barcelona a una hora indeterminada de la mañana, después de cargar el coche, un sólido, robusto y extravagante Jeep Wrangler de color rojo, un modelo antiguo de segunda mano que a mi madre hippy le hubiera encantado. Y que, Carlo tenía razón, nunca había pisado otra cosa que no fuera asfalto, pero aquello estaba a punto de cambiar. Puede que sin saberlo hubiera comprado aquel peculiar coche para ese momento de mi vida.

Metí en el maletero equipaje para una semana y una caja de *biscotti morbidi*. Aquello no era un detalle baladí, sino todo un guiño a la más genuina tradición Verelli para inaugurar un viaje dedicado a las raíces del pequeño clan. Y es que no había salida familiar sin que Nonna preparase los *biscotti morbidi*, unos delicados bollitos de vainilla del tamaño de una nuez, suaves y esponjosos como un bocado de aire, que se unían de dos en dos con una capa de mermelada, chocolate o crema;

en la receta de la *bisnonna*, el relleno era indefectiblemente de mermelada de albaricoque y hierbaluisa, planta que le daba un agradable toque a limón, además de ser muy buena para el estómago, según rezaba la sabiduría ancestral de las Verelli. Como yo no sabía prepararlos y Carlo ya no estaba para suplir mis carencias culinarias, me vi obligada a llevar a Andrea hasta la cocina y, entre los dos, ponernos manos a la obra. Fue casi terapéutico pesar los ingredientes con precisión, batir las claras a punto de nieve, mezclar la harina delicadamente con la espátula, repartir la masa en los moldes... Finalmente, mejor que peor, los *biscotti* estuvieron listos y relucientes entre papel de seda, dentro de una caja antigua de latón. Ya sólo de verlos, apretados unos contra otros y empolvados de azúcar glas, daban ganas de comérselos de una sentada.

Decidí la primera parada pronto, cerca de la frontera. Desde hacía tiempo, tenía ganas de visitar el Museo de la Acuarela de Llançà y aproveché el alto para almorzar un pescado a la brasa en un bar marinero. Seguí camino por autopista hasta el atardecer; entonces, me desvié y conduje hacia el borde de una playa de la Camarga y allí, sentada en el portón trasero del Jeep, me tomé un café para llevar y un par de *biscotti*, mientras contemplaba el panorama de arena y mar y a unos pocos surfistas saltando las olas. Ya era tarde cuando llegué al lugar donde haría noche, un coqueto Bed & Breakfast que un matrimonio inglés había acondicionado en un viejo granero de piedra en plena Provenza. Cené un poco de queso, fruta y té. Y me quedé dormida casi al instante de meterme en la cama, con las ventanas abiertas al jardín, arrullada por el canto del ruiseñor y los grillos.

Al día siguiente, tras desayunar bajo un sauce junto al estanque, deambulé entre pueblos de color crema y azul, atravesé campos de olivos y de lavanda, que en aquella época del año eran como alfombras de flores, y en un mercadillo me compré un cesto de mimbre, un sombrero de paja y una barqueta de fresas. Como las horas se me hicieron cortas, improvisé quedarme una noche más y dediqué la tarde a leer en el jardín del granero entre mordiscos de *biscotti* y sorbos de limonada de lavanda.

Abrí con pausa y ceremonia el diario de Anice, pasé las páginas con cuidado y retomé la lectura:

De cómo fui a la escuela y conocí a mis amigos del alma

> Padre no quería que fuera a la escuela. Fue Viorica la que se enfrentó a él para hacerle cambiar de opinión. No lo consiguió. Pero igualmente yo enfilé camino a clase con un mandil que mi madrastra me había cosido para que no me manchara la ropa de tinta. Viorica decía: «Jamás serás libre si no vas a la escuela...».

La escuela

Italia, de 1899 a 1911

En Castelupo había menos de seiscientos habitantes y el índice de analfabetismo rondaba el cincuenta por ciento, siendo especialmente elevado entre las mujeres más mayores. La escolarización era obligatoria en Italia de los seis a los doce años, por ley. Si bien, en la práctica, para muchas familias de entornos rurales los niños eran mano de obra en el campo y en casa de la que se resistían a prescindir las horas que requería su formación. Era por este motivo por el que la mayor parte de los niños en edad escolar abandonaban las clases a los nueve años, antes de acceder a la llamada escuela popular donde se impartían los dos últimos grados de enseñanza obligatoria, otros asistían de manera intermitente y algunos ni siquiera llegaban a aparecer por la escuela elemental.

Tal hubiera sido el caso de Anice. Según Vittorio, era absolutamente innecesario que su hija asistiera a clase.

—La cría hace más servicio ayudando aquí en casa —le argumentaba a Viorica con tono aleccionador—. Tú le puedes enseñar las cuatro letras y las dos cuentas que le harán falta, ¿para qué más?

Viorica intentaba hacerle ver con mano izquierda lo erróneo de aquel planteamiento, lo imprescindible que era para la niña un mínimo de educación que le asegurara poder valerse por sí misma en el futuro, progresar, gozar de independencia.

—¡Qué independencia ni qué mandangas! No seas necia, mujer. Nada de eso necesitará cuando encuentre un hombre que desposar. Enséñale a coser, a preparar la pasta y a arar el campo, todo lo demás son tonterías.

Consciente de que pretendía penetrar un muro, Viorica acabó por rodearlo. Sin el consentimiento de su marido, ella misma acompañó a la niña a las puertas de la escuela el día del comienzo de curso.

Cuando Vittorio supo de la argucia de la gitana, montó en cólera. Profirió toda clase de gritos y amenazas contra ella hasta que finalmente alzó su manaza de dedos gruesos y callosos y la descargó sobre su rostro. A causa del impacto, Viorica cayó al suelo; mas al segundo se incorporó, lentamente, como quien renace distinto. Con el cabello revuelto sobre el rostro, fijó los ojos encendidos de ira en su esposo, masculló unas palabras ininteligibles con aire de maldición y salió de la casa. Esa misma noche Vittorio enfermó y a causa de la calentura sufrió espantosas pesadillas.

A partir de entonces, nunca jamás volvió a ponerle Vittorio una mano encima a su esposa.

Fue así que Anice hacía todos los días ida y vuelta el camino desde el viejo molino que era su casa hasta la piazza del Borgo Alto, donde estaba la escuela municipal de Castelupo. Al principio, temerosa ante lo desconocido, agarrando con fuerza la mano de Viorica; al poco, ella sola, contenta y decidida, durante seis años en los que aprendió a leer, a escribir, aritmética, geografía elemental e historia del Reino de Italia.

A Anice le gustaba la escuela, allí tenía su propio pupitre y su tablilla encerada. Además, había una gran pizarra, una bola del mundo que giraba sobre un eje, un mapa de Italia y un ábaco para las cuentas. En invierno, era un lugar cálido con su estufa de leña siempre encendida, mientras que los días de calor, los gruesos muros de piedra mantenían el aula fresca. Durante los descansos, los niños podían salir a correr y a jugar en la plaza adoquinada. Eso era lo que más le gustaba a Anice, poder jugar con otros niños. En especial, con Manuela.

Pasado el tiempo, Anice llegó al convencimiento de que en el mundo cada individuo está unido a determinadas personas, aquellas que van a ser especiales en su vida, por un hilo tan delgado como el de la tela de araña, pero tan fuerte como el alambre. Así estaban unidas Manuela y ella, probablemente desde el día en que nacieron.

Manuela y Anice no se parecían en nada. Si Anice era tranquila y de pocas palabras, Manuela era una explosión de energía y verborrea. Si a Anice le podía la timidez, a Manuela le desbordaban la impulsividad y el atrevimiento. Si por su aspecto rubio y delicado, Anice parecía descendiente de las primeras tribus celtas que habitaron Liguria, Manuela, morena y con arrojo, lo era sin duda de los pueblos etruscos de la Toscana. Sea como fuere, desde el primer día que ambas niñas compartieron pupitre, se volvieron inseparables. Tal vez porque su conexión no pertenecía a ese tiempo ni a ese espacio, sino que se producía en un plano intangible y superior. Al menos, eso pensaba Viorica.

Y es que Anice no lo supo el primer día que conoció a Manuela, pero su amiga procedía de una antigua estirpe de *baggiure*, las brujas de Liguria. Viorica lo intuyó cuando se llevó a las niñas a un paseo por el bosque y presenció asombrada cómo Manuela reconocía con soltura todas las plantas, hierbas, árboles y arbustos, cómo sabía sus propiedades sanadoras y mágicas, cómo les susurraba como si dialogara con ellas en una especie de trance.

Entonces, Viorica le tomó la mano y miró su palma. En ella se distinguía nítidamente una mancha roja en forma de espiral.

—¿Eres una dama verde? —le preguntó la gitana.

Manuela le devolvió una mirada entornada y traviesa por toda respuesta, y empezó a reír y brincar a su alrededor.

—¿Una dama verde es un hada? —quiso saber después Anice.

—No, es una *baggiura*.

La niña sintió un escalofrío ante la sola mención de las brujas, sobre las que circulaban cientos de leyendas e historias espeluznantes que alimentaban la tradición popular de Castelupo.

—Pero no tienes por qué temer, mi *stellina di anice*. No creas lo que dice la gente, no todas las *baggiure* son malvadas. Y las damas verdes no practican la magia del diablo sino la de la Madre Tierra. Por eso Manuela y tú os sentís tan unidas.

Ambas niñas eran criaturas sanadoras, decía Viorica. Una por talento, la otra por linaje. Una con la naturalidad de quien posee un don, la otra con la tenacidad de quien desea cultivarlo. Una la *fata* protectora, la otra la *baggiura* ejecutora. Cada una a su manera. Quizá por eso las dos, y sólo ellas entre todos los niños de Castelupo, se hicieron amigas de Pino, el niño diferente.

Pino tenía el cuerpo deforme, caminaba mal, hablaba mal y su semblante presentaba rasgos de idiocia. Era el tonto del pueblo, decían. Aunque Pino había empezado a ir a la escuela con los demás niños, le costaba mucho esfuerzo aprender las lecciones, por eso la *signora* Paola tenía que dedicarle más tiempo y atención que al resto de los alumnos. Además, era objeto de burlas, carcajeos y agresiones por parte de unos pocos chavales sin escrúpulos que arrastraban en sus fechorías al resto de los chiquillos sin criterio. Salvo a Anice y a Manuela.

Desde el primer momento, las amigas se alzaron en valedoras del pobre Pino. Le permitieron compartir su pupitre, le ayudaron con las tareas, le entretuvieron con sus juegos e historias y se interpusieron entre él y las piedras que otros niños le lanzaban.

—Ojo de rata y lengua de serpiente, ¡que esta noche te duela el vientre! —Se encaró un día Manuela con el chico que llevaba la voz cantante, un mastuerzo pendenciero.

El otro se rio en su cara, pero su risa resultó nerviosa, y con ella y su pretendida dignidad puso fin a la emboscada de aquel día.

—¿De veras le has echado una maldición? —Anice no daba crédito a la osadía de su amiga.

Manuela se rio de buena gana.

—¡Qué va! Pero le he visto robar ciruelas a pleno sol del árbol de *zio* Gennaro y atiborrarse de ellas. A buen seguro se le suelta la tripa en cuanto la fruta caliente haga su efecto. Ojo de rata y lengua de serpiente... ¡Menuda tontería!

Al final, Pino dejó la escuela, pero todos los días vagaba por los alrededores esperando a que terminaran las clases y sus *amiche del cuore* salieran a compartir con él sus juegos.

Cumplida la escuela primaria, tanto Anice como Manuela superaron el examen de madurez e ingresaron en el llamado Curso Popular, pues Castelupo, por obra y gracia de su benefactor, era de los pocos pueblos de Italia que pese a no llegar a los cuatro mil habitantes contaba con un centro y un maestro para impartir los dos últimos grados de enseñanza obligatoria, que de otro modo hubieran tenido que cursar en la capital de la provincia, algo del todo imposible para ellas. Con doce años obtuvieron el título de educación elemental y hasta ahí llegó su formación.

Anice, como era una niña inteligente, de mente inquieta y curiosa, siguió devorando cuantos libros pasaban por sus manos; algunos se los prestaban sus antiguos maestros, otros salían del misterioso baúl sin fondo aparente de Viorica. Entretanto, la gitana siguió instruyéndola en asuntos de la naturaleza y de la vida.

Por esto y por tantas otras cosas, Viorica fue una buena madre para la niña. Estuvo con ella mientras la necesitó. Y quizá por eso se marchó cuando Anice dejó de ser niña; quizá, sencillamente, porque los gitanos son almas nómadas. El caso es que se fue, sin aviso ni despedida, por las fiestas de San Lorenzo, por el mismo camino que la había traído, una noche en la que el viento soplaba cálido del sur y empujaba las espaldas hacia las montañas. Para entonces, Anice no había cumplido los quince años aunque ya era una mujer; Viorica le había enseñado a serlo. Apenas lloró, nada más que esa misma noche de fiesta, al verse sola en la cocina oscura que antes siempre había iluminado la lumbre y la presencia de Viorica. Después, la cruda realidad le enjugó rauda las lágrimas.

Gelato all'amarena

Después de un par de días de viaje pausado, crucé la frontera con Italia, transitando por una impresionante autopista atrapada entre los Alpes y el Mediterráneo que parecía colgada del cielo. La parada de la tarde fue larga: en un pueblo marinero de casitas de colores y palmeras, calles estrechas y barcas balanceándose en el puerto, que merecía un paseo de sal entre buganvillas mientras saboreaba un cremoso *gelato all'amarena*, cuyo sabor me recordó a la mermelada de cerezas que preparaba Nonna. El simpático dependiente de la *gelateria* me explicó que en Bussana, un pueblo cercano que fue abandonado después de que un terremoto prácticamente lo destruyera, los hermanos Torre inventaron a principios del siglo XX el cono de helado, sobre la base de una receta de barquillo que les había enseñado un cocinero belga, y se hicieron famosos llevándolo por toda Italia en su carro ambulante.

Finalizada la parada al borde del mar, me adentré en una ruta de carreteras de montaña llenas de curvas y mal señalizadas. Aquel último tramo se me hizo eterno, pues me daba la sensación de conducir en el caos. A menudo me adelantaban en prohibido o invadían el carril contrario; apenas nadie usaba el intermitente, las líneas de la calzada aparecían y desaparecían sin criterio... Los demás conductores tal vez se supieran la carretera al dedillo de circularla con frecuencia, pero yo no, y que fuera de noche no ayudaba. Iba conduciendo como una novata, con las manos aferradas al volante, la espalda tiesa y el cuello rígido. No veía el momento de llegar; ni siquiera quería parar para cenar, el estrés me había quitado el apetito.

Acababan de adelantarme, de nuevo en un tramo con poca visibilidad, cuando continué por lo que parecía mi carril, que se prolongaba en curva. En realidad, era un cruce, que yo me salté. Entonces, sin poder anticiparlo, se me vino encima un coche a velocidad de autopista.

Frenamos bruscamente los dos. Di un volantazo, el otro conductor también. Chirriaron los neumáticos y me encontré en el arcén contrario, al borde del bosque, con las ruedas izquierdas del Jeep metidas en una zanja. Unos segundos de locura que terminaron en una escena congelada: yo misma incorporada sobre el volante pensando «estoy bien» mientras me palpitaban las sienes, me reventaba el corazón y me hormigueaba el cuerpo entero. Alivié la tensión maldiciendo y acerté a ver por el retrovisor los faros del otro coche en el arcén opuesto. El conductor abrió la puerta, salió, echó un vistazo a la carrocería en busca de algún daño y después se encaminó hacia donde yo estaba. Recorrió el corto tramo agitando los brazos y seguramente maldiciendo también. No tuve duda de que si me bajaba del coche las piernas no me sujetarían, así que aguardé el abordaje intentando recuperar el ritmo de la respiración. Ni siquiera pensé en cómo argumentaría mi error.

El otro conductor llegó hasta mi ventanilla y de algún modo, al verme, pareció calmarse. Al menos ya no braceaba al aire. Bajé el cristal.

—Lo siento, yo...

—¿Estás bien? —se interesó el otro para mi sorpresa.

—Sí... Sí... ¿y tú? ¿El coche? —Me temblaba la voz.

—Sí, sí, todo bien. ¿Es que no has visto el cruce?

Quizá en uso de mis plenas facultades le hubiera dicho que obviamente no y hubiera contraatacado haciendo referencia a la velocidad ridículamente excesiva a la que él circulaba. Pero con el susto aún en el cuerpo lo único que acerté a hacer fue disculparme de nuevo.

—No... Lo siento... yo...

—¿Seguro que estás bien? ¿Puedes arrancar?

Giré las llaves del contacto y el motor rugió de nuevo; por suerte sólo se había calado. Además, la extravagante rusticidad de mi querido Jeep me iba a ser de utilidad por primera vez: podría salir de la zanja sin problema.

—Estás muy pálida... —insistió el otro—. Hay un bar un poco más adelante. Si me sigues te conduciré hasta allí.

—No, no, muchas gracias, eres muy amable. Pero ya no estoy muy lejos de mi destino, prefiero llegar cuanto antes.

—Está bien. Como quieras.

Yo, que estaba deseando ponerme en marcha de nuevo, pisé el embrague, metí primera y enlacé una serie de frases aturulladas.

—Gracias... Y lo siento de veras... Buenas noches...

El hombre se apartó del coche. Maniobré, salí a la carretera y continué el camino, todavía temblorosa. Al rato, mi compañero de siniestro me adelantó. Entonces, pude comprobar con espanto que había estado a punto de accidentarme con un flamante Ferrari. ¡No quería ni imaginarme lo que me hubiera subido la prima del seguro de hacerle el más mínimo arañazo!

Veinte minutos después, rebasaba por fin el cartel que anunciaba la entrada a Castelupo. Atravesé las calles estrechas y desiertas del pueblo, que reposaba en calma bajo una luz mórbida. Seguía las indicaciones que había sacado de internet para llegar a la Locanda della Fontana, el único alojamiento del lugar, donde había reservado habitación. Lo encontré fácilmente. Aparqué en una callejuela cercana, apagué el motor y suspiré aliviada, aunque al estirarme sentí una punzada dolorosa en el trapecio; probablemente se había contracturado después de tanta tensión. Me moría de ganas de llegar a la habitación y descansar.

Arrastrando la maleta, que rebotaba ruidosa sobre el suelo de adoquines, entré en una pequeña recepción a media luz y vacía a aquellas horas de la noche. Tal y como indicaba un cartel sobre el mostrador, llamé a un timbre y al rato apareció un veinteañero que trataba de disimular la cara de sueño con una sonrisa entrenada de atención al cliente. El chico registró mi llegada rápidamente y con amabilidad me indicó que el restaurante ya estaba cerrado pero que si lo deseaba podía prepararme un sándwich o algo similar para cenar. Decliné la oferta; tenía el estómago revuelto y no me apetecía comer nada.

Cuando finalmente llegué a la habitación, sólo podía pensar en descalzarme, desvestirme y meterme en la ducha. El pequeño cuarto resultaba bastante acogedor, incluso más de lo que prometían las fotografías de la página web. Era sencillo, contaba sólo con los muebles imprescindibles: la cama de matrimonio, un par de mesillas de noche, un armario, un escritorio y una silla. Todos ellos de madera, lo que, junto a la colcha de *patchwork*, los almohadones de lino, las luces indirectas y un par de cuadritos con ilustraciones botánicas de rosas, le daba un toque cálido. El baño también era sencillo y correcto; incluso ofrecía una línea de productos de tocador ecológicos al aceite de oliva que no tardé en estrenar. Con el cuerpo fresco y suave y la plácida sensación de llevar puesto un pijama limpio y amplio, repasé el escaso contenido del minibar y opté por prepararme un té en la tetera eléctrica cortesía del hotel. Me tumbé en la cama para llamar a Carlo e informarle de que ya había llegado a Castelupo, obviando, para no preocuparle sin necesidad, mi pequeño accidente sin consecuencias. Charlamos un rato y, cuando colgué, me quedé mirando el techo, con el teléfono en una mano, masajeándome con la otra el hombro dolorido.

Otro día más sin señales de Pau.

En rigor, no tenía por qué tenerlas. Era mejor no tenerlas. Lo nuestro se había acabado. Y, sin embargo, yo seguía esperando ver una llamada o un mensaje de él cada vez que cogía el teléfono. Quizá porque todo había sucedido demasiado rápido y no había tenido tiempo de asumirlo. Tiempo de desenamorarme.

El incidente de la llamada de su mujer había marcado un antes y un después en nuestra relación. No es que hubiera dejado de querer a Pau de un día para otro, es que me sentía traicionada y manipulada; es que había abierto los ojos: ¿adónde conducía aquella situación?, ¿a qué aspiraba amando a un hombre casado, siendo siempre la otra?

Me empeñaba en negármelo a mí misma pero, siendo sincera, tenía que reconocer que había esperado que mi embarazo, independientemente de que siguiera adelante o no, se hubiera convertido en la ocasión perfecta para que Pau pusiese fin a su matrimonio de una vez por todas y apostase por un futuro conmigo. No había sido así. Todo lo contrario. Quizá intuyendo que ese embarazo le ponía entre la espada y la pared, Pau estaba obsesionado con que abortase y además había consentido que Sandra me amenazase y me insultase sin hacer nada al respecto; en cierto modo, había tomado partido por su mujer.

—Esto se acabó, Pau. No puedo seguir así. Ya no quiero seguir así —le lancé el órdago la última vez que nos vimos.

—Pero ¿por qué? Nos queremos. ¿Qué es lo que ha cambiado?

—Ése es el problema, que en tres años no ha cambiado nada.

Y yo intenté explicarle cómo me sentía, qué era lo que esperaba de él. Sin embargo, Pau no comprendió absolutamente nada.

—¿Es por el embarazo? No me puedo creer que quieras tener ahora un hijo, Gigi. Tengo la impresión de que no te has parado a pensar detenidamente en lo que eso supone.

—No entiendes nada, Pau. El embarazo no tiene nada que ver con esto. Voy a abortar, ya te lo he dicho. Pero ¿es mucho pedir que me demuestres que me quieres lo suficiente como para estar sólo conmigo?

Después, me había pasado llorando un par de días con sus noches. Sólo la emoción del viaje había mitigado mi congoja.

De eso hacía ya una semana. Y yo era tan tonta como para seguir albergando la esperanza de que él me llamaría para decirme que había dejado a su mujer porque me quería lo suficiente como para estar sólo conmigo.

Tiré el teléfono sobre la mesilla de noche. Sentía angustia en la boca del estómago. Me levanté de la cama y salí al balcón en busca de aire fresco.

Mi habitación daba a una plazoleta con una pequeña fuente circular de piedra de la que tomaba el nombre el hotel. El borboteo pausado del agua era el único sonido que quebraba el silencio de la noche; y el canto de los grillos a lo lejos, en los bosques circundantes. El cielo estaba cuajado de estrellas, el aire era ligero y traía el aroma de la vegetación. Me arrebujé en el *mezzaro* de la *bisnonna* y me acodé en la barandilla. Aspiré profundamente y exhalé largo. La calma del entorno no parecía contagiárseme. Al revés, dejaba al descubierto mi sensación de abandono.

Me pregunté qué demonios hacía yo allí, qué había ido a buscar, qué pretendía encontrar... y por qué no me había hecho esas preguntas antes de emprender el viaje. Me pregunté por qué estaba tomando decisiones erráticas, por qué estaba desmontando pieza a pieza mi vida. Me pregunté por el futuro. Qué gran error es preguntarse sobre el futuro, sólo conduce a la angustia sobre lo incierto, lo inmanejable. La más estéril de las angustias.

Tenía treinta y cinco años y estaba sola. Con treinta y cinco años la soledad no importa demasiado. Puede ser una opción. Pero ¿qué ocurriría cuando tuviera cuarenta y cinco o cincuenta y cinco o sesenta y cinco?

Entretanto, unas pocas células seguían desarrollándose dentro de mí, ajenas a mi debate y a mis intenciones. Iniciando su plan de nueve meses hasta convertirse en un ser humano. Aquella idea me produjo escalofríos. Traté de apartarla pero no lo logré.

Yo no había sido víctima de una violación, ni era una adolescente que había cometido un error que hipotecaría toda su vida. No tenía problemas de salud ni económicos. Mi vida no corría peligro. ¿Acaso estaba siendo frívola y egoísta por desear abortar?, ¿o estaba simplemente ejerciendo mi derecho como mujer sin tener por qué atender a más consideraciones? Nadie me había señalado con un dedo acusador por querer abortar; más bien al contrario, mi entorno me animaba a hacerlo. ¿Por qué no podía dejar de darle vueltas entonces?

¿Y si no volvía a quedarme embarazada? Nunca sería un buen momento. Si no era un buen momento a los treinta y cinco, resultaba ingenuo pensar que a los cuarenta y cinco sería el momento ideal. Mi carrera profesional nunca iba a dejar de exigirme dedicación absoluta hasta la jubilación, tarde para un embarazo. Cualquiera diría que la naturaleza odia a las mujeres al poner fecha de caducidad a nuestra capacidad de reproducción, la verdad. ¿Cómo pretende que hagamos todo lo que queremos hacer en tan poco tiempo? Parece mentira que la naturaleza sea un término en femenino...

Pero es que justo en ese momento... Había roto con mi pareja, porque no quería ejercer de padre de mi hijo. Tendría que ser madre soltera. Acababa de perder a mi abuela, la única persona que hubiera podido ayudarme. Tendría que arreglármelas sola. Estaba a punto de dar el salto definitivo en mi profesión. Tendría que renunciar a ello.

No iba a ser madre. No era un buen momento. Estaba decidido.

Pero ¿me arrepentiría alguna vez de haber tomado tal decisión?

El repentino chasquido de un mechero en el balcón contiguo me sobresaltó. Antes de que pudiera escabullirme en una retirada discreta, el vecino fumador ya se había asomado a la barandilla.

—Buenas noch... ¡Anda! Si eres tú...

No podía creerlo: ¡mi vecino de habitación era el conductor del Ferrari que había estado a punto de arrollar! Maldita casualidad.

—Sí... —Sonreí forzadamente—. Eso me temo. Aunque te aseguro que fuera del coche no supongo un riesgo para la vida de nadie, puedes estar tranquilo.

Él se rio y yo aproveché su buen humor para volver a disculparme:

—Antes, con los nervios, no te dije nada, pero fuiste bastante comprensivo. Otros en tu lugar estarían todavía insultándome.

Él agitó la mano en el aire quitándole importancia al asunto.

—La verdad es que ése es un cruce endemoniado. Y, no nos engañemos, yo iba mucho más rápido de lo que se debe en ese tramo. Afortunadamente, todo ha quedado en un susto. Por cierto, me llamo Enzo.

—Gianna.

Nos estrechamos las manos sorteando la mampara que separaba los balcones.

—¿Fumas?

—No, gracias.

—Siempre estoy intentando dejarlo, pero no lo consigo. Supongo que no estoy del todo decidido... —explicó mientras apagaba la colilla a medio terminar en un cenicero que apoyaba en la barandilla. Entonces se inclinó sobre la mesa del balcón y volvió con una tarrina de porexpán—. Mejor el helado. ¿Te apetece? Es de cereza, de la mejor heladería de Sanremo. Deberías probarlo.

Iba a haber rechazado la invitación; sin embargo, me pareció gracioso que se tratara precisamente de *gelato all'amarena*.

—Sí... Es mi sabor favorito. Gracias.

—También el mío. No tengo cuchara, pero puedes usar el barquillo para cogerlo —sugirió mientras partía en dos una oblea crujiente y me tendía una mitad. Ambos hincamos la galleta en la suave crema helada—. Al ver tu matrícula, pensé que eras española —continuó él con la boca llena de dulce.

—Y lo soy. Pero de familia italiana.

—¿Y eso es lo que te ha traído a este pueblo perdido? ¿Visitar a tu familia italiana?

—Bueno... Más o menos. No tengo familia en Italia, pero

acabo de descubrir que mi bisabuela era de aquí. Quería conocer el lugar donde nació.

—Vaya, parece que el destino nos une en algo más que en un cruce de carreteras y el sabor de un helado. Parte de mi familia también proviene de aquí. ¿Ves esa colina? —Señaló al frente donde apenas se distinguían siluetas en la noche—. El bulto oscuro que hay encima es un castillo. El que da nombre al pueblo. Mi tío abuelo lo heredó de un primo suyo después de la Primera Guerra Mundial. No le interesaba demasiado el viejo caserón, así que lo vendió. Y, cosas de la vida, yo acabo de comprarlo. Bueno, unos socios y yo. Queremos construir un hotel. Ahora de noche no habrás podido apreciarlo, pero el pueblo tiene bastante encanto y los alrededores son muy bonitos, con el río, los bosques, los viejos molinos, las pequeñas granjas... Un buen sitio para hacer turismo rural. Y el castillo como edificio es verdaderamente singular, una joya renacentista del siglo XV repleta de leyendas. Aunque lleva mucho tiempo abandonado y va a necesitar una buena reforma. ¿Te gustaría visitarlo? Puedo enseñártelo, si quieres.

Adoraba los edificios y el Renacimiento y las leyendas y las reformas... Aquél era un dulce aún más difícil de rechazar que el helado de cereza.

—Sí, la verdad, me encantaría.

Entre las sombras, pude distinguir una sonrisa en el rostro de Enzo antes de que éste la extinguiera con un bocado de helado.

—Estupendo. Mañana tengo que ir con el contratista pero, como seguramente acabemos coincidiendo en el desayuno, ya lo organizamos.

Asentí casi a la vez que se me escapaba un bostezo, y al bostezar noté de nuevo el latigazo doloroso en el hombro.

—Lo siento... —me disculpé evitando el gesto de dolor—.

Ha sido un día muy largo. Creo que me voy a acostar. —Y con el último bocado al barquillo sellé mis intenciones—. Gracias por el helado. Estaba delicioso.

—No hay de qué. ¿Te veo mañana?

—Sí. Buenas noches.

—Hasta mañana.

Me dio la sensación de que Enzo me observaba mientras desaparecía hacia el interior de la habitación. Antes de entrar, oí de nuevo el chasquido del mechero. Enzo había encendido otro cigarrillo y se acodaba en la barandilla a fumar.

Me levanté temprano. Había pasado una noche horrible a cuenta de mi hombro contracturado, dolorida y maldiciendo la hora en la que no se me había ocurrido meter ni siquiera un analgésico entre las cosas de mi equipaje. Después pensé que, si estaba embarazada, quizá no debería tomar analgésicos, a lo que le sucedió la idea de que si iba a abortar, lo que tomara o dejase de tomar realmente importaba muy poco. En realidad, estaba hecha un lío con todo aquello, lo cual no hacía más que aumentar mi inquietud y contribuir a mi dolor y a mi insomnio.

Acababa de amanecer cuando ya me encontraba en la recepción preguntando por una farmacia. En aquella ocasión me atendió una exuberante mujer, más o menos en los cuarenta aunque con aspecto juvenil. No pude evitar fijarme en su escote, pensado para lucir sus abundantes encantos pectorales. Con la misma exuberancia gesticulaba al hablar haciendo tintinear las muchas pulseras que colgaban de sus brazos. Su tono era algo elevado, o al menos eso me pareció a mí a aquellas horas de la mañana y después de haber dormido poco. Por lo demás, resultaba una mujer amable que parecía sentir como si realmente fuera culpa suya que no hubiera una farmacia en el pueblo.

Yo sonreí quitándole importancia; sin embargo, estaba tan alucinada como indignada. ¿Cómo que no había una farmacia en el pueblo? ¿Acaso no había farmacias en todas partes? ¡Hay bares en todas partes, por Dios! Si estuviera en Barcelona, no tendría ese problema. Al lado de mi casa había por lo menos tres o cuatro farmacias y una era veinticuatro horas.

Entonces me pareció escuchar la risita maliciosa de mi hermano y un todavía más malicioso «te lo dije». A punto estuve de gritar: «¡Me da igual que no haya farmacia, puedo soportarlo!». La dueña del hotel me hubiera tomado por loca, así que me limité a asentir con una sonrisa boba mientras ella continuaba con sus explicaciones.

—Pero tenemos un fantástico herbolario y le aseguro que Mica, la dueña, hace milagros.

Acto seguido, me dio toda clase de detalles acerca de cómo el pasado año la famosa Mica le había curado una infección de la piel sólo con remedios naturales, sin necesidad de médicos ni antibióticos.

—Abre a las nueve. Dígale que va de parte de Fiorella.

Yo era partidaria convencida de la medicina científica, pero estaba tan cansada del dolor y con tan pocas ganas de hacerme los treinta kilómetros hasta la farmacia más cercana que me vi dispuesta a darle una oportunidad al herbolario.

—¿Ves? No pasa nada porque no haya farmacia. Sé adaptarme —no me resigné a dejar de mascullar como si Carlo pudiera oírme.

Mientras esperaba a que el herbolario abriera, me senté en la soleada terraza del hotel con un café y una tostada de pan integral, que por lo visto era una especialidad del pueblo, acompañada de tomates secos y *brussu*, un queso fresco de la zona.

A la luz del día, pude recrearme bien en los detalles de Castelupo. El pueblo se asentaba en un frondoso valle surcado de un río y parecía trepar colina arriba dejando un reguero de callejuelas empinadas, escaleras, soportales y casas de piedra o encaladas y pintadas en los colores de la tierra, con tejados de tejas viejas y contraventanas verdes. Pero lo que más ilusión me hizo fue localizar, en el mismo lugar en el que me encontraba —una pequeña plaza porticada con su iglesia y con su fuente, justo enfrente del hotel—, la que seguramente había sido la escuela de Anice. Se trataba de un edificio tal y como mi bisabuela lo describía: de piedra, con una puerta en forma de arco, ventanas pequeñas y escasas, una escalera lateral para acceder al segundo piso. En el dintel de la puerta, grabadas en la piedra y algo desgastadas, se leían las palabras: SCUOLA ELEMENTARE.

—¿Sigue siendo ésa la escuela? —le pregunté al camarero, un sesentón enjuto y circunspecto.

—No, ya no. —Resultaba increíble toda la nostalgia que rezumaban tan pocas palabras—. Lo fue hasta los ochenta. Yo mismo estudié allí. Pero cuando el pueblo se quedó sin niños, la cerraron. Desde hace un par de años hay una escuela infantil, pero está en una sala del ayuntamiento.

Aquel hombre hablaba italiano con un fuerte acento que a veces se acercaba al francés o incluso al portugués. Su tono era triste, como el de un lamento, algo parecido a como entonan los gallegos el castellano. Más tarde, averiguaría que los ligures tienen su propio dialecto, el *zenéize*, todavía empleado por la gente mayor en las zonas rurales, y que algunas de sus expresiones o su cadencia lastimosa asoman cuando usan el italiano.

Dado que el camarero parecía oriundo de Castelupo, me animé a sacar la foto de satélite que había conseguido del molino y pedirle indicaciones de cómo llegar.

—*Belin*... ¿Para qué quiere usted ir a ver esa ruina?

Con el tiempo, también aprendí que en dos de cada tres frases pronunciadas por un ligur aparece la palabra «belin» o alguno de sus derivados y que su significado es imposible de resumir en un solo término, pues tiene que ver con el contexto, el lugar que ocupa en la frase, el estado de ánimo de quien la usa... Sería algo equivalente al «cojones» en castellano: no es lo mismo decir «estoy hasta los cojones» que «esto está bueno de cojones». A eso habría que añadir «acojonante», «cojonudo», «cojonero»... Algo así sucedía con *belin*, pero su uso era menos vulgar.

Me encogí de hombros; de momento no me apetecía dar explicaciones de qué me había llevado hasta el pueblo.

—Me gustan los molinos.

El otro me miró como si fuera extraterrestre, pero me indicó cómo llegar, no sin rematar al cabo:

—Pero no pierda el tiempo con esa *belinata*. Es mejor visitar la iglesia de San Lorenzo, eso sí que merece la pena.

Tras la breve conversación con el camarero, caí en la cuenta de que eran más de las nueve, de modo que terminé mi tostada de un bocado y me dirigí al herbolario. Recorrí unas pocas vías estrechas y laberínticas a las que apenas llegaba la luz del sol, fijándome en los detalles de las edificaciones: las casas eran por lo general sencillas, unidas en ocasiones por contrafuertes a modo de arcadas que cruzaban de lado a lado de la calle; el toque de color a las fachadas de piedra se lo daban las contraventanas y los balcones llenos de flores; además, bonitas farolas de hierro colgaban de las esquinas. Tras subir una empinada cuesta con vistas al río y al valle, llegué a un punto en que la calle se ensanchaba y empezaban a aparecer pequeñas tiendas apretadas unas contra otras: una panadería, otra de productos regionales, otra de recuerdos, una cacharrería... Pero a nadie se le había ocurrido abrir una farmacia. Y luego se preguntan que por qué la gente se va a vivir a las ciudades.

Finalmente, me detuve frente a lo que parecía el herbolario. Alcé la vista hasta el cartel de madera pintado de verde: MAGICA MANUELA. Paladeé brevemente el nombre.

¿Sería posible que también allí estuviera siguiendo las huellas de mi bisabuela? ¿Tendría algo que ver esa Manuela mágica con la Manuela *baggiura* de su historia? Probablemente no, pero en cualquier caso me pareció una hermosa casualidad, casi una señal. Hubiera sonreído de no ser porque me dolía el hombro y aún estaba enfadada con aquel pueblo sin farmacia. Entré en la tienda al sonido de unas campanillas colgadas de una brujita montada en escoba que había sobre la puerta.

El local era pequeño y estaba atestado de género: frascos en las estanterías que cubrían las paredes, comida orgánica repartida en mesitas, una pila de tarros de aceite de coco que desafiaba las leyes de la física, cestos con bolsas de harinas integrales y salvados... El ambiente olía a una extraña mezcla de levadura, hierbas e incienso.

Tras el mostrador, una mujer atendía a una clienta. De edad indefinida, quizá algo mayor que yo, pero con una piel sonrosada y tersa como la de una jovencita, no era muy alta y más bien rechoncha. Recogía su larga melena oscura y rizada en un moño alto, atado con prisa, y vestía un peto vaquero y una camiseta de rayas. Cuando hubo terminado de atender, se dirigió a mí con una sonrisa casi maternal.

—*Bongiórno* —me saludó en ligur.

—Buenos días, ¿eres Mica?

Ella asintió expectante y yo le expliqué cómo y por qué había llegado hasta su tienda. Al cabo, Mica suspiró.

—¿Qué quieres que te diga? Para un alivio rápido no hay nada como un analgésico, pero si tienes paciencia, algo podemos hacer.

—Lo que no tengo son ganas de coger el coche.

—Entonces, no se hable más.

Mica se giró y localizó sin titubeos dos preparaciones de entre las muchas que se agolpaban en la tienda. Las dejó sobre el mostrador.

—Crema de árnica: aplícala sobre la zona dolorida tantas veces como quieras. Y raíz de harpagofito, que es un buen antiinflamatorio y analgésico. Puedes tomar hasta tres cápsulas al día, mejor con las comidas... ¿Estás embarazada?

—No —solté sin pensar—. ¿Por qué? —Y me pareció que se notaba a la legua que mentía, como si ya luciera una tripa de siete meses.

—Porque no debes tomar harpagofito si estás embarazada.

—Ah... No... No. Pero... quizá... mejor si me das algo más suave.

Mica volvió a buscar entre su caos organizado y regresó con una caja.

—Infusión de valeriana. No es tan eficaz como el harpagofito, pero como es relajante muscular algo ayudará. ¿Me permites que te examine la contractura?

—Sí... claro.

La mujer salió de detrás del mostrador y se empinó ligeramente para tocar mi hombro. Lo hizo con cuidado, pero a la más mínima presión, yo notaba el latigazo de dolor.

—*Belin*... Tienes aquí un buen nudo. Está todo el trapecio tieso como un palo y además hay algo de inflamación. Si vienes al mediodía, cuando haya cerrado la tienda, puedo darte un masaje con aceite de romero para destensar la zona.

Me pareció una buena idea, así que concretamos la hora de la cita. Después pagué los remedios y me apliqué allí mismo la primera dosis de crema. De nuevo en el exterior, enfilé ruta hacia el molino, abajo en el valle.

Con el sol cada vez más alto, las calles se fueron llenando de luz y el verdor de los bosques resplandecía casi fluorescente. En aquella zona comercial se percibía cierto barullo matutino de gentes locales, una pareja de jubilados turistas con pinta de nórdicos deambulaba por la tienda de especialidades locales, de los bares manaba aroma a café y a pan, a desayuno pausado y, de cuando en cuando, brotaban las exclamaciones típicas de la parroquia italiana.

Ya fuera de ese núcleo, me crucé con alguna persona más, pero en general el ambiente era tranquilo y silencioso; por el interior del pueblo no circulaban coches y sólo esporádicamente alguno pasaba abajo, por la carretera del valle. Durante mi paseo, apenas escuché más sonido que el del torrente de agua, que corría caudaloso a finales de la primavera, los trinos desacompasados de los pájaros y lo que parecían los cencerros de un rebaño que no llegué a ver. En varias ocasiones, me detuve a contemplar el paisaje de abrumadora naturaleza, a hincharme los pulmones de aire fresco y limpio y a templar el rostro al sol. Me permití regodearme en una sensación de calma y plenitud absolutamente insólitas para mí. Sólo el peso de la llave de hierro en mi bolso me producía cierta inquietud. Por lo demás, todo había perdido importancia.

Después de bajar unas cuantas cuestas y un par de tramos de escaleras, me encontré al borde del río y tomé una vereda paralela al cauce en dirección a las montañas. No tardé en divisar la construcción del molino, sita junto al agua en una pequeña pradera rodeada de árboles pero sin vallar. El conjunto resultaba algo deslavazado, con un núcleo principal y otros dos adosados a distintos niveles. Parte lo devoraba la naturaleza que, sorprendentemente, parecía brotar de dentro hacia fuera de los muros y salir por el tejado, vencido en algunas zonas; sobre una de las chimeneas habían anidado las cigüeñas y después abandonado el nido. Según me fui aproximando, comprobé que la construcción principal se hallaba en mejor estado; la fachada se alzaba intacta, libre de la invasión de la maleza, igual que el tejado, e incluso algunas de las ventanas estaban protegidas por plásticos o tablones de madera mientras que las de las construcciones adyacentes simulaban un guiño con sus marcos desvencijados. Junto a la puerta principal, en forma de arco, se apilaba un buen montón de troncos de leña, detalle que en aquel momento, desbordada por el examen de todo lo demás, no me pareció significativo.

Antes de intentar entrar, me planté frente a la casa como si le presentara mis respetos, como si pretendiera decirle quién era yo y por qué estaba allí. A cambio, el viejo molino, con sus ojos caídos y su enorme bostezo, parecía darme el beneplácito de un anciano monarca medio dormido. El pretendido gesto me produjo una agradable sensación. Cierta emoción incluso. La casa de la *bisnonna*... Nunca hubiera imaginado estar ante ella.

Aquel lugar tenía encanto: enseguida vi posibilidades a tal desbarajuste de piedra, madera y teja de barro cocido. Además, el entorno natural era espectacular, con el río a los pies, sobre el que hacía años se había detenido la rueda del molino, y el abrazo de las frondosas montañas. Aquél era el hogar de Anice: la cama donde nació, la cocina donde aprendió a cocinar, el jardín que plantó; desde allí enfilaba a diario el camino a la escuela con su mandil blanco.

Dominando la emoción, me dirigí a la puerta con la llave en ristre, ocurriéndoseme entonces por primera vez que quizá no encajara en la cerradura. Sin embargo, el hierro penetró sin dificultad y giró suavemente como si no hubieran pasado cien años desde la última vez que llave y cerradura se encontraran. Sonreí.

No obstante, mi sonrisa se borró de inmediato en cuanto estuve dentro. Me esperaba ruinas, escombros, abandono... Pero no aquello. El lugar no estaba en absoluto abandonado y me di cuenta nada más ver unas viejas botas de monte llenas de barro en el suelo, bajo un chaquetón no menos viejo que colgaba de un perchero. El interior era decrépito, las paredes estaban desconchadas, los suelos rotos, el techo abovedado mostraba temibles grietas y feas manchas de humedad, y aun con todo, se apreciaba una inquietante limpieza y orden alrededor. Quizá lo más sensato hubiera sido marcharse de allí inmediatamente, pero la curiosidad tiró de mí hacia el corazón de la casa.

—¿Hola?... —iba anunciando mientras tanto, con la esperanza de oírme sólo a mí misma—. ¿Hola?... —Hacía eco mi saludo.

Llegué hasta el salón, abierto a lo que parecía una cocina. Se trataba de un lugar decadente y horrible, pero reunía enseres que, aunque podían haber sido rescatados de un vertedero, estaban en más o menos buen uso: un sofá de cuero falso con la tapicería desgastada, una mesa de centro de plástico, una lámpara de metal negro con la pantalla quemada... En el suelo, junto a la chimenea, había una caja de fruta con papeles de periódico y piñas. La cocina podía llamarse así por el infiernillo de gas que reposaba sobre un poyete y la nevera de al menos los años setenta que sonaba como una carraca. Por lo demás, carecía de los muebles habituales y en su lugar había armarios sin puertas que dejaban a la vista unos pocos cacharros descabalados y envases de comida abiertos que, desde luego, no provenían del siglo pasado. Un olor a madera quemada, humedad y pan tostado impregnaba el ambiente y me producía ciertas náuseas.

Justo en el momento en que había decidido que lo mejor era salir de allí de inmediato escuché unos ladridos de perro grande que, inexplicablemente, me dejaron clavada en el sitio. Cuando me volví hacia la puerta por donde había entrado, descubrí a un hombre barbudo con pinta de vagabundo que me acechaba blandiendo con una mano un madero y sujetando con la otra el collar del perro, un golden retriever, dispuesto éste a echárseme encima.

Grité aterrorizada y el hombre bajó el madero. El perro siguió ladrando.

—¡Cállate, Trón!

El animal obedeció al instante, aunque continuó agitándose nervioso para zafarse de la mano de su amo. Se le escapó un nuevo ladrido que mereció un pescozón.

—Cállate, *abelinòu*...

—Lo siento... —balbuceé. Sólo pensaba en salir de allí cuanto antes—. Yo... me iba ya... Me iba... —Me deslicé cautelosa entre los muebles, evitando ir derecha hacia donde estaba la amenazante pareja bloqueando la puerta—. Ya... me voy.

El hombre me miraba más desconcertado que enojado.

—¿Cómo has entrado?... ¿Por qué? —Sus palabras también sonaron vacilantes, como si hubiera sido él el sorprendido en morada ajena y no al revés.

Sin dejar de encaminarme a la salida, pensando en cómo colarme hábilmente por el escaso hueco que quedaba libre antes de que el otro pudiera retenerme, argumenté con torpeza:

—Soy Gianna... Verelli. Mi bisabuela... No importa... Es que tengo una llave... —Se la mostré cuando estaba casi a su lado.

El otro desvió la vista para fijarse en el objeto que le enseñaba. El perro, al tener a la intrusa cerca, volvió a ladrar. Su amó volvió a recriminarle. Y yo aproveché para escapar. Me deslicé ágilmente por la puerta hasta el recibidor y contuve el instinto de echar a correr para no dar la sensación de que huía como una ladrona. Sin embargo, en cuanto me supe fuera de la vista de aquel hombre que sin duda había hecho de la casa de la *bisnonna* su hogar, aceleré el paso y terminé trotando cuanto mis piernas temblorosas daban de sí.

Llegué a los límites del pueblo sin aliento. Cuando comprobé que no me seguían, me senté en un murete jadeando, doblada por el flato. El sudor me picaba en la cara y una nube de mosquitos me iba derecha a los ojos por más que aventara manotazos para espantarla. ¡Maldito perro, maldito tío chiflado y maldita la hora en que se me había ocurrido meterme allí! ¡Y malditos mosquitos!

Me dieron ganas de volver a hacer la maleta y largarme. Regresar a la civilización donde había farmacias, los mosquitos no atacaban en grupo y nadie me había amenazado nunca con estacas y perros rabiosos.

—Te odio, Carlo. Te odio.

Entré en el herbolario de Mica, pálida, exhausta y con el hombro más dolorido que antes. Necesitaba ese masaje desesperadamente.

—Déjame que te mire los ojos —me pidió Mica.

No supe bien qué contestar.

—¿Los ojos?

—Sí —reiteró mientras prácticamente me sentaba en una silla.

Mica me levantó la barbilla y acercó su rostro de piel muy blanca y pecosa sobre la nariz al mío, me abrió los párpados inferiores y me examinó la conjuntiva. La mujer soltó una risita. El aliento le olía a menta.

—Bizqueas —constató divertida.

—Es que estás muy cerca... ¿Me has abierto los ojos para ver si bizqueo?

Mica volvió a reír y, por fin, me liberó los párpados. Yo guiñé varias veces para aliviar el picor.

—No. Tienes un poco de anemia. ¿Te sientes cansada?

—Sí, la verdad.

—Come muchas ensaladas de hoja verde y vitamina C, zumo de limón, kiwi, fresas... Los frutos secos también son buenos, sobre todo los pistachos. Y que te dé el sol y el aire puro.

—¿Y no debería tomar hierro?

Mica se encogió de hombros.

—Te destrozará el estómago. Mejor jalea real o polen.

Entonces escuché una vocecita en mi interior, sospechosamente similar a la de Pau, que me decía: «Mejor abortar de una vez, ¿no?».

—Bien, vamos con ese masaje. —Mica me sacó de mi ensimismamiento.

En la trastienda del herbolario, Mica tenía una pequeña sala mucho más pulcra que la caótica tienda, con una camilla, un lavabo, una cómoda y un ficus artificial. Allí me desnudé de cintura para arriba, me cubrí con una toalla y me tumbé bocabajo en la camilla mientras Mica ponía música relajante en su teléfono móvil, encendía un quemador de esencias y preparaba una mezcla de aceite de almendras, aceite de romero y pimienta para masajearme la contractura.

Al principio, el masaje resultó doloroso; tenía la sensación de que aquella mujer me incrustaba los dedos en la piel y literalmente me deshacía a mano el nudo de los músculos. Sin embargo, poco a poco, el dolor fue remitiendo, así como la intensidad del masaje, hasta que llegó a un punto en que pude relajarme hasta casi quedarme dormida. El colofón del placer se produjo en el momento en que la masajista me aplicó unas compresas de arcilla templada sobre la lesión, entonces no tuve duda de que me dormí e incluso creí haber roncado. Cuando Mica me espabiló, sentía una agradable sensación de sopor y liviandad.

—¿Qué tal?

—Bien... Muy bien... —murmuré medio atontada—. Me duele mucho menos.

Mica sonrió satisfecha y comenzó a recoger el lugar. Yo me fui vistiendo con calma.

—Sigue dándote la pomada de árnica y esta noche, antes de acostarte, ponte calor con una toalla y un secador.

Asentí distraída mientras me abrochaba la blusa.

—¿De dónde eres?

Mica permanecía de espaldas a mí, limpiando unos cuencos en el lavabo.

—De Barcelona.

—¿No eres italiana? Pensé que venías de la Toscana. O de Milán, en todo caso. Apenas hay acento en tu italiano. ¿Y has venido de turismo? No suelen llegar muchos turistas extranjeros a Castelupo, la mayoría prefieren quedarse en las playas.

—En realidad, he venido siguiendo el rastro de mi familia. Mi bisabuela era de aquí.

Mica se giró entusiasmada, como si el hecho de que mi familia fuera de Castelupo me hiciera merecedora de una mayor atención.

—*Belin belino!* ¿Y de qué familia? Aquí vivimos cuatro gatos y todos nos conocemos. ¡Igual hasta somos primas lejanas! —Rio divertida ante la posibilidad.

—Verelli. Mi bisabuela se llamaba Giovanna Verelli. Se marchó a Barcelona a principios del siglo xx, siendo muy joven. Pero creo que no quedó nadie más de la familia aquí.

Mica no pudo ocultar su desencanto.

—La verdad es que ese apellido no me suena... Quizá mi madre lo haya oído, no sé... Si fue hace tanto tiempo... Puede que la señora Massimina recuerde algo. Es la persona más anciana del pueblo, tiene ciento cinco años y la cabeza perfecta. Deberías hablar con ella.

Antes de que pudiera hacer ningún comentario al respecto, Mica añadió:

—¿Te apetece un té? Aún quedan unos minutos hasta que tenga que abrir la tienda.

Acepté el ofrecimiento. Curiosamente, me apetecía seguir charlando con Mica; era de esas personas que, sin conocerlas, enseguida generan empatía.

La naturópata preparó en un instante un par de tazas de infusión mientras relataba todas las plantas que contenía y sus beneficios, que eran tantos, que bien podría haber sido aquello la famosa purga de Benito. Me tendió una: olía bien, a manzanilla y anís.

—Entonces ¿tú eres de aquí? —me interesé.

—De pura cepa. Toda mi familia lleva generaciones en Castelupo.

En ese momento, me decidí a hacerle una pregunta que llevaba un tiempo rondándome la cabeza:

—¿Sabes si vive alguien en el viejo molino?

—Sí —asintió como si fuera lo más natural—. Mi primo Mauro. Pero primo de verdad, primo hermano. ¿Por qué lo preguntas? Ese sitio es una ruina, no merece la pena visitarlo.

Yo me mordí el labio, apurada.

—Pues ya estuve esta mañana. Y me temo que me metí hasta el salón de su casa sin saberlo. ¡Creí que estaba deshabitado! Entonces, apareció un hombre y un perro...

Mica soltó una carcajada.

—*Belin belino!* ¡Pobre Mauro! Con lo parado que es se habrá llevado un susto de muerte.

—¡Susto el que me llevé yo! —protesté—. Su perro no hacía más que enseñar los dientes y ladrarme y él... él... —intentaba encontrar una forma de definir a aquel hombre que no resultase demasiado ofensiva, después de todo era el primo de Mica.

No hicieron falta demasiadas explicaciones, la mujer enseguida comprendió a qué me refería.

—Sí, ya: tiene unas pintas que si te lo encuentras por la calle y no lo conoces, te cruzas de acera. Pero, créeme, Mauro es un pedazo de pan, no le haría daño ni a una mosca.

—Me alegra saberlo. Por un momento pensé que me buscaría por todo el pueblo para pedirme cuentas por colarme en su casa.

Quise que sonara a broma, aunque en realidad había llegado a contemplar esa posibilidad.

—Pero ¿cómo pudiste entrar en el molino? —se extrañó Mica—. Mauro no suele dejarlo abierto por si se cuela alguna alimaña.

Asomé los ojos por encima de la taza, abochornada como una niña recién pillada en una travesura.

—Porque tengo la llave.

El rostro de Mica se tiñó de sorpresa.

—*Belin*... ¿Tú... tienes la llave?

Asentí al tiempo que alcanzaba mi cesto de mimbre y sacaba de él la mencionada llave y la carta que la acompañaba. Le tendí ambas a Mica.

Perpleja, la mujer examinó la llave primero y leyó la carta después.

—Anice era como se hacía llamar mi bisabuela.

Mica permaneció en silencio con la vista clavada en el texto, hasta que por fin me miró.

—Y es muy posible que esta Manuela fuera la mía...

«¡Lo sabía!», fue lo primero que pensé, aunque fui más comedida a la hora de expresarme.

—¿Por eso el nombre de la tienda? Magica Manuela.

—Sí. Todas las mujeres de mi familia se han llamado o se llaman Manuela: mi madre, mi abuela, mi bisabuela... Sólo yo rompo la tradición por empeño de mi padre. Y si Mauro vive en el viejo molino, es porque él tiene la otra llave a la que se refiere esta carta. Siempre pensamos que el molino pertenecía a nuestra *bisnonna*... No creas que es un usurpador.

Quise explicarle que ni siquiera había tenido tiempo de pensarlo, pero Mica no me dejó opción de hablar.

—Antes Mauro vivía en casa de la *nonna*, se quedó allí después de que ella falleciera. Pero una noche, estando él fuera, se produjo un incendio que la dejó prácticamente destruida, inhabitable. De entre las cosas que se pudieron rescatar, recuperó la vieja llave del molino, nadie la había usado en años y aquel lugar... buff, estaba en unas condiciones horribles. Pero él se empecinó en irse a vivir allí. ¡Era una locura! Yo le insistí en que se viniera a mi casa. Vivo con mi madre y mis hijos cerca de aquí, la casa es grande, había sitio para él. Pero no hubo forma de convencerle. Mauro es muy... particular, un lobo solitario.

No supe muy bien qué decir, pero de algún modo quería tranquilizar a Mica.

—Yo no quiero quitarle la casa a nadie. ¡Hasta hace dos días ni sabía de la existencia de ese molino! Estoy aquí porque... —Suspiré—. La verdad, no sé muy bien por qué estoy aquí, ni tampoco sé qué quiero hacer con ese sitio...

Mica esbozó una sonrisa triste, como si no diera demasiado crédito a lo que yo acababa de decir. Entonces recordé la fotografía de Giovanna y Manuela que llevaba en el cesto. La saqué y se la mostré.

—¿Es tu bisabuela?

Mica la observó detenidamente.

—Sí, yo diría que sí. Me suena de haberla visto en otros retratos —confirmó, para añadir al cabo de un rato—: Es bonito que después de tantos años, casi un siglo, nosotras nos hayamos encontrado, ¿no te parece? A ellas les habría gustado.

No pude por menos que estar de acuerdo.

Me lo pensé mucho antes de volver al molino; yo era de pensármelo todo mucho. Incluso llamé a Carlo para contarle lo sucedido.

—No tiene sentido que vuelvas allí. Lo que deberíamos es buscar un abogado, poner toda la documentación en orden y decidir después qué vamos a hacer con esa ruina. Probablemente lo más sensato sea ponerla a la venta.

—Pero yo no quisiera dejar a nadie en la calle. Ese hombre vive ahí, ¿y si no tiene adónde ir?

—Para empezar, tiene la casa de su prima. Ella misma te lo ha dicho, ¿no? Vamos, Gia. Ése no es tu problema.

Quizá Carlo tuviera razón. Y sí, contrataría a un abogado,

arreglaría los papeles... Pero, de todos modos, tenía que tranquilizar al tal Mauro, decirle que podía quedarse allí mientras buscaba otro sitio donde instalarse. Que los asuntos burocráticos son lentos y, entretanto se resolvían, no tenía por qué marcharse.

Tras haber elaborado el discurso por el camino, no sin cierta inquietud —después de todo, yo no conocía de nada a ese tipo, ¿quién sabe cómo podría reaccionar? «Mauro es un pedazo de pan...» Bueno, ¿qué iba a decir su prima?—, llegué a la puerta del molino al atardecer. El sol ya se había ocultado tras las montañas y el paraje estaba frío, húmedo y en penumbra. La casa parecía dormida, ni el más mínimo destello de luz llegaba de su interior. Golpeé la puerta y, al hacerlo, la hoja se entreabrió.

—¿Hola?... ¿Mauro?... Soy Gianna Verelli... —anuncié sin atreverme a entrar—. ¿Hola?

Empujé la puerta un poco más y entonces me di cuenta de que seguramente no obtendría respuesta. El chaquetón y las botas no estaban y el perchero colgaba desnudo de la pared. Entré en el recibidor con cautela y caminé hasta el salón y la cocina. Allí se confirmaron mis sospechas: todo estaba recogido. Los cacharros, los paquetes de comida y hasta el infiernillo habían desaparecido. La nevera permanecía desconectada y vacía.

Había llegado tarde. Mauro se había marchado.

Cuando regresé al hotel ya era de noche y todo mi plan consistía en cenar algo ligero allí mismo y acostarme pronto. Entonces vi el Ferrari aparcado frente a la entrada.

«¡Mierda! ¡Enzo!» En ese momento, como si lo hubiera

invocado mentalmente, el susodicho salió del hall dispuesto a subirse al coche y nos encontramos cara a cara.

Me mordí los labios, me llevé una mano a la cabeza y encogí el gesto en señal de apuro.

—Lo siento... El desayuno... Me olvidé... —fui sincera—. Tengo una contractura en el hombro y no he pegado ojo en toda noche. Me levanté casi al amanecer para preguntar por una farmacia y no pasé por el comedor. —Le quise dar toda suerte de explicaciones que sirvieran para disculpar el plantón.

Enzo sonrió y agitó una mano al aire; una vaharada de perfume masculino recién aplicado llegó hasta mí. Me fijé en que el italiano iba como un pincel: pantalones de pinzas, camisa de gemelos y americana de sport. El tipo era guapo sin rodeos, como de anuncio de Armani: moreno, cabello corto y bien peinado, piel bronceada, ojos claros, mandíbula cuadrada, sonrisa encantadora...

—No te preocupes. Tampoco es que fuera una cita —le restó importancia al desaire—. Aunque tenías que haberme avisado, te hubiera acercado al médico.

—Muchas gracias, pero no hacía falta molestarte. La mujer de la recepción me mandó al herbolario del pueblo; la dueña es una naturópata estupenda que me ha dado una crema y un masaje y estoy mucho mejor.

—¿Seguro? Mañana si quieres puedo llevarte a Sanremo, mi médico te recibirá si se lo pido.

—No, no hace falta, muchas gracias. De verdad que ya casi no me duele. Eso sí, a pesar de ser una malqueda, ¿sigue en pie la visita al castillo? Me encantaría ir...

—¡Claro! —Entonces Enzo chasqueó la lengua e hizo un gesto de contrariedad—. Qué rabia que ahora tengo un compromiso de trabajo, podríamos haber cenado juntos...

—Ah, no te preocupes. La verdad es que hoy me quiero acostar pronto, tomarme media caja de valeriana y dormir de un tirón toda la noche para mañana estar en plena forma y con todas las neuronas en su sitio, que no quiero volver a olvidarme del desayuno.

—Esta vez no te lo perdonaría —bromeó él—. Entonces ¿te parece mañana a las diez en el comedor, desayunamos y subimos al castillo? Con calma, sin madrugones, así puedes dormir.

—Me parece perfecto —acordé con una amplia sonrisa.

—OK, entonces. Mañana nos vemos. Buenas noches. Procura descansar.

Me despedí con un «ciao». Cuando Enzo iba a medio camino hacia el coche, le grité:

—Y conduce con cuidado.

Él se volvió.

—Despacio como un abuelo —aseguró.

Al contemplarle con perspectiva, tan bien plantado y repeinado, impecablemente vestido, el aroma de su perfume aún flotando en el aire, me acordé de repente de aquella anécdota de un congreso al que había asistido haría un par de años en Milán. Se contaba entre los arquitectos concurrentes de varias nacionalidades un italiano de nombre Giacomo, nunca lo olvidaré, que provocaba suspiros y caídas de ojos entre el personal femenino. Invariablemente en los descansos, junto a la mesa del café, se formaba un corro de mujeres en torno a Giacomo, que las encandilaba con su presencia casi divina y su conversación ingeniosa. Probablemente hubiera habido muertos, muertas en este caso, por llevárselo a la cama, pero lo cierto fue que Giacomo nunca dio pie a la discordia. El último día, todo el mundo comprendió tan ecuánime y casto comportamiento. Y es que al término del congreso, estando la concurrencia reunida en el hall para las despedidas, apareció un tipo de aspecto nórdico y altura descomunal que se llevó a Giacomo del brazo tras plantarle un beso en los morros. Las que entonces descolgaron la mandíbula de asombro y decepción tendrían que habérselo visto venir.

Pensé entonces que no estaría nada mal que Enzo fuera gay. Sería mucho más cómodo y fácil para mí. No estaba de humor para el juego de la seducción que intuía se avecinaba.

Aquella noche de tranquilidad, volví a coger con ganas el diario de Anice. Durante todo el día había tenido muy presente a mi bisabuela en aquel pueblo, el suyo, que parecía haberse congelado en el tiempo, un siglo atrás. Me resultó fácil imaginármela de niña, atravesando las calles, jugando en la plaza con Pino y Manuela, trasteando por la casa con Viorica, buscando hierbas en los bosques de alrededor. Tenía ganas de saber más de ella, de que siguiera contándome cosas hasta hacerme comprender por qué acabó abandonando un lugar como aquél, su hogar, su gente...

Así, con la ventana abierta para dejar entrar el fresco de la montaña, me metí en la cama bien arropada, abrí el viejo legajo y busqué la página en la que me había quedado.

De cómo falleció padre y lo que aconteció después

> Todo sucede por alguna razón, nada ocurre por azar. Todavía me costaría años llegar a semejante conclusión, tras mucho haber maldecido el día en que conocí a don Giuseppe. Y es que hay verdades que tardan demasiado tiempo en revelarse...

Anice, el hada sanadora

Italia, de 1911 a 1913

Cuando Viorica se marchó, Anice tuvo que cuidar de sí misma y, lo que resultaba más penoso, de su padre. Vittorio, que había pasado demasiado tiempo respirando polvo de sílice y tenía los pulmones de piedra, enfermó antes de cumplir los cuarenta. Y al poco de enfermar, quedó postrado en la cama, necesitando cada vez más atención y cuidados.

Es cierto que otras niñas de la edad de Anice ya asumían muchas obligaciones en sus hogares como vigilar a los hermanos más pequeños, ir a por agua al pozo o atender el ganado, pero todas sacaban tiempo para jugar, para rizarse el cabello y atarlo con cintas, para bailar en la plaza del pueblo... para ser niñas. En cambio, las jornadas de Anice se iban en limpiar la casa, lavar y remendar la ropa, cortar leña, encender el fuego, preparar la comida, asear a su padre, administrarle la medicación, llevarle la cuchara de sopa a los labios, consolar su melancolía o sufrir su mal humor... Al final del día, acababa rendida y a menudo se quedaba dormida sobre el colchón sin ni siquiera haberse desvestido. Hasta que, a medianoche, las toses, los ahogos y los quejidos de su padre volvían a despertarla.

Cuando meses después Vittorio falleció, su propia conciencia habría de perdonarla, pero... se sintió aliviada. Él por fin había descansado tras su agonía. Ella, también.

Con la muerte de su padre, Anice se había encontrado prácticamente en la ruina. Sólo tenía derecho a un subsidio miserable y, con todo, eso no era lo peor. La causa de todos sus problemas era que, sin saberlo, estaba completamente endeudada. La enfermedad de Vittorio había costado una fortuna en médicos y medicinas. Pensando que sanaría y podría volver al trabajo, el confiado cantero había pedido un préstamo a su patrón, don Giuseppe, conde de Ruggia, quien, en su infinita caridad, se lo había concedido a unos módicos intereses. A su muerte, la deuda había quedado pendiente.

Así se lo hizo saber a Anice, cuando apenas acababa de dar sepultura a su padre, el administrador de los Ruggia, un personaje tieso y siniestro, con la faz de calavera y el cuerpo enjuto, que olía a rancio y que nunca pronunciaba una palabra amable. Él mismo la informó de que el señor conde, de nuevo en su infinita caridad, había tenido a bien ofrecerle un trabajo en su propia casa para que pudiera ir saldando la deuda.

Por supuesto que el señor conde, por intermediación del administrador, se había informado convenientemente de quién era la hija de Vittorio Verelli antes de meterla a trabajar entre los muros de su hogar. En el pueblo decían de ella que era algo rarita; claro, la niña huérfana criada por la gitana... Según su maestra, era disciplinada y trabajadora, quizá retraída aunque de buen corazón. En opinión del párroco, se mostraba respondona y poco aplicada con el catecismo, siempre cantando y distraída; pensaba demasiado para ser mujer, el diablo tendía a anidar en la mente y el cuerpo de las mujeres, sobre todo de las dadas a pensar. Sin embargo, en lo que la mayoría coincidían era en que tenía buena mano con las curas y los remedios. Había sanado la urticaria de la señora Catteinin con un ungüento de hierbas y la infección de oídos del chico de los Pezzini con unas gotas de aceite de oliva y ajo y cataplasmas de leche y azafrán. Muchas otras curaciones y alivios se le atribuían. Además, era paciente y cariñosa con los enfermos. Aquello la convirtió en la candidata ideal para el empleo de los Ruggia, a quienes, le recordaba el administrador cada dos frases, debía estar eternamente agradecida.

Y Anice lo estuvo, muy agradecida. Al morir su padre, no sólo se había quedado en la ruina, también sola y desorientada, en un pueblo donde muchos la consideraban la niña rara del viejo molino de las afueras. Con ese empleo para los condes de Ruggia, además de pagar las deudas, sentía haber encontrado un propósito en la vida.

Don Giuseppe y doña Amalia, condes de Ruggia, vivían con sus dos hijos en lo alto de Castelupo y su mansión, el castillo del lobo, daba nombre al pueblo. El edificio se divisaba desde varios kilómetros a la redonda, como un altivo centinela que sobre la colina vigilaba el valle a sus pies. Los condes de Ruggia eran desde hacía siglos los señores de Castelupo y, como tales, habían regido la vida y el destino de sus habitantes durante generaciones. A ellos pertenecían más de la mitad de las tierras del lugar, cuya explotación arrendaban a los campesinos a cambio de una buena parte de sus rendimientos. De ellos eran también las canteras de pizarra, de las más grandes y productivas de la zona, que daban trabajo a la mayoría de los hombres del pueblo (los muchos que no eran campesinos). Ellos controlaban el consistorio, el consejo agrario, el sindicato minero, la escuela y hasta la parroquia; ellos otorgaban favores y garantizaban la protección de la villa. En cierto modo, aún en los albores del siglo XX, en una Italia reunificada en un Estado liberal, con un sistema de gobierno basado en la monarquía parlamentaria, Castelupo parecía haberse estancado en lo más profundo de la época feudal.

Claro que cuando Anice empezó a trabajar para los Ruggia y tuvo ocasión de atravesar las puertas de la loada y misteriosa fortaleza, se dio cuenta de que no es oro todo lo que reluce. Ya afirmaban las crónicas maledicentes que eran los condes nobleza venida a menos, caídos hacía tiempo en desgracia a causa de una de las muchas disputas que a lo largo de la historia han acontecido entre los señores de Liguria, dilapidada buena parte de su fortuna por un Ruggia díscolo e insensato. Por tal motivo, vivían recluidos en sus únicas posesiones en el campo y, al contrario que otras familias de notables, no alternaban con la aristocracia genovesa. Aquellas historias siempre habían resultado difíciles de creer, al menos contemplada la grandeza de los Ruggia desde el fondo del valle, donde habita el vulgo miserable. Pero es cierto que a Anice le bastó con subir la colina para percibir la decadencia. El castillo parecía decrépito y el jardín se encontraba descuidado. Ya en el interior de la morada se confirmaba el declive: el lugar resultaba silencioso, frío y oscuro, casi tenebroso.

Desde bien pequeños, los dos hijos de la familia se habían trasladado a Génova, primero a un internado y después a cursar estudios superiores en la universidad, de modo que el matrimonio vivía solo prácticamente todo el año y apenas ocupaba una ínfima parte de la fortaleza: un par de habitaciones, el despacho del señor conde, el comedor y un salón desangelado. El personal de servicio quedaba reducido a una vieja ama de llaves, una cocinera no menos vieja y la propia Anice, quien, aunque se suponía que su trabajo consistía en cuidar y acompañar a doña Amalia, enferma e impedida tras sufrir una apoplejía, acabó realizando todo tipo de tareas. Además de asear a la señora condesa, servirle la comida, leerle en voz alta o empujar su silla de ruedas durante los cortos paseos por el jardín, la joven barría las alfombras, limpiaba los cristales, abrillantaba la plata o ayudaba en la cocina. Las jornadas de trabajo eran largas y fatigosas y el sueldo, paupérrimo, pero Anice, aparte de no tener demasiadas opciones de buscarse otra cosa, se sentía orgullosa de poder ganarse la vida por sí misma.

Al único que no le gustaba el empleo de Anice era a Pino. El chico, que desde bien pequeño había encontrado una *amica del cuore* en la niña, se había acostumbrado a seguirla a todas partes como un perro faldero mendigando una carantoña. Sin embargo, al castillo no podía seguirla, con lo que se pasaba el día merodeando como un alma en pena por las calles de Castelupo mientras esperaba a que su amiga bajara la cuesta de la colina. Entonces se unía a ella en el camino de regreso al molino, su lugar favorito en el mundo, donde se sentía a salvo de todo.

A Pino le gustaba el viejo molino porque allí la luz siempre era cálida y dorada, día y noche estaba prendida la lumbre y olía a comida recién hecha; además, había plantas y hierbas por todas partes; ramilletes secos colgados aquí y allí, pero también flores frescas, como si el jardín hubiera entrado por la puerta. Aunque sobre todo le gustaba porque era la casa de Anice. Le gustaba Anice. Anice era la chica más hermosa que conocía, la más dulce y amable. La única que le trataba con cariño y que no se burlaba de él como los demás. Incluso Manuela a veces se desesperaba con él y le gritaba. Manuela no sonreía tanto como Anice.

—Tú no eres tonto —le decía la joven cuando otros coreaban a su paso la misma cancioncilla: «*Pino, Pinon, l'è un belinon*»—. Has aprendido a leer y a escribir, a sumar, a restar... No creas que todo el mundo lo consigue. Además, sabes moldear esos preciosos pajaritos de arcilla mejor que nadie que conozca. Sólo eres diferente. Pero ellos no pueden comprenderlo. Ellos sí que son tontos, los únicos tontos del pueblo.

A Pino no le gustaba ser diferente, porque ser diferente dolía y avergonzaba y desesperaba... Ser diferente le hacía sufrir muchas veces. Claro que prefería pensar que era diferente y no tonto. Y prefería que Anice así lo pensara. Aunque era una lástima que ella no recordara cuando Pino no era diferente, sino un niño como los demás. Tampoco él lo recordaba, sólo lo sabía porque escuchaba a su madre contárselo a otras personas como quien se disculpa por un gran pecado. Y es que Pino había nacido igual que los otros niños, incluso mejor que muchos: sano, rollizo, con la cabeza cubierta de bucles dorados y con unos preciosos ojos verdes que le ocupaban media cara. Su abuela decía que parecía un querubín. Además, era avispado, también curioso e inquieto, un manojo de energía. Quizá por eso, en un descuido de su madre, cuando tenía tres años, se escabulló de la casa a explorar y bebió de una botella que encontró al fondo del cobertizo. Aquella botella contenía matarratas. Y Pino podría haberse muerto. Pero como sabía horrible sólo tomó un poco, lo suficiente para que el oxígeno dejase de llegarle a la cabeza durante el tiempo justo para convertirle en un niño diferente... en *il belinon*, el tonto del pueblo. A veces pensaba que mejor hubiera sido beberse la botella entera y haberse muerto.

Ahora apenas podía hablar, tan sólo emitir los sonidos de palabras rotas y deformes que más bien parecían la agonía de un animal. Se le habían atrofiado los músculos de las extremidades, por eso sus piernas eran tan delgadas como palos y no tenían casi fuerza, de modo que necesitaba ponerse unos aparatos metálicos para caminar; para caminar tambaleándose como un tentetieso... Además, algunos dedos de sus manos se curvaban en forma de gancho y le resultaba muy difícil sujetar las cosas. También se le torcía la mandíbula sin querer, dándole un aspecto de desgraciado bobalicón. Y bobalicón se sentía cuando en la escuela le costaba comprender lo que otros entendían fácilmente, cuando escribía sus letrujas por no poder coger bien el lápiz, cuando confundía los números... Y era desgraciado, muy desgraciado, cuando su madre le miraba con desesperación o la gente se burlaba de él; o siempre que aquellos que se suponía que debían comprenderle y ayudarle le trataban como si fuera tonto de verdad; por ejemplo, esa vez que el párroco no le dejó hacer la primera comunión como a los demás chicos. Aunque quizá lo peor eran los ataques que tan a menudo padecía y que le causaban fuertes dolores por todo el cuerpo, tan intensos que ni aun tumbado en la cama dejaban de torturarle. Sí, ojalá se hubiera bebido la botella entera.

—Eso ni lo pienses —le reprendía Anice cada vez que se sinceraba así con ella—. La vida es nuestro mayor tesoro. Sé que a veces sufres... Pero tienes el regalo del sol y de la nieve en invierno, que es tan bonita. De los paseos por el bosque cuando están los castaños en flor... Y de tu perrita Nana que tanto te quiere. Ah, y de la tarta de almendra. Te encanta la tarta de almendra, ¿verdad?

—*M... jus'a... ú ar'a.*

—Me alegro de que te guste mi tarta. Puedes venir a tomarla cuando quieras.

«Pero lo que más me gusta eres tú», pensaba Pino sin atreverse a confesárselo —¡qué horribles se hubieran vuelto esas hermosas palabras al salir de su boca!—. Sólo por estar con Anice se alegraba de no haberse bebido la botella de matarratas entera.

Aquella noche se había desatado una gran tormenta en Castelupo. Cuando en el pueblo había tormenta, a Pino le parecía que el cielo se rompía en pedazos y creía que iba a desplomarse sobre él. Siendo un niño, corría a ocultarse en la despensa; hecho un ovillo, gritaba y se golpeaba la cabeza como si quisiera sacarse de dentro de la sesera el miedo; acababa haciéndose sus necesidades en los pantalones... Era muy vergonzoso. Ahora que se había convertido en un hombre, ya no hacía esas cosas; sin embargo, seguían espantándole las tormentas.

Se alegró de que aquélla le hubiera cogido en el viejo molino, en compañía de Anice. Allí no le importaba que al otro lado de la ventana la noche centelleara, el cielo retumbara con furia y la lluvia atacara el cristal como una ráfaga de perdigones. Eso se decía a sí mismo cuando sobre sus cabezas, cerca del tejado, se oyó el restallido eléctrico de un rayo. Enseguida, un trueno ensordecedor, como mil tambores retumbando a la vez, hizo vibrar los cristales de la casa. Pino tembló, muy a su pesar. Anice, que le estaba aplicando un ungüento en las manos, se las estrechó para reconfortarle. Pero él no quería que ella le reconfortase; él debía mostrarse fuerte.

Abrió la boca para sacar cuatro sonidos mal articulados.

—Ya sé que no tienes miedo —aseguró Anice mientras le limpiaba de la comisura de los labios la saliva que siempre se le escapaba al intentar hablar—. Es a mí a la que me ha asustado ese trueno. Era muy fuerte. ¿Has visto cómo han temblado las ventanas? Eso es que ya tenemos la tormenta encima. Pronto pasará.

—*O... e'gas... mie'o... Io... e... kui'o* —sacó del fondo de la garganta.

—Sí, menos mal que tú estás aquí para cuidarme —afirmó, volviendo a la tarea de masajearle las manos.

Pino asintió y sonrió satisfecho. Estaba bien sentirse útil por una vez.

Cierto era que a Anice se le daba mejor que a nadie cuidar de las personas. Tenía un enorme jardín donde cultivaba muchos tipos de hierbas; también traía otras de sus paseos por el bosque, que colgaba a secar en ramilletes de las vigas de madera por toda la casa. Anice conocía bien las hierbas, las flores y las plantas. Sabía preparar con ellas tisanas, ungüentos, cataplasmas, aceites... Toda clase de remedios. Algunos decían que era una bruja. Para Pino se trataba más bien de un hada. Ella le había aliviado muchas de sus dolencias. Le daba masajes en sus extremidades atrofiadas con una loción de árnica, le aplicaba compresas de caléndula para el dolor de los músculos, le preparaba infusiones de bola de nieve y hierbaluna para los espasmos... Lástima que sólo viniera haciéndolo desde la muerte de la madre de Pino; antes, la buena señora no había consentido que aquella «bruja curandera», como ella la llamaba, pusiera las manos encima de su hijo. «No dejaré que se aproveche de ti y te use para probar sus brebajes.» Qué equivocada estaba... Ojalá pudiera ver ahora cuánto había mejorado.

—Bien, ya está —anunció Anice, concluido el masaje—. Mañana más. Te masajearé las piernas con un aceite de romero y cayena. Te irá bien.

Pino asintió mientras se frotaba las manos aún grasientas por el ungüento.

—No, no te lo quites. Déjalo que se absorba. Ya sé que estás incómodo, pero en un momentito se te habrá pasado esa sensación.

La obedeció. Sin levantarse del asiento, miró de reojo a la ventana. Si Anice había terminado, tendría que irse. Pero él no quería irse.

La joven, que había adivinado su inquietud, corrió un poco el visillo y se asomó a los cristales.

—Ya no llueve. Parece que ha pasado la tormenta.

Puede que hubiera pasado la tormenta, pero no sólo eso preocupaba a Pino. Aunque hubiera pasado la tormenta, no quería volver a su casa, tan vacía y solitaria. Él sólo deseaba estar con Anice. Claro que... sabía que no era decente visitar de noche la casa de una muchacha. Y además, Nana estaría esperándole. Aun así, podía quedarse un poco más con Anice; eso estaría bien.

Anice se acercó a la gran mesa de madera que había en mitad de la cocina. Sobre ella había dejado una cesta. Comprobó que contenía todo lo que deseaba y la cubrió con un paño.

—Te he metido aquí las hierbas de la infusión. No olvides tomártela antes de irte a la cama. Ten cuidado al hervir el agua, no vayas a quemarte otra vez. Y también llevas un pedazo de *farinata* y un poco de *minestrone* para la cena. Así no tendrás que cocinar. Le he puesto flores de albahaca a la *minestrone*, que sé que te gustan.

Los hierros de las piernas de Pino chirriaron cuando al fin se puso en pie. Anice pensó que habría que engrasarlos. Le tendió la cesta.

—*Gra... hiah...* —Estiró los labios en una amplia sonrisa.

A Anice Pino le daba lástima. Desde siempre se la había dado, cuando siendo unos críos le veía apartado de los demás, y entonces tiraba de Manuela para acercarse a hablar con él o a jugar a las tabas o al boliche. Por eso los demás también empezaron a llamar rara a Anice. Primero rara y luego bruja, era una suerte de evolución natural en el paso de niña a adulta. Pero no le importaba; se había acostumbrado a ser diferente ella también, como Pino. Y lo que era más sorprendente, en su singularidad, a menudo miraba por encima del hombro a aquellos que pretendían ofenderla.

Cuando la madre de Pino murió, dejándolo huérfano, pues su padre, que era barrenero en las canteras de pizarra, había perdido la vida en un accidente de trabajo hacía ya varios años, el muchacho se quedó completamente solo; ni siquiera los muchos tíos y primos de la familia que vivían en el pueblo quisieron hacerse cargo de él. Todo el mundo tenía demasiados problemas, nadie quería uno más. Pero Pino, a pesar de ser ya mayor de edad, no podía arreglárselas completamente solo, todo el mundo lo sabía. Y todo el mundo lo dejó pasar... Quizá porque Anice estuvo allí y a la chica rara se le daba bien cuidar de la gente. En realidad, ella no se había planteado ocuparse de Pino, no había hecho examen de conciencia, no había pretendido comportarse como una buena cristiana ni nada de eso. Simplemente, había sucedido. Tal vez porque Pino era su amigo, tal vez porque Pino le devolvía más cariño del que ella creía darle, tal vez porque llevaba la vocación sanadora en la sangre y Pino necesitaba que le sanasen; porque Viorica le había dicho siendo una niña que ella era una dríade, un hada del bosque, que guía a los perdidos y cura a los enfermos... Tal vez porque aquel muchacho impedido por la mano del destino era la prueba más cruda de que la vida es de naturaleza injusta y que sólo el sentido humano de la justicia puede ajustar en algo los desequilibrios; el sentido de algunos humanos.

A veces le abrumaba tal responsabilidad, la dependencia que el chico tenía de ella. ¡De ella!, que a menudo dudaba de ser capaz de cuidarse a sí misma. Por eso había empezado a enseñar a Pino a, en la medida de sus posibilidades, valerse por sí mismo. Claro que Pino tenía muchas limitaciones y carencias, pero bastantes de ellas se debían a que su madre lo había sobreprotegido, tratándole desde el cariño como los demás le trataban desde la crueldad: de tonto, de inválido, de tarado... Pero Pino no era nada de eso, sólo le costaba más esfuerzo hacer las cosas y había que encontrar el mejor modo de que las hiciera, un modo diferente, como él. Fue así que Anice consiguió que se peinara, afeitara y aseara por sí mismo, que cocinara su propia comida, que mantuviera su casa limpia y ordenada, que llevara las cuentas con unas sencillas operaciones matemáticas... Por supuesto que a veces Anice se desesperaba, renegaba y se enfadaba con él, que a veces necesitaba un poco de espacio para sí misma y no tenerlo tanto tiempo pegado a las faldas, pero ¿acaso no era también de aquellos vicios de lo que estaban hechas las relaciones humanas? Como tal los asumía. Pino ya era parte de su vida.

—No hay de qué —le contestó devolviéndole la sonrisa.

A Anice le gustaba ver a Pino sonreír; y leer sus emociones en sus ojos brillantes. Aunque tenía el párpado izquierdo ligeramente descolgado, el chico poseía unos ojos bonitos, del mismo verde intenso con el que nació, y muy vivarachos, como si con la mirada hubiera aprendido a suplir lo que su boca no podía expresar.

Estaba feliz; como suponía, la comida le había hecho olvidar la tormenta.

—*Maia'a io... é aiu'o.*

—Sí, claro, mañana tengo medio día libre y cuento contigo. Tenemos mucho que hacer. Hay que limpiar las malas hierbas del jardín, sacar agua del pozo y hervirla... Y tenemos que ir al bosque a por flores silvestres; tú tienes que llevarme la cesta. Así que descansa, mañana necesitarás todas tus fuerzas.

Pino movió enérgicamente la cabeza para mostrarle su acuerdo. Después, Anice le dio un beso de buenas noches y él salió contento. Pero cuando la joven cerró la puerta, desanduvo algunos pasos y se ocultó detrás de un arbusto donde sabía que no podía ser visto. No iría a casa, al menos, de momento. Se quedaría un rato más, atisbando a través de la ventana cómo Anice trasteaba en la cocina. Solía hacerlo; le hacía sentir como si estuviera con ella. Y sólo por estar con Anice merecía la pena no haberse bebido la botella de matarratas entera.

Durante un año aquella rutina de duro trabajo en el castillo y noches perezosas en el molino se instaló en el día a día de Anice de forma muy conveniente. Incluso encontraba tiempo para, de cuando en cuando, escaparse con Manuela al bosque, beber licor de hierbas hasta achisparse, inventarse conjuros frente a una hoguera en las cuevas y cantar y bailar a la luz plateada de la luna llena en enaguas y descalzas sobre la hierba.

Todo marchaba bien para la joven hasta que, al cabo de aquel año, doña Amalia sufrió un nuevo ataque. En aquella ocasión, su cuerpo ya debilitado no pudo superarlo: la condesa falleció a los pocos días. Anice temió entonces que, puesto que había entrado en aquella casa a cuidar de la señora, prescindieran de sus servicios. Pero los días transcurrieron, velaron a doña Amalia, la enterraron, la lloraron, vaciaron sus habitaciones... y nadie parecía acordarse de Anice. De modo que ella continuó presentándose cada mañana en el castillo de los Ruggia, a barrer, limpiar, abrillantar, cocinar... Cada día con el alma en vilo, pensando que ése sería el último. Y así pasó al menos un mes.

—El señor conde desea que hoy tú le sirvas el almuerzo —le anunció de improviso una mañana la señora Raffaella, el ama de llaves, una mujer habitualmente sombría pero que en aquel momento parecía incluso lúgubre, como si le transmitiera sus condolencias.

Anice se temió lo peor: hasta ahí había llegado su trabajo en aquel lugar. Jamás antes había tenido el más mínimo contacto con el señor conde. En alguna ocasión lo había visto por la casa, claro, leyendo el periódico en el salón, ajustándose el sombrero y cubriéndose con la capa en el recibidor, bajando la escalera... Pero no habían cruzado ni una palabra, ni siquiera una mirada, pues Anice solía bajar la cabeza en su presencia como señal de respeto.

Y es que don Giuseppe Ruggia era un personaje distante y reverenciable. Al menos eso decía la leyenda, pues pocos eran los que lo trataban en persona. Una vez por semana, cruzaba el pueblo en su automóvil camino de la cantera, donde administraba justicia más que un negocio por boca de su capataz. Los domingos asistía a misa y en la iglesia ocupaba un asiento especial situado al borde del altar; al finalizar el oficio, sólo se despedía del párroco con un tibio apretón de manos. En las fiestas patronales, leía el pregón desde el balcón del ayuntamiento: cuatro frases que no cambiaban de año en año, pronunciadas sin variación de tono ni emoción. Y el resto del tiempo, se recluía en su fortaleza de lo alto de la colina.

Según se dirigía al comedor, Anice recordó lo que en el pueblo se decía: que la señora Raffaella en otro tiempo fue joven y alegre, pero que al empezar a trabajar para el señor conde, sus cabellos se volvieron blancos y su carácter, fúnebre.

A Anice aquello le parecía inverosímil. Claro que el señor conde le merecía respeto, pero se dijo a sí misma que no le temía, puesto que, en realidad, si iba a ponerla en la calle, ya no tenía nada que perder. No obstante, la bandeja con el almuerzo tintineaba entre sus manos.

El comedor estaba oscuro, más oscuro que el resto de la casa, con los pesados cortinajes de terciopelo ajado corridos porque el día era frío. En la chimenea, sin alimentar desde la mañana, apenas ardía un rescoldo de brasas. El señor conde ocupaba la cabecera de una mesa larga en la que fácilmente podrían acomodarse con holgura más de veinte comensales. Desde la puerta, su figura se apreciaba pequeña en la inmensidad de aquella sala que ya sólo resultaba esplendorosa en tamaño.

Anice avanzó en silencio, sabía que el servicio debía pasar inadvertido. Dejó la bandeja sobre el aparador y comenzó a servir el almuerzo: abrió la sopera y vertió dos cucharones de crema de verduras en un plato hondo dispuesto frente al señor conde, por la derecha, como le había recalcado Raffaella. Rellenó la copa de agua y también la de vino. Y se retiró a esperar en un discreto rincón.

Con gran ceremonia, don Giuseppe desplegó la servilleta sobre sus rodillas, se mojó los labios con el vino y tomó una cucharada de crema.

—Acércate —le ordenó de repente, cuando ella no se lo esperaba.

Escamada, avanzó unos pasos hacia la mesa y se colocó tras él.

—Donde yo pueda verte.

Anice obedeció y se situó a su lado. Observó que su semblante era severo, los labios apretados y el ceño fruncido o quizá plegado ya para siempre en una profunda arruga. Conservaba una tupida mata de pelo canoso y lucía cejas pobladas y un no menos tupido bigote más oscuro. Vestía con discreta elegancia, de riguroso luto por su esposa. Anice ya nunca le vio vestido de otro color que no fuera el negro.

El señor conde también la observaba, más bien la escrutaba, de arriba abajo, de un modo que a la joven enseguida se le hizo incómodo. No pudo sostenerle la mirada, ni siquiera la postura: cambió el peso de su cuerpo de un pie a otro, inquieta.

—¿Cuál es tu nombre?

—Giovanna, excelencia. —Le pareció estar hablando de otra persona al pronunciarlo.

—Giovanna... Dice Raffaella que estas semanas has estado ayudando en la cocina.

—Así es, excelencia.

—También que has sido tú la que has puesto flores en los jarrones.

Por algún motivo, a Anice le pareció que tenía que disculparse por aquello.

—A la señora condesa, que en paz descanse, le alegraba ver flores por toda la casa. Pero dejaré de arreglar los jarrones si así lo desea, excelencia —se apresuró a rectificar.

En el silencio perturbador, Anice percibió el tictac de reloj y el eco de su propia inquietud en el centro del pecho.

—Seguirás ayudando en la cocina —anunció finalmente el conde—. Y servirás mis comidas.

Anice sintió cierto alivio. No iba a despedirla después de todo.

—Por último, te encargarás de que siempre haya flores en los jarrones.

—Sí, excelencia. —Sonrió fugazmente.

El señor conde se puso en pie con un ruido de silla que a

Anice se le antojó estruendoso. La joven, que a esas alturas del encuentro tenía los nervios a flor de piel, se sobresaltó.

Don Giuseppe no era más alto que ella y podía mirarla directamente a los ojos.

—A partir de ahora, deberás cuidar mejor tu apariencia. Esos cabellos habrán de estar bien recogidos... —Se los retiró de la cara. Entonces sus manos descendieron hasta llegar al cuello de la blusa, se lo atusó para recorrer después con los dedos la hilera de botones, sobre el pecho hasta el borde de la cintura. Dedicándole una mirada que a Anice le hizo estremecerse de desasosiego, sentenció—: Y tendrás que llevar uniforme.

Acto seguido, abandonó la habitación, dejando el almuerzo intacto.

Cundigiun, la ensalada de Gino

—Y éste es el escudo que da nombre al castillo: el lobo —anunció Enzo frente al emblema de piedra en relieve que coronaba el arco de la entrada principal.

—¿Por qué el lobo?

—Pues no estoy seguro del todo. Me suena que hay una leyenda, algo tipo la Bella y la Bestia, pero no lo recuerdo bien.

—Habrá que investigarlo —propuse con complicidad—. Me gustan las leyendas.

Hice aquella afirmación bajo la embriaguez de aquel ambiente, pues lo cierto era que estaba maravillada con el monumento. Se trataba de una construcción imponente, defensiva, pero con cierta elegancia propia de la arquitectura italiana. El Castello del Lupo se alzaba sobre la colina como una fortaleza construida en ladrillo, de planta cuadrada con cuatro torres almenadas y rodeada de un jardín, hoy tomado por la mano de la naturaleza voraz, pero que en su día fue un conjunto ordenado de plantas, flores y árboles exóticos dispuestos según los cánones renacentistas. Bien podría haberse asomado Julieta al balcón de una de sus ventanas partidas con arcos apuntados para recibir a Romeo.

Según nos aproximábamos paseando al castillo y éste iba tomando forma y volumen con cada uno de nuestros pasos, Enzo me contó que las primeras referencias documentales relativas al monumento se remontaban al siglo XIII, cuando Liguria era la República de Génova, una de las potencias marítimas y comerciales más importantes del mundo junto con Venecia. Por aquel entonces, relataba Enzo, las pugnas por mantener el control, no sólo de la región sino de la hegemonía marítima en el Mediterráneo, eran constantes entre genoveses, pisanos y milaneses. De ahí que estuviera documentado el permiso que concede el *capitano del popolo*, Oberto Doria, regidor de la República de Génova, a uno de sus generales para levantar en el terreno una construcción defensiva frente a la amenaza de las huestes milanesas de Otón Visconti. Lo siguiente que constaba era que en el siglo XVI, el famoso almirante genovés Andrea Doria cedió el castillo a uno de sus parientes, quien lo transformó en una residencia de campo. A principios del siglo XVIII, durante la influencia francesa de la República, el Castello del Lupo pasaría a manos de los Ruggia, una familia aristocrática de Imperia bien relacionada en Versalles. El quinto conde de Ruggia acometió en el siglo XIX una gran reforma del edificio para adaptarlo a los estándares de confort y el gusto de la época, de ahí el estilo neogótico que se apreciaba sobre todo en sus estancias principales.

—Pero como puedes ver, está todo hecho un desastre... —constató Enzo mientras atravesábamos las estancias a media luz en las que el polvo parecía flotar en el aire junto con el olor a moho.

Causaba cierto desasosiego imaginar el esplendor pasado de aquel lugar y comprobar en lo que se había convertido: los cortinones rasgados y descoloridos, las paredes levantadas por la humedad, los frescos de los techos desconchados, la marquetería del suelo agrietada y los pocos muebles cubiertos de sábanas sucias y telarañas, como viejos fantasmas dormidos.

Recordé entonces que ya Anice había percibido en su época el declive del imponente castillo. Si pudiera verlo como yo casi ruinoso... Me resultaba curioso pensar que en esas mismas habitaciones, en esos mismos pasillos y escaleras había estado ella, cuando apenas era una niña, encendiendo las enormes chimeneas hoy llenas de hollín y escombros, abrillantando la plata hoy saqueada o limpiando las vidrieras emplomadas hoy hechas añicos.

—Estás muy callada.

Era cierto, apenas había pronunciado palabra durante el recorrido, en parte impresionada por la ruina lúgubre, que me producía tristeza, en parte sumida en las imágenes que yo misma traía de la lectura del diario de Anice.

—No sé si es que te gusta lo que ves o te espanta.

Sonreí con cierta melancolía.

—Creo que un poco de cada —dictaminé en el centro de lo que había sido la biblioteca. Mis palabras resonaron entre las baldas de las librerías vacías. Unos pocos libros rotos, cuyas páginas alfombraban el suelo, era todo lo que quedaba.

En el suelo había restos de una hoguera, también colillas, botellas vacías, un par de condones usados. Una pintada con una frase obscena recorría la pared.

—Los últimos veinte años, hasta hace un par de ellos, el castillo estuvo completamente abandonado, sin vigilancia ni cuidado, por lo que se convirtió en lugar de fiestas y botellones. Incluso hubo okupas durante un tiempo —explicó Enzo cuando empujé con el pie uno de los vidrios rotos.

Después me agaché a remover entre las páginas esparcidas por el suelo, papel amarillento con textos en italiano, ligur, francés...

—Me alegro de que vayas a darle una segunda vida. Da pena verlo así.

—¿Y no te gustaría participar en ello?

Alcé la vista para mirarle con sorna.

Durante el desayuno había surgido el tema de a qué me dedicaba, pero aquella proposición intempestiva me sonaba a broma.

—Lo digo en serio. ¿Por qué no?

Bufé.

—No puedes decirlo en serio... Se me ocurren decenas de motivos, pero por poner sólo uno: ésta no es mi especialidad. Mis proyectos son completamente diferentes. Nunca he rehabilitado un edificio de ocho siglos de antigüedad.

—¡Ésa es precisamente la ventaja! —enfatizó Enzo—. Queremos darle un aire moderno a la rehabilitación. Y tú eres perfecta para eso.

Volví a mirarle como si me estuviera tomando el pelo.

—Pero si no conoces mi trabajo.

—Claro que sí.

Ante mi desconcierto, Enzo agitó el móvil frente a mí.

—Internet. Todos tus proyectos están en la web del estudio para el que trabajas. Me ha dado tiempo a echar un vistazo antes de venir aquí. Y me encantan.

Meneé la cabeza entre alucinada y divertida.

—Entonces tendré que darte las otras decenas de razones por las que no puede ser.

—Y yo te las rebatiré una a una. Podemos hacerlo a lo largo de una cena, ¿qué te parece? —me propuso él según me tendía la mano para ayudarme a levantar.

Me tomé un par de segundos para responder. Un par de segundos durante los que pensé que aquello era una locura, que no sabía muy bien cuáles eran las expectativas de Enzo, si su propuesta era meramente profesional o veladamente sexual. Pero toda mi vida había sido ordenada y racional y ya estaba un poco cansada de no haber dejado espacio para la locura. Si atravesaba una etapa de catarsis y, sobre todo, me apetecía ir a aquella cena, ¿por qué rechazar la invitación? En cualquier caso, a la más mínima insinuación, sólo tendría que decirle que estaba embarazada y él saldría huyendo por la puerta de atrás del restaurante.

Sonreí, le tomé la mano y, entonces, cuando fui a aceptar de palabra...

—Un momento...

De reojo había visto una fotografía medio oculta entre la amalgama de páginas viejas. Tiré de ella y contemplé a dos hombres, apenas unos muchachos, vestidos de uniforme militar. Ambos posaban erguidos delante del típico trampantojo de las fotografías antiguas. Los brazos cruzados sobre el pecho, la mirada decidida al frente... Guardaban cierto parecido entre sí, concluí en el primer vistazo. Sin embargo, en la penumbra de aquella habitación con las ventanas selladas me llevó algún tiempo reconocer uno de aquellos rostros. Sólo al cabo de examinarlo con detalle me resultó sin duda familiar.

Con la foto en la mano, me puse en pie y se la mostré a Enzo.

—¿Sabes quiénes son?

Él también tuvo que agudizar la vista para examinar el retrato.

—Pues no estoy seguro... Por el uniforme me atrevería a decir que podrían ser los hijos de Giuseppe Ruggia, el último conde de Ruggia. Tenía dos varones y ambos lucharon en la Primera Guerra Mundial. Ellos fueron los últimos de su estirpe en habitar el castillo.

—¿Qué les sucedió?

—No lo sé. Pero si mi tío abuelo heredó el castillo de don Giuseppe tuvo que ser porque ninguno de sus hijos vivió para hacerlo.

—¿Me la puedo quedar?

—Claro. E investigaremos la historia, a ver si así consigo que te enamores del proyecto.

Enamorarse del proyecto... Sería fácil. Sobre todo teniendo en cuenta que uno de los militares de aquella fotografía era mi bisabuelo. Pude comprobarlo nada más volver al hotel y poner la imagen junto al retrato de Giovanna y Luca: el mismo rostro, un poco más sombrío quizá con el peso de los años, sin el lustre de la audacia juvenil. Luca Ruggia, hijo del último conde de Ruggia. Ahora lo sabía. El destino me había llevado de la mano hasta él, hasta su fotografía enterrada entre páginas viejas.

Enamorarse del proyecto... Qué locura. Instalarme en Castelupo, rehabilitar un castillo centenario... El pueblo de mi familia. El castillo de mi familia, en cierto modo. Qué locura. ¿Acaso me había olvidado de que aquel viaje sólo era un paréntesis, no una burbuja en la que mis problemas se desvanecían? Estaba embarazada de un hombre con el que acababa de romper. Mi carrera, a punto de despegar en la otra punta del mundo, se veía amenazada. Mi vida era un desastre y yo me olvidaba de todo por momentos. Enamorarse del proyecto... Qué locura.

Cavilando de tal modo, me senté a la sombra del porche tapizado de glicinias en flor de la Locanda della Fontana, donde corría una ligera brisa perfumada y apenas se oía más sonido que el borboteo de la fuente. Era el lugar perfecto para dejar que todas las ideas que bullían en mi cabeza fueran deslizándose una a una como las cuentas de un rosario, sin prestarles demasiada atención, sin juzgar, algo que había aprendido cuando me dio por practicar yoga. Como era la hora del almuerzo, eché un vistazo a la carta y sonreí al descubrir los *trofie* entre sus platos. No eran *trofie della felicità*, sino al pesto, pero no pude evitar acordarme de Nonna y de cómo, de algún modo, los *trofie* me habían llevado hasta allí.

—Pida el *cundigiun*, la ensalada típica de aquí. Le gustará —sentenció el camarero añoso y enjuto, de quien ya sabía su nombre: Gino. ¿Podría ser incluso que me hubiera sonreído?

Gino tenía razón. El *cundigiun* era delicioso y refrescante; una mezcla de tomates rojos y carnosos, tiras de pimiento amarillo, hojas tiernas de albahaca, láminas de pepino y cebolla roja finamente cortada, todo ello generosamente regado de aceite de oliva de la Riviera de Liguria y dispuesto sobre una cama de rebanadas de pan casero.

Mientras comía, le di conversación a Gino y aproveché para preguntarle sobre el *castello* y los condes de Ruggia. En contra de lo que pudiera parecer a tenor de su aire circunspecto y desganado, a Gino le encantaba hablar.

—*Belin*... El castillo lleva mucho tiempo abandonado. Mucho antes de nacer yo. Mucho antes de la guerra, incluso. Allí se acuarteló una unidad del ejército alemán en el 44, hasta que los partisanos los echaron a patadas en el 45. Sí... Aquí hubo combates muy duros entre los partisanos y los alemanes. Con decirle que yo aún conservo el armario en el que mi padre, que era resistente con sólo dieciséis años, se escondió para que no lo cogieran los alemanes. Luego de que se marcharan los nazis, ya nadie ha vuelto a vivir en él. ¡Buenas juergas nos hemos corrido de mozos en ese lugar! —rememoró con cierto rubor de picardía.

—¿Y los condes de Ruggia?

Gino se encogió de hombros.

—Yo de eso no sé nada. Sólo que, cuando yo era niño, mi

abuela me asustaba con el fantasma del conde: «Pórtate bien o se te llevará el conde de Ruggia». —Gino soltó una risita descreída—. Decían que había muerto ahogado en el río y que su alma se aparecía por las noches en los alrededores del puente. En este pueblo somos mucho de esas historias...

Terminada la ensalada y la charla con Gino, pedí café y decidí abrir el diario de Anice. Como si hubiera estado aguardando el momento oportuno para mostrarse, entre sus páginas me encontré con Luca antes de sucumbir a un sueño pegajoso y pesado. Y es que últimamente tenía sueño a todas horas.

De cómo Luca viene de luz y así iluminó mi camino

Hay pequeños momentos, apenas instantes, que dan sentido a toda una vida. Eso me repetía Luca a menudo. Eso concluía cada vez que rememoraba cómo nos conocimos. Un instante que dio sentido a nuestras vidas...

Luca

Italia, de 1913 a 1914

La primera vez que Luca vio a Anice apenas reparó en su belleza, no percibió el verde intenso de sus ojos almendrados, ni admiró sus cabellos del color del otoño, no se regodeó en su esbelta figura ni en aquella piel satinada que daba gusto acariciar, tampoco concluyó que se asemejaba a una venus renacentista, como tantas otras veces pensaría después al contemplarla. Entonces estaba demasiado ensimismado en su propio dolor.

Fue la sonrisa de la joven lo que le tocó el corazón y le produjo un alivio casi físico. En el instante en que ella le sonrió, supo que lo único que deseaba era estar a su lado; a su lado para siempre.

Aquel día acababan de enterrar a doña Amalia. Luca estaba muy apegado a su madre, la adoraba. Su madre había sido una mujer alegre, dulce y cariñosa, pero también lo suficientemente fuerte como para contener y compensar el terrible genio de su padre.

Ella les había procurado, a su hermano Giorgio y a él, los

besos, los abrazos y las caricias; ella les había secado las lágrimas y curado las heridas; les había arropado por las noches hasta las orejas y enseñado a rezar recogiendo entre sus manos las de ellos. Ella les había dicho que el mundo no es sólo de los fuertes y los valientes, también de los nobles de corazón y generosos de espíritu. Ella les había regalado una infancia feliz en una casa donde la autoridad paterna resultaba opresiva y su gélido desapego, desolador.

Al crecer, Giorgio había sido capaz de aprender de ella la capacidad de templar a su padre, con astucia y mano derecha. Luca, por el contrario, se había posicionado en el enfrentamiento continuo con su progenitor. Lo que ambos habían mantenido intacto era la devoción por su madre.

Fue un golpe terrible cuando ella sufrió el ataque de apoplejía. Fue muy duro ver cómo una mujer enérgica y vital quedaba recluida a una silla de ruedas y a la oscuridad de su cerebro dañado. A partir de entonces, Luca se resistió a regresar a una casa que, como su madre, parecía haberse apagado, que con ella había perdido la luz y la calidez, que ya no se le hacía un hogar porque no le recibía ni el abrazo ni la voz de su madre, porque ella ya no respondía a sus caricias ni a las breves frases que él le dirigía. Porque, en cierto modo, la había perdido.

Puso distancia entonces. Se marchó de viaje por el mundo con la excusa de ampliar el negocio y mejorar su formación. Pero lo cierto es que estaba huyendo de una realidad que no se sentía capaz de afrontar, sin saber cuánto se arrepentiría en un futuro de ello o, quizá, prefiriendo ignorarlo.

El futuro se hizo presente cuando su madre murió y él no estuvo a su lado para decirle cuánto la quería, cuánto la iba a echar de menos, cuánto la recordaría toda la vida. El dolor que sintió entonces no se debía tanto al duelo por una madre que había perdido hacía tiempo como al remordimiento y al sentimiento de culpa por no haberle dedicado atención alguna en sus últimos días. Ése era el dolor que le atenazaba y le había hecho por fin saltar las lágrimas mientras paseaba por el jardín —allí donde su padre no podía verle llorar ni hacer sangre de su flaqueza—. Ése era el dolor que alivió la sonrisa de Anice.

Sin esperarlo, se había topado con ella en la rosaleda. No la había visto, agachada como estaba tras los rosales, podando los brotes viejos a ras del suelo. Al sentirle, la joven se había levantado azorada, sacudiéndose la tierra de las manos y la falda. Luca la saludó con cortesía. Ella respondió al saludo sin levantar la vista, con la cabeza gacha, empleando la misma reverencia que mostraba al resto de los Ruggia.

—Yo... Mis condolencias por el fallecimiento de su madre —añadió torpemente.

Luca asintió.

—Sé que usted la ha cuidado con dedicación y cariño estos últimos meses. Quiero darle las gracias por ello.

Ella recibió aquel reconocimiento con media sonrisa cohibida.

—Algunas personas irradian luz, aun en la enfermedad. Su madre era una de ellas. Fue gratificante y aleccionador acompañarla.

Luca sintió una tensión dolorosa en la garganta al intentar contener la emoción. Carraspeó.

—A ella le encantaba este lugar —evocó mirando a su alrededor—. Era su rincón favorito de todo el jardín. Aunque la última vez que estuve, hacía tiempo que nadie se ocupaba de los rosales y se habían marchitado. ¿Cómo es que ahora están llenos de flores?

La joven no ocultó cierto orgullo.

—No estaban muertos del todo, sólo dormidos. Lo único que necesitaban era alguien que los despertase y les prestase un poco de atención. Entre su madre y yo nos encargamos.

—¿Mi madre? —Se mostró incrédulo. ¿Cómo podría su madre, que apenas era capaz de mover las manos, haberle prestado atención a nada?

—Sí. Veníamos hasta aquí todos los días de sol. La acercaba a los rosales y ella les susurraba, les sonreía, los acariciaba...

Luca podía imaginárselo. A su madre siempre se le había dado bien susurrar, sonreír, acariciar...

—La rosa era su flor preferida —recordó con agrado.

Entonces la muchacha se volvió hacia el rosal y con las tijeras de podar cortó una flor.

—Tenga. —Se la tendió—. Llévesela a su madre. Le gustará.

Luca observó la preciosa rosa blanca con los bordes de los pétalos rosados. Cuando fue a cogerla, se clavó una espina. El dolor que sintió fue ridículo, casi imperceptible, sin embargo, una de las lágrimas que con tanto esfuerzo había estado reteniendo se escapó rodando por su mejilla.

Ella tomó con cuidado uno de los pétalos de la rosa.

—¿Me permite? —Le cogió la mano y, sobre la gota de sangre que brotaba de un dedo, dejó el pétalo a modo de cura—. La rosa es una flor un poco mágica —relataba mientras tanto—. De algún modo, sabe qué es lo que nos alivia.

Tal vez entonces no fuera del todo consciente, pero, pasado el tiempo, Luca adquirió la certeza de que en aquel preciso instante se había enamorado de ella. Y ni siquiera sabía su nombre.

A partir de ese momento, sólo podía pensar en aquella joven, en buscar la ocasión para estar a su lado: un encuentro fortuito, un recado absurdo... Y ella parecía responder con agrado a sus atenciones.

Como si entre ambos se hubiera establecido un pacto tácito, a menudo coincidían en la rosaleda de forma no tan fortuita y, sentados en el banco de piedra, le robaban los minutos al tiempo para deshojarse como las rosas a su espalda, pétalo a pétalo de lo que eran, lo que soñaban, lo que deseaban... Entonces, una tarde, Luca posó su mano sobre la de ella.

—Es increíble... pero aún no sé tu nombre. —La tuteó por primera vez, pretendiendo así mayor intimidad.

Ella le devolvió una mirada enigmática, como si dar su nombre requiriera complicados cálculos.

—Debería responder que Giovanna —concluyó con cautela—. Es el nombre que me puso mi padre. Así me llaman en el castillo... Así me llaman quienes no me conocen.

Luca le estrechó la mano con ansiedad, conteniendo la pasión que le cortaba el aliento, nacida del simple contacto con su piel.

—Entonces yo ¿cómo debo llamarte? —le susurró, tan cerca estaba de ella.

—Anice.

—Anice —paladeó él y ella percibió su aliento en las mejillas—. Anice... Qué extraño nombre...

Como si fuera a quemarse con su roce, ella se separó. Le sonrió. Se soltó la mano con una caricia.

—Porque es un nombre de hada —declaró antes de salir corriendo hacia el castillo como la chiquilla que era.

Llegó el día en que Luca se tuvo que marchar a Génova, a atender un negocio familiar por encargo de su padre. Quizá, en otras circunstancias, apenas hubiera vuelto por el castillo. Sin embargo, no podía quitarse a Anice de la cabeza. La joven se había convertido en una obsesión que ocupaba sus pensamientos día y noche. Y así, sus visitas a la casa familiar se hicieron cada vez más frecuentes con la sola intención de volver a verla, de retomar las conversaciones a medias y las caricias interrumpidas.

Pasadas unas semanas de soñar despierto con ella, reunió el coraje suficiente para besarla. Fue aquel día que le había traído de regalo un precioso *mezzaro* del mejor taller genovés. Tras el grueso tronco del magnolio, la envolvió con él por los hombros, rodeándola en un abrazo de algodón. Al tenerla tan cerca, sus labios y sus cuerpos se unieron como si nunca hubieran debido estar separados. Entonces, Luca le susurró un «te quiero» que Anice repitió palabra por palabra.

Anice no sabía del amor más que lo que había leído en unos pocos libros: cuentos de hadas y epopeyas de héroes siempre enamorados. Sabía de las historias de Ulises y Penélope, de Arturo y Ginebra, de Dante y Beatrice... Y a menudo había fantaseado con su propio héroe, su propio príncipe, su propio simple muchacho que le inspirara cuantos sentimientos loaban aquellos legendarios amantes.

Luca se mostró como un poco de todos ellos. La primera vez que lo vio, se sintió inmediatamente atraída por él, tan apuesto y cortés como un príncipe. Enseguida se encontró disfrutando de su compañía, anhelándola cuando le faltaba. Con Luca experimentaba una extraña felicidad, muy diferente a otras más cotidianas, que se manifestaba de manera incluso física: le revoloteaba en el estómago, le encendía las mejillas, le quitaba el hambre, el sueño y la respiración. Luca le inspiraba a un tiempo fortaleza y ternura, admiración y lástima, firmeza y desamparo; como si la necesitase tanto como ella a él. De este modo, sentía haber encontrado una parte de sí misma que hasta entonces no era consciente de que le faltara, pero sin la que ahora no se veía capaz de vivir. Siendo así, resultó natural que aquel «te quiero» se deslizara entre sus labios con fluidez, pues no necesitaba saber nada del amor para estar segura de que amaba a Luca.

—Pero, Anice, ¡no puedes enamorarte de alguien como él!

Manuela intentó abrirle los ojos que el amor le había velado. Sin rodeos. El mismo día que le dio razón de la sonrisa boba que desde hacía un tiempo se había instalado en su rostro.

—Ese hombre pertenece al castillo y su gente. Ellos están arriba y nosotros abajo, son diferentes. ¿Crees que el señor conde dejará que su hijo corteje a la criada? ¡Perderás tu trabajo si se entera! ¿Y él? ¡Él se entretendrá contigo y se casará con una de su clase! ¿Es que no lo ves?

Manuela estaba alterada. Anice seguía sonriendo con beatitud. Tomó las manos de su amiga para calmarla.

—Manuela... Ya no puedo hacer nada. El amor me ha envenenado. Pero el veneno es dulce...

—¡Tonterías! Yo te quitaré ese veneno. Haremos un conjuro. Prepararé un *brevi*, en tela de muselina, con semillas de hierba de San Juan y hojas de melisa y la oración a... a... ¿Quién demonios es el patrón del desamor? ¡No sé! ¡Algún remedio encontraré para deshacerte de esa maldición!

Anice movió la cabeza.

—No... Déjame ser feliz ahora, ¿qué más da lo que dure? Mi felicidad es un regalo. Sólo tenemos el presente, Manuela. Lo demás no importa.

Amaretti di Sassello y *liquore di chinotto*

«Sólo tenemos el presente», me había susurrado mi bisabuela. Me lancé a los *carruggi* de Castelupo rumiando aquella frase, como si tuviera que tener algún sentido para mí. Deambulando por las estrechas callejuelas de piedra, a la luz dorada del atardecer, de cuando en cuando me acariciaba el vientre todavía plano. Allí dentro estaba mi presente más acuciante, el único presente que en realidad tenía. «Lo demás... no importa», diría Anice.

El estrépito de una persiana de metal me sobresaltó, sacándome de mis divagaciones.

—¡Gianna!

—Mica... Hola —saludé aún distraída. Sin darme cuenta había llegado hasta el herbolario y su dueña acababa de echar la persiana abajo—. ¿Cierras ya? No creí que fuera tan tarde... —Consulté el reloj.

—Es que hoy termino un poco antes. ¡Es viernes! ¡Noche de chicas! Cuando dejo a los niños con mi madre y pienso sólo en mí. Lo más sano para el cuerpo, la mente y el espíritu es pensar de vez en cuando sólo en uno mismo. Y con tres criaturas no siempre es fácil.

—¿Tienes tres hijos? No me imaginaba que fueran tantos.

—¡Uy, y hubiera tenido más! Pero... me quedé sin socio —añadió con una jocosidad que parecía forzada.

Yo la miré confusa.

—Mi marido falleció hace cuatro años —aclaró con un tono más neutro, el de quien lleva cuatro años explicando que su marido ha fallecido y le incomoda dar lástima por ello.

—Oh... No sabía... Lo siento.

Me hubiera gustado conocer toda la historia, pero no me pareció oportuno preguntar. Además, Mica no me dio demasiadas opciones de hacerlo: le quitó importancia al momento con un gesto casi automático y enseguida regresó a su talante dicharachero.

—Oye, ¿por qué no te unes a nosotras? Unas cuantas amigas nos reunimos en casa de Fiorella, la dueña del hotel, ya la conoces. Comemos, bebemos, hablamos por los codos y nos reímos de nuestra sombra. Es divertido, anímate.

—Bueno, yo... No sé...

—Sí, sí, entiendo que te da corte y todo eso. Pero somos gente agradable, ya verás: después de un par de copas, será como si nos conocieras de toda la vida.

Sonreí. ¿Por qué no? Un plan de chicas. Hacía tanto tiempo que no tenía un plan de chicas. Beber, comer, hablar, reírse... con otras mujeres. Mujeres desconocidas que sólo podían juzgarme por mi aspecto —y a esas alturas de mi vida eso era lo que menos me importaba—. Nada más que energía femenina, sintonía de emociones, visiones pasadas por progesterona... ¿Por qué no? Después de todo, sólo tenemos el presente.

—Ahora tienes que incorporar el azúcar y las almendras a las claras de huevo... Así, con movimientos envolventes para que no se bajen las claras.

Mica le explicaba a Pierina cómo cocinar los *amaretti di Sassello*, unos pequeños dulces crujientes con un ligero sabor a almendras amargas. «Antes de la fiesta, tenemos que preparar los *amaretti*. Iremos a casa de Pierina. Pierina te va a encantar, es un amor de chica», me había puesto Mica en antecedentes según llenaba una cesta con azúcar, huevos y un montón de almendras crudas.

Efectivamente, Pierina era un amor. Yo no lo hubiera expresado con más precisión. Ella era como su nombre: un delicado diminutivo. La muchacha tendría unos veintimuchos casi treinta que parecían unos diecimuchos casi veinte. Era rubita y menuda, con cara de muñeca de porcelana, cabello lacio recogido en una trenza y unos ojos azules miopes, que parecían tristes y pequeños detrás de sus gafas redondas. Pierina hablaba con voz suave y dulce como los *amaretti*, y su sonrisa —a menudo acompañada de rubor en las mejillas— era tierna, contagiosa. La joven era maestra de educación infantil y trabajaba en la única guardería del pueblo, donde atendía a una decena de niños de menos de cinco años producto de una remesa de parejas jóvenes que en los últimos años se habían instalado en Castelupo, devolviendo algo de vida a un pueblo cada vez más viejo.

Pierina quería aprender a cocinar porque bebía los vientos por Marco, una promesa del ciclismo cuya carrera había quedado truncada a causa de una lesión en la columna y que ahora se ganaba la vida de recepcionista en la Locanda della Fontana y organizando tours en bicicleta para los turistas —yo recordaba fugazmente al chico somnoliento que me había recibido la primera noche—. Mica le había asegurado a Pierina que a los hombres se les gana por el estómago y ella misma se había ofrecido a ponerla al día en cuestiones culinarias. Mica era una cocinera hecha en las demandas del día a día, una cocinera de familia, y además Pierina la admiraba porque poseía todo lo que a ella creía faltarle: decisión, arrojo, labia y una talla noventa y cinco de sujetador. Si Mica decía que para conquistar a Marco tenía que aprender a cocinar, pues ella aprendería. Aunque fuera un completo desastre en la cocina.

La receta de los *amaretti* era bastante sencilla: pocos ingredientes, pocos pasos y poca técnica. Sólo había que triturar, mezclar, moldear y hornear. Sin embargo, en la pequeña cocina color pastel de Pierina parecía haber estallado la Tercera Guerra Mundial en versión dulce. De algún modo, al triturar las almendras, buena parte de ellas habían escapado de la trituradora y volado por los aires como perdigones; varios huevos habían acabado masacrados en la encimera durante el proceso de separar las claras de las yemas; de un preciso codazo, el paquete abierto de azúcar glas se había volcado, dando comienzo a una aparatosa nevada sobre las baldosas. Y todo ello antes de empezar a moldear. Eso sí que fue un desastre. La masa pegajosa se volvía incontrolable en las manos de Pierina: se escurrió entre sus dedos, de ahí pasó a sus gafas, de las gafas a su pelo, de su pelo al delantal estucado de clara de huevo y azúcar...

Justo en el momento en que Pierina estaba a punto de echarse a llorar de desesperación, Mica estalló en sonoras carcajadas, probablemente también de desesperación, pero mucho más agradables y contagiosas, de modo que las tres terminamos por los suelos, cubiertas de azúcar y muertas de risa. Yo no recordaba haberme reído tanto por tan poco en mucho, mucho tiempo.

Al final, Mica tomó el control y conseguimos hornear

unos cuantos *amaretti*. Incluso yo le di forma a algunos de ellos y Pierina, mal que bien, logró dejar algunos pegotes de masa sobre la bandeja del horno. Con la cocina igual de pegajosa, pero con un delicioso aroma a pastelería, empaquetamos los dulces en una bolsa que Mica había confeccionado a partir de un retal de un viejo mantel de lino que después atamos con un cordel azul y adornamos con unas ramitas de lavanda. Sonreímos satisfechas frente a nuestra obra. Los *amaretti de Sassello* endulzarían la reunión de esa noche.

La casa de Fiorella estaba en el centro del pueblo, cerca de la de Pierina, y también era de piedra —como no podía ser de otro modo—, aunque algo más grande: un par de pisos con balcones cubiertos de flores, contraventanas de madera verde, tejado a dos aguas y un patio trasero lleno de macetas, donde se oía el canto de los grillos y el croar de las ranas desde un estanque cercano. En el centro del patio se alzaba un centenario *chinotto*, un árbol parecido al naranjo, pero más pequeño y de frutos amargos, que en aquella época de finales de primavera estaba cuajado de flores blancas que desprendían un intenso aroma a azahar. De sus ramas nudosas colgaban cristales de colores y farolillos y, en torno a él, se distribuían unos cuantos sillones de mimbre y un par de hamacas. Del interior de la casa, llegaba el eco de una canción italiana de los años sesenta y la risa de las mujeres en animada conversación.

Mica me había ido presentando a sus amigas. A Fiorella ya la conocía: la exuberante dueña del hotel. Fiorella era una versión de Anita Ekberg en *La dolce vita*, más mayor y un poco más vulgar pero igual de sexy. Había viajado por el mundo como miembro de una compañía de ópera, se había casado tres veces y divorciado otras tantas y, cuando se hubo hartado del mundo y el matrimonio, regresó al pueblo del que había escapado con dieciocho años e invirtió el dinero de su último divorcio en el hotel.

—Con lo que yo he renegado del pueblo cuando era más joven... Y, al final, ya ves, me he recogido en el nido como las aves en invierno. Eso sí, cuando me aburro, me escapo a Sanremo y dejó que algún ricachón me invite a champán. —Se rio estrepitosamente de ella misma.

A lo que Gaura reaccionó poniendo los ojos en blanco y emitiendo un prolongado suspiro de desaprobación. Gaura era la chica de la alfarería que lindaba con el herbolario de Mica.

—¿Gaura? Nunca antes había oído ese nombre —reconocí cuando la saludé.

—Es hindú —respondió ella con cierto aire místico—. Uno de los nombres de la diosa Parvati, el que hace referencia a su brillo y a su pureza, como la cara de la luna.

Después de aquella explicación, estuve a punto de juntar las manos en el centro del pecho y murmurar: «Namasté».

—En realidad se llama Luciana —me aclararía Mica más tarde—. Es la única hija de una familia pija de Génova. Pero un verano conoció a un sueco en Portovenere y el romance terminó en la India. De allí se trajo las rastas, los tatuajes, el piercing de la nariz, esos mismos bombachos que lleva puestos hoy y un nombre nuevo. Ah, y una novia italiana. Por ella se instalaron aquí, la chica se había encaprichado del pueblo un fin de semana que vinieron de excursión. Luego, cuando rompieron, cosas del destino, la novia se largó y Gaura se quedó en Castelupo. Da unas clases de yoga geniales, tendrías que venir a una, te iría bien para tu contractura.

La última del clan era Valeria. Aquella mujer elegante, de piernas kilométricas, melena castaña que parecía recién salida de la peluquería que no había en Castelupo, piel tersa y belleza incontestable, bien pudiera haber sido una exmodelo de pasarela retirada al cumplir los treinta. Aunque la realidad era un poco menos sofisticada: Valeria regentaba una tienda de productos de cosmética naturales, elaborados de manera artesanal en su propio taller a base del aceite de oliva de la zona —por cierto, los productos de tocador de la Locanda eran suyos.

—Valeria sabe que todas la odiamos porque es perfecta, aunque no le importa. Incluso para eso es perfecta —bromeó Mica delante de la aludida, que se limitó a devolverle una sonrisa preciosa y perfecta, porque era mujer de pocas palabras.

Rápidamente, con esa velocidad que caracteriza al ser humano para prejuzgar, dictaminé que, de aquel heterogéneo grupo de mujeres que acababa de conocer, Valeria era la que me resultaba menos simpática. Tan distante, tan perfecta, tan por encima del bien y del mal como aparentaba... Puede que el problema residiera en que en sus defectos veía un reflejo de los míos propios. Y no hay nada que cause mayor rechazo que enfrentarse a las propias debilidades.

—Así que los hijos de Mica están contigo en la guardería —le pregunté a Pierina.

Las dos, junto con Valeria, nos habíamos instalado bajo el *chinotto* mientras las demás seguían dentro de la casa preparando las bebidas.

—Sólo el pequeño —aclaró con su voz de adolescente—. Los otros dos ya van a la escuela primaria, que está en otro pueblo, a unos veinte kilómetros de aquí.

—¿Te ha dicho ya Mica los nombres de sus hijos? —preguntó Valeria. Yo negué con la cabeza—. Son realmente peculiares...

Justo en ese momento apareció la interpelada con una copa en cada mano y me tendió una de ellas.

—Ten: *liquore di chinotto*, hecho con los frutos de este mismo árbol. Fiorella lo prepara cada año. Es pura dinamita, perfecto para desinfectar una herida.

—Incluso valdría de perfume, si no fuera tan pegajoso —añadió la propia Fiorella.

Me quedé observando la copa un instante. Sintiendo las miradas del resto sobre mí, aguardando mi veredicto. Mi relación por entonces con el alcohol era bastante confusa. Al igual que con los medicamentos, la carne cruda, las verduras sin desinfectar y todas esas cosas que están vetadas a una mujer embarazada, yo no tenía muy claro qué hacer al respecto. Iba a abortar, ¿no? ¿Qué más daba si me emborrachaba o me inflaba a jamón? ¿Por qué siquiera me planteaba no tomarlos?

Finalmente, di un sorbo del licor que me bastó para percibir el sabor amargo de las naranjas morunas y el toque de clavo y vainilla. Estaba bastante bueno, pero, de algún modo, la copa quedó a medias el resto de la noche.

—Le estaba hablando a Gianna de los nombres de tus hijos...

—Oh. —Mica se llevó la mano al pecho en el colmo del orgullo—. Son geniales. El mayor se llama Ross, luego le sigue Phoebe y, por último, mi pequeño trasto: Chandler.

La verdad, no supe qué decir a eso.

—Verás —continuó Mica según se acomodaba en una de las hamacas; el amplio escote de su camiseta dejó a la vista parte de su sujetador de encaje rosa—, mi marido y yo éramos superfans de *Friends*, sabes cuál es, ¿no? De hecho, nos conocimos a través del club de fans de la serie. Siempre tuvimos claro que pondríamos a nuestros hijos los nombres de los personajes.

—Y Monica os debió de parecer demasiado convencional... —apuntó Valeria.

Mica no pareció reparar en el sarcasmo de su comentario.

—Sí, es cierto que es el más aburrido de todos, pero lo hubiéramos usado igual. Nuestro plan era tener seis hijos, tantos como los personajes principales, pero... —Ahogó la frase en un sorbo prolongado de *chinotto*.

—Es... muy original —opiné con educación, y me gané así la sonrisa agradecida de Mica.

A partir de entonces, yo, que era la novedad, me convertí en el centro de atención del grupo. Y así tuve que contar de dónde venía, a qué me dedicaba, qué me había llevado hasta el pueblo, cuánto tiempo tenía previsto quedarme... Cuando ya había dado cuanta información me habían pedido, la primera botella de *chinotto* estaba casi finiquitada y Fiorella comenzaba a farfullar en un tono algo elevado las canciones de Adriano Celentano.

—¿Y qué vas a hacer con el molino? ¿Quieres quedártelo? —se interesó Gaura.

—Aún no lo sé. En cualquier caso, no es sólo decisión mía, también es de mi hermano.

—Yo, si fuera mío, me lo quedaría sin duda. Me encanta ese sitio, tiene un no sé qué, una energía muy especial...

—Y una reforma descomunal. —Valeria enseguida bajó a Gaura de las nubes.

—¿No está tu primo viviendo en él? —se dirigió Pierina a Mica.

Antes de que ésta pudiera responder, me apresuré a intervenir.

—Ay, cielos, me temo que ayer lo espanté. Volví al caer la

tarde y ya no estaba, ni él ni sus cosas. Yo sólo quería aclarar el embrollo, presentarme como es debido y decirle que no tengo ni idea de qué vamos a hacer con esa casa pero que, entretanto, puede seguir allí... —me expliqué de forma algo atropellada—. ¿No sabrás cómo localizarle?

Mica soltó una carcajada.

—Este hombre... No me puedo creer que saliera corriendo. Y no, no tengo ni idea de dónde localizarle. Ni siquiera sabía que hubiera dejado el molino. Él es así, nunca da razón de nada.

—Pero ¿no tiene un teléfono donde llamarle y decirle que puede volver si quiere?

—¿Mauro un teléfono? —Mica meneó la cabeza en un elocuente gesto—. Mira, mi primo es muy raro. Un buen tío, pero raro.

Tuve la sensación de que entre el resto de las mujeres se instalaba un silencio incómodo, como si hubiera algo más que decir sobre el peculiar primo de Mica, pero me pareció una idea absurda.

—Déjalo estar. No te preocupes. Mauro es un poco nómada, nunca permanece mucho tiempo en el mismo sitio. Estará bien, seguro.

Eran las dos de la madrugada y el *chinotto* había corrido como el río abajo en el valle. En el patio de casa de Fiorella, las velas se habían apagado y el aire resultaba casi frío. Nada más que Mica y yo permanecíamos fuera, las demás se habían quedado dormidas en el sofá viendo *La fiera de mi niña* doblada al italiano. Mica recogía los vasos y demás restos de la velada. Yo le echaba una mano.

—Me admira la gente que puede dormir en cualquier sitio. Yo apenas soy capaz de hacerlo en mi propia cama —comentó Mica.

—Yo, en cambio, podría dormirme en el filo de una espada, pero supongo que todavía no tengo suficiente confianza para roncar en el sofá de Fiorella.

—Lo peor es cuando se te descuelga la mandíbula y se te queda la boca abierta de par en par y cara de tonta y la babilla te resbala por la comisura del labio —se carcajeó Mica y yo le hice eco.

—Dormir puede llegar a ser un acto muy íntimo.

No habíamos casi terminado la chanza cuando Mica cambió radicalmente el tono de la conversación.

—¿Tienes pareja? —me abordó sin tapujos.

—No... —Cogida por sorpresa, titubeé. Era la primera vez en mucho tiempo que tenía que responder que no tenía pareja—. Acabo de terminar con alguien —añadí sin ganas de dar demasiadas explicaciones.

Por suerte, Mica tampoco iba a pedírmelas. Se limitó a dejar escapar una risita.

—Fiorella está segura de que tienes un lío con el tío bueno del Ferrari, el que se ha comprado el castillo.

—Señor... ¿No llevo aquí ni dos días y ya tengo adjudicado un lío?

—Éste es un pueblo pequeño. Cualquier visita es un acontecimiento a comentar y elucubrar.

—No, no estoy liada con él. Apenas le conozco, sólo me salté un cruce y saqué su coche de la carretera la noche que venía hacia aquí.

—¿El Ferrari?

—El Ferrari.

—Guau... Se lo diré a Fiorella. Creo que el tipo le gusta, ya ha venido por aquí algunas veces y ella ha coqueteado con él. Aunque la verdad es que coquetea con casi todos...

Tras un breve silencio, me atreví con la pregunta que me rondaba toda la noche:

—¿Cómo murió tu marido?

Mica terminó de meter unos vasos dentro de otros, hizo una bola con unas cuantas servilletas de papel usadas y se secó las manos en los pantalones. Se tomó unos segundos antes de contestar con la mirada perdida.

—Cáncer. Se lo diagnosticaron al año de nacer el pequeño. Apenas duró tres meses. Después, me hundí; creí que no saldría adelante. Lo único que deseaba era meterme en la cama y quedarme allí hasta morir también. Él lo era todo: mi amante, mi compañero, mi amigo, el padre de mis hijos, una parte de mí misma... Me sentía como si me hubieran vaciado y dejado sólo el cascarón. Si no llega a ser por los niños, por mi madre, por las chicas... He sobrevivido gracias a ellos. Es curioso... Cuando todo te va bien, cuando la vida te sonríe, piensas que no necesitas a la gente, que las personas son incluso un estorbo, una distracción... Sin embargo, Dios nos libre de la soledad ante las adversidades. Si te estás ahogando, necesitas asirte de una mano que tire de ti para sacarte del agua. Y más vale que no te encuentres sola en mitad del mar. Ahora estoy bien; de hecho, creo que soy muy afortunada por lo que yo he tenido con Alessio. Es un regalo que a pocos se les concede y eso nadie puede quitármelo, ni la cochina muerte.

Me di cuenta de que tenía la piel de gallina, quizá por la noche fría, quizá por las palabras de Mica. Esa forma de hablar de la soledad, de apreciar el momento...

—El regalo del presente... Mi bisabuela decía algo parecido.

Me retiré al hotel casi a las tres de la madrugada, con el agradable sabor de una noche divertida, diferente, acompañada de gente interesante, muchas risas y *amaretti.* Con una repentina sensación de amor por el prójimo, de espíritu colectivo, de ganas de formar parte de un proyecto que no fuera sólo mío. De no volver a estar sola. Y tuve miedo de que aquella sensación fuera efímera, como el gusto del *amaretti*, irreal, como mi situación allí. Cuando volviera a Barcelona, ¿qué quedaría de todo aquello? Yo seguiría sola.

Retomé el diario de mi bisabuela con intención de ahuyentar los temores, confiando en que tal vez ella pudiera reconfortarme.

De cómo las grandes cosas desbarajustan las pequeñas

Al igual que la diminuta abeja es ajena a la tormenta que se gesta en el cielo y día a día cumple su labor sin saber que un rayo puede partir la colmena, así de ignorante era yo. Me sentía a salvo en mi pequeño pueblo, en mi pequeño mundo, el que cabía entre el molino y el empinado camino que subía al castillo, entre las manos de Luca y las mías, en el banco de la rosaleda donde nos besábamos a escondidas. Ignorante yo de la tormenta que se gestaba sobre nuestras cabezas...

Los Ruggia

Italia, de julio de 1914 a mayo de 1915

En Europa había estallado la guerra. Tal acontecimiento no era algo que alterase especialmente la vida de Castelupo, la cual seguía girando alrededor de su pequeño ecosistema: el campo, la mina, la familia y las fiestas de Ferragosto.

Cierto que en un primer momento, en los albores del mes de julio, hubo inquietud en el *consiglio comunale*, en el bar y a la salida de la misa dominical. Se temía una posible participación de Italia en el conflicto. Nadie quería la guerra. La guerra, para las gentes del campo, era sinónimo de catástrofe y calamidad, de hambre y muerte. Nadie quería abandonar las tierras ni la familia ni el sustento diario para jugarse la vida por algo que ni comprendían ni añoraban. Por eso, cuando el Consejo de Ministros del presidente Salandra anunció la neutralidad de Italia, todos respiraron tranquilos y regresaron a su rutina. La guerra perdió el escaso protagonismo que alguna vez tuvo y quedó relegada a los titulares del único ejemplar que llegaba a la semana del *Corriere Mercantile*, que languidecía polvoriento en una esquina de la barra del bar.

Sólo en la cumbre de Castelupo, donde se asentaba el castillo, el tema seguía bullendo a la hora de las comidas y con el coñac de la noche en la biblioteca.

Tal situación no era más que un reflejo de lo que ocurría en toda Italia: la guerra sólo interesaba a los políticos, los intelectuales, los ricos y los poderosos; el pueblo no quería más que le dejaran vivir en paz. Lo que no se podía imaginar ese pueblo pacífico y abúlico era que poco a poco las corrientes de opinión en las altas esferas se irían dividiendo en dos facciones completamente opuestas y enfrentadas: los neutralistas —partidarios de mantener la posición del país ajena al conflicto— y los intervencionistas —convencidos de que la participación en la guerra era necesaria para consolidar la unificación nacional y reafirmar la importancia del papel de Italia en el contexto internacional—. Y que esa división y su consecuente enfrentamiento entre los que manejaban los destinos del país acabarían arrastrando al resto de la sociedad italiana. La cuestión de la guerra, lejos de haber quedado zanjada el primer día de agosto de 1914, no había hecho más que empezar.

Anice no podía negar que el tema, hasta entonces totalmente ajeno a ella, le despertaba cierta curiosidad y siempre ponía interés cuando Luca le enseñaba los periódicos y trataba de explicarle los conflictos entre Austria y Rusia, Alemania y Francia, Inglaterra en mitad de todos ellos, los intereses en las colonias, las implicaciones económicas, el asesinato de un pomposo príncipe austríaco y su esposa... La historia resultaba laberíntica, pero también entretenida, como una gran intriga internacional de novela. Sin embargo, lo que no lograba entender era el entusiasmo de Luca por la guerra, cómo parecía envidiar y admirar al resto de los jóvenes europeos que marchaban al frente con el fusil al hombro.

—¿Por qué están tan contentos?

Cuando Luca le enseñó las fotografías de las plazas y calles de las principales ciudades de Europa los días posteriores a las declaraciones de guerra, Anice contempló con asombro las muestras de júbilo de la multitud: las risas, los sombreros y las banderas al aire, el ambiente de fiesta. Más que hombres que se iban a enfrentar a la muerte en el campo de batalla, parecían aficionados preparados para apoyar a su favorito en una competición deportiva.

—Porque son auténticos patriotas, felices de tener la oportunidad de luchar por la gloria de su país, de hacer algo bueno por el bienestar de los suyos. Aquí en Italia algunos no pueden entenderlo, quizá porque somos una nación demasiado joven aún.

—Pero muchos de ellos morirán. ¿No es eso una guerra?

—No tantos. La guerra será corta, ya verás. Y quien salga victorioso conocerá la gloria de haber contribuido a crear un mundo nuevo y mejor. Merece la pena intentarlo.

Tras meditarlo brevemente sin quitar la vista de los rostros de aquellos jóvenes alegres y despreocupados, Anice acabó por concluir:

—Tal vez... Alguien saldrá victorioso, sí. Pero lo único que es totalmente seguro es que todos tienen mucho que perder.

Luca la contempló con cierta condescendencia, incluso con ternura: después de todo, sólo era una chiquilla, qué otra cosa se podía esperar de su candidez.

Lo que Luca no alcanzaba a comprender, sin embargo, era la postura intransigente de su padre al respecto. A menudo, cada vez que Giorgio y él exponían su punto de vista sobre el asunto de la guerra, acababan enzarzados en acaloradas discusiones en las que don Giuseppe les acusaba de «belicistas, irresponsables, ajenos a todos los valores y principios católicos que con tanto esfuerzo me he molestado en inculcaros para nada». Claro que no todo iba a ser una cuestión moral, tratándose de su padre. El astuto conde de Ruggia evitaba ser del todo claro al respecto, pero a Luca no podía engañarlo: lo que más temía aquel hombre calculador y tirano era el éxodo de trabajadores de sus campos y sus minas que se produciría en el caso de movilización ante un eventual conflicto bélico.

Fuera como fuese, y para evitar enfrentarse a su padre más de lo que habitualmente solía hacer, Luca optó por guardarse su parecer para sí mismo y se limitó a seguir el devenir del conflicto y sus implicaciones para el país leyendo con avidez la prensa e interviniendo, durante sus frecuentes viajes a Génova, en los círculos de opinión que se formaron al respecto. Así, los meses siguientes se sucedieron sin grandes cambios ni en la escena política ni en la familiar, ambas tensas por naturaleza.

Al tiempo, Giorgio se había instalado en el castillo y ayudaba a don Giuseppe con la administración de los negocios. Aquello contribuyó a templar el humor del conde. Al contrario que Luca, más impulsivo, apasionado e impaciente, Giorgio sabía manejar a su padre, lo hacía con astucia y mano izquierda. Padre y primogénito poseían rasgos de carácter parecidos, eso ayudaba, si bien Giorgio era una versión mejorada de don Giuseppe: con buen talante, más comprensivo, más dialogante y cercano, más humano, en definitiva. En multitud de aspectos, Luca no estaba de acuerdo con su hermano mayor; sin embargo, lo admiraba, lo respetaba y lo quería. Giorgio sabía moderar su ímpetu y le ofrecía siempre buenos consejos. Además, actuaba como escudo en los enfrentamientos con su padre, ahora que su madre no estaba. Era un buen aliado y su presencia en el castillo le permitía a Luca hacer su vida.

Con el tiempo, el joven empezó a pasar cada vez más tiempo en Génova, donde, con el pretexto de gestionar la distribución internacional de los cargamentos de pizarra de las minas familiares, pudo dar rienda suelta a su activismo político lejos de la censura de don Giuseppe. Y es que lo que había empezado de manera tibia, como mero espectador de los acontecimientos políticos y asiduo oyente de conferencias y discursos a favor del intervencionismo, fue cogiendo fuerza y temperatura con una participación activa en sucesivos actos, no sólo en la capital de Liguria, sino también en Florencia, Milán o Turín. Al poco, Luca se afilió a la Asociación Nacionalista Italiana, un partido que aunaba los sentimientos nacionalistas más dispares, desde democráticos hasta revolucionarios, desde socialistas hasta liberales, pero en la que encontró representadas sus ideas intervencionistas. Desde allí se implicó en la elaboración de manifiestos y programas de acción política para presionar al gobierno y al Parlamento hacia una acción decidida en favor de la entrada de Italia en la guerra. Paralelamente, empezó a escribir con seudónimo para el *Corriere della Sera* de Milán artículos que clamaban por una pronta alianza bélica con Francia y Gran Bretaña frente a Austria y Alemania.

De cuando en cuando, siempre que los negocios, las asambleas, las conferencias y los artículos le dejaban tiempo libre, Luca se escapaba a Castelupo, donde olvidaba momentáneamente sus pasiones políticas entre los brazos de Anice mientras la colmaba de besos tan ávidos como clandestinos, tratando de mantenerse fuera del alcance de las implacables garras de su padre, quien, como un tigre hambriento arremetiendo contra su presa, no hubiera dudado en destrozar a zarpazos aquella relación.

—¿Qué te traes con esa chica?

La certera pregunta de su hermano le cogió por sorpresa. No obstante, si no fuera porque no hay peor ciego que el que no quiere ver, debería habérsela esperado. Y es que acababan ambos de cruzarse con Anice al salir del salón y aunque ni se habían mirado, pues ella, prudente, había inclinado la cabeza hasta juntar la barbilla con el pecho en humillante señal de respeto, quizá Giorgio había encontrado la ocasión para sacar el tema.

Luca agarró del brazo a su hermano, lo empujó de nuevo hacia el salón y cerró la puerta tras de sí.

—¿Cómo te has enterado? —susurró aún apretándole, nervioso. No iba a molestarse en negar aquella acusación velada, no serviría de nada.

—Os vi el otro día juntos. Os besabais —reconoció incómodo—. Ahora me explico dónde andas las muchas veces que desapareces.

Por fin Luca liberó el brazo de su hermano. Sin mediar palabra, se dirigió al mueble bar, se sirvió de la primera botella que cogió, bebió un trago largo y, copa en mano, se dejó caer en un sillón.

—Estás jugando con fuego. Eres consciente, ¿no?

Inquieto, Luca se levantó del sillón y se acercó a la ventana, como si así pudiera escapar del sermón que se le avecinaba. Con el ceño fruncido y la mandíbula apretada, perdió la vista al otro lado de los cristales mientras afirmaba:

—Padre no tiene por qué enterarse.

—Vamos, Luca, no seas ingenuo... Padre puede ser muchas cosas, pero no idiota. No hay una hoja que se mueva en este pueblo sin que él lo sepa, aún menos entre los muros de su casa.

—Pues de momento parece que esta hoja se le ha escapado y no sabe nada.

—No lo sabe... o no dice que lo sabe.

Luca le miró asombrado.

—¿Padre? —Soltó una risa falsa—. Si supiera algo, ya habrían retumbado las paredes del castillo con sus gritos.

Giorgio negó con un movimiento lento de cabeza.

—Piénsalo, Luca, si yo os he visto, os puede haber visto cualquiera, y padre tiene ojos en todas partes. Tengo la sensación de que el viejo zorro está agazapado detrás de un arbusto, esperando... No sé muy bien a qué. Eso es lo que me escama.

Luca apuró de un trago todo el alcohol que le quedaba en el vaso y sintió que lo pasaba con dificultad. Las sospechas de Giorgio resultaban inquietantes. ¿Y si tenía razón? ¿Y si su padre ya se había enterado? ¿A qué estaba esperando entonces para poner el grito en el cielo? De repente, se notó con todo el cuerpo en tensión. Prefería enfrentarse a un monstruo enfurecido en lugar de a un enemigo invisible como un gas tóxico.

—Dirás que es meterme donde no me llaman —le sacó Giorgio de sus pensamientos—, pero deberías pensar en esa pobre chica. Ella es la que más tiene que perder: su trabajo y su reputación en el pueblo, que quedará marcada para toda la vida. Después de todo, tú, tras intercambiar unos cuantos gritos con padre (algo de lo que, he llegado a pensar, disfrutas), te marcharás de aquí, seguirás con tu vida y te olvidarás de ella. Y si lo que quieres es entretenerte, puedes hacerlo con cualquier mujer fuera de los límites de este pueblo y del alcance del viejo.

Luca miró a su hermano con tristeza.

—Ése es el problema, Giorgio, que no quiero entretenerme con ninguna otra mujer. Sólo la quiero a ella. Estoy completamente enamorado de ella —le confesó como si fuera un gran pecado.

Superado el estupor que le había causado aquella inesperada declaración, Giorgio emitió un profundo suspiro.

—Pero, Luca..., ¿cómo se te ocurre enamorarte de ella? ¿No te das cuenta de lo insensato de tu proceder? Tienes que cortar esto de raíz, no puedes dejar que vaya a más.

El interpelado abandonó de repente la ventana, negando ostentosamente con la cabeza como si no quisiera seguir escuchando las palabras de su hermano. Pero éste no le iba a dejar zafarse con tanta facilidad. Ahora fue él quien lo agarró por el brazo para detenerle.

—Escucha, Luca. Esto no tiene ningún futuro y lo sabes. ¿Acaso crees que podrás casarte con ella? Tienes que dejarlo ya. No puedes seguir jugando con las ilusiones y el corazón de esa chica, ni con las tuyas propias. Cuanto más lo demores, más profunda será la herida.

Luca seguía negando compulsivamente.

—No puedo... No puedo...

—Sí, sí que puedes. Vete de Castelupo, búscate una mujer del gusto de padre, cásate con ella y ten cuantas amantes desees. Y sólo cuando hayas olvidado a esa muchacha vuelve por aquí.

Luca miró a Giorgio con angustia. Dios... su hermano estaba hablando completamente en serio. Giorgio se pensaba que era como él, que era capaz de renunciar a todo por hacer lo correcto, lo que su padre consideraba correcto. Y es que Giorgio había renunciado a todo, a la esencia misma de lo que era. Estaba prometido con la hija de un banquero de Imperia, una mujer a la que apenas conocía y a la que desde luego no amaba, porque Giorgio no podía amar a ninguna mujer. Nunca lo había hablado abiertamente con Luca, pero su homosexualidad había quedado implícita en numerosas conversaciones, silencios y situaciones. De modo que Giorgio le estaba pidiendo ni más ni menos que realizara el mismo sacrificio que él había hecho y le creía con la suficiente fuerza de voluntad como para llevarlo a cabo. Cuán equivocado estaba.

La conversación con su hermano había dejado un poso amargo en Luca. La simple idea de dejar de ver a Anice le revolvía las tripas. Pero Giorgio tenía razón: si su padre se enteraba de su idilio con una chica del servicio —si es que no se había enterado ya—, las peores consecuencias serían para ella. Y Luca no podía permitirlo. Después de varias noches de insomnio, llegó a la conclusión de que tendría que tomar una decisión drástica. Se enfrentaría a su padre, le exigiría el beneplácito y, en caso de que el viejo no cediera, huiría con Anice, la haría su esposa y vivirían libres. Que su padre no se atreviera a desafiarle o menospreciarle, él ya no era ningún crío en sus manos, era un hombre que no demandaba de nadie ni riquezas ni protección, ni siquiera el más mínimo sustento. Sólo deseaba que le dejara vivir su vida. Y podía hacerlo: tenía algo de dinero ahorrado, la herencia de su madre y dos manos para trabajar. Con Anice a su lado todo sería posible.

Sin embargo, el destino refrenó su ímpetu. Y es que llegado el mes de mayo los acontecimientos políticos se precipitaron. Durante los diez meses previos de neutralidad en Italia, las tesis intervencionistas se habían expandido como un gas inflamable que ahora amenazaba con estallar estrepitosamente. La chispa llegó con el discurso que el admirado poeta Gabriele D'Annunzio, firme defensor de la participación de Italia en la guerra, pronunció en Génova el 5 de mayo de 1915 frente a una multitud de patriotas enfervorecidos que reclamaban la gloria para Italia en el campo de batalla. Tal fervor se extendió como la pólvora e impregnó al resto de las ciudades con un solo clamor: ¡guerra! La gente se lanzó a las calles y plazas de Roma, de Milán, de Florencia, Ferrara, Venecia... de toda Italia. Se produjeron discursos enaltecidos, manifestaciones, disturbios, enfrentamientos callejeros con comunistas, socialistas y neutralistas de todo signo.

Luca siempre estuvo en primera línea de las reivindicaciones. El 13 de mayo, en Milán, se sucedieron unas manifestaciones violentas que se saldaron con un muerto y veinte heridos. Luca fue uno de ellos: terminó el día en prisión con un botellazo en la cabeza, por suerte sin más consecuencias que una aparatosa hemorragia. Giorgio tuvo que desplazarse hasta la ciudad vecina para que pusieran en libertad a su hermano tras el pago de la correspondiente fianza.

—¡No, no vas a ir a Roma! ¡Basta ya, hermano! ¡Tienes que recuperar la cordura!

En los tranquilos salones del café Cova, donde habían recalado en busca de un reconstituyente tras las emociones del día, Giorgio trataba de contener el tono de voz a la vez que exclamaba su indignación. La obstinación de su hermano empezaba a sacarle de quicio.

—¿Es que no has tenido ya suficiente? ¿Tú has visto cómo estás?

El aspecto de Luca era realmente deplorable: la camisa sucia y arrugada, el sombrero ausente y restos de sangre seca aún en las sienes. Pero su aspecto era algo que le tenía sin cuidado; el joven mantenía la euforia, la embriaguez de la causa.

—¡Pero es necesario! Salandra ha dimitido y dicen que el rey va a nombrar presidente a Giolitti. ¡Ese hombre es un neutralista convencido! ¡Corremos el riesgo de retroceder el camino andado!

Giorgio bebió un trago de *grappa* y trató de calmarse; alguien tenía que mantener la cabeza fría en aquel momento.

—Escucha... Sabes que, en lo básico, estoy de acuerdo contigo, que siempre he pensado que la neutralidad nos acabará pasando factura, se nos tachará de nación débil u oportunista, en el mejor de los casos, y sea quien sea el vencedor de esta guerra, nos ningueneará. Pero a veces me pregunto si mantener la cabeza alta no tendrá un precio desorbitado. Decían que la guerra iba a ser corta, pero ya han pasado diez meses y parece estancada mientras que miles de hombres mueren a diario en el frente. ¿De verdad queremos intervenir en algo así? Además, seamos sinceros: la mayor parte del país no quiere ir a la guerra, la gente corriente sólo desea continuar con su vida. Ni siquiera el Parlamento está claramente a favor.

—¡Ése es el problema! El Parlamento está lleno de viejos dinosaurios que ya tuvieron su gloria, ya tuvieron su *Risorgimento*, ya lucharon por unificar Italia cuando aún eran jóvenes vigorosos y valientes y no ancianos apegados al sillón. Pero ¡dejaron la tarea inconclusa! ¡Ahora! —Golpeó la mesa—. Ahora es cuando tenemos la oportunidad de completar lo que ellos empezaron, de echar a patadas a los austríacos de Trento y Trieste, legítimamente italianos. Y ¿qué hacen ellos, sin embargo? ¡Ceder ante la prepotencia de Viena! ¡Es desesperante! ¡Deberían dejar que las nuevas generaciones aportásemos algo a la gloria de nuestro país! ¡Deberían dejarnos paso!

Luca fue a Roma, como no podía ser de otro modo, y desde allí vivió lo que ya se conocía entre los intervencionistas como *il radioso maggio*, el mayo radiante.

Fue el tiempo en el que empezó a correr el rumor de que el primer ministro Antonio Salandra había firmado en abril un pacto secreto con Francia y Gran Bretaña en virtud del cual, a cambio de una serie de cesiones territoriales, Italia se comprometía a abandonar la Triple Alianza con Alemania y Austria-Hungría y a intervenir del lado de la Entente en la guerra. Tan secreto era el pacto, que ni siquiera se informó de ello a muchos ministros del gobierno, ni al Parlamento, ni a los partidos de la oposición. Los partidarios de la neutralidad hablaron incluso de golpe de Estado. Y los ánimos se caldearon todavía más, hasta que llegó un punto en que ya no había marcha atrás. Finalmente, tras tres semanas que habían puesto a Italia al borde de la guerra civil, el Parlamento aprobó el 26 de mayo el inicio de las hostilidades contra Austria-Hungría. La minoría vociferante y alborotadora había vencido a la mayoría silenciosa. Italia estaba en guerra.

Cuando saltó la noticia, Anice trepaba la cuesta hacia el castillo. Entonces las campanas de la iglesia de San Lorenzo comenzaron a repicar, campanadas lentas y solemnes. La gente se detuvo como en una foto fija: la *zia* Margherita frente al pozo, el *zio* Tögno con el azadón al hombro, el joven Pasquale en lo alto de un andamio, Tonina sosteniendo la sábana a medio tender; los niños cesaron sus juegos en la plaza, los clientes del bar salieron a la puerta, las comadres silenciaron su tertulia. Anice interrumpió su caminar y miró al campanario. Las palomas volaban sobre sus cabezas, la brisa mecía las hojas de los árboles y el río corría en el valle. Con la respiración contenida, las lágrimas rodaron por sus mejillas. Italia estaba en guerra.

—Tengo miedo. Miedo por ti.

Anice se abrazaba a Luca con fuerza, el rostro apoyado en su hombro, los puños agarrando la franela de su chaqueta como si de este modo pudiera retenerle. Por supuesto que Luca se había presentado como voluntario para combatir y no tardó en tener que partir para recibir instrucción antes de incorporarse al frente.

El joven le acarició la cabeza.

—Y yo temo por ti. Y por el tiempo que estaremos separados y lo que sucederá cuando me vaya... Pero la vida está llena de miedos y vivir es aprender a superarlos.

—O a convivir con ellos. No podré superar este miedo. Sólo dejaré de temer cuando te tenga de vuelta sano y salvo.

—Así será, te lo prometo. Y pronto, ya lo verás. Entonces habré contribuido a construir un país mejor para ti, para nosotros.

Luca le tomó la barbilla para alzarle el rostro y besó sus lágrimas en las mejillas y en los labios.

—Te quiero, Anice.

—Te quiero. —Le devolvió ella los besos con ansiedad—. Te quiero.

Buridda ligure di pesce

Jamás me hubiera imaginado que aquel día terminaría en la cocina de un pequeño restaurante en el casco histórico de Sanremo, aprendiendo a cocinar un guiso de pescado de la mano de una *mamma* italiana con bigote. Aunque lo que en absoluto me hubiera imaginado era con quién acabaría cenando en aquel restaurante.

Todo empezó por la mañana, no muy temprano porque me había acostado de madrugada. Tras la lectura breve del diario de mi bisabuela, me di cuenta de que mis desgracias no tenían parangón con las suyas. ¿Qué podía yo temer al lado de los temores a los que ella tuvo que enfrentarse? De un modo algo retorcido, Anice consiguió sosegarme.

Dormí profundamente y me desperté cerca de las once. Tomé un desayuno más consistente de lo habitual, casi un almuerzo, y me subí al Jeep para conducir hasta Sanremo, en la costa.

—¿Ya has localizado a un gestor? —La voz de mi hermano brotó de los altavoces del coche.

Durante el trayecto, había aprovechado para llamarle y ponerle al día.

—Sí, un tal Enrico Barattieri. Me lo ha recomendado Valeria, una de las chicas que conocí ayer. Ella lleva varios negocios por la zona, es de esperar que sus contactos sean buenos. Le llamé esta mañana y puede recibirme esta misma tarde.

—Bien. Cuanto antes se resuelva este asunto, mejor. Y si lo puedes dejar todo en sus manos, incluso comisionarle la venta del molino, sería lo ideal. Así nos desentendemos de todo y tú puedes volver a Barcelona cuanto antes.

—Sí... Supongo.

—Aunque lo primero es lo primero. Habla con él y a ver qué te dice.

—Sí... Sí, mejor esperar. ¿Qué tal por París?

—Bien, como siempre. Trabajo, casa. Casa, trabajo. Y, de vez en cuando, una cena con los amigos y un poco de deporte.

—Dicho así, suena casi monacal: *ora et labora*; *cenare et... ¿deportae*? —bromeé.

—Bueno, no es cuestión de entrar ahora en otros detalles más íntimos —se defendió él con cierta picardía en el tono de voz—. Por cierto...

—¿Sí?

—Igual voy a Barcelona este fin de semana. Parece que podría haber alguien interesado en comprar La Cucina.

Silencio.

—¿Gianna?

—Sí... Sí, te he oído. Lo de La Cucina... Pero, oye... Escucha... No harás nada sin que yo esté allí, ¿verdad?

—No, claro que no. Esto es sólo una primera aproximación. Aunque por eso quiero que se aligeren los asuntos en Italia, para poder pasar a lo siguiente sin perder más tiempo.

Después de despedirme, colgué el teléfono con el ceño fruncido. Había sido dejar Castelupo, aunque sólo fuera por un momento, y ya parecía haberse agrietado mi preciosa burbuja. ¡Demonio de gente que hacía ofertas por partes de mi vida!

La cita con el gestor fue rápida y provechosa. Enrico Barattieri tenía el despacho cerca del paseo marítimo Imperatrice, algo muy conveniente que me evitó tener que callejear en el enrevesado tráfico de Sanremo. El hombre me atendió con amabilidad y eficacia: me orientó sobre el papeleo, los registros, los trámites... Quizá hiciera falta un abogado para aclarar el tema de la propiedad ante la ausencia de menciones testamentarias expresas, pero él trabajaba con un buen especialista en la materia, tampoco eso sería un problema. Y no, ni siquiera era imprescindible que los propietarios estuvieran presentes durante los trámites. «Hoy en día, con un poder notarial e internet se puede resolver todo a distancia.»

—Me tendré que quedar por lo menos hasta que vaya al notario para el poder y me den cita para la firma electrónica. Además, aconseja que tú, por tu parte, me otorgues poderes a mí para simplificar las gestiones —le relaté después a Carlo en una nueva conversación telefónica.

—Sí, claro, mañana mismo me pongo con ello. Lo que siento es que este tema te retenga allí más de lo previsto. Confiesa que a estas alturas ya estás harta de campo y la ciudad te llama a gritos.

—Pues, lo creas o no, estás muy equivocado. La verdad es que de momento no tengo ni pizca de ganas de irme de aquí —me sinceré con él y conmigo misma.

Desde que estaba embarazada, me daban ataques de hambre en los momentos más intempestivos y con las apetencias más rocambolescas. Como, por ejemplo, entonces, nada más salir de la visita al gestor, cuando eran poco más de las cinco de la tarde, que sentí unas ganas terribles de comer pepinillos en vinagre, de esos grandes y agridulces al estilo sueco. Por suerte, mientras buscaba los pepinillos, pasé por delante de una pastelería, un sitio precioso con aire de comercio antiguo, de maderas oscuras y paredes color crema, desde cuyo escaparate me atrajo de inmediato el brillo de las coberturas de chocolate, las frambuesas lujuriosas, los pastelitos perfectos como si fueran de cera y los cruasanes de mantequilla. Me olvidé de los pepinillos.

Una vez dentro de la confitería y tras mucho debatir con el mostrador cargado de sugerentes dulces, me decidí por una bolsa de *misto di pasticceria secca*, un surtido de pastas de piñones, de almendra, de chocolate, de mermelada, y un café *latte* para llevar. Con los carrillos llenos de pasta y los labios sombreados de espuma, me encaminé hacia el *porto vecchio*.

Sin embargo, antes hice una parada imprevista en una papelería. De reojo había visto el escaparate, con todo el despliegue de materiales de bellas artes expuestos, tan bonitos... Me recordó a mi época de estudiante cuando podía pasarme horas curioseando en las tiendas especializadas y gastarme al cabo más de lo que podía permitirme. No pude resistirme a entrar y ya sólo el olor a papel, a pintura, a madera y a mina me encandiló. Acabé comprando un bloc de papel granulado para dibujo, un set de lápices de carbón de distintas durezas, una cajita para guardarlos, un sacapuntas y una goma de borrar. Podría volver a dibujar. Tenía ganas de volver a hacerlo. No había cogido un lápiz desde que terminara la carrera. Y antes no se me había dado mal, solía sacar buenas notas en las asignaturas de dibujo.

Con mi cuaderno y mis lápices en la bolsa llegué al *porto vecchio*. Tal vez allí pudiera estrenarlos. Antes, mientras remataba el café, deambulé entre los puestos del mercado de pescadores, que liquidaban lo poco que les quedaba de sus capturas al final del día, paseé por los muelles casi desiertos contemplando los barcos y me dirigí al espigón para ver las olas romper contra las rocas.

Aunque el día había amanecido soleado y luminoso, con el paso de las horas, el cielo se había ido cubriendo de nubes, ahora grises y tupidas, y la brisa de la mañana había cobrado fuerza, revolviendo la superficie del mar, cada vez más encrespado, igual que mi propia piel. No era el mejor día para llevar un vestido de fino algodón por encima de la rodilla; demasiado tarde, pensé mientras peleaba por mantener la falda ondeante en su sitio, con mucho menos estilo que Marilyn Monroe. Por fortuna, no había demasiada gente alrededor que pudiera presenciar un eventual destape, sólo un pescador solitario en la punta del espigón, a lo lejos. Quizá después de todo no fuera el mejor momento para estrenar mi cuaderno.

Antes de dar media vuelta porque las olas empezaban a salpicarme y además amenazaba lluvia, decidí caminar un poco más por el espigón para contemplar el mar a la salida del puerto, de un precioso color acero, hermoso en su incipiente bravura. Fue una decisión realmente estúpida.

Concentrada en doblegar mi pelo al viento y mi falda al vuelo, a la vez que intentaba sacar algunas fotos con el móvil sin que se me cayera el vaso de café que aún llevaba en la mano, no vi el trozo de cabo enrollado que había sobre el muelle, justo delante de mis pasos. Metí el pie en el medio, me enredé con la cuerda, tropecé y, de algún modo que no fui capaz de explicarme, volamos: el móvil, el vaso de café *latte* y yo. Cuando quise darme cuenta, estaba de bruces al borde del muelle, con un abismo de mar de color acero e incipiente bravura a escasos centímetros.

Tardé un instante en ser consciente de lo que podía haber sucedido; sentí vértigo al contemplar la caída y el mar al fondo. Sin ser capaz de ponerme en pie, me arrastré para apartarme. Entonces creí escuchar un jadeo a mi espalda. Rodé sobre mí misma para quedar boca arriba y, aún aturdida, me encontré frente a un hocico, dientes, lengua colgando, ojos, orejas caídas... Un perro se agitaba nervioso en torno a mí, iba y venía con la cola como un molinillo, emitía ladridos sueltos sin quitarme la vista de encima. Según empezaba a incorporarme, llegó un hombre corriendo.

—¿Estás bien? —preguntó tan alterado y jadeante como el perro—. ¡Creí que te caías al mar!

Lo miré. Él me miró a mí. Ambos nos quedamos sin palabras durante unos segundos. Yo fui la primera en reaccionar: precipitadamente, me bajé la falda en cuanto fui consciente de que parte de mis bragas estaban al descubierto.

—Madre mía... —clamé entonces sin saber si reír o llorar.

Sólo en aquel momento empecé a asustarme: porque podía haber acabado en el mar, o haberme roto la cabeza contra el bordillo... ¡Porque estaba embarazada! ¡Lo había olvidado! ¿Y si abortaba allí mismo a causa de la caída? ¡Menudo escándalo! ¿Podía eso pasar? Me toqué el vientre, no me dolía nada... no sentía nada.

Entretanto, el desconocido aguardaba visiblemente cohibido, como si no supiera qué hacer: ¿sería correcto ayudarme a levantar?, ¿yo se lo permitiría?, ¿debía llamar a emergencias?, ¿era lo suficientemente grave?... Por el contrario, el perro, un golden retriever ya familiar, parecía haber dado por zanjado el asunto y se entretenía lameteando el vaso de café *latte*.

—Te sangran las rodillas —observó con cautela su dueño.

Me miré las piernas: sí, efectivamente, sangraban bastante. Y me dolían, ahora me daba cuenta. Dirigí la mirada de nuevo al hombre; el tipo que pescaba al fondo del espigón, sin duda; el único ser que antes había visto por allí.

—Eres Mauro, ¿verdad? —pregunté por no afirmar.

Se había afeitado la barba, pero aun así lo reconocí o quizá había reconocido al perro, no estaba segura; puede que a la suma de los dos.

—Sí —respondió él, lacónico, como confirmando una pésima noticia.

—Está claro que la fatalidad se empeña en juntarnos en las situaciones más... ridículas —reflexioné casi para mí misma mientras intentaba levantarme sin volver a enseñar las bragas.

—¿Quieres que llame al 112?

—No, no es necesario. Estoy bien. —Me examiné las piernas de nuevo: el reguero de sangre alcanzaba ya la mitad de las pantorrillas—. Esto es un rasguño de nada. —Apelando a la poca dignidad que me quedaba, me hice la fuerte mientras buscaba un pañuelo de papel en el bolso para intentar limpiarme aquellas piernas de Cristo crucificado.

—Yo no estaría tan convencido... De todos modos, deberías desinfectarte esas heridas; este suelo no es precisamente el de un quirófano.

—Sí, sí. Un poco de agua oxigenada será suficiente.

Para terminar de dar forma a la calamidad, hubiera bastado que el cielo descargase toda su furia en forma de aguacero tormentoso. Y eso fue exactamente lo que sucedió. Las nubes que habían cubierto el sol hacía un rato descargaron sin previo aviso una manta de agua que se desplomó sobre nosotros.

—Mierda... —maldije—. Sólo faltaba esto.

Mauro, en cambio, pareció espoleado por las adversidades

meteorológicas. Con la decisión de la que había carecido hasta entonces, me ayudó a ponerme en pie.

—¿Puedes andar? —gritó por encima de la lluvia.

Asentí.

—Tengo la furgoneta aquí al lado. Nos servirá de refugio. Y, además, hay agua oxigenada —volvió a gritar. Acto seguido, se quitó el chubasquero y, literalmente, lo dejó caer encima de mí—. Espérame aquí, tengo que recoger mis cosas.

Antes de que yo pudiera protestar, salió corriendo seguido del perro hacia el lugar donde había dejado la mochila y la caña de pescar. Mientras, yo pensaba que aquel tío tenía que estar loco si creía que iba a meterme en la furgoneta de un desconocido al que prácticamente había desahuciado hacía menos de un par de días —de forma involuntaria, pero tal matiz él lo ignoraba.

Pues bien, eso fue exactamente, y una vez más, lo que sucedió. El chaparrón amordazó a la prudencia: medio empapada, dolorida y con las rodillas como un cerdo en San Martín, no podía permitirme demasiados remilgos. Después de todo, Mauro era el primo de Mica, no se trataba técnicamente de un desconocido, me repetía para complacer a mi sensatez.

La furgoneta estaba convenientemente aparcada a pocos pasos de allí, cierto. Y era más bien grande, tipo camper. Un buen refugio, según pude constatar cuando Mauro abrió el portón trasero: había un par de asientos enfrentados y una mesa. Ocupé uno de ellos. El cubículo estaba desordenado: ropa que parecía haber huido de una maleta medio abierta, algo de comida, una manta... Un ligero tufo a perro mojado impregnaba el ambiente y eso que Trón aún permanecía fuera.

—¡No cierres! —me salió del alma cuando Mauro movió el portón. En medio segundo, me vi atada y amordazada en la parte trasera de una camper y mi desaparición anunciada en las redes sociales. Luego añadí más contenida—: Por favor... Hace calor, ¿no?

Mauro me obedeció sin objeción. El portón hacía de tejadillo y no se colaba el agua. Mejor así.

El joven plegó la mesa y el perro, de un salto, se metió en la furgoneta y se tumbó en el suelo, a mis pies. Desde luego que no parecía la fiera llena de dientes que me había amenazado a ladridos y gruñidos en el molino. Su dueño levantó la tapa de uno de los asientos y sacó el botiquín. Revolvió en su interior.

—Hay tiritas... gasas... desinfectante... —Miró el bote al contraluz—. Sí, queda desinfectante. Aquí tienes agua —señaló una botella en una esquina—. Y... —rebuscó de nuevo dentro del asiento—, jabón. ¿Podrás arreglarte con esto?

Asentí según tomaba el botiquín.

—Gracias... Por cierto, soy Gianna.

—Gianna Verelli. Sí, lo sé.

—Ya... Claro que lo sabes —murmuré avergonzada.

Mauro salió de la furgoneta y se quedó bajo el tejadillo, de espaldas. Era evidente que no tenía ganas de darme demasiada conversación. El perro, que me lamía los tobillos seguramente saladitos, se mostraba mucho más afable.

Me limpié las heridas lo mejor que pude. Resultó que al final no eran sólo rasguños, pero tampoco parecían demasiado profundas y ya casi no sangraban. Les apliqué bastante desinfectante porque sabe Dios qué habría en el suelo de ese puerto y, como hubiera necesitado toda la caja de tiritas para cubrirlas, en su lugar empleé unas gasas y esparadrapo. No hubiera venido mal que alguien me hubiera ayudado a cortarlo, pero ni me atreví a sugerirlo. Cuando hube terminado, Mauro seguía de espaldas bajo el portón. La lluvia había amainado ligeramente.

—Estás empapado —dije por decir algo.

Él por fin se volvió, entró en la furgoneta y empezó a recoger el botiquín.

—¿Y tú no?

—No... Llevaba puesto tu chubasquero. —Sonreí.

—Entonces, bien. Porque yo puedo cambiarme en cualquier momento de ropa. No creo que tú puedas.

De repente, aquella frase absolutamente anodina, desencadenó en mi cabeza una serie de pensamientos que acabaron con la siguiente deducción:

—Ay, no. —Arrugué el gesto—. No me digas que estás viviendo aquí.

Mauro continuó recogiendo en silencio. Ni siquiera me miraba.

—¿Y bien?

—No vivo aquí.

Tras un momento de duda, comprendí.

—No es verdad. Por supuesto que vives aquí. Ay, por Dios... Y todo es culpa mía. Yo no quería echarte, te lo aseguro.

—No me echaste, me fui yo.

—¿Por qué? Ni siquiera me diste la oportunidad de explicarte que...

—Porque la casa es tuya, no mía.

—Y ¿cómo puedes estar tan seguro de eso?

Mauro me miró a los ojos por primera vez. Parecía más joven sin barba, yo hubiera apostado que no llegaba a los cuarenta, ni siquiera a los treinta y cinco; puede que tuviera más o menos mi edad.

—¿Es que no lo es?

—Bueno, sí... Pero ésa no es la cuestión, la cuestión es que... ¿te fías de la primera chalada que entra en tu casa y te dice que es suya? Sí que eres confiado...

Mauro meneó la cabeza como si no pudiera creer la deriva que estaba tomando la conversación.

—¡Pero si me acabas de decir que es tuya! Mira, da igual. No tienes por qué preocuparte. Esta furgoneta es de un amigo, se la cuido mientras está fuera. Y me viene bien. Me han salido un par de trabajos aquí en Sanremo y así tengo donde quedarme.

—¿Y luego?

Mauro volvió a mirarme atónito.

—Sí, de acuerdo, no es asunto mío. Sólo quiero que sepas que puedes volver a instalarte en el molino si quieres. Por lo menos hasta que encuentres otro sitio para vivir que no sea una furgoneta.

—Gracias, pero no voy a instalarme en el molino.

—¿Por qué? —me desesperé.

—Porque no es mío, es tuyo.

—Y dale... Pero ¿no te estoy diciendo, yo, que el molino es mío y puedo hacer con él lo que me parezca, que vuelvas? ¡Por Dios, si ni siquiera sabía que existía el dichoso molino hasta hace una semana! —Resoplé—. ¡Qué discusión más tonta! Escucha, tengo hambre... Otra vez —murmuré fastidiada—. Ya es casi hora de cenar. ¿Por qué no te pones ropa seca y seguimos con el tema mientras tomamos algo?

¿En serio que acababa yo de pronunciar aquellas palabras? ¿Era yo la que acababa de invitar a cenar a ese tipo huraño y desconocido? Señor, lo que hace el hambre.

Él no parecía menos sorprendido. Tras dudar brevemente, no se anduvo con rodeos:

—La verdad, no me apetece mucho seguir hablando del tema.

Su rechazo casi que me agravió. No es que yo fuera invitando a cenar a todos los hombres con los que me cruzaba, pero de las pocas ocasiones que lo había hecho, ninguno le había puesto reparos a la invitación, la verdad. Para todo tiene que haber una primera vez, está claro.

Quizá en otras circunstancias hubiera dicho: «Que te den, puedes quedarte a cenar un sándwich a medias con tu perro en tu furgoneta». Pero yo quería zanjar aquel asunto de una vez y tenía hambre y pocas ganas de volver a comer sola algo triste para llevar, así que me empeciné.

—Pues no hablaremos del tema. Hablaremos de otra cosa. O no hablaremos. Pero después de haberme salvado de morir desangrada —acudí a la hipérbole para ironizar—, no irás a dejarme cenar sola. Sería muy grosero por tu parte.

—No... No es eso... es que... —comenzó entonces a explicarse, visiblemente apurado.

Yo atajé el sufrimiento:

—Por Dios, era broma... No tienes que cenar conmigo si no quieres.

Siempre había pensado en Sanremo como un lugar pasado de moda, el típico sitio que tuvo su época de esplendor pero que se había quedado anclado en los años setenta con su festival de la canción, Al Bano y Romina Power, las hombreras, las pelucas, las solapas de pico... Un sitio hortera. Cosas de la osada ignorancia, teniendo en cuenta que nunca había puesto un pie en Sanremo hasta entonces. Y, como era de esperar, no podía estar más equivocada.

Sanremo me pareció una ciudad preciosa; poseía el encanto de las localidades de la Costa Azul, especialmente en las calles próximas al mar, con el elegante paseo Imperatrice bordeado de palmeras, el fastuoso edificio estilo Liberty del casino, el puerto deportivo y sus yates, las aristocráticas villas de vacaciones. Claro que también tenía algo de *kitsch*, sobre todo en los alrededores del teatro Ariston y las salas de baile, con aquel exceso de luces de neón y tipografía *new wave*, pero hasta eso poseía su atractivo.

Con todo, lo que más me gustó fue el paseo nocturno por la *città vecchia*, el casco antiguo de origen medieval, también llamado La Pigna por la forma en que las calles y las casas, como las escamas del fruto del piñonero, se arremolinan en la colina a los pies del santuario barroco de la Madonna della Costa. Al traspasar la Porta di Santo Stefano, me dio la sensación de estar retrocediendo cientos de años en el tiempo, a un lugar mágico y fascinante. Quizá fuera por la luz escasa que procuraban los antiguos faroles de hierro que pendían de las fachadas, por los callejones estrechos, algunos tan empinados que estaban escalonados, o los pasadizos abovedados y los arcos de casa a casa a modo de contrafuertes; por las viejas fachadas de colores pastel, desvaídos y desconchados, que parecían apoyarse unas contra otras en un precario equilibrio, por los portales desvencijados, las fuentes de caños herrumbrosos, las plazoletas empedradas. Tal vez por la ropa tendida en las ventanas, el gato gordo sobre el alfeizar, los banderines sucios de fiestas ya pasadas, las macetas de flores al doblar la esquina, la vespa decrépita contra la pared, el viejo buzón amarillo... Quién sabe por qué aquel lugar que parecía caerse a pedazos tenía tal encanto decadente.

Todavía envuelta en el chubasquero de Mauro, me resguardaba en sus amplias hechuras del aire húmedo y denso, que olía a fritura de pescado. Finalmente, lo había convencido. Más bien, él había accedido; sin demasiado entusiasmo, pero tampoco con demasiada presión por mi parte. Y ahora me guiaba en silencio por el laberinto de callejuelas mientras yo estiraba el cuello y abría bien los ojos para captar cuanto se mostraba a mi alrededor. De cuando en cuando, me paraba frente a una pequeña ermita, o asomaba la nariz dentro de un portal de piedra, o me detenía a leer una placa conmemorativa, o a atisbar por esa esquina en la que se adivinaba el mar al fondo. Me daban ganas de sacar el cuaderno de dibujo y trazar mis primeros bosquejos. Pero Mauro no parecía compartir mi interés. Cada vez que yo me entretenía, él se limitaba a aflojar el paso, detenerse a corta distancia y esperarme con cierta impaciencia, serio y taciturno. Así no había manera de dibujar nada.

Finalmente, llegamos a una cantina, metida en un pasadizo, tan decrépita como todo lo demás. Un cartel de pizarra bajo un pequeño farolillo anunciaba un menú a diez euros.

—No es el Ritz, pero la comida está buena —se explicó Mauro.

—¿Qué más se puede pedir? —añadí yo con un optimismo a propósito exagerado mientras abría la puerta.

Nada más entrar, percibí el alboroto de los comensales y un calor pegajoso; me desabroché el chubasquero. El local era pequeño y abigarrado, con unas pocas mesas cubiertas con manteles de cuadros rojos y blancos, sillas de madera y asiento de enea y una reducida barra al fondo. El techo y las paredes, con la cal desprendida a trozos, se mostraban atiborrados de toda clase de objetos: cuadros y láminas, un espejo oxidado, sartenes de cobre, cucharones y espumaderas de estaño, papeles con anotaciones y dibujos infantiles, el cartel torcido de VIETATO FUMARE, la oda a Baco, cestos de mimbre, herraduras, platos de barro pintado, alacenas con cacharros apilados y, cruzando de lado a lado y cubriendo los muros, guirnaldas de lucecitas.

Enseguida quedó claro que Mauro era asiduo de la casa, pues lo recibió un par de camareros jovenzuelos entre grandes exclamaciones y sonoros palmetazos en la espalda, a los que él respondió mucho menos efusivo y casi cohibido. El que se me presentó como Salvatore nos sentó a la única mesa que quedaba libre. Observé complacida las flores frescas dentro de una botella de cerveza vacía y la vela que se derretía en un plato de café. Aquel lugar tenía carácter.

—Luego sale la *mamma* a saludarte, ahora está liada en la cocina —le explicó Salvatore a Mauro según nos tendía las cartas—. ¿Qué os pongo de beber?

Mauro pidió agua con gas. Era la primera vez que cenaba con un hombre que bebía sólo agua. Teniendo en cuenta diversas consideraciones como que tenía que volver conduciendo, que se me hacía raro beber sola y que cada vez que pensaba en el alcohol me acordaba de mi embarazo, aunque en puridad no había embarazo que proteger, me decidí también por agua con gas, para que la cosa tuviera cierta gracia. Aquella cena prometía ser una juerga, pensé con sarcasmo.

—Está claro que vienes mucho por aquí —observé.

—Sí. A veces.

Por supuesto que la explicación no iba a llegar de manera inmediata ni natural según el curso de cualquier conversación, sino tras un incómodo silencio.

—La dueña es amiga de la familia y yo a veces les echo una mano durante la temporada de verano.

Fin del tema. Me concentré en la carta. Tras preguntarle en qué consistían la mitad de los platos del menú y acabar escogiendo según sus escuetas sugerencias, empezó un desfile de vajilla descabalada y suculentos manjares encabezado por un par de *antipasti* de nombre enrevesado: *brandacujun* y *barbagiuai*. O lo que es lo mismo: brandada de bacalao y raviolis fritos rellenos de queso y calabaza. Ambos, deliciosos. La brandada estaba jugosa y suave, acompañada de rebanadas de pan tostado al fuego como antaño. Y los raviolis fueron un descubrimiento: crujientes, como empanadillas, con un relleno cremoso en el que la calabaza aportaba un ligero toque dulce.

—¿Y en qué trabajas? —Inicié una conversación antes de que el primer plato se me atragantase de tanto silencio.

—En la construcción —respondió Mauro con la vista en el ravioli que estaba a punto de comer.

Con calma, lo mordió, masticó, tragó, bebió agua, se limpió la boca y se rindió a la evidencia de la conversación.

—Nada fijo. Me salen trabajos aquí y allá. Especialmente de carpintería, pero hago de todo un poco.

Entonces me asaltó una idea inspiradora.

—¡Pero eso es estupendo!

—Ah... ¿sí?

—¡Claro! Mira, te conozco, eres la típica persona orgullosa...

—Es verdad, me conoces bien... Desde hace por lo menos una hora.

Pasé por alto aquella ironía pronunciada en un murmullo y con la vista fija en medio ravioli, como si fuera dirigida a la empanadilla y no a mí.

—Como no quieres pagar un supuesto alquiler, no aceptas mi ofrecimiento...

—¿Qué te hace pensar que no quiero pagarte un alquiler?

—¿Que no me lo has ofrecido? —«Y que vives en una furgoneta prestada.»

—¿Y si no te lo he ofrecido porque no quiero vivir en tu molino?

—Anda ya. Si vivías allí hasta antes de ayer... Y no es gran cosa, pero, desde luego, parece más cómodo que la camper y, sin duda, es más grande.

—Igual he cambiado de opinión. Además, quedamos en que no hablaríamos de este tema.

—No debiste hacerme caso.

—Por Dios...

—Escucha, he tenido una idea estupenda. Vuelves al molino y, mientras estás allí, haces algunos arreglillos. No te digo una reforma integral, por supuesto, sino un lavado de cara, poco a poco. Y así puedes buscar con calma un sitio para vivir más... mejor que una furgoneta.

Mauro esbozó una sonrisa, la primera que le veía. Tensa, pero sonrisa al fin y al cabo.

—De verdad que no acabo de entender este empeño tuyo. No quiero parecer grosero, pero es que todo esto es tan... atípico. No sabes nada de mí, me invitas a cenar, tenemos que mantener una conversación como si fuéramos amigos de toda la vida... A mí... a mí no se me dan bien estas cosas. No se me da bien la charla, ni la gente... Soy un tipo raro. A estas alturas ya deberías detestarme y, sin embargo, te empeñas en buscarme casa. ¿Por qué te importa tanto dónde viva o deje de vivir?

Entonces sentí que mi efervescencia impostada, casi nerviosa, se esfumaba como el gas de un refresco recién servido. Bajé los hombros. Suspiré. Confesé a la servilleta en mi regazo:

—Porque eres un buen hombre. Eso me ha dicho Mica. Y no me gusta la idea de haber desalojado a una buena persona de su casa por una carambola. Por culpa de un papel arrugado al fondo de una cómoda...

Mauro me miró sin comprender, como si yo estuviera loca. Y yo, creyendo que aquello le aclararía las cosas y disiparía sus dudas sobre mi salud mental, le conté brevemente la historia de mi bisabuela, mi abuela y el molino cuya existencia la familia ignoraba por completo. La historia que me había llevado a Castelupo.

—Esa casa es más tuya que mía —afirmé al concluir el relato—, porque tú has hecho de ella tu hogar y la has cuidado... Tu familia la ha cuidado durante años antes que tú... Me gustan las casas. —No tenía especial intención de hacérselo saber a Mauro, era más un recordatorio para mí misma—. Creo que tienen alma, una especie de espíritu colectivo de quienes las habitan. Y siento lástima por el alma de esa casa. Porque lo que sucederá cuando yo me vaya es que quedará abandonada de nuevo, sola en mitad de aquel bosque, deteriorándose cada vez más, como una muñeca rota, mientras aparece alguien, completamente ajeno a ella, que pague una miseria por tenerla, arreglarla y alquilarla por semanas a los turistas. Estoy segura de que Anice se revolverá en su tumba cuando eso suceda.

Dicho esto, rebusqué en mi bolso hasta encontrar la llave que Mauro había dejado dentro de la casa. La saqué y la dejé sobre la mesa.

—Dime que al menos te lo pensarás.

Mauro asintió, y había cierta empatía en su semblante. Cogió la llave con cautela y la observó.

—No soy un bobo confiado.

—¿Cómo?

—Antes dijiste que era muy confiado por creer a la primera persona que entra en mi casa y dice que es suya.

—No dije «persona», dije «chalada».

Y por fin Mauro sonrió con una sonrisa sincera antes de continuar:

—Verelli... «Soy Gianna Verelli», me dijiste. Y yo enseguida reconocí ese apellido porque lo había visto en el remite de una carta. La carta que estaba junto a esta llave. La he leído tantas y tantas veces... Es tan bonita. La forma en la que describe la casa, como si... Sí, exactamente, como si tuviera alma. Cómo habla de Manuela, de su amistad, del tiempo perdido, de la tristeza... La melancolía que hay en cada frase... Lo que hubiera dado por conocer a Giovanna Verelli, la Anice que con tanta belleza firmaba aquellas letras.

Mauro habló con cariño, con deleite, con sentimiento. Habló para sí mismo, para Anice si hubiera estado allí. Su disposición dio un giro de ciento ochenta grados que no me esperaba. Tras asimilarlo, caí en la cuenta de lo que acababa de decir.

—¿Tú tienes una carta de mi bisabuela? Me gustaría verla. Si a ti no te importa...

—¿Cómo iba a importarme? Es tu bisabuela.

—Escucha... —Hice una pausa para escoger las palabras mientras enredaba algo nerviosa con el tenedor y las migas de los raviolis—. Creo que a ella le gustaría que vivieras en su casa y que la cuides como un día hizo tu bisabuela porque su *amica del cuore* se lo pidió.

Mauro fue a decir algo, pero la llegada en ese preciso instante de Salvatore con el segundo plato le interrumpió.

Mejor así, pensé. Ahora era yo la que no quería seguir hablando del tema. Todo lo que había que decir estaba dicho. No pensaba insistir sobre ello ni una pizca más. Contemplé el bol de barro con el festival de mejillones, gambas, calamares y rape que se amontonaban sobre un caldo rojo, espeso y humeante que olía a gloria bendita, y me dispuse a disfrutarlo en silencio. Me había cansado de mí misma en el papel de cotorra arrolladora; quizá el golpe en el muelle me había trastornado por un momento, pero ya estaba de vuelta en mi ser relativamente moderado.

—¿Qué fue de Anice?

La pregunta de Mauro me sorprendió en medio de una cucharada de guiso. Le observé con recelo mientras masticaba: él aún no había tocado su plato, ni siquiera los cubiertos, y me miraba expectante; o, simplemente, me miraba, que ya era mucho decir.

Me hubiera encantado seguir hablando de mi bisabuela, pero pensé que en realidad a él le importaba bien poco el tema, sólo trataba de enmendarse. Tragué y volví a hundir la cuchara en el caldo sin más intención que la de continuar comiendo.

—No hace falta que me des conversación. En serio —corroboré con una sonrisa que suavizara la frase—. Tú no querías venir aquí, yo he forzado las cosas. Pero ya está dicho todo lo que había que decir. Vamos a terminar de cenar. Después, cada uno por su lado y prometo no volver a darte la lata. Ya tienes la llave, tómate el tiempo que necesites para decidir si te la quedas o me la devuelves.

Mauro clavó la vista en la *buridda* como si la descubriera por primera vez. Sin dejar de juguetear con los cubiertos, con un absoluto desinterés por la comida. El barullo del local se hizo patente: las conversaciones a viva voz, los gritos de los camareros, la cacharrería...

—De verdad me interesa —apuntó finalmente, cohibido, en voz tan baja que apenas pude oírle—. Me gustaría saber por qué se marchó y por qué era tan triste su carta. Me gustaría saber qué sucedió después. Me gustaría saber cómo era.

Detuve mi engullir de pavo. Solté la cuchara, suspiré y me recliné en la silla como si comer de aquella manera me hubiera dejado exhausta.

Por primera vez en la noche, Mauro parecía mostrar verdadero interés en lo que yo tuviera que decir. Y yo ganas de compartir la historia de Anice con alguien que, pese a no tener nada que ver conmigo, había llegado también hasta ella.

Sin mediar palabra, volví a rebuscar en mi bolso: saqué el diario de Anice y las fotografías que había guardado entre sus páginas. Escogí la de mis bisabuelos, con Anice en un hermoso plano, y se la mostré a Mauro.

—Ésta es ella. Está en Génova, con mi bisabuelo.

Él la cogió casi con reverencia y la contempló absorto, dando un salto en el tiempo para mirar a Anice a los ojos.

—Yo tampoco sé mucho de ella. No sé mucho de Anice... Sólo de Giovanna, mi bisabuela, una anciana de ochenta años que tenía un jardín en el balcón de casa, hacía la pasta a mano y no hablaba otra cosa que italiano, con un extraño acento que ahora sé que es ligur. Yo tenía seis años cuando ella murió, apenas la recuerdo... También me gustaría saber por qué se marchó de su tierra y qué le sucedió después. Por eso estoy aquí, mientras le sigo los pasos a través de su diario.

El diario, las fotografías, las cartas, la sombrerera... Le fui desgranando a Mauro todo lo que en las últimas semanas me había revelado la existencia de Anice, un personaje hasta entonces desconocido para mí, ya que Anice poco tenía que ver con la Giovanna Verelli que yo había conocido fugazmente. Y era a Anice a quien quería descubrir porque en ella se hundían mis raíces, enredadas entre secretos alimentados por el tiempo y el silencio.

Lo último que le mostré fue la foto de Luca y Giorgio ataviados de uniforme militar.

—Ésta la encontré ayer mismo, entre las ruinas del castillo. Luca Ruggia: por fin conozco el apellido de mi bisabuelo. Pero es todo lo que sé de él. No tengo ni idea de por qué desapareció de la historia de la familia, si fue él quien escribió la nota de suicidio, si fue así como murió...

Mauro, que hasta entonces había escuchado atentamente mas sin pronunciar palabra alguna, se atrevió a apuntar:

—¿Y el diario? ¿No dice nada al respecto?

Negué con la cabeza.

—Lo he hojeado por encima. Durante todo el relato, Luca está presente. Aunque, mira —le señalé—, justo antes de que recuerde su viaje a Barcelona faltan unas páginas, están arrancadas.

—¿Y cómo acaba el diario?

—Anice deja de escribir cuando llega a España.

—¿No cuenta por qué dejó Castelupo?

—Tal vez lo hiciera en las páginas que faltan.

—Pero ¿por qué iba a querer arrancar esas páginas?

Me encogí de hombros.

—Hay tantas piezas ausentes en esta historia... Y no creo que sea porque se hayan perdido sino porque alguien en su día se molestó en ocultarlas y ahora el paso del tiempo ha rematado su empeño.

Mauro volvió a examinar la fotografía de los hermanos Ruggia.

—¿Qué sabes de él?

—¿De Luca? Aún menos que de Anice. Sólo lo que ella cuenta en su diario. Que estaban enamorados en contra de todo: los convencionalismos, la diferencia social, la familia, las circunstancias... Él quiso ir a la guerra, era un idealista. Impulsivo, algo rebelde... No se llevaba bien con su padre, pero sí con su hermano, se apoyaban mutuamente. Eso es todo.

Mauro, que continuaba absorto en la contemplación de la imagen, comenzó a hablar como si ésta hubiera despertado su elocuencia:

—Muchos jóvenes como él, con estudios superiores, de la burguesía y las clases altas, apoyaron la guerra. Se alistaron voluntarios. Se ve que los hermanos lucen con orgullo el uniforme, la guerrera todavía limpia de condecoraciones; la foto probablemente está tomada al principio, en 1915 o primeros de 1916. Ambos pertenecen a infantería y ostentan el grado de teniente. Harían un curso de oficiales antes de incorporarse al frente. Entonces hacían falta muchos oficiales y los de carrera militar eran insuficientes. Todo era insuficiente... Fue una locura.

Sonreí asombrada.

—¿Cómo sabes todo eso?

—Es fácil: las dos estrellas en la bocamanga, la banda bicolor del cuello... Tal vez de la Brigata Liguria, es difícil apreciarlo en una imagen en blanco y negro porque no se distinguen los colores, pero muchos jóvenes de Castelupo lucharon en ella.

—Ya. Pero me refiero a ¿por qué? ¿Por qué sabes todo eso?

—Me interesa el tema. La Primera Guerra Mundial. Me gusta leer sobre ello.

Aquello no dejó de sorprenderme. Por algún tipo de prejuicio jamás hubiera imaginado aquella faceta de curioso de la historia en Mauro.

—Podrías investigar el paso de tu bisabuelo por el Regio Esercito. Averiguarías algo más sobre él.

Antes de que yo pudiera asegurar que me parecía una sugerencia estupenda pero que no tenía ni idea de cómo empezar a hacerlo, irrumpió en escena la presencia arrolladora, enorme y algo chillona de Renata, la dueña del local, la cocinera, la *mamma*, que olía a jabón de lavavajillas y sofrito, que hablaba entre carcajadas y empellones de cadera a la mesa, que palmeaba a Mauro en la espalda cada dos frases, que me llamaba Zeanna y me trataba como si me conociera de toda la vida.

Y fue que, de algún modo tan intrincado como inenarrable, aquella cena terminó en la cocina, donde Renata nos sirvió un par de generosas porciones de tarta de piñones y mermelada y nos enseñó a preparar la *buridda ligure di pesce.*

—*Non chiamatela zuppa: è buridda! L'unica e deliziosa buridda ligure!* —clamó Renata, elevando al cielo un racimo de yemas de dedos.

Se había tratado sin duda de la cena más peculiar de toda mi vida; en cierto modo, divertida, por lo menos a ratos, concluí para mí misma mientras me despedía de Mauro con un *ciao* breve y las manos en los bolsillos. En los bolsillos del chubasquero de Mauro. Me di cuenta justo a tiempo de quitármelo y devolvérselo. Otro *ciao* breve antes de subirme al coche y arrancar pensando en que probablemente no volvería a verlo. Era un tipo raro, muy raro.

De vuelta al hotel, mientras llovía con fuerza al otro lado de la ventana, me metí en la ducha, me volví a curar las heridas, me preparé la infusión de Mica y me deslicé con la taza caliente entre las sábanas, deseando reencontrarme de nuevo con mi bisabuela. Inconscientemente leí el diario buscando la belleza en la voz de Anice, la belleza que había emocionado a Mauro.

De cómo la guerra se libra en todos los frentes

> Era muy joven cuando aprendí que la guerra no tiene fronteras, que su hálito ponzoñoso vuela con el viento desde el campo de batalla hasta el lugar más remoto; nubla el sol, hastía la tierra, se cuela por las rendijas de las puertas, llena de miedo los corazones... Y no hay arma de fuego que lo detenga. Tan sólo cabe la resignación, la esperanza y la oración a cualquier dios dispuesto a escuchar.

La guerra

Italia, de mayo a noviembre de 1915

A Castelupo no llegó el estruendo de las bombas ni los disparos, en el cielo no centelleaban los cañones ni las bengalas, por sus calles no circulaban tropas, la comunidad no tuvo que acoger refugiados y el hospital militar más próximo estaba a muchas horas de camino de allí, en Savona. El frente de batalla quedaba lejos de Castelupo, a más de setecientos kilómetros, en la frontera con el enemigo austríaco.

Sin embargo, la guerra se hizo palpable, de forma sibilina y silenciosa, desde el primer momento. El rey Víctor Manuel había declarado la movilización general y todos los hombres de Castelupo nacidos entre 1874 y 1895 fueron llamados a filas; otros se incorporaron en los numerosos puestos de trabajo que demandaba la industria armamentística y militar. A finales de mayo, pocos días después de que el tañido de las campanas hubiera anunciado la guerra, todo el pueblo acudió en procesión para despedir a sus hombres entre lágrimas y arengas patrióticas. Atrás habían quedado las diferencias entre neutralistas e intervencionistas, la comunidad se mostraba bien firme y unida frente a un enemigo común.

Y los que se quedaron en casa empezaron a organizar lo que los que se marcharon habían dejado atrás.

Las minas carecían de mano de obra, las cosechas estaban desatendidas sin aparceros ni agricultores, sin siquiera el ganado necesario para la labranza después de que, por orden del ejército, fueran requisados caballos y mulas. Los rebaños no tenían pasto ni quien los sacase a pastar. Todo estaba patas arriba.

Las mujeres tuvieron que abandonar el hogar, y los niños, la escuela, para sustituir a los hombres en sus tareas. Incluso los más ancianos tomaron el azadón y regresaron al campo.

La incertidumbre por la supervivencia cotidiana se unía a la angustia y la añoranza por los que se jugaban la vida en el frente. El carácter de las gentes de Castelupo se había ensombrecido y sólo el apoyo mutuo y el calor humano hacían llevadera la situación. Más que nunca, el pueblo era una piña contra la adversidad.

Para Anice la rutina se había convertido en un refugio contra el miedo y la preocupación. Si bien la rutina no estaba exenta de escollos y amarguras.

Desde que había comenzado la guerra, el castillo de los Ruggia se le antojaba cada vez un lugar más tétrico. Sus muros parecían más oscuros, sus estancias más sombrías, sus bosques más salvajes, sus jardines más marchitos; hasta las gárgolas de las fachadas y el lobo del escudo habían arrugado sus rasgos de piedra y mostraban un rictus más siniestro.

Por supuesto que nada era lo mismo desde que Luca se había marchado. Anice lo echaba mucho de menos, pero se obligaba a imaginar que su ausencia no era distinta de la de otras veces, de la de sus frecuentes viajes a Génova, a Milán... a los que ya estaba acostumbrada. Y se aferraba a la ilusión de que no tardaría en regresar, ansioso como siempre de sus besos y sus abrazos, de los paseos por el bosque y las charlas en el jardín, de su amor furtivo y apasionado. Se engañaba a sí misma para poder sobrevivir.

Pero, en cierto modo, también añoraba a Giorgio. Ahora que el hermano mayor no estaba en la casa, la sombra de don Giuseppe se había vuelto alargada y se extendía como un humo negro y asfixiante por todos los rincones.

La guerra había agriado el ya agrio carácter del conde, quien mientras en público cacareaba orgullo patriótico y paternal —él había dado dos hijos voluntarios al frente, el pabellón de los Ruggia ondeaba majestuoso en la gran gesta italiana—, en privado renegaba de la guerra y sus consecuencias, de la osada estupidez de sus vástagos por apoyarla, de su propio abandono, de su pésima fortuna. ¡Había tenido que cerrar una de las minas y la otra producía a la mitad de su capacidad! ¡Sus campos languidecían sin nadie que los labrase! ¡El gobierno se llevaba la mitad de sus mermadas cosechas! ¡Incluso le habían requisado el automóvil y dos caballos de raza! ¿Cuándo Dios mostraría piedad ante su continua desgracia?

Quizá por tal infortunio, quizá porque simplemente era hombre de instintos retorcidos... A Anice no le importaba demasiado la causa, sólo sabía que desde que había comenzado la guerra su trabajo en el castillo, que aunque duro siempre le había resultado satisfactorio, se había convertido en desagradable. No se trataba sólo del mal carácter del señor, de la ira que rezumaba en cada una de sus exhalaciones y que repartía entre todos los que trabajaban para él sin arbitrio ni criterio. Anice, además, se sentía vigilada, acechada y violentada por aquel hombre degenerado cuya presencia notaba permanentemente encima. Era como si la siguiera por toda la casa: cuando se daba la vuelta, a menudo le sorprendía cerca, unas veces observándola a escondidas, otras, abiertamente, con una lascivia que no era capaz de ocultar. Con frecuencia, llegaba a tocarla: roces que parecían inocentes y accidentales, encuentros en pasos estrechos... En una ocasión, don Giuseppe se derramó salsa en el pantalón y esperó a que ella se la limpiase, ordenándole que lo frotara. Anice fue consciente de cómo aquello lo excitaba; fue repugnante.

Su madrastra le diría que tener que trabajar sintiéndose acorralada y agredida con miradas y tocamientos atentaba contra su libertad. Le diría que se rebelase, que ése no era su lugar en el mundo. Pero Anice sólo era una niña, estaba sola y tenía miedo; miedo de perder su trabajo, su casa, sus escasos logros en la vida. Y el miedo es el peor enemigo de la libertad. Por eso continuó encerrada en aquella jaula sin barrotes, restando cada día uno a los que le quedaban para pagar su maldita deuda.

Sus padecimientos eran grandes, se decía, pero no mayores que los de otros en aquellos tiempos difíciles. Ella era un hada sanadora; contribuir a paliar el mal ajeno aliviaba el suyo propio. Fue así como halló la forma de sobrellevar la desdicha.

—Señor... ¿Me permite?...

Después de llamar con unos leves toques, Anice empujó la puerta del despacho de don Giuseppe con un nudo en la boca del estómago. Detestaba dirigirle la palabra, y más estando a solas. Había hecho lo posible por evitarlo, incluso había hablado antes con Raffaella para que ella, como ama de llaves y responsable del servicio, trasladase su petición al conde. Pero éste había ordenado que la interesada se la hiciera en persona.

—Adelante.

Anice obedeció; dejó la puerta entreabierta y se quedó junto a ella.

—Acércate.

Así lo hizo, con pasos lentos, las manos entrelazadas sobre la falda, los dedos presionando unos contra otros con una tensión dolorosa.

El conde alzó la vista de los papeles que leía: los ojos entornados, la boca apretada. La observó de arriba abajo como siempre hacía, se detuvo en sus pechos, en sus caderas, en los tobillos que asomaban al borde de la falda. A Anice le pareció que la respiración del conde se volvía ronca. Éste tragó saliva.

—¿Qué es lo que quieres?

Él ya lo sabía, Raffaella se lo había contado. Pero estaba claro que no iba a ponérselo fácil.

Anice carraspeó antes de responder al notar que la voz se le atascaba en las cuerdas vocales, tensas como las de una guitarra.

—Con su permiso... Deseaba solicitar una reducción de mi jornada de trabajo... Un par de horas al día... Para colaborar con las tareas propuestas por el Comité de Asistencia Civil...

El hombre continuaba desnudándola con la mirada. Tuvo la sensación de que el conde no había prestado atención a ni una sola de sus palabras.

Anice volvió a carraspear. El conde sólo le devolvía silencio. Quizá estuviera pensando en cómo rechazar su petición. Aunque lo cierto era que no tenía muchos argumentos para hacerlo más allá de su propia soberanía. Si bien ¿cómo podría justificar tal despotismo ante los demás miembros del comité?

Y es que, en una muestra más de su cinismo público, él mismo se había erigido en líder de la contribución de la comunidad de Castelupo al esfuerzo bélico. Así, junto con otros próceres del municipio como el párroco, el alcalde, el maestro de secundaria y el jefe sindical, encabezaba el Comité de Asistencia Civil, desde el que se orquestaban todas las iniciativas para apoyar la contienda. Igualmente, él mismo había dado un pomposo discurso el día que el pueblo despedía a sus jóvenes hacia el frente, en el que apeló a la responsabilidad de todos los que se quedaban en la retaguardia, hombres no aptos para el servicio militar, ancianos, mujeres y niños, a apoyar con su esfuerzo y sus oraciones al glorioso ejército italiano en su camino hacia una victoria segura. ¿Acaso no habría de ser él el primero en prescindir de unas pocas horas del trabajo de una insignificante doncella en beneficio de un bien superior?

Ante el silencio asfixiante, Anice volvió a insistir:

—Hacen falta todas las manos disponibles para...

—Soy plenamente consciente de todas las manos que hacen falta. No oses poner en duda mi contribución a esta guerra.

—No, señor... Yo no...

—Por supuesto que tu nueva jornada llevará aparejada un nuevo salario.

—Por supuesto, señor.

Gustosa, estaba más que dispuesta a asumir el precio de aquellas horas. La guerra lo valía. Su libertad, también.

A partir de entonces, Anice dejaba el castillo a mediodía, se reunía con Manuela y con Pino frente a la iglesia de San Lorenzo y se entregaba a las tareas que a diario se le encomendaban.

A veces se unían a otras mujeres en casa de la *zia* Domenica a confeccionar vendas y parches, camisas, sábanas y fundas de almohada, toallas, calcetines y otras prendas para los soldados. Otras, cuidaba en la escuela de los niños más pequeños mientras sus madres trabajaban en el campo. En ocasiones, ella misma sembraba las patatas, empujaba el arado por los campos de trigo, rastrillaba las castañas o recogía las aceitunas. Muchas tardes las pasaba leyendo y escribiendo cartas; por un lado, mantenía correspondencia con el joven Emanuele, que, huérfano y sin familia, no tenía quien le escribiese; además, hacía de portavoz de muchos de los vecinos de Castelupo que eran analfabetos, como la anciana Fortunata, cuyo único hijo había marchado voluntario al frente; Anice le leía a la viuda las cartas de Vincenzo y escribía por ella las respuestas.

En aquellos días de guerra, Anice envió cientos de cartas. No podía pasar un día sin escribir a Luca y, al principio, él respondía con idéntica frecuencia. Para no fomentar las habladurías en el pueblo, en su correspondencia con Anice, Luca usaba un nombre falso. Al principio, sus misivas eran joviales, como si el joven le narrara una emocionante aventura: le hablaba de la camaradería entre compañeros, de la ejemplar disciplina del ejército y de la confianza en la victoria, puesto que Italia era una nación joven y entusiasta, que luchaba por su futuro, mientras que Austria no era más que un imperio forzado, falto de cohesión e ilusión, en manos de un anciano emperador, igual de viejo y decadente. La guerra sería corta, le repetía.

Llegado el otoño y, aún peor, los primeros meses del invierno, las cartas desde el frente fueron espaciándose y tornándose frías con el clima, cuando no melancólicas y, poco a poco, cada vez más angustiosas.

> Tus palabras me animan cada día, son tan necesarias como el alimento. ¿Qué haría yo sin ellas? Ojalá pudiera escribirte a diario, pero a veces hay escasez de papel y de sellos, la tinta de mi pluma amanece congelada, tal es el frío.

> A nuestro alrededor sólo hay una estepa gris y helada, de piedras afiladas y precipicios infinitos. El silencio es sobrecogedor; en ocasiones, desearía escuchar un disparo, saber dónde está el enemigo. Es como si cientos de ojos te observaran, se clavaran sobre tu espalda descubierta. Fieras escondidas que aguardan el mejor momento para atacar.

> La trinchera... No es humano. Es un lugar monstruoso, atroz. Llevamos días, semanas, sumergidos en el barro bajo una lluvia de hielo. Apretados unos contra otros por la falta

de espacio. Estamos comidos por los piojos, las ratas aparecen por todas partes, ya no nos temen, incluso corretean por nuestro cuerpo mientras dormimos. No podemos asomar siquiera el borde de la cabeza a riesgo de que nos la vuelen. Hace un frío indescriptible...

Día y noche se oyen disparos. Un cañonazo tras otro. Bum, bum, bum... Es continuo, desquiciante. Ayer saltó por los aires el sector izquierdo de nuestra trinchera. Decenas de hombres había allí...

¿Cómo describirte el hedor? A orina, a pólvora, a sangre, a desecho humano... ¿Es ése el olor del miedo? Estoy rodeado de hombres asustados, algunos son sólo unos niños. Los he visto llorar de terror.

Háblame del aroma del bosque después de la lluvia y del de la lavanda de tu jardín. ¿Se ha vuelto ya ocre el follaje de los árboles? Recuérdame cómo era tu *mezzaro*... Hoy estaba pensando en él, lo veía reposar sobre tus hombros. ¡Cuántas veces lo he arrugado al abrazarte! Tu *mezzaro* del color del mar...

Háblame de ti, Anice. Entre tanta miseria, dame ánimos, dame esperanza, dame belleza... Mantenme con vida, amor mío. Tú eres todo cuanto deseo. Si no fuera por ti, hace tiempo que me habría rendido.

Se respira una calma inquietante. En las últimas horas no se ha producido un solo disparo. El enemigo está tan cerca que a veces oímos a los soldados austríacos hablar desde el fondo de sus trincheras. Tengo los músculos entumecidos por el frío y la tensión. Se dice que mañana atacaremos. Ojalá, no aguanto un día más en este agujero.

Torta di verdure al estilo de Fiorella

La cocina de Fiorella olía a mañana de Navidad, o al menos a las mañanas de Navidad que recordaba yo, cuando mi abuela preparaba la *torta di zucchine*, una masa rellena de calabacín, que era una mezcla entre quiche y coca mallorquina.

La receta de aquella *torta* que entonces se cocía en el horno era especial de Fiorella: una base de pasta filo cubierta de *prescinsêua* —un *ricotta* genovés—, calabacines finamente rebanados, cebolla y puerro. Entre todas la habíamos cocinado después de practicar una sesión de yoga con Gaura en el patio, al fresco del atardecer con aroma a azahar: torsiones, estiramientos... asanas más bien sencillos, que nos habían dejado tremendamente relajadas y muertas de hambre.

Estaba disfrutando de aquella tarde distendida y agradable; del ejercicio suave, del té frío de después, de cortar los calabacines entre risas y copas de vino blanco... Fue una lástima que tuviera que estropearse.

Ojalá no hubiera escuchado los timbrazos del teléfono, no lo hubiera rescatado del fondo del bolso, no lo hubiera descolgado a pesar de ver aquel nombre en la pantalla iluminada.

—¿Gigi?

No respondí al instante. Permanecí en silencio mientras salía al patio para hablar. Estaba tensa.

—¿Gigi? ¿Me oyes?

—Hola, Pau.

—Hola, cariño. Ya estoy en Barcelona. Por fin hemos terminado el rodaje. ¿Cómo estás?

—Bien.

—Intenté llamarte un par de veces, pero no había manera de coger cobertura... En fin, ya estoy aquí, en la civilización, espero que por mucho tiempo. ¿Cenamos esta noche? Puedo pasar a recogerte en una hora. Estoy deseando verte... Te he echado mucho de menos.

Yo no daba crédito. Pau actuaba como si nada hubiera sucedido entre nosotros.

—¿Oye?... ¿Me oyes?

—Sí.

—Creí que se había ido la cobertura...

—Estoy en Castelupo.

—¿En Castelupo? ¿Qué es eso?

—Un pueb... Es igual. Estoy en Italia.

—¿En Italia? ¿Por trabajo? No recuerdo que me dijeras que tenías que ir a Italia...

Empezaba a perder la paciencia: ¿acaso Pau se había vuelto idiota o es que pensaba que la idiota era yo?

—Lo que parece que no recuerdas es que lo nuestro se ha acabado —espeté enfadada.

—¿Acabado?... Oh, joder, Gigi, no te pongas dramática.

Noté cómo la ira me subía por el pecho y me quemaba en las mejillas.

—¿Que no me pon...?

—Sí, vale, ya lo sé: estabas muy enfadada la última vez que hablamos. Estabas nerviosa y estresada. Tenías tus motivos y dijiste cosas sin pensar. Pero no hay nada que no podamos solucionar con calma, juntos.

La condescendencia de Pau no hacía más que aumentar mi indignación. ¿Por qué demonios no le mandaba a la mierda y le colgaba el teléfono de una vez?

—Escucha, cielo. Voy a tomarme un tiempo de descanso y podré estar contigo para lo que me necesites. ¿Has ido ya a la clínica...?

—Así que es eso —le interrumpí, conteniendo las ganas de gritarle—. Eso es todo lo que te preocupa. Si he abortado ya o si sigo siendo un problema para ti...

—¡Claro que no!

—Ya... —Me mordí los labios para aliviar la tensión—. Pues yo tengo otra pregunta para ti, Pau: ¿has dejado a Sandra?

—Por Dios. —Le oí bufar al otro lado de la línea—. No vamos a empezar otra vez con eso...

—¡Pues si no es para decirme que has dejado a tu mujer no vuelvas a llamarme en tu vida!

Colgué. Las manos me temblaban de tal manera que apenas podía sostener el teléfono. Un sudor picajoso me cubría todo el cuerpo.

Me senté sin reparar en dónde y escondí la cara entre las manos. Alivié la tensión con un profundo suspiro que acabó en sollozo, pero preferí sustituir el llanto por tacos y maldiciones pronunciados entre los dientes con rabia.

Entonces escuché un carraspeo. Alcé la vista: Valeria, de pie frente a mí, me contemplaba.

—Lo siento. Había salido a fumar y... no he podido evitar escuchar tu conversación. No hablo español, pero hay cosas que se entienden.

Me fijé en el cigarrillo que humeaba entre sus dedos. Me froté los ojos y traté de recomponerme.

—Hablaba en catalán... —dije con un suspiro, por decir algo.

—Supongo que hay palabras muy similares en los tres idiomas.

—Sí... «Abortar» es una de ellas.

—Eso parece... Mira, si quieres hablar, soy toda oídos. Si prefieres estar sola, volveré a meterme en la casa y haré como si no hubiera escuchado nada.

Sonreí de manera forzada.

—La verdad es que ahora mismo ni yo sé qué es lo que quiero.

Valeria me tendió la copa de vino que sostenía. Mi primer impulso fue rechazarla, pero enseguida cambié de opinión: ¡iba a abortar, qué demonios!, ¿qué me impedía emborracharme? La cogí y bebí un trago largo y enfadado que por algún extraño motivo casi me produjo una arcada.

—Estoy embarazada. Aunque eso ya te lo habrás imaginado...

Valeria asintió. Apagó la colilla contra la suela de su bota, se sentó junto a mí y aceptó la copa que le devolvía.

—El padre... Bueno, llevábamos tres años juntos, pero él está casado con otra mujer, que no quiere concederle el divorcio. Claro que él... En fin, es una historia muy larga. Ambos son actores y, ya sabes, la fama, la prensa... Y yo sería la otra, la zorra... —Tuve la sensación de que me estaba perdiendo en los entresijos de mi propia y rocambolesca historia. Al escucharme, me daba cuenta de lo patética, surrealista y estúpida que parecía—. Es igual —atajé—. El caso es que quiere que aborte.

—Y tú no quieres abortar.

—No, no es eso. Es... Puede que abortar sea lo mejor. Creo... Nunca planeé este embarazo. Tener un bebé ahora sería... sería... no sé... —Me reí nerviosa—. ¡Una locura! También por mi carrera. Estoy a punto de promocionar, de ser socia y dirigir una filial en China. Pero mi jefa también me lo ha dejado muy claro: si hay embarazo, no hay promoción.

Valeria me miró fijamente.

—Entonces ¿cuál es el problema?

Ésa era la gran pregunta. La que más me aterrorizaba responder, la que me colocaba enfrente de todos mis miedos y mis dudas.

—Creo... Creo que el problema soy yo —me sorprendí a mí misma confesando, como si hubiera tenido de pronto una inesperada revelación—. Sí. Soy yo. Que no quiero escucharme, me da miedo escucharme... Me da miedo no haber dicho desde el primer momento: «OK, no pasa nada, abortaré y seguiré con mi vida tal y como la tenía planeada». Me da miedo estar utilizando este embarazo para obligar a Pau a dejar a su mujer. Porque, en el fondo, lo que deseo por encima de todo es que me diga que va a divorciarse y que vamos a tener este hijo juntos. Porque lo que me gustaría ahora es tener una familia como las demás. Eso es lo que realmente me gustaría... —me repetí, asombrada—. Sin embargo, Pau me ha dicho que él no quiere este bebé. Ni tampoco creo que vaya a dejar a su mujer —reconocí sintiendo de nuevo ganas de llorar.

—Y aun con todo... tú sí quieres tenerlo...

Asentí despacio.

—Sí... Creo que sí... Y es... horrible.

—¿Por qué es horrible?

—Porque no es lo que había planeado. Porque ésa no es la vida que me había imaginado para mí. Porque para mí lo más importante siempre ha sido mi trabajo, mi carrera. Porque lo estaba haciendo bien, iba por el buen camino y ahora... lo he estropeado todo. Ir a China ya no parece tan importante, ni ser socia, ni ser la mejor... Es como si me diera igual tirar años de esfuerzo, sacrificios y trabajo por la borda porque de repente todas mis prioridades ya no lo son; al contrario, me parecen banales, sin sentido. Además, siempre me había jurado que yo no sería como las demás mujeres de mi familia: madre soltera. Si alguna vez se me había pasado por la cabeza tener un hijo era en el contexto de una familia como las demás. Quiero un padre para mi hijo. Justo lo que yo no tuve... ¡Es como si me hubiera vuelto loca! Todo el mundo dirá que me he vuelto loca...

Tras haber ordenado mis pensamientos o, al menos, intentarlo, para pronunciarlos en voz alta, yo misma alucinaba con mis propias palabras según me escuchaba. Sin embargo, sentía un extraño alivio.

—Es curioso. —Valeria emitió una risita irónica.

Me volví hacia ella como si cayera por primera vez en la cuenta de que estaba allí, de que era mi interlocutora. Resultaba extraño que fuera precisamente Valeria, con quien tan poca afinidad había sentido desde el principio, la que estuviera a mi lado, fumando un cigarrillo que acababa de encenderse y atendiendo a mi confesión. Una confesión que a nadie había hecho antes.

—Hace tiempo yo me encontraba en la misma situación que tú —siguió ella hablando entre el humo de su última calada—. Pero por el motivo totalmente contrario. A ti todo el mundo te dice que abortes, que lo más importante es tu carrera. A mí me decían que a qué esperaba para ser madre, que era tremendamente egoísta por posponerlo.

Valeria siguió fumando con la vista perdida en el horizonte cercano de la tapia del patio.

—Yo era feliz —prosiguió—. Antes vivía en Milán. Allí tenía un trabajo estupendo, bien considerado y bien pagado; estaba casada con un hombre maravilloso, nos queríamos y nos lo pasábamos genial juntos, dedicados el uno al otro: salíamos, viajábamos, hacíamos lo que nos daba la gana sin dar cuentas a nadie. Y, por supuesto, éramos superficiales y egoístas por vivir así, a nuestro antojo, y no haber pensado en tener hijos después de cinco años de matrimonio. Sobre todo yo, que soy mujer. Y es que, pasados los treinta, parece que si no eres madre, eres una mujer a medias, incluso una mala mujer si es una opción voluntaria. Te casas o te emparejas y enseguida se empieza a repetir la misma pregunta: ¿para cuándo los niños? El caso es que a mí la presión social siempre me ha importado muy poco. Yo en todo momento he tenido muy claro que no quería ser madre, no tenía ese instinto ni esa necesidad... El problema surgió en el instante en que la presión llegó por parte de mi marido. Cuando nos casamos, él tampoco tenía interés en tener hijos (o eso me hizo creer), pero al cabo de los años cambió de opinión. «Siento que estoy preparado, Valeria, y deseo ser padre. Tengámoslo ahora antes de que sea demasiado tarde. No quiero ser un padre abuelo.» Al final, cedí. Pensé que quizá el instinto maternal se me despertaría con la maternidad. Oyes a todas esas mujeres que cuentan lo maravilloso que es tener a tu hijo en brazos por primera vez, lo realizada que te sientes, lo feliz... y piensas que no vas a ser tú el único ser insensible de la creación que no experimenta tales bondades. Me quedé embarazada y tuve un hijo. Fue un tremendo error. Mi instinto maternal nunca se despertó. Nunca sentí ese amor incondicional, esa entrega absoluta. De verdad que lo intenté, pero ser madre no me hacía feliz... Al revés, me vi abrumada por la responsabilidad, desbordada por la experiencia, alienada, frustrada... No soportaba las noches en vela, me ponía de los nervios cuando lloraba sin parar, darle el pecho era un incordio y me dolía horrores... ¡Por Dios, estaba todo el día con la teta al aire!... Sentí que ese pequeño ser me succionaba toda la energía y que me había arrebatado mi maravillosa vida anterior, mi identidad, mi espacio... Y me volví irascible y amargada. Eso afectó a mi trabajo y a mi matrimonio. Por no aburrirte con toda la historia: acabé perdiendo ambos. Me divorcié de Cesare. Pero lo más escandaloso fue cuando dije que no quería la custodia de nuestro hijo, ni compartida ni nada; simplemente, no quería criarlo. Tenías que ver la cara del juez, jueza para más inri. Y luego están los malditos convencionalismos: no pasa nada si un hombre no quiere criar a sus hijos, es normal, ¡es un hombre! Que pase la pensión y ya ha cumplido —ironizó—. Pero, ay, qué grave delito es si se trata de una mujer la que no quiere... A nadie le cabe semejante desapego en la cabeza. ¡Ni siquiera a mí me cabía en la cabeza! Me sentía fatal conmigo misma porque yo no podía ser lo que se esperaba de mí que fuera. Me decía que era un monstruo, una mala persona. Pero ¿por qué no querer ser madre me convierte en una mala persona? No hacía daño a nadie con eso hasta que me obligaron a ser lo que no quería ser... Incluso ahora mi hijo es más feliz sin tener al lado una madre amargada. Ahora vive con un padre entregado a su papel, que se ha vuelto a casar con otra mujer que le cuida y le adora como si fuera suyo, que le ha dado más hermanos, una familia... ¿Debo sentirme mal o culpable por eso?... Te aseguro que aún no he respondido a esa pregunta y supongo que nunca terminaré de responderla. Todo porque una vez hice lo que los demás me pidieron que hiciera, lo que se supone que tenía que hacer por ser mujer, y no lo que yo realmente quería...

Valeria volvió la cabeza hacia mí, que había asistido sin pestañear a algo parecido a la caída de un mito.

—Pensarás que qué tiene que ver todo esto contigo y por supuesto que no se trata de decirte si tienes que tener ese hijo o no. Tampoco estoy haciendo una reflexión sobre la maternidad ni nada de eso, allá cada uno con su experiencia personal. La cuestión es que si de algo te puede servir mi historia, es para que no cometas el mismo error que yo en un tema que no admite medias tintas ni marcha atrás. Si abortas es para siempre; si decides tener a tu hijo, también. Así que, tomes la decisión que tomes, hazlo pensando únicamente en lo que tú quieres, en lo que te pide el cuerpo, al margen de expectativas, convencionalismos y prejuicios. O, de lo contrario, te arrepentirás toda tu vida.

Asentí pensativa, rumiando todo cuanto acababa de escuchar. Entonces Valeria apagó su segunda colilla y se puso rápidamente en pie.

—Empieza a hacer frío aquí fuera —se quejó antes de dirigirse hacia el interior de la casa.

—Valeria... —La detuve—. No les digas nada a las demás de esto, ¿vale?... De momento, prefiero que no se sepa.

—De acuerdo... Como quieras. Aunque hay malos tragos que se pasan mejor en compañía. Y ese grupo de ahí dentro... Bueno, ellas te acogen y te apoyan sin juzgarte. Porque cada una tiene su propia historia... Menos Pierina, ella no tiene historia alguna, su vida es de cuento infantil. Pero no importa porque esa cría es la esencia de la inocencia y la bondad. Créeme, han sido mi tabla de salvación y eso que yo soy un puñetero cardo.

Sonreí.

—Ahora necesito un poco de tiempo. Pero lo tendré en cuenta. Y... gracias.

Valeria se encogió de hombros sin cambiar el gesto y continuó camino hacia la casa.

—¿Te importaría acercar el coche? —le pedí a Enzo—. Los adoquines y los zapatos de tacón no hacen buena pareja...

—Claro. Dame un minuto. Quizá dos: voy a aprovechar para fumarme un cigarrillo por el camino.

Me senté a esperar a la entrada de la Locanda. La piazza del Borgo Alto reposaba tranquila y dorada a la luz de las viejas farolas. La *fontana* borboteaba en el centro con un sonido de noche de verano y las diminutas flores de la glicinia volaban con la brisa. Me hubiera gustado deshacerme de los zapatos y enfilar las callejuelas silenciosas en un caminar pausado sin rumbo.

No me apetecía cenar con Enzo. A decir verdad, ni con Enzo ni con nadie en el plan que éste proponía: un coqueto restaurante con estrellas Michelin, a la luz de las velas y con tintes de cita romántica. No estaba de humor para citas ni romanticismos. En aquel momento, muy probablemente odiaba al género opuesto.

Sin embargo, acepté. Resultaba difícil seguir poniendo excusas a quien vive en la habitación de al lado y parece inasequible al desaliento, la excusa y la decepción. La última invitación había llegado acompañada de dos docenas de rosas; eso fue lo peor.

Me vestí lo más formal que mi informal maleta me permitió, me subí a unos zapatos de tacón que me había prestado Valeria y me pinté el rabo del ojo. Enzo me dijo que estaba muy guapa y apoyó una mano en mi cintura para cederme el paso. De algún modo, aquello me recordó demasiado a las veladas barcelonesas con Pau. Estaba claro que aquella cita comenzaba torcida, quizá por eso terminaría torcida.

—Buenas noches.

Me volví sobresaltada por el inesperado saludo.

—¡Mauro! —Mi exclamación se debió más al susto que a la complacencia.

—Lo siento. Te he asustado.

—No... No. Estaba distraída. Buenas noches.

Enseguida noté la masa peluda de Trón rondarme las piernas. Agitaba la cola y hocicaba contra mis rodillas para saludarme. Estiré el brazo y le acaricié el lomo y entre las orejas. Entretanto, Mauro se aclaró la garganta varias veces y se rascó la nuca. Parecía nervioso.

—Pensaba... Iba a dejarte esto en la recepción... —Apenas mostró lo que parecía un sobre.

—¿Un mensaje?

—No... Bueno... En parte... Es... He investigado un poco. Sobre los hermanos Ruggia en el ejército... Encontré sus hojas de servicio. Pensé que te gustaría tenerlas.

—¡Claro! Muchas gracias. ¿Algo interesante?

—Léelas tú con calma. —Fue a tenderme el sobre, pero se interrumpió—. Espera...

Mauro lo abrió y sacó un papel que enseguida arrugó con la mano y se metió en el bolsillo.

—Esto ya no hará falta.

Yo lo observaba desconcertada.

—Te había escrito una nota... Pero ya que estás aquí... Mejor así. Tengo una letra horrible.

—¿Has decidido quedarte en el molino?

—Sí... Eso.

—Bien. —Sonreí—. Me alegro. Por Trón. Sé que le gusta ese sitio.

—Sí... Pero temporalmente —enfatizó acto seguido la supuesta condición.

—Desde luego. Temporalmente.

Aquella última palabra quedó amortiguada por el rugido afinado de un Ferrari aparcando a pocos metros de allí y Mauro no captó mi tono sarcástico, aunque en mi gesto había cierta guasa; quizá tampoco la percibiera a la media luz nocturna.

Enzo se bajó del coche y se encaminó hacia nosotros.

—En fin... Tienes que irte —adivinó Mauro. Dio algunos pasos hacia atrás. Parecía tener prisa por marcharse él también.

—Te llevas otra vez el sobre.

—Sí... Vaya, qué bobo... Ten... ¡Vamos, Trón! Déjala ya, *abelinòu*, no seas pesado. Bueno... *Ciao*.

—*Ciao*. Y gracias.

Mauro respondió con un gesto antes de echarse a cruzar la plaza y perderse en la penumbra de una callejuela seguido de su perro.

Justo en ese momento llegó Enzo.

—¿Era un mendigo? Nunca había visto mendigos en Castelupo... ¿Te estaba molestando?

—No era un mendigo. Era el primo de Mica.

—Ah. ¿El tío ese que vive en el molino?

—Sí —contesté con una sonrisa de satisfacción sin quitar la vista de la callejuela por la que se había marchado—. Ahora vuelve a ser el tío que vive en el molino.

Enzo me miró sin comprender, pero yo no tenía ganas de dar más explicaciones. Me puse en pie y me dirigí hacia el coche unos pasos por delante de mi acompañante. Quería evitar que me pusiera de nuevo la mano en la cintura.

Enzo me abrió la puerta y esperó a que me acomodase en el asiento. Después, la cerró y rodeó el automóvil para ocupar su lugar frente al volante. Todo un caballero.

Según se abrochaba el cinturón y ponía en marcha el motor, observó:

—¿Y ese sobre? ¿Te lo ha dado él?

Me limité a contestarle con la mirada.

—Vale, lo capto: no es asunto mío que te escriban cartas de amor.

Enzo parecía bromear, de modo que le seguí el juego y sonreí.

—No, no lo es —reiteré según me guardaba el sobre en el bolso.

Dando por imposible aquella conversación, Enzo metió la marcha y arrancó por fin.

Tuve que reconocer que el restaurante era un lugar muy agradable. Ubicado en un antiguo *palazzo* del siglo XVII, casi en el límite con el Piamonte, las pocas mesas se repartían en una sala de techos abovedados y paredes cubiertas con fragmentos de pinturas al fresco originales de la época. La iluminación indirecta y las flores frescas de color malva resaltaban los tonos cálidos en beige y verde oliva de la decoración. La comida estaba deliciosa: platos elegantes con mucha técnica y productos de gran calidad.

Enzo habló casi todo el tiempo. Aunque no podía culparle; yo no tenía ganas de llevar la conversación y me dediqué a comer y a escuchar.

Su familia era de Génova, sus padres y sus dos hermanas aún vivían allí. Él había empezado a estudiar ingeniería naval, pero dejó la carrera a la mitad y empezó a trabajar en el negocio familiar —Enzo pertenecía a una antigua estirpe de armadores genoveses—. Algunos años después, montó con un primo suyo una agencia marítima. Como las cosas fueron bien, más tarde adquirió un par de concesionarios de automóviles en Sanremo —adonde se había trasladado a vivir—, a los que le siguieron una franquicia de restaurantes japoneses, otra de cafeterías de estilo americano y una empresa de alquiler de embarcaciones de recreo. Su última aventura era la ya sabida conversión del Castello del Lupo en un hotel de lujo. Entretanto, había tenido tiempo de casarse, pero el matrimonio duró poco y ya llevaba quince años divorciado.

—Éramos muy jóvenes. Mis padres me lo advirtieron, pero a esa edad nunca haces caso a tus padres. Fue un error —confesó—. Por suerte, no tuvimos hijos. Eso facilitó mucho las cosas.

—¿Qué edad teníais?

—Veintidós años yo, veintiuno ella. Fue justo cuando dejé la carrera.

Después de una breve pausa que aprovechó para beber y comer, Enzó se rio de sí mismo.

—Vamos por... ¿cuál?, ¿el sexto plato? —se trataba de un menú degustación de ocho—, y no he hecho más que hablar y hablar de mí. Debes de estar harta de escucharme. Cuéntame algo sobre ti.

—No hay nada muy interesante. —Me zafé de la invitación con diplomacia en lugar de decir lo que se me pasaba por la cabeza: «No tengo ganas de hablar de mí»—. Nada que no sepas ya —concluí mientras seguía comiendo.

—La verdad es que no sé mucho: eres medio italiana medio española, vives en Barcelona y te dedicas a la arquitectura. Seguro que hay algo más.

Me encogí de hombros. Decirle que no había conocido a mis padres (tal vez, ni siquiera fuera medio española, a saber de dónde provenía mi otro medio), que la abuela que me había criado había fallecido el mes pasado dejando un extraño vacío en mi vida y que acababa de romper con mi pareja de los últimos tres años, me parecía demasiado patético. Eso sin mencionar el asunto del embarazo...

—Tengo un hermano. Vive en París.

—Vaya... —Obviamente, a Enzo no le había parecido una revelación fascinante—. Sois una familia muy internacional.

Se produjo un instante de silencio mientras los camareros nos cambiaban los platos, nos los describían con prosopopeya y nos rellenaban las copas. Después, dedicamos unos minutos a alabar la comida: el pichón estaba increíblemente jugoso y suave, tenía el punto perfecto. Cantadas las excelencias de las cuatro preparaciones en espuma, *velouté*, esfera y liofilizado del plato, ante la amenaza de un nuevo silencio, Enzo intervino:

—Está bien, ya que no quieres entrar en temas personales, me veo obligado a tratar otros asuntos más aburridos.

Enzo me observó por encima de la copa con cierto aire divertido. Yo sonreí.

—¿Y qué asuntos son ésos?

—Les he hablado a mis socios de ti. Hemos visto juntos tus proyectos y, como a mí, les han encantado. Ellos también piensan que encajarías muy bien con la idea de remodelación del *castello* que tenemos, que sabrías darle la visión en la que estamos pensando. Espera... Antes de que digas nada, déjame terminar. Por supuesto, se haría de la forma que tú prefieras, a través de tu estudio o no. Ya hablaríamos de las condiciones económicas, pero en temas serios no estamos dispuestos a escatimar: queremos a los mejores y sabemos que eso tiene un precio. Entiendo que no tengas ningún interés en instalarte en un pueblo perdido mientras dure el proyecto, pero no sería necesario. Podrías trabajar desde Barcelona y venir a visitar la obra de vez en cuando. En fin, nuestra intención es darte todas las facilidades.

Suspiré. Me sentía halagada y también angustiada; me encontraba en un momento en el que aquella propuesta, de ordinario atractiva, se convertía en una piedra más en mi zapato ya colmado de ellas. ¿Cómo explicarle a Enzo mi caos vital? Quizá en un mes estuviera en la otra punta del globo. Quizá no... En casi una semana no había sabido nada de Carme. Tal vez a esas alturas ya me había descartado como socia y le había dado el proyecto de Asia a Jaume Molins. Detestaba a Jaume Molins (y tenía la sensación de que Carme también): se trataba del típico trepa sin escrúpulos, su ambición no conocía los límites de la ética; además, era un machista redomado, de esos de la vieja escuela que piensan que las mujeres «en casa y con la pata quebrada». No obstante, por mucho que me fastidiara, había que reconocer que era un magnífico arquitecto, con mucho talento. Y, por supuesto, jamás se quedaría embarazado, todo un punto a su favor.

Incapaz de sacar el balón fuera, pero tampoco convencida de dejarlo entrar, me mostré evasiva:

—No lo sé... Ahora mismo tengo otros proyectos en marcha. Tendría que ver si puedo encajar éste. No te voy a negar que la propuesta me parece muy interesante. Pero... necesito tiempo.

—Puedo darte tiempo. Un mes, quizá más. Estamos ultimando los detalles de la financiación y no comenzaremos las obras antes. Dime que al menos lo pensarás.

—Lo pensaré —rematé con una sonrisa antes de mojarme los labios en un Barolo Brunate de 2012, un vino piamontés, de los mejores de Italia, que Enzo se había empeñado en pedir y en servirme; y yo tampoco había tenido muchas ganas de explicarle por qué hubiera preferido que no lo hiciera.

Enzo me imitó y, tras bajar la copa, mantuvo la vista fija en mí y, con ella, una especie de sonrisa de fascinación. Al cabo de unos segundos, justo cuando yo empezaba a incomodarme, murmuró enigmático:

—La verdad es que no me extraña nada.

—¿Qué es lo que no te extraña?

—Que te escriban cartas de amor.

—¡Oh, vamos! Eso no...

—No, lo digo en serio. Te miro y... ¿quién no querría escribirte una carta de amor?

—Gracias. Pero yo nunca dije que se tratara de una carta de amor; fuiste tú. ¿De verdad que estamos hablando de esto?

—Ya. Lo sé. Fui un poco torpe al meterme así donde no me llaman.

—Y lo sigues siendo.

—Sí, es cierto. Es que... no puedo evitarlo. Te he visto con ese hombre y no puedo evitar inquietarme.

Arqueé las cejas. Si aquello eran celos, celos en una primera cita que ni siquiera era cita, ese tío estaba enfermo y mejor me levantaba en ese mismo instante y pedía un taxi para largarme de allí.

—¿Inquietarte? —Le di la oportunidad de explicarse.

—Bueno, sí, preocuparme... Y ya sé que no tengo por qué preocuparme por ti, que sabes cuidarte sola perfectamente. ¿Qué estoy diciendo? Puede que incluso conozcas bien a ese tipo, y sepas su historia mejor que yo...

—¿Qué historia? ¿De qué hablas?

—Vaya... No la sabes. Joder... Odio quedar como un chismoso. Te juro que normalmente me da igual lo que hagan los demás... Encima, ahora tengo la sensación de que vas a querer matar al mensajero.

—El problema no es el mensajero. Es quien tira la piedra y esconde la mano.

—¿Ves? Ya te has enfadado.

—¿Quieres decirme de una vez qué demonios de historia es ésa?

Enzo hizo una pausa mostrando cierto arrepentimiento por bocazas y entrometido.

—Creí que sabrías que ha estado en la cárcel.

La verdad, me esperaba cualquier chisme absurdo: es un putero, un cabeza loca, no tiene trabajo, vive en una furgoneta, pide limosna en la puerta de una iglesia... Sin embargo, aquella revelación me dejó helada.

—¿Mauro?

—Sí... No sé cómo se llama.

—¿Cómo...? ¿Cómo lo sabes?

—Es un pueblo pequeño y un asunto grande. Basta con ir un par de veces por el bar para enterarte. Lo raro es que tú no supieras nada. Por lo visto, salió el año pasado y como había perdido su casa y su trabajo se metió de okupa en el viejo molino.

—¿Y por qué le condenaron?

—No lo sé. Pero le cayeron cinco años, no sería ninguna tontería.

Me dejé caer en el respaldo del asiento y perdí la mirada en la copa de vino sobre la mesa.

—Lo siento...

Las palabras de Enzo me sacaron de mi ensimismamiento.

—¿El qué?

—Que, como me temía, has acabado por enfadarte conmigo.

Tal vez sí, tal vez estuviera molesta con él. Me había parecido un gesto cuando menos feo el ir hablando por ahí de alguien a quien apenas conocía (¡por Dios, ni siquiera sabía su nombre!) a alguien a quien conocía aún menos.

Sin embargo, no quise que la situación se volviese violenta. Me incorporé.

—No... Es que... me ha cogido por sorpresa. Eso es todo.

—No sabía hasta qué punto tienes relación con él.

—Bueno, él... El viejo molino ese... era de mi bisabuela. Mi hermano y yo acabamos de heredarlo.

—Vaya... Otra cosa más que no sé de ti.

Obvié el comentario punzante de Enzo y proseguí con mi explicación:

—He llegado a un acuerdo con Mauro para que siga viviendo allí. Así que, técnicamente, ha dejado de ser un okupa.

—Entiendo... En fin, tal vez no haya motivo de alarma. Ya sabes cómo son estas cosas y más en los sitios pequeños. La gente habla, malinterpreta, exagera...

La irrupción de los camareros dejó la conversación en suspenso mientras retiraban los platos y dejaban la mesa despejada para el postre.

—¿Está siendo todo de su agrado, señores? —se interesó el jefe de sala.

Yo le miré con una sonrisa forzada: «Depende de por lo que usted pregunte».

—Sí, perfecto —respondió Enzo.

—Bien. A continuación, el postre: bizcocho de almendra con su teja de frambuesa sobre crema aterciopelada de jazmín. Que lo disfruten.

El jefe de sala se retiró. Me quedé contemplando el vistoso postre. Enzo alargó el brazo sobre la mesa y dejó la mano sobre la mía; la estrechó suavemente.

—He sido un idiota. Te he amargado la cena.

Empezó a acariciarme los nudillos con el pulgar.

—No... No... —Liberé la mano para coger la cuchara con la izquierda aunque yo era diestra—. Además, llegó el momento del postre. No hay lugar a la amargura.

El resto de la noche intenté no pensar demasiado en el asunto de Mauro, aunque me sentí incómoda la mayor parte del tiempo y con ganas de volver al hotel y dar por concluida la velada. Enzo no pareció percatarse de ello. Cierto es que la conversación se volvió menos fluida, con unas pocas frases sueltas durante los postres y un café rápido que yo rechacé. Por lo demás, en cuanto llegamos al hotel, resultó evidente que Enzo no tenía intención de que la cita terminase con la cena: frente a las puertas contiguas de nuestras habitaciones, antes de que yo pudiera reaccionar, me sujetó por los hombros y se dispuso a besarme. Yo giré rápidamente el rostro y le ofrecí la mejilla.

—Estoy muy cansada —me disculpé—. Y algo mareada. Ha debido de ser por el vino... —La excusa fue poco creíble pues apenas había tocado la primera y única copa—. Muchas gracias por la cena. Lo he pasado muy bien. —Sólo esperaba que no se me notase demasiado que estaba exagerando.

Enzo se recompuso con dignidad.

—No hay de qué.

Abrí la puerta de mi cuarto, murmuré un «buenas noches» con una sonrisa de patética consolación y lo dejé con la miel en los labios en mitad del pasillo. Desde el otro lado de la hoja cerrada, aún tardé unos segundos en oír el chasquido de la puerta de Enzo.

Arrastré los pies hasta la cama, me senté a plomo al borde del colchón y me quité los zapatos. No comprendía por qué me sentía tan abatida: tal vez fuera por la acumulación de desengaños, los sufridos y los causados.

Me froté los ojos. «Mierda, el rímel», pensé. Aunque llegado a ese punto de la noche importaba bien poco lucir los ojos de un oso panda. Volví la cabeza y mi mirada se encontró con el bolso que antes había arrojado sobre la cama. Tiré de él para acercármelo, lo abrí y saqué el sobre de Mauro. Levanté las solapas y di con un par de pliegos de papel: las hojas de servicio de Giorgio y Luca Ruggia durante la Grande Guerra.

Lo que encontré tras un breve vistazo al final de una de ellas terminó por deprimirme. Y acudí al diario de Anice en busca de más detalles, de una explicación, de un consuelo.

De cómo los años de guerra me moldearon
a martillazos sobre hierro candente

El sonido de las campanas doblando a muerte deja una reverberación quejumbrosa en el aire, un eco pausado y espeluznante que se pega a la piel, que encoge el alma. De algún modo, parece que anuncia tu propio fin. De algún modo, yo misma moría un poco cada vez que doblaban las campanas...

Crespones negros y banderas a media asta

Italia, de noviembre de 1915 a noviembre de 1917

Habían transcurrido seis meses desde el comienzo de la guerra cuando el toque a muerte de las campanas de la iglesia de San Lorenzo recorrió por primera vez las calles estrechas de Castelupo.

Anunciaba la caída de Pasquale Arnaldi, soldado de la 20.ª Compañía de Infantería, caído en la cuarta batalla del río Isonzo; veintidós años, minero, casado con Angelica Arnaldi, embarazada de siete meses.

Aquel día neblinoso de noviembre, las banderas del ayuntamiento, la escuela y el despacho de don Giuseppe vistieron el crespón negro y ondearon a media asta. Así permanecieron hasta finales de 1918.

Las campanas aún volverían a doblar otras treinta y cinco veces por los caídos de la guerra.

—¡Malditas campanas! Su tañido se te mete en la cabeza y no puedes quitártelo de encima. Tan... Tan... Tan... —protestaba Manuela—. Es como el grito de las *banshees*. ¿Recuerdas las *banshees*?

Anice asintió rememorando la leyenda celta que les contaba Viorica de niñas, la de las hadas de la muerte irlandesas que anunciaban con llantos y gritos el fallecimiento de los seres queridos.

—Parece que estuvieran por todas partes, que me las fuera a encontrar al doblar cada esquina con sus cabellos blancos, sus ojos desencajados, sus uñas afiladas y sus bocas chillonas... Tengo miedo... ¿Cuándo acabará esto? —se desesperaba.

Cuatro hermanos de Manuela luchaban en el frente. También Massimo.

Al hacerse mayor, Manuela se había convertido en una gran belleza. La joven dama verde poseía en efecto el aspecto de una legendaria hechicera medieval. Su cabello era del color del azabache, espeso y rizado, y volaba siempre al viento sin cintas ni pañoletas; su piel lucía tersa, fina y suave como la porcelana y su mirada felina poseía el brillo y el tono del ámbar. Se trataba sin duda de la mujer más hermosa de Castelupo. Todos los jóvenes del lugar pretendían a Manuela. Pero ella, libre y descarada, menospreciaba a todo aquel que se le acercaba con lisonjas y declaraciones de amor. Hasta que un día llegó Massimo al pueblo. Massimo Marino era el nuevo maestro de la escuela elemental en sustitución de la *signora* Paola, quien había cumplido la edad para retirarse. Fue verlo por primera vez y, de algún modo verdaderamente inexplicable, Manuela quedó al instante prendada de él, aun no habiendo cruzado entre ellos la más mínima palabra ya que Massimo, a pesar de haber quedado también fascinado por aquella mujer de singular belleza, era un hombre extremadamente tímido y se mostraba torpe en cuestiones de cortejo. Tuvo así la joven *baggiura* que afanarse en recitar salmos y conjuros, y en preparar filtros y sahumerios que enamoraran al maestro. Finalmente, ya fuera por efecto de la magia o de la simple e impredecible naturaleza humana, aquel joven larguirucho y desgarbado, de cabellera más bien escasa y mirada miope, que tartamudeaba ligeramente y se ajustaba de forma compulsiva sobre el abrupto puente de la nariz sus anteojos redondos de fina montura metálica, acabó rendido a los encantos de la bella Manuela. Justo antes de que él partiera hacia el frente, ambos se habían prometido en matrimonio.

Aunque Manuela era una joven vivaz, de talante alegre y optimista, dada al arrebato pasajero y a la despreocupación, la ausencia de su amado la traía por el camino de la amargura. Sólo en su amistad con Anice encontraba consuelo; consuelo mutuo, pues ambas compartían las mismas penas y desvelos.

—Hace una noche tan hermosa... Se ven las estrellas nítidas y brillantes como pocas veces. Parece que podrías tocarlas.

Manuela había salido en mitad de la noche al bosque y regresaba con las mejillas arreboladas por el fresco y la melena desordenada por la brisa. De su cesto asomaban ramilletes de flores blancas y menudas. Y es que todo el mundo sabe que el mejor momento para coger las flores de aquilea es durante la luna nueva de Tauro. Y que la aquilea es un magnífico cicatrizante; por eso, el centauro Quirón se la entregó a Aquiles para curar las heridas del rey Télefo. O, al menos, eso decía Manuela, quien conocía toda clase de leyendas y mitos sobre raíces, hierbas, árboles y flores.

La joven dejó el cesto sobre la gran mesa de la cocina del molino y empezó a separar los ramilletes de aquilea. Anice se quedaría con algunas hojas y flores, pues le gustaba comerlas en ensalada y también preparar con ellas una infusión que aliviaba los dolores menstruales.

—A veces pienso que nuestros soldados también las pueden ver allá donde estén. Que aunque nos encontremos lejos, podemos contemplar las mismas estrellas. Es bonito, ¿verdad? Me hace sentirme cerca de ellos.

Anice asintió en silencio, sin dejar de estirar la masa de los *mandilli* que estaba preparando. Era un plato que cocinaba muy a menudo últimamente, desde que había empezado el racionamiento y era cada vez más difícil adquirir cereales, azúcar, aceite o carne. Para los *mandilli* le bastaba con usar agua y harina (incluso de castaña si no encontraba de trigo). Además, podía variar las preparaciones añadiéndoles las muchas hierbas de su huerto. Aquella noche, pensaba condimentar las finas láminas de pasta como pañuelos con setas de primavera y una salsa de aceite de nueces, melisa y mejorana. A su lado, Pino se concentraba en limpiar las hojas de las hierbas y dejarlas en un mortero. Un aroma cítrico, dulce y picante anticipaba los deliciosos sabores que tendría la salsa. Cocinar mantenía la mente de Anice ocupada.

Manuela se acercó y acarició la espalda de su amiga.

—¿Estás bien? Llevas todo el tiempo muy callada...

Anice apretó ligeramente el rodillo y lo siguió con la vista arriba y abajo sobre la masa enharinada, lisa y suave.

Era cierto que se encontraba absorta en sus propios pensamientos, dándoles vueltas una y otra vez a sus muchas preocupaciones. Hacía ya una semana que no recibía carta de Luca y no podía evitar imaginarse todas las calamidades que le podían impedir escribir; no quería imaginarse la peor de ellas: que se hallase herido, incluso muerto... La sola idea la dejaba al borde del llanto. Por si eso fuera poco, aquella misma mañana había vuelto a sufrir otro desagradable encuentro con don Giuseppe. El conde la había llamado a sus habitaciones: estaba enojado porque se le había desprendido un botón de una camisa recién puesta. Debía cosérselo de inmediato. Tras aguantar la reprimenda y recibir la orden, Anice se dispuso a salir de la habitación.

—¿Adónde vas? ¿Acaso no has oído que tienes que coserme el botón?

Ella se volvió, desconcertada.

—Por supuesto, excelencia... Pero... la camisa... Cuando se la haya quitado, vendré a llevármela para coserla.

—Debo marcharme y no puedo perder el tiempo cambiándome de camisa. Tendrás que hacerlo con ella puesta.

—Pero... no tengo aquí el costurero.

—¡Pues ve a por el dichoso costurero y tráelo! ¡Y date prisa!

Ni con todo el tiempo del mundo se hubiera quitado la camisa aquel sucio pervertido. Puede que hasta se hubiera arrancado el botón él mismo, pues Raffaella era muy escrupulosa en el cuidado de la ropa del señor conde, difícilmente se hubiera dejado escapar una camisa con un botón suelto. Eso pensaba Anice mientras hacía lo imposible por no rozar lo más mínimo el cuerpo de aquel hombre mientras con mano temblorosa pasaba una y otra vez la aguja entre la tela y el botón. Lo tenía tan cerca que sentía su respiración jadeante y su aliento caliente. Entonces don Giuseppe bajó la cabeza hasta que su nariz rozó el cabello de Anice y a ella le pareció que aprovechaba un suspiro para olisqueárselo.

—Ten cuidado no vayas a pincharme —murmuró con voz ronca mientras la sujetaba de un hombro.

Sólo recordar aquel tacto pegajoso, aquella voz pastosa, aquel aliento sofocante le producía escalofríos de repulsión e ira. Pero ¿cómo explicarle eso a Manuela? ¿Cómo revelarle el acoso que sufría? Y el miedo. Se sentía demasiado avergonzada. ¿Y si Manuela la culpaba por consentirlo? A veces ella misma se sentía culpable...

Anice decidió responder a su amiga con una verdad a medias.

—Hace siete días que no recibo carta de Luca —susurró como siempre hacía cuando hablaba de su idilio prohibido.

Manuela no aprobaba la relación de su amiga. Al principio pensaba que el señorito estirado del *castello* se estaba aprovechando de ella y que la abandonaría en cuanto se cansase de contemplarla. Cierto que había pasado el tiempo y Luca parecía amarla sinceramente. No obstante, con independencia de que se amaran, aquel idilio iba en contra de toda norma y no podía prosperar. No se lo había contado a Anice, pero ella misma lo había visto en las hojas de albahaca: cuando colocó un par sobre el fuego de carbón, en lugar de arder tranquilas dejando unas cenizas en reposo, se retorcieron entre chispas y sus pavesas volaron sin que hubiera brisa. No sabría anticipar cuál sería el motivo, pero las hojas no mentían: se trataba de una relación abocada al fracaso que sólo le procuraría sufrimiento.

Fue entonces, al recordar los malos augurios, que Manuela se estremeció: ¿y si la albahaca había predicho la muerte de Luca en el frente?

—Cariño... —Intentó tranquilizarla ocultando su propia inquietud—. Seguro que todo va bien. Luca es joven, fuerte y valiente, pero también prudente.

La muchacha improvisaba argumentos como podía con tal de consolar a su amiga. Argumentos que según los pronunciaba le sonaban vacíos. Ella misma estaría muerta de la preocupación si no supiera nada en tanto tiempo de los suyos, reconoció mientras sentía la presencia reconfortante de la carta de Massimo que justo esa mañana había recibido. La guardaba entre la blusa, junto al pecho, para llevar siempre sus palabras cerca del corazón. Lo único que algo la tranquilizaba era saber que había tenido la prevención de preparar un talismán para cada uno de sus hermanos y otro para Massimo con las hojas secas de un roble partido por un rayo (Manuela era de las que corrían al bosque pasadas las tormentas en busca de robles partidos por un rayo). Eso les libraría de todo peligro.

—¿Y arriba, en el castillo? ¿Tampoco tienen noticias?

—No lo sé... —respondió Anice con cierta desesperación en la voz—. No puedo preguntar sin arriesgarme a levantar sospechas.

—Claro... —Entonces Manuela se esforzó por sonar animosa—: No te preocupes. A veces hay retrasos en el correo... ¿Te imaginas lo que tiene que ser traer una carta desde allí? Es un milagro que no se demoren o se pierdan con más frecuencia. Pero llegará, ten un poco de fe y de paciencia. Y, entretanto, Pino y yo te distraeremos con nuestra compañía, ¿verdad, Pino?

El muchacho, que no se había perdido una palabra de la conversación, y Manuela lo sabía, asintió con vehemencia, sacudiendo fuertemente la cabeza.

—*Io... a kui'o* —se afanó en recordar que él estaba allí para cuidarla.

—Te diré lo que haremos —propuso Manuela—. Prepararé un sahumerio con canela y verbena, lo pondremos dentro de un círculo mágico y aventaremos el humo mientras pedimos por la protección de Luca y le mandamos la energía benigna de tu amor para que esté a salvo. Convendría esperar a la luna llena para que el ritual fuera lo más eficaz posible, pero cuanto antes nos pongamos a ello, mejor.

Anice sonrió sin ganas: hubiera necesitado además un sahumerio que espantara la lascivia y la perversión. En cualquier caso, dudaba de la utilidad de tales prácticas. Aun así, le emocionó el afán de su amiga por ayudar. Se abrazó a ella porque además necesitaba un abrazo.

—Gracias.

—Pronto nuestros hombres estarán de vuelta, sanos y salvos, ya lo verás —la consoló Manuela para luego añadir en voz baja—: Entonces podrás abrazar a tu amor y cubrirle de besos y...

Un estruendo interrumpió a la joven y sobresaltó a ambas mujeres. Se volvieron hacia Pino. A sus pies yacía roto el mortero y todas las hierbas esparcidas por el suelo.

—*¡Io a kui'o!* —La «o» final se prolongó en un furioso y penetrante grito.

—¡Basta, Pino! —calló Manuela al chico. Después, con los brazos en jarras, le reprendió—: Que sepas que romper su mortero y estropear la cena no es cuidarla.

—Se le ha caído sin querer... —terció Anice.

—Te digo yo que no. ¡Menudo genio, Señor! A veces parece que llevara un demonio dentro... ¡Y voy a tener que sacártelo! —Manuela amenazó al chico mientras agitaba el dedo índice tieso frente a su cara.

Pino se encogió como un animal ante un palo.

—Vamos, Manuela... No le digas esas cosas, ¿no ves que se asusta?

Corría el otoño de 1917, cuando los pastores empezaban a bajar los rebaños a los pastos más próximos al valle y había que recolectar la castaña antes de que las lluvias pudrieran los frutos. Las noches eran cada vez más largas y frías, los árboles habían mudado pronto de color y el bosque ya ofrecía a principios de octubre un hermoso panorama de amarillos y ocres; desde lo más profundo de sus entrañas, se oía el berreo de los ciervos macho marcando su territorio. A veces parecía que todo seguía igual, que nada había alterado la pacífica rutina del pueblo de Castelupo. Bastaba con adentrarse en la espesura del monte: aspirar el aroma intenso de la vegetación recién regada por un aguacero, cerrar los ojos y prestar atención a los sonidos de la naturaleza. Anice solía hacerlo y así el mundo recobraba por un instante el orden y la cordura, la calma.

Sin embargo, en el pueblo no se hablaba de otra cosa que de las alarmantes noticias que provenían del frente: los austríacos, apoyados por un buen número de tropas alemanas, habían roto las líneas italianas en la localidad de Caporetto y, tras tomar la ciudad de Udine, avanzaban hacia el interior del territorio patrio. El nerviosismo cundía entre la población: ¿sería posible que el enemigo, hasta entonces lejano, llegara a las puertas de sus casas?

En el ayuntamiento se convocaron reuniones de urgencia, en la iglesia se realizaron vigilias de oración y en el bar se discutía sobre si el general Cardona, jefe del Estado Mayor del Ejército, debería ordenar la retirada de las tropas o resistir la embestida enemiga hasta el último hombre. Mientras, una masa de refugiados civiles huía del invasor hacia el sur y, en el campo de batalla, decenas de miles de soldados italianos caían muertos o heridos cada día, al tiempo que otros tantos eran hechos prisioneros.

Aquella madrugada lluviosa la despertó el toque fúnebre de las campanas. En los días posteriores a la derrota de Caporetto, doblaban casi a diario. A veces, en un gesto desesperado, Anice se tapaba los oídos, harta como estaba de escucharlas, y se repetía que nada tenían que ver aquellos toques con Luca ni su inquietante ausencia de señales de vida.

Como no pudo volver a conciliar el sueño, abandonó la cama y se desperezó al frío de la mañana todavía oscura. Envuelta en una manta, bajó al piso inferior, avivó el fuego de la cocina y puso agua a hervir. Entonces oyó el maullido quejoso del gato que siempre merodeaba por su casa y sus arañazos impacientes en la puerta; Anice abrió para dejarle entrar y el animal, espantado por la lluvia inclemente, corrió raudo a tumbarse junto a la chimenea. La joven le acercó un platito con leche y migas de pan y, una vez seco y bien alimentado, se dejó acariciar el lomo. Seguramente no se movería de allí hasta que cesase el diluvio.

—Más te vale no arañarme los muebles —le advirtió entre caricias, como si le piropease.

Por todo desayuno, bebió a sorbos cortos una infusión de menta y mordisqueó un pedazo de *panissa* que había hecho la noche anterior con harina de garbanzo y agua; en ocasiones lo condimentaba con un chorrito de aceite de oliva, pero ya no le quedaba demasiado. Se aseó, se vistió y, envuelta en el *mezzaro,* se aventuró al viento cargado de lluvia y al camino cubierto de barro.

Apenas se cruzó con un alma durante el trayecto hacia el castillo, sólo de lejos con el *zio* Piêro y su carro de leña. Sin embargo, al llegar a la piazza de San Lorenzo, se encontró con un corrillo de personas reunidas al refugio del atrio de la iglesia. Se detuvo a observarlos en la distancia, sin ser capaz de reunir el valor para acercarse a preguntar, paralizada por un horrible presentimiento.

Entonces, Tomaxìnn, el chico de los Tallone, que trabajaba de aprendiz en la herrería, atravesó la plaza a la carrera.

—¡Eh! —le llamó Anice.

El otro se volvió.

—¿De quién se trata esta vez? —le preguntó, alzando la voz por encima de la lluvia. Notó la boca seca.

—Uno de los hermanos Mascarello; el mayor. Ya están las comadres a la casa de la familia *p'al* duelo.

Cuando Anice empezaba a sentir alivio, vio que el crío miraba para lo alto de la colina, hacia el castillo.

—Y don Giorgio.

Como si hubiera recibido aquel nombre con un golpe, sintió que le flaqueaban las piernas y que el ruido a su alrededor se volvía lejano como si se le hubieran taponado los oídos. ¿Seguro? ¿Seguro que se trataba de don Giorgio? ¿Podía ser que hubiera un error? ¿Y don Luca? ¿Qué se sabía de don Luca? ¡Tenían que saber algo!

La lluvia regresó con toda su fuerza sobre el suelo empedrado, sobre ella misma que ya estaba empapada. Fue a hablarle a Tomaxìnn, pero el chico se había ido. Entonces, igual que si la hubieran espoleado, aceleró sus pasos hacia el castillo.

Atravesó la puerta de servicio jadeando y calada de lluvia y sudor. De una carrera, alcanzó la cocina. Bétta, la cocinera, removía una olla en los fogones. Raffaella, que estaba sentada mano sobre mano a la mesa, levantó la cabeza al sentirla entrar.

—Don Giorgio ha caído en el frente —le anunció llorosa.

—¿Y don Luca? —preguntó ella con un hilo de voz.

El ama la miró desconcertada.

—*Santa Madonna mia!* ¡Don Luca está sano y salvo! —logró decir antes de encoger la boca en un puchero—. Bastante tragedia tenemos ya. —Rompió entonces en lágrimas de desconsuelo que guardó en el mandil.

Anice cogió la silla junto a Raffaella y se dejó caer en ella. Abatida, enterró el rostro entre las manos. Se sentía como si de pronto le hubieran quitado diez años de vida.

Anice lloró aquel día. Quizá por Luca. Quizá por todos los hombres que estaban perdiendo la juventud y la vida en aquella guerra. Pero también por Giorgio. No podía asumir que hubiera muerto. Algo así no podía suceder porque don Giorgio era joven, vigoroso, alegre y buena persona... Por supuesto que nunca había cruzado palabra con el primogénito de los Ruggia, pero podía recordar con una viveza dolorosa su sonrisa y su presencia amables, sus canciones silbadas por los pasillos como si aún hicieran eco en los rincones, su capacidad de aligerar con su jovialidad el peso de la vetusta mansión. No podía ser que eso hubiera desaparecido para siempre... se repetía entre lágrimas.

Nada más recibir la noticia de la muerte de su hijo, el señor conde se encerró en sus habitaciones y allí permaneció jornadas enteras, sin ver la luz del sol ni probar bocado. Ni siquiera acudió al responso en el que la gente de Castelupo lloró la tragedia.

Raffaella y Bétta no salían de la cocina, donde bebían una taza de café tras otra sin apenas cruzar palabra. Anice limpiaba sobre limpio en mitad de una soledad y un silencio sobrecogedores. La casa se había convertido en un gran mausoleo.

Así transcurrieron cinco días hasta que, entonces, don Giuseppe pidió comida.

Nada más entrar en el dormitorio del señor conde, lo primero que Anice percibió fue un tufo pestilente a humanidad reconcentrada. En la oscuridad, distinguió la figura de Su Excelencia, sentado frente a una pequeña mesa junto a la ventana. Conteniendo la respiración, se aproximó a él. Su aspecto era atroz, temible incluso: presentaba el rostro demacrado y la mirada, perdida al frente, parecía enajenada; llevaría días sin asearse, sin afeitarse, sin peinarse, y su ropa estaba arrugada y descompuesta. De él emanaba la peste que impregnaba aquel lugar.

Con la misma cautela que si alimentara a un animal salvaje, la joven dejó la bandeja de comida sobre la mesa y, como siempre hacía, aguardó a que su patrón la probara y le confirmara que era de su gusto.

Don Giuseppe tomó una cucharada de potaje y se la acercó goteante hasta la boca. Apenas le había rozado los labios cuando se levantó de repente y de un manotazo lanzó la bandeja al suelo. Antes de que Anice pudiera reaccionar, se encontró que el hombre la agarraba con fuerza por el cuello del vestido.

—¡Mi hijo ha muerto y tú me sirves esta basura! —le gritó a la cara, lanzándole un aliento apestoso y esputos de saliva.

La joven sintió una náusea de repugnancia.

El conde la miraba con el gesto descompuesto y congestionado de ira hasta que, de repente, como si aquel esfuerzo lo hubiera agotado, se derrumbó y rompió a llorar mientras balbuceaba frases sin sentido.

Anice no sabía qué hacer y no se atrevía a pronunciar palabra. Hubiera deseado escapar de allí, pero aquel hombre la sujetaba con fuerza por los hombros y, cuando menos lo esperaba, enterró el rostro húmedo en su cuello. Ella permaneció rígida como una vara.

—Giovanna... Giovanna...

Entonces terminó de rodearla con los brazos y comenzó a frotarse contra ella, el llanto devino en jadeo, le tocó los pechos y los glúteos, la rozó con los labios viscosos... Y mientras Anice se resistía, logró introducir la mano bajo su falda. En ese momento, ella gritó. El conde aflojó la presa y la chica aprovechó para zafarse.

Salió aprisa de la habitación, bajó las escaleras a trompicones y cruzó la puerta principal a la carrera.

Las lágrimas ya le nublaban la vista cuando atravesó el jardín como si huyera del mismo diablo. Ni siquiera haber dejado atrás la gran verja de la entrada la animó a reducir el paso; al contrario, con la pendiente, cobró aún más velocidad. No vio a Pino a un lado de la carretera, donde siempre la esperaba a que saliera del castillo. Tampoco cuando el chico se interpuso en su camino para detenerla. Lo arrolló y ambos cayeron al suelo.

Pino no se había hecho daño, pero estaba asustado: algo horrible le pasaba a su amiga. Empezó a gritar. Anice lo levantó hasta que estuvieron de rodillas y lo abrazó sin poder parar de llorar. Pero el chico no se tranquilizaba; quería saber qué había sucedido, por qué Anice estaba tan alterada y lo único que le salían eran gritos ininteligibles que era incapaz de moderar o modular. Aquella inutilidad le ponía aún más nervioso.

—Ya pasó... Ya pasó... —lloraba Anice mientras lo mecía entre los brazos—. No grites, Pino...

La muchacha le limpió las babas con el mandil, le sacudió el barro de aquella chaqueta que le quedaba tan grande y le arregló los cabellos revueltos mientras le repetía que no gritara. Por fin, Pino se calmó. Aunque Anice seguía llorando. El chico le secó con su mano torpe las lágrimas; un rastro negro quedó sobre las mejillas de su amiga.

—*¿Gué... te 'asa?*

Anice sacudió la cabeza entre sollozos.

—Quiero ir a casa... Hay... un monstruo en el castillo...

Quizá porque le llamaban tonto y por eso él se esforzaba en fijarse en cosas que los demás pasaban por alto, Pino enseguida comprendió.

—*'on... Iusse'e.*

Y según pronunciaba aquel nombre, notaba que volvía a alterarse. Pero entonces no era miedo, era ira. Pino estaba furioso.

—*¡O 'ato! ¡O 'ato! ¡'atoooo!*

Gritó de nuevo porque las palabras no sonaban tan claras como en su cabeza: «¡Lo mato! ¡Mataré a ese hombre malo por hacerte daño! ¡Mataré a don Giuseppe!». Y con una «o», larga como un aullido, chilló que lo odiaba. Odiaba tanto a don Giuseppe que la rabia le dolía en el centro del pecho.

Anice le sujetó la cara entre las manos.

—No... No... —le refrenó—. Ya no importa... Porque no pienso volver a ese lugar nunca jamás. Nunca jamás.

Grigliata di sgombri

Por alguna extraña razón, lloré cuando leí acerca de la muerte de Giorgio. Mi tío bisabuelo Giorgio... Sonaba rebuscado y tremendamente lejano. Aquella intoxicación hormonal acabaría por secarme las glándulas lacrimales. Pero el llanto surtió su efecto sedante y caí profundamente dormida sin volver a acordarme de Pau, ni de Enzo, ni de Mauro... Hasta la mañana siguiente.

Eludí el desayuno en el hotel para huir de un posible encuentro con Enzo y mientras sorbía un café en uno de los bares del pueblo, no pude evitar pensar en Mauro o, más que en Mauro, en su historial criminal.

Quise convencerme de que era una tonta por preocuparme: ¿qué más me daba a mí que Mauro hubiera estado en la cárcel? Total, sólo habitaba mi ruina de casa, poco riesgo había en eso para mí. Además, si los tribunales consideraban que el condenado ya había satisfecho su deuda con la sociedad, no iba a ponerme yo ahora tiquismiquis con el asunto. Aquél era un pensamiento lógico y maduro que, sin duda, debería adoptar, me decía a mí misma.

Sin embargo, a renglón seguido, me ponía en lo peor: podría tratarse de un asesino, un violador, un traficante de drogas... Podría haber cumplido su condena pero no haberse reformado. ¿Y si me encontraba un día el molino lleno de bolsas de cocaína, armas y fajos de billetes como en una foto de esas de objetos incautados por la policía en las redadas contra los narcos? O peor: una mujer descuartizada dentro de la nevera, un cadáver enterrado en la parte de atrás... Por Dios...

A través de la ventana del bar, comprobé que Mica ya había abierto el herbolario. Pagué el café y salí a la calle. Con unos pocos pasos alcancé el establecimiento: la brujita Manuela tintineó sobre mi cabeza al entrar.

—¡Gianna! *Bongiórno!* Dime que no es una dolencia lo que te trae por aquí. Tienes buen aspecto...

—No, no. Estoy bien. Estaba tomando un café ahí enfrente y he decidido pasarme a saludar.

—¡Pues llegas justo a tiempo de unirte a la fiesta!

Me giré al escuchar la voz de Fiorella. No las había visto al entrar, pero en una esquina estaban Pierina y ella sentadas en sendas sillas y tenían la cara cubierta de una pasta verdosa.

—¡Hola! No os había visto.

—¿Te apetece probar una mascarilla de...? —Fiorella se acercó y alejó un tarro de los ojos—. *Belin*... cada vez veo menos... Una mascarilla de «caolín, aloe vera, vitamina E y aceite esencial de limón, que hidrata, nutre y elimina los poros y puntos negros...» —leyó despacio como un párvulo—. Y te deja la piel como el culito de un bebé y oliendo a friegasuelos —añadió de su cosecha.

—Dicho así, suena irresistible. Sobre todo lo del olor a friegasuelos.

Mica salió del mostrador y se acercó al grupo.

—Adivina quién tiene una cita esta noche... —cantó asomándose por encima de mis hombros.

Todas nos volvimos hacia Pierina. Hasta en los ojos se le notaba el rubor que se había encendido bajo la mascarilla.

—Sí... Yo... —Alzó la mano cohibida, como una de sus pequeñas alumnas.

—¿Con Marco? ¿En serio? ¡Bien! —me congratulé.

—Bueno... sólo vamos a tomar unas pizzas...

—¿Sólo unas pizzas? ¡A mí me pidieron matrimonio delante de una pizza! Nunca se debe bajar la guardia. Por eso estamos poniéndola a punto. Luego le daremos los condones y le enseñaremos cómo se usan —bromeó Mica.

Pierina no protestó porque ella rara vez protestaba; aunque a mí se me pasó por la cabeza la idea de que Mica igual no bromeaba.

—*Belin*, ponerla a punto... ¡Ni que la niña fuera un coche! Lo que estamos es dejándola como a una estrella de Hollywood, ¿o no, querida? —corrigió Fiorella.

Pierina y el rubor hablaron tras la mascarilla:

—Bueno... No sé si yo tengo mucho arreglo...

—¿Se te juntan las tetas con la barriga? No, ¿verdad? Pues salvo que se te junten las tetas con la barriga, todo tiene arreglo. Y, hasta entonces, no hay tiempo que perder.

Ante la sabiduría de Fiorella, Mica se abrió el escote de la camiseta, miró dentro y concluyó:

—Así me va...

—Hablando de citas y de estrellas de Hollywood... —El tono de Fiorella y la forma en que me miró no anticipaban nada bueno—. ¿Qué tal la tuya con el del Ferrari?

No, no anticipaban nada bueno. Fruncí el ceño.

—No era una cita —protesté—. Sólo una... cena de negocios. Quiere que le ayude con la reforma del *castello*.

—Claro... Una cena de negocios con un tío que dice que te pareces a Gal Gadot.

A mí casi se me salen los ojos de las órbitas.

—¿Qué?

—Eso le dijo a Marco: «¿Ha salido ya Gianna Verelli? Es esa chica que se parece a Gal Gadot».

—¿Quién es Gal Gadot? —quiso saber Pierina.

—Eso mismo se preguntó Marco. Estáis hechos el uno para el otro. ¡*Wonder Woman*, criatura! Míralo en internet.

Entretanto, yo empecé a sentir tal quemazón en las mejillas que estuve segura de que el rubor más ruboroso de Pierina palidecía al lado del mío.

—Te lo estás inventando. No ha podido decir esa tontería. ¡Yo no me parezco en nada a Gal Gadot! Ni siquiera soy morena. Soy... castaña. Oscura.

—Sí, claro, el matiz entre moreno y castaño es lo que marca la diferencia —se burló Fiorella.

Para contribuir a lo incómodo de la situación, Mica me observaba fijamente.

—Pues ahora que lo dices..., sí que te pareces un poco... Bueno, cuando te pones seria tampoco te pareces mucho. Es cuando sonríes... A ver, sonríe...

Por supuesto, no obedecí.

—Ay, por Dios...

—A mí me gustaría parecerme a *Wonder Woman* —apunto Pierina bajito y sin ánimo de ofender, como siempre—. Creo que es muy guapa...

—A ver, es *wonder*, ¿no? —señaló Fiorella lo obvio.

Justo cuando empezaba a desesperarme y querer salir corriendo de allí, el estruendoso timbre de un temporizador de cocina con forma de pollito acudió en mi rescate.

Fiorella se puso en pie de un salto y lo paró.

—¡Ya han pasado diez minutos! Tenemos que quitarnos este potingue rápido si no queremos que se quede como el yeso y tener que hacerlo con escoplo.

Las dos mujeres enmascarilladas corrieron hacia el lavabo y yo tuve más de un motivo para agradecerlo: no sólo aquella rocambolesca conversación se daba por terminada, sino que también tenía ocasión de quedarme a solas con Mica. Aproveché el tiempo antes de que regresaran.

Me acerqué al mostrador. Detrás de él, Mica ordenaba unos botes de aceite de coco.

—Escucha... Ayer me dijeron que... ¿Es verdad que Mauro ha estado en la cárcel?

—Sí, lo es —respondió sin titubeos mientras enderezaba una pila de botes.

Aguardé unos segundos a que diera por terminada la tarea y prosiguiese con alguna explicación, pero pronto me di cuenta de que no tenía intención de añadir nada más.

—Y... ¿qué ocurrió?

Por fin, Mica se giró y me miró con esa expresión suya siempre maternal.

—¿Por qué no se lo preguntas a él?

—Pues porque me da mucho apuro, la verdad. No tengo esa confianza...

En ese momento volvieron a tintinear las campanillas de Manuela. Entraba una clienta y Mica tuvo que atenderla.

—*Bongiórno*, Mica.

—*Bongiórno*, Emilia. ¿Cómo estás hoy?

—Bien, bien... Bueno, esta dichosa rodilla, ya sabes... Y eso que este tiempo tan bueno que tenemos me hace mucho bien. Venía precisamente por si te han llegado ya mis pastillas de magnesio. Por cierto, he visto a tus hijos. ¡Qué grandes están! Sobre todo la niña, una señorita...

—Sí, ¡crecen demasiado rápido! Voy a por tus pastillas. Están en la caja del último pedido y aún no las he desempaquetado. ¿Quieres mientras un té? Sírvete tú misma.

Asumí que sería difícil retomar la conversación. En ese pueblo nadie entraba en una tienda, compraba y se iba; el ritual completo incluía hablar del tiempo, la familia, los vecinos, la política y tomar el té. Además, Fiorella y Pierina no tardarían en regresar del lavabo.

De pronto noté que me estrechaban el brazo: era Mica, no la había visto acercarse.

—Háblalo con él —me insistió en un susurro con tono de confidencia.

Antes de que pudiera replicarle, desapareció por la trastienda.

Alcé la vista al cielo y suspiré. Mis ojos se encontraron con la brujita Manuela suspendida en su escoba.

—¿Y tú?, ¿qué harías?

Una brisa repentina agitó el colgante y sus campanillas susurraron. Sonreí. Empujé la puerta y salí a la calle seguida de la mirada suspicaz de doña Emilia, quien seguramente me habría tomado por loca.

Cuando dejé el herbolario, estaba absolutamente convencida de que jamás me atrevería a preguntarle a Mauro a la cara sobre su paso por prisión. Sin embargo, me encontré enfilando la pendiente hacia el molino. Últimamente, tenía la sensación de que mi cerebro era capaz de manejar dos ideas del todo contradictorias a la vez; o, al menos, intentarlo.

Era la tercera vez que visitaba el molino y aún me sorprendía la paz que impregnaba el entorno: en las copas de los árboles se enredaba el murmullo de la brisa, el caudal del río corría tranquilo con un leve bisbiseo, apenas se oía más sonido que el trino de los pájaros. Las montañas circundantes parecían rodearlo con brazos mullidos y, por encima de ellas, el sol acariciaba la pradera, que brillaba de color verde intenso y estaba salpicada de flores silvestres y mariposas; al contraluz, flotaban pequeños insectos y motas de polen. El aire olía fresco y mentolado, a madera y a turba. Cómo me gustaba aquel lugar, constaté sorprendida.

Me había molestado la incisiva observación de Carlo de que no aguantaría en el campo ni un par de horas. Y me había molestado porque tenía algo de razón en su ataque: yo era una urbanita de pro. Adoraba la ciudad y adoraba embellecerla con imponentes edificios vanguardistas, contribuir a su futuro moderno y sostenible. Pisar el asfalto, percibir el ajetreo, tenerlo todo a mano, disfrutar de lo último en ocio, cultura, gastronomía... Ni yo misma estaba segura de ser capaz de dejar la ciudad por mucho tiempo y no morir de tedio. Y, sin embargo, allí estaba, rodeada de naturaleza y sin añorar nada hecho por la mano del hombre. No me importaban las picaduras de mosquito que tachonaban mis piernas, ni los arañazos que me había hecho el día anterior al resbalar sobre una zarza, ni que el sol hubiera secado la piel de mi nariz; tampoco había tenido demasiado tiempo de aburrirme sin ocio, cultura ni gastronomía (a su manera, el campo también contaba con su dosis de cada uno de ellos) y, además, curiosamente, en aquel lugar habitado por cuatro almas me sentía más acompañada que en la populosa ciudad. No sabía decir si aquello me satisfacía o me inquietaba. En cualquier caso, rebatía con hechos las ganas de tomarme el pelo de mi hermano y eso me alegraba. Tendría que llamarle y restregárselo debidamente.

Según me adentraba por el camino, atisbé a Trón, que dormía con las patas estiradas a la sombra del porche de la entrada. Al sentirme llegar, el animal levantó la cabeza y fue a saludarme con su efusividad de coletazos, cabezadas y hociqueos. Después de corresponder yo con una buena dosis de caricias, golpeé la puerta entreabierta.

—¿Hola? —Me asomé al interior—. ¿Mauro?

—¡Aquí, en el salón!

Las ventanas de la gran estancia estaban abiertas de par en par y la luz entraba a raudales y se reflejaba en las paredes encaladas. En el ambiente flotaba un tufillo a yeso y polvo y el siseo de un roce rítmico y suave. Encaramado a un andamio y totalmente concentrado en su tarea, Mauro enlucía con sucesivas pasadas de paleta una zona de la intersección entre el techo y el muro. Ni siquiera mi llegada mereció la más mínima distracción por su parte. Me quité el sombrero y lo dejé junto con el capazo en una esquina del sofá. Me acerqué a él.

—¿Qué haces?

—Dar yeso —contestó sin apartar la vista de la pared.

Seguí observándole. Dejé que se tomara su tiempo para elaborar la respuesta. Empezaba a darme cuenta de cómo era conversar con Mauro: un ejercicio de pausas y paciencia.

—El marco de esa ventana se había desencajado, provocando una grieta en toda la pared que, en esta junta de aquí, se había abierto hasta el punto de filtrar la humedad del exterior y toda esta zona estaba cubierta de moho. He recolocado el marco lo mejor que he podido, sellado la junta con el hueco de la ventana, reparado la grieta y ahora estoy enluciendo el muro. De todos modos, tendrás que decirme si hay algo que tienes especial interés en que se haga.

Hubiera sido de agradecer que me mirase —al menos de reojo— mientras me hablaba, pero en ningún momento quitó la vista del yeso. Tampoco cuando yo permanecí en silencio para provocar en vano el contacto visual. Tal vez pensara que se iba a convertir en piedra si me miraba, como si yo fuera Medusa.

—Oye... —me rendí al fin—. No tienes por qué hacer esto. Ya sé que te hablé de reparaciones y todo eso, pero sólo era una treta para vencer tu tozudez.

Las pasadas de paleta seguían acompañando la conversación.

—Quiero hacerlo. Llevo haciendo pequeñas chapuzas desde que llegué. No es que ahora sea un palacio, pero te puedo asegurar que la casa no estaba así cuando entré a vivir.

—Ya. Me lo imagino... Entonces pagaré los materiales que utilices.

—No hace falta. La mayoría me los dan en las obras en las que trabajo, o los saco a buen precio.

—Mejor. Así me saldrá más barato.

Mauro meneó la cabeza como si tuviera que recurrir a toda su paciencia. Y yo aproveché para provocarle.

—Ah, y no es necesario que trabajes sin camisa para impresionarme... Ese tatuaje, ¿qué es exactamente?

Mi comentario tuvo el efecto esperado. Mauro soltó la paleta como si quemara, se desanudó la camisa que llevaba a la cintura y empezó a ponérsela precipitadamente mientras se deshacía en excusas atropelladas.

—No... Es... Hacía calor...

—Mauro —le interrumpí antes de que se tropezara con las mangas de la camisa y se cayera del andamio—, bromeaba.

Él dejó de titubear y terminó de cubrirse.

—Pues no tiene gracia —zanjó mientras se abrochaba los botones.

—Eso depende del sentido del humor de cada uno.

—Y yo no tengo ningún sentido del humor. A estas alturas, ya deberías haberte dado cuenta.

—Sí, es cierto. Por eso es tan fácil chincharte... ¿Ves? Es que sacas lo peor de mí...

Y para huir de su mirada reprobatoria y sus suspiros de estoicismo empecé a deambular por el salón. A mi espalda volvieron a sonar las paletadas de yeso, esa vez, a un ritmo no tan suave.

—Debería medir y hacer un plano de toda la casa... —reflexioné.

Como no esperaba comentario alguno, ni lo hubo, me puse a dar golpecitos con los nudillos a un muro medianero. Lo recorrí con la palma de la mano, calculé su grosor y comprobé la trayectoria de las vigas de madera.

—No me gustan esas jácenas, tienen mucha flecha. Podrían haberse deformado simplemente por el paso del tiempo, las contracciones y dilataciones de los cambios de temperatura o la humedad, pero lo más probable es que estén soportando más carga de la que deben y eso no es bueno.

—Eso ha sonado muy profesional —observó Mauro con sorna.

Yo seguí a lo mío: terminé de desprender una parte del revoco de cal para examinar la estructura interior del muro y me agaché para pasar la mano por la unión con el suelo donde el revestimiento se abombaba.

—También me dedico a la construcción —expliqué vagamente mientras me frotaba los dedos cubiertos de cal para comprobar la humedad.

—¿Arquitecta?

Por fin, levanté la cabeza hacia Mauro.

—¿Cómo sabes que soy arquitecta? Podría ser contratista o delineante o jefe de obra o albañil...

—Mica me lo dijo. Aunque tampoco te veo dando yeso, la verdad.

—Eso ha sido un comentario muy machista.

—De eso nada. Yo no he dicho que las mujeres no puedan dar yeso, he dicho que no te veo a ti dándolo.

—Pues échate a un lado y hazme hueco en ese andamio, que ya verás si sé o no sé dar yeso.

El arranque de orgullo y decisión me infundió un ímpetu excesivo. Al ponerme en pie, sentí que se me nublaba la vista, que por un momento se volvió negra. Logré recuperarme, pero empecé a sudar y a notar que las piernas me flaqueaban. Mauro dijo algo pero no lo oí, sólo vi cómo prácticamente se tiraba del andamio y se me echaba encima en dos zancadas. Antes de que tuviera que sujetarme, lo cual hubiera sido tremendamente bochornoso, me apoyé en el respaldo del sofá y empecé a percibir de nuevo el suelo bajo los pies.

—Uy... —fue todo lo que acerté a decir, aún aturdida.

—Creí que ibas a desplomarte.

En otra persona aquella observación se hubiera tratado más bien de una exclamación: «¡Por Dios, qué susto! ¡Creí que ibas a desplomarte!». Pero Mauro rara vez abandonaba el registro plano de sus declaraciones. Además, por un momento me pareció que, más que preocupado, se sentía contrariado.

—Y yo. Tenías razón: hace mucho calor aquí.

Me sequé el sudor de la frente con el dorso de la mano. Tenía ganas de sentarme, aún me sentía algo mareada.

—Ven. Salgamos afuera que te dé el aire.

Mauro me tomó del codo y me condujo hasta el porche. Tenía la sensación de que todo aquello le causaba cierta aprensión como si temiera que, en cualquier instante, yo fuera efectivamente a desplomarme junto a sus pies y todo se volviera aún más incómodo de lo habitual.

Por suerte, enseguida alcanzamos el exterior.

—Deberías tumbarte y poner las piernas en alto...

—No pienso hacer nada de eso. Ya me viste hacer bastante el ridículo el otro día en Sanremo —y me dejé caer en una pila de troncos a la sombra, la única alternativa al suelo.

—Como quieras... ¿Voy a por un vaso de agua o tampoco piensas bebértelo?

Le respondí con una mueca y, cuando se hubo marchado, me recosté ligeramente sobre los incómodos leños. La brisa me secó y me refrescó el rostro y no tardé en sentirme mucho mejor.

En apenas un minuto, Mauro estuvo de vuelta.

—Toma.

Cogí el vaso, escruté su contenido anodino y no bebí. En ese preciso instante, por algún motivo, sin duda equivocado, acababa de decidir que ya estaba bien de perder el tiempo y que aquél era un buen momento para resolver lo que en realidad había ido a resolver.

—Has estado en la cárcel.

Lo solté así, a bocajarro. Y brotó con tono de afirmación lo que tenía que haber sido una pregunta.

Tras un breve titubeo, él respondió:

—Sí.

La verdad, no había previsto qué decir ante tan tajante sinceridad. Durante unos segundos nos sostuvimos las miradas.

—Y ahora es cuando me dices que me marche de aquí —rompió él el silencio.

—No... Claro que no —aseguré con el gesto serio, aunque luego intenté destensar la situación—: Bueno, todo depende de si te condenaron por pirómano. No me gustaría encontrarme reducido a cenizas lo poco que queda de esta ruina.

Pero no sirvió de nada: había olvidado que Mauro no tenía

sentido del humor y por eso, sin mediar palabra, se metió dentro de la casa.

Suspiré. Me bebí el vaso de agua de una sentada. Volví a suspirar y perdí la vista en la pradera mientras sopesaba la idea de marcharme por donde había venido. Sin embargo, me pareció que dejar las cosas así, peor que antes, era muy poco inteligente. Me levanté despacio para no volver a perder la cabeza (en el más amplio de los sentidos) y fui a buscar a Mauro.

El ya familiar sonido de las paletadas de yeso delató enseguida su posición: había regresado a lo alto del andamio, a su trabajo. Me coloqué casi al borde.

—Entonces ¿te condenaron o no por pirómano?

Mauro siguió atento al yeso. Su gesto era tan grave que fruncía el ceño.

—Me condenaron por conducir borracho, circular a ciento diez por una travesía de cincuenta, saltarme un semáforo, embestir a otro coche y matar a su conductor —relató con deliberada crudeza—. Cinco años y tres meses, de los que me conmutaron doce meses por servicios comunitarios y tres por asistencia a un programa de rehabilitación. Total: cuatro años. Cumplí algo más de la mitad por buena conducta. También me suspendieron el permiso de conducir durante quince años. No tengo trabajo fijo desde que salí, sólo hago chapuzas aquí y allá. Tampoco tengo derecho a ningún subsidio, así que, tenías razón, no tengo dinero para pagar un alquiler. ¿Contenta o necesitas algún dato más?

—No... Está bien...

Bajé la cabeza; notaba que volvía a marearme. Tanto hablar mirando hacia arriba me ponía las cervicales del revés, quizá por eso antes casi me había desmayado.

Me senté en el sofá, justo detrás del andamio.

—Lo siento. Me enteré a medias y... le pregunté a Mica; ella me dijo que hablara contigo. Sabías que tarde o temprano me iba a enterar... ¿Qué esperabas?, ¿que me diera igual?

Mauro se volvió bruscamente hacia mí.

—No, claro que no. Ése es el problema: el cotilleo del pueblo de pronto es asunto tuyo porque vivo en una casa que de pronto también es tuya, ¿no es así? —Gesticulaba más de lo habitual en él—. Y eso te da derecho a meterte en mi vida, ¿cómo no? Ahora el morbo está servido.

—Yo no...

Mauro no me dejó hablar, incluso elevó el tono de voz para impedírmelo.

—¡Pero la cuestión es que yo no te pedí nada! Fuiste tú quien me... atosigó para que volviera. Y yo he sido un idiota por dejarme convencer. —Enfadado, tiró la paleta contra el balde de yeso—. Nada sale gratis. Parece mentira que lo olvidara.

Me puse en pie. Recogí el capazo y el sombrero.

—Sí, desde luego que has sido un idiota. Y yo también —zanjé antes de salir de la habitación.

Según enfilaba con sonoros pasos de indignación el camino de vuelta a casa, no sabía si estaba más enfadada conmigo por ser una ingenua, con Mauro por grosero, antipático, impertinente y desagradecido, o con Trón por interceptarme con tanto hociqueo pegajoso y frenar mi airosa huida. Por culpa de ese perro pesado, Mauro me alcanzó en mitad de la pradera.

—Lo siento.

—No es necesario que te disculpes —atajé manteniendo el trote.

Él acompasó la carrera.

—Sí, sí que lo es. Para... por favor. —Se colocó delante—.

Lo siento —repitió cuando estuvimos frente a frente—. Entiende que no es un tema del que me guste hablar y he perdido los nervios.

—Vale. Lo entiendo.

Y acto seguido, sin pretenderlo, me encontré aliviando cuanto había estado hirviendo a presión en el tramo comprendido entre mi corazón y mi cabeza:

—Pero a mí me gustaría que tú entendieses que me resulta bastante desagradable que aproveches cualquier oportunidad para recordarme cuánto te molesto, te atosigo, te incordio y te sobro. No te niego que me lo he buscado, pero que quede claro de una vez por todas que no me haces ningún favor viviendo aquí, que me da exactamente igual si te quedas o si te largas. Me da igual tu vida: tu pasado, tu presente, tu futuro y tú. Sólo trataba de ser amable y hacer mi buena obra del año, pero como decía la abuela de una amiga, que era muy castiza: para el que no quiere nada, tengo yo mucho. Así que ahora tú mismo, que la casera se vuelve por donde ha venido y no tiene previsto regresar.

Justo en ese momento, que empezaba a quedarme sin aire tras aquella diatriba recitada de un tirón, me vibró el culo: el teléfono móvil timbraba desde el bolsillo de atrás de mi pantalón vaquero. Lo saqué y miré la pantalla.

—Tengo que cogerlo.

Me aparté de un Mauro que parecía haberse vuelto de piedra y descolgué.

—Carlo...

—Hola, Gia, ¿qué tal?

—Bien... —Carraspeé y elegí un tono más convincente—: Bien, ¿y tú?

—También... ¿Qué tal las cosas por allí? ¿Estás a punto de empadronarte en Castelupo?

—Te puedo asegurar que, en este instante, nada más lejos de mi intención.

—Uy, detecto cierto tono de cabreo. ¿Ha pasado algo?

—No, qué va. Estoy entusiasmada. De hecho, tenía previsto llamarte para decirte lo que me entusiasma el campo. El verde, el aire puro, los bichos. Todo. —Me pareció que se reía de mí—. ¿Y tú? ¿Bien también? No tanto como yo, claro; pobre, allí en París, que puede ser una ciudad muy hostil...

—¿Tratas de decirme algo?

—No. ¿Qué tal en Barcelona?

—Bien... supongo. Por eso, entre otras cosas, te llamaba. Estuve con los potenciales compradores de La Cucina, pero no me convencieron mucho. La oferta no era mala; por debajo de lo que pedimos, pero aceptable.

—¿Entonces?

—No me gustó lo que quieren hacer. Se paseaban por el local hablando de tirarlo todo y dejar paredes blancas, techos blancos, suelos blancos...

—¿Qué quieren montar? ¿Un quirófano?

—Un café y galería de arte. No sé... Creo que debemos esperar a que aparezcan más ofertas.

Sonreí. No podía evitar que aquello me parecieran buenas noticias.

—Ya sabes que a mí no me importa nada esperar.

—Sí, lo sé... La cuestión es hasta cuándo podemos permitírnoslo.

—Ya...

—Te llamaba también por otra cosa. Tengo un amigo, bueno, más bien un conocido, fuimos juntos al colegio. El caso es que trabaja en la Casa degli Italiani...

—¿Dónde?

—Sí, esa especie de centro cultural que hay en el Passatge de Méndez Vigo. Estuvimos una vez en un concierto, ¿no recuerdas?

—Vagamente —respondí por no decir que no.

—Bueno, el caso es que se trata de una institución muy antigua, del mil ochocientos y pico, y tiene mucha tradición en la comunidad italiana de Barcelona. Surgió de la iniciativa privada, entre la burguesía italiana de la época, como un centro de reunión de los inmigrantes que se instalaron en la ciudad para promover la cultura y la lengua italianas, apoyar a los más desfavorecidos, aglutinar los intereses de la comunidad... No sé, pensé que si la *bisnonna* llegó a Barcelona en 1919, igual entró en contacto de algún modo con ellos. Así que le pedí a mi amigo que investigara.

—Vaya, qué calladito te lo tenías —me burlé algo sorprendida: creía que a Carlo no le importaba demasiado la historia de la bisabuela.

—No sabía si iba a sacar algo en limpio, así que preferí no decirte nada. En bastantes líos estás ya metida tú.

—Sí, la verdad... —«No lo sabes tú bien», añadí para mí—. Intuyo que tu amigo ha encontrado algo...

—Al principio, no demasiado. En los archivos de la institución sólo figuraba una Giovanna Verelli como benefactora, pero en los años cincuenta. Aportaba cien pesetas al mes. Y siguió con sus aportaciones hasta que murió. Luego las retomó Nonna, pero dejó de colaborar hace sólo unos años. En fin, se trata de un dato curioso, sin más. Entonces se me ocurrió buscar otra cosa... ¿Recuerdas los billetes de barco que encontraste?

—Sí.

—Estaban a nombre de Maria Costa y Ettore Costa. Así que le pedí que los buscase a ellos, a los dos. *Et voilà!*

—¿Qué *voilà*?

—El 10 de diciembre de 1919, ambos aparecen registrados como solicitantes de empleo con una dirección en una pensión de Sant Antoni. Y (prepárate que aquí viene lo fuerte) unos meses después, el 3 de abril de 1920, se hace una anotación al margen, por mandato del consulado de Italia, en la que se avisa de que hay emitida una orden de busca y captura por la Corte d'Assise de Génova para Ettore Costa.

—¿La Corte d'Assise?

—Pues yo tampoco tenía ni idea de lo que era, pero por lo visto se trata de un tribunal penal.

—Vaya... —resumí en una palabra vacía los cientos de preguntas e ideas que de pronto me asaltaban hasta que conseguí empezar a ordenarlas y expresarlas—. ¿Y crees que esa pareja tiene algo que ver con la *bisnonna*? Más allá de que sus billetes estuvieran en el diario de Anice, esos nombres no me dicen nada. Quizá sólo se trate de unos compañeros de viaje...

—Ya, yo también he pensado lo mismo. Pero, por otro lado, ¿por qué tanto la *bisnonna* como esos supuestos compañeros de viaje con destino a Buenos Aires acaban en Barcelona? ¿Y por qué ellos solicitan ayuda a la beneficencia y la *bisnonna* ni aparece?

Suspiré.

—Me parece a mí que este nuevo descubrimiento más que aclarar las cosas, las enreda.

—Tal vez puedas tú tirar de este hilo desde allí. Quizá encuentres alguna noticia de la época, o alguien del pueblo sepa algo... ¿No hay allí una familia Costa? No sé... Yo también seguiré indagando. Puede que vuelva a Barcelona este fin de semana y tal vez me acerque al consulado, aunque ya me ha avisado mi amigo de que allí los archivos son un caos.

—Sí, claro. Investigaré a ver si averiguo algo más. Desde luego en el diario de Anice no hay ninguna mención sobre ello.

—Bueno, yo te mando por email las copias de los registros por si quieres verlos.

Aún hablamos un rato más sobre el tema y sobre otros asuntos más triviales. Cuando colgué el teléfono, me sentía algo aturdida, como intoxicada por tantas emociones tan dispares y dispersas.

Intenté retrotraerme al momento inmediatamente anterior a la llamada de Carlo, cuando estaba tan enfadada y dispuesta a salir de allí colmada de orgullo y despecho. Entonces empecé a notar un olor a quemado. Me volví hacia la casa a mi espalda y me encontré cara a cara con Mauro, que me estaba observando mudo. Una columna de humo brotaba de un lado del molino.

—No soy un pirómano —se apresuró a decir en cuanto se dio cuenta de lo que yo me podía estar temiendo—. Es sólo una hoguera que he encendido para preparar la comida. ¿Tienes hambre?

La pregunta me descolocó.

—No... sé. Creo que no. Para variar.

El gesto de Mauro era contrito, como el de un niño tras una reprimenda.

—Quédate de todos modos... Por favor. Hay más pescado del que me puedo comer.

—¿Qué pescado?

Lo último que esperaba Mauro era semejante pregunta. Ni siquiera yo sabía muy bien por qué la había hecho, quizá para que el peso de la decisión recayera en el pescado y no en mí.

—Caballas... —respondió confuso, como temiendo dar una respuesta incorrecta.

—Entonces me quedo.

Mauro asintió. Parecía satisfecho, lo suficiente como para esbozar una sonrisa.

—¿Estás sonriendo?

—No. Voy a echar un vistazo al fuego.

—¿Y yo qué hago?

—Puedes coger unos tomates de la huerta. Está ahí detrás.

—Vale. —Di unos cuantos pasos largos para alcanzarle—. Y sí que estabas sonriendo.

La huerta se encontraba detrás del molino, en un pedazo de terreno que descendía hacia el río. Una parte estaba cubierta con plásticos, a modo de invernadero; el resto se cultivaba al aire libre. Anduve entre los surcos de tierra sembrada tratando de reconocer los cultivos: calabacines, calabazas, puerros, pimientos verdes y rojos, repollos, zanahorias, patatas, cebollas, guisantes y, por supuesto, las tomateras, que trepaban en espiral alrededor de unas varas. En una esquina, distinguí una alfombra de plantas rebosantes de fresitas entre flores blancas y arbustos de frambuesas enredados a una malla de alambre; a su lado, se disponían unas bancadas repletas de hierbas aromáticas. Me agaché y fui tocando cada una de sus hojas como hacía mi bisabuela. El aire se colmó de las decenas de esencias que acababa de despertar: albahaca, orégano, perejil, romero, salvia, tomillo, mejorana... Me acerqué a las tomateras y escogí tres tomates maduros que me guardé en los faldones de la camisa.

Iba a marcharme, pero terminé por sentarme en el suelo a contemplar cuanto me rodeaba: la tierra suelta y húmeda, como café molido; el verde intenso de los tallos y las hojas; los colores brillantes de las hortalizas al sol todavía cubiertas de rocío. Del río venía una brisa húmeda y un borboteo refrescante. Cogí uno de los tomates, terso como si fuera a reventar, y acerqué la nariz adonde nace el tallo.

—Creí que te habías arrepentido y te habías marchado.

—¿Tú has olido estos tomates? —Me volví hacia Mauro como si no hubiera escuchado su observación—. Huelen... ¡a tomate! Es increíble... —Me llevé una vez más el fruto a la nariz. Después, suspiré, abarcando cuanto pude con la vista—. A Anice le hubiera encantado ver esto... Es como si su huerto hubiera renacido. Seguro que estaba exactamente aquí, es el mejor sitio. Aquí cultivaría sus queridas hierbas y quizá las mismas hortalizas. Me la puedo imaginar removiendo la tierra, podando los tallos, regando al atardecer y recolectando mientras cantaba... A ella le gustaba cantar, la *bisnonna* Giovanna también lo hacía: cantaba bajito en italiano por toda la casa, le cantaba a las pocas plantas que tenía en el balcón.

Alcé la vista y miré al frente, a un pedazo de tierra con la cerca vencida y tomado por la maleza.

—Ahí estaría el jardín de Anice, ¿no crees? Ella adoraba su jardín, el que había plantado con Viorica. Estaría bien que volviéramos a plantarlo. Tú, quiero decir... Mientras estés aquí... Si quieres...

Mauro permanecía tan callado que me giré para comprobar si seguía allí.

—Ahora sí que estás sonriendo.

—Sí. Ahora sí... —Y como si la sonrisa fuera solo un trance, enseguida se despabiló—. Vamos, las caballas ya están casi a punto. ¿Quieres coger unas fresas y unas frambuesas para el postre?

La *grigliata di sgombri* resultó ser una delicia. Las caballas estaban jugosas, con un ligero sabor a leña de encina y a la picada de limón, ajo y perejil con la que Mauro las había condimentado antes de ponerlas sobre las brasas. Se notaba que el pescado era fresco pues su carne brillaba prieta, blanca y ligeramente grasa. Incluso daban ganas de comerse la piel tostada y crujiente.

—Las saqué ayer por la tarde en Sanremo, justo antes de subir aquí. Empieza a ser buena época para la caballa —explicó Mauro.

Las acompañamos con los tomates de la huerta, tan carnosos y sabrosos como prometía su aroma, sencillamente aliñados con sal, un buen chorro de aceite de oliva y unas flores de orégano.

—Lo siento. No tengo vino, ni nada de alcohol —se disculpó Mauro antes de la comida.

—No importa. Sólo me apetece agua. —Y no mentía.

Con el postre, empecé a sentir cierto sopor a causa de la comida y el sol de la tarde. Mauro colocó las frambuesas y las fresas lavadas encima de un paño sobre la hierba y rellenó la jarra de agua añadiendo unas rodajas de limón y un manojo de hierbabuena mientras yo me tumbaba en la pradera agradeciendo la brisa que me espabilaba y refrescaba.

—¿No se comerá Trón la fruta? —temí al ver al animal echado junto a ella, peligrosamente cerca de los tentadores frutos rojos.

—No le gustan.

En aquel momento, el perro dio un lengüetazo a la hierba.

—Ya veo que prefiere las hormigas. ¿Por qué lo llamaste Trón?, ¿por la película?

—No —respondió Mauro, sentándose al otro lado de la servilleta después de haber separado las brasas de la hoguera para que dejaran de arder—. Trón es «trueno» en *zenéize*. Cuando se lo puse, pensé que tendría más carácter. Y ya ves... —Miró al aludido, que, en ese momento, jugaba panza arriba con una mariposa—. Conozco caniches peor encarados.

Me reí y alargué el brazo para rascarle la barriga; al animal le faltó ronronear. Entretanto, Mauro sirvió dos vasos de agua y yo me incorporé para beber y comer algunos frutos más.

—Por cierto, gracias por las hojas de servicio. Me dio mucha pena leer que Giorgio murió en la guerra.

—Sí, en la batalla de Pozzuolo del Friuli justo después de Caporetto; una de sus nefastas consecuencias.

—Me suena lo de Caporetto, pero reconozco que no sé mucho de historia italiana.

Con toda intención, le di pie a explayarse. Empezaba a darme cuenta de que Mauro sólo se sentía cómodo cuando no hablaba de él.

—Caporetto es el término en italiano de una pequeña localidad, Kobarid, en Eslovenia. Esta localidad da nombre a una de las batallas más famosas de la Gran Guerra. Caporetto fue como el Somme italiano. Aquella batalla resultó un auténtico desastre para nuestro ejército: los alemanes y los austríacos se les echaron encima y no pudieron hacer nada por detenerlos. No disponían de suficiente artillería, ni medios de transporte para la retirada, ni tropas de reserva, por lo que no tenían la capacidad de mandar refuerzos salvo a costa de dejar otros frentes desprotegidos. En pocos días, el enemigo penetró en territorio italiano, causó decenas de miles de bajas entre muertos y heridos y el número de prisioneros resultó descomunal. Es verdad que no fue peor derrota que la que sufrieron Francia e Inglaterra en el Somme, pero dejó la moral italiana por los suelos y minó el escaso entusiasmo que el pueblo ya tenía por una guerra que nunca había querido... —Mauro interrumpió repentinamente su relato—. Lo siento, te estoy aburriendo.

—No, no. Me interesa. Es cierto que no sabía nada del papel de Italia en la Primera Guerra Mundial, pero ahora... lo estoy viviendo a través de Anice y me falta mucha información.

Mauro se quedó un momento pensativo mientras arrancaba hierba con la mano.

—No me puedo imaginar lo que tuvo que suponer ser soldado en esa época. Lucharon en unas condiciones precarias. El frío, el hambre... En los primeros años de la guerra, el abastecimiento era un desastre y la comida sólo llegaba al frente de cuando en cuando. Para protegerse de los gases iban equipados con máscaras rudimentarias y defectuosas, apenas sabían manejar las piezas de artillería porque el ejército no contaba con instructores suficientes. Casi no gozaban de permisos ni licencias y vivían bajo la amenaza continua de un pelotón de fusilamiento ya no por desertar, sino simplemente por negarse a cumplir órdenes sin sentido, atroces y suicidas, por parte de mandos que despreciaban las vidas humanas. El soldado no era más que carne de cañón, incluso también los oficiales de menor rango: tenientes, capitanes... que caían como moscas en el campo de batalla. Según su hoja de servicios, en 1917, Giorgio era capitán del Regimiento Génova de Caballería; los Dragones, los llamaban. Se trasladaban a caballo, pero luchaban a pie, a golpe de bayoneta. Este regimiento protagonizó una de las acciones más heroicas de la guerra en la batalla de Pozzuolo del Friuli: gracias a su resistencia, el Tercer Ejército, cercado tras la derrota de Caporetto, pudo retirarse hacia la retaguardia para reorganizarse, así como miles de refugiados que huían de los austríacos y alemanes. Al final de la batalla, los Dragones habían perdido el sesenta por ciento de sus fuerzas.

—Y Giorgio fue uno de los que se dejaron allí la vida...

—Pero Luca sobrevivió. Él estuvo en Caporetto, aunque en la retaguardia, con el 93.º Regimiento de la Brigada Messina.

Volví a tumbarme, pero de lado, y doblé el codo y apoyé la cabeza en la mano para seguir mirando a Mauro.

—La llamada de antes... Era mi hermano. Investigando un poco en Barcelona ha encontrado algo curioso...

Le resumí lo que Carlo me había contado por teléfono sobre sus investigaciones en la Casa degli Italiani.

—Pero si esos Costa no son de vuestra familia, la información no tendría demasiada importancia, ¿no? —sugirió Mauro al cabo.

Asentí mostrando mi acuerdo.

—Lo que no deja de ser extraño es por qué sus billetes estaban en el diario de mi bisabuela. No es que hayamos encontrado muchas cosas de ella, pero lo poco que tenemos es totalmente personal y muy significativo en su vida: el diario, las fotografías, la carta de Manuela, la llave del molino, la nota de suicidio...

—¿Crees que la escribió Luca?

Me encogí de hombros.

—¿Por qué no? Y ¿por qué sí? Luca simplemente desaparece después de Barcelona.

—Deberías mirar en las hemerotecas, buscar noticias en los periódicos de la época. Los Ruggia eran gente importante.

—Sí. Empezaré mirando por internet.

—Como aproximación no está mal, el problema es que no todas las hemerotecas tienen en la red su catálogo completo. Si no encuentras nada, tendrás que investigar *in situ*. Yo miraría primero en la Biblioteca Civica de Sanremo o, si no, la Berio de Génova. Ambas tienen una buena colección de periódicos locales y nacionales.

Rodé hasta el suelo, rendida.

—Demasiado trabajo para una chica de ciencias...

—Sólo tendrás que consultar los años 1918 a 1920. Si hubiera sucedido algo durante la guerra, aparecería en su hoja de servicios; y no hay nada.

—Es un consuelo —afirmé como si no lo fuera.

—Puedo ayudarte, si quieres...

Levanté la cabeza.

—¿Lo harías?

—Sí, tengo carnet en ambas bibliotecas. Mira en internet y si no encuentras nada, te acompaño a las salas. Entre los dos tardaremos menos.

—¿En serio harías eso por mí? Pero si te caigo fatal...

—Y yo soy tu obra de caridad del año. Hacemos buena pareja.

—Lo siento... Todo lo que dije... No es cierto. Estaba muy dolida y enfadada.

—Ya... Se me da bien hacer daño a la gente —murmuró Mauro, arrancando la hierba con cierta rabia.

—No he querido decir eso...

Pero Mauro no pareció escucharme, sólo añadió:

—Y no me caes fatal. Me exasperas, me aturdes, me haces perder la paciencia, me desconciertas... Pero no me caes mal. Puedo soportarte. Al menos, un rato. Y si estás en silencio. En las bibliotecas no se puede hablar. Además, al contrario que a ti, a mí sí me gusta investigar. Y me gusta Anice y su historia.

Sonreí.

—Bien. Investiguemos entonces. En completo silencio.

Dicho esto, me estiré para alcanzar mi capazo.

—He traído el diario de Anice. ¿Quieres verlo? He leído hasta aquí.

Mauro se asomó con interés al cuaderno que yo había abierto sobre la hierba y leyó las primeras líneas:

De cómo dejé Castelupo por primera vez

> Durante aquellos años de guerra, descubrí algo sobre la libertad. Si hubiera vuelto a ver a Viorica, le habría contado lo que aprendí: que la libertad no es un don, no es algo que se recibe sino que es algo que se siente; que no es asunto del cuerpo sino del espíritu. Sólo hay que tener el valor de ser libre. Aunque puede que eso ella ya lo supiera...

Las heridas de la guerra

Italia, de noviembre a diciembre de 1917

A las afueras de Castelupo, a pocos kilómetros por la carretera que iba a Sanremo, se hallaba el monasterio de San Domenico, habitado por una pequeña congregación de monjas dominicas consagradas a la oración desde que, en el siglo XV, la muy noble dama Gertrude de Châtillon, emparentada con el rey Carlos VII de Francia, lo fundó para recluirse en él tras haber tomado los hábitos al enviudar.

El monasterio de San Domenico se asentaba en un lugar privilegiado; un enclave recóndito del valle guardado por las montañas como si de un auténtico tesoro se tratase, de modo que sólo aparecía a ojos del visitante cuando éste prácticamente se encontraba a sus pies de piedra. Allí, el aire era muy puro, rebosante de esencias medicinales; el clima, benigno, pues la construcción se parapetaba tras los montes de los vientos húmedos de la costa, y la naturaleza virgen invitaba a la reconciliación y la paz. Se trataba sin duda de un lugar óptimo para sanar el cuerpo y el espíritu. Así debió de opinar lady Emma Bailey.

La esposa de lord Arthur Bailey, accionista mayoritario de una de las industrias metalúrgicas más importantes de Génova y personaje destacado de la sociedad genovesa —su *palazzo* en la via Garibaldi se erigía en punto de reunión de lo más granado de la cultura, la economía y la política de la ciudad—, era una de las almas más caritativas y filántropas de toda Liguria. Como el matrimonio no había tenido la fortuna de ser bendecido con descendencia, lady Emma había dedicado al ser humano en general su inmensa capacidad de amar. En tiempos de paz, eran bien conocidas todas sus obras en favor del prójimo: la casa cuna, el hogar para jóvenes artistas, el baile anual a beneficio de los pobres y desamparados, el mecenazgo del coro de la iglesia anglicana... Incluso era objeto de su dadivosidad ese apuesto bailarín ruso sin talento al que había acogido en su casa.

No obstante, en tiempos de guerra, la bienintencionada dama se vio en la necesidad de redoblar sus esfuerzos —aún más teniendo en cuenta que la empresa de su marido era una de las principales proveedoras de materia prima para la industria armamentística, algo que a ella, pacifista convencida, le causaba un profundo disgusto—. En cuanto estalló el conflicto, buscó la colaboración de otras damas de la alta sociedad casi tan bienintencionadas como ella y enseguida puso en marcha toda una red asistencial ligada al momento bélico: comedores sociales para las familias de los soldados, centros para la preparación y envío de paquetes solidarios al frente, puestos de refresco para los militares en tránsito o de permiso, el comité de asistencia al mutilado, el de asistencia al refugiado o la oficina de noticias militares a las familias de los combatientes.

Como todo aquel despliegue no debió de parecerle suficiente, en la primavera de 1916, después de una excursión por los Alpes ligures y tras visitar el monasterio de San Domenico, se le ocurrió que aquél sería un enclave perfecto para instalar un *convalescenziario*, un lugar en el que acoger a los heridos de guerra que, tras su paso por el hospital, necesitaban curas y asistencias específicas tanto de carácter físico como psicológico y moral. Así, bajo el paraguas de la Cruz Roja italiana y con la colaboración de las monjas dominicas, lady Emma patrocinó y sacó adelante el proyecto. A principios de 1917, el centro ya atendía a más de medio centenar de internos.

Todos los días de buena mañana, Celestìnn cargaba su carro con cuatro lecheras grandes rebosantes de la leche que su padre acababa de ordeñar. Celestìnn era el mayor de los cinco hijos de los Cazzullo —quienes poseían un pequeño olivar, media hectárea de castaños y ocho vacas lecheras que cruzaban con el semental de los Antonini—. Desde que tenía catorce años, las monjas de San Domenico lo habían empleado como chico para todo: lo mismo se encargaba de rastrillar el jardín, que de cargar la leña o de hacer pequeños trabajos de mantenimiento como cambiar el cristal roto de una ventana, limpiar una tubería atascada, pegar una baldosa desprendida... Además, aprovechaba el viaje de ida para llevarles la leche.

Al contrario que su hermano Fèipo, que era sólo dos años menor que él, Celestìnn no había tenido que marchar al frente ya que el joven padecía una lesión congénita de cadera y su pierna izquierda era varios centímetros más corta que la derecha, por lo que le habían declarado exento del servicio militar.

—*Bongiórno*, Celestìnn —le saludó Anice aquella fría mañana de escarcha en la que sus palabras se convertían en humo blanco.

El chico, que acababa de subir con gran esfuerzo la última lechera al carro, se volvió sorprendido. No esperaba compañía tan temprano cuando ni siquiera el sol había asomado tras las montañas.

—*Bongiórno* —respondió mientras se quitaba la gorra, se despegaba de la frente el cabello húmedo de sudor y se la volvía a calar.

—¿Me harías el favor de llevarme a San Domenico? Quiero ofrecerme para trabajar en el hospital.

—Claro. Sube. —Le señaló la delantera del carro.

Fue así que Anice recorrió en poco más de una hora el camino que le hubiera llevado toda la mañana hacer a pie hasta San Domenico. Arrebujada en su *mezzaro* y una manta que le había prestado Celestìnn, se recreó en la belleza del paisaje otoñal, quieto bajo la bruma y el hielo, mientras el chico cantaba a su lado.

—A Bepo le gusta que cante —se justificó refiriéndose al burro de los Cazzullo, que tiraba afanoso del carro—. Además, espanta a los lobos. Ahora en invierno les cuesta más encontrar presas y a veces bajan hasta el valle. Pero no te preocupes, llevo conmigo una vara con clavos por si aparecen.

Anice se apiadó de los pobres lobos y Celestìnn reanudó su canto. La triste canción ligur, los pasos lentos de Bepo y las ruedas quejumbrosas de la carreta hacían eco en el valle solitario.

Ligeramente adormecida por el frío y el traqueteo, el viaje se le hizo corto. Antes de que pudiera darse cuenta, justo tras atravesar un pequeño puente sobre el río y rodear la ladera de la montaña, surgió el monasterio como de la nada en mitad de una planicie donde se ensanchaba el valle. Una mole de piedra clara entre la paleta de verdes. Una suerte de tierra prometida para Anice.

La joven sonrió con emoción contenida.

—Lo siento, hija, pero ahora mismo hay personal suficiente.

La monja portera le dio la mala noticia con la voz dulce, los ojos caídos y media sonrisa amorosa. Tal disposición fue lo que más la desarmó: semejante jarro de agua fría no podía provenir de alguien de aspecto tan bondadoso. Quiso tirarse de rodillas al suelo a suplicar un empleo, a ablandar aquel corazón que ya parecía blando.

Entonces intervino Celestìnn:

—Cójanla, hermana, no se arrepentirán. Es muy buena sanando a la gente.

Y el chico comenzó a relatar las veces que Anice había obrado sus pequeños milagros en el pueblo, deteniéndose especialmente en aquella ocasión que a él mismo le mordió una víbora en un tobillo: la hinchazón y el morado se le extendieron desde los dedos del pie hasta la rodilla y el dolor era tal, que no podía moverse. Anice le había aplicado entonces una decocción de raíces de marrubio y llantén que en menos de cuarenta y ocho horas le bajó la inflamación y le calmó los padecimientos.

—Y no es el remedio, hermana, que el remedio también lo dan en botica. Es ella, que tiene una mano especial —apostilló Celestìnn.

Después de aquella loa, la monja pareció dudar.

—Se lo ruego —insistió Anice—. No me asusta el trabajo duro ni me arredro ante la enfermedad, la miseria o el sufrimiento.

La mujer la miró con cierta condescendencia: ¿qué sabría aquella chiquilla de enfermedad, miseria y sufrimiento?

—Veré si puede recibirla la subpriora, ella se encarga del personal —cedió al fin, quizá para quitarse el asunto de encima y no por convicción.

La religiosa arrastró el hábito hacia el interior del convento. Anice aprovechó para darle las gracias a Celestìnn por su intercesión.

—No hay que darlas. —Se encogió de hombros, algo cohibido—. Está bien no tener que hacer solo el camino hasta aquí.

Le ofrecieron un trabajo de criada. «De los internos ya se ocupan los médicos y las enfermeras», zanjó la subpriora todas aquellas historias de curandera. A Anice no le importaba, ella quería trabajar.

El hospital de San Domenico se organizaba en tres áreas: infecciosos, mutilados y neuróticos y así contaba con gabinetes médicos especializados en bacteriología, fisioterapia y rehabilitación, y neuropsiquiatría. Como era un centro de convalecencia, los enfermos ya llegaban con las primeras curas y tratamientos hechos, a falta de la sanación completa, que en la mayoría de los casos nunca llegaría a producirse. Se trataba por tanto de aliviar sus padecimientos y procurar su reincorporación a la vida civil en las mejores condiciones posibles.

Anice, que a diario fregó con lejía todas las plantas del hospital, que hizo y deshizo decenas de camas, que limpió bacinas, palanganas y retretes, presenció todo el dolor que allí se reconcentraba. Un dolor limpio, el de las heridas cerradas, libre de gangrenas y sanguinolencias, de supuraciones, carnes vivas, pústulas y otras miasmas, pero que había arraigado en lo más profundo de los espíritus, de tal manera que podía palparse sin usar las manos, respirarse en cada inhalación, contemplarse en cada rostro, escucharse en cada aullido y en cada silencio.

La joven había vivido una guerra hasta entonces. Desde aquel momento, empezó a vivir otra diferente. La que llegaba de primera línea del frente, la que traían los soldados prendida en sus cuerpos para siempre. Y resultó mucho más desgarrador de lo que jamás hubiera imaginado.

Las malarias y las bronquitis crónicas, los pulmones, las pieles y los ojos abrasados por los gases, los rostros deformados por las llamas y las explosiones de metralla, los miembros cercenados y las vidas perdidas en cuerpos en los que aún latía el corazón.

Le había dicho a la monja que ella no se arredraba ante la enfermedad, la miseria o el sufrimiento. Qué necia había sido... Desde el parapeto de su servicio, aferrada al escobón o al trapo, contemplaba el panorama desolador de las salas llenas de despojos humanos, con la congoja y la impotencia agarradas al pecho. No había plantas, raíces, cortezas ni flores en la naturaleza que sanaran aquello; la Gran Madre no había previsto cuán lejos podría llegar la barbarie humana.

A veces, a media jornada, con el alma ya deshecha, se refugiaba en una esquina del cuarto de la limpieza. Sentada en el suelo, abrazada a sus rodillas, permanecía un tiempo inmóvil, tratando de recuperar el control de sus emociones. Entonces sacaba la última carta de Luca, la desplegaba con cuidado porque empezaba a rasgarse por los pliegues y la releía. Después de la lectura, lloraba. Y el llanto le hacía sentirse mejor.

15 de noviembre de 1917

Mi querida Anice:

Leo ahora tus últimas cartas en las que me relatas tu angustia tras un largo período sin noticias mías. No sabes cuánto lamento que sufras por mi causa. A primeros de octubre te escribí casi a diario, pero me consta que hubo problemas con el correo. Tus cartas me han llegado juntas en un paquete y a destiempo, tal vez las mías se extraviaran. Luego, nos vimos inmersos en el infierno de Caporetto. Días y noches de combate sin apenas poder dormir. Quise enviarte un telegrama para hacerte saber que me hallaba vivo y con buena salud, pero estuvimos incomunicados hasta cruzar el Piave.

Ahora nos encontramos acuartelados en Bassano del Grappa para descansar y reorganizar la unidad maltrecha tras el combate. Hay cierta quietud, tiempo para el chianti y las canciones de la tropa, para el cigarrillo pausado con los camaradas, para escribirte con renglones derechos y letra pulcra. Aun con todo, me tiembla el pulso desde hace días y me retumban las sienes con el eco de las explosiones todavía presente; llevo dentro de mí el aullido previo al asalto, el miedo en los rostros de la tropa, el olor de la pólvora y el barro, de la sangre fresca, la mirada vacía de los compañeros caídos, el débil gemido de los heridos, el fragor de la batalla... No sé si podré sacármelos algún día.

Ayer estuve conversando con un capitán de los Lancieri di Novara que luchó en Pozzuolo del Friuli con los Dragones de Génova. Me habló de Giorgio. Me dijo que murió como un héroe en la tarde del 30 de octubre. Herido en la ingle y sabiendo que su final estaba cerca, no quiso que lo retiraran del campo de batalla donde expiró empuñando el arma.

Pienso constantemente en Giorgio. No me hago a la idea de que ya no sigue conmigo. Él era mi hermano mayor, siempre iba a estar ahí, sucediese lo que sucediese. Quizá nunca te hablé lo suficiente de él, de lo que significa para mí. Giorgio ha sido mi guía, mi apoyo, el espejo donde mirarme para tratar de ser alguien mejor... ¿Quién me va a poner ahora los pies en la tierra?, ¿adónde acudiré para buscar cordura?, ¿quién tirará de las bridas cuando este potro que llevo dentro empiece a desbocarse?, ¿quién va a conversar conmigo hasta altas horas de la noche como hacíamos desde niños? Yo tenía que haber estado junto a él para protegerle... No puedo evitar preguntarme por qué aún sigo con vida. Hay cierto sentimiento de culpa en ello; la mala conciencia de que no he estado a la altura, de que no he demostrado el mismo valor, ni la misma entrega.

Mi querida Anice, si sobrevivo, cuando todo esto termine, ¿cómo podré regresar a casa con la cabeza bien alta?, ¿cómo podré simplemente regresar habiendo dejado tanto por el camino?, ¿podré olvidar?, ¿podré perdonarme?

Dime que me esperas, dime que nada ha cambiado, ni siquiera yo, que me mirarás como me has mirado siempre, con amor, con ternura, con devoción. Dime que no soy el monstruo que creo que soy, porque no es humano enfrentarse a lo que yo me he enfrentado y salir indemne.

Dime que me quieres, sólo tú puedes salvarme. Tú eres lo único bueno y hermoso que queda en mí. Sólo tú das sentido a mi vida.

Con todo mi amor,

LUCA

A principios de diciembre, una nieve fina había empolvado el valle. Copos diminutos volaban con la brisa y se quedaban prendidos en la ropa, el cabello y las pestañas como estrellas caídas del cielo. A pesar del frío, Anice se deleitaba con el espectáculo mientras viajaba en la carreta de Celestìnn de vuelta a casa. Sentía un ligero sopor producto del agotamiento y soñaba con llegar al molino y acurrucarse en la mecedora junto a la chimenea, con un tazón de leche caliente. Volvería a leer la carta de Luca y volvería a escribirle para hablarle de la belleza del bosque nevado, del ciervo que se había refugiado del frío en su cobertizo, de la niña de los Berardi, que había nacido sana y llorona la noche anterior y que, según Manuela, que era prima suya, tenía la marca de las *baggiure*... Le hablaría de los hermosos milagros que pese a todo obraba la Madre Naturaleza. Y volvería a decirle cuánto le quería.

Enfilaron por fin la carretera del molino al paso indeciso del burro Bepo sobre la nieve. El temporal arreciaba y a lo lejos se veía la luz cimbreante al viento del farolillo que siempre dejaba prendido. Según se iban aproximando, le pareció avistar dos siluetas como sombras al borde de la carretera. Aquello la inquietó. Pino solía esperar a diario su llegada, pero con aquel tiempo endemoniado le extrañaba que se hubiera aventurado al exterior. ¿Y quién le acompañaba?

Ya cerca de la casa, distinguió la figura alta de Manuela envuelta en su *mezzaro*. Tuvo un mal presentimiento. Celestìnn detuvo la carreta, se despidieron hasta el día siguiente y Anice se apeó. Por algún motivo, se quedó quieta bajo la nevada, temiendo que si se acercaba a su amiga, el mal presagio se materializaría.

Fue Manuela la que anduvo a su encuentro, circunspecta y sin aspavientos, algo anormal en ella.

—Ha corrido la noticia por todo el pueblo —anunció—. Luca ha caído gravemente herido.

Sardenaira

Mauro no resultó ser un compañero de viaje locuaz. Aunque tras nuestros encuentros, lo contrario me hubiera sorprendido. A decir verdad, a mí tampoco me gustaba parlotear por compromiso mientras conducía, así que fue de agradecer que no se sintiera en la obligación de darme conversación. Puse música; canciones de Kodaline, un grupo *indie* irlandés al que me acababa de aficionar pues parecía que cantaban sobre mis propias reflexiones y emociones en aquel instante de mi vida. Y conduje relajada por una carretera que empezaba a conocer, disfrutando del impresionante paisaje que ofrecía el valle del río Argentina: una sucesión de pueblos aupados sobre colinas y coronados por campanarios rematados en cúpula; los bosques más tupidos que había visto nunca donde pequeños olivares se abrían paso encaramados sobre terrazas de piedra; una panorámica de trescientos sesenta grados de montañas tan empinadas que en ocasiones producía incluso vértigo. Después de unos cuantos kilómetros, empezaba a abrirse la vista al mar en el horizonte y ya cerca de la costa aparecían las laderas cubiertas de invernaderos que hacían de la Riviera dei Fiori una de las zonas de cultivo más ricas de Italia.

No es que Sanremo fuera una ciudad grande, pero ya en mi primera visita me había parecido que en sus calles había bastante tráfico de peatones, coches, motos, autobuses y repartos, una cierta locura de ruido, tránsito y agitación que después de la calma del campo resultaba aún más patente. Casi agradecí la tranquilidad y el silencio que se respiraba en las salas de la Biblioteca Civica Francesco Corradi, ubicada en un imponente edificio neoclásico a los pies de la *città vecchia*. Al menos, los agradecí al principio. Después de todo, yo era una chica de ciudad.

La verdad es que pensé que rebuscar en los fondos de la hemeroteca sería una tarea menos larga y pesada. El material estaba digitalizado y se consultaba a través de un ordenador sito en la sala de lectura.

—Hemos tenido suerte —me explicó Mauro—. Hasta hace sólo unos años las publicaciones más antiguas estaban microfilmadas y sólo se podían consultar con el visor. Cuando el visor se estropeó, dejaron de estar disponibles y sólo hace poco han finalizado la digitalización.

—¿Y a nadie se le ocurrió arreglar el visor?

Mauro se encogió de hombros por toda respuesta: ¿qué importaba eso ahora si el problema ya estaba resuelto?, me dio a entender con el gesto.

Sentados en un par de sillas incómodas, decidimos empezar por la prensa local, acotando un período después de la Primera Guerra Mundial —antes, sabíamos más o menos de las andanzas de Luca— entre noviembre de 1918 y noviembre de 1919, fecha en la que Anice viaja a Barcelona. Buscamos referencias a los Ruggia, Giovanna Verelli e, incluso, Ettore y Maria Costa

L'Eco della Riviera, *Il Pensiero di Sanremo*, la *Gazzetta di Sanremo*... El catálogo de periódicos y revistas locales era extenso, pero a las dos horas de pasar pantallas con fotografías de páginas amarillentas llenas de letra de imprenta bien apretada, no habíamos encontrado nada más allá de la mención a Giorgio como asistente a una fiesta de primavera recogida en los ecos de sociedad y los obituarios de doña Amalia y el propio Giorgio.

Yo ya empezaba a cansarme de la silla incómoda, del silencio impuesto y del hambre que tenía. En cambio, Mauro parecía estar en su salsa: ligeramente incorporado, con la vista fija en la pantalla y el ceño fruncido de concentración. Varias veces dejé escapar un bostezo y estiré los músculos con mal disimulada discreción. Finalmente, decidí ir a por un par de refrescos y de paso mover las piernas. A mi regreso, Mauro seguía con la cara pegada al ordenador.

—¿Nada nuevo? —le susurré mientras me sentaba y dejaba los refrescos sobre la mesa.

—Puede que sí. —Amplió una parte de la pantalla—. Es la esquela de Giuseppe Ruggia. Falleció el 15 de noviembre de 1919, en Castelupo, a la edad de cincuenta y un años...

—Bastante joven.

—Hay un par de cosas que me sorprenden de esta esquela. La primera es que, si miras la fecha del periódico, fue publicada el 4 de diciembre, semanas después de que aconteciera el fallecimiento; es demasiado tiempo. La otra es que, tratándose de un personaje con cierta relevancia social, el anuncio sea tan simple. No hay ningún texto florido acerca de cuánto le lloran su familia y amigos o de cómo ha fallecido rodeado del cariño de los suyos. Y lo que más me llama la atención: en los obituarios siempre aparecen los nombres de los familiares más cercanos; en este caso, sería Luca, su único hijo vivo.

—Y no figura su nombre por ninguna parte —constaté al leer el texto—. ¿Se habría marchado ya a Barcelona?

—Ni siquiera eso sería impedimento para que le llorara en la distancia. Es muy extraño...

—Como si se lo hubiera tragado la tierra.

—Voy a buscar en fechas próximas a ver qué más encuentro —anunció sin dar síntomas de hartura.

—¿Por qué no seguimos en otro momento? Estoy muerta de hambre.

Mauro meneó la cabeza al tiempo que tecleaba.

—Tú siempre tienes hambre.

No pude objetar nada a ese comentario certero.

De un breve vistazo, él consultó el reloj de pared de la sala de lectura.

—Sólo son las doce y media. Prefiero seguir ahora que estoy ya metido en la búsqueda. Una hora más aunque sea.

No protesté. Después de todo, se suponía que me estaba haciendo un favor a mí, ¿cómo iba a protestar? Lo peor era que, a menudo, con el estómago vacío me sobrevenían las náuseas. Tomé un caramelo rescatado del fondo de mi bolso y me dispuse a resistir una hora más.

Por suerte, su tesón y mi resignación tuvieron recompensa transcurridos algo más de veinte minutos.

En la sección de sucesos del número del 21 de noviembre de 1919 de *L'Eco della Riviera* encontramos una inquietante noticia.

Hallado el cadáver de Sua Eccellenza don Giuseppe Ruggia, conde de Ruggia, en el torrente Argentina a su paso por Badalucco.

Badalucco, 20 de noviembre, 8 de la tarde

Tras casi dos semanas de intensa búsqueda, el cuerpo sin vida de don Giuseppe Ruggia, que cayó con su automóvil al torrente Argentina, ha sido finalmente hallado la tarde de ayer en la zona del *laghetto* de Badalucco. Desde que tuvo lugar el siniestro, se ha mantenido un dispositivo de rastreo compuesto por efectivos de la comandancia de *carabinieri* de Badalucco y brigadas de voluntarios.

El accidente sucedió la noche del 15 de noviembre, cuando Su Excelencia se precipitó al cauce del Argentina con el automóvil que conducía. La caída se produjo desde una altura de más de cinco metros mientras circulaba por el término municipal de San Giovanni della Valle. Como consecuencia del impacto contra el lecho rocoso del torrente, el conductor salió despedido y fue arrastrado por sus aguas, que en esta época del año discurren con especial fuerza y caudal.

Las autoridades han abierto una investigación para aclarar las circunstancias del suceso.

—Ahora recuerdo que Gino, el camarero del hotel, me contó que el conde murió ahogado en el río y que siendo niño le metían miedo diciendo que su fantasma se aparecía en las inmediaciones del puente. Realmente fue una muerte trágica. Aunque tratándose de un tipo tan desagradable no me da mucha pena, la verdad. ¿Te he contado que acosaba a Anice?

Mauro no parecía haber atendido a mi parrafada, pues no me respondió. Permanecía con la vista fija en la noticia, aunque más que releerla parecía estar dándole vueltas a alguna idea.

—¿Te acuerdas de la fecha que tenían los billetes de barco que encontraste?

—No. —Ni me molesté en hacer memoria: no lo sabía—. Eran de 1919, casi seguro, pero no recuerdo el día exacto. Luego lo compruebo; los tengo en el hotel con el resto de las cosas de Anice.

—Sería interesante saber si Luca se marchó de Italia antes o después de la muerte de su padre.

—¿Por qué?

—No lo sé. Trato de explicar por qué Luca desaparece.

—Por lo que relata Anice en su diario, Luca y don Giuseppe nunca se llevaron bien. Tal vez después de la guerra rompieran las relaciones definitivamente, tal vez el conde descubriera los amores secretos de su hijo con una criada y lo repudiara. Tal vez Luca ni siquiera volvió a casa terminada la guerra. Tú mismo lo leíste ayer: en la carta que Luca le escribió a Anice se mostraba como un hombre moralmente destrozado por el conflicto, incapaz de enfrentarse a la realidad fuera del frente, de volver a un hogar que ya no consideraba tal desde la muerte de su hermano... Y justo después resultó herido. ¿Y si nunca regresó a Castelupo? ¿Y si urdió con Anice un plan para encontrarse ambos en Génova y huir juntos en busca de una vida mejor? —apunté esperanzada la solución que más me convencía—. Tengo que seguir leyendo el diario. Me queda poco hasta llegar a las páginas arrancadas, pero quizá encuentre alguna pista más.

—Todo es posible... Incluso sería posible que... No sé, quizá es una idea loca, pero se me ocurre que Luca y Anice viajaran con nombre falso porque estuvieran huyendo de Italia. De ahí la misteriosa aparición en escena de Ettore y Maria Costa y el requerimiento del tribunal penal.

Ante aquella teoría, yo arrugué el ceño poco convencida. No quería imaginarme a mis bisabuelos como si fueran Bonnie y Clyde, no casaba con lo que hasta ahora sabía de ellos.

Mauro debió de adivinar mis pensamientos. Él mismo sacudió la cabeza y se pasó las manos por el cabello mientras exhalaba un largo suspiro.

—Son sólo conjeturas porque no tenemos información suficiente. Deberíamos seguir investigando.

—¿Ahora mismo?

No había ni pizca de entusiasmo en mi pregunta y él lo notó.

—Bueno... Un poco más...

—¿Por qué no hacemos un descanso? Podremos conjeturar en voz alta y no susurrando, y avanzar un poco más en el diario si quieres. De verdad, Mauro, si no como algo ya voy a desmayarme. Y no lo digo en sentido figurado, créeme.

No tuve que insistir demasiado. Supongo que Mauro reparó en mi rostro demacrado (desde luego yo me lo intuía demacrado a tenor del mareo que llevaba encima) y le espantó la idea de que me desvaneciera en mitad de la sala de lectura de la biblioteca.

Por suerte, nada más poner un pie en la calle, el golpe de aire fresco que venía del mar justo enfrente me espabiló un poco, lo suficiente para poder callejear hasta el lugar donde Mauro aseguró que hacían la mejor *sardenaira* de Sanremo.

—¿Seguro que tienes ganas de ir hasta allí? Son sólo diez minutos andando, pero si no te encuentras bien...

—Te prometo no dar ningún espectáculo en la calle que pueda avergonzarte.

—¿De verdad crees que es eso lo que me preocupa? —Una vez más, se le había escapado el sarcasmo.

—No, claro que no. Pero no tienes por qué inquietarte. Me da el aire en la cara y me siento mucho mejor. Así que no perdamos más tiempo.

Me arranqué a andar sin esperarle.

—Es por el otro lado.

—Ah. Claro.

Nos encaminamos en dirección al casco viejo.

—Deberías mirarte esa propensión tuya al desmayo.

—Sí... Debería.

Y él me dedicó una mirada de reojo como si no estuviera satisfecho con la respuesta.

Tras algo más de los diez minutos prometidos de caminata, llegamos a una pequeña plaza en La Pigna, más bien una confluencia de callejuelas un poco más ancha. El lugar resultaba tan caótico y desordenado como el resto de la *città vecchia*: el suelo adoquinado estaba en desnivel; las fachadas de las cuatro casas que lo circundaban se asentaban torcidas como en el dibujo de un niño y aparecían surcadas de cuerdas, vencidas por el peso de la ropa tendida; de un lateral, bajaba una empinada escalera y su muro de piedra servía de apoyo a unas cuantas macetas resquebrajadas llenas de plantas.

Varias calles antes de llegar, ya se percibía un delicioso aroma a pan recién horneado. Salía de un diminuto local casi hundido en la plaza, pues se escondía en un semisótano; sus ventanucos quedaban a ras del suelo y se accedía a él por una pequeña puerta de grueso marco de madera desgastada, tras bajar unos escalones irregulares; sobre ella, un letrero antiguo de cristal en oro y negro rezaba con letras desconchadas: PANIFICIO.

En el interior de paredes de ladrillo no había más que una encimera de mármol a modo de mostrador y un par de carritos en los que se apilaban bandejas de horno cargadas de *sardenairas, torte di verdure* y barras de pan. Un señor con una enorme barriga, las manos enharinadas y cara de felicidad saludó a Mauro por su nombre y nos despachó un par de generosas porciones de *sardenaira* que devoramos sentados en un poyete de la plaza.

«Vas a tomar la mejor *sardenaira* de Sanremo», me había

prometido Mauro. Y cuando yo le pregunté que qué era una *sardenaira*, él me contestó con un lacónico «ya verás».

En nuestro camino habíamos pasado por un local en la via Palazzo, la calle comercial por excelencia de la ciudad, de cuya puerta salía una cola que daba la vuelta a la esquina; un gran cartel anunciaba como reclamo: «Desde 1960, la mejor *sardenaira* sanremesa». Sin embargo, Mauro pasó de largo. «Ése es un sitio para turistas.» Llegué a pensar que todo aquello no era más que una treta para vencer mi ánimo y llevarme sin remedio al desmayo.

Finalmente, con semejante pedazo de *sardenaira* en las manos y entre mis dientes, tuve que rendirme a la evidencia: no sabía cómo sería la que se anunciaba como la mejor desde 1960, pero desde luego que la que yo estaba tomando en ese momento estaba absolutamente increíble. La masa de aquella *focaccia* sanremesa era más gruesa que la de la pizza, con un interior esponjoso y una corteza crujiente. Estaba cubierta de una generosa capa de tomate dulce y untuoso, con un toque de cebolla y orégano, sobre la que se repartían filetes de anchoa, alcaparras y la ya conocida aceituna taggiasca. En cada bocado se percibía el sabor del aceite de oliva, del ajo, del pescado sabroso pero apenas salado y el afrutado de las aceitunas. Disfruté del sencillo manjar como si de un plato de alta cocina se tratase hasta que en mis manos no quedó más que un pedazo de papel de estraza limpio de migas y manchado de aceite. Lo arrugué y me levanté a tirarlo en una papelera cercana mientras Mauro aún remataba los últimos bocados. Fue entonces cuando me fijé en el cartel que estaba pegado al cubo: SAGRA DE SAN GIOVANNI, anunciaba en letras grandes. Lo arranqué y regresé a mi sitio junto a Mauro.

—¿Qué es *sagra*? —Le mostré el cartel.

Él lo miró brevemente con poco interés.

—Una fiesta popular: mucha gente, mucho ruido y mucho alcohol.

—«Fiesta de San Juan en Portovecchio al Mare» —leí—. ¡Claro, hoy es 23 de junio! Esta noche es la noche de San Juan. Pues en Barcelona es una fiesta muy bonita; la *nit del foc*, la noche del fuego. Cuando éramos pequeños, mi abuela nos llevaba a mi hermano y a mí a la verbena del Raval y a ver los fuegos artificiales. Recuerdo que había un tipo vestido de diablo que saltaba entre las chispas de la hoguera y a mí me daba mucho miedo. —Me reí de mí misma—. Luego, cuando nos hicimos mayores, íbamos con los amigos a la playa. Hacíamos pícnic junto a la hoguera, bebíamos, cantábamos, bailábamos... Mi primer beso me lo dieron una noche de San Juan.

Rememoré aquellos tiempos con nostalgia. Hacía años que toda mi celebración de la noche de San Juan consistía en tomar un pedazo de coca; a Pau no le gustaban ese tipo de fiestas, decía que estaba muy expuesto a los fotógrafos.

Tras aquella confesión algo íntima, reparé en la presencia de Mauro que me miraba sin decir palabra. Volví al cartel para sacudirme la incomodidad.

—Dice que habrá una procesión por la tarde. Al caer el sol, una gran hoguera en la playa con puestos de pescado frito y dulces y una carpa con orquesta. Y noche de... *lumini*. ¿Qué son *lumini*?

—Lamparitas, velitas. Es un espectáculo bastante común en los pueblos de esta costa. En muchas fiestas, sobre todo la *Stella Maris*, en agosto, la gente baja por la noche a las playas para poner velas a flotar en el mar. Es como si el agua se iluminase.

—Tiene que ser precioso. —Me imaginé la escena de un mar encendido—. Escucha, ¿y si vamos?

—¿Adónde? ¿A Portovecchio? —Por el tono bien podía haber dicho: «¿Adónde? ¿A Marte?».

—Claro. ¿Está muy lejos de aquí?

—No... Unos veinte kilómetros siguiendo la autopista.

—Ah, aquí al lado entonces. ¿Qué dices? ¡Será divertido! Tengo ganas de celebrar la noche de San Juan otra vez.

Mi entusiasmo no casaba en absoluto con la apatía de Mauro, quien se mostró incluso incómodo con la propuesta.

—La verdad es que a mí no me gustan mucho esas fiestas —se excusó mirando al suelo y retorciendo hasta romper su papel de estraza.

—Oh... Vaya. —No pude disimular mi decepción, aunque tampoco estaba dispuesta a insistir. De hecho, pensé que había sido un poco ilusa al creer que a Mauro le parecería un plan fascinante; él no parecía precisamente el alma de la fiesta.

Resignada, me levanté de nuevo a dejar el cartel en la papelera. Según volvía y antes de sentarme, Mauro me interceptó con la mirada.

—Aunque... sí me gusta el espectáculo de *lumini*. Y merece la pena que lo veas. Además, mañana es tu santo, habrá que celebrarlo.

—Sí, es cierto. Mañana es mi santo.

Sonreí. Y mi sonrisa fue amplia y agradecida.

El aire olía a mar, a cera derretida y a churros, a verbena de verano. Un bullicio alegre nos rodeaba; el gentío que se había congregado en la playa parloteaba, aplaudía y silbaba. Las campanas de la iglesia dieron las once. Un chico tocaba la guitarra a nuestro lado.

Mauro rodeó la vela con las manos para que la brisa no la apagara mientras yo la encendía y, después, la introdujo con cuidado en una cápsula de papel como las de las magdalenas.

—Toma. Déjala sobre el agua.

Antes me había descalzado y remangado los pantalones hasta las rodillas. Me reí cuando las olas me salpicaron y noté el frío en la piel.

—¿No vienes conmigo?

—No, no quiero mojarme.

Pero al final acabó entrando para ayudarme a empujar la lamparita más allá del suave oleaje que la devolvía a la costa. Poco a poco, el agua se cubrió de puntos de luz de muchos colores como si hubieran llovido estrellas, y al fondo, una hilera de piraguas encendidas, cual serpiente luminosa, las conducía hacia el horizonte. La masa de luz se desplazaba y balanceaba con la marea. La gente vitoreaba y aplaudía cada vez con más fuerza.

—Qué preciosidad. Es... emocionante.

Mauro asintió.

—Sí lo es. Propio de una noche mágica.

Tal era la particularidad de la noche de San Juan: la magia. Y no se trata de una cuestión sobrenatural, sino más bien todo lo contrario. Se trata de la forma en la que la naturaleza se revela en una de sus manifestaciones más cautivadoras: el fuego. No me cansaba de mirarlo.

Y aquella noche en Italia, sentada en la arena de la playa, frente a la gran hoguera de San Giovanni, contemplando las llamas danzar y las ráfagas de chispas naranjas y brillantes volar sobre el cielo negro, pensé en Anice, en su conexión con la naturaleza. Me sentí muy cerca de ella, de la niña bautizada con cenizas.

—¿Tienes frío?

Era cierto que la noche se había vuelto húmeda y fresca, pero el fuego me calentaba las mejillas y además me había envuelto en una manta que siempre llevaba en el coche.

—No. ¿Y tú? Aún tienes los pantalones mojados. ¿De verdad que no quieres que compartamos la manta?

—No. Estoy bien.

Mauro dio un sorbo al chocolate que acabábamos de comprar en un puesto cercano junto con un cucurucho a rebosar de *bugie*.

Los *bugie* son parecidos a los pestiños, una masa sencilla de harina, huevos, mantequilla y azúcar que se corta en tiras y se fríe en aceite de oliva hasta que sale dorada y brillante; finalmente se cubre con un montón de azúcar glas.

—Son típicos de carnaval —me explicó Mauro—, pero en las *sagre* se han vuelto habituales el resto del año.

Igual que él, bebí chocolate y comí uno de aquellos dulces. Estaba tan crujiente que se quebró en pedazos nada más morderlo y al acercarlo a la nariz mi respiración hizo volar el azúcar glas sobre mi cara. Aquello le debió de parecer gracioso a Mauro, pues sonrió, cohibido como solía sonreír, de igual modo que si la sonrisa fuera un vicio inconfesable, pero sonrió. Y después me aconsejó con cierto apuro que me limpiara.

El ambiente en la playa seguía siendo de fiesta. Se escuchaba de fondo la orquesta tocando en la carpa y la gente bailaba, bebía y saltaba las brasas encendidas. Nosotros parecíamos un poco fuera de lugar con nuestra actitud reposada, contemplativa, más bien silenciosa y algo distante. Yo había tenido ya tiempo de sacar mi cuaderno y hacer un rápido boceto de lo que veía: el pueblo que descendía la ladera hasta la bahía; un esbozo de la iglesia sobre el acantilado; un grupo de niños en la orilla...

Dicho así, suena aburrido, pero la verdad es que me sentía bastante cómoda y Mauro tampoco se mostraba a disgusto.

—¿Sabes? —empecé a hablar una vez que me hube cansado de dibujar y guardé el cuaderno—. He estado dándole vueltas y... No sé si quiero saber más sobre Luca. No sé si quiero conocer la verdad sobre él.

Mauro me miró interrogante.

—Anice estaba muy enamorada de él y la forma en la que lo describe en su diario hace que yo también me enamore. No tanto de él como de la manera en la que la amaba a ella por encima de todo, de cómo se añoraban cuando estaban separados, de cómo se completaban el uno al otro. Es absurdo, una visión sesgada, lo sé, pero me gustaría quedarme con esa imagen de mi bisabuelo. Soy una romántica.

—Lo dices como si eso fuera un defecto.

—¿Y no lo es? Como mínimo es una debilidad que sólo procura frustración y desengaño. —Entonces le miré con picardía—. No me digas que tú también eres un romántico.

—No estamos hablando de mí. —Ocultó el gesto tras el vaso de chocolate mientras bebía.

—Oh, sí, perdón: terreno prohibido.

Mauro optó por ignorar mi comentario como la mejor forma de evitar la deriva que tomaba la conversación.

—Entonces ¿no quieres seguir investigando?

Suspiré a la vez que me encogía de hombros.

—No. Pero sé que si no lo hago, nunca dejaré de preguntarme qué sucedió. Tengo la sensación de que ya no hay marcha atrás. Me asusta esa suposición de que Anice y Luca huyeron de Italia con nombres falsos. Si así fuera, no quiero descubrir que mis bisabuelos fueron unos criminales.

Mauro bajó la vista como si buscara algo entre la arena. Al cabo de un rato de silencio, aún sin mirarme, continuó con la conversación:

—Supongamos que ése fue el caso. Aun así, no deberíamos

quedarnos sólo en el hecho. Deberíamos seguir investigando para ir más allá porque puede que hubiera una explicación. Quizá se produjo una acusación en falso o... un accidente. —Mauro se interrumpió brevemente y, al cabo, concluyó con un tono sombrío—: No todo el que comete un crimen es un criminal.

Tuve la sensación de que no me hablaba a mí. Levantó ligeramente la cabeza y, a la luz anaranjada de la hoguera, las sombras cubrieron su rostro y acentuaron la gravedad de su gesto. Entonces comprendí.

—Oye... Esto no tiene nada que ver contigo. Yo sólo hablaba de mis bisabuelos, no te estoy juzgando.

Mauro soltó una risita amarga.

—No te preocupes, soy yo el que se juzga continuamente.

—Pues no deberías hacerlo. Tú ya tuviste tu juicio y cumpliste una pena por ello. No deberías darle más vueltas. Soy consciente de que no te importa demasiado lo que yo opine, pero quiero que sepas que no te considero un criminal. Creo que cometiste un error, un error que muchos otros cometen, aunque tú corriste peor suerte y has pagado un precio muy alto por ello. Fuiste imprudente pero no un criminal.

—No... Tú no lo entiendes. Hay... Hay algo más.

—¿Algo más?

Sin quitar la vista de la gigantesca hoguera, Mauro suspiró. Su mandíbula estaba tensa, sus labios apretados, sus ojos entornados y sus manos se crispaban sobre los muslos.

—Esa noche, mi hermano iba conmigo. En el coche. Él... Él también murió en el accidente. Cumplí mi condena, sí, pero no hay condena que ponga remedio a lo que hice.

Un escalofrío me sacudió el cuerpo entero. Resulta increíble cómo en unos pocos segundos me dio tiempo a entender mucho de lo que hasta entonces no había entendido, a avergonzarme por varios de mis comportamientos y comentarios, frívolos y superficiales.

Entendí, por ejemplo, qué había sucedido hacía un par de días, cuando después de comer la *grigliata* en el molino, habíamos leído juntos, tumbados en la hierba, un fragmento del diario de Anice. Llegamos al punto en el que mi bisabuela hacía referencia a una carta de Luca en la que éste relataba el vacío que le había dejado la trágica muerte de Giorgio, su hermano mayor. La trágica muerte de su hermano mayor. Entendí por qué Mauro se había puesto en pie de pronto, con el rostro sombrío, y tras murmurar algunas palabras secas se había recluido en la casa a seguir dando yeso. Yo me marché confundida, casi ofendida. Mauro era raro, sí, pero en aquel momento me pareció que su rareza rayaba en ocasiones la falta de educación. Qué necia.

Después de lo que acababa de contarme todo cobraba sentido: sus repentinos cambios de humor, su carácter arisco y huidizo, su sonrisa a medias.

Sí, sentí vergüenza. Y una tristeza inmensa. No supe cómo expresar todo aquello. Por no quedarme callada, tal vez balbuceara un pésame ridículo, la verdad es que no lo recuerdo.

—No sé por qué te cuento esto. Te he amargado la fiesta. Yo... No me gusta hablar de mí. No me gusta hablar, ya lo sabes.

Me atreví a decir despacio, aún conmocionada:

—Quizá deberías hablar más a menudo. De ti. De todo. Creo que te sentirías mejor.

Mauro meneó la cabeza, cabizbajo.

—Hablar me recuerda a mi hermano. Las *sagre* me recuerdan a él. Las *lumini* y los *bugie*. Los días de sol, los de lluvia, los de frío. Las cuatro malditas estaciones. La noche y el día. Vivir me recuerda todo lo que pudo ser y no fue, todo lo que se perdió. Me recuerda a él. A él y a lo que le hice. A la vida que por mi culpa vivió a medias. A la que yo le arrebaté.

Mauro calló brevemente. El ambiente de fiesta que nos rodeaba pareció entonces fuera de lugar. No tardó en continuar en un tono algo más sosegado:

—Pero lo peor no es eso. Lo peor es que cada vez me lo recuerda menos. Y alguien que hizo lo que yo hice no debería tener derecho ni al olvido ni al perdón. Ni siquiera a la sonrisa ni a las fiestas de San Giovanni. Vivir me parece obsceno.

—¿Y tú crees que él estaría de acuerdo con eso?

Por fin me miró. Su expresión resultaba extraña; había dolor pero se mostraba menos tensa. Imposible saber qué sentía exactamente. En aquel momento se produjo un estallido en el cielo y todo se iluminó de color azul. También su rostro. El espectáculo de fuegos artificiales había comenzado.

Lo contemplamos en silencio. Y casi en silencio terminamos la noche, de vuelta a Castelupo ya de madrugada. La música de Kodaline sonaba en el coche y suplía las palabras.

Una vez en el hotel, tuve la tentación de abrir el diario, pero desistí. No hubiera encontrado en él lo que yo buscaba: a Luca. Se trataba del diario de Anice; las palabras de Luca no estaban allí, sólo se atisbaban a partir de las de ella.

Me dormí pensando en mi bisabuelo. En mis sueños se apareció Luca de soldado, demacrado, herido, atormentado. Tenía el rostro de Mauro.

Las mentiras de la guerra

Italia, de diciembre de 1917 a febrero de 1918

Soñó con un vacío negro. Intentaba mover el cuerpo pero no podía, lo notaba como si no le perteneciera. En cambio, sí sentía el dolor intenso, el pitido en los oídos, la piel cubierta de barro. A él acudieron las imágenes del fogonazo, de la luz cegadora, de la explosión ensordecedora, del impacto en el pecho que lo lanzó hacia atrás... ¿Aún estaba soñando?

Con gran esfuerzo abrió los ojos, los párpados pesados, llenos de tierra. Veía borroso, como si las lágrimas le empañaran la vista. Parpadeo tras parpadeo, la imagen se fue haciendo nítida. El suelo negro en su mejilla y el rostro de Enrico Marengo en primer plano, grande hasta asustar. Lo miraba con los ojos azules muy abiertos en una tez gris cubierta de mugre.

El soldado Enrico Marengo, de Nápoles, albañil, diecinueve años, recién llegado al frente con el reemplazo de 1898, el segundo de tres hermanos, siempre llevaba prendida por dentro de la guerrera la medalla de la Madonna dell'Arco que le había dado su madre. De naturaleza vivaz y dicharachera, tocaba la mandolina y cantaba canciones napolitanas, alegres al principio, poco a poco cada vez más tristes. Durante las largas jornadas de servicio en el frente, resultaba agradable oír de fondo desde el puesto de mando de la trinchera la mandolina y los cantos de la tropa.

El soldado Marengo era apreciado por sus compañeros y también por los mandos, que lo consideraban un soldado dócil y disciplinado. Pero la guerra desdibuja y transfigura a las personas...

—¡Adelante, soldado Marengo! ¡Avance conmigo! ¡Por Saboya!

Luca cerró los ojos. El sueño se desvaneció de nuevo en el vacío negro.

Escuchó ajetreo de voces y pasos. Estaba consciente pero su rostro era una máscara de yeso: la lengua seca y pegada al paladar, los labios entre sí, los párpados. El frío le abrasaba y tenía sed. El dolor se concentraba en el tórax y el brazo izquierdo.

No había sido un sueño. Había caído en el asalto. Dios... Las balas silbaban a su alrededor, las explosiones levantaban tierra y cuerpos por todas partes. Era imposible haber salido ileso de aquello.

Por fin, sus músculos respondieron y abrió los ojos. La mirada azul de Enrico Marengo seguía allí, fija en él.

—Marengo... ¡Marengo!

Trató de incorporarse, pero un latigazo de dolor volvió a postrarle. Sintió las botas de los camilleros pisar a su lado. Ambos bandos recogían a sus víctimas en un momento de tregua tácita.

—Marengo —susurró de nuevo sin fuerzas para gritar.

—Tranquilo, capitán. Vamos a subirle a la camilla.

—No, no —se rebeló cuando notó que lo manipulaban—. A mí no. Él... Este hombre es quien necesita ayuda. Asístanle a él. ¡Es una orden!

Los otros le miraron un instante, desconcertados. Después obviaron sus órdenes y procedieron a levantarlo.

—¡No! ¡No! ¡Cójanlo a él! ¡A él!

En el forcejeo no le importó el dolor. Quiso tirarse de la camilla y al levantarse fue cuando lo vio.

La explosión había cercenado a Enrico Marengo a la altura del abdomen. Sus piernas habían desaparecido. Sólo medio cuerpo yacía en la tierra y sus vísceras se intuían mezcladas con la nieve recién caída y el barro.

Luca sintió una náusea. Se dejó caer en la camilla. El entorno se desvaneció.

—¿Dónde estoy?

La luz era intensa. Percibía los sonidos distantes, como encapsulados. Notaba pesadez, frío y mareo; una debilidad extrema. Cierta sensación de irrealidad, de desorientación.

—En el hospital, capitán. Vamos a operarle. Todo irá bien.

Una mujer le hablaba con voz dulce. Sintió la mano de ella sobre la frente. Su tacto era cálido y reconfortante.

—Anice...

Una mascarilla le cubrió la nariz y la boca. Le pareció que se ahogaba.

—Tranquilo. Respire. Respire.

Él respiró y se sumió rápidamente en un sueño profundo.

El temporal de invierno se ceñía sobre la llanura y había traído la noche antes de tiempo. El viento soplaba con fuerza extramuros del hospital, silbaba entre las rendijas del viejo palacio reconvertido y lanzaba la lluvia contra los cristales, donde repicaba como si de puñados de arena se tratase.

—Ya está. Por hoy, hemos terminado.

La enfermera acabó de asegurar el vendaje tras la cura, inmovilizándole el brazo contra el costado. La explosión le había causado respectivas fracturas abiertas en la clavícula izquierda y en dos costillas. Además, la metralla se le había incrustado en todo un lado del cuerpo desde el cuello hasta la rodilla. Desde hacía días, tras la cura, el olor a antiséptico había ido sustituyendo al nauseabundo hedor de la carne descompuesta.

—Y alegre esa cara, capitán. La fiebre ha remitido y ya apenas hay rastro de infección; dentro de poco estará totalmente recuperado.

Sin mover el cuello, Luca desvió la vista que clavaba al otro lado de la ventana oscura y le dedicó a la enfermera una mirada de soslayo. Antonia era una chica agradable, de gesto amable y bondadoso en un rostro de ojos pequeños, facciones redondeadas y piel rosada. La típica hija de familia bien de Padua, culta y educada, que había dejado atrás la comodidad del hogar y la inocencia para convertirse en enfermera voluntaria en el frente. Pero Antonia mentía: él nunca estaría completamente recuperado. Era imposible que volviera a ser el de antes. No después de casi tres años de guerra, después de todos los horrores que había presenciado, de todas las atrocidades que había cometido. Por eso no se molestó lo más mínimo en alegrar la cara como le pedía Antonia.

La enfermera terminó de recoger el instrumental y lo dejó

solo, sentado en la silla frente a la ventana, sumido como siempre en sus reflexiones.

Antonia mentía. Todos habían mentido. El gobierno, los políticos, los intelectuales, el rey... Él se había mentido a sí mismo. Había promovido la lucha y se había alistado voluntario porque la juventud es propia de arrebatos patrióticos e ignorante de miserias, porque confunde valor con bravuconería. Porque no tiene ni idea de lo que es la guerra. La guerra no era una aventura para adultos ni una gesta heroica ni una empresa gloriosa. Ni siquiera la victoria podría ser gloriosa. Nada que se cimentase en la masacre y la degeneración del ser humano podía albergar un ápice de gloria.

Él creyó que aquella experiencia supondría una prueba de madurez y de hombría. Sin embargo, el niño que quería ser adulto se había convertido de pronto en un anciano.

La mirada muerta del soldado Enrico Marengo se le había quedado clavada en la memoria. En nombre de otros muchos a los que había comandado, le pedía cuentas, le hacía responsable de su suerte. Y tal vez lo fuera.

«¡Soldado Marengo! ¡Levántese, empuñe la bayoneta y salga a mi orden de esta trinchera o morirá aquí mismo como una rata cobarde!»

Él había pronunciado la sentencia sin ser juez y había encañonado el arma contra una sola persona sin ser verdugo. Si la guerra era matar a un enemigo sin rostro, él había mirado a los ojos a un hombre al que hubiera matado y que ni siquiera era el enemigo; al que, en cierto modo, acabó por matar.

En el fondo de la trinchera, el batallón estaba preparado. Los cascos ceñidos y las bayonetas caladas. El silencio era sobrecogedor. El único movimiento en aquella foto fija provenía del vaivén de las cantimploras rebosantes de coñac de la tropa: del cinto a la boca y de la boca al cinto, cual péndulo.

El general y el coronel estaban en las troneras. Él comandaba la unidad en el terreno. Con el reloj en la mano, seguía el ritmo constante del segundero, le ayudaba a concentrarse.

—¡Listos para el asalto! —gritó sin quitar la vista del reloj—. Señores oficiales, ¡a la cabeza de las unidades!

Lo que se siente en el momento previo al asalto resulta indescriptible. Es el instante más terrorífico de todos a los que se enfrenta el soldado: la idea de tener que correr a campo descubierto contra una lluvia de proyectiles. La tensión se puede palpar en el aire viciado de la trinchera. Los ojos desorbitados de la tropa buscan la mirada de los oficiales en espera de un alivio que no se ofrece, ni siquiera en forma de sonrisa.

—¡Listos para el asalto! —repitió, y levantó brevemente la vista para otear el panorama.

Fue entonces cuando descubrió el tumulto en las filas de la 6.ª Compañía. El teniente Caposella se enfrentaba al soldado Marengo. En torno a ellos, el resto de la tropa comenzaba a inquietarse. Se abrió paso hasta la pareja sin perder un segundo.

—¿Qué sucede, teniente?

Caposella no tuvo ocasión de explicarse antes de que el soldado comenzara a suplicar entre lágrimas de terror y desesperación.

—¡No me obligue a salir, *signore capitano*! ¡No puedo! ¡No puedo!

Enrico Marengo cayó de rodillas al suelo entre las convulsiones del llanto.

Luca consultó su reloj: estaban a pocos segundos de la hora fijada para el ataque. Todas las compañías aguardaban en su posición. El arrojo y la decisión pendían de un fino hilo, de una cantimplora de coñac. No podía permitirse que cundiera el pánico.

Obedeció a su instinto más primitivo: desenfundó la pistola y encañonó al soldado Marengo en mitad de la frente.

—¡Soldado Marengo! ¡Levántese, empuñe la bayoneta y salga a mi orden de esta trinchera o morirá aquí mismo como una rata cobarde!

Amartilló el arma y apretó el cañón contra la piel del insumiso.

—¡En pie, Marengo!

El chico obedeció entre temblores y recogió la bayoneta.

Sin dejar de apuntarle, comprobó que se había cumplido la hora. Sentía el golpe de adrenalina en el rostro congestionado cuando gritó hasta desgañitarse:

—¡Saboya!

—¡Saboya! —retumbó con rabia toda la trinchera al unísono.

—¡El mando del batallón sale con la 6.ª! ¡Adelante!

Como si formaran un solo cuerpo, la unidad saltó de la trinchera profiriendo gritos de ataque. Luca se volvió hacia Marengo.

—¡A mi lado, soldado! ¡Saboya! ¡Por Italia!

—¡Por Italia!

El grito del soldado Enrico Marengo, de Nápoles, diecinueve años, albañil, sonó con una furia inhumana. Su último grito.

En la ventana negra empapada de lluvia volvió a ver el reflejo de la mirada muerta de Marengo, incapaz de sacársela de encima.

No podía dejar de preguntarse si había cumplido órdenes o es que simplemente se había convertido en un monstruo sin criterio y sin escrúpulos.

No podía dejar de preguntarse por qué seguía con vida mientras tantos otros habían muerto. De algún modo él, con su irracional empeño belicista, los había llevado a la muerte. Incluso a su propio hermano. Y, en un último arrebato, había encañonado a Marengo para sacarlo de la trinchera. Él, y no ellos, merecía el castigo.

Ahora sentía que su alma se había corrompido con la misma infección que gangrenaba la carne. Lo que había visto y lo que le habían obligado a hacer le habían convertido en un ser degenerado. Quizá ésa fuera su penitencia. Había tocado fondo. Puede que lo hubiera tocado mucho antes, desde la muerte de Giorgio. Pero el combate lo mantenía erguido, la adrenalina sostenía su cuerpo y su espíritu. Ahora que él también había caído, todas sus defensas se habían desmoronado, no sólo las físicas. Y sentía desprecio por sí mismo.

Sobre la mesa reposaba la última carta de Anice aún sin responder. Tan sólo de leer la belleza de sus palabras se avergonzaba: era indigno de ella. Si alguna vez regresaba a casa, a Anice, que era ahora su único hogar, ¿cómo iba a mirarla a la cara?, ¿cómo iba a pervertir su pureza con apenas tocarla?

Y, sin embargo, la echaba tanto de menos.

Mermelada de melocotón y lavanda

La mañana de San Juan me levanté con el pelo oliendo a humo y una canción sobre estar al lado de las personas, ser su voz cuando no pueden cantar, dejar tu hombro para que reposen su cabeza en él. No podía dejar de tararearla mientras me daba una larga ducha y me frotaba la cabeza con el champú de aceite de oliva de Valeria que, curiosamente, olía a polvos de talco.

Estaba de buen humor. Extrañamente de buen humor. En realidad, no hubiera debido sentirme así después de la trágica confesión de Mauro. Pero no podía evitarlo. Había dormido como un tronco, no me había despertado con mareos, tenía hambre y no paraba de cantar. No me quedaba otra que rendirme a la evidencia: contra todo y de forma inesperada me lo había pasado bien, muy bien. En Sanremo y sobre todo en Portovecchio, con las *lumini*, la hoguera, el mar, la playa... Con la magia de la noche de San Juan. Quizá esa magia había hecho que Mauro, pese a todo, sonriera cuando nos despedimos. Quizá por eso yo me sentía de buen humor.

Abrí las contraventanas cuando las campanas de la iglesia daban las nueve. La mañana era clara y luminosa, el sol acariciaba los tejados y las montañas, que brillaban de un verde intenso. Me vestí deprisa ante la perspectiva del desayuno. Cada día me gustaban más los desayunos en la Locanda. Me sentía como si estuviera desayunando en la gran casa de campo de unos amigos. Quizá porque la sala en la que se servían parecía la de una casa particular y resultaba de lo más acogedor con sus tonos grises y crema, los muebles envejecidos, casi empolvados, las flores silvestres en cada mesa, los manteles en lino granate descolorido. Además, todo lo que se ofrecía eran productos locales y recién hechos: el pan y los dulces tradicionales de la panadería del pueblo, los huevos, la leche y la mantequilla de una granja cercana, la miel de las colmenas que se veían desde mi ventana, el aceite de una pequeña finca antes de llegar a Castelupo, las frutas y verduras sólo de temporada y de las huertas circundantes, los fiambres de una carnicería familiar, los quesos de una cooperativa del valle y los yogures y las mermeladas elaborados a diario por la propia Fiorella. ¿Cómo iba yo a volver a desayunar pan de molde empaquetado en bolsa de plástico y comprado en el supermercado después de eso?

Cuando bajé las escaleras, me rugía el estómago. En el primer rellano ya se percibía el aroma del café y el pan recién tostado. Aquello no hizo sino que acelerara el paso. Tanto, que al entrar en la zona de la recepción casi me tropiezo con una maleta. Creo que solté un taco, por suerte en voz baja. Noté que me sujetaban el brazo y al levantar la vista reconocí a Enzo; aunque debí de haberlo intuido antes, nada más oler su perfume recién rociado de buena mañana.

—Lo siento. No me he dado cuenta de que había dejado la maleta en medio. ¿Estás bien?

—Sí, sí. Yo iba distraída. Cegada por el hambre —rematé con sorna.

Enzo sonrió y me soltó para retirar la maleta.

—Buenos días, por cierto —dije sin saber qué otra cosa decir.

—Buenos días y... adiós.

—¿Adiós? ¿Te vas?

—Sí. De momento no hay mucho que hacer por aquí y, en cambio, tengo mil asuntos pendientes en Sanremo.

—Ya, me imagino.

Como una escena cinematográfica en pausa nos quedamos mirando el uno al otro sin decir palabra. Resultó muy incómodo, pero despedirse sin más hubiera sido muy frío.

—Oye... Yo... La otra noche... —Bajé la voz y la vista. No sabía cómo continuar porque tampoco sabía qué era exactamente lo que pretendía decir.

Afortunadamente, él resolvió la situación:

—No tienes por qué darme explicaciones. Es obvio que me he sentido atraído por ti pero también lo es que no estamos en sintonía. Son cosas que pasan, no hay que darle más vueltas, nadie tiene la culpa. —Enzo buscó mi mirada huidiza hasta que consiguió retenerla—. Lo que sí me gustaría es que esto no afectase al otro asunto que tenemos pendiente. Mi oferta para que lleves el proyecto de rehabilitación del *castello* era sincera, no una treta para seducirte —bromeó.

Señor... Aquel hombre era extremadamente guapo, elegante, educado; no se podía pedir más para una aventura. Pero es que encima había demostrado ser inteligente, divertido, considerado, noble, respetuoso... ¡No se podía pedir más para un matrimonio! ¿Por qué demonios no me gustaba?

—Por favor —continuó, por suerte, ajeno a mis reflexiones—, considéralo seriamente.

—Lo haré, de verdad. Ahora mismo —bufé—, mi vida está patas arriba y tengo que organizarme un poco. Pero tendré en cuenta la propuesta. Es un proyecto muy bonito e interesante y por otras razones no profesionales sería muy especial para mí. Hablaremos con calma, te lo aseguro, pero dame un poco de tiempo.

—Claro. Estamos en contacto. Llámame cuando quieras. Si no te llamaré yo para asegurarme de que no me olvidas.

—Sí, por favor, llámame, dame la lata. Me gusta hacerme de rogar como los grandes artistas.

Estuvo bien terminar la conversación así, sin dramas. Nos despedimos con un par de besos en el límite entre lo formal y lo cariñoso. Y Enzo salió de la Locanda arrastrando su maleta. Según le miraba alejarse pensé que físicamente me recordaba demasiado a Pau, quizá ése había sido el problema.

En el comedor sonaba música de jazz, otra de las cosas que me encantaban de ese lugar, y ya sólo quedaba una pareja de turistas alemanes rezagados rematando su desayuno. Escogí mi mesa preferida junto al gran ventanal, por donde a aquella hora entraba un chorro de sol, saludé a Gino, quien alabó brevemente la preciosa mañana y la torta dulce que les había traído hoy el panadero, y le pedí un café *latte*. Fui generosa conmigo misma al rellenar el plato en el bufet: huevos revueltos, jamón, queso, tostadas con aceite, la torta loada por Gino, fruta y uno de los deliciosos yogures de laurel de Fiorella; sí, laurel, yo tampoco imaginé que estuviera bueno en un yogur.

Apenas había empezado a comer cuando apareció la voluptuosa italiana por el comedor y fue derecha hacia donde yo estaba. Se sentó a mi lado.

—*Bongiórno, bella!* Se nota que has dormido bien, tienes buena cara. Gino, *carissimo*, tráeme un café.

—Buenos días, Fiorella.

Ella se acodó en la mesa e hizo por susurrar en modo confidente, aunque no lo consiguió; su tono siempre era elevado.

—Se ha ido el tío del Ferrari. —Creyó estar dándome una mala noticia.

—Lo sé. Acabo de despedirme de él —susurré yo también imitándola mientras me preparaba un tenedor perfecto de huevos, jamón y un pedacito de queso.

—*Ma, cara mia!* —y aquello sonó tan italiano que es mejor no traducirlo—. ¿Qué ha ocurrido entre vosotros dos?

—No ha ocurrido nada porque nunca hubo nada —insistí con cierto tono de impaciencia—. Sólo quiere que colabore en la rehabilitación del *castello*, ya te lo dije.

—Pues es una lástima, hacíais buena pareja. Tú con ese rollo Gal Gadot y él tan extremadamente guapo.

Preferí seguir comiendo y ahorrarme los comentarios a aquello.

—Pues todo tuyo —afirmé después de un sorbo de café.

Justo en ese momento apareció Gino con la taza de Fiorella y la conversación quedó suspendida.

—¿Quiere usted también otro café más, *signorina*?

—Gracias, Gino, así está bien.

Cuando el camarero se hubo retirado, Fiorella continuó donde lo habíamos dejado:

—Es tentador, pero no me interesa. Ese tipo, me refiero. Viene demasiado por aquí. No quiero arriesgarme a perder un buen cliente por un polvo a destiempo.

—Lo entiendo.

Entonces noté que escrutaba mi desayuno.

—No has probado mi nueva mermelada.

—No... No sabía que tuvieras una nueva mermelada. No la he visto.

Sin mediar palabra, se levantó y se acercó a la mesa del bufet. Regresó al instante con un cuenquito y lo dejó frente a mí.

—Pruébala.

Como tardé medio segundo en reaccionar, tomó una tostada y la untó ella misma. Sólo le faltó metérmela en la boca, aunque se quedó cerca. La cogí y la mordí.

—¡*Belin*, Fiorella, esto está buenísimo!

No mentía. El bocado de mermelada fue una explosión de sabor a fruta con el equilibrio justo entre lo dulce y lo ácido, de modo que se acercaba más a la sensación de comer una fruta muy madura que una mermelada. Además, había notado un toque floral que traté de identificar en un segundo mordisco.

Fiorella se rio a carcajadas.

—¿*Belin*? ¡Ya eres una de nosotros!

—¿Qué lleva? —pregunté, relamiéndome una gota que se me escapaba entre las comisuras de los labios.

—Melocotón y lavanda.

—¡Eso, lavanda! Me parecía haber notado el sabor de una flor, pero también me confundía con el de una especia. Está deliciosa.

—La hice ayer, con una caja de melocotones que me había traído *zio* Bruno, los primeros de su huerta. ¡*Madonna* —alzó la vista al cielo—, tenías que haberlos olido!

—Y me encanta el toque de lavanda. El recetario de mi *bisnonna* está lleno de preparaciones con flores y hierbas.

—Es que eso es algo muy propio de nuestra tradición.

En aquel momento, cruzaron al otro lado del ventanal Pierina y sus alumnos en una fila bien ordenada, todos cogidos de la camiseta del de delante, como mamá pato y los patitos. La joven maestra nos saludó con la mano y una amplia sonrisa. Los pequeños la imitaron.

—¡Qué monos son! Seguro que los lleva de excursión al bosque —adivinó Fiorella.

Asentí henchida de ternura. Entonces recordé:

—Por cierto, ¿qué tal le fue la cita con Marco?

—Ah, bien. Éstos acaban pasando fijo por el altar, pero como son los dos tan pánfilos necesitarán más de un empujón. Hablando de dos —me miró fijamente con astucia—, ¿sabes quiénes son ahora la comidilla del pueblo?

—Pues no.

—Mauro y tú —reveló sin molestarse en ocultar cuánto le divertía aquello.

—Creí que éramos el del Ferrari y yo.

—No, qué va, es obvio que eso es agua pasada. Ahora todo el mundo habla de vuestra escapada de ayer a Sanremo.

—¿Cómo sabe la gente que fuimos a Sanremo?

—Lo saben. Es lo que tiene el pueblo.

—Ya. Pues nada, me alegro de haber aportado un soplo de aire fresco a los viejos cotilleos —ironicé para mostrar mi absoluta indiferencia por las habladurías sin fundamento.

Fiorella se incorporó hacia mí para volver a hablarme en modo confesionario:

—Mira, yo no sé qué os traéis entre manos...

—Nada.

—Pero te diré una cosa: la gente se alegra por Mauro. Incluso ayer me lo dijo *zio* Bruno: «Fiorella, me alegro por Mauro. Ese pobre chico ha pasado por tanto». Luego se quejó de que fueras forastera, pero te disculpó porque tienes antepasados en el pueblo. Cierto que fue un adolescente algo conflictivo...

—¿*Zio* Bruno? —la chinché.

—Mauro. Céntrate. Se descarrió después de morir su padre. Aunque nada serio en realidad: alcohol, algún porro y un poco de vandalismo cuando se juntaba con otros peores que él. Su hermano Fabio siempre fue mucho más maduro y responsable. Ese accidente fue una tragedia... Sabes lo del accidente, ¿no?

Sólo me dio tiempo a asentir antes de que Fiorella continuase:

—Toda la vida del pobre Mauro ha sido una gran tragedia. Es como si la mala suerte se cebase con algunas personas. La madre de los chicos murió siendo ellos unos críos, tendrían poco más de diez años. Se cortó con un filo oxidado y le dio una septicemia. Fue fulminante, apenas duró quince días. Y absurdo, tremendamente absurdo. Todas las muertes lo son, pero es que hay algunas que claman al cielo. Pocos años después falleció su padre. Al hombre le gustaba mucho subir a la montaña. Una mañana de domingo... *Madonna*, me acuerdo perfectamente, sucedió justo a la salida de misa: un pequeño temblor de tierra provocó un alud que lo sepultó; tardaron varios días en encontrar el cuerpo. Fue horrible para los chicos, en especial para Mauro, que estaba muy unido a su padre. Por entonces tenían dieciséis y dieciocho años, Fabio era el mayor. Se quedaron a cargo de su abuela, pero ella estaba ya muy anciana y delicada de salud y lo cierto es que fue Fabio quien cuidó de su hermano pequeño. Él lo enderezó, consiguió que se convirtiera en un joven de provecho; estudió, trabajó... Y Fabio siempre fue un referente para él. Se habían quedado solos y eran uña y carne. Se iba a casar, ¿sabes? Mauro. Una semana después del accidente. Cuando sucedió, volvían de festejar la despedida de soltero. Luego, la boda se anuló y la chica, ella era de un pueblo de aquí al lado, lo dejó unos meses más tarde. Mauro aún se estaba recuperando de las heridas que había sufrido en el accidente; ni siquiera se había celebrado el juicio todavía. Pero la espabilada ya había conocido a otro. En fin... —Adoptó un fugaz gesto reprobatorio—. Es increíble cómo, de un momento para otro, la vida da un vuelco y lo pierdes todo. Mauro siempre ha sido muy tímido y reservado, pero ahora se ha vuelto casi huraño. Es comprensible... Lo que no sé es cómo has logrado ni siquiera que te hable.

Había escuchado la perorata de Fiorella atónita y aunque en alguna ocasión me hubiera gustado intervenir, no tuve opción de hacerlo. Finalmente, me lo pensé mejor: no quería dar pábulo a las habladurías que yo misma protagonizaba.

—Soy yo la que le habla a él. Él sólo me responde —argumenté. Y quizá exageraba, pero no mentía; al menos, así empezó la cosa.

—Seguro... —comentó ella suspicaz—. Bueno, da igual. Sólo quiero que sepas que me ha parecido muy generoso por tu parte que le dejes quedarse en el molino.

—Es sólo una ruina, no hay nada de generoso en eso.

En aquel momento, Fiorella debió de percibir por el rabillo del ojo movimiento al otro lado de la ventana porque se giró hacia el cristal.

—Mira, hablando del rey de Roma...

Yo hice lo propio y atisbé en el contraluz a Mauro cruzando la plaza con Trón, que trotaba a su lado mientras olisqueaba el suelo.

Fiorella se levantó dando por terminada la charla.

—Será mejor que salgas porque él no va a entrar.

—Pues si es aquí donde viene no veo por qué no iba a entrar.

—Es Mauro —explicó con las palmas levantadas al aire.

Y, como para darle la razón, el interfecto se sentó en el borde del pilón de la fuente. Sí, era Mauro.

Terminé mi desayuno con calma, subí a mi habitación a lavarme los dientes, recogí un par de cosas, me ahuequé el pelo con los dedos frente al espejo, ojeé un folleto turístico, comprobé los mensajes del móvil y terminé por rendirme a la evidencia de que él no iba a entrar, así que salí yo.

En la fuente seguía, sentado como viendo pasar la vida.

Me asaltó entonces una idea que tuve el instinto de apartar y a la que finalmente sucumbí incluso con deleite: era atractivo; muy atractivo, de hecho. Al menos, en ese momento, me lo parecía. A pesar de su aspecto desgreñado, descuidado y desataviado. Quizá por eso. Su media melena castaña brillaba al sol y se agitaba con la brisa sobre su rostro de proporciones armoniosas, duro y masculino en el contorno, de ángulos pronunciados, más suave y femenino en la zona media, sobre todo la nariz y los pómulos; me recordaba a los que solíamos retratar en las clases de dibujo de la escuela de arquitectura según el canon griego. En los últimos días, su barba había vuelto a crecer; le quedaba bien; de algún modo, hacía que sus ojos de color avellana parecieran más grandes. Se le veía relajado, tal vez eso también contribuía a su atractivo.

Me hubiera gustado sacar el cuaderno y dibujarle justo en ese instante. Aquello le hubiera horrorizado.

El siempre cariñoso, peludo y algo baboso saludo de Trón me sacó de mis cavilaciones.

—¿Qué? ¿Tomando el sol? —le pregunté mientras acariciaba a su perro.

Achinó los ojos para mirarme a plena luz.

—No. Te estaba esperando.

—Pues me tenías ahí dentro.

—Ya. Y ahora estás aquí fuera.

—En fin, podríamos pasarnos así todo el día. Espero que no hayas venido a quejarte de que hay goteras en la casa. No admito reclamaciones al respecto.

Mauro meneó la cabeza como si tuviera que derrochar paciencia cada vez que se cruzaba conmigo. No obstante, sonreía.

—Nada de goteras. Cuando me he despertado esta mañana...

—¡Se ha derrumbado el techo sobre la cama según te levantabas de ella!

—¿Puedo hablar?

—Puedes.

—Cuando me he despertado esta mañana, repasando las referencias de prensa que encontramos ayer, he recordado algo que había pasado por alto. En la ermita de la Madonna della Stella, arriba del monte, no muy lejos del castillo, se encuentra la cripta familiar de los Ruggia. He pensado que tal vez te gustaría visitarla. Normalmente la ermita está cerrada, pero *zia* Làora tiene la llave y he pasado antes a buscarla.

Me entusiasmó la propuesta nada más escucharla: pasear por el bosque, visitar la ermita y también las tumbas de mis antepasados. Mis antepasados. Se me hacía rara la idea, pero tenía antepasados. Quizá Luca estuviera allí enterrado. Mi bisabuelo Luca.

Acepté de inmediato y emprendimos la marcha por un camino a través del bosque, estrecho y mal asfaltado, que iba ascendiendo por una suave pendiente a lo alto de una colina. Hacía un día precioso para pasear, todavía fresco a la sombra y ya algo caluroso al sol. El aire corría liviano y perfumado con esencias de musgo y resina, de tierra húmeda; animaba a aligerar el paso, aunque yo acabara sin aliento enseguida. Creo que Mauro se dio cuenta y procuró caminar más despacio de lo que solía. Trón, en cambio, desaparecía por el interior de la maleza y aparecía al rato para volver a desaparecer, como si tuviera prisa por llegar a un destino que ignoraba.

—La ermita está construida sobre las ruinas de otra del siglo XII, pero es muy posterior, del XVIII, cuando un Ruggia mandó levantarla en honor de la Virgen de su devoción. Desde entonces, todos los miembros de la casa están enterrados allí —me iba contando Mauro—. En septiembre se hace una romería con ocasión de las fiestas de la Madonna. Se saca en procesión la imagen y los vecinos comparten una comida al aire libre.

Tras algo más de media hora, llegamos a un claro junto al río. Anduvimos un poco siguiendo el cauce y, al rato, divisamos la mole de piedra clara de la construcción. Enseguida distinguí la fachada de grandes sillares y estilo neogótico, con unas pocas ventanas de arco apuntado sin vidrieras; se mostraba sobria, libre de esculturas y otras decoraciones. Ya más cerca, comprobé que la planta era rectangular, con una única torre en un lateral a modo de campanario y gruesos contrafuertes adosados a los muros. No se podía decir que fuera una joya de la arquitectura, pero resultaba agradable y estaba bien integrada en el entorno, un paraje realmente hermoso de hayas y abetos a la vera del río.

Mauro introdujo la llave en la cerradura y con un par de vueltas abrió el portón de madera. Una bocanada de aire frío cargada de un olor a humedad y cera derretida manó del interior en penumbra. Abrimos de par en par las dos hojas de la puerta para que entrara más luz y se perfilaron entonces unos pocos bancos frente a un sencillo altar, donde la imagen de la Virgen reposaba en una hornacina dentro de un retablo de pan de oro también neogótico; a sus pies había un par de cirios en una cápsula de plástico colorado y unas flores de tela desangeladas. Nuestros pasos por el lateral hicieron eco en toda la nave cuyo techo mostraba una única bóveda encalada sin decorar; de las paredes colgaban algunos cuadros e imágenes de santos que no tenían demasiado valor artístico. Llegamos hasta unas escaleras que daban acceso a la cripta, también cerrada con llave. Tras abrir y franquear la puerta, accedimos a una sala completamente oscura.

—No hay luz pero he traído linterna. —Mauro corroboró sus palabras encendiendo un haz que iluminó a trozos el lugar—. Ten cuidado no te tropieces.

Nos hallábamos en un espacio de unos treinta metros cuadrados, igualmente abovedado pero de ladrillo, con cierto aspecto de túnel. Las sepulturas se distribuían entre el suelo, un par en sarcófagos de piedra elevados y unos cuantos nichos. El olor a moho y a cerrado volvía el aire espeso y resultaba algo asfixiante; la humedad se podía sentir en la piel, que se me puso de gallina, quizá también por lo espeluznante de aquel sitio: las velas consumidas, las flores marchitas, el polvo e incluso algunos hilos de telaraña agitándose en la corriente.

Mauro, que sobre la camiseta llevaba una camisa, se quitó esta última y, en un alarde de perspicacia, me la tendió.

—Toma. Ponte esto.

—Ya. Las camisetas sin mangas no son adecuadas para las visitas a criptas subterráneas.

Le di las gracias y me le eché por los hombros. Después me uní a él, que ya estaba concentrado en apuntar con la linterna a las inscripciones de las tumbas: todos Ruggia fallecidos desde 1723, la fecha más antigua que leí.

—¿Dónde están los Ruggia anteriores? —susurré como si pudiera importunarles.

—Aquí también, aunque sus restos reposan en un nicho común sin datar. Antes de que se construyera esta ermita estaban sepultados en un cementerio junto a la otra primitiva, pero se exhumaron y se trasladaron aquí. Mira —señaló entonces Mauro, que no había dejado de rastrear lápidas con la luz—, la tumba de doña Amalia. Al lado está la de don Giuseppe.

—Y ésta es la de Giorgio.

Mauro se agachó para examinar la pequeña losa que había en el suelo, a los pies de las sepulturas de sus padres. Yo hice lo propio.

—No creo que esto sea su tumba —opinó al cabo de observarla—. Parece sólo una placa conmemorativa. Probablemente su cuerpo esté en algún cementerio militar del Véneto.

—¿Y la tumba de Luca?

—Pues no parece encontrarse aquí —respondió Mauro, poniéndose en pie.

—Pero debería. ¿Dónde si no?

—¿En Barcelona?

—No, no, allí no está. Por lo menos no está donde mi abuela y mi bisabuela.

Me quedé un rato pensativa, con el ceño fruncido de contrariedad.

—Otro dato igualmente extraño —concluí al cabo—. No hay rastro de Luca, ni siquiera su tumba, ni siquiera un recuerdo como el de Giorgio.

Volví a concentrarme entonces en la placa de éste.

—Fíjate. Nació en 1891 y murió en 1917. Veintiséis años. Demasiado joven. Qué lástima —murmuré con tristeza, recorriendo con los dedos la inscripción cubierta de polvo. Reparé entonces en las flores marchitas recogidas con una cinta de la bandera de Italia que había a su lado—. Debería traer flores frescas. Las ataré con una cinta nueva de la bandera, ésta está muy fea...

—Salgamos ya de aquí —ordenó de repente Mauro.

En la penumbra, adiviné su gesto sombrío.

—¿Qué pasa?

—Vámonos. Ya hemos visto todo lo que hay que ver.

Entonces comprendí.

—Te ha recordado a tu hermano. —El tono de mi voz fue suave, compasivo.

—Vámonos.

Se giró y me iluminó el camino hacia la escalera.

Fue un alivio salir al exterior, al aire libre y a la luz del día, a los sonidos tranquilizantes de la naturaleza, a la vida. Tenía la esperanza de que una vez fuera de la cripta la situación se volviese menos tensa. Sin embargo, los fantasmas no moraban en aquel lugar subterráneo.

Mauro se fue hacia el río sin decir palabra, se agachó en la orilla y se enjuagó el rostro con sus aguas. Trón, con ese sexto sentido que tienen los animales de compañía para adivinar el estado de ánimo de sus dueños, se le acercó y le mostró su afecto con suaves cabezazos y lametones. Él le respondió con un abrazo y unas cuantas caricias.

—Lo siento —dije cuando estuve lo suficientemente cerca de aquella escena—. No me he dado cuenta de lo inoportuno de mi comentario.

Mauro se recogió detrás de la oreja el pelo que le caía sobre el rostro.

—No... No tiene nada que ver con eso... Es... cosa mía. Yo... Yo debería disculparme. El otro día la carta de Luca, hoy esto... Me comporto como un gilipollas. Son... mis historias. Tú no tienes por qué sufrirlo —explicó torpemente hasta que encontró el argumento adecuado—. No soy una buena compañía. De eso es de lo único que hay que lamentarse.

Me senté a su lado.

—No estaría aquí si no fueras una buena compañía. Vale, de acuerdo, no eres el alma de la fiesta. Pero no importa: una no siempre está de humor para fiestas. Ahora mismo, yo no estoy de humor para fiestas.

Me recosté sobre la hierba como si fuera a confesarme al cielo azul y limpio de nubes.

—Yo también perdí a mis padres. —Tal revelación pareció captar la atención de Mauro, que giró la cabeza para mirarme por encima del hombro—. Era muy pequeña y no lo recuerdo, no pude echarlos de menos, así que no me voy a poner trágica. Pero sí es cierto que me pasé la infancia añorando el concepto de tener padres. De algún modo, siempre te queda ese sentimiento de orfandad, de que no eres como los demás niños, de que tu familia está incompleta. Y a mí también me crio mi abuela. Ella ha muerto hace apenas un mes y es ahora cuando me siento verdaderamente huérfana. No es que pretenda competir contigo, lo tendría muy chungo, pero ya ves que tenemos algún drama en común. Estas semanas de atrás han sido duras, aún lo es. Sin embargo, el dolor intenso del principio empieza a convertirse poco a poco en un sentimiento de pérdida a ráfagas, como el viento al doblar la esquina: de pronto, me golpea con fuerza, pero sé que puedo librarme de él si busco refugio. —Levanté un poco la cabeza para dedicarle una sonrisa oblicua y maliciosa—. Poner a prueba tu paciencia es uno de mis refugios, por eso me gusta tu compañía.

—Bueno es saberlo —me siguió la broma—. ¿Ha sido Mica quien te ha contado que mis padres fallecieron?

—No. Ha sido Fiorella. También me contó que ibas a casarte.

Mauro asintió como ausente. No parecía dispuesto a hablar más del asunto. Al rato, se tumbó también. Las copas de los árboles se agitaban suavemente sobre nuestras cabezas como un abanico perezoso. El río fluía indolente a nuestras historias.

—Ocurrió la noche de mi despedida de soltero —me sorprendió cuando pensé que la conversación había terminado—. Los dos habíamos bebido mucho, yo a menudo bebía mucho, pero Fabio, mi hermano, no estaba acostumbrado y le sentó fatal. Yo cogí el coche. Y corrí. Corrí como un salvaje porque quería llegar pronto a casa, porque él no se encontraba bien. —Hizo una pausa. Creo que para recomponer la voz—. La otra tarde cuando leí el diario... Fue como si Luca hablara por mí. Él sentía lo mismo que yo. Fabio también era mi guía, mi apoyo, el espejo donde mirarme... «¿Quién me va a poner ahora los pies en la tierra?» Luca escribió esas palabras que yo soy incapaz de decir. Y el sentimiento de culpa... ¿Por qué habría de sentirse Luca culpable? ¡Él no conducía el coche en el que se mató su hermano!

Le escuchaba inmóvil, la espalda sobre la hierba, tensa, con la vista clavada en el cielo. Me dio miedo mirarle a la cara por si encontraba en sus ojos un rastro de lágrimas.

—A veces imagino que no subimos a ese maldito coche, o que él no sube. Si pudiera rebobinar mi mierda de vida para cambiar ese instante... Nada más que un puto, jodido instante.

—Sí. La vida a veces es una mierda —coincidí sin dejar de mirar al cielo—. Pero también tiene sus momentos buenos. —Me lo pensé un poco antes de aventurar—: Éste podría ser uno de ellos.

Permanecimos recostados uno al lado del otro, quietos y en silencio. Yo sentía una suerte de calma que hacía tiempo que no experimentaba. Pensé en mi embarazo y ni siquiera me asaltó la angustia habitual. De pronto y sin motivo aparente, me vi por primera vez libre de tomar mis propias decisiones, de redefinir mis prioridades, de empezar de nuevo si era necesario. Había encontrado la fuerza y la determinación precisas; estaban dentro de mí, eso era todo.

Me volví hacia Mauro dispuesta a hacerle partícipe de una gran revelación: «Voy a tener un hijo».

Él reposaba con los ojos cerrados, sosegado como si sintiera la misma calma que yo. Parecía incluso dormido. Sonreí con ternura; no sé si a él o al mundo.

No estoy segura de cuánto tiempo transcurrió hasta que nos pusimos en marcha. Creo que yo también me dormí. Me espabiló el cosquilleo de una mosca en la cara. Cuando abrí los ojos, me encontré con los de Mauro.

Hicimos el camino de regreso cuesta abajo, ligeros no sólo al caminar. Arriba en la ermita habíamos dejado unos cuantos fantasmas.

Nos acercábamos al pueblo, cuyas casas se divisaban al final de la carretera, cuando Mauro anunció de pronto:

—Hoy es mi cumpleaños.

Me detuve en seco.

—¿Qué? ¿Lo ha sido desde esta noche a las doce cuando estábamos viendo los fuegos artificiales y me lo sueltas ahora en plan: espera un momento que se me ha metido una china en el zapato?

—Tú lo has dicho: no soy el alma de la fiesta —argumentó, aunque parecía algo avergonzado.

Yo eché a andar de nuevo con cierto aire de dignidad.

—Pues no pienso felicitarte. Por tieso y arisco y... ¡uf!

—Espera. —Me sujetó con un breve tirón del brazo—. Voy a hacer una cena. Algo sencillo, al aire libre. Mica se ha empeñado en celebrarlo. Irán ella y los niños, mi tía... A Mica le parecía buena idea que vinieses tú también. Si quieres... claro... O puedes...

—Así que a Mica le parece buena idea, ¿eh?

—Y a mí también —cedió como si le fastidiase admitir lo obvio—. ¿Crees que te estaría invitando si no?

—Bueno, en ese caso iré. —Reanudé el paso seguida de él—. Será divertido verte soplar las velas.

—No voy a soplar las velas.

—Te obligaré.

—No puedes obligarme. —Se rio con incredulidad.

—Eso ya lo veremos. ¿Necesitas que vaya a ayudarte?

—No. Pero si vienes, te invitaré a una copa del vino que he comprado para guisar. Y mientras te la bebes, puedes mirarme cómo cocino. Pero nada de parlotear y parlotear, que me distraes.

—¿Vas a cocinar tú? Eso no me lo pierdo. Y no deberías darme vino si no quieres que parlotee.

Según pronunciaba la última frase sonó mi teléfono. Lo saqué del bolsillo del pantalón y, antes de descolgar, comprobé en la pantalla que era Carlo. Intercambiamos un par de frases de saludo que me bastaron para notarle serio; aquello me puso en alerta.

—¿Va todo bien?

—Sí... Bueno, no has leído la prensa española hoy, ¿verdad?

—No...

Dejé de andar, asaltada por un mal presentimiento. Estábamos ya en el pueblo, al principio de la cuesta que subía a la piazza del Borgo Alto. Mauro también se detuvo, probablemente intrigado por mi tono de pronto grave.

—Mierda —masculló Carlo—, no quería tener que ser yo el mensajero.

—Pero ¿qué pasa?

—Verás, es que... —Suspiró—. Supongo que no hay forma de decirte esto suavemente.

—Ay, Carlo, ¿quieres soltarlo de una vez?

—Una mujer ha denunciado a Pau. Por violación.

—¿Qué? —No pude decir más. Toda la saliva se me había acumulado de repente en la garganta.

—No te alteres. Bueno, no demasiado. Lo justo. Fue hace años, antes de que estuvierais juntos. Al parecer, le largaron pasta para que mantuviese la boca cerrada. Pero, según ella, todo este asunto del *Me Too* le ha hecho replantearse su silencio. Está en todos los periódicos, en la sección de cotilleos. Igual ni siquiera es cierto, pero está haciendo mucho ruido.

Hubo un instante de mutismo en la línea. Yo trataba de asimilar la noticia. De momento, sólo notaba calor, un calor interno que parecía salirme por las orejas. Seguramente, me ardían.

—¿Gia?

—¿Qué?

—¿No... vas a decir nada?

—No sé qué decir.

—Pero ¿estás bien?

—Pues tampoco lo sé. Me arden las orejas.

—Lo siento. Hubiera preferido que no te enterases por mí, pero creo que debías saberlo.

—Sí. Claro. No lo sientas. Necesito... Voy a leer las noticias. No... No sé qué pensar. Tengo que asimilarlo.

—Por supuesto. Léelas. Oye... Ahí, tú sola, ¿estarás bien? Llámame cuando quieras. Lo hablamos, al menos. No dejes de hacerlo.

—Sí, sí, no te preocupes. Lo haré.

—Bien. Un beso, linda. —No recuerdo que mi hermano me hubiera llamado linda jamás. Debía de darle mucha pena.

—Un beso. *Ciao*.

Colgué y me quedé mirando el horizonte. Tiesa como una estatua de sal.

—¿Malas noticias? —preguntó Mauro con cautela.

Me volví algo distraída.

—No. —La respuesta fue mecánica. Y él no la creyó—. Nada grave —aclaré ante su expresión—. Tengo... que ir al hotel a comprobar unas cosas. Nada importante.

—¿Te veo entonces esta noche? —Parecía temer la respuesta a aquella pregunta.

—Sí. Por supuesto —confirmé sin titubeos como si no hubiera estado tan segura de algo en mi vida—. Nos vemos esta noche.

Una mujer denuncia a Pau Casal por violación

El actor Pau Casal, conocido por su participación en la serie de Netflix *Dama Blanca*, se enfrenta estos días a una acusación de violación como consecuencia de unos hechos sucedidos hace casi tres años.

Desiré Santos, también actriz y modelo, de 24 años, ha decidido denunciar al intérprete catalán por una supuesta violación que habría tenido lugar el 13 de octubre de 2015 en un hotel de Bilbao. Santos ha dado todos los detalles de este suceso en una entrevista concedida a la revista *Chic*.

Al parecer, la joven participaba en un casting para una película en la que intervenía Casal, quien se ofreció a conseguirle un papel en la producción. «Me citó en la suite de un hotel para hacer, según él, unas pruebas adicionales. Yo pensé que habría más gente en la audición pero cuando me presenté, sólo me recibió él.» Entonces el actor le aseguró que si mantenía relaciones sexuales con él le garantizaría el ansiado papel. «Me negué», afirma Santos, «pero él insistió. Incluso se desabrochó los pantalones y me pidió que le acariciara el pene. Quise abandonar la habitación pero bloqueó la puerta. Empezó a tocarme y a intentar besarme. Cuando me resistí, él me agarró, me tiró contra un sofá, me arrancó la ropa y me violó.» Más tarde, la mujer acudió a un hospital para que la examinaran y denunció los hechos en la policía.

Inicialmente, los abogados de ambas partes habrían llegado a un acuerdo extrajudicial en virtud del cual el actor habría pagado 200.000 euros a Santos a cambio de su silencio. Sin embargo, animada por el movimiento Me Too, la joven ha decidido hablar ahora y presentar una denuncia contra Casal. «He necesitado reunir mucha fuerza para hacer frente a esto. Ya me han avisado de que pueden acusarme de extorsión por ser un personaje conocido, pero estoy dispuesta a arriesgarme. No quiero su dinero, tan sólo sacar a la luz una situación inadmisible para que ninguna otra mujer tenga que pasar por lo que yo he pasado», afirma Santos.

Por su parte, Pau Casal fue detenido e interrogado respecto a tal acusación y seguidamente puesto en libertad sin fianza a la espera del resultado de las investigaciones que se están llevando a cabo. Entretanto, sus abogados han emitido un comunicado en el que niegan rotundamente las acusaciones y anuncian las pertinentes acciones legales contra Santos por violación de los derechos fundamentales de su cliente.

Había leído varias notas similares a ésta. La noticia estaba por todas partes, en prensa local y nacional. Ya había tenido más que suficiente. Cerré la tapa del ordenador y enterré la cara entre las manos. Me froté los ojos como si estuviera agotada. Estaba agotada. Agotada de leer idénticos detalles escabrosos una y otra vez y el nombre de Pau entre ellos, de ese mismo Pau que había sido parte de mi vida.

Pero también estaba enfadada. Y dolida, pero menos. Sobre todo, estaba enfadada. Muy enfadada. Con Pau, por supuesto, pero también conmigo misma, por haber estado tan ciega. Carlo se confundía. El 13 de octubre de 2015 Pau y yo ya estábamos juntos; nos acabábamos de conocer, me había acostado con él por primera vez una semana antes. Y sí, recuerdo que por esas fechas él estaba en Bilbao: yo me había quedado hecha polvo porque tenía que marcharse.

Gruñí de rabia. Le odiaba.

«Tal vez no sea cierto —susurró una vocecita ingenua y estúpida dentro de mí—. Tal vez esa mujer se lo está inventando todo.» Pero, de algún modo, yo quería creer a Desiré Santos. De algún modo, su relato no me sorprendía, ni me rechinaba. De algún modo, parecía encajar con la verdad.

No había marcha atrás: odiaba a Pau. No quería volver a saber nada de él, no quería verlo ni en pintura. La mera contemplación de su imagen en la prensa me causaba un profundo asco, un rechazo visceral. Si lo tenía delante sería capaz de tirarme a su cuello como una loca peligrosa.

Me levanté con tal ímpetu que casi volqué la silla. Empecé a pasear por la habitación como un animal enjaulado. Por algún motivo, eso aliviaba mi tensión. Y es que ya no me ardían sólo las orejas, me ardía el cuerpo entero como si hubiera engullido una caldera de vapor.

¡Qué bien había hecho en mandarle a la mierda! ¡Cuánto había tardado! ¡Cuánto tiempo perdido! Ahora, por fortuna, ya era historia. ¡Adiós, Pau! ¡Vete a tomar por...!

Frené de pronto. ¡Horror! ¡Estaba embarazada de él! ¡Llevaba algo suyo dentro!

Me senté en la cama. Recobré el ritmo de la respiración.

¿Cómo hacíamos en yoga? Inspira: un, dos, tres. Espira: un, dos, tres, cuatro, cinco, seis.

No. No, no y no. ¡No pienso abortar, Pau! Tú no lo quieres, pero yo sí. Ahora este bebé es mío. Sólo mío. Así que:

—¡Vete a tomar por culo, Pau! —grité como si pudiera oírme.

Llamé a Carlo y estuvimos hablando un buen rato. Sirvió para desahogarme contra algo que no fuera el espejo y me tranquilizó. Al menos, dejó de arderme la cara. Después de colgar, me preparé una infusión de valeriana de las que me había dado Mica y de la que convenientemente quedaba media caja. Sumergí un par de bolsitas en la taza.

Se me pasó por la cabeza la idea de ir a ver a Mica, pero por dónde empezar a contarle todas mis penas. La abrumaría con una historia que en realidad no tendría por qué importarle.

Alegremente, yo le aconsejaba a Mauro hablar. ¿Por qué no podía aplicarme a mí misma el consejo?

Finalmente, con ganas de olvidar, sólo se me ocurrió recuperar la lectura del diario de Anice.

De cómo las guerras nunca terminan del todo

> Los últimos cuatro años los había pasado soñando con el momento en que terminase la guerra. Ingenua yo, pensaba que todo volvería a ser como antes: la despreocupada juventud, el goce del presente, la bendita inocencia. Entonces no sabía que hay heridas tan profundas que nunca llegan a cerrarse, que hay úlceras que revientan pasada la enfermedad y, entonces, todo lo pudren. En sólo tres años, habíamos perdido la juventud, el goce y la inocencia para siempre...

Las cicatrices tiernas

Italia, de noviembre de 1918 a octubre de 1919

El 4 de noviembre de 1918, día de San Carlos, entró en vigor el armisticio entre el Reino de Italia y el Imperio austrohúngaro. La guerra había terminado.

En Castelupo, las campanas de la iglesia de San Lorenzo repicaron durante horas. Sus gentes aplaudieron y vitorearon. Hubo música, baile y petardos en las calles y plazas. Y las banderas de Italia ondearon por doquier.

A Anice le sorprendió la noticia en el hospital. Una enfermera se le abrazó llorando de alegría mientras exclamaba: «¡La guerra ha terminado! ¡Los soldados vuelven a casa!». Después, la chica corrió a unirse a otras enfermeras.

Sin soltar el escobón, Anice se sentó en un peldaño de la escalera que estaba barriendo. Notaba una extraña sensación en el pecho, como si algo lo empujara desde dentro. Era la dicha expandiéndose, agitando sus músculos hasta el temblor. Sonrió.

Al frente, vislumbraba la sala de los enfermos. Desde allí le llegaban los vivas al rey y a Italia. Los hombres mutilados celebraban la victoria. Algunos rostros ya desfigurados se encogían con el llanto. Otros permanecían inmutables, recluidos para siempre en los abismos del horror. La sonrisa de Anice perdió brillo.

Aquella misma noche, Manuela y ella regresaron al claro en el bosque y a la cueva encantada. Prendieron una hoguera azul, bebieron licor de hierbas y cantaron y danzaron descalzas y en camisa hasta el amanecer, como si volvieran a ser niñas. Canciones tristes y danzas convulsas.

—Voy a casarme con Massimo —declaró Manuela tirada en el suelo. Sus palabras brotaron deformes. El licor de hierbas la había emborrachado.

Massimo estaba muerto. Había caído hacía cuatro meses a orillas del Piave.

—Voy a casarme con él. Haré un conjuro para que vuelva. ¡Venderé mi alma al diablo si es necesario! —Rompió a llorar—. No podré vivir sin él...

Anice se incorporó sobre su amiga. Le retiró los cabellos del rostro y le enjugó las lágrimas mientras dejaba rodar las suyas propias. La besó en los labios húmedos.

—Chisss... No mientes al diablo. Él no merece tu alma. El dolor pasará, mi niña. Pasará —le prometió.

Después, la meció entre los brazos hasta que Manuela se quedó dormida.

Semanas más tarde, en el pueblo hubo una gran fiesta para recibir a los soldados que regresaban a casa. Las calles se engalanaron con guirnaldas y banderas, una pequeña orquesta interpretó canciones patrióticas y se pronunciaron discursos desde el balcón del ayuntamiento. Don Giuseppe habló con emoción contenida de la sangre derramada, la entrega del pueblo, la victoria gloriosa y la grandeza de la nación. Incluso dejó escapar alguna lágrima indisimulada recordando a los caídos, su primogénito entre ellos, ¿qué mayor sacrificio?

Anice, de oyente entre los congregados, no tuvo duda de su impostura y su cinismo. Ese hombre sólo sentía lástima de sí mismo. Era la primera vez que la joven veía al señor conde desde el día que había jurado no volver al castillo. Ahora, su imagen avivaba un mal recuerdo y despertaba una repugnancia latente.

—Tienes una deuda con Su Excelencia. ¿Sabes cuál es la pena para los que no pagan lo que deben? —la amenazó el administrador de don Giuseppe a los pocos días de renunciar a su empleo.

En ese mismo instante, Anice le entregó unos cuantos billetes.

—Aquí tiene el pago de este mes. Y que descuide Su Excelencia, saldaré mi deuda sin falta como he venido haciendo hasta ahora.

El administrador recogió con sus dedos huesudos el dinero y lo guardó rápidamente en el bolsillo. Después, le dirigió una mirada aviesa.

—La cuestión es que las generosas condiciones de este préstamo podrían cambiar. Son tiempos difíciles y Su Excelencia puede ejercer su derecho de reclamar todo el montante de la deuda de una vez.

Probablemente había obrado con poca sensatez, pero la ira la envalentonó por un instante cuando se enfrentó con firmeza al administrador.

—La pagaré igualmente —habló con rabia entre los dientes.

Llegado el caso, no hubiera sabido cómo hacerlo. Pero en aquel momento no le importó. Si tenía que hipotecar su vida entera, trabajar de sol a sol o mendigar, lo haría. Pero no sería la esclava ni la furcia de nadie.

Habían transcurrido los meses y por el momento la amenaza no se había cumplido. Tan sólo pendía sobre su cabeza como una espada vacilante. Sin embargo, Anice se sentía más libre que nunca. Además, Luca volvía por fin a casa. Todo iría bien a partir de ahora.

Las tropas desfilaron por el pueblo entre aplausos, llantos y vítores. Anice aguardaba con la muchedumbre, impaciente por ver a Luca. Lo imaginaba a la cabeza del desfile, con el ademán arrogante y el uniforme reluciente, haciendo gala de su gallardía, tal y como lo recordaba el día de partir.

Sin embargo, discurrieron las autoridades, los oficiales y después la tropa sin que Anice vislumbrara el rostro de su amado entre todos aquellos que frente a ella se sucedieron. La multitud se fue dispersando, las calles se quedaron vacías y en silencio, cubiertas de confeti que la brisa alborotaba, pero Anice siguió allí, inmóvil, aferrada a la necia ilusión de que tal vez se hubiera quedado rezagado.

Cayó la noche y Luca no apareció. Tampoco al día siguiente, ni al siguiente. Ni una semana después.

Cuando Anice llegó al convencimiento de que él no regresaría jamás, de que ya la había olvidado, de que habría otra mujer y otro mundo para él muy lejos de Castelupo, se sumió en un llanto inconsolable que se prolongó durante días hasta convertirse en una pena anclada en el corazón, que brotaba de cuando en cuando al más mínimo roce de un recuerdo.

—*'O ioreh... Io 'e kui'o* —la consolaba en vano Pino.

Anice perdió la cuenta de los días, que se sucedían vacíos como meros cambios de luz a través de los cuales ella se arrastraba de sueño a sueño. Escribió cartas a Luca que no sabía dónde mandar, lo llamó a gritos desde lo alto de las montañas, lo invocó en silencio a cada latido del corazón, orando a la Madre Tierra bajo el viejo roble. Perdió el apetito, la sonrisa y hasta la voz. Se convirtió en una sombra sin apenas conciencia del entorno. Y se dispuso a vivir así hasta el final de sus días.

Sólo recordaba que nevaba cuando llamaron a su puerta. Quizá porque siempre había sabido que la nieve trae bienaventuranzas enredadas entre los copos danzarines. Y así, la nieve le había llevado a Luca hasta su umbral.

Allí estaba el soldado, todavía con el uniforme puesto, apestando al barro y la pólvora que se habían incrustado entre sus fibras, con la barba áspera y las cicatrices tiernas. Se abalanzó a besarlo y abrazarlo mientras él pronunciaba su nombre enlazado con palabras entrecortadas y buscaba su piel con ansiedad, como si no creyera que la tenía al alcance de las manos. Entre abrazos, besos y lágrimas se desnudaron e hicieron el amor una y otra vez hasta el amanecer. Con la luz de la mañana, el llanto de Luca se volvió incontrolable. Y Anice dejó que llorara entre sus brazos mientras lo acariciaba.

Al terminar la guerra, Luca había experimentado una extraña sensación de vacío. La contienda se lo había llevado todo y le había dejado desorientado en mitad de un panorama sembrado de cadáveres: la juventud, la ilusión, el futuro... todo había muerto, pues la guerra todo lo destruye. Mata a los que en ella mueren y también, en cierto modo, a los que la sobreviven.

Quizá sus heridas no eran diferentes de las de los demás, pero mientras el resto ansiaba regresar a su hogar y lamérselas al calor de los suyos, él se hallaba perdido y desamparado. ¿Cuál era su hogar?, ¿dónde se lamería él las heridas?

Anice. Habían transcurrido más de tres años sin verla. Había rechazado permisos y otros los había pasado lejos de casa. Por no tener delante a su padre, desde luego. Aunque también por evitar verla a ella. Ojalá la hubiera olvidado. Ojalá hubiera sido capaz de reunir la fuerza suficiente para dejarla libre. Hubiera sufrido al principio, pobre criatura que aún le amaba sin saber cuánto había cambiado él. Pero, con el tiempo, le habría olvidado también y hubiera tenido la oportunidad de ser feliz lejos de él, que ya llevaba para siempre un trozo de la maldita guerra en el petate.

Con esa idea se había marchado a Turín, donde había comprado un billete de tren para París. Dejaría Italia y no volvería jamás, se lamería solo las heridas y a nadie amargaría con su dolor.

Sin embargo, la noche cruel, solitaria, llena de oscuridad y fantasmas, redujo a polvo su determinación. No podía quitarse a Anice de la cabeza. Ella era lo único que le quedaba, la única realidad a la que aferrarse antes de precipitarse al vacío. Y, mientras rompía en pedazos el billete a París, sabiendo que no podía resistirse a volver junto a ella, se juró a sí mismo que no la arrastraría con él, que moriría antes de hacerlo.

—Temía volver junto a ti —le confesó sin ser capaz de expresar cuantos espantosos sentimientos le atormentaban.

—¿Cómo puedes decir eso? —le interrogó ella con ternura, jugueteando con su cabello aún sudoroso.

—¿Recuerdas la leyenda del castillo? Aquélla del Ruggia al que maldijeron por sus abominables actos y se transformó en un lobo. Ahora yo soy esa bestia, Anice. He hecho cosas horribles. No deberías amarme...

Anice lo miró con incredulidad y se limitó a cubrirlo de besos para aliviar su dolor.

—Has sobrevivido, Luca. No importa por cuánto hayas pasado ni lo que hayas hecho. Todo ha terminado ya y juntos lo superaremos.

Aquellas palabras le llenaban de amor y le infundían esperanza. Lástima que perdieran fuerza en cuanto ella no estaba.

—De modo que has vuelto. Ya va siendo hora de que asumas tus responsabilidades.

Ni remotamente esperaba de su padre un caluroso recibimiento. No esperaba siquiera un abrazo, una palmada en la espalda, un apretón de manos; tampoco una expresión de orgullo, ni mucho menos de cariño. Sin embargo, le sorprendió el desprecio con el que le miró mientras pronunciaba aquella frase, como si él fuera el culpable de todas sus desdichas por el mero hecho de haber regresado con vida.

Esa misma noche, el conde lo dejó cenando solo en el gran comedor familiar, más grande, oscuro y frío de lo que Luca recordaba. El joven apenas probó bocado. Se retiró a su habitación, polvorienta y húmeda, se desnudó y quemó el uniforme para avivar el fuego mortecino de la chimenea. La guerra había terminado.

Luca se miró en el espejo oxidado de su dormitorio. Apenas se reconocía a sí mismo, más delgado, más sombrío, más viejo, con aquella extraña indumentaria de civil que parecía restarle la poca dignidad que le quedaba. No fue más que un presagio funesto de su nueva vida, esa montura que no sabía por dónde agarrar.

La sentencia se consumó en el despacho de don Giuseppe: «Ahora que no está tu hermano...». Con esa frase anunció su padre la penitencia que le impondría. Ahora que no estaba su hermano, él tenía que ocuparse de los negocios familiares. Él, que siempre había aborrecido los negocios familiares no tanto por lo que eran sino por cómo le obligaba a gestionarlos su padre. Ahora que no estaba su hermano, él tenía que representar a la familia. Él, que, como su madre, nunca se había sentido realmente parte de una familia con la que no tenía ninguna afinidad ni de temperamento, ni de comportamiento, ni de opinión. Ahora que no estaba su hermano, él tenía que asumir las responsabilidades que tanto tiempo había estado eludiendo. Él, que consideraba que sus responsabilidades estaban fuera de los muros de aquella casa. Y es que, ahora que no estaba su hermano, su padre se encargó de recordarle permanentemente cuánto deseaba que fuera él y no su hijo predilecto el que se hubiera quedado para siempre en el campo de batalla.

Así, por el día, vivió la vida prevista para su hermano: siguió la senda que le marcaba don Giuseppe y fue objeto de su desdén y su ira. Se convirtió en todo lo que siempre había aborrecido sin saber cómo hacer para evitarlo.

La noche llegaba al cabo sin mejor pronóstico. El horror que se había quedado pegado a su retina lo mantenía en vela y desquiciado. Porque si agotado cerraba los párpados, el muy rastrero cobraba vida y se colaba en su sueño; lo hundía de nuevo en el fondo de una trinchera, lo cubría de tierra hasta las cejas, lo rodeaba de explosiones y gritos de agonía, del tufo de la sangre y la muerte, del rostro de su hermano pidiendo auxilio... Hacía que todo pareciera tan real, que se despertaba gritando entre espasmos como un pobre perturbado.

—No puedo seguir así. Me estoy volviendo loco.

Siempre terminaba igual el relato de sus penas, las que al final del día desahogaba en casa de Anice.

Anice. Por ella había regresado, se recordaba Luca. Por ella seguía con vida. Sólo con ella atisbaba la felicidad, en aquel viejo molino que era como un refugio aislado del resto del mundo, un santuario de paz, tibio y sedante, lo más parecido a un hogar que podía imaginarse. Donde había flores por todas partes, donde la luz era aterciopelada y el ambiente cálido. Donde Anice le acomodaba en la mecedora frente a la chimenea, le aflojaba el nudo de la corbata mientras le besaba el cuello, le alborotaba los cabellos con caricias; luego, se sentaba en su regazo y le escuchaba lamentarse. Anice siempre sabía de una infusión contra la melancolía, otra contra los malos sueños, otra contra la ira; incluso sabía de una contra ese dolor que se le había instalado en las articulaciones después de meses enterrado en el fango de las trincheras. Se las prescribía a sorbos cortos mientras le masajeaba las sienes con aceite de almendras dulces y hierba de San Juan para calmar la ansiedad. Y Luca cerraba los ojos y se dejaba flotar en un efímero mar de paz.

Efímero porque, de algún modo, los remedios de Anice sólo parecían funcionar en el entorno mágico de aquella casa o cuando ella estaba cerca para administrarlos. Tristemente, fuera de allí, Luca había descubierto que el único alivio real lo encontraba en la dulce inconsciencia del alcohol y, de vuelta al *castello* frío y hostil, ya no se atrevía a meterse en la cama sin mediar una botella de licor y un pinchazo de morfina.

Anice estaba segura de que Luca sólo necesitaba tiempo, paciencia y cariño para ahuyentar los traumas, olvidar el horror vivido en la guerra y volver a ser el de siempre. Claro que la hierba de San Juan, la lavanda, la canela o el espino albar podían ayudar, pero la joven sabía que no sería tan sencillo como darle infusiones o masajes porque las heridas de Luca, las que todo soldado sufre en la guerra, no sangraban por la piel y ésas eran las más difíciles de sanar. Tiempo, paciencia y cariño, se repetía.

Sin embargo, Luca parecía cada vez más hundido y su salud se deterioraba día a día. Más delgado y demacrado a causa de la falta de sueño y apetito, sin motivo, se sofocaba y se empapaba en sudor; su temperamento se había vuelto inestable, pasaba de la euforia a la ira o a la desolación en un parpadeo. Además, Anice había empezado a detectar un ligero temblor en sus manos, lo que no hizo más que confirmar sus peores sospechas. Como aquellos soldados que ella había visto en el *convalescenziario*, Luca estaba enfermo y la guerra era su enfermedad.

A Pino no le gustaba Luca. Nunca le había gustado. Y es que aquel hombre que poseía todo lo que a él le faltaba, aquel hombre que tenía a su alcance todo cuanto pudiera desear había tenido que arrebatarle su más preciada posesión. Aquel hombre le había quitado a Anice.

Pino no podía entender cómo ella parecía haber olvidado que el único que podía cuidarla, el único que la cuidaría por siempre era él. Y es que Pino era el único que la amaba por encima de todas las cosas. En cambio, Luca acabaría por hacerle daño porque ese hombre venía del castillo y allí sólo moraban las bestias, ya lo decía la leyenda.

Ojalá nunca hubiera terminado la guerra. Ojalá Luca nunca hubiera vuelto al pueblo como otros muchos hombres mejores que él, ojalá él hubiera muerto y no ellos. Ahora, Anice sólo tenía ojos para él, sólo lo cuidaba a él, sólo quería estar con él. Las sonrisas, las palabras dulces, los remedios y las noches en el molino eran sólo para Luca. Y a Pino lo había dejado de lado.

Pero el chico no pensaba darse por vencido y retirarse. No sería un bravo soldado ni un héroe de guerra, y sin embargo Anice siempre le había amado tal y como era, con su cuerpo enclenque y contrahecho. De algún modo conseguiría que ella le volviera a amar.

Pino decidió seguir siendo la sombra de la joven, poner los ojos en cada beso, en cada abrazo y en cada roce de la pareja hasta incomodarlos. Decidió que nadie le echaría del molino en el que tan buenos ratos pasaba y que si alguien sobraba allí, era Luca. Decidió que utilizaría cuantas argucias fueran necesarias para captar la atención de Anice: dejaría caer las cosas, tiraría de su brazo o gritaría sonidos desagradables aunque no vinieran al caso. La compasión siempre había funcionado con ella, no dejaría de usarla.

Tarde o temprano, Luca se cansaría, se marcharía y todo volvería a ser como antes.

Aún no había caído del todo la noche cuando Luca llegó hasta la puerta del molino. Anice no le esperaba tan pronto y andaba enredada en la cocina con un potaje para la cena. Pino se entretenía contando las alubias y haciendo con ellas montones de diez.

Cuando Anice lo recibió, enseguida se dio cuenta de su rostro crispado y su ademán nervioso.

—Necesito hablar contigo. A solas —concluyó a viva voz, lanzando una mirada hostil a Pino.

Luca empezaba a estar harto de la presencia constante del tarado, de sus miradas indiscretas, de sus intromisiones, de sus maneras nada sutiles de mantenerle apartado de Anice.

—Pino te admira —argumentaba ella cada vez que él protestaba—. Tú eres el valiente soldado que ha ganado la guerra.

—Me odia.

—No digas tonterías...

—Anice, está celoso. ¿Es que no lo ves?

—Pino tiene la mente de un niño. Si está celoso, no es del modo que tú crees. Más bien se comporta como un crío al que le han quitado un juguete.

—Un crío con el cuerpo de un hombre —mascullaba él indignado. A veces, la ingenuidad de Anice le desesperaba.

Pese a todo, Luca había tratado de transigir, por compasión, por caridad, porque ella le pedía paciencia. Pero empezaba a estar harto de sus artimañas.

Aquel día, que llegaba ya irascible por otros motivos, su aguante se colmó.

—Márchate —le ordenó—. Queremos estar solos.

Pino lo miró impasible, con la expresión bobalicona de su boca desvencijada. Aquello desesperó a Luca:

—¿Acaso no me entiendes? Claro que sí. Me entiendes perfectamente...

Anice trató de apaciguar la situación con palabras vanas que Luca apenas escuchó.

—No, esta vez no pienso aguantarme y callar. Tengo que hablar contigo y estoy harto de tener siempre sus oídos en medio. ¡Márchate, Pino!

Al principio, Pino se encogió asustado ante aquella inesperada reacción. Sin embargo, no tardó en recomponerse y sacar genio. Emitió una negación rotunda que sonó como un graznido.

—¡Sí! ¡Por supuesto que sí te vas a largar ahora mismo! —replicó Luca.

Y fue a agarrar a Pino con la intención de llevarle hasta la puerta, pero éste se zafó. Volvió a graznar su no, se escondió detrás de Anice y, al ver que Luca iba de nuevo a por él, empezó a gritar fuera de sí. Nana, su perrita, que lo había acompañado aquella vez, se unió a su dueño con ladridos agudos y continuos con los que pretendía intimidar a Luca. La escena se tornó desquiciante antes de que Anice, que sabía que trataba con dos bombas de relojería y se afanaba en dar rápidamente con la mejor manera de poner paz, pudiera evitarlo.

Luca agarró finalmente a Pino de un brazo y lo zarandeó mientras le gritaba por encima del escándalo:

—¡Vete al infierno con tu teatro y tu chantaje! ¡Calla de una vez! ¡Cállate! ¡Déjanos en paz!

Al final, Anice no tuvo más remedio que gritar más que el resto:

—¡Basta ya!

Curiosamente, fue Nana la primera que obedeció. Anice se acercó entonces a Luca y le apartó suavemente de Pino.

—Está bien... —Le acarició las mejillas congestionadas de ira. Le cogió las manos temblorosas—. Tranquilo... Déjame a mí. ¿De acuerdo?... Déjame a mí.

Pino seguía gritando, con los párpados bien apretados, ajeno a su alrededor: no podía escuchar ni sentir nada de lo que sucedía, no quería hacerlo. Y los gritos del tarado continuaban desquiciando a Luca, que tenía ganas de callarlo de un bofetón. Pero Anice seguía hablándole, le pedía calma... Se centró en sus ojos que le miraban con dulzura. Asintió algo confundido, aunque todavía bufando el arrebato.

A Anice ya sólo le quedaba un fuego que apagar.

—Pino. —Le encerró el rostro convulso entre las manos y le habló muy cerca de la oreja—. Pino, escúchame: deja de gritar. Pino, deja de gritar.

El joven abrió los ojos y la miró asustado. Aún gritaba, pero su grito comenzaba a quebrarse.

—Me haces daño en los oídos.

Pino se calló. La miró con los ojos muy abiertos, sudando y tiritando.

—Esto no está bien, Pino. No me gusta que grites. Has asustado a Nana y me has asustado a mí. Las personas no se gritan, ya te lo he dicho otras veces —le aleccionó con cariño mientras se sacaba un pañuelo del bolsillo de su mandil; con mimo, le limpió las babas y le secó el sudor de la frente. Después, le tomó las manos agarrotadas y estiró con delicadeza sus dedos de gancho; sabía que aquello le tranquilizaba—. Será mejor que vuelvas a casa antes de que anochezca. Ya sabes que a Nana le asusta el camino en la oscuridad.

Anice notó cierta resistencia: el muchacho se clavó al suelo y negó levemente sin abrir la boca.

—Pino, es hora de volver a casa —recalcó con más firmeza.

—*'O... té... e'faes...*

—No estoy enfadada. Sólo estoy cansada. Todos necesitamos descansar. Tienes que ir a casa, tomarte toda tu infusión e irte pronto a la cama. Yo también lo haré.

Anice le guio suavemente hasta la puerta, acompañando su lento tambaleo. En el umbral, acarició a Nana en el lomo y despidió a Pino con un beso en la mejilla. Ante la insistencia del muchacho, le volvió a repetir que no estaba enfadada. Le dio las buenas noches, cerró la hoja de madera y se apoyó en ella con un suspiro, exhausta. Enfrente, Luca había contemplado la escena aún con el ceño fruncido.

La joven se le acercó. A pesar de que él apretaba los puños, se percibía el temblor en las manos, que no había cesado.

—¿Estás bien?

—Sí —mintió. Parecía completamente abrumado.

Anice lo condujo hasta la mecedora para que se acomodase en ella, junto al fuego. Después, fue hacia la alacena y sacó una botellita de licor medicinal para los nervios; una maceración de flores de tilo y pétalos de amapola en *grappa*. Vertió un poco en un vaso y se lo llevó a Luca. Sólo con observar el pulso de su mano al ir a coger el vaso supo que lo derramaría, así que ella también lo sostuvo mientras él bebía, lo que hizo con ansiedad, prácticamente de un solo trago. La joven recogió el vaso y se sentó en el suelo, a su lado, recostada en sus rodillas. Luca le acarició el cabello.

—Lo siento.

—En realidad, soy yo la que debe sentirlo. Lo que ha sucedido es culpa mía. Entiendo que la situación te resulte agobiante, a mí también me agobia a veces, pero... Sólo me tiene a mí, ¿cómo decirle que deje de venir, que me deje respirar? No sé qué hacer...

Entonces Luca le levantó la barbilla con suavidad y la obligó a mirarle.

—Yo sí lo sé: cásate conmigo.

A Anice se le congelaron las palabras, pero en el rostro debió de notársele lo inesperado de aquella propuesta. Luca aprovechó para soltar cuanto había venido a decir.

—Ya hemos perdido demasiado tiempo. ¿Por qué crees que he regresado, Anice? ¡Por ti! Para sacarte de aquí y empezar juntos una nueva vida lejos de este lugar. No para ser el esclavo ni el pelele de mi padre, no para hurtar el tiempo que paso contigo o mendigárselo a un pobre desgraciado. Te quiero, Anice —pronunció como si amarla sólo le hiciera sufrir.

Ella se incorporó y lo besó, y sin apenas separar sus labios de los de él le repitió una y otra vez cuánto le quería. Luca correspondió a sus besos con ansiedad, le recorrió el cuello, le desabrochó la blusa y buscó su escote. El olor de su piel, la suavidad de su tacto, ese leve jadeo que ella emitía le embriagaban y le excitaban a la vez, podía notarse la erección apretando bajo los pantalones. Se desabrochó y ella comenzó a acariciarle, sus pulsaciones se aceleraron hasta dejarle sin respiración. Volvió a besarla en la boca. Le descubrió los senos, los lamió, los pellizcó, se excitó aún más con ella. La mecedora chirriaba con sus movimientos como si fuera a quebrarse. Luca alzó a Anice y la tumbó en el suelo. La miró a los ojos. No podía desearla más.

Aún yacían medio desnudos sobre la estera, al calor de la lumbre. Luca recorría con la punta de los dedos el trozo entre su cuello y su hombro, una y otra vez. Ella a veces ronroneaba en el colmo del placer.

—Hoy he vuelto a discutir con mi padre.

Anice rodó sobre sí misma para mirarle. Había esperado que su gesto fuera de contrariedad, de cólera incluso, como siempre que hablaba de su padre. Sin embargo, le sorprendió vislumbrar en él una profunda tristeza.

—Ya no puedo más. Ya no tengo fuerzas para una sola discusión más. No puedo competir con su crueldad.

—¿Qué ha pasado? —Anice intuía que aquella vez no se había tratado de una disputa más entre las habituales.

—Quiere arreglar mi matrimonio. Con la muchacha que iba a casarse con Giorgio. Cuando me he negado, me ha mirado con verdadero odio: «¿Por qué Dios me ha devuelto al hijo equivocado?». Eso me ha dicho. Yo soy el hijo equivocado. Yo tendría que haber muerto en lugar de mi hermano.

Anice, espantada, lo acogió entre sus brazos. Y él, abatido, hundió el rostro en su cuello.

—No... —Como si realmente pudiera perderle, la joven le estrechaba cada vez con más fuerza, pasando una y otra vez las manos por su espalda, acunando su desdicha, la de ambos—. No digas eso. Si no hubieras vuelto... *Madonna*... Yo no puedo vivir sin ti...

Se besaron atropelladamente.

—Eres lo único que tengo, Anice. ¿Te casarás conmigo? Dime que sí. En este lugar nunca nos dejarán ser felices. Vámonos de aquí.

Amaba a Luca. Lo amaba con locura y deseaba más que nada pasar el resto de su vida con él. Pero marcharse de allí... ¿Qué tenía ella fuera de esas cuatro paredes? ¿Qué era lejos de su bosque, de su jardín y de su hogar?

Anice sentía miedo. Y el miedo es el peor enemigo de la libertad.

Sugelli con *sugo di funghi*

Siempre me ha gustado ver a otras personas cocinar. A menudo me metía en la cocina con mi abuela, a charlar mientras ella trajinaba. También lo hacía con Carlo: una copa de vino para mí, un poco de conversación, los aromas y sonidos de la comida al prepararse, quizá algo de música de fondo. Al final, solía acabar entre fogones con ellos; se me da bien hacer de pinche.

Por eso me sentí a gusto en la peculiar cocina del molino, que Mauro había hecho suya. Me sorprendió su destreza al cocinar: la rapidez y técnica con la que manejaba el cuchillo, la forma en la que trabajaba la masa de la pasta, cómo cascaba los huevos con una mano y, sobre todo, el orden, la limpieza y la organización con la que se desenvolvía. No parecía en absoluto un profano saliendo del apuro. Además, había convertido la vieja y destartalada estancia, en la que quedaban pocos rastros de su primigenia función, en una auténtica cocina.

Mauro había dispuesto un quemador de gas con una gran olla para hervir la pasta. En el infiernillo, aguardaba una sartén para el sofrito y un perol para el caldo. En la vieja mesa de madera con el tablón hendido de surcos y grietas, el joven daba forma sobre una alfombra de harina a los *sugelli*, pequeñas porciones de pasta como pétalos.

Aquella mesa me fascinaba; estaba segura de que había pertenecido a Anice, que era la misma que ella tantas veces nombraba en su diario, sobre la que preparaba la pasta, mezclaba las especias, picaba fino las hierbas, ataba los ramilletes de flores secas, molía las castañas... De hecho, como si aquel lugar hubiera vuelto a la vida, si cerraba los ojos y sólo percibía los sonidos del borboteo del agua, del roce de los dedos de Mauro sobre la mesa o del chisporroteo del aceite, si aspiraba el aroma a bosque de las setas frescas, el del tomillo recién cortado y del ajo sofrito, podía imaginarme la cocina de Anice tal y como ella la describía: con la lumbre siempre prendida, los hatillos de hierbas colgados de las vigas, el gato dormitando junto a la chimenea, los cacharros de loza apilados en la alacena, los botes de especias, los paños de hilo y la mesa cubierta de harina.

—¿Qué haces?

Abrí los párpados. Mauro me miraba divertido sin dejar de pellizcar la pasta.

—Imaginarme la cocina de Anice. ¿Por qué se marcharía de un lugar tan bonito como éste?

—Tal vez no fuera tan bonito como tú te lo imaginas. Tal vez fuera frío y húmedo y triste. Tal vez pasara hambre...

—Eso no es lo que dice en su diario —atajé antes de que me matase la ilusión—. ¿Sabes? Luca le ha pedido matrimonio a Anice.

—Y ella ha aceptado.

—Pues no lo sé. Justo he llegado a las páginas perdidas y la historia se interrumpe.

—Pero tuvo que aceptar. Si no, tú no estarías aquí.

Su lógica me pareció graciosa y no pude evitar reírme.

—Pero ¡qué anticuado eres! Sabes que no hace falta casarse para tener hijos, ¿verdad?

—Pues claro que lo sé. —Mauro impostó la voz para resultar burlón; con todo, me pareció que se ruborizaba y encontré muy tierno su rubor.

—La cuestión es que mi bisabuela conservó su apellido, nunca fue Ruggia. Eso me hace pensar que no llegó a casarse con Luca. Sin embargo, no me explico por qué. Estaba claro que se amaban y parece que se fueron juntos del pueblo. Si él le pidió matrimonio no veo motivo para que no se casaran. Además, tuvieron una hija juntos...

En aquel momento se me cruzó un pensamiento intempestivo.

—Un segundo: ¿y si Luca no fue el padre? Tal vez Nonna me engañara, o la engañaran a ella y le hicieran creer que sí. ¡Ay, Dios, espero que no! Ya me he encariñado con él...

—¿Te has encariñado de un tipo al que no conoces de nada? —Estoy segura de que en ocasiones Mauro dudaba de mi equilibrio mental.

No hice demasiado caso de su observación. Me había quedado mirando fijamente cómo sus manos trabajaban con destreza sobre la mesa.

—¿Cómo lo haces? —le pregunté, olvidando por completo el tema que nos ocupaba.

—¿El qué?

—La pasta, ¿qué va a ser?

—Pero ¿no estábamos hablando de tu bisabuelo?

—Ya. Acabo de cambiar de tema. A ver, estoy segura de que no es fácil y, sin embargo, tú le das forma a esas cosas casi sin mirar. Una detrás de otra, rápidamente: pum, pum.

—Bueno, tiene su técnica pero tampoco es difícil. Se corta la masa en tiras, después en pedacitos y, por último, frotas cada pedacito con el dedo contra la mesa. Así. —Me mostró cómo se hacía.

—¿Puedo probar?

—Adelante.

Me coloqué junto a él al otro lado de la mesa. Tomé un trocito de pasta suave y mullida; la textura granulosa de la harina se notaba en la yema de los dedos.

—Ahora, froto contra la mesa y... ¡Ey! —Observé orgullosa el resultado.

—No está mal.

—Claro: ¡soy una Verelli! Provengo de una estirpe de grandes cocineras.

Pero Mauro era un perfeccionista. Se situó detrás de mí, puso su mano sobre la mía, su dedo sobre mi dedo, la otra mano en mi cintura no sé para qué, y me indicó el movimiento exacto para dar la forma ideal a la pasta.

—Así... Perfecto... Ahora, Verelli, sí que estás preparada para continuar tú mientras yo empiezo con el postre.

En cambio, cuando se separó y me dejó sola frente a la mesa, yo me sentía tensa y desconcentrada. Algo acalorada, incluso. Tardé un instante en recuperar el pulso y moldear la dichosa escamita esa.

A mi espalda, oía trastear a Mauro. Miré por encima de mi hombro y vi que disponía leche, huevos, azúcar...

—¿Qué vas a preparar?

—Crema de azafrán con *biscotti* de avellanas.

No me pareció que aquello fuera un postre de aficionado.

—Te gusta cocinar, ¿eh?

—Me gusta.

Él cascó un huevo. Yo arrastré un par de *sugelli.*

—Además, es mi profesión. O lo era.

El dato me sorprendió; quizá ya no tanto después de lo que llevaba observado.

—¿Eres cocinero? Creí que te dedicabas a la construcción.

Sin dejar de prestar atención a la elaboración de su postre, Mauro se explicó:

—Mi padre era ebanista y aprendí algunas cosas con él. Es lo que ahora me está sacando del apuro; siempre hay alguna chapuza que hacer aquí o allá. Pero me he formado como cocinero. Hice un grado en gastronomía y otro en repostería y estuve trabajando un par de años en un hotel de lujo en Mónaco. Luego regresé a Italia y me hice cargo de la cocina de un restaurante en Parma mientras asistía a unos cursos de perfeccionamiento y de cata de vinos. Entonces, mi hermano, que había estudiado hostelería, y yo decidimos vender la casa de mis padres y con el dinero montamos un restaurante en Imperia. Cuando el accidente... Bueno, tuve que cerrar, claro.

—¿Y no has vuelto a trabajar de cocinero?

—No. Apenas un par de cosas sueltas; pelar patatas y cortar cebollas la temporada de verano. El restaurante de Sanremo en el que estuvimos: les echo una mano de vez en cuando. Pero en la alta cocina hay mucha competencia y tener antecedentes penales no ayuda —concluyó sin emoción en la voz.

Mientras Mauro hablaba, me había olvidado de seguir aplastando pasta contra la mesa y lo observaba cocinar con su melena recogida en un moño y el mandilón de rayas sobre la camiseta blanca y los pantalones vaqueros. Lo hacía con soltura, como había visto tantas veces cocinar a Nonna o a Carlo; con el mismo cuidado, habilidad y deleite.

Sentí lástima por él. Por su vocación frustrada y su vida truncada en apenas un parpadeo. No se me ocurría nada más cruel.

—¡Vamos, Verelli! Date brío con la pasta, que luego tienes que ayudarme a limpiar las setas.

—¡Sí, chef!

—Me gusta lo de chef, pero no hace falta que te cuadres, esto no es el ejército.

Yo provengo de una familia reducida y extraña y siempre veía con añoranza las grandes comidas familiares: los cumpleaños de platos de papel y tartas enormes y las Navidades de mesas largas y alboroto. Sí, ya sé que normalmente la gente reniega de tales reuniones, de los cuñados sabelotodo, de los sobrinos llorones y de las suegras porque lo son. Pero lo hacen porque no saben lo que es celebrar algo en torno a una mesa con sólo tres personas o incluso dos: mis canciones de cumpleaños feliz se entonaban flojito y nunca tomé pavo en Navidad porque no hay pavos tan pequeños.

Quizá por eso disfruté como nunca de aquella noche familiar bulliciosa y desordenada, en la que la comida se sirvió en grandes peroles y una vajilla descabalada sobre varias mesas desiguales, corridas y sin mantel, al aire libre de la pradera del molino. La noche era cálida y sin brisa, olía a hierba recién cortada y a velas de citronela para espantar los mosquitos. La luna llena dibujaba los contornos y, entre dos olivos, Mauro había colgado una ristra de luces de Navidad para iluminar la cena; también había farolillos hechos con tarros de mermelada y latas de conserva agujereadas. Como faltaban guirnaldas, recorté con los niños unos banderines de papel de periódico bastante chapuceros pero que contribuían al espíritu festivo. Se reunían para la fiesta varios niños, los tres de Mica y otros dos de su hermano Berto, que vivía con su mujer en el pueblo de al lado y también habían acudido a la fiesta. Además, se unían a la comitiva dos chiquillos más, amigos de los anteriores. Todos gritaban y correteaban por la pradera seguidos de Trón, que parecía un crío como ellos. Durante el aperitivo, Mauro se sumó a la pandilla en un partido de fútbol y terminó tirado sobre la hierba con tres chicos encima y Trón lamiéndole la cara mientras los del equipo contrario se adelantaban en el marcador.

Mica y yo los animábamos divertidas.

—Da gusto ver esto —me confesó Mica—. Mauro no había celebrado su cumpleaños desde el accidente. Ni siquiera quería que lo mencionáramos, que lo felicitáramos. No ha sido fácil convencerlo de que lo hiciera esta vez, pero míralo: creo que está disfrutando.

—El tiempo, que todo lo cura.

—Y la compañía. Él se ha empeñado en huir, en aislarse, pero ¿qué sino el cariño de los demás nos ayuda a sobrevivir? La familia a veces puede ser un coñazo, pero en muchas ocasiones es lo único que nos saca adelante.

Asentí convencida mientras contemplaba a Mauro celebrar a gritos y saltos un gol, rodeado de niños igualmente saltarines.

A la cena también asistían Manuela, la madre de Mica y Berto, y *zio* Ernèsto, su hermano, un soltero vocacional, piropeador a la vieja usanza, me encantaba.

—Mira, *mamma*, es Gianna Verelli —nos presentó Mica—. Te he hablado de ella, ¿recuerdas? Su bisabuela y *nonnina* Manuela eran amigas. Ella fue la que le dejó el molino.

A partir de entonces Manuela empezó a hablarme de su *nonnina*, también Manuela, como todas las mujeres de la familia menos Mica. Me dijo que me mostraría una fotografía de ambas amigas niñas, y yo le prometí enseñarle la mía de cuando ya eran dos mujeres. No sabía mucho de Giovanna Verelli, me dijo. La joven se fue pronto del pueblo, aunque creía que durante toda la vida estuvieron intercambiándose correspondencia su abuela y ella. Y el molino siempre estuvo deshabitado, aunque *nonnina* Manuela lo mantenía cuidado: cortaba la maleza para que no invadiera la casa y abría de cuando en cuando las ventanas para ventilar. Cuando ella murió, el viejo caserón cayó en el olvido y se fue deteriorando poco a poco. También me habló de su libro de remedios y salmos.

—Tienes que verlo, con sus ilustraciones de hierbas y todo. Parece un auténtico libro de bruja. —Se rio de su ocurrencia—. Siendo niñas, a mi hermana y a mí nos fascinaba. A ella le gustaba enseñárnoslo con mucha ceremonia y nos decía: «Tenéis un don, no lo olvidéis. Sois *baggiure*, damas verdes que emplean sus talentos para hacer el bien». —Volvió a reír—. A todas las mujeres de esta familia nos ha gustado ejercer de curanderas y profetisas. *Nonnina* Manuela me enseñó a leer los posos del café. Y mira Mica, ha sido la más lista, ¡es capaz de vender sus hierbas! Ella estaría orgullosa de su bisnieta.

—¿Con quién se casó?

—Con el *nonno* Ìtalo. Un buen hombre. Era veinte años mayor que ella, pero la amó y respetó hasta el día de su muerte. Yo no llegué a conocerlo, aunque todo el mundo dice que la idolatraba. Claro que *nonnina*... Bueno, ella siempre estuvo enamorada de otro.

—Massimo —salté.

Manuela puso gesto de extrañeza.

—¿El maestro? —aclaré con más cautela—. Murió en la guerra. Lo he leído en el diario de mi bisabuela...

—¡Oh, sí! ¡El maestro! Nunca supe su nombre. ¿Massimo, dices? Vaya... —Se quedó un instante como saboreándolo—. Vi una foto suya. Cuando murió *nonnina*, la encontramos dentro de un guardapelo que siempre llevaba prendido al sostén. ¡Hasta el mismo día de morir lo llevó con ella! —recordó con un dedo tieso—. Cuando yo era jovencita y andaba con amores, ella me dijo en una ocasión: «Noelìnna (en casa me llaman así), cuando te enamores de verdad, ya sólo amarás una vez; podrás querer a otros, pero sólo amarás a uno pase lo que pase». Así que Massimo, ¿eh?...

Fue un rato muy agradable el que estuve charlando con Noelìnna. En parte, me recordaba a mi abuela, como había sido ella hacía unos años, aún joven y llena de vida. Poseía la misma sonrisa amable, la risa sonora y contagiosa, la mirada dulce, la voz suave, algo quebrada, y el aspecto tierno de una *mamma* de antaño, con la piel de terciopelo fruncido, el cabello sin teñir y entrada en carnes.

En realidad, toda la velada fue muy especial: alegre y divertida; una experiencia diferente para mí, cálida y reconfortante, en aquella larga, animada y variopinta mesa de catorce personas sobre la que circulaban de un lado a otro los deliciosos *sugelli* con salsa de setas, la exquisita *focaccia* de Noelìnna, el *brussu* hecho con leche de las cabras de *zio* Ernèsto, las anchoas marinadas que Mica preparaba como nadie y los embutidos que habían traído Bruno y su mujer. Corrieron los brindis, las risas, los versos fáciles de *zio* Ernèsto y las exclamaciones de regocijo y buenos deseos mientras las velas de los farolillos se consumían lentamente. Después del postre —la crema de azafrán me pareció espectacular, suave y dulce con un sutil aroma a azafrán que combinaba a la perfección con los *biscotti* crujientes de avellana— llegaron las canciones y el café, de puchero, hecho sobre la lumbre.

Sólo cuando Chandler, el hijo pequeño de Mica, se cayó persiguiendo a Trón y la cosa acabó en llanto y chichón, la noche pareció llegar a su fin; ya era de madrugada. Los niños estaban cansados, también los mayores; empezaban a cundir los bostezos y la comitiva se dispersó rápido.

Mica, con un niño lloroso en los brazos y otros dos que se dormían por las esquinas, insistió en ayudar a Mauro a recoger. Yo me ofrecí a hacerlo en su lugar.

—Oh, gracias. Eres un amor —me halagó, empujando a la prole hacia la salida—. Pásate mañana por el herbolario y nos tomamos un té.

Después de un ruidoso cruce de despedidas, besos y abrazos, portazos de coche, motores en marcha y neumáticos rodando sobre la grava, el silencio recobró protagonismo. Sedante.

Los grillos cantaban, el río discurría tranquilo, la brisa revolvía las copas de los árboles. La naturaleza reaparecía. Mauro regresó a la mesa, se acomodó en una silla y puso los pies sobre otra. Se le veía muy relajado, sin ninguna intención de recoger.

—Ha estado bien —comentó de pronto, como si jamás hubiera esperado que lo fuera a estar.

—Sí, muy bien. Tienes suerte de tener una familia así.

—Hacía mucho que no cocinaba para tantos.

—Pues me imagino que para un chef eso debe de ser horrible. Como un capitán sin barco.

—Sí. Algo así. —Me sonrió.

Entonces recordé algo.

—¡Ay! Espera aquí.

Antes de que él pudiera reaccionar, desaparecí hacia el interior de la casa en busca de mi bolso. Regresé al cabo de pocos minutos con una velita de Mickey Mouse con las orejas derretidas, dispuesta en precario equilibrio sobre un *biscotto*. Iba andando despacio y con la mano a modo de pantalla para que no se apagara la llama. Dejé vela y dulce en la mesa frente a él.

—¿Qué es esto?

—Tu vela de cumpleaños. Es lo único que he podido conseguir, me la ha prestado Mica; es del último cumpleaños de Phoebe.

—*Mamma mia...*

—Te dije que soplarías las velas.

—Ya son más de las doce. Técnicamente ya no es mi cumpleaños.

—Es tu cumpleaños hasta que te vayas a dormir y te despiertes por la mañana. Vamos, pide un deseo y sopla. No hay cumpleaños sin velas.

Al final, le arranqué una sonrisa condescendiente y un breve soplido.

—¿Contenta?

—¿Has pedido el deseo?

—Lo he pedido —confirmó con tono de paciencia—. No irás a cantar ahora.

—No. Canto fatal. —Lo noté aliviado—. Feliz cumpleaños, Mauro.

Parecía contento cuando me dio las gracias, como si su cumpleaños hubiera sido realmente feliz.

—No me apetece recoger ahora. Ya lo haré mañana —declaró mientras estiraba el brazo y acercaba otra silla—. Deberías sentarte. —La colocó justo a su lado—. A no ser que quieras irte ya.

Sin pensarlo demasiado, escogí.

—Me sentaré un rato. Aún no tengo sueño.

Me repantingué en el asiento, con las piernas bien estiradas y la cabeza reclinada en el borde del respaldo para mirar las estrellas.

—No te apures. No me quedaré mucho y prometo no darte conversación.

—Bien.

Sin embargo, fue él quien quebró su norma de silencio.

—Me gusta tu *mezzaro* —apreció, quizá porque nuestros hombros se rozaban y tuvo oportunidad de observarlo de cerca.

Yo me arrebujé más en él, regodeándome en la suavidad y la calidez de la tela en el fresco nocturno, extrañamente incómoda también porque sentía los ojos de Mauro puestos en mí.

—Era de Anice.

—Mi abuela tenía uno, pero se quemó cuando se incendió su casa.

Nos encontrábamos tan próximos el uno del otro que apenas susurrábamos para hablar y cuando él lo hizo, sentí su aliento tibio en mi cuello. Me giré y me encontré de lleno con su rostro, vuelto hacia mí. En aquella luz extraña de farolillos a medio consumir, apenas distinguía sus rasgos, tan sólo un boceto de su mentón barbudo y sus ojos grandes; tenía una pequeña cicatriz al borde de uno de ellos. Sentí entonces un cosquilleo en el estómago que hacía mucho tiempo que no sentía y sin atender a razones, sólo a instintos, me incorporé un poco y le besé. Brevemente. Lo justo para notar su barba áspera en los labios y un calor repentino que me subió hasta las mejillas. Me separé algunos centímetros.

—No he bebido ni una gota de alcohol esta noche. —Mi voz sonó en cambio como si estuviera embriagada.

Él, con los ojos entornados y el gesto ausente, tampoco parecía muy sobrio aun no habiendo mediado tampoco el alcohol.

—Lo sé.

—¿A qué voy a echarle entonces la culpa de lo que acabo de hacer?

Mauro me sonrió con ternura.

—¿Y por qué tiene que haber culpables? —argumentó llevando su mano grande a mi mejilla.

Antes de que la calidez de su tacto terminara de desquiciarme, retomó el beso donde lo habíamos dejado. Yo gemí y el tímido roce se convirtió en una apasionada acometida. Nos hubiéramos desnudado allí mismo. Él ya tenía las manos en los botones de mi blusa, yo buscaba el acceso por debajo de su camiseta...

Entonces el hocico de Trón se interpuso entre nosotros. El animal cabeceaba y soltaba lengüetazos a diestro y siniestro.

—¡Lárgate, *abelinòu*! ¡Quita de aquí! —se enfadó Mauro.

A mí me dio por reír.

—Creo que quiere participar.

—¡Sí, claro! ¡Siéntate! —ordenó. Al perro, por supuesto.

Ante la enérgica instrucción de su dueño, Trón obedeció. Mauro suspiró y lo miró severo unos segundos. Después, se giró hacia mí. Me acarició el pelo, volvió a besarme. Lanzó una mirada de reojo a Trón, que amagaba con levantarse, y le mostró el dedo índice para detenerlo.

—¿Quieres que entremos? —me susurró.

Dejé escapar un gemido por toda afirmación. Y según estaba abrazada a él, casi colgada de su cuello, me alzó ligeramente y me llevó a la casa.

Abrí los ojos y mi mirada chocó con la de Mauro, sorprendentemente viva y despierta a aquellas horas de la madrugada. Volví a enamorarme de sus ojos de avellana, casi miel a la luz dorada de la lamparita de noche.

—¿Me he quedado dormida? Dime que no roncaba...

—Sólo respirabas fuerte.

Me estiré bajo las sábanas, aún bajo los efectos del placer; el cuerpo ligero, la piel fresca y suave, la mente en calma. Me sentía a gusto como hacía mucho tiempo que no me había sentido. Mauro volvió a acariciarme, apenas había dejado de hacerlo. El contorno de las mejillas, el cuello, los hombros, al comienzo de la espalda, sobre el pecho... Suspiré.

—¿Estás bien?

Arqueé una ceja.

—¿Tú qué crees?

Pero la respuesta no debió de parecerle tan obvia porque se mostraba inquieto.

—Ese tío del Ferrari y tú...

De modo que de eso se trataba.

—No hay nada —me apresuré a aclarar—. No lo ha habido ni lo va a haber. No creas que me voy acostando con cualquiera que me dedica una sonrisa. De hecho, tú has sido muy tacaño con las tuyas.

Como era habitual, yo bromeaba; sin embargo, aquélla era una de las ocasiones en las que Mauro no estaba para bromas. Ajeno a la ironía, seguía mostrándose nervioso.

—Yo... Si esto... Bueno, no sé qué ha sido esto para ti, pero... Si es un rollo de una noche, me gustaría saberlo. Dios... —Apoyó la espalda contra la pared y se pasó la mano por los cabellos revueltos como si el gesto le sirviera para aclarar sus ideas—. Parezco idiota. Yo... En fin, tú... No sé cómo ha pasado. Yo soy un tipo raro y tú... ¡eres tan... diferente!

Por una vez en la vida, estaba dispuesta a permanecer en silencio, casi sin pestañear, aguardando a ver adónde iba a parar todo aquel desvarío.

—Diferente a mí, me refiero. Y eso es bueno para ti, claro...

Pero me desconciertas, me desesperas, me... ¿Cómo ha sucedido? ¿Cómo es posible que me gustes tanto? Y no es sólo porque te parezcas a Gal Gadot, que no tengo ni idea de quién es, pero si es como dice Mica...

—¡Oh, por Dios! —Le lancé a su cara burlona lo primero que encontré a mano; suerte para él que fue un almohadón.

Mauro se recompuso fácilmente del ataque. Apartó el almohadón, se inclinó hacia mí y me acarició en la sien, donde nace el pelo; algo más calmado, aunque mirándome de hito en hito, con cierta ansiedad.

—En serio, dime si esto acaba aquí porque no quiero llevarme a engaños.

Aquélla era la declaración más extraña y patosa que me habían hecho nunca, pero también la más tierna y probablemente sincera.

Me incorporé sobre las almohadas para besarle en los labios. Primero un beso prolongado seguido de varios cortos, ávidos; como un juego de fuegos artificiales. Y entre ellos empecé a enumerar:

—Me gusta el color de tus ojos y esa mirada huidiza que tienes. Me gusta la cicatriz que cruza junto a éste —le besé el izquierdo—, tuviste suerte de no perderlo. Me gusta tu pelo largo y desgreñado. —Jugué con él—. Me gusta tu cuerpo, creo que desde que lo vi el otro día mientras dabas yeso. —Sonreí con picardía—. Me gusta el tatuaje de tu hombro —se lo besé también—, a pesar de que no me explicaste lo que representa. Me gusta desesperarte, desconcertarte y que seas diferente a mí. Aunque hay algo en lo que creo que conectamos. No sé muy bien qué es, sólo sé que me gusta pasar tiempo contigo. Ah, y no me gustan los rollos de una noche. Aunque, francamente, no me lo he planteado cuando te he besado: en lo único que pensaba era en cuánto deseaba besarte.

Cesé los besos y le miré fijamente a los ojos.

—Dicho esto, no puedo prometerte mucho más.

Mauro sonrió y estrechó el abrazo hasta apretarme con fuerza contra su cuerpo. Noté entonces que había vuelto a excitarse.

—De momento, creo que es suficiente —declaró mientras, con un suave tirón, me alzaba sobre él y me devolvía con creces los besos.

La habitación de Mauro se encontraba en el piso de arriba del molino. Más bien pequeña, el techo estaba abuhardillado y surcado de vigas de madera. Una de sus paredes era de piedras color miel; las demás, de yeso sucio y agrietado. En una esquina, había una chimenea con restos de hollín. Tenía un ventanuco por el que entró la luz que me había despertado al amanecer, sin contraventanas, ni siquiera cristales, sólo lo cubría una fina tela claveteada al dintel que parecía una vieja pañoleta de mujer y que se agitaba suavemente con la brisa.

—Conservaba todos los muebles —me había explicado Mauro—. Pero retiré la mayoría. La cama de madera crujía como el demonio y el somier era de soga y estaba destrozado. Aun así, es una cama preciosa, debería arreglarse algún día. También me llevé las mesillas, me quedaban demasiado altas.

En lugar de los muebles retirados, había un colchón sobre una base de palets que lo elevaban algo del suelo; una gran mosquitera que colgaba de una viga lo envolvía, dando la sensación de nido. A un lado de la cama, una caja de madera para botellas hacía las veces de mesilla, y al otro se amontonaban varias pilas de libros.

—Nunca fui un gran lector. De hecho, sólo leía lo imprescindible. Pero en la cárcel empecé a leer compulsivamente, hasta tres libros a la semana, a veces más. Era lo único que me hacía olvidarlo todo por un momento. Leer te aísla de las miserias de la vida. Ahora he cogido el vicio de la lectura y ya no puedo soltarlo.

Del techo aún pendía una lámpara de aceite, con su pantalla de cristal blanco intacta, y completaban los enseres del dormitorio un armario con las puertas descolgadas, un espejo manchado de óxido que reposaba contra la pared y una mecedora cubierta de ropa sin doblar. La mecedora de Anice.

Tumbada en la cama de Mauro, con la perspectiva oblicua de aquella mecedora, caí en la cuenta de lo peculiar de la situación: cien años después de que mi bisabuela dejara su casa para siempre, yo había pasado en ella una maravillosa noche de arrullos, susurros y sexo. Una noche que no quería que fuera la última. Era bonito pensar que aquélla ya no era sólo la casa de mi bisabuela: desde aquel instante, y no porque lo dijera un papel, había empezado a ser mía pues formaba parte de mi propia historia. Una historia que tenía la sensación de que no había hecho más que empezar.

Rodé sobre mí misma con cuidado para observar a Mauro, que aún dormía. Me resultaba asombroso a la par que inquietante comprobar cómo todo mi interior revoloteaba con sólo mirarle. Me sentía como una quinceañera enamorada. Aquello era una locura, una dulce locura que me había atacado fuerte como una viruela en la vejez. Sentí deseos de despertarle en ese mismo instante para volver a hacer el amor como tantas veces lo habíamos hecho durante la noche.

Pero la voz de mi conciencia, que, como yo, había abierto los ojos temprano a la luz del amanecer, me siseaba machacona en el oído: «Estás embarazada de otro hombre, ¿recuerdas? Y habías decidido tener el bebé».

«Cállate, maldita sabelotodo», le respondí enojada. «Todavía no he decidido nada», pretendí engañarla.

Finalmente, opté por dejar a Mauro dormir. Salí de la cama con sigilo, crucé la habitación de puntillas y, tras asearme ligeramente en un baño que lo primero que pensé fue que urgía reformar, me dirigí a la cocina a preparar café.

A primera hora de la mañana, un resplandor radiante entraba por las ventanas de la planta baja, limpio y lleno de sol. Del exterior llegaba el trino agitado de los pájaros. Llamé bajito a Trón por toda la casa, pero no obtuve respuesta; probablemente se habría adentrado en el bosque persiguiendo algún animal. En la cocina, todo estaba hecho un desastre, tal y como había quedado después de la fiesta de la noche anterior. Mientras buscaba la cafetera, empecé a poner un poco de orden: despejé la mesa, agrupé los cacharros sucios, tiré la basura. En el porche, aguardaba todo por recoger, de modo que salí para ponerme manos a la obra y, de paso, otear la finca en busca de Trón. No lo localicé, así que empecé a apilar vasos y platos sucios y regresé con todos los que pude cargar a la cocina. Me dispuse a sacudirles los restos de comida y fue cuando estaba a punto de terminar cuando escuché ruidos fuera de la casa. Pensé que era Trón volviendo de su excursión mañanera.

—Ven, chico —le llamé antes de verlo—. Aquí a la cocina.

—Gigi.

Del respingo que pegué casi se me cae el plato que tenía en la mano; lo cogí al vuelo y me volví con los pelos de punta.

—¿Pau? Pero ¿qué co...?

Eran tantas cosas las que quería decir y tantos los idiomas

que se me enredaban en la lengua, que acabé por bloquearme. Y como la mente a veces acciona extraños resortes, mis pensamientos se concentraron en el hecho de que sólo llevaba puestas las bragas y una blusa a medio abrochar. Me aseguré con un tirón del bajo de que al menos me cubría las caderas.

Pau aprovechó para intervenir:

—Antes de que te pongas a gritarme, déjame que te explique...

—No pienso malgastar mi energía gritándote —le interrumpí—. No me hace falta para decirte que ya puedes marcharte por donde has venido. ¿Cómo demonios me has encontrado?

—Tú me dijiste dónde estabas. Y en este pueblo sólo hay un hotel. Me presenté allí esta mañana y una mujer... Joder, qué tía más indiscreta, tenía la sensación de que me desnudaba con la mirada...

—Vale. No me importa cómo has llegado hasta aquí. Vete y punto.

—Pero, Gigi, no contestas mis llamadas. Tenemos que hablar...

—He bloqueado tu número precisamente porque no tengo nada que hablar contigo. Esto se acabó, Pau. Creo que lo he dicho varias veces y con toda claridad.

—Gigi, por favor, escúchame...

Pau era un actor mediocre, pero sabía interpretar un papel: esa cara de angustia, de desesperación, de desconsuelo; las comisuras de los labios vencidas, las mejillas hundidas, las ojeras... Todo desmesurado. En aquel instante, su presencia me repugnó.

—También me dijiste que no volviera a llamarte si no era para decirte que había dejado a mi mujer. Pues bien: la he dejado. He dejado a Sandra. Y voy a pedir el divorcio.

Hecha menos de un mes atrás, aquella declaración me hubiera causado una inmensa felicidad. Entonces no hizo sino acrecentar mi ira, que brotó contenida en una frase sibilina:

—De modo que tú la has dejado...

—Sí, ¡sí! Estaba harto de sus chantajes, se acabó definitivamente. ¡Por eso estoy aquí! Sólo te quiero a ti, siempre te he querido sólo a ti. Y, ahora, somos libres de empezar una vida juntos. Nos casaremos si tú quieres y... el bebé... Haremos lo que tú quieras, yo te apoyaré.

Sentí ganas de abofetearle por cínico. Sin embargo, me tragué la quina y me giré hacia la pila de piedra llena de cacharros sucios, para darle la espalda. Perdí la vista al otro lado de la ventana, sin ver nada en realidad.

—Gigi... —imploró él con su tono teatral—. ¿Quieres tener el bebé? Siempre lo has querido, ¿verdad?

—Demasiado tarde —sentencié con frialdad, aún de espaldas para evitar mirarle.

—¿Has... abortado?

No fui capaz de mentir de palabra. Tan sólo guardé silencio y él lo interpretó como un sí. Se acercó hasta mí.

—Lo siento... Yo tenía que haber estado contigo. —Hizo por acariciarme la espalda, pero yo me aparté—. Ya no volverá a suceder, te lo prometo. No volveré a dejarte. Ahora sólo estamos los dos. Y tú eres lo único que me importa.

Había prometido no gritar, pero mi paciencia se había colmado. Incapaz de contenerme por un segundo más, exploté:

—¡Y una mierda! ¡Una mierda de teatro y una mierda de mentiras! ¿Te crees que soy idiota?, ¿que no leo los periódicos? ¡Estás acusado de violación, por Dios! ¡Por eso Sandra te ha dado la patada en el culo! Y tienes la desfachatez de presentarte aquí con esta película que te has montado de que si la has dejado tú, de que si el bebé... ¡Sólo me necesitas para limpiar tu imagen! ¡Nunca has tenido huevos para nada más que para mentir!

—¡No! ¡Esa acusación es la única mentira! ¡Todo mentira! ¿Cómo puedes creerme capaz de una cosa así? ¡Esa mujer sólo quiere sacarme el dinero, aprovecharse de que soy un personaje público!

Pero yo ni siquiera escuchaba sus burdas excusas.

—¡Y ocurrió cuando ya estábamos juntos! Dios mío, sólo de pensarlo me dan náuseas... ¡Es asqueroso!

Pau entró en una espiral de desesperación que empecé a dudar de que fuera fingida. Al borde del llanto, me agarró con ansiedad y logró resistir mis intentos de zafarme de él.

—Gigi, Gigi, tienes que escucharme. Escúchame, por favor. Estoy pasando por un infierno. Ya no puedo más. ¡Te necesito! ¡Tienes que creerme, eres la única que puede creerme, me conoces bien: nunca haría algo así! ¡Soy inocente!

—Suéltame, Pau —le ordené, intentando no perder los nervios, aunque su acoso empezaba a angustiarme.

—Gigi, por favor, por favor —rogaba sin dejar de manosearme.

—No... Pau... Déjame... ¡Que me sueltes, joder!

—¿Es que no la has oído?

La voz de Mauro sobre nuestro forcejeo congeló la escena. Pau se volvió, atónito.

—¿Y tú quién coño eres?

Los dos hombres se miraron sin responderse. La conversación era imposible con uno hablando en italiano y el otro en catalán. Y yo tampoco estaba dispuesta a hacer nada por arreglarlo, sólo deseaba que el suelo de la cocina se abriese como una gran falla en aquel instante y yo pudiera desaparecer por allí.

Pau se volvió hacia mí y, de pronto, su mente saturada se despejó y empezó a atar cabos:

—Ah... Ya entiendo... Claro que sí... Ahora me explico por qué vas medio desnuda, con las tetas prácticamente al aire. Me juego el cuello a que la cama de este tipo está aún caliente y su polla tiesa. No has tardado mucho en buscar consuelo, ¿eh? Y todavía tienes la poca vergüenza de darme lecciones de moral. Serás puta.

Fue escuchar aquel insulto pronunciado con ganas y con odio y despertarse en mí algún tipo de instinto primitivo o qué sé yo.

El caso es que cerré un puño y lo descargué con todas mis fuerzas en su cara, un gancho de derecha como un profesional, me pareció a mí, que le pilló desprevenido y dejó en el aire el sonido de un golpe seco. Quizá eso y ver su cabeza sacudirse como la de un perro de salpicadero fue lo que me espabiló y entonces me di cuenta de lo que acababa de hacer. Me quedé tiesa del asombro. Sintiendo el dolor palpitar en mis nudillos.

Mi primer impulso fue disculparme, pero no tuve tiempo de hacerlo. En cuestión de décimas de segundo, Pau se recuperó del golpe y la sorpresa y se revolvió como una fiera enjaulada.

—¡Maldita zorra!

Se abalanzó sobre mí. Asustada, me encogí, cerré los ojos y alcé los brazos para protegerme. Sentí un empujón contra la pila de fregar. Pero nada más.

Mauro había tirado de él para quitármelo de encima.

—¡Cabrón, hijo de puta! ¡No te metas en esto! ¡Ella es mía! —aulló rojo de cólera Pau antes de atacarle.

Mauro se defendió y, en un abrir y cerrar de ojos, ambos estaban enredados en una pelea.

Yo grité de espanto y cometí el gran error de intentar separarlos. Apenas me acerqué, recibí un golpe suelto de aquella maraña de bofetadas y empellones que me precipitó contra el borde de la mesa y acabó conmigo en el suelo.

—¡Basta ya! ¡Dejad de pelearos! ¡Basta! —supliqué impotente mientras los veía rodar y agredirse como si quisieran matarse.

Entonces un fuerte ladrido retumbó en la sala y, antes de que pudiera darme cuenta, apareció Trón en escena, que saltó sobre Pau con los belfos levantados, mostrando unos amenazantes colmillos, y lo redujo contra el suelo mientras ladraba con fiereza. Fueron sólo unos segundos hasta que Mauro separó al animal de su presa, pero la expresión de Pau al incorporarse era de auténtico terror, lívido y sin poder articular palabra.

Finalmente, logró ponerse en pie, aún tambaleándose. Tenía un aspecto horrible, con la cara desencajada y manchada de sangre, un ojo medio cerrado, el cabello revuelto y pegajoso. Jadeaba. Se limpió la nariz goteante y soltó un esputo sanguinolento. Mauro, aunque igualmente descompuesto y agotado, había salido mejor parado de la refriega: apenas tenía un corte en el labio y todavía conservaba fuerzas y planta suficientes para sujetar a un nervioso Trón del collar, sin quitar la mirada desafiante de encima de Pau.

—Maldito cabrón... —Pau tosió como para ocultar un gemido. Dio un par de pasos y trastabilló.

Por un momento, sentí lástima de él y estuve a punto de levantarme a ayudarle. Sólo fue un momento.

—Esto no va a quedar así. Te denunciaré, hijo de puta. A ti y a ese perro asqueroso —profirió una última amenaza mientras se retiraba completamente humillado.

Antes de desaparecer, se giró para mirarme. Abrió la boca

como si fuera a decir algo, pero finalmente desistió. No hizo falta que hablara; en aquel instante, ninguna palabra hubiera expresado todo el odio y el desprecio que sentía por mí mejor de lo que lo hacía su mirada. Sólo le faltó escupirme. Por suerte, se marchó sin hacerlo.

En la cocina se quedó un silencio tenso, apenas quebrado por los jadeos de Trón, quien sólo cuando desapareció Pau empezó a transformarse en la mascota mansa y cariñosa que solía ser. Mauro le acarició con efusión y le susurró una felicitación por su oportuna intervención. Inmediatamente después, vino hacia mí y me ayudó a ponerme en pie.

—¿Estás bien?

No. No estaba nada bien. Me temblaba todo el cuerpo y me reventaba la cabeza a causa de la tensión, me dolía la espalda del golpe y la mano del puñetazo, y tenía ganas de llorar.

—Sí... ¿Y tú? Déjame ver. Hay que curarte ese corte. Y los nudillos —añadí al tomarle la mano y vérsela herida.

Él la retiró.

—No hace falta.

Entonces, sin más explicación, se dio la vuelta y salió de la habitación, dejándome sin el abrazo que ingenuamente pensé que me daría y que tanto estaba necesitando. Fui tras él y le detuve al pie de la escalera.

—¿Qué has escuchado de nuestra conversación?

—Lo suficiente —me respondió con una seriedad gélida.

—¿Y qué has entendido?

—Lo suficiente, también.

Hizo por continuar su camino, pero volví a retenerle.

—Pero estábamos hablando en catalán, puede que hayas entendido mal. Déjame contarte lo que...

—¿Entendido mal? —Su templanza se había esfumado de repente—. ¿Qué es lo que he entendido mal? ¿Que estás con ese tío y te has acostado conmigo? ¡Y no sé qué de un bebé y un aborto! ¿Es que estás embarazada?

—Sí, pero...

—Joder. —Bufó.

Entonces sí que se me escapó escaleras arriba dando grandes zancadas para subir varios peldaños a la vez. Le seguí lo más rápido que pude hasta el dormitorio, donde lo hallé revolviendo en el armario.

—No me he acostado contigo estando con él —le aclaré desde el quicio de la puerta—. Lo habíamos dejado. Él está casado y su mujer... —Me iba a enredar en un montón de explicaciones a aquella rocambolesca situación, pero pensé que era mejor ni siquiera intentarlo; al menos, en ese momento—. Da igual... El caso es que él se ha negado a aceptarlo y se ha presentado aquí sin yo tener ni idea. Y en cuanto al embarazo... Estaba hecha un lío, creí que quería abortar pero luego no. ¡No sabía qué hacer con mi puñetera vida! Te lo iba a contar, de verdad, pero...

Mauro dejó de pronto de hacer lo que estuviera haciendo y se volvió. Me fijé en que había tirado una montaña de ropa sobre la cama.

—¿Y cuándo pensabas contármelo? —Me miró desafiante—. ¿Después de acostarnos y que me dijeras que no era un rollo de una sola noche?

—No sé... Todo ha sido tan rápido, no lo tenía previsto, ni me imaginaba que pudiera suceder y... ¡Joder, tenía miedo de cómo pudieras reaccionar!

—Pues ni yo mismo sé cómo hubiera reaccionado, pero creo que tenía derecho a saberlo, ¿no te parece? ¡Por Dios, tú has hurgado en mi pasado, en mis traumas, en toda mi miserable vida! ¡Y yo he confiado en ti y te he contado cosas que no le había contado a nadie! Ahora me siento tan estúpido.

¿Qué clase de persona crees que soy si tenías miedo de confiar en mí? Tarde o temprano me habría acabado enterando, ¿es que no pensaste en cómo podía sentirme yo? ¡En que me gustas, joder, y podías hacerme daño!

Aquello me dejó hundida. Claro que yo no quería hacerle daño. Pero tenía razón: el error había sido no pensar en que podía hacérselo. Pensar sólo en mí: en el cabrón de mi exnovio, en mi embarazo, en mis problemas, en mí, en mí, en mí.

—Lo siento —dije, y me tragué un sollozo para no resultar patética.

Pero Mauro se hizo el sordo, ni siquiera me miraba ya, pues había vuelto a meter la cabeza en el armario. Sacó entonces una bolsa de deporte, la llevó a la cama y empezó a meter atropelladamente la ropa dentro.

—¿Qué haces? —pregunté, aunque ya temía la respuesta.

—Me voy —declaró. Y al rato renegó entre dientes como para sí—: En realidad, nunca debí haber regresado a este lugar.

Se abrió paso a mi lado para salir del dormitorio, evitando mi mirada. Entró en el baño y reapareció enseguida con sus cosas de aseo. Las tiró dentro de la bolsa y la cerró; la cremallera emitió un aullido cortante.

—Recogeré el resto y el desastre de abajo en otro momento —me informó en un tono casi administrativo—. Le dejaré las llaves a Mica cuando lo haya hecho.

Me acerqué a él. Nerviosa, cruzaba los brazos con fuerza, como si tuviera frío. En realidad, me hubiera gustado acariciarle los hombros, atraerle hacia mí y descansar la cabeza en su pecho.

—No te vayas, por favor. Hablemos. Podemos arreglarlo. No quiero que esto se quede así.

Un amago de llanto interrumpió mis ruegos.

Sin contestar, Mauro levantó la bolsa por las asas y se la echó al hombro. Entonces, con la mirada clavada en el colchón y las sábanas revueltas, meneó la cabeza angustiado.

—No... No puedo. Ahora mismo no sé ni qué pensar. Es... —Levantó la vista y me dedicó una mirada triste—. Ya no quiero encajar más golpes, ¿entiendes? Necesito un poco de paz.

Y dicho esto, bajó los ojos y salió de la habitación. Le oí trotar escaleras abajo, llamar a Trón y cerrar la puerta principal.

Me dejé caer en el colchón y, enterrando la cara entre las manos, sucumbí a un llanto desconsolado que él ya no podía censurar.

No fui capaz de moverme de la cama en todo el día. No tenía ganas de aparecer por el hotel con los ojos enrojecidos y tener que soportar las preguntas de Fiorella. Probablemente, a aquellas alturas, medio pueblo sabría que Mauro y yo habíamos pasado la noche juntos en el molino. Además, me encontraba fatal. No sólo por el disgusto, también me sentía muy mareada, cada vez que movía la cabeza me daban pinchazos en las sienes y tenía un fuerte dolor en la espalda, seguramente por culpa del golpe contra la mesa.

Dediqué un buen rato a ahogarme en mi propia desgracia. En la sensación de sentirme sola de nuevo sin nadie a quien poder contarle mis penas; en la idea de haberlo fastidiado todo con Mauro; en el convencimiento de que me había enamorado de él y lo había perdido antes de ser siquiera consciente de ello.

Intenté odiar a Pau, tenerle rabia por los años que había desperdiciado con él, llamarme estúpida por no haberme dado cuenta de la clase de persona que era. Pero lo cierto es que sólo sentí indiferencia, cierto desprecio y una clara repugnancia física cada vez que me recordaba haciendo el amor con él. Todo lo que deseaba era no volver a saber de él nunca más, ni siquiera por la prensa.

Al final, después de mucho llorar, caí en un sueño ligero, un duermevela con una cierta conciencia de dolor, que me tuvo rodando por el colchón, sudorosa e inquieta. Estaba anocheciendo cuando me desperté sobresaltada. Un fuerte calambre me había provocado un latigazo doloroso que me recorrió desde la espalda hasta el vientre. Me incorporé alarmada, encendí la lamparita y fue entonces cuando vi la cama manchada de sangre.

Pocas veces he estado tan asustada en mi vida. Por un instante me quedé bloqueada, sin saber qué hacer. Entonces un nuevo retortijón me dobló de dolor. Apreté los dientes mientras un sudor frío me cubría la frente.

—No, por favor —rogué sin saber lo que rogaba, con las manos apretándome el vientre dolorido.

Cuando el cólico cesó, me sobrevino una arcada y corrí al baño a vomitar. Allí comprobé que la hemorragia era tan abundante que me recorría la cara interna de los muslos y no parecía ir a cortarse. Cuando desaparecieron las desagradables arcadas en seco y pude recomponerme, busqué algo con lo que empaparla, pero sólo encontré una toalla sucia.

Finalmente, desbordada por la angustia, cogí el teléfono y marqué el número de Mica.

El golpe contra la mesa no fue la causa, me dijeron. Simplemente sucedió. Porque tenía que suceder. Porque a veces sucede.

Pero es defecto de las mujeres arrogarse la culpa de todo y yo no iba a ser menos. Me convencí de que era responsable de que mi cuerpo hubiera rechazado ese embrión: por no haberlo querido desde el principio, por haber renegado de él, por haberlo usado de excusa para salvar una relación viciada. Era culpable por haber dado unos sorbos de vino, por haber comido carne poco hecha y las verduras sin desinfectar, por no haberme hecho una ecografía ni tomado ácido fólico, por haber practicado sexo —me pareció que había cierta condescendencia en la sonrisa paternal del médico cuando me aseguró: «No, el sexo no tiene nada que ver con esto»—. Tenía que haberme cuidado más, tenía que haberme involucrado más, ¡algo tenía que haber hecho que no hice!

Demasiado tarde. Cuando llegué al hospital, ya no pudieron hacer nada. El embrión era inviable y mi cuerpo había empezado a expulsarlo. Me dejaron toda la noche ingresada, en observación, porque había perdido mucha sangre.

—¿Coagula usted bien? —me preguntaron.

Pues no lo sabía, yo había coagulado bien toda la vida, creo. Aunque también había sido de poco llorar y ahora se me saltaban las lágrimas con una canción, una marea de velas a la orilla del mar o la muerte de un tío bisabuelo hacía cien años. También había sido independiente, fuerte, pragmática y ahora me espantaba la idea de la soledad y era capaz de regodearme en la belleza de lo inútil. ¿Qué sé yo? La gente cambia. ¿O es que eso también se me iba a pasar con el aborto, como las náuseas, el pecho congestionado y otros síntomas del embarazo?

Me alegré de que Mica se quedara conmigo. Sin alguien con quien hablar, seguramente me hubiera vuelto loca. No pegamos ojo en toda la noche. Necesitaba desahogarme y le conté todo: sobre mí, sobre Pau, sobre Mauro. Lloré a ratos y también reímos a carcajadas; Mica sabía sacar punta hasta a las situaciones más patéticas.

—Creo que, aunque me empeñé en engañarme a mí misma, en el fondo siempre quise tener este hijo —confesé al final del relato, serena ya, aliviada de poder hablar sin llanto—. Llámame tonta, pero no me pareció casual que llegara justo cuando se fue mi abuela, como si de algún modo ella lo hubiera provisto, para no dejarme sola, para darme el testigo de las mujeres Verelli: alguien a quien cuidar. Y estaba dispuesta a hacerlo, créeme. Quería tomar ese testigo, no me importaba cuidar a mi hijo sin un padre. Mi abuela y mi bisabuela lo habían hecho antes. Pero la naturaleza se empeña en llevarme la contraria y lo peor es que ahora, que había empezado a reconducir mi vida, ya no sé qué voy a hacer con ella.

Mica suspiró y se repantingó en el incómodo sillón del hospital. Ladeó la cabeza como si meditara sobre ello.

—Tal vez, ya que has llegado al principio de un nuevo camino, sólo tengas que seguir avanzando. Nunca sabemos muy bien dónde está el propósito de lo que sucede, quizá el propósito de esto era que te deshicieras del pasado y llegaras hasta aquí. A veces, los viajes empiezan de la manera más inesperada.

Las palabras optimistas y quizá ciertas de Mica resultaron inservibles en aquel momento para mí, que me hallaba en una fase de regodeo en el desánimo y la desgracia. Quizá sólo estaba cansada y falta de glóbulos rojos. Apoyé la cabeza en la almohada y miré a la pared color salmón de la habitación hospitalaria.

—No estoy segura de querer ya iniciar este viaje: sin equipaje ni billete, sin rumbo siquiera. Ayer lo tenía todo y hoy... En realidad, siento como si tuviera que retirarme a la retaguardia y reorganizar un ejército maltrecho antes de reanudar la batalla. —Entonces, justo en aquel instante, tomé una decisión acorde con mi estado de ánimo—. Creo que ya es hora de volver a Barcelona.

—¿Por qué no esperas a hablar con Mauro? Seguro que le gustaría saber lo que ha pasado, pero esa maldita manía suya de no tener un teléfono donde localizarle...

—No, no. Prefiero que no le digas nada. La he jodido bien con él. Fue un error no contarle lo del embarazo ni lo de Pau. Pero es que nunca pensé que yo fuera a importarle un comino, nunca pensé que fuéramos a llegar a esto. Te lo juro, Mica, cuando le besé me dije: «¿Qué demonios estás haciendo? ¡Esto es acoso!». Y resultó que no lo era... Ahora entiendo que esté totalmente decepcionado y que no quiera saber nada de mí —admití con tristeza.

—No, no es eso. Dale tiempo. Mauro no es una persona fácil. Es testarudo y tiene mucho amor propio, pero también es muy inseguro. Todo por lo que ha pasado: la muerte de su hermano, la pérdida de su negocio, el matrimonio frustrado, la cárcel... Ese sentimiento de culpabilidad que tiene... Su autoestima está por los suelos. Por eso se ha vuelto huidizo y retraído, hasta tenebroso, a veces; cree que no tiene derecho a ser feliz. —Mica hizo una pausa, se incorporó y dibujó una sonrisa beatífica—. Y, entonces, apareces tú... —entonó como si estuviera contando un cuento de hadas a sus hijos—. Yo sé que estáis hechos el uno para el otro, lo sé. Y deberías creerme. Después de todo soy una *baggiura*, lo del herbolario no es más que una tapadera —bromeó—. Ay, Gianna, no te puedes imaginar... Cómo te miraba la otra noche, cómo se le escapan sin querer las sonrisas que tanto se censura cuando habla de ti, cómo parece haber vuelto a la vida en apenas unos días...

Al escuchar aquello, se me encogió el corazón y el gesto de la congoja.

—No me digas eso, que todavía me siento peor por lo que he hecho.

—No... Además de lo que tú le hayas hecho, se trata de él, de cómo afronta las cosas o más bien de cómo no lo hace con tal de salir indemne. Es como los caracoles, los rozas con el dedo y se esconden en su caparazón porque son frágiles y vulnerables. Pero, como ellos, acabará saliendo, poco a poco, despacito, cuando intuya un rayo de sol. Escucha: sería una osadía por mi parte asegurar que te quiere, pero de lo que no me cabe duda es de que está deseando quererte. Tenéis que hablar, Gianna, no podéis dejarlo así.

Las intenciones de Mica eran buenas y sus palabras enternecedoras, pero yo no tenía esperanzas ni ánimo para aguardar eternamente a alguien que quizá nunca se presentase, como si fuera la Penélope de Serrat, con su bolso de piel marrón y sus zapatos de tacón y su vestido de domingo. No me veía sentada en el banco del molino, en lugar de en el del andén, hasta que el caracol saliese de su caparazón; algo me decía que probablemente nunca lo haría. Después de todo, sólo había sido una noche y yo le desesperaba, le desconcertaba y, además, le había decepcionado.

Yo misma tenía que lidiar también con mis propias pérdidas y mi desorientación. Así que, tal y como había decidido, recogí todos los pedazos de lo que se me había roto en Castelupo, devolví mis cosas a la maleta y reservé un pasaje para mí y para mi coche en un barco que salía de Génova con destino a Barcelona en dos días.

Quizá en ese plazo de tiempo Mauro reapareciese. Pero no, en el fondo, yo sabía que no lo haría.

La noche antes de mi partida las chicas me organizaron una fiesta de despedida. Todas se esforzaron por arrancarme una carcajada y la promesa de que volvería. Brindamos mucho, odiamos a los hombres como colectivo, nos burlamos de nosotras mismas, intentamos poner el mundo en orden y la vida patas arriba. Bebí sin remordimientos y creo que se me fue un poco la mano con el licor de *chinotto* porque acabé cantando *Volare* a dúo con Fiorella. Pero fui feliz durante un instante. Hasta entonces, mi vida había estado ocupada por demasiadas cosas y el calor humano no había sido una de ellas. Había olvidado lo reconfortante que era pasar un rato entre amigas. Fue bonito recordarlo por última vez.

Al zarpar el barco, mi decisión quedó sellada; ya no había marcha atrás, pensaba, mientras encaramada a la cubierta de popa veía la costa de Liguria alejarse. Tuve una extraña sensación: casi como la del emigrante, pero viajando hacia mi propia casa. No habían pasado ni dos semanas, ¿cómo era posible que me pareciera estar dejando tanto en tierra? Allí en el mar, me sentía atrapada en un campo magnético donde costas opuestas tiraban de mí como imanes, dejándome inmóvil en mitad de ningún sitio.

Me consolaba pensar que, en cierto modo, Anice y yo vivíamos la misma experiencia juntas, pues la casualidad había provocado que el comienzo de la lectura del fragmento del diario en el que ella contaba su viaje a Barcelona coincidiera en el tiempo con el mío propio. Así, con la brisa del mar en la cara y el sabor de la sal en los labios, abrí las últimas páginas del viejo legajo para que mi bisabuela me acompañase en la travesía y, al final, despedirnos para siempre en donde su relato se agotaba. Y, en parte, también el mío.

De cómo perdí un barco que nunca quise haber cogido

Quien emigra lo hace porque busca una vida mejor y en su viaje hay una mezcla de temor y esperanza, de añoranza e ilusión. Yo no fui emigrante porque en mi viaje no hubo ni esperanza ni ilusión. El temor y la añoranza todo lo copaban. A lo único que pude aferrarme para hallar consuelo fue a la mano de Luca y ésta hacía tiempo que temblaba...

Angelo

De Italia a Barcelona, noviembre de 1919

Anice no podía imaginarse cómo era una ciudad. Grandes, ruidosas, llenas de gente... Así le había descrito Luca las ciudades, y él conocía muchas. También le había dicho que había palacios, museos, plazas con inmensas fuentes, comercios en los que se podía comprar de todo, teatros, parques, bibliotecas... Las ciudades eran fascinantes y divertidas, le había asegurado.

Pero a Anice Génova se le antojó abrumadora. Todo estaba arracimado: las personas, las casas, los barcos en el puerto y los vehículos en la calzada parecían apiñarse para no caer al mar. El aire resultaba pesado, húmedo y con un tufo acre a petróleo y alquitrán. Además, la luz no brillaba igual que en la montaña sino que lucía mórbida, sucia como las aceras, las esquinas, las fachadas; hasta los gatos y las palomas estaban tintados de mugre. El cielo se vislumbraba lejano, roto entre tejados angulosos y cuerdas de ropa al viento, velado de gris por chimeneas humeantes. En la ciudad no había flores. Y ella se sentía nerviosa y asustada.

Se recluyó en el cuartucho de la pensión donde se alojaban. Luca había escogido un establecimiento discreto, en un barrio popular cercano al puerto. Tenían que conseguir papeles y pasajes para el barco. Cuanto antes, mejor. Él le aseguró que se encargaría de todo, que ella no tenía de qué preocuparse, que todo iba a salir bien. Pero Anice estaba muerta de miedo, pena y angustia.

«Quédate en la habitación. Aprovecha para descansar, que nos espera un largo viaje. Y, sobre todo, no salgas sola a la calle; no es seguro ni para ti, ni para mí.» Y ella obedecía. Permanecía el día entero entre cuatro paredes desconchadas, bajo la luz del ventanuco, que le procuraba vida como si se tratara de una planta; mirando su bolsa, en la que había metido precipitadamente algo de ropa, y el ramo de margaritas que Luca le había traído para paliar su añoranza; rezando, aunque ella no era de mucho rezar, pero la oración a un dios sin mayúscula mantenía su mente ocupada y ahuyentaba las vivas imágenes de cuanto había dejado atrás y que aún quedaba demasiado cerca, demasiado reciente, demasiado crudo.

Sólo en la noche, que era más liviana, hallaba algo de consuelo. Porque entonces podía abrazarse a Luca y amarle. Incluso amar Génova cuando se encaramaban juntos a mirar a través del ventanuco. Allí asomada, se dejaba arrullar por el silencio quebrado de rumores, zureos y maullidos, y contemplaba a la luz de la luna la silueta de tejados como de cartón, pintados de plata y negro. Incluso el aire resultaba más fresco y fragante con su aroma a salitre.

Anice nunca se había imaginado que podía llegar a perderlo todo, incluso su apellido, lo único que la mantenía anclada a sus raíces. Ya no era Giovanna Verelli, de ahora en adelante sería Maria Costa. Así lo acreditaban los papeles que le trajo Luca al cabo de unos días: el certificado de matrimonio, el pasaporte y un pasaje de barco. Todos falsos. A Luca le había costado una fortuna en sobornos y trapicheos, en tratos oscuros con tipos de poco fiar, para conseguirlos en tan poco tiempo. Porque tiempo era precisamente lo que no tenían. Debían coger el primer barco que saliera de Génova, el destino era lo de menos. Buenos Aires fue lo que escogió el azar. Y Buenos Aires parecía encontrarse lo suficientemente lejos.

Partieron una mañana de bruma, gris y fría, del muelle de Federico Guillermo. El lugar estaba abarrotado de gente, el bullicio se hacía ensordecedor. Anice se agarraba con fuerza a la mano de Luca, quien se abría paso entre la multitud. A su alrededor, el escenario de la despedida resultaba trágico y sobrecogedor mientras caminaba entre llantos, abrazos, desvanecimientos... Ese último instante, antes de la separación, que encoge el alma. Al borde del mar infinito se concentraba la esencia del emigrante: el desgarro, el miedo, la esperanza, la ilusión y la vida metida en un baúl. No había nadie que llorara por ella en ese muelle, en su viaje no había esperanza ni ilusión, pero Anice trepaba como un emigrante la rampa hacia las entrañas de aquel monstruo que sabe Dios cómo era posible que flotara. Y atrás quedaban su hogar, su pueblo, su país adonde no podría volver jamás. Sintió un escalofrío y apretó la mano de Luca.

Mientras el barco zarpaba, permanecieron en cubierta observando cómo se alejaban lentamente de la costa. El mar rompía contra el casco en remolinos de espuma blanca, el aire aullaba frío en sus oídos, las máquinas rugían bajo sus pies y los pasajeros vociferaban, exclamaban, se lamentaban. Ellos dos guardaban silencio a medida que la tierra se hacía pequeña y desaparecía. Y todo se volvía gris.

—Vamos al camarote —decidió Luca cuando ya sólo quedaban en la cubierta unos pocos solitarios.

Según sus billetes de tercera clase, tenían derecho a una litera en una cámara común y tres comidas diarias. Sus cámaras estaban separadas, pues había una zona para hombres y otra para mujeres; no importaba que sus papeles acreditaran que eran matrimonio. Bajaron juntos hasta el entrepuente y allí se dividieron, cada uno en busca de su litera. Anice atravesó pasillos estrechos flanqueados de puertas. Las mujeres entraban y salían, daban voces de una puerta a otra, los niños gritaban y correteaban, había bolsas y baúles por en medio. El suelo se movía bajo sus pies. Tras sortear los obstáculos, encontró su camarote: una habitación pequeña con seis literas, un diminuto lavabo y un cubo. Sus compañeras de viaje ya habían ocupado las respectivas camas: una yacía tumbada, pálida; otra esparcía sus cosas sobre el colchón; otra amamantaba a su hijo; había un bebé sentado en el suelo jugando con una naranja... Anice saludó brevemente y localizó con la vista el único camastro que quedaba libre: en lo alto, colgado con unas cadenas de la pared. Tampoco había mucho sitio para dejar su bolsa. Por un instante, no supo qué hacer; se quedó quieta junto a la puerta, con la bolsa agarrada entre ambas manos. Aquel camarote debía de estar cerca de la sala de máquinas, pues oía el ronroneo de los motores y notaba su vibración. Hacía calor; el ambiente era sofocante. Y le esperaban diecinueve días en aquel lugar, rodeada de gente desconocida, el ridículo tamaño de una litera como único espacio privado, sin poder hacer sus necesidades o asearse con la más mínima intimidad... Experimentó una angustia repentina, la necesidad de salir de allí.

Sin más, dio media vuelta y desanduvo el camino hacia la cubierta. Una vez fuera, sintió el alivio del aire limpio y de un rocío salino que refrescó sus mejillas. Se ajustó bien el pañuelo en la cabeza, se alzó el cuello del abrigo y buscó asiento en unos bancos de lamas de madera, rodeada de tubos metálicos, cabos, cadenas y tornillos grandes como la palma de su mano. Abrazada a su bolsa, permaneció contemplando el mar, un tanto aturdida por todos los pensamientos que la estaban acosando.

Luca no tardó en aparecer y sacarla de su ensimismamiento. Y fue como si con él hubieran llegado muchos más pues la cubierta estaba de pronto llena de gente. Un hombre cantaba *La fontanella* acompañándose de un acordeón; había otros que jugaban una partida de cartas y algunos habían empezado a sacar comida: *farinata*, vino y *spaghetti*.

—Te estaba buscando...

Anice miró a Luca aún distraída. Lo notó pálido. A su lado había un joven que le sonreía bajo la visera de una gorra.

—Te presento a Angelo Gambaro. —Adivinó Luca su pensamiento—. Sirvió conmigo en el 16, en el frente del Isonzo.

—¡Y allí se quedó ésta! —se carcajeó Angelo, palmeando su pierna izquierda; los golpes sonaron como repiques en una puerta. Fue entonces cuando Anice se dio cuenta de que en el lugar de la pierna había una prótesis de madera—. Tanto gusto, señora. —Le tendió la mano.

Anice le devolvió el saludo. Los hombres se sentaron con ella y empezaron a conversar los tres.

La casualidad había querido que Angelo y Luca compartieran camarote. Angelo había reconocido a su entonces *tenente*, en cuya unidad había servido durante un año en el frente alpino, hasta que en la batalla de Gorizia un proyectil austríaco cercenó su pierna por debajo de la rodilla. El joven, que era natural de Porto Stefano, en la Toscana, donde antes de la guerra se había dedicado a la pesca, no pudo volver a faenar ni tampoco encontrar un trabajo, escaso en aquellos tiempos para cualquiera y más aún para un lisiado. De modo que, hijo único de una viuda, ambos malvivían con su ridícula pensión de mutilado. A raíz del reciente fallecimiento de su madre, Angelo había decidido marcharse de Italia. Un primo suyo había emigrado a Argentina antes de la guerra y ahora tenía en propiedad un próspero puesto de verduras en el mercado de abastos de Rosario; él podría darle trabajo. Le había llevado varios meses ahorrar el dinero suficiente para comprar el pasaje y para sobornar a un médico poco escrupuloso que le había firmado un certificado de aptitud física a pesar de su pierna de palo; sin él, no hubiera podido conseguir el necesario permiso de embarque, puesto que las autoridades argentinas de inmigración rechazaban a todo aquel que no fuera de sana y robusta constitución, exenta de enfermedades y malformaciones.

—¿Y usted, *tenente*? ¿Qué hace aquí? La gente de su clase viaja en el puente de primera.

Anice miró a Luca de soslayo: su mandíbula estaba tensa. En el momento más insospechado, aparecían las preguntas incómodas.

—Ahora, ésta es mi clase —respondió evasivo—. ¿Un cigarrillo?

Llegada la hora de la cena, Angelo les propuso bajar al comedor. Luca se excusó: tenía el estómago revuelto a causa del mareo y no podía pensar en probar bocado. Animó a Anice a acompañar al joven, pero ella prefirió quedarse. No podía explicar por qué, pero algo en Angelo no terminaba de gustarle y no le apetecía compartir mesa con él. Además, tampoco tenía demasiada hambre; poco antes, una familia de Cerdeña les había ofrecido empanada de cordero y con aquel bocado se sentía satisfecha.

El mareo de Luca fue a peor. Vomitó varias veces por la borda hasta que sus arcadas se volvieron secas pues las náuseas no cesaban. Anice hubiera deseado disponer de sus hierbas para el mareo, pero todo lo que podía hacer era procurar que Luca se mantuviera hidratado dándole sorbos de agua y humedecerle con un pañuelo la nuca y la frente. Cuando Angelo regresó de la cena, se ofreció a acompañar a su antiguo *tenente* al camarote y aseguró que cuidaría de él durante la noche. Anice hubiera preferido encargarse ella misma. Malditos camarotes separados...

Se quedó en cubierta. Hacía rato que un atardecer anaranjado había cedido el paso a una noche negra, sin luna, pero tachonada de estrellas. El viento había amainado hasta convertirse en una brisa ligera. Apoyado en un chigre, un chaval hacía sonar su armónica con una melodía triste. El movimiento del barco la mecía y cayó presa del sopor, un ligero duermevela en una postura incómoda. Fue la humedad calándole hasta los huesos la que terminó por espabilarla ya de madrugada.

Con desgana, se arrastró hasta su camarote. Las entrañas del buque olían como seguramente olerían las de una bestia: a vómito, orín y comistrajo. Sin pensarlo demasiado, se acurrucó vestida en la litera y, a pesar del cansancio, no pudo pegar ojo: ronquidos, llantos, toses, arcadas y el propio fragor de su miedo y su conciencia se lo impidieron.

Se reencontró con Luca a la mañana siguiente en el comedor. Después de una noche horrible, él se había levantado algo mejor y en ese momento tomaba a sorbos cortos un café aguado. Le escoltaba su fiel compañero de armas, quien, por el contrario, devoraba el desayuno, mojando puñados de galletas secas en el café. Algo molesta por no tener un rato de intimidad con quien sentía era su marido y no sólo porque lo dijeran unos papeles falsos, Anice se puso a la cola del rancho con la taza y el plato que les habían dado al embarcar y esperó turno para recibir su ración mientras rumiaba para sí misma los sinsabores de su larga noche. «Diecinueve días más así», se repitió invocando resignación.

En pocas horas arribarían al puerto de Barcelona, donde estaba prevista la primera escala del viaje. Allí el buque se aprovisionaría y tomaría nuevos pasajeros. Luca y Angelo hacían planes para desembarcar.

—Estoy deseando caminar sobre una superficie firme y contemplar un horizonte estable —se relamía Luca ante la perspectiva.

—Y tomar un par de chatos de buen vino español, ¿eh, *tenente*?

Anice, en cambio, no tenía ningún interés en pasear por la ciudad en compañía de aquella carabina que les había brotado como un molesto sarpullido. Y menos compartir un chato con un par de soldados que sólo sabían hablar de sus batallas; ella ni podía ni quería ser parte de aquello y por eso se sentía desplazada. En aquel momento, Luca parecía tener más que suficiente con la compañía de Angelo. Ella se quedaría en el barco.

Acodada en la barandilla de cubierta, Anice observó cómo aparecía la costa en el horizonte. Las gaviotas empezaron a surcar el cielo, el aire olía diferente y también había cambiado el color del mar. Poco a poco, se fue dibujando la silueta de la ciudad de Barcelona y su puerto. Enseguida aparecieron las pequeñas embarcaciones del práctico, como hormigas laboriosas que conducían la gran mole de vapor entre el laberinto de espigones, muelles y barcos. Se percibía el ajetreo alrededor, dentro y fuera del buque, según se adentraban en la ciudad: la montaña, la masa de edificios, chimeneas y agujas, los tinglados, grúas y torres... A Anice aquel escenario se le hizo demasiado parecido al de Génova como para sentirse realmente lejos de Italia.

Tras no pocos crujidos, bramidos y ruidos de cadenas, el vapor atracó frente a un edificio alargado, con el rótulo: ESTACIÓN MARÍTIMA INTERNACIONAL. El instante ocasionó cierto revuelo a bordo. Cuando las pasarelas estuvieron abiertas, Anice se despidió de Luca: con un beso breve y un mohín, aún estaba algo resentida, pero a él no pareció importarle demasiado. El tiempo de escala lo dedicó a leer, a escribir en su diario, que siempre llevaba con ella en la bolsa, a dormitar y a cuidar de una pequeña de tres años cuya madre apenas podía dejar la litera a causa de los vértigos.

Con el atardecer temprano de invierno, se acercó la hora de partir. Los primeros pasajeros comenzaban a llegar; se repetían las escenas desgarradoras de despedida en el muelle. Luca y Angelo no habían regresado, pero Anice se imaginaba que apurarían hasta el último momento de solaz en tierra.

Sin embargo, cuando ya iba a dar la hora límite para embarcar y no había señales de ninguno, empezó a inquietarse. Con medio cuerpo por encima de la barandilla y maldiciendo la inconsciencia de la pareja, escrutaba las gentes del muelle en busca de sus rostros. Tras unos minutos de angustia, por fin divisó a Angelo, que cojeaba con premura hacia la rampa de embarque. Miró alrededor para localizar a Luca. Ni rastro de él.

—¿Dónde está Luca? —Nerviosa, abordó al exsoldado al final de la rampa, entre los empujones y protestas de quienes querían pasar.

El joven la miró: sus ojos enrojecidos eran incapaces de fijar la vista.

—Maldito vino barato... —Estaba bebido y su lengua aún parecía flotar en alcohol—. Esa mierda no era vino, era... era... —Un chasquido sustituyó la palabra imposible de pronunciar—. El *tenente*... Buf... Cayó sobre la mesa como una mosca... ¡Plaf! —Palmeó el aire con torpeza.

Anice no podía creer lo que estaba escuchando.

—¿Y le has dejado allí? —gritó mientras le asía de las solapas—. ¿Te has venido y le has dejado tirado?

Él se liberó de una sacudida.

—¿Y qué quieres, mujer? ¿Crees que yo puedo cargar con ese peso muerto? ¡Soy un jodido lisiado!

Anice se encaró con Angelo, conteniendo las ganas de zarandearle.

—¿Dónde está?... ¿Dónde está, maldita sea?

—Por allí. —Señaló vagamente a la izquierda del puerto—. En un bar... Menudo antro... América se llama... —Soltó una risita—. Tiene gracia, ¿verdad? América...

Pero Anice ya no le escuchaba: bajaba la rampa, abriéndose paso entre la gente que subía. Un miembro de la tripulación intentó detenerla:

—¡Señorita! ¡Señorita, ya no puede bajar del barco! ¡Vamos a zarpar! ¡Señorita!

Demasiado tarde. Anice puso un pie en el muelle y corrió hacia el edificio de la Estación Marítima.

—*Ciao, bella...* —murmuró Angelo.

Anice trataba de pensar rápido, aunque la angustia es enemiga de la razón. ¿Cómo iba a localizar a Luca en una ciudad tan grande, con tan pocas señas y en tan poco tiempo? Quizá podría parar a alguna de las personas con las que se cruzaba y preguntar, pero no hablaba su idioma y ni siquiera en italiano hubiera sido capaz de formular una pregunta coherente.

Se detuvo en mitad de la sala de la Estación Marítima, rodeada de un ir y venir de transeúntes. Tomó aliento y, con el rostro descompuesto, miró a su alrededor como si allí fuera a encontrar lo que buscaba. Salió al exterior dispuesta a adentrarse en la ciudad, no tenía otra opción. Entonces se topó con una hilera de coches de plaza, tanto automóviles como de caballos, y se le ocurrió lanzarse a preguntar a la desesperada.

—*Prego, prego! Bar America? Da quella parte... Prego...*

Y así, uno por uno, interrogaba a los conductores, señalando hacia donde Angelo había indicado antes. Uno negaba con la cabeza, otro se encogía de hombros, otro la miraba con desconcierto... Por fin, uno de ellos, que fumaba en lo alto del pescante de un coche de caballos, pareció entenderla.

—¡Ah, sí! Hay un bar llamado América, allí en el Raval, si se refiere a ése...

—¡Sí, sí! Bar América.

—Puedo llevarla.

El conductor hizo una serie de gestos elocuentes, entre ellos mirar la bolsa de Anice. Ella la abrió y sacó un par de billetes.

—*Ho solo lire...* —se excusó, temiendo que retirara su oferta.

Pero él aceptó.

—*Molt bé.* —Ya se cobraría la comisión a cuenta de esos billetes.

Anice suspiró aliviada y, mientras se subía al coche, le apremió:

—*Grazie, grazie mille... Prego, faccia in fretta... Presto!*

Mientras el coche recorría las calles de Barcelona, Anice no podía pensar en nada. ¿Pensar en qué?, ¿en si encontraría a Luca?, ¿en qué condiciones lo encontraría?, ¿en el barco que iba a zarpar?... Prefería mantener la mente en blanco y perder la vista en la ciudad desconocida, en las avenidas que devenían en callejones de adoquines, en las casas abigarradas, los carteles solapados, las gentes oscuras aun a la luz de las farolas.

El coche se detuvo frente a una bocacalle.

—El bar está al final de esta calle, ¿ve ahí el cartel? Pero no puedo pasar, es muy estrecha. —Se asomó el cochero.

Por sus gestos, más que por sus palabras, entendió lo que quería decir. Anice asintió y se apeó.

—*Va bene... Aspetti, per favore. Aspetti qui... Sì?*

—Yo espero, señorita, pero esto le va a costar un pico. —Se frotó los dedos índice y pulgar.

—*Sì, sì... Aspetti qui...* —insistió, enfilando con impaciencia la callejuela.

En aquel lugar sombrío, prácticamente la única luz provenía del interior del bar América. De allí brotaba también la algarabía de los hombres bebidos y la humareda de sus cigarros. En la puerta se arremolinaban unas cuantas mujeres de mala vida con el reclamo de sus llamativos ligueros en torno a unos muslos prietos y de las palabras sucias en sus labios de carmín.

Anice iba descartando rostros y figuras; todos se le hacían deformes y grotescos. Le costaba creer que fuera a encontrar a Luca en aquel infierno de pecadores y la incertidumbre sólo le generaba más angustia: ¿y si aquél no era el bar América que buscaba?, ¿y si Angelo la había engañado?...

Enfilaba la puerta de aquel antro entre empellones cuando, de reojo, distinguió un bulto acurrucado contra la esquina de un portal. Lo reconoció por el gabán.

—¡Luca! ¡Luca! —Lo zarandeó—. ¡Despierta!

Estaba húmedo y cubierto de serrín; sucio y maloliente. Tras varias sacudidas, emitió un gemido y masculló algunas palabras sin sentido.

—¡Despierta, por Dios! —Le dio un fuerte empellón abrumada por la ira y la desesperación.

Luca abrió los ojos perezosamente y la miró.

—¿Anice? —Parpadeó incrédulo—. ¿Qué...? ¿Qué haces aquí?

—¡El barco, Luca! ¡Tenemos que irnos! ¡Levántate!

Pero por mucho que tiraba de él no conseguía ponerlo en marcha.

—Voy... —Enterró de nuevo la cabeza entre las rodillas sin ninguna intención de moverse.

—¡Luca! ¡Vamos! ¡Levántate! —Anice gritó más alto y tiró tan fuerte que temió dislocarle el hombro.

Las lágrimas comenzaban a emborronarle la vista y, presa de la rabia y la impotencia, le propinó un puntapié.

—¡Levántate, maldita sea!

—Ándate, piltrafa... Ya *eh* hora de *volvé* a *caza*, que no *tieh* el cuerpo *p'a jotah...*

Tan absorta estaba en su furia que no reparó en que una de las mujeres se les había acercado. Miró desconcertada su rostro arrugado y cubierto de maquillaje. Una boa de plumas le rodeaba la papada y se cubría con un ridículo sombrero de terciopelo. Por un momento, temió cuáles serían sus intenciones.

—Recién *cazaohs*, ¿eh? —Chasqueó con la boca—. *Hahme cazo*, reina mora, no *vengah máh* por él. *Dehcuida*, que ya volverá *zolo*. Que duerma la mona al *frehco* y no en tu cama...

Anice no entendió una sola palabra de semejante perorata. ¿Qué quería aquella mujer? Decidió que lo mejor sería ignorarla y concentrarse en su auténtico problema. Volvió a tirar de Luca para levantarlo. Por el rabillo del ojo vio que la puta se acercaba para agarrarle también.

—*Ma che cosa...!* —se revolvió.

Pero ella no pareció captar la hostilidad. Como si nada, prosiguió su tarea.

—*Amohs...* Entre *lah doh tiramoh d'él p'arriba*. Tú le *trincah d'eze zobaco* y yo *d'ehte*. A la de *treh*.

Anice estaba atónita. Por fin comprendió que aquella mujer pretendía ayudarla. Siguió sus instrucciones y consiguieron que Luca se pusiera en pie.

—Ya voy, Anice... Puedo solo... Puedo... —murmuraba el borracho mientras ella se lo echaba al hombro; las piernas apenas le sostenían y trastabillaba a cada paso.

Dio las gracias a la furcia y enfiló la calle de regreso al coche mientras la otra se despedía con otra retahíla ininteligible.

Aunque el trayecto era corto, llegó casi sin aliento por cargar con Luca.

—*Andiamo al porto!... Al porto!... Presto!*

El cochero puso cara de pocos amigos al ver que la mujer metía un borracho en su cabina. Pero no tenía ganas de discutir con la italiana antes de cobrar la carrera. Además, ya llevaba perdido mucho tiempo. Así que cedió.

—*Molt bé...* Pero quiero la cabeza de este pimpín por fuera de la ventanilla, ¿estamos?

Anice no dejó de implorar al cochero que se diera prisa por llegar al puerto, y éste debió de entenderla de algún modo porque agitó el látigo sobre los caballos durante toda la carrera y sorteó con premura el tráfico de la ciudad.

Cuando frenaron en la parada, la joven prácticamente empujó a Luca fuera del coche y saltó ella después. Precipitadamente, sacó un fajo de liras del bolso para pagar al cochero y éste se tomó otras cuantas más. No protestó al conductor ni se entretuvo en tirar de Luca, simplemente corrió todo lo que sus piernas le dieron de sí para atravesar las salas vacías de la Estación Marítima y alcanzar el muelle.

Anice detuvo su carrera antes de precipitarse al mar. Jadeaba por el esfuerzo y la angustia. El aire apenas le llegaba a los pulmones. Cayó de rodillas al suelo siempre húmedo del muelle, vencida. Con la barbilla clavada en el pecho, le pareció escuchar una sirena a lo lejos, entre la bruma que acariciaba el mar, pero al levantar la vista comprobó que todo lo que se abría frente a ella era un abismo de agua oscuro y desierto, apenas salpicado de luces difuminadas; el gran faro a lo lejos parpadeaba.

El barco había zarpado. Lo habían perdido. Miró a su alrededor con la ansiedad de un animal acorralado entre el mar y una ciudad desconocida. Se halló rodeada de sombras en mitad de aquel muelle vacío; las de otros barcos, las de los voluminosos contenedores apilados en forma de muro, las de las cajas de madera, las de las bobinas y los cabos enrollados como culebras, las de las altas y espigadas grúas de carga. La marea borboteaba entre los recovecos de la dársena y todo lo demás era silencio.

Habían perdido el barco.

Dos lagrimones recorrieron sus mejillas. Aquello no podía estar sucediendo. Ese barco se lo había llevado todo: el equipaje con sus pocas pertenencias y, lo que era mucho más grave, la oportunidad de volver a empezar. Tuvo tanto miedo que pudo sentirlo en mitad del pecho como una soga que le cortara la respiración. El llanto se volvió incontenible. ¿Qué iban a hacer ahora? ¡No tenían adónde ir! Al otro lado del mar había quedado su hogar, ahora amenazador e infestado de recuerdos terribles, demasiado cerca de donde en ese instante se hallaba como para poder esconderse y olvidar. Demasiado cerca. Su huida se había frustrado. Los encontrarían y entonces...

—*Senyoreta, es troba bé? Necessita ajuda?*

Anice alzó la cabeza. Ni siquiera entendía lo que aquel hombre acababa de preguntarle.

—*Abbiamo perso la nave* —sollozó.

Horchata y *encasades*

Introduje con desgana las llaves en la cerradura de la puerta de mi casa y descubrí un lugar oscuro, silencioso, vacío. No importó que encendiera todas las luces y pusiera música, ni que abriera las ventanas de par en par para que entrara el ruido de la calle. Me seguía sintiendo incómoda y extraña y me enfadé conmigo misma por ello.

¡Aquélla era mi casa! ¡El resultado de mi esfuerzo, de mucho trabajo e ilusión! ¡Aquélla y no otra era mi vida!

Sin embargo, cuando me buscaba a mí misma en las paredes cuyo color yo había elegido, en los muebles que yo había decidido colocar, en las obras de arte que tanto me habían gustado, no me encontraba; lo único que veía era a otra persona con la que ya no me identificaba.

Me dejé caer en el sofá del gran salón solitario y, entonces, me vino a la mente la última escena del relato de Anice. Pero no era Anice, sino yo, la que sollozaba abandonada en el muelle, mirando cómo el barco se alejaba. Era yo la que sentía la pérdida y la desolación tras quedarme varada en mitad de la travesía. Era yo la que si continuaba hacia delante me precipitaría al mar y si retrocedía me adentraría en una ciudad hostil. Me estaba volviendo loca.

Necesitaba contarle a alguien que me estaba volviendo loca. Necesitaba que alguien me escuchase y me dijese: «No, no te estás volviendo loca. Sólo tienes que dejar que pase el tiempo. Todo volverá a la normalidad». Alcancé el móvil y abrí la agenda de contactos. Había más de cien y no podía marcar el teléfono de ninguno de ellos porque con ninguno de ellos tenía la suficiente confianza como para contarle mis penas. Carlo, sí, por supuesto, el único, pero con él ya había hablado justo después de abortar e iba a volar a Barcelona el fin de semana para ser mi paño de lágrimas. No podía estar llamándole cada cinco minutos con la misma historia.

Imaginé entonces que iba a casa de Nonna o a La Cucina dei Fiori porque a esa hora ella solía estar allí. Le contaba que había abortado, que estaba bien, que sólo me dolía un poco el abdomen, pero lo que más me dolía era el alma porque, aunque había tardado en darme cuenta, deseaba ese bebé y quería amarlo y cuidarlo como ella nos cuidó a mi madre, a mi hermano y a mí. Lloraba un poco mientras mi abuela me abrazaba con uno de esos abrazos cálidos y envolventes que tan bien sabía dar y, cuando recuperaba la serenidad, le anunciaba que además había roto con Pau. Seguramente, ella se alegraba de saberlo porque creo que nunca le gustó Pau, aunque, sobre todo, mostraba su preocupación por mí. Yo le aseguraba que no tenía de qué preocuparse, que ya sólo sentía rabia y desprecio hacia él, cierta liberación incluso, porque era un sinvergüenza (con ella no utilizaba la palabra «cabrón»), un mentiroso y probablemente un violador. Después de relatadas mis penas, le hablaba del viaje a Italia, le describía con todo detalle el pueblo de la *bisnonna* y el molino en el que había nacido y vivido. Le prometía que iríamos juntas a visitarlo y le hacía todas esas preguntas sobre las Verelli que nunca le hice mientras pude, qué tonta fui... Y, por último, le hablaba de Mauro,

¿cómo no hacerlo? Era de lo que más ganas tenía de hablarle. Y volvía a llorar otra vez. Ella me retiraba unos mechones de pelo que se me habían quedado pegados a las mejillas húmedas, me regalaba de paso unas caricias y decía:

—Sécate esas lágrimas y vamos a tomar algo dulce, ya verás como te sientes mucho mejor.

Entonces Nonna se quitaba el delantal, se cambiaba las zapatillas por unos coquetos zapatos de tacón bajo y se pintaba conmigo los labios en el mismo espejo. Salíamos de la tienda del brazo y enfilábamos la calle del Call hasta la plaza del Ángel, donde en una antigua pastelería de cristal dorado, madera oscura y mármol negro, como las de las postales de principios del siglo XX, comprábamos un par de deliciosos dulces de masa brisa fina y crujiente, rellenos de delicada crema pastelera y completamente cubiertos de azúcar glas. En Barcelona, los llamamos *encasades* y Nonna y yo siempre los tomábamos acompañados de un par de vasos de horchata bien fría, que sirven en una horchatería cercana y no menos antigua.

Sólo después de aquella tarde perfecta, yo tenía la sensación de que sí, efectivamente, había regresado a casa.

Sin embargo, aquello no era más que una ensoñación y, al terminar, seguía sentada en el sofá del mismo salón solitario. Me pasé los dedos por los párpados para secármelos y sorbí un poco la nariz. Al final tuve que ir al baño a por un pañuelo.

Regresé al sofá y me acurruqué en una esquina con las piernas encogidas. Repasé mis conversaciones de WhatsApp en el teléfono y di con la de Núria. El último mensaje era de hacía tres meses cuando la había felicitado por su cumpleaños porque me había saltado el aviso en la agenda.

No lo pensé demasiado cuando marqué su número. De haberlo pensado, no lo habría hecho porque las posibilidades de que me mandara a hacer puñetas con toda educación —Núria era muy dulce y educada y nunca perdía los papeles— eran bastante elevadas.

—¿Sí?

—¿Núria?... Soy Gianna.

—¡Gianna! ¿Cómo estás? —Parecía contenta de oírme.

—Bien... Bueno, hace tiempo que no hablamos y no te lo he contado, pero... falleció Nonna. Hace poco más de un mes.

Se hizo una breve pausa al otro lado de la línea. Yo sabía que Núria le tenía mucho cariño a Nonna. Cuando éramos pequeñas, mi amiga pasaba bastante tiempo en casa, tardes de merienda, deberes y juegos, y a las dos nos gustaba contarle a Nonna nuestras historias. Debí haberla avisado de su muerte.

—Oh, Gianna... No me lo puedo creer. —Su tono fue de auténtico pesar—. Lo siento mucho. Debes de estar hecha polvo.

—Sí. Es duro, pero voy poco a poco. Oye, ¿por qué no quedamos a tomar un café y nos ponemos al día?

—¡Claro! Me encantará, tengo ganas de verte.

—¡Y yo a ti! —afirmé entre feliz y aliviada—. Tengo mucho que contarte. ¿Tú estás bien?

La conversación se prolongó un poco más hasta que acabamos quedando para la misma tarde siguiente. Colgué con una sonrisa. De pronto me sentía algo mejor. Ya no me importó terminar el día cenando sola chino a domicilio mientras veía de nuevo *Chocolat* porque, de algún modo, el desaliño de Johnny Depp me recordaba a Mauro.

En cuanto nos encontramos, Núria se fundió conmigo en un largo abrazo y supe en ese instante cuánto la había echado de menos aquellos años de distancia. El rato de café se quedó corto para todo lo que teníamos que contarnos, de modo que volvimos a emplazarnos la tarde siguiente para ir a la playa, cenamos después en mi casa y vimos por enésima vez *La princesa prometida*; ambas estábamos enamoradas de Westley desde pequeñas y contemplábamos encandiladas ese momento en que le reprocha a Buttercup: «¿Por qué no me has esperado?». Y cuando ella responde: «Porque habías muerto», él esboza una media sonrisa y sin dejar de mirarla a los ojos afirma: «La muerte no detiene al amor, lo único que puede hacer es demorarlo». «Nunca volveré a dudar.» «Nunca tendrás necesidad.» Y ambos se dan uno de los besos más emocionantes de la historia del cine. Entonces, Núria y yo suspirábamos sonoramente y nos moríamos del amor.

El sábado estuvimos de compras y después me acompañó a La Cucina, donde había quedado con Carlo. Mi hermano y yo queríamos pasarnos por la Boquería y comprar algo para la cena.

—Siento el retraso. —Le besé al llegar junto a él.

Al darme cuenta de que Carlo me devolvía un beso distraído y miraba por encima de mi hombro, reaccioné:

—Te acuerdas de Núria, ¿verdad?

—Sí, claro —mintió él según la saludaba con el preceptivo par de besos.

Núria rio algo tensa.

—Bueno... Hace años que no nos vemos. He acompañado a Gianna, me cogía de camino, así teníamos más tiempo de charlar. —Parecía disculparse—. Pero, en fin... yo ya sigo...

—Le he dicho a Núria que se quedase a cenar con nosotros, pero ha rechazado la invitación.

—Anímate —reiteró Carlo—. Te advierto que cocino yo, no dejaré a Gia ni acercarse a la encimera.

Núria le rio la gracia y yo le golpeé el hombro.

—Suena de maravilla, pero de verdad que no puedo, justo esta noche celebramos el cumpleaños de mi madre. Quizá en otra ocasión.

—Sí, estaría genial. Carlo aún se quedará por aquí un tiempo. Hablamos para vernos otro día.

Nos despedimos con promesas de llamarnos durante la semana para ir a ver una exposición de Toulouse-Lautrec en el CaixaForum. Finalmente, Núria se alejó en dirección a la Rambla.

—¿Qué tal?

Carlo me miró como si estuviera pensando en otra cosa y no supiera de qué le hablaba.

—¿Quién era? —preguntó en la línea de sus pensamientos.

—No me digas que no te acuerdas de Núria —le reproché aunque nunca hubiera esperado que lo hiciera—. ¡Es mi amiga desde el parvulario! Ha venido un montón de veces a casa. Claro que... Gafas enormes, ortodoncia, acné, mucho más grande que el resto de las chicas de su edad... La típica niña buena y empollona de la que tú pasabas.

—Ostras, sí que ha cambiado.

—Ya lo creo: uno setenta y cinco, tipazo, dientes perfectos, cutis de seda y lentillas, aunque con gafas también está muy guapa. Y, además, tiene un carrerón: es jueza. Dicho esto, repito: ¿cómo te ha ido?

Carlo, aún a lo suyo, tardó un par de segundos en responder.

—Bien... ¡Bien! —corrigió—. Muy bien, de hecho. ¿Te acuerdas de que te comenté que en las notas registrales de la casa de Nonna y La Cucina figura que ambas propiedades fueron adquiridas simultáneamente por la *bisnonna* a título de herencia?

—Sí, es cierto. —Hice memoria—. Se las había legado una mujer. No recuerdo ahora el nombre...

—Beatrice De Ferrari.

—Eso es.

—El caso es que, como me picaba la curiosidad sobre quién sería esa señora De Ferrari que dejaba semejante legado a una persona que no era de su familia, me puse a investigar un poco. Bueno, en realidad he puesto a otro a investigar. Ya sabes, mi amigo el de la Casa degli Italiani. Pues bien, el buen Cosimo ha encontrado la aguja en el pajar —concluyó sacando un libro que traía en una bolsa.

—¿Qué es esto?

—Un libro.

—No me digas.

—El resultado del trabajo de un estudioso desinteresado que un día decidió escribir sobre personajes italianos que tuvieron relevancia o influyeron de alguna manera en la Barcelona de principios del siglo xx, hasta justo antes de la Guerra Civil. Habla de los grandes hosteleros italianos, que fueron dueños de los mejores hoteles, restaurantes y cafés de la época, de los empresarios e industriales de Pirelli, Olivetti o Cinzano, de personajes del mundo de la cultura, el cine, la ópera; y —aquí hizo una pausa dramática— de nuestra querida y desconocida Beatrice De Ferrari.

—¿Y qué dice de ella? —No pude disimular mi impaciencia.

—Ah, no. Ir a por este librito me ha costado quedarme sin comer, así que tengo un hambre de lobo. Necesito una de esas *encasades* de las que me hablabas ayer y, mientras me como media docena, te cuento y hojeamos el libro.

La idea me entusiasmó.

—¿Con horchata?

—Por supuesto.

Después de la preceptiva ruta hasta la plaza del Ángel con parada en la dulcería y la horchatería, terminamos sentados en el borde abarrotado de turistas de la fuente de la plaza Real en tanto dábamos los últimos sorbos de nuestras horchatas. El día había sido caluroso pero, a aquella hora de la tarde, la plaza ya estaba prácticamente en sombra y el borboteo del agua a nuestras espaldas resultaba refrescante.

Antes de sumergirnos en la lectura de la semblanza de Beatrice De Ferrari, Carlo me adelantó lo que él ya sabía:

—Beatrice De Ferrari era hija del que fue vicecónsul de Italia en Barcelona a finales del siglo XIX. Además, se casó con Josep Albiol, un destacado empresario farmacéutico, aunque enviudó joven y sin hijos. Tanto por parte de su marido como por la suya propia, reunía una importante fortuna: poseía el cuarenta por ciento de las acciones de la farmacéutica Albiol, participación en varias empresas italianas e inmuebles por toda Barcelona y en Verona, de donde era originaria la familia De Ferrari. Fue un personaje bastante activo en la sociedad barcelonesa de principios de siglo y miembro de numerosos patronatos de organizaciones benéficas y culturales (la Sociedad del Teatro del Liceo, entre ellas). El autor de la biografía la define como la clásica filántropa. Por lo visto, hacía recorridos diarios por los barrios marginales de la ciudad en busca de personas a las que prestar su ayuda. También patrocinaba a título individual a artistas de toda clase.

Carlo hizo una pausa en su relato que aprovechó para sorber un poco de horchata y buscar una página del libro que traía consigo.

—La cuestión es que de algún modo, cuando la *bisnonna* vino a Barcelona, debió de entrar en contacto con ella porque mira.

Carlo me pasó el libro abierto por una página con la reproducción de una fotografía. Nada más verla, distinguí en ella a Giovanna, Anice. La foto en blanco y negro estaba tomada en los bulevares del paseo de Gracia, en la zona del apeadero. De la mano de la *bisnonna* iba cogida una niña de no más de tres años, con su abriguito de paño y sus zapatitos merceditas con medias bien estiradas hasta la rodilla; lucía el pelito corto y rizado, adornado con un lazo enorme, al estilo de la Celia de Elena Fortún, y de su mano libre colgaba una muñeca. Al otro lado de Anice, agarrada de su brazo como si se sostuviera en ella, posaba una señora, toda una dama a tenor de su atuendo, lujoso en contraste con el sencillo guardapolvo de mi bisabuela. Bajo el grueso abrigo de lana, la estola de pelo y el sombrero de fieltro y plumas calado con elegancia, se adivinaba una mujer mayor y notablemente delgada. Ambas sonreían a la cámara mientras que la niña fruncía el ceño, a todas luces en contra del posado.

—Es ella —murmuré—. Anice. Qué guapa... Y la niña, ¿podría ser Nonna?

—Es lo más probable.

—Qué suerte haber dado con esta foto. —Me alegré sin quitarle la vista, esperando que me hablara más de Anice—. Me pregunto de dónde la habrán sacado.

—Ni idea. Pero había pensado contactar con el autor del libro por si pudiera darnos más información de la *bisnonna*; tal vez haya averiguado algo sobre ella durante sus investigaciones, pero no lo ha incluido en el libro por no ser relevante. Puede que incluso tenga más fotos.

—Sí, es buena idea. En cualquier caso, está claro que fue ella la que ayudó a Anice a empezar una nueva vida en Barcelona. La cuestión es ¿por qué? ¿Por qué se marcharía Anice de Italia para empezar de cero aquí?

—Y qué fue de Luca —apostilló mi hermano entre sorbos de horchata.

—Ya... No hago más que pensar en eso...

Beatrice De Ferrari

Barcelona, de noviembre de 1919 a julio de 1920

Aun en el fango de su embriaguez, Luca fue consciente de lo que había sucedido e, incapaz de controlar sus emociones, se vino abajo en un llanto desesperado. ¿Qué había hecho? No sólo habían perdido el barco; además, Angelo lo había desplumado. ¡Se había llevado hasta su último centésimo de lira, maldito cabrón! Se llamó estúpido en el llanto mientras se golpeaba la cabeza con rabia.

Anice lo abrazó, pero aquel abrazo le supo amargo como la hiel que se le acumulaba en la garganta. La generosidad de ella sólo acrecentó su sentimiento de culpa y se sintió aún más miserable. Se deshizo entonces en disculpas torpes y mal articuladas, patéticas e inútiles, como él. Pero ¿qué otra cosa podía hacer en aquel momento en el que el mundo se le venía encima y lo encontraba borracho, tirado en el suelo sucio de un puerto desconocido?

En un primer instante de desesperación, Anice también se hubiera dejado llevar por la rabia y el impulso de zarandearle y gritarle lo insensato y majadero que había sido. Pero al segundo, entró en razón: Luca había cometido un error; sin embargo, la última responsable de aquella situación era ella, no debía olvidarlo. Lo observó entonces: los ojos enrojecidos y el miedo en el semblante y en la piel, y se le rompió el corazón ante su angustia. Sintió que lo amaba más que nunca y se supo afortunada por tenerlo a su lado; él era lo único que le quedaba. Le encerró el rostro descompuesto entre las manos y se lo secó con caricias.

—No te preocupes. Todo se arreglará, todo se arreglará... —Lo acunó en un abrazo.

Aturdidos y exhaustos, regresaron a las entrañas de la ciudad en busca de cobijo. Las calles adyacentes al puerto, bullentes de humanidad, vicio y miseria, terminaron de apabullarles y se escabulleron como ratas asustadas dentro de la primera tasca que encontraron. Una heterogénea parroquia de obreros, marinería, soldadesca, chulos y camareras con poca ropa bebía y vociferaba inmersa en una nube de humo maloliente. En aquel ambiente grosero y desmesurado, encontraron una esquina en la que arrinconarse y pidieron café y algo de comer, lo que resultó en un bebedizo oscuro lleno de posos y un caldo aguado de pan y tocino, de color naranja y sabor picante. Luca bebió café para despejar la borrachera, pero apenas pudo probar bocado. Anice tampoco comió demasiado, ni siquiera fue capaz de pasar más de un par de sorbos de aquel brebaje espantoso.

—No nos queda dinero para comprar otros pasajes —se lamentó Luca, alzando a duras penas la voz sobre el gentío—. Si además tenemos que pagar un alojamiento... —La desesperación le cortó la frase.

A Anice le hubiera gustado mostrarse optimista, pero hay situaciones en las que el optimismo raya en la necedad y le pareció que la suya era una de ellas.

—Volvamos a Italia —apuntó sin pensar, sólo porque tenía miedo y añoraba su casa.

Luca la miró entre enternecido y espantado.

—Anice... No podemos volver a Italia —le recordó con dulzura mientras tomaba su mano—. Dios —invocó contrariado—, soy una calamidad. ¿Cómo he podido ser tan idiota? —se repitió entre dientes—. Te he fallado.

—¡No! Amor mío... Tú no me has fallado, al contrario, me has salvado. Nos tenemos el uno al otro, alguna solución habrá. Y disponemos de un par de manos para trabajar, ¿no? Pues eso haremos aquí, lo mismo que habríamos hecho en Argentina.

Aquella determinación se veía empañada por el cansancio, la noche y la incertidumbre, pero al menos tenían algo a lo que sujetarse en su particular naufragio. Aferrados a ella, salieron de la taberna del brazo y con el cuerpo encogido. Deambularon por calles llenas de pecados capitales; niñas prostitutas, mendigos lisiados, golfos de navaja, rayas de coca y chinas de hachís al volver la esquina. Aquello parecía una pesadilla, deseaban que lo fuera. Dieron con un edificio no más sucio que los demás en cuya fachada, sobre un gran portalón, se anunciaba en letras grandes: CASA DE DORMIR. CAMAS.

En el interior los recibió un tipo con gorra ladeada, chaquetilla corta, pañuelo al cuello y un pitillo en la comisura de los labios; su rostro era cetrino y su cabello negro y espeso. Apenas lograron entenderle, sólo lo suficiente para saber que la cama costaba un real y sólo podían quedarse hasta las seis de la mañana. Cobrado el precio, cogió un farol de gas y los guio por un pasillo lúgubre lleno de bultos tirados en catres, al final del cual se abría un patio estrecho. Lo cruzaron para llegar hasta una puerta que el hombre empujó de mala gana. Si el olor de aquel lugar era ya repugnante, la peste que brotó de allí fue indescriptible. A Anice le dieron ganas de vomitar y Luca no parecía mucho más compuesto. Con la mano cubriéndose la nariz y la boca se asomó a aquel agujero oscuro y pestilente que el casero iluminaba a regañadientes con su farol: sobre un lecho de paja y periódicos, se amontonaban decenas de cuerpos en una confusión espantosa. Hombres, mujeres y niños exudaban en su sueño inquieto aquel aire viciado, que más bien parecía vaho palpable de miseria y suciedad. ¿Acaso aquel sinvergüenza pretendía que durmieran como si fueran bestias de pocilga en lugar de personas?

Luca se encaró con él, indignado, y de algún modo le hizo entender que bajo ningún concepto pasarían la noche allí. El otro los miró con desprecio de arriba abajo y volvió a pensar en lo poco que le había gustado el aspecto de esos dos pimpollos, con sus trajecitos de medio pelo como si fueran alguien: ¡ay, los que traían la cabeza llena de pájaros y el bolsillo de telarañas! ¡De buena gana les quitaba él los remilgos de un sopapo! Suerte que era un hombre tranquilo. Se encogió de hombros y, tras aliviar un sonoro eructo, señaló con la cabeza hacia unas escaleras.

—Está la azotea. No hay más. Y el real *cobrao* ya no se devuelve. Ése es el baño. —Agitó el farol para iluminar brevemente una esquina del patio.

Apenas vislumbraron un pilón y una letrina y unos ojos brillantes entre ambos, que los observaron fugazmente antes de desaparecer. Igualmente desapareció el casero, poco dispuesto a dar más explicaciones, y allí los dejó en mitad del patio.

Luca hubiera jurado que ni la más infernal de todas las

trincheras que había conocido era peor que aquel lugar. Asió a Anice del brazo y tiró de ella fuera de allí.

—Vámonos. Esto es una inmundicia, buscaremos otro sitio.

Pero ella se resistió.

—Luca, son más de las doce de la noche y estoy agotada. Además, ya hemos pagado los dos reales, no estamos para tirar el dinero. Subamos a la azotea, no puede ser peor que esto. Y mañana... Bueno... mañana será otro día.

A Luca le dolían el estómago y los huesos y le reventaba la cabeza. No tenía ganas de discutir y, siendo sincero, no le seducía la idea de volver a lanzarse sin un rumbo definido a las calles de las que venían. Accedió sin protestar y juntos ascendieron en la penumbra las empinadas escaleras, cuidando él de que Anice no resbalara en los escalones rotos, húmedos y estrechos.

En la azotea había un palomar cubierto de excrementos de ave y una docena de almas acurrucadas al cobijo de su alero. Por el filo del tejado caminaba un gato, que arqueó la espalda al verlos llegar, dio un salto y se unió a otros tantos que correteaban por allí; por eso se percibía un tufillo a orines. Pero Anice tenía razón, a la intemperie el aire era más ligero y respirable y, aunque la humedad de la noche de noviembre se colaba hasta los huesos, encontraron una esquina apartada y un par de cartones para cubrirse. Acurrucados el uno junto al otro, dormitaron a ratos hasta que el día los despabiló.

Sentían el cuerpo entumecido y la brumosa pesadez del mal dormir, pero allí arriba, elevados del mundo, experimentaron cierta paz y así permanecieron un rato inmóviles, abrazados, contemplando el amanecer lento que iba pintando de colores la silueta de Barcelona y de azul pastel el cielo, surcado de gaviotas y palomas que alzaban el vuelo desde su palomar. Con las campanadas de la iglesia de San José y Santa Mónica, abandonaron aquel antro.

El día no adecentaba las calles; en todo caso, ponía al descubierto una miseria diferente, menos viciosa y más patética. Pero un sol tibio de otoño, que brillaba como sólo brilla el sol a orillas del Mediterráneo, animaba el espíritu. Por casualidad, dieron con un bar que servía un café decente y tostadas con manteca para desayunar. Con el estómago lleno, las cosas se veían de otra manera.

Lo primero que se le ocurrió a Luca fue empeñar su reloj; necesitaban dinero rápido para seguir subsistiendo en tanto encontraba un trabajo. Pedir un trabajo... Ni siquiera se le ocurría cómo empezar, nunca había tenido la necesidad de hacerlo. Y ¿en dónde le querrían con el traje arrugado y sucio? ¿Qué sabía hacer él que no fuera llevar los negocios de su familia? Sin embargo, Anice no mostró ninguna duda en ir de puerta en puerta; ella podía cocinar, coser, lavar, limpiar, cuidar de niños y ancianos... Y según iba enumerando todas sus habilidades, Luca sentía una punzada en su amor propio. Empeñar un reloj, ahí se agotaban sus recursos.

Se quedó rumiando para sí sus temores. No quería deslucir el ánimo de Anice. Pero apenas fue capaz de esbozar una sonrisa triste mientras ella se congratulaba de que ya tuvieran un plan.

Terminado el desayuno, el camarero les indicó cómo llegar a una casa de empeños, por signos y mencionando varias veces la dirección «carrer Trentaclaus». No estaba lejos de allí, a un par de manzanas. Según se iban aproximando, se adentraron en el bullicio de un mercado callejero donde se voceferaban frutas, verduras, pescado y carne entre una nube de moscas y cierta peste a podrido y cloaca. Al ambiente contribuía la música de un organillo que tocaba un gitano ciego en la confluencia de dos callejuelas; una niña haraposa acompañada de un perrito feo pasaba el platillo y birlaba carteras. Avanzaron sorteando pilluelos y mujeronas de grandes pechos con la cesta colgada al codo, carromatos de chatarra y basura a cada paso, entre fachadas marcadas de rojo porque eran de burdeles, licorerías y tascas donde los obreros tomaban su lingotazo de cazalla de camino al puerto. La casa de empeños se situaba en la confluencia con el carrer Migdia donde, como si de un zoco se tratase, se agolpaban los puestos de quincalla, trapería, tabaco adulterado y otros géneros que sólo se podían publicitar con susurros.

Luca entró en el local del prestamista. Iba distraído, acariciando el reloj en su bolsillo; su madre se lo había regalado al cumplir dieciocho años y antes había pertenecido a su abuelo. Se trataba de una pequeña joya familiar con un enorme peso sentimental para él; el único recuerdo material que, en ese instante de haberlo dejado todo atrás, le quedaba de su madre. Lo apretó con fuerza en el puño mientras se aproximaba al mostrador deseando no tener que hacerlo. Ni siquiera fue consciente de que Anice se había quedado fuera, parada frente a un cartel que anunciaba una corrida de toros.

La joven lo observaba fascinada: el porte elegante de esa figura ricamente ataviada que se plantaba frente a la bestia cornuda con una fina tela roja por todo escudo; y el toro, enorme, amenazador, con el lomo asestado de dardos largos como flechas y la sangre resbalando por sus costados. Tan absorta estaba, que no reparó en el hombre que se le acercaba hasta que lo tuvo encima y le sobresaltaron unos susurros en su cuello. Se separó de un brinco y, al mirarlo, comprobó que apenas se trataba de un muchacho no mayor que ella. Tenía los ojos y la piel clara, una cicatriz le cruzaba la mejilla y un manojo de rizos oscuros escapaban por debajo de un sombrero ridículo.

Vestía un traje desangelado con pañuelo en lugar de corbata y calzaba unos botines de punta a dos colores. A Anice le asustó la forma en la que la miraba, con una media sonrisa lasciva. Seguía hablándole sin que ella comprendiese, aunque en ocasiones no hacen falta las palabras para comprender; debía de ir bebido si era capaz de obrar con aquel descaro. Quiso escabullirse al interior de la casa de empeños, pero el otro la agarró del brazo y le plantó la mano en el trasero.

Justo cuando ella abría la boca para gritar, apareció Luca, a quien apenas le dio tiempo de asimilar lo que ocurría. Fue ver a Anice entre las garras de un sinvergüenza y, sin pensar, propinarle al tipo un empujón mientras le increpaba a gritos. El otro no se arredró, más bien al contrario, se revolvió como una alimaña y le lanzó un puñetazo que le acertó en plena mandíbula. Más rabioso que dolido, Luca se lo devolvió y, en un abrir y cerrar de ojos, Anice contempló espantada cómo ambos se enredaban en una pelea.

Ella empezó a gritar, mas la gente, lejos de ayudar a separarlos, hizo corrillo en torno a ellos mientras les arengaba. Anice no podía con la angustia, se estremecía con cada golpe que Luca recibía, con su rostro congestionado y ya magullado. La impotencia le saltó las lágrimas y lo peor estaba aún por llegar. Cuando parecía que Luca se hacía con el control de la pelea, el golfillo sacó una navaja y la dirigió contra él, pinchándole a la altura del brazo. Anice gritó, el público emitió una voz de asombro, los rivales se acechaban desafiantes ahora que la balanza estaba desequilibrada y la navaja era el centro de atención; Luca, sin prestar cuidado a su brazo herido, no le quitaba la vista de encima al contrincante, aunque empezaba a palidecer.

En aquel momento, el sonido de unos silbatos irrumpió en la escena. «¡La policía!», exclamó la concurrencia. Y el golfillo se esfumó con la habilidad de una comadreja. Un par de agentes logró abrirse paso, porra en mano, entre la multitud que empezaba a dispersarse y llegó hasta un Luca confuso y maltrecho, plantado solo en mitad de la acera como si hubiera peleado contra la pared. Anice se cogió de su brazo justo cuando la policía empezaba a interrogarle con preguntas que no entendía.

—*Io sono italiano. Non capisco.*

—Pasaporte. ¿Entiende? Enséñeme su pasaporte. Pasaporte —repitió uno de los agentes.

Sí, Luca había entendido la palabra «pasaporte», pero se resistía a entregar la documentación que llevaba encima.

Justo en el momento en que Anice se veía esposada y camino de la comisaría, apareció una mujer que se puso a hablar con los policías. A primera vista, Anice concluyó que se trataba de una dama. Aunque su vestimenta no era nada ostentosa, sino más bien discreta y sencilla, sus modales delataban su clase pues actuaba con elegancia y educación. La mayor sorpresa llegó cuando se dirigió a Luca en un perfecto italiano:

—¿Se encuentra bien?

—Sí —asintió él, confuso.

—¿Y ese corte?

—No es nada. Sólo un rasguño.

La dama miró suspicaz cómo la sangre se colaba entre los dedos de la mano de Luca mientras se cubría el brazo. Con todo, lo dejó pasar.

—Estén tranquilos. Yo les traduciré lo que dicen los agentes. Tienen que mostrarles sus pasaportes. Si no los llevan con ustedes, tendrán que detenerles.

Anice miró a Luca y observó cómo se daba por vencido: el joven rebuscó en el interior de su chaqueta y sacó los papeles.

La policía apenas les echó un vistazo y se los devolvió. Después, hablaron con la dama.

—Quieren saber qué es lo que ha pasado.

Luca explicó brevemente su encontronazo con un canalla que había acabado atacándole con una navaja y se había dado a la fuga.

—¿Lleva usted armas? —tradujo la mujer.

Luca negó con firmeza.

—Dicen que tendrán que registrarles para asegurarse. A los dos.

Así hicieron los agentes y, tras comprobar en el registro que Luca decía la verdad, volvieron a soltar una parrafada que necesitó traducción:

—Parece ser que podrían acusarle de alteración del orden público pero que, como no ha habido denuncia y la otra persona ha huido, no lo van a hacer. De todos modos, dicen que puede usted interponer denuncia contra su atacante por las lesiones.

A Luca casi le dio por reír.

—¿Y contra quién iba a poner yo la denuncia? Muy amables, pero lo único que quiero es que nos dejen marchar tranquilos de una vez —concluyó impaciente. Con la bajada de la adrenalina, empezaba a sentir el dolor en el brazo y una cierta sensación de mareo.

De nuevo, hubo un intercambio de frases entre la policía y la oportuna intérprete, que ella volvió a traducir:

—He logrado convencerles de que les dejen marchar, pero les informan de que, según la ley, todos los extranjeros residentes en Barcelona tienen la obligación de presentar el pasaporte en comisaría para su visado. Tendrán que hacerlo a lo largo del día de hoy; si no, se arriesgan a que les pongan una multa e incluso a que les expulsen del país.

—Sí, sí, dígales que lo haremos —garantizó Luca, con ganas de quitárselos ya de encima.

Por fin, Anice y Luca contemplaron cómo, tras agradecer a la dama sus servicios y despedirse brevemente, los policías siguieron su camino.

Entonces la italiana suspiró y se creyó en la necesidad de adecentarse después de un trabajo bien hecho: tiró del bajo de su chaqueta, se retocó ligeramente con las manos el cabello y se ajustó el sombrero unos milímetros. Cumplido esto, les tendió a los atribulados jóvenes una mano decidida.

—No nos hemos presentado. Me llamo Beatrice De Ferrari.

Luca consiguió retener su verdadero nombre en la punta de la lengua justo antes de pronunciarlo.

—Ettore... Ettore Costa —dijo en su lugar—. Y ella es mi esposa: Maria. Un placer, *signora*, su aparición ha sido providencial. No sabe cuánto le agradezco su amable ayuda.

Beatrice les sonreía con dulzura. A tenor de las mechas plateadas de su cabello y de las finas arrugas en torno a sus ojos y sus labios, Anice concluyó que no se trataba de una mujer joven, aunque tampoco de una anciana. A primera vista, distaba de ser guapa; sus ojos pequeños estaban bastante separados, su frente era más ancha de lo deseable y su nariz, demasiado respingona; sin embargo, poseía una elegancia innata que compensaba con creces cualquier tipo de atractivo físico. Su presencia en aquel distrito infecto se hacía cuando menos sorprendente.

—Oh, no hay de qué. ¿Para qué estamos los compatriotas si no es para ayudarnos en tierra extraña? —Dicho esto, su semblante se tornó algo más serio—. Debería ir a que le vieran ese corte, señor Costa.

—Gracias por su preocupación, pero no será necesario. Esa navaja apenas me ha rozado.

—Pues sangra como si en efecto hubiera penetrado hasta el hueso —le corrigió la dama con irónica compostura.

—Ettore... —se esforzó también Anice por evitar llamarle Luca—. Creo que la señora De Ferrari tiene razón. El corte podría infectarse.

Ambas mujeres se miraron con complicidad. A Anice le gustaba aquella dama cada vez más. Quizá sólo era que necesitaba confiar en alguien cuando se sentía tan abandonada.

—Hay una casa de socorro en la calle Barbará, no queda lejos de aquí. Puedo acompañarles; les vendrá bien que siga haciendo de intérprete.

Luca protestó tibio y terminó cediendo. Lo cierto era que el brazo le dolía cada vez más y, a decir verdad, el cuerpo entero tras la paliza. Finalmente, necesitó puntos en el corte y varias compresas de agua timolada para las magulladuras. Tras la cura, Beatrice De Ferrari insistió en que tomaran un refrigerio reparador y les condujo hasta un local cercano.

No anduvieron mucho; sin embargo, tuvieron la sensación de haber cambiado de ciudad. De pronto se encontraban en una avenida amplia y luminosa, flanqueada de bellos edificios y elegantes comercios y dividida por un bulevar arbolado donde se sucedían los puestos de flores. Por ella circulaban flamantes automóviles, tranvías y coches de punto, las damas empingorotadas con estolas de piel y los caballeros con capa y sombrero.

—La Rambla —les instruyó Beatrice—. Bonita, ¿verdad? Oh, y ése es el teatro del Liceo, un templo del *bel canto* —señaló justo antes de detenerse ante un café de nombre La Mallorquina.

La magnífica entrada de madera tallada ya anticipaba el lujo del establecimiento con suelos de marquetería, escayolas cubriendo el techo y las paredes, y preciosos espejos decorados. Anice no dejaba de mirar a su alrededor y no podía evitar sentirse un poco incómoda en aquel ambiente completamente ajeno a ella, consciente de su traje de chaqueta ajado y descompuesto tras tanto avatar. Tampoco Luca parecía muy conforme. A él no le impresionaba la grandeza del lugar; sin embargo, su propio aspecto, realmente deplorable, le cohibía; ojalá pudiera explicar a cuantos le miraban con recelo que él también era un caballero. Beatrice, ajena a todas aquellas tribulaciones, les animó a sentarse en una coqueta mesa de mármol y sugirió que pidieran chocolate con picatostes para Anice y vermut para Luca.

—*Santa Madonna*, es usted sólo una chiquilla. —Se enterneció por un momento del aspecto cándido y algo asustado de la joven—. Ya verá cómo le encanta el chocolate. Es el mejor de Barcelona o, al menos, a mí me lo parece. —Se rio.

Desde luego que la dama debía de frecuentar aquel lugar, pues los camareros la saludaban como señora De Ferrari entre respetuosas reverencias.

Con la comanda servida, volvieron a repasar la accidentada historia que los había unido.

—Han tenido la mala fortuna de encontrarse con un *pinxo*. Un chulo —aclaró—. Oh, esos jóvenes sin escrúpulos —se lamentó—. Suelen trabajar para los burdeles del barrio y van en busca de muchachas inocentes y desesperadas a las que prostituir. Al verla a usted, tan joven y hermosa, sola en un lugar como aquél, seguramente creyó que era presa fácil. No deberían adentrarse más por el Raval, no es un barrio para turistas.

Se abrió entonces un silencio incómodo. Anice bajó la vista y esperó a que Luca tomara la iniciativa. ¿Cuánto tiempo podrían permanecer fingiendo ante aquella bondadosa mujer? Como si Luca le hubiera leído el pensamiento, se decidió a hablar para confesar:

—Verá, señora De Ferrari, mucho me temo que no somos turistas. Lo cierto es que viajábamos desde Italia con destino a Argentina cuando, ayer mismo, durante la escala de nuestro buque en el puerto de Barcelona, sufrimos un terrible percance.

La señora De Ferrari, que había alzado su taza de chocolate para beber, volvió a dejarla en el platillo sin hacerlo y miró a Luca con verdadera intriga en la mirada.

Él le desgranó cuantos infortunios les habían acontecido en las últimas horas, obviando el detalle de que viajaban con nombres falsos y de que, antes de que lo desplumaran, se había emborrachado hasta el desmayo; en este punto, no quería quedar como un imbécil vicioso ante aquella dama de, sin duda, recta moral.

Una vez que Luca hubo terminado el relato, Beatrice los envolvió a ambos con una extraña mirada mezcla de conmiseración y emoción.

Santa Madonna... ¿Sería posible que el Señor hubiera puesto en su camino a aquellas dos pobres almas desvalidas? ¿Acaso habría tenido ella la inmensa fortuna de haber sido escogida para poder acudir en su auxilio? Pues resultaba evidente que aquella joven pareja no sólo precisaba de ayuda, también la merecía.

Y es que desde un primer momento, Beatrice había intuido que algo fuera de lo común les afligía. Él, a pesar de su aspecto por supuesto deteriorado a causa de la reciente pelea, poseía buen porte y maneras de caballero, su educación era exquisita: no había más que ver su compostura y su forma de hablar, empleando un italiano refinado; y aunque su traje se mostraba bastante sucio y arrugado, resultaba visible su buen corte a medida. Por otro lado, seguro se trataba de un excombatiente, todos los jóvenes italianos sanos lo eran. Y ella sentía un profundo respeto hacia aquellos hombres que habían arriesgado sus vidas por Italia y por el rey. La muchacha, en cambio, parecía de extracción más humilde. Vestía con gusto, sí, pero la ropa le quedaba holgada, apenas lucía más joya que unos zarcillos y sus manos no eran las de una dama sino las de alguien que las utilizaba para trabajar. No obstante, había algo en ella que la alejaba de la vulgaridad: cierta dulzura, cierta distinción, cierta gracia, un *je ne sais quoi* que dirían los franceses. Además de, claro estaba, ser una joven de notable belleza.

Enseguida, Beatrice, que era una mujer de bullente imaginación, supuso que había algo oculto detrás de la historia de aquella singular pareja: un amor prohibido, una huida romántica, un matrimonio ilícito quizá. Su espíritu inclinado a la filantropía le decía que en aquel asunto ella tenía una misión redentora que cumplir.

A Beatrice De Ferrari le gustaba definirse como filántropa, pues sentía un amor infinito hacia el ser humano. Hija única de quien fue vicecónsul de Italia en Barcelona y viuda de un conocido empresario farmacéutico catalán, Beatrice contaba con una pequeña fortuna que no tenía a quien legar, salvo a un par de sobrinos lejanos que ansiaban heredarla y por los que, en consecuencia, no sentía el menor apego. De este modo, había consagrado su vida a aliviar las penas del prójimo. Siendo éstas muchas y muy variadas en los tiempos que corrían, la generosa dama había decidido concentrar sus esfuerzos en las mujeres más desfavorecidas y, en especial, en aquellas pobres jóvenes descarriadas que, solas, desprotegidas y sin la suficiente educación moral, se convertían en blanco fácil de las redes de prostitución.

Por eso, todas las mañanas menos los jueves, que se reunía con su comité de damas igualmente filántropas, y los domingos, que recibía en casa para el almuerzo, se desplazaba desde su magnífico piso en el paseo de Gracia hasta el distrito del Raval, donde recalaba la mayor parte del vicio, el crimen y la miseria de la ciudad. Allí hacía su ronda de salvación entre niñas huérfanas o vendidas por su propia familia al no tener medios para mantenerlas, entre jóvenes extranjeras o provenientes del campo, entre madres solteras, cupletistas adolescentes y toda clase de mujeres desesperadas. Ella las rescataba de las garras de chulos y burdeles, de los llamados con eufemismo «cafés espectáculo» y de las redes de pornografía, y las integraba en su propia red asistencial donde les procuraba un lugar de acogida y les facilitaba ayuda para encontrar un empleo digno a través de una bolsa de trabajo alimentada por sus propios contactos y reforzada con talleres, cursos y todo tipo de formación que incrementara la empleabilidad de las muchachas.

La pareja que ahora mismo tenía enfrente no se ajustaba exactamente a sus criterios de selección —de hecho, la chica ya había sido salvada por su propio esposo de la rapiña de un chulo—. Sin embargo, Beatrice, que en el fondo era una romántica, no podía dejar pasar aquella ocasión de auxilio.

Enseguida les propuso un plan: lo primero sería ir a la comisaría a visar los pasaportes; no convenía tener líos con las autoridades. Después, los conduciría a una pensión con la que ella solía trabajar. La dueña era una viuda limpia y honrada que les proporcionaría un alojamiento en condiciones, sencillo pero higiénico. Ante las objeciones de Luca respecto al precio que no podían pagar, la honra que le impedía aceptar su caridad y todo ese bla, bla, bla que ella ya se esperaba —definitivamente aquel joven era un caballero con su correspondiente y a menudo inútil sentido de la dignidad—, respondió:

—Escuche, señor Costa, cuando una persona está en la calle y se le ofrece un techo es poco inteligente rechazarlo. Tal vez sea noble, no lo niego, pero desde luego es poco inteligente —recalcó como instruyéndole—. No pretenderá que su esposa vuelva a una de esas espantosas casas de dormir. Eso en absoluto demostraría nobleza alguna.

Dicho esto, las objeciones de Luca cesaron y ella pudo seguir exponiendo su plan:

—¿Por dónde iba?... Ah, sí, la pensión. Como decía, se trata de un establecimiento respetable, con habitaciones cómodas y limpias y un cuarto de baño compartido con agua caliente. Tendrán derecho a dos comidas diarias: desayuno y cena; el almuerzo corre de su parte. Ahora, vayamos con el tema del trabajo. Porque me imagino que tanto si están pensando quedarse en Barcelona como si no, necesitarán un empleo con el que subsistir.

—Sí, por supuesto. Aunque me temo que no será fácil encontrar uno.

—No, no lo es. Durante los años de guerra no le fue mal al país, las circunstancias internacionales favorecieron el crecimiento de la economía española. Ya sabe: el aumento de las exportaciones, el desarrollo de los sectores asociados a la economía de guerra...

Luca asentía impresionado. Nunca había oído hablar a una mujer de economía con semejante criterio.

—Pero desde que terminó el conflicto —continuó Beatrice—, se ha producido un efecto contrario y estamos sumidos en una importante crisis económica y política. Sobre todo en Barcelona, que, por su situación geográfica y su entramado industrial, se vio especialmente beneficiada por la economía de guerra. Ahora, la caída en picado del comercio internacional y la sobreproducción, sumadas a la debilidad de los gobiernos, han provocado un serio enfrentamiento entre empresarios y trabajadores, a menudo violento. Es un círculo vicioso: las condiciones de los trabajadores son míseras y éstos organizan huelgas y protestas, a lo que los empresarios responden con cierres patronales y despidos masivos, éstos a su vez provocan nuevas protestas sindicales y así sucesivamente. Lo peor es que se está queriendo solucionar el problema con violencia. Raro es el día que no hay un asesinato, un atentado: un empresario muerto, al día siguiente un sindicalista o un anarquista o un policía... Hay una auténtica guerra en las calles entre patronal y trabajadores. Más de doscientas personas han perdido la vida en estos enfrentamientos los últimos tres o cuatro años. Mientras, se siguen destruyendo puestos de trabajo y la gente pasa hambre. Lo que han visto en el Raval es una muestra de la decadencia social que esta situación está procurando —concluyó con pesar.

Luca meneó la cabeza. Maldita la hora en que habían perdido el barco y se habían quedado atrapados en esa ciudad. Beatrice adivinó su angustia.

—Pero en la Italia que dejan las cosas no están mucho mejor, ¿me equivoco? No desesperen. Han tenido la suerte de dar conmigo —intentó animar a la pareja—. Es importante estar bien relacionado, y yo lo estoy. Algo encontraremos. Lo ideal sería un puesto de contable o de cajero de banco para usted, quizá algo relacionado con el comercio. —Miró a Luca y luego se volvió hacia Anice—. En su caso, no creo que sea difícil colocarla en alguna casa o, incluso, de camarera. Lástima que no hable español; sabiendo leer, escribir y con su planta y maneras no sería imposible emplearla de dependienta. De todos modos, vendría bien que ambos aprendieran el idioma, claro; aunque hay varios empresarios italianos que contratan con gusto a compatriotas. Todo depende de lo que se vaya a hacer —parecía pensar en alto—. En fin, Dios proveerá. De momento, les sugiero que vayan a la Casa degli Italiani y se inscriban en un registro de solicitantes de empleo.

—¿La Casa degli Italiani? —se interesó Luca.

—Sí. Es una asociación que reúne a los italianos residentes en Barcelona, desde la que se promueven la cultura y la lengua italianas pero también se procura asistencia benéfica y social para los compatriotas más desfavorecidos. Además, incluye las escuelas italianas para la formación de nuestros niños según el plan educativo de nuestro país. Constituye todo un punto de referencia para la comunidad. Yo misma estoy asociada, junto con otros italianos afincados en la ciudad y que desempeñan las más variadas ocupaciones. Sin duda que si se inscriben en su bolsa de trabajo tendrán muchas más posibilidades de encontrar un empleo.

—Me gusta la señora De Ferrari —comentó Anice con Luca, una vez tumbada en la cama con un colchón mullido y sábanas limpias de su habitación.

Se había dado un baño y se había lavado el pelo, que ahora le olía a un jabón de nombre La Toja. Mientras su ropa se secaba, se había envuelto en una bonita bata de satén que, junto con otras prendas, le había donado la señora De Ferrari. La caritativa dama incluso había conseguido ropa para Luca: un pijama y un cambio completo para que pudiera mandar su traje a lavar. Ahora, vestido con una camiseta limpia, el joven se afeitaba sobre el aguamanil de la habitación.

Después de lo vivido, aquel dormitorio le parecía a Anice un paraíso: era amplio, cómodo y aseado y tenía un balcón que daba a una plaza arbolada en la que jugaban los chiquillos. La luz entraba a raudales a mediodía. La casera era una mujer amable y sonriente, además de una excelente cocinera. Aunque había nacido en Barcelona, su familia provenía de

Nápoles, desde donde su abuelo había emigrado a la capital catalana a principios del siglo pasado. La mayoría de sus huéspedes eran italianos, gente respetable: un comerciante milanés de paso en la ciudad, un par de chicas andaluzas que trabajaban en unos grandes almacenes cercanos, un estudiante de lenguas del Véneto y un corresponsal de un periódico de Roma. «Mi gran familia», decía Silvana, que así se llamaba la casera.

A Anice le costaba creer cómo su suerte había dado un giro de ciento ochenta grados en tan sólo unas horas. Para ella, la señora De Ferrari era una especie de hada madrina sin varita.

—A mí también —coincidió Luca—. Aunque detesto tener que vivir de la caridad.

Ni en sus peores vaticinios había imaginado que acabaría así, no sólo venido a menos, mantenido incluso. Aquello le hería en lo más profundo de su orgullo.

—La opción era dormir en la calle. Necesitamos ayuda, Luca, y no es una deshonra dejarse ayudar.

Luca enjuagó la cuchilla de afeitar, también regalada.

—Lo sé, lo sé —refunfuñó mientras la sacudía con ímpetu contra el borde de la palangana.

Anice abandonó la cama y se acercó a él. Le besó en la mejilla suave aún con restos de jabón.

—Esta situación es temporal. Pronto encontraremos un trabajo y pagaremos con creces la deuda, ya verás.

Pero eran muchas las preocupaciones que perturbaban a Luca como para contentarse con una sola frase.

—Más vale. No podemos quedarnos aquí mucho tiempo. Barcelona está demasiado cerca de Italia.

Anice tenía razón. Ella no tardó mucho en encontrar trabajo. La señora De Ferrari le consiguió un puesto de camarera de planta en el Majestic Hotel Inglaterra, un lujoso establecimiento situado en el paseo de Gracia, propiedad de un conocido empresario piamontés.

—Tienes que ver a la muchacha, Gabriele. Ésta es diferente a otras que te he mandado —aleccionó Beatrice al señor Martinetti, director del hotel y amigo personal—. Tiene tal elegancia natural que en cuanto hable un poco de español querrás ponerla en la recepción.

Las jornadas laborales de la joven eran largas, con turnos que variaban entre la mañana y la noche, y el salario de tres pesetas no era una fortuna, pero más de lo que hubiera podido cobrar de obrera en una fábrica y sin duda mucho más de lo que recibía por no hacer nada. Anice estaba muy contenta.

En cambio, pasaban las semanas y no surgía ninguna oportunidad para Luca. Doña Beatrice le aseguró que sus posibilidades aumentarían en cuanto aprendiera español. De modo que tanto él como Anice asistían tres veces por semana a una academia. No tardó en chapurrear el idioma, pero el trabajo seguía sin aparecer.

Los días se le hacían eternos. Solo en su habitación y sin nada que hacer, dedicaba su tiempo a darle vueltas a la cabeza, a angustiarse por el pasado, el presente y el futuro, a lamentarse de sus heridas y de esos males crónicos que le habían dejado las lesiones de la guerra. En Italia le recetaban morfina, pero allí, cuando se inyectó la última ampolla que traía consigo, no tenía donde conseguirla.

A menudo se pasaba el día postrado en la cama, entre náuseas y dolores, atormentado por su cochina suerte y esa sensación de fracaso que no conseguía quitarse de encima. ¿Cómo era posible que él, con todos sus títulos de nobleza, su costosa educación y sus medallas de guerra fuera a resultar tan inútil? Apenas había hecho un par de entrevistas y en ambas había sufrido la mirada compasiva de quienes le rechazaron. Eso era todo lo que él inspiraba: pena.

Cómo hubiera gozado su padre al verle en aquella situación. Hubiera tenido la oportunidad de echárselo en cara, de recordarle cuántas veces había él anticipado aquella derrota, aquel fiasco. Le habría insistido en que siempre había sido un irresponsable, un cabeza loca, un blandengue. Primero, se había embarcado en la promoción de una guerra inútil, y ahora, hundido en el fango, era incapaz de resolver la papeleta que tenía entre manos.

«¿Para esto has huido? ¿Para dejarte mantener por dos mujeres? Debería darte vergüenza si la tuvieras.» Casi podía escuchar cómo le menospreciaba sin elevar el tono de voz, con esa frialdad lacerante que le caracterizaba. Y para concluir, añadiría como siempre: «Tú nunca fuiste como tu hermano. ¿Por qué Dios se lo ha llevado a él?».

En ese punto no podría haber estado más de acuerdo con su padre: ojalá Giorgio estuviera vivo. Ojalá el destino fatal hubiera intercambiado su suerte con la de su hermano. Nada de esto hubiera sucedido si fuera él quien yaciera en un campo de batalla, sepultado con honor.

—¿Qué tienes? —le preguntaba a menudo Anice, cada vez más alarmada por el deterioro de su salud y su ánimo.

—Necesito la morfina. No puedo soportar el dolor —respondía, guardándose para sí por orgullo cuantas clases de dolor no sólo físico le torturaban.

Fue así que Luca regresó al Raval. Sabía que allí podría conseguir la droga en el mercado negro; se la habían ofrecido en la fatídica ruta de alcohol que había hecho con Angelo. Escogió una noche que Anice tenía turno en el hotel, se vistió con su mejor traje, que no era gran cosa, y se guardó unos cuantos billetes en la cartera. Tras cruzar los límites de la Barcelona más sórdida, callejeó a la luz de los antros entre borrachos, putas, chulos y chorizos, siguiendo un rumbo fijo, el del Edén Concert, un cabaret de la calle Nou de la Rambla, que tenía bastante reputación entre la bohemia y los jóvenes de buena cuna; después de todo, él era uno de ellos.

Según se aproximaba a su destino, reparó en los coches con chófer en la entrada y el jolgorio que se escuchaba antes de atravesar las puertas. Gentío, humo y cientos de perfumes recibían al visitante. El local, con sus lámparas de cristal y sus paredes enteladas, era ostentoso, a la altura de una clientela que pagaba treinta pesetas por una botella de Veuve Clicquot. Luca buscó una mesa apartada del escenario, se encendió un pitillo y pidió un whisky a una voluptuosa camarera. El último espectáculo, uno de magia, rezaba el programa, acababa de concluir. La música sonaba atronadora y la gente alternaba entre las mesas y la pista de baile con risas y poses exageradas, incluso teatrales; todo aquello era espectáculo también. Luca reparó en una flamenca alta y desgarbada, maquillada con un exceso casi ridículo, que coqueteaba con un tipo muy relamido enfundado en un esmoquin; llegó al convencimiento de que se trataba de un hombre travestido, era la única manera que tenían ellos de prostituirse.

La camarera se presentó con la bebida y le distrajo de sus observaciones.

—Estás muy solo, guapo —le dijo con voz seductora mientras dejaba el vaso sobre la mesa. En un movimiento que parecía estudiado, sus pezones quedaron casi al descubierto—. ¿Quieres que te busque una buena chica?

No, no eran chicas lo que buscaba. Él estaba interesado en

otra mercancía. Luca le pidió que se acercara y le susurró algo al oído mientras le introducía un billete en el escote.

No tuvo que esperar mucho. Enseguida apareció un tipo: elegante, buenas maneras, aunque el tabique nasal desviado le daba cierto aire de matón. Hablaba con acento francés. Se desvivía por satisfacer a sus clientes, le dijo. Él siempre ofrecía calidad, nada de productos adulterados.

Con la morfina, Luca se inyectó paz en el espíritu y cierta autocomplacencia. Los dolores se aliviaron y pudo retomar sus clases de español. Se encontraba de mejor humor cuando Anice regresaba a la pensión, hablador y risueño. Empezó inyectándose cada dos días y pronto pasó a hacerlo a diario. Las visitas al principio esporádicas al Edén Concert fueron volviéndose cada vez más frecuentes. Ya no podía esperar a los turnos de noche de Anice. Tuvo que inventarse excusas.

Entonces, una madrugada, a esa hora en que el alcohol ya había mermado su voluntad, el francés le deslizó una papelina de polvo blanco sobre la mesa.

—Pruébala —le dijo con su marcado acento de erres fuertes—. Te sentirás como nunca antes te has sentido, créeme. A ésta invita la casa.

Señor, qué razón tenía el muy canalla. Luca esnifó su primera raya allí mismo. El francés le enseñó cómo hacerlo. De pronto, se sintió lleno de energía y optimismo. Toda la alegría y la diversión a su alrededor cobraron inmediatamente sentido porque él mismo experimentaba una alegría inmensa. Sus angustias, sus inseguridades y sus problemas se habían esfumado como por arte de magia. Hubiera sido capaz de cualquier cosa. Tenía ganas de beber, de reír, de bailar, de gritar a los cuatro vientos que se sentía mejor que nunca. Y esa euforia le condujo sin desaliento hasta el amanecer.

Se dio cuenta de que se le había echado la hora encima y

tendría que justificarse con Anice. Pero no importaba, era feliz por fin. Y ella debía saberlo. Entró en la habitación con un ramo de flores. Le temblaba el pulso y el corazón estaba a punto de salírsele por la boca. Al verla, recordó cuánto la amaba, entonces más que nunca. Ella protestó, estaba enfadada. Pero no importaba, él era feliz por fin. ¿Acaso no podía ella alegrarse? Acalló sus protestas con besos. ¡Dios, cómo la deseaba!, pensó mientras la desnudaba atropelladamente, tan excitado que creyó que no lo soportaría.

Al día siguiente, se sintió como si se hubiese precipitado desde la más alta de las montañas hasta el más profundo de los vacíos. Nunca había experimentado una resaca así. Tuvo fiebre, náuseas y palpitaciones. Estuvo verdaderamente enfermo. Sólo podía pensar en meterse otra raya de coca.

—Estoy muy preocupada. Apenas come ni duerme, está cada vez más delgado y demacrado. Algunos días se los pasa enteros en la cama, postrado de dolor y vértigos. Otros, está eufórico. Creo que es cuando sale a beber. Bebe demasiado.

Una angustiada Anice se confesaba con la única persona con la que podía hacerlo: doña Beatrice. La dama la escuchaba atentamente, compartiendo con ella su preocupación y su pesar. Asiendo su mano fría para darle algo de consuelo.

Anice se sentía impotente ante los males de Luca. Si al menos estuvieran en Italia, en su casa, en su cocina, con sus utensilios y las hierbas de su jardín y del bosque. Lo había intentado con infusiones de valeriana y pasiflora, con masajes de aceite de hipérico y compresas de lavanda sobre el pecho. Nada parecía dar resultado.

—No ha vuelto a ser el mismo desde que volvió del frente.

No puedo ni imaginarme las terribles experiencias que habrá vivido allí. Sólo sé de las terribles heridas de las que ha tenido que reponerse. Es atroz... Aunque ya no es sólo el dolor. A veces, cuando consigue conciliar el sueño, se despierta en mitad de la noche gritando y empapado en sudor. Sufre horribles pesadillas que no quiere ni contarme. Vive en un estado de angustia y tristeza casi permanente. Y yo no sé qué puedo hacer para ayudarle —se desesperó—. Creo que debería verle un médico.

Beatrice no podía estar más de acuerdo.

—No se inquiete, querida. Yo me encargaré. Es espantoso lo que esos hombres valientes han sufrido. Todo lo que se pueda hacer por ellos es poco. Concertaré una cita con mi médico personal. Tenga fe, su esposo mejorará en cuanto esté en las manos adecuadas.

Anice entró en la habitación en penumbra. En la cama dormitaba Luca. Un cigarrillo encendido se consumía lentamente en el cenicero; junto a él reposaba una botella de licor mediada y un vaso vacío.

La joven se sentó al borde del colchón.

—¿Duermes? —Le acarició la frente.

Él se estiró con un suspiro.

—No... Sólo estoy un poco atontado. Acabo de ponerme la morfina.

Luca se incorporó con una mueca de dolor. Siempre se animaba cuando Anice regresaba a la pensión. La envolvió en una mirada de ternura y le devolvió las caricias.

—¿Quieres que salgamos a pasear? —le propuso porque sabía que a ella le gustaba pasear cogidos del brazo hasta el parque de la Ciutadella y, aunque a veces el camino le resultaba agotador, a él también.

—No. Debes descansar. Te daré un masaje antes de la cena y luego me tienes que prometer que comerás algo.

Luca esbozó una sonrisa triste.

—Menuda carga te has echado encima conmigo.

—No digas eso —le reprendió ella con cariño antes de besarle—. Todos nos ponemos enfermos. Pero pronto estarás bien.

—Sí —susurró sólo por no llevarle la contraria.

Entonces Anice bajó la vista para buscar las manos del joven. Se las tomó y las atrajo hacia su regazo. Parecía inquieta.

—Tengo que decirte algo —anunció sin mirarle.

La expresión consternada de ella hizo que Luca se alarmara.

—Anice, me estás asustando.

—Bueno, es que yo estoy asustada... —Y, pese a ello, intentó sonreír antes de anunciar—: Vamos a tener un hijo.

Luca enmudeció y, ante su silencio, Anice se decidió a mirarle. Su semblante era de auténtico estupor.

—¿Es eso cierto?

Ella asintió. Hacía días que lo sabía, pero había temido compartir la noticia con Luca. En su estado, no estaba segura de cómo podría reaccionar. Le preocupaba que aquella futura paternidad no fuera sino otro motivo más de angustia para él.

Sin embargo, pasada la sorpresa inicial, Luca sonrió. Visiblemente emocionado, encerró el rostro de Anice entre sus manos.

—Amor mío... He hecho algo bueno, ¿verdad? Por fin he hecho algo bueno —sollozó.

Anice lo estrechó con fuerza entre sus brazos y, como a él, se le saltaron las lágrimas. Aquellas palabras eran terribles; Luca estaba verdaderamente hundido. Lo cubrió de besos.

—Escúchame: nadie, nadie ha hecho tanto bueno por mí en toda mi vida. Sólo tú. Te quiero. No sabes cuánto te quiero.

Después de haber vivido rodeado de muerte, Luca asistía maravillado al resurgir de la vida; él mismo la había puesto en el seno de Anice. Él ya no era sólo calamidad y destrucción. Sintió una felicidad que nada tenía que ver con el alcohol ni la cocaína, que parecía haber anidado en su alma para quedarse.

Estaba decidido a dejar las drogas y a salir a patear las calles hasta desfallecer en busca de un trabajo; el que fuera. Se casaría con Anice en cuanto pudieran deshacerse de sus falsas identidades; siempre lo había deseado, y ahora, además, le urgía. No le bastaba sólo con amarla de un modo que no podía expresar con palabras, también demostraría que podía ser un buen esposo y un buen padre. Aún estaba a tiempo de corregir el rumbo para convertirse en el mejor ejemplo para su hijo, en el padre que él nunca tuvo.

Lo habría hecho. Habrían sido muy felices. En Barcelona, en Argentina, en cualquier lugar del mundo, eso era lo de menos mientras se tuvieran el uno al otro; no importaba cuántos barcos más perdieran.

Sin embargo, la fatalidad obstinada, que le había apuntado con el dedo hacía ya tiempo, tenía otros planes para él.

Sugelli a la catalana

La madre de Núria hacía unas *faves ofegades* que estaban de muerte. Lo había olvidado. Sin embargo, había vuelto a recordarlo cuando mi amiga me invitó a comer en casa de sus padres para rememorar los viejos tiempos y el delicioso plato de habas con verduras y butifarra.

Núria era la clásica niña bien, proveniente de una familia de la tradicional burguesía catalana. Sus padres ya estaban retirados, pero él había sido consejero delegado de un gran banco y ella, una decoradora de renombre. La familia habitaba la casa que yo siempre habría querido para mí: un impresionante piso de trescientos metros cuadrados que ocupaba toda la última planta de un edificio modernista en el paseo de Gracia. Ya desde muy joven, yo había sabido apreciar lo espectacular de aquel sitio: los salones corridos, los miradores con vidrieras emplomadas, los suelos de marquetería, las escayolas, las puertas de dos metros de alto con esos manillares de bronce que ya no se hacen y la increíble terraza con árboles y una pérgola. Hacía años que no iba por allí y no había olvidado ni uno de esos detalles.

Sí me sorprendió verla tan vacía. Las últimas veces que la había visitado, bullía de gente y actividad. Núria tenía cuatro hermanos mayores; ellos y sus amigos pululaban por habitaciones y pasillos entre risas, disputas y la música de Crowded House, Phil Collins, Oasis o The Cure en el reproductor de CD. En el cuarto de la plancha, me besé con un tío, amigo de un amigo de un hermano, un alemán que estudiaba de intercambio en Barcelona; estaba bastante bueno, pero yo sólo tenía unos muy inocentes dieciséis y le tuve que parar los pies cuando empezaba a meter la mano por debajo de mi camiseta.

Ahora, todos habían volado del nido: tres de los hermanos estaban casados; la cuarta, divorciada, vivía en Noruega, y Núria acababa de instalarse en un apartamento en la calle Muntaner. Núria seguía soltera contra todo pronóstico. En el colegio solíamos burlarnos de ella porque mientras casi todas las chicas albergábamos grandes aspiraciones profesionales, ella soñaba con tener marido e hijitos como la Susanita de Mafalda. Después, sin embargo, se había convertido en una magnífica profesional: sacó la oposición a judicatura recién cumplidos los veinticinco años y, tras una década de dar tumbos por juzgados de lo mercantil de toda España, acababa de obtener una plaza de profesora en la Escuela Judicial.

En fin, que a cuento de las dichosas *faves ofegades* de la madre de Núria me estoy yendo por las ramas. La cuestión es que el famoso plato de habas me había inspirado para crear mi propia versión italo-catalana del asunto. Y es que, sí, desde que había vuelto de Italia me había dado por cocinar y aquella noche iba a sorprender a Carlo con un plato de *sugelli* a la catalana, algo en el fondo bastante ligur pues incluía verduras como la alcachofa, el puerro o la cebolleta y hierbas como la menta y el tomillo, además de panceta y la catalanísima butifarra blanca, todo ligado en una salsa de vino blanco. A Carlo le iba a encantar.

El problema, no obstante, se presentó con los *sugelli*. No

por mi falta de destreza al elaborarlos, en Italia había tenido un buen maestro. Ése fue el problema: el maestro.

Los *sugelli* me hicieron pensar en Mauro. Siempre pensaba en Mauro, no voy a negarlo. Desde que había regresado a Barcelona, hacía ya diez días, no había conseguido quitármelo de la cabeza. Pero los *sugelli* fueron especialmente crueles conmigo pues me llevaron de vuelta a la cocina de Anice en el molino, a la luz del atardecer sobre su mesa de madera vieja, al aroma de la salsa de setas y a Mauro junto a mí. Cuando aplastaba y rodaba las pequeñas porciones de masa, recordaba sus manos grandes cubiertas de harina sobre las mías mientras me explicaba cómo dar forma a la pasta, su pecho en mi espalda, su aliento en mi cuello... Sólo de pensarlo me excitaba como una lectora de *Cincuenta sombras de Grey* y me avergonzaba de mí misma.

Decidí interrumpir la tarea y ponerme una copa de vino para olvidar. Y en tanto la bebía, reclinada contra la encimera llena de pasta a medio hacer, llegué una vez más (ya en anteriores ocasiones lo había hecho) a la convicción de que estaba enamorada. No sabía muy bien de qué. Si lo analizaba detenidamente, no podía ser de Mauro. Apenas nos conocíamos, éramos completamente diferentes y nada más allá de lo que habíamos vivido podía tener futuro entre nosotros. Lo sabía. Me lo repetía sin cesar, quizá más por consuelo que por convicción. Y aun así... No dejaba de mirar el móvil por si me llamaba, no dejaba de imaginar reencuentros apasionados, situaciones cotidianas que podríamos haber compartido, conversaciones que podríamos haber mantenido. Tal vez sólo estaba enamorada de la idea de no estar sola. Se me pasaría. Se me tenía que acabar pasando.

Con tanto debate interno, cuando Carlo llegó, me pilló con la receta a medias, todavía enredada con la salsa.

—Qué bien huele —se deleitó al entrar en la cocina.

—Pues mejor sabrá —repliqué, tendiéndole la cuchara de madera con un poco de salsa en la punta.

Él la probó, se quemó la lengua, siguió paladeando con incontenible avidez, puso los ojos en blanco, suspiró.

—Está buenísimo. ¿Qué te ha pasado en Italia? ¿Te ha poseído el espíritu de una *mamma* cocinera?

—No. Ya estaba dentro, sólo había que sacarlo —reflexioné brevemente para cambiar de tema antes de que me pusiera nostálgica de nuevo—. ¿Cómo te ha ido?

Carlo había estado en La Cucina, enseñándoles el local a otros posibles compradores.

—Buf —resumió su desengaño—. Éstos querían poner una clínica dental. Espero que ni siquiera pasen una oferta que tengamos que aceptar.

—Y luego soy yo la que no quiere vender —observé con retintín.

—Yo nunca he dicho que quiera vender. Es sólo que... Cada vez que voy por allí... —Arrugó el gesto y alzó las manos, como si con aquella expresión quedara todo dicho y se ahorrara tener que hablar de ello.

—El mostrador de madera, las vitrinas con manchas de óxido, el olor a tienda vieja y Nonna, que da la sensación de que fuera a aparecer por allí en cualquier momento. Lo sé. Sé lo que quieres decir.

Carlo movió la cabeza apesadumbrado, casi culpable.

—No nos queda otra, Gia.

—También lo sé. No te estoy reprochando nada —aseguré con cariño.

—Ya... Soy yo el que se reprocha todo.

Aquello me dejó un poco desconcertada.

—¿Por qué? ¿Qué tendrías que reprocharte tú?

—Es igual —atajó para adoptar inmediatamente después una actitud despreocupada—. Tengo hambre.

Carlo se acercó a la vitrocerámica.

—¿Qué lleva la salsa?

—Un montón de ingredientes secretos que luego te detallaré. Ahora quiero enseñarte algo. Toma, no dejes de remover o empezará a salpicar y se pondrá todo perdido.

En menos de un minuto, salí hacia mi dormitorio y regresé con un álbum grande y lujoso, como de fotos de boda. Lo dejé sobre la mesa del comedor que separaba la cocina y el salón.

—Mira, ven. Pero antes apaga el fuego, tapa el cazo y lávate las manos.

Después de cumplir las instrucciones, Carlo se plantó a mi lado y miró al álbum con interés.

—¿Qué es?

—Estoy ordenando las citas que encontramos en la sombrerera de Anice. —Lo abrí y se lo mostré—. He empezado a pegarlas aquí, tal y como estaban, ya sea escritas en una servilleta o en trozo de papel de regalo... Me gustan así.

Mi hermano lo hojeó.

—Qué buena idea —reconoció—. Así será más fácil leerlas y no se perderá ninguna.

—Sí... Es como si Anice nos hablara a través de ellas. Es genial. Escucha, ésta me encanta: «La libertad es poder escoger tu lugar en el mundo». Ya la había leído en su diario, y otras frases que también escribió allí y que con el paso de los años pareció recuperar en trozos de papel. Es la sabiduría de toda una vida.

Mientras Carlo se detenía a leer los recortes que yo había ido pegando, seguí con mis reflexiones:

—Echo de menos no poder seguir leyéndola ahora que el

diario se ha terminado. Son tantas las cosas que se quedan sin contar. Hemos vuelto juntas a Barcelona y, de repente, ella ha desaparecido y no sé cómo volver a encontrarla. Tengo un montón de preguntas todavía. Tal vez en la sombrerera encuentre alguna respuesta. Pero lo peor es que creo que algo horrible sucedió para que se fuera de Italia.

—Y yo estoy seguro de que Luca tiene mucho que ver con ello —sentenció Carlo.

—Sí, eso me temo.

Aquella misma noche, como si mis plegarias hubieran cruzado al otro lado del Mediterráneo, recibí un email de Italia. Lo enviaba el profesor Bianchi, de la Universidad de Génova, a quien Mauro había conocido estando en la cárcel, cuando el citado profesor acudió para impartir a los internos una charla sobre historiografía. Después de nuestra investigación frustrada sobre los Ruggia, a Mauro se le ocurrió contactarle para pedirle orientación.

De algún modo, al profesor Bianchi debió de interesarle sobremanera el tema porque el mensaje que me mandaba era casi una tesis realizada en tiempo récord. En él detallaba su investigación y adjuntaba los documentos que había encontrado al respecto, sobre todo artículos de prensa y referencias administrativas y judiciales. Incluía asimismo una memoria que era más bien un relato argumentado sobre el ocaso de la familia Ruggia que, según él, había merecido tal estudio por la singularidad de su destino final y su importancia en la historia reciente de Liguria.

Zarandeé suavemente a Carlo, que dormitaba a mi lado con el Kindle en el regazo, y logré que se espabilara lo suficiente como para descubrir juntos lo que parecía era el desenlace de la historia oculta de Luca Ruggia, nuestro bisabuelo. Con ganas de anticipar los hechos, nos fuimos directamente a leer la memoria:

> Según los resultados del presente estudio, se puede afirmar que don Luca Ruggia se embarcó bajo la identidad falsa de Ettore Costa en el vapor *Principessa Mafalda* que partió del puerto de Génova con destino a Buenos Aires el 22 de noviembre de 1919. Viajó acompañado de Giovanna Verelli, también con la identidad falsa de Maria Costa, acreditada como su esposa en virtud de un certificado de matrimonio de igual modo falso según los primeros indicios, pues en el curso de esta investigación, no se ha hallado registro oficial alguno de dicha celebración. La causa que impulsó este viaje hay que buscarla en los acontecimientos que se desencadenaron el 15 de noviembre de 1919, a raíz de la muerte en accidente de automóvil de don Giuseppe Ruggia, padre del mencionado Luca. Sobre la base de los documentos encontrados y analizados, este investigador mantiene y da por probada la siguiente tesis...

Entre dos costas del Mediterráneo

Italia, de julio de 1920 a marzo de 1921

Sucedió una noche, durante la cena. Se encontraban en el comedor cuando, sobre las conversaciones a media voz y el choque de vajilla, se escuchó un timbrazo en la puerta; algo inusual a aquellas horas. Enseguida apareció en la sala la señora Silvana, la casera. La gravedad del asunto traslucía en su rostro en el instante en que se acercó a Luca para hablarle al oído con suma discreción; ni siquiera Anice, que estaba sentada a su lado, pudo escuchar lo que le decía. Sólo vio cómo Luca asentía y, tras unos breves segundos de inacción, dejaba la servilleta junto al plato y se ponía en pie.

—¿Qué sucede? —le preguntó intranquila.

—Nada, no te preocupes. Quédate aquí. Ahora vuelvo.

Pero por mucho que el joven se esforzara en parecer calmado, no pudo engañarla. Su rostro demudado lo delataba.

Anice intentó obedecer las instrucciones de Luca, pero la inquietud pudo con ella y, aunque dudó, terminó por levantarse y salir del comedor tras los pasos de él.

Cruzó el pasillo hasta el recibidor desde donde se escuchaban voces. Al llegar, se encontró a Luca hablando con dos hombres en presencia de una compungida señora Silvana. Los tipos vestían traje oscuro y se cubrían con sendos sombreros borsalino. No parecían policías, al menos no como los que se veían por la calle con sus gorras de plato y sus chaquetas de botones dorados. Pero lo eran.

—¿Es usted Maria Costa? —la abordó uno de ellos en español en cuanto la vio entrar.

Ella asintió en un susurro.

—Inspector Sabater, de la Brigada de Viajeros y Extranjeros de la Policía Gubernativa. ¿Puedo ver su documentación, por favor?

—*Il suo documento* —tradujo innecesariamente la señora Silvana, con afán de colaborar.

—*Io... non ce l'ho...* Yo no lo tengo... —balbuceó sin poder evitar mirar a Luca.

Éste saltó en su defensa atropellándose con los idiomas:

—*Ascoltate, lei...* ella *non ha... non* tiene *che* ver *qui.*

El policía que llevaba la voz cantante ignoró sus protestas e insistió:

—Veamos esa documentación. La de ambos.

Los agentes les escoltaron hasta su habitación, en donde Luca sacó sus pasaportes del cajón de la mesilla de noche y se los entregó al inspector. Éste los miró por encima, hizo una seña a su compañero y se encaró con Luca:

—Ettore Costa, por orden del Consulado General del Reino de Italia en Barcelona queda detenido, acusado del asesinato de Giuseppe Ruggia.

El agente sacó unas esposas. Doña Silvana, perpleja, profirió una dramática invocación a la *Madonna*. Y Anice se rebeló:

—*Non! Lui non...!*

Pero Luca se apresuró en acallarla.

—Anice, no digas nada —fue tajante.

—Pero tú...

—¡Anice! —le gritó enojado. Mas antes de que le esposaran corrió a acariciarla—. Amor mío... —Deslizó la mano por su vientre.

No dijo una palabra más, no hizo falta; su mirada fue más que suficiente para que Anice comprendiera y callara. Y se tragara la rabia y las ganas de colgarse de su brazo gritando que no se lo llevaran porque era inocente.

Se le saltaron las lágrimas de la impotencia mientras veía cómo Luca se dejaba poner las esposas sin resistencia.

—Usted, señora, también tendrá que acompañarnos para que la interroguemos.

—*Non!* —saltó Luca—. *Lei non ha fatto niente!* ¡Ella *non* va! ¡*Non ha* delito!

—No, ¿eh? —Al inspector Sabater, de naturaleza reposada, empezaba a agotársele la paciencia con el numerito de los amantes de Teruel—. Falsedad documental y encubrimiento. ¿Le parecen éstos suficientes delitos, señor Costa? ¿O debería decir señor Ruggia? —apuntó el policía con astucia—. Será mejor que colaboren si no quieren meterse en más líos de los que ya tienen. ¡Andando!

El teniente de *carabinieri* Domenico Agosti sospechó desde un primer momento que el accidente de automóvil que le había costado la vida al conde Giuseppe Ruggia no había sido tal accidente.

Lo primero que le puso en alerta fue la oportuna desaparición de su hijo el mismo día del siniestro. En un primer registro del *castello*, residencia de la noble familia, hallaron una carta dirigida al conde y que éste, ya fallecido, nunca llegó a abrir. Remitida desde Génova, con fecha del día posterior al del accidente de don Giuseppe, en ella su hijo le comunicaba que se había fugado para contraer matrimonio con la joven Giovanna Verelli, vecina de la localidad de Castelupo. Aparentemente, un asunto de amores sin trascendencia: el padre se opone a una unión entre clases y la joven pareja decide huir para consumarla.

Sin embargo, cuando, una vez hallado el cuerpo de don Giuseppe en el lecho del río al que se había precipitado su automóvil, le practicaron la autopsia, resultó que la víctima no había fallecido a causa del ahogamiento sino debido a un paro cardiorrespiratorio como consecuencia de una hernia cerebral sufrida tras un traumatismo craneoencefálico occipital. Es decir, había recibido un fuerte golpe en la parte posterior de la cabeza incompatible con las características del accidente de tráfico.

Tal revelación desencadenó una rigurosa investigación por parte de cuerpo de *carabinieri*. Del interrogatorio de los testigos se descubrió que, el día de autos, el automóvil del señor conde estuvo aparcado frente al domicilio de la señorita Giovanna Verelli, un molino a las afueras de Castelupo, durante las horas previas a que tuviera lugar el accidente. Tras la posterior inspección de la vivienda, se encontraron restos de sangre en el suelo de la cocina y en un atizador de la chimenea. Gracias al testimonio del ama de llaves y la cocinera de la familia sobre las continuas discusiones a viva voz entre el conde de Ruggia y don Luca, se supo del tradicional enfrentamiento entre padre e hijo, igualmente conocido entre otros allegados y vecinos del pueblo.

No obstante, la pieza clave de la investigación resultó ser la declaración de Giuseppe Cavo, más conocido como Pino.

Dado que todos los testigos coincidían en que el señor Cavo frecuentaba la casa de la señorita Verelli, con quien mantenía una estrecha amistad, se decidió someterlo a interrogatorio. A pesar de que el sujeto, aquejado de evidentes signos de idiocia, presentaba más que serias dificultades en el habla, el teniente Agosti, tras muchos esfuerzos y no pocas presiones, consiguió de él un testimonio válido para poder incriminar a Luca Ruggia como autor material del homicidio de su padre.

El teniente trasladó al tarado al cuartel y lo metió en un cuartucho donde la luz le apuntaba directamente a sus ojos caídos. Lo tuvo un buen rato confinado para mermar su resistencia. No quería jugársela con ese interrogatorio. Hasta entonces, el tonto se había aferrado a su propia incapacidad, a su mirada boba y a sus respuestas sin sentido. Pero no iba a permitírselo. Le constaba que el muy pervertido era la sombra de la señorita Verelli, en el pueblo todos se lo habían corroborado, y que a menudo pasaba las horas encaramado a su ventana para observarla. Era su único testigo en aquel caso. No iba a dejarlo escapar. Y sabía exactamente cómo conseguirlo.

Se sentó frente al muchacho sudoroso y asustado, la mirada huidiza como la de un animalillo enjaulado, y comenzó el cerco.

—Pino... Así te llaman, ¿verdad? ¿Puedo llamarte Pino?

Silencio.

—Pino, ¿dónde estabas la noche del asesinato de don Giuseppe Ruggia?

Silencio.

—¿Estabas en tu casa?

Silencio.

—¿Estabas en otro lugar del pueblo? ¿En el bar, quizá?

Silencio.

—¿Estabas en casa de la señorita Verelli?

Silencio.

—Pino, no te conviene mentir. Sabemos que estuviste en casa de la señorita Verelli y que a través de la ventana viste todo cuanto sucedió.

Silencio.

—Viste cómo la señorita Verelli mataba a don Giuseppe Ruggia.

Las palabras del teniente Agosti surtieron de inmediato el efecto que él esperaba. El tonto alzó la vista al instante y casi gritó lo que parecía un «no» mientras agitaba vigorosamente la cabeza.

—¿Mató la señorita Verelli a don Giuseppe Ruggia? ¿Fue ella quien lo mató? ¿Es eso lo que viste? ¡Fue ella!, ¿no es así? —alzó el teniente el tono en tanto lo acorralaba.

El grito de Pino se volvió intenso y su agitación también. El muchacho casi se convulsionaba, los hierros de sus piernas chirriaban tanto como su voz mientras repetía una y otra vez su «no» deforme. El teniente Agosti salió de la sala. Los aullidos del retrasado se extendían a lo largo del pasillo. Con sus cincuenta años y treinta de servicio en los *carabinieri*, tras haber sobrevivido a una guerra, Agosti era un tipo curtido; los numeritos no le impresionaban. Como casi era la hora del almuerzo, se retiró a su cubil donde le esperaba un tiento de vino y un pedazo de *focaccia*. Esperaría a que el testigo se calmase mientras él llenaba la panza.

Al saberse solo, Pino dejó de aullar y se derrumbó sobre la mesa completamente abatido. Sollozó. Se limpió las babas y las lágrimas contra la manga. Y la llamó.

En su mente, su nombre sonaba claro.

«Anice. Anice. Vuelve. ¿Por qué te has ido, Anice? ¿Por qué me has dejado solo? Yo no puedo estar sin ti.»

Luca se la había llevado. Luca era un monstruo. Todos los Ruggia lo eran. Se lo diría al teniente Agosti y, entonces, Anice volvería. Y él ya no estaría nunca solo.

Pino volvió a sollozar.

¿Cómo hacerlo? No podía hacerlo. No podía hacerle eso a Anice.

«Anice. No volveré a portarme mal. No volveré a hacerte enfadar.»

—*Io... 'e... kui'o...*

Pero él no la había cuidado.

En aquel instante regresaron a su mente las imágenes espantosas de aquella noche espantosa. De nuevo se vio a sí mismo, agazapado tras el arbusto, abrazado a sus rodillas, con los párpados muy apretados y las manos en las orejas. Pero los gritos se colaban entre las rendijas de sus dedos y le golpeaban la cabeza como un martillo, igual que los truenos de las tormentas que tanto le aterrorizaban.

De nuevo le pareció escuchar aquellos gritos agudos que salían de la casa y hacían eco en el bosque, que se le enroscaban y le presionaban y le dejaban sin respiración. Él también hubiera gritado para espantar el miedo, pero no podía, el aire no le salía por la garganta, sólo era capaz de lagrimear sin sollozar entre los pliegues de sus párpados apretados.

Él la hubiera cuidado. Con sus manos de garfio, de pronto fuertes, hubiera agarrado una piedra y golpeado con saña en la cabeza de aquel demonio. Una y otra vez, ciego de ira, hasta matarlo. La sangre hubiera manado, le hubiera salpicado la cara. Y el demonio se hubiera desplomado y su cabeza hubiera rebotado contra el suelo de piedra con un crujido de huesos de cráneo.

Pero cuando los gritos cesaron, él seguía agazapado en el arbusto. El cuco cantaba en el roble. Se había secado las lágrimas con las manos de garfio. Había intentado levantarse. Sus piernas de metal chirriaron. Nunca lo lograba a la primera, menos entonces, que todo su cuerpo temblaba sin control. Había acabado hincando varias veces las rodillas en la tierra. Por fin erguido, había encaminado su paso tambaleante hasta la ventana.

Allí estaba ella. En mitad de los hierros esparcidos sobre un suelo teñido de rojo. A salvo.

Los gritos habían cesado. El cuco cantaba en el roble. Pino contempló sus manos de garfio y volvió a secarse las lágrimas, las lágrimas que caían sobre la mesa, en el cuartel de los *carabinieri*.

Cuando el teniente Agosti regresó al cabo de media hora, con el regusto del ajo y el orégano aún en el paladar, el cansancio había vencido a Pino, que yacía con medio cuerpo echado sobre la mesa. Sin embargo, una vez que sintió entrar al policía, se incorporó como un resorte. Su silla se tambaleó y por poco acaba en el suelo. El muchacho se quedó mirando al teniente con los ojos desorbitados de miedo.

Agosti se sentó con parsimonia. Suspiró.

—Pino, no tienes nada que temer. Tú no has hecho nada malo. Pero, por el bien de la señorita Verelli —añadió con astucia—, necesitamos que colabores con nosotros. Sólo tienes que responder a unas preguntas sin perder los nervios. ¿Entiendes?

—Eia 'o... Eia 'o... On Iuse'é... ae aio... ¡ae aio!

—Está bien, Pino —apaciguó al muchacho según veía que

empezaba a alterarse de nuevo—. Ella no fue. La señorita Verelli no mató a don Giuseppe. ¿Es eso lo que me quieres decir?

—*¡Ha! ¡Ha!* —asintió con exageradas flexiones de nuca.

—Bien: la señorita Verelli no mató a don Giuseppe. ¿Quién lo hizo entonces? ¿Qué viste, Pino?

—*Io 'o... 'i...*

—¿Estaba don Luca Ruggia en la casa de la señorita Verelli?

—*Io 'o 'i...*

—Entonces, Pino, no me estás contando la verdad. Porque si la señorita Verelli era la única que estaba con don Giuseppe, ella fue la única que pudo matarlo. ¿Entiendes, Pino? ¿Entiendes lo que te digo?

—*¡Eia 'o! ¡Eia 'o!*

—¿Quién entonces, Pino?

La respiración del muchacho era ronca. Tenía la cara completamente cubierta de sudor y sus manos como ganchos temblaban en su regazo. Le miraba fijamente con enajenación, sin pronunciar ni una de sus palabras mutiladas. Agosti se sabía caminando sobre la cuerda floja, en ese punto que estaba a un paso de alcanzar la meta pero que el más mínimo movimiento en falso le hacía caer y tener que empezar de nuevo.

—Pino. Si no me respondes a esa pregunta, me veré obligado a acusar a la señorita Verelli de asesinato. ¿Comprendes lo que te digo? Es muy importante que lo entiendas. Si tú no viste nada, ella es nuestra única sospechosa. De modo que te lo preguntaré por última vez: ¿viste quién mató a don Giuseppe Ruggia?

Dos lagrimones recorrieron las mejillas del retrasado. Agosti fue consciente de su propia tensión al notarse los músculos contraídos. Ya casi lo tenía.

El chico asintió.

—¿Y a quién viste, Pino? ¿Quién lo mató?

El llanto de Pino se volvió sonoro. El *carabiniere* sólo pensó en cómo demonios iba a arreglárselas aquel gangoso, cuya habla ya era de ordinario difícilmente comprensible, para expresarse entre sollozos.

—¿Quién mato a don Giuseppe?

—*U'ga.*

—¿Luca? ¿Eso has querido decir, Pino? ¿Don Luca Ruggia mató a su padre?

El chico exhaló una afirmación antes de derrumbarse llorando sobre la mesa.

Después de salir detenidos de la pensión de doña Silvana, Anice y Luca no volvieron a verse. Los trasladaron a Italia por separado y los internaron en el penal de máxima seguridad de la ciudad de Oneglia, a menos de treinta kilómetros de Castelupo. Las autoridades españolas apenas los habían interrogado; enseguida cedieron el testigo a las italianas. Como consecuencia de las diligencias de investigación llevadas a cabo por orden de la fiscalía, Luca fue acusado formalmente de un delito de homicidio con agravante de parentesco y otros delitos menores como el de falsificación de documentos públicos. Se declaró carente de medios económicos y solicitó el *patrocinio dei poveri*, por lo que se le asignó un abogado de oficio.

Durante los interrogatorios, Luca se acogió al derecho a no declarar y sólo habló para desvincular a Anice de cualquier relación con el crimen. Ella procedió de la misma manera; se negó a responder a las preguntas de la policía y sólo después del consejo del abogado, se declaró inocente. Lo cierto es que la policía no había reunido pruebas suficientes como para relacionarla directamente con la comisión del crimen y, en todo caso, sólo podía ser acusada de un delito de encubrimiento. Sin embargo, el código penal preveía que el encubrimiento entre parientes próximos no resultaba punible. En puridad, no existía parentesco próximo entre Luca y Anice puesto que no estaban legalmente casados. No obstante, el abogado recurrió al criterio de la jurisprudencia más flexible según el cual se podía establecer una relación de proximidad entre ellos similar al parentesco, desde el momento en que ambos habían mantenido un comportamiento y una convivencia propios del matrimonio. La fiscalía aceptó la exención a cambio de la colaboración de la mujer durante el proceso judicial. La liberaron sin cargos después de diez días presa.

Los jóvenes sólo tuvieron una ocasión de reunirse antes del juicio. Separados por barrotes y con dos *carabinieri* custodiando el encuentro. Anice apenas pudo contener las lágrimas cuando vio entrar a Luca en la sala, encadenado de pies y manos. El color grisáceo de su tez se confundía con el de su vestimenta carcelaria, estaba demacrado y unos profundos cercos oscuros le rodeaban los ojos. Sin embargo, sonrió y Anice vislumbró cierto brillo en su semblante que hacía tiempo que no percibía.

Se agarraron las manos a través de los barrotes. Ella le interpeló con angustia:

—Luca, no puedo seguir...

Pero él la hizo callar con un leve siseo. Apretó aún con más fuerza sus manos y las notó heladas.

—Tienes que seguir, Anice —la instó con vehemencia—. Tal y como has hecho hasta ahora, amor mío. Tienes que seguir siendo fuerte por mí. Y por nuestro hijo. Tienes que ser fuerte para traerlo al mundo, cuidarlo y hacer de él una persona de bien. Él te necesita y yo también. ¿Qué sería de mí sin ti?

Llegó a Castelupo siendo noche cerrada, después de un viaje eterno que no hubiera querido tener que hacer nunca. Lo único que deseaba era permanecer a las puertas del penal, lo más cerca posible de Luca. Pero qué sentido hubiera tenido aquello si no le dejaban verlo. La lluvia terminó por echarla; débil y calada hasta los huesos, empezó a temer por su hijo y decidió volver a casa.

El viejo molino la recibió dormido, después de haber transcurrido siglos sin cerrar los ojos ni dejar de exhalar su aliento cálido por las chimeneas. El caserón pareció recriminarle el abandono con un abrazo helado y un tufo mohoso. Anice encendió una lámpara de gas y entró en la salita. Las sombras se proyectaron sobre el suelo. El suelo donde había yacido inerte don Giuseppe. Y las horribles imágenes de lo sucedido cobraron vida de repente en su cabeza. Un escalofrío sacudió su espalda y decenas de sensaciones desagradables le cerraron la garganta hasta ahogarla. Salió de la habitación y cerró la puerta. Su hogar, lo único que tenía, había quedado maldito para siempre.

Se recluyó en el dormitorio, donde encendió la chimenea, se envolvió en el *mezzaro* y, tiritando, se tumbó en la cama. No haría otra cosa hasta poder ver a Luca de nuevo. Nada de lo que pudiera hacer tenía ya ningún sentido.

La despertaron unos golpes en la puerta principal que al principio no atendió. Pero entonces la llamaron por su nombre. Su nombre de verdad: «¡Anice! ¡Anice!».

Se levantó de la cama y tiró de su cuerpo como si pesara toneladas hasta el piso de abajo. Cuando abrió y vio a su amiga Manuela, la emoción le devolvió algo de vida. Antes de que pudiera reaccionar, su amiga se abalanzó a rodearla con los brazos. Tanto tiempo llevaba Anice sin sentir el calor de un abrazo, que las lágrimas volvieron a brotar de sus ojos cuando ya los había dado por secos.

—Anice... *cara mia*. Estás aquí. —Acariciaba Manuela su espalda como para corroborarlo—. No sabía si regresarías. Vi luz a través de las ventanas. ¡Estás aquí!

Anice no podía dejar de llorar para articular palabra. Sólo deseaba seguir entre los brazos de Manuela, regodearse en su calidez y en su contacto mientras su amiga la consolaba y le retiraba el pelo de las mejillas para susurrarle al oído que todo iba a salir bien; ni siquiera importaba que no fuera cierto.

Manuela preparó una infusión de tilo, menta y canela y, antes de servirla, bisbiseó un salmo a sus vapores.

—Toma. —Le tendió un tazón a Anice—. Esto te hará bien.

Nada más verla, se había espantado del aspecto de su amiga. «Tienes muy mala cara. Estás pálida. Y en los huesos.» Anice le reveló entonces su embarazo.

—Ahora ya no sé si es una buena noticia —apostilló abatida.

Manuela le sonrió con ternura.

—Se trata de una vida, Anice. Y la vida siempre es una buena noticia. Ahora, yo cuidaré de ti y de tu bebé.

No hubo preguntas. Tampoco reproches por haber desaparecido sin más. Dadas las circunstancias, Manuela comprendió que no pudo haber sido de otra manera. Simplemente, bebieron sus infusiones en silencio disfrutando del mero hecho de tenerse la una a la otra. Luego, Manuela le contó historias sin trascendencia, asuntos del pueblo que habían acontecido en su ausencia. Anice escuchaba hasta que, en un momento dado, sin despegar la vista del fondo de la taza, dijo sin venir al caso:

—Fue Pino quien acusó a Luca de matar a su padre. Nada de esto hubiera sucedido si no nos hubiera delatado. ¿Cómo pudo hacerlo? ¿Por qué?

—No, Anice, no debes culparlo. No tuvo más opción. Lo llevaron al cuartel y lo tuvieron allí encerrado un día entero hasta que consiguieron hacerle decir lo que ellos querían. Señor, ¿quién sabe lo que le harían? Cuando salió... —Manuela se interrumpió. Sabía que tenía que hablarle a Anice de Pino, pero ningún momento le había parecido bueno para hacerlo; eran ya tantas las desgracias que acosaban a su amiga... Sin embargo, ahora resultaba inevitable—. Escucha... Pino está muy mal.

—¿Qué?

Por fin la mirada de Anice recobró vigor, espoleada por la preocupación.

Manuela sopesó qué revelarle y cómo hacerlo. ¿Qué sentido tendría contarle a Anice toda la verdad si aquello sólo la haría sufrir? Se ahorró los detalles de cómo Pino había acusado su marcha: de cómo aguardó varios días a la entrada del pueblo a ver si ella regresaba, de cómo después merodeó por el molino día y noche repitiendo su nombre como una plegaria, de cómo terminó sentado a su puerta gimiendo como un perro abandonado sin atender a razones. No quería que su amiga se sintiera culpable.

—Sucedió después del interrogatorio —suavizó al fin Manuela—. Terminó como un pellejo al que hubieran sorbido la vida. Se metió entonces en la cama, aquejado de unas fiebres. Lo cuidé día y noche, Anice, te lo prometo. Y las fiebres remitieron. Pero no volvió a levantarse ya. El médico lo visitó, pero no encontró en él ningún mal que pudiera tratar. Yo he estado haciendo lo mismo que tú: los masajes con aceites, las infusiones medicinales, los tónicos reconstituyentes... De nada ha servido. Hace dos semanas que dejó de comer. No consiente que lo alimentemos; desde hace tiempo mi madre me ayuda a atenderlo. Sólo permite que le vertamos unas gotas de agua en los labios. Anteayer sucumbió al letargo. Creo que sigue consciente, pero está muy débil y no reacciona a nada.

Anice, que había atendido atónita al relato de Manuela, incapaz de creer que aquello hubiera sucedido en su ausencia, se levantó de golpe de la silla; el *mezzaro* resbaló de sus hombros.

—¿Cómo no me lo has dicho antes? —le reprochó porque a alguien que no fuera ella misma necesitaba reprocharle algo—. Tengo que ir a verle.

Y sin cubrirse siquiera de nuevo con el *mezzaro*, salió de la casa.

La habitación de Pino estaba en penumbra y olía a enfermedad. Se trataba de un tufo indescriptible a miseria humana que Anice sólo había percibido antes durante el tiempo que estuvo limpiando bacinas en el hospital. Por algún motivo, se fijó en los hierros de las piernas del chico, apoyados en una esquina, como un caparazón hueco. La perrita Nana, que permanecía tumbada a los pies del lecho de su dueño con expresión de tristeza, levantó las orejas al sentirla entrar y al descubrir que se trataba de ella, corrió a saludarla con saltos y gemidos. La madre de Manuela cesó la letanía que murmuraba y le indicó que se agachara para acariciarle las mejillas.

—*Mia bambina*... —resumió la mujer cuanto se le agolpaba en la cabeza.

Anice se sentó entonces al borde de la cama. Nada más ver el rostro del chico, notó cómo la congoja le apretaba las cuerdas vocales. Apenas podía reconocerlo. Quien se hundía en el colchón no era Pino, sino un esqueleto: huesos y piel cubierta de llagas por el roce de las sábanas; un semblante cadavérico de cuencas oscuras, mejillas cóncavas y dentadura prominente. Su respiración resonaba fatigosa. Entre lágrimas, le besó la frente.

—Pino —le susurró—. Soy yo. Anice. Estoy aquí. Pino, he vuelto. —Lo acarició, queriendo espabilarlo dulcemente.

Apoyó la cabeza en la almohada, cerca de la del muchacho, y tarareó una cancioncilla tonta que solían cantar juntos y que el llanto entrecortaba.

Al cabo de un rato, notó que él se agitaba débilmente. Ella se incorporó.

—Pino... Estoy aquí, contigo, a tu lado.

Le tomó la mano huesuda y se la apoyó sobre la mejilla, figurándose que él podía acariciarla.

—¿Lo ves? Estoy aquí.

Entonces Pino entreabrió los ojos. La miró. Volvió a agitarse sin apenas movimiento y, al cabo, una lágrima resbaló por el borde de uno de sus párpados. Quiso articular palabra y no emitió más que un gemido. Se esforzaba por hablar y gemía con insistencia sus vocales. Otras veces Anice se lo había escuchado: ese «lo siento» a medias de oes y eses que sólo ella entendía.

—No pasa nada —le apaciguó—. Estoy aquí. Ya estoy aquí contigo.

El chico sonrió.

—*Io... 'e... kui'o...*

—Sí, Pino, tú me cuidas. Sólo tú puedes cuidarme.

Cuando Pino falleció, Anice le sujetaba la mano. En tres días no se había separado de su lado. Ingenuamente creyó que aquello lo salvaría. Pero el muchacho ya se había rendido y no tenía más deseo que morir junto a ella.

—Está en paz, Anice —aseguró Manuela mientras acariciaba la cabeza de su amiga, que lloraba sin consuelo sobre el cadáver de Pino—. Créeme. Lo ha estado desde que has vuelto.

Cuando se celebró el juicio, el ministerio fiscal había perdido a su principal testigo. El chico retrasado que había afirmado ver a Luca Ruggia matar a su padre había fallecido. Sin embargo, aquello, aunque si bien era cierto que podía ser un contratiempo, al final no resultó determinante para la conclusión del proceso.

Andrea Matteotti, el abogado que llevaba la defensa de oficio, un profesional curtido en los estrados, había intuido desde el primer momento que aquél era el típico caso sentenciado antes que juzgado. La situación era bien sencilla: no había más sospechoso que Luca Ruggia y si Luca Ruggia era declarado inocente, el caso quedaría sin resolver con el consiguiente ridículo para el ministerio fiscal, los *carabinieri* e Italia misma. Tal era la retórica social y política del momento.

Aquel caso no era un caso más, era un caso que se había convertido en político en manos de la prensa y los creadores de opinión. Era un caso que habían abanderado los *fasci* de Mussolini como muestra del orden que era necesario imponer en Italia. Andrea Matteotti despreciaba a los *fasci*. Él era socialista. Su hermano, incluso, era diputado por el Partido Socialista Italiano en el Parlamento. Por este motivo, aunque él no trabajaba de oficio, había aceptado la defensa del caso Ruggia. Fue entonces cuando se dio cuenta de hasta qué punto los fascistas comenzaban a manipular hasta lo más sagrado de una democracia: la justicia. Pero ya era demasiado tarde.

Las conclusiones de la investigación que habían llevado a acusar a Luca Ruggia del asesinato de su padre se asentaban sobre pruebas endebles: una autopsia chapucera, interrogatorios a testigos de dudosa legalidad, ausencia de rigor criminalístico. Pero no importaba; hacía falta un chivo expiatorio para apuntalar la grandeza de Italia que los fascistas pregonaban frente a la crisis del liberalismo, y aquel muchacho, representante del viejo orden y de la burguesía que ellos tanto despreciaban, era el suyo.

La tesis sostenida por el ministerio fiscal era la siguiente: la noche de autos, don Giuseppe Ruggia acude a casa de la señorita Verelli, un molino situado a dos kilómetros a las afueras del municipio de Castelupo. El conde de Ruggia sospecha que su hijo, Luca Ruggia, mantiene relaciones sexuales con la citada señorita en contra de la decencia y de su voluntad, y pretende de este modo desenmascarar su relación. Sorprendidos los amantes, se enzarzan padre e hijo en una discusión, en el curso de la cual Luca Ruggia empuña el atizador de la chimenea y golpea a don Giuseppe Ruggia en la parte posterior de la cabeza, causándole la muerte. Posteriormente y con el fin de ocultar el crimen, Luca Ruggia introduce el cadáver de su padre en su automóvil y conduce hasta el municipio de San Giovanni della Valle, donde, tras abandonar el vehículo, lo precipita al río Argentina.

En opinión del letrado Matteotti, tal relato de los hechos presentaba varias debilidades, pero en lo básico estaba suficientemente probado: don Giuseppe Ruggia falleció víctima de un golpe en la cabeza en el domicilio de la señorita Giovanna Verelli y no a causa de un accidente de automóvil. Contra eso, el abogado no iba a molestarse en pelear. De modo que debía articular la defensa por otro camino.

Sus conversaciones con el acusado, Luca Ruggia, resultaron bastantes frustrantes. El joven parecía haberse rendido a su suerte y Andrea Matteotti apenas logró que colaborara con él en su propia defensa.

—Necesito que sea sincero conmigo, señor Ruggia, pues sólo así podré llevar a cabo la mejor defensa de su caso. ¿Mató usted a su padre?

—¿Cambiaría en algo las cosas si lo negara?

—Las cambiaría si me dijera quién lo hizo.

—Pues si alguien tuvo que hacerlo, lo hice yo.

—¿Sabe que se enfrenta a una pena de cadena perpetua?

—Lo sé.

Con semejante actitud, no tenía fácil declarar la inocencia del acusado y desmontar las pruebas presentadas por la fiscalía para fundamentar su culpabilidad. A Andrea Matteotti sólo le quedaba una opción: alegar legítima defensa.

Para Anice el juicio resultó un calvario, una especie de feria en la que ella era la atracción, el objeto de interés, acoso y mofa por parte de los asistentes.

Cuando el primer día llegó al tribunal y vio la masa de gente que se agolpaba a sus puertas, creyó que nunca podría atravesarlas. Los *carabinieri* tuvieron que escoltarla mientras Manuela, quien por fortuna la acompañaba, la rodeaba por los hombros como queriendo protegerla de cuanto la hostigaba: la multitud vociferante, los reporteros gráficos, los empujones.

Entró en la sala sudorosa y mareada, y, una vez dentro, la situación no mejoró. El lugar estaba igualmente abarrotado de curiosos que ocupaban los bancos del público e incluso permanecían en pie. Sobre el estrado, un magistrado con sus vestiduras que parecían de otra época presidía el tribunal, altivo y circunspecto. Diez ciudadanos componían el jurado, hombres corrientes, rostros dispares que a Anice se le antojaron ceñudos y hostiles. Había varios secretarios y otros tantos alguaciles, firmes en cada puerta, y un rincón para la prensa. En un espacio separado por rejas se hallaba Luca, escoltado por una fila de *carabinieri* como si representase un inminente peligro. Lo encontró aún más desmejorado que la última vez, pero al cruzarse sus miradas, le sonrió. Anice hubiera deseado correr hacia él, poder al menos sujetarle las manos. La impotencia le provocó ganas de llorar.

El juicio se inició con la lectura por parte del secretario de los escritos de la acusación y la defensa. Posteriormente, Luca fue llamado al estrado a declarar.

A Anice le sorprendió su aplomo, la firmeza de su voz, la determinación de su mirada, casi desafiante.

Su relato lo dirigían las preguntas del abogado defensor Matteotti. Un relato que era bien conocido por Anice y aun así la mantuvo en vilo, mientras experimentaba náuseas y un temblor contenido de tan sólo escucharlo.

Luca Ruggia y Giovanna Verelli eran amantes. Se reunían en secreto en el domicilio de ella. La noche del crimen, don

Giuseppe Ruggia los sorprendió. Montó en cólera, perdió la razón. Profirió insultos y amenazas hacia ambos. Se mostró dispuesto a acabar con la infamia arremetiendo contra la joven, a la que cogió del cuello pretendiendo estrangularla. Luca quiso defender a la mujer. Agarró a su padre y lo separó de ella. Forcejearon y, en el frenesí, don Giuseppe recibió un empujón, tropezó, cayó y se golpeó con el borde de la chimenea, lo que le ocasionó la muerte.

—Dígame, señor Ruggia, si todo fue un accidente, ¿por qué simular que su padre había muerto al precipitarse su automóvil al río? ¿No hubiera sido mejor avisar a la policía y contarle lo sucedido? —preguntó el fiscal tras la declaración.

—Pensamos que no nos habrían creído, igual que no nos creen ahora.

—Usted afirma que la muerte de su padre aconteció tras golpearse la cabeza contra la chimenea. ¿Cómo se explica entonces que hubiera sangre en el atizador?

—No lo sé. Había sangre por todas partes.

—No hay más preguntas, señoría.

Tras la declaración de Luca, comenzó el desfile de testigos de la acusación. Hubo varios: el teniente de los *carabinieri* Domenico Agosti, que había dirigido la investigación criminal, el forense, algún perito. Largas peroratas que en su mayoría resultaban incomprensibles para Anice. Sin embargo, le dio un vuelco el corazón cuando escuchó que llamaban primero a Raffaella y luego a Bétta a declarar. Tanto el ama de llaves como la cocinera adoraban a Luca, lo habían casi criado desde niño, ¿cómo era posible que fueran a declarar contra él? ¿Por qué se habían convertido de pronto en el enemigo?

Subió al estrado en primer lugar Raffaella: nerviosa, llorosa, balbuceante. Respondió a las preguntas del fiscal sobre la relación entre don Giuseppe y su hijo Luca. Relató las continuas peleas entre ambos, audibles por toda la casa. Hizo referencia a una mala convivencia que se remontaba a mucho tiempo atrás, incluso en vida de la condesa.

—¿Cómo era el comportamiento de don Giuseppe durante esas peleas? —le preguntó el abogado Matteotti una vez que el fiscal hubo terminado.

—Oh —se lamentó—, el señor conde gritaba.

—Pero mucha gente grita cuando se pelea.

—Sí, señor, pero él gritaba mucho. Podía oírsele incluso desde la cocina.

—¿Era habitual en él gritar? ¿Le gritaba a usted o a otras personas?

—No. Era un hombre de pocas palabras. Frío. Pero con el señor Luca... era como si se volviese loco.

—Como si se volviese loco —se hizo eco el abogado para que la observación no pasara por alto—. ¿Y con la señorita Verelli? ¿Cómo era la relación del conde con ella cuando trabajaba en la casa?

Raffaella se sonrojó de repente y, si al final había logrado calmarse, volvió a mostrarse azorada.

—Buena, supongo. Hasta que ella se fue, al menos.

—¿Qué sucedió cuando ella se fue?

Raffaella miró a Anice. Bajó la vista. Se sonrojó otra vez.

—Dijo... —titubeó—. Dijo unas palabras muy feas.

—¿Qué palabras?

La mujer miró al juez como si él pudiera liberarla de aquella situación, mas sólo obtuvo un gesto severo que la conminaba a continuar. Con el rostro sudoroso y las manos retorcidas en el regazo, habló sin atreverse a mirar al frente:

—La llamó «puta bruja».

Una exclamación contenida corrió entre los bancos del público. Anice hubiera deseado poder encoger hasta hacerse minúscula, invisible a los muchos pares de ojos que sentía sobre ella. Ni siquiera tuvo valor para alzar la vista y mirar a Luca.

—Es todo, señoría. No tengo más preguntas.

La intervención de Bétta, la cocinera, fue similar a la del ama de llaves. Después subió al estrado el *zio* Piêro, que siempre deambulaba con su carro de leña por el pueblo. El viejo leñero había visto el automóvil de don Giuseppe aparcado frente al molino y había escuchado los gritos que salían de la casa.

—Eran gritos de hombre. Y de mujer, sí. Y había más de un hombre. Puede ser... con la edad, ya sabe, me he vuelto un poco duro de oído. De que había montado un buen escándalo estoy seguro. Pero no quise ni acercarme a la casa. Aquéllos no eran mis asuntos.

—¿Vio usted a don Luca Ruggia entrar o salir de la casa de la señorita Verelli?

—No, señor. Ese día, no. Sólo vi el automóvil cuando regresaba del bosque, de vuelta al pueblo.

—Dice usted que ese día, no. ¿Lo vio otros días?

—Sí. Otros días. El señor Luca visitaba a la chica del Vittorio. Todo el mundo en el pueblo lo sabía. Pero tampoco ésos eran asuntos míos.

—Y a Giuseppe Cavo, ¿lo vio?

—Sí, detrás de los arbustos. Pino siempre se andaba por la casa de la chica, siempre se andaba por donde ella estuviera.

Tras su testimonio, *zio* Piêro le dirigió una mirada compungida a Anice, como si necesitara disculparse con ella por lo que acababa de hacer.

A continuación, el fiscal anunció el desgraciado fallecimiento de su testigo principal, Giuseppe Cavo, conocido como Pino, y solicitó al secretario que procediera a la lectura de la declaración jurada que el señor Cavo había realizado en la comandancia de los *carabinieri* durante la instrucción del sumario.

El abogado Matteotti cuestionó la legalidad del procedimiento por el cual se había obtenido dicha declaración e incluso la idoneidad del testigo, dado su evidente retraso mental. No obstante, ninguna de sus alegaciones fue admitida por el juez y el testimonio se declaró válido.

Llegó el turno entonces de los testigos de la defensa. Anice fue llamada en primer lugar. Mientras subía al estrado, se sentía ligeramente mareada, como si las piernas le pesaran toneladas y tuviera que hacer un gran esfuerzo para moverlas. Se había aseado con esmero y puesto su único traje, ese que Luca le había regalado antes de tomar el barco; había tenido que sujetar la falda con alfileres, pues con el vientre ya abultado no le cerraba. Sabía lo que tenía que decir, había preparado el interrogatorio con el señor Matteotti: respuestas cortas, mejor síes y noes, mejor sin explicaciones. Sólo se trataba de corroborar la versión dada antes por Luca.

Sin embargo, los nervios la dominaban cuando empezó a hablar con un hilo de voz temblorosa que le costaba horrores modular. La peor parte llegó con el turno de preguntas del fiscal, quien intentó desmontar su versión con cuestiones capciosas para las que ella no estaba preparada; se trataba de hacer ver al jurado cuán conveniente resultaba para los amantes la muerte de don Giuseppe Ruggia.

En ese momento, Anice empezó a sentir que era ella la que estaba siendo juzgada: no por un asesinato para el que ya había un culpable, sino por su comportamiento indecente, por haber hecho perder la cabeza a un hombre cabal, por mujerzuela, seductora, cazafortunas; por representar lo peor de la mujer: Eva, la madre del pecado, la tentación del hombre.

—¿Usted y el señor Luca Ruggia eran amantes? ¿Recibía usted al señor Luca Ruggia en su casa todas las noches? ¿Aprobaba la víctima semejante relación con su hijo? ¿Hubiera consentido don Giuseppe Ruggia que se casara usted con su hijo y accediera a su fortuna y privilegios?

El fiscal fue asaeteando las preguntas sin piedad según ella respondía vacilante, inquieta, lanzando miradas de soslayo a Luca, visiblemente tenso tras las rejas. Un rumor comenzó a recorrer la sala, alborotada como un enjambre.

—¿Es cierto que el conde de Ruggia acudió a su domicilio con el propósito de descubrir su relación ilícita e inmoral y halló allí la muerte a manos de su propio hijo, tan conveniente para los propósitos de usted y el acusado? —le gritó.

La enérgica protesta del abogado Matteotti la eximió de dar una respuesta que no hubiera podido dar. Entre el público cundió el alboroto y a Anice le pareció que repetían «puta bruja, puta bruja». El juez llamó al orden y, finalmente, suspendió la vista hasta el día siguiente.

Se llevaron a Luca. Tuvo el tiempo justo de lanzarle una última mirada llena de gestos y palabras, de los abrazos, las caricias y los besos que no podía darle. Después, corrió al aseo a vomitar y a llorar.

Andrea Matteotti no estaba muy satisfecho de cómo se iba desarrollando la vista. La acusación estaba planteando el caso de modo que se iba más allá del propio delito para poner en tela de juicio todo el orden moral de la nueva Italia, la Italia de la posguerra por la que el pueblo se había dejado la vida y poco le devolvía a cambio. Y tanto el juez como el jurado parecían conformes con ello: asentían convencidos cada vez que el fiscal abría la boca, mientras que permanecían impasibles ante las intervenciones de la defensa.

Una de las estrategias de Matteotti era despertar compasión por la mujer: la pobre chica de pueblo, cándida, bella, víctima de los caprichos de los poderosos, enamorada de un hombre que se enfrentaba a cadena perpetua, embarazada de un bebé que nacería prácticamente huérfano. Ni siquiera aquello había funcionado. Más bien todo lo contrario: daba la sensación de que el público asumía su penuria como justo castigo a un comportamiento indecente.

Al abogado sólo le quedaba una última carta, una jugada maestra en la línea de aquel juicio de valores supremos. Se la había reservado para el final.

Después de que todos sus testigos hubieron declarado, llamó al estrado al coronel Ernesto Salinardi, comandante del 93.º Regimiento de Infantería de la Brigada Messina durante la guerra.

Como esperaba, la acusación protestó, pues el testigo no estaba en la lista inicialmente presentada. Sin embargo, Matteotti argumentó ante el juez que el coronel Salinardi se hallaba sirviendo a la patria en Libia y no había podido garantizar su presencia a tiempo en la vista hasta ese mismo día. El magistrado lo dio por bueno.

Fue así como el militar, que con el grado de mayor había sido oficial superior de Luca Ruggia entre agosto de 1915 y diciembre de 1917, declaró a favor del acusado haciendo un relato casi épico de su comportamiento intachable durante la guerra, según se reflejaba en su impecable hoja de servicios y se acreditaba además con la medalla de bronce al valor militar, otorgada tras su heroico desempeño durante los combates del monte Grappa. El coronel Salinardi, muy hábilmente guiado por las preguntas de Matteotti, dejó constancia de la disciplina, la templanza, la cordura y el valor del entonces capitán Ruggia.

—A tenor de mi propia experiencia y teniendo en cuenta la catadura moral demostrada, dudo mucho de que el señor Luca Ruggia fuera capaz de asesinar a sangre fría a su padre —aseguró como colofón a su testimonio.

Tras un nuevo revuelo en la sala, el fiscal, en base a lo sorpresivo de la última intervención, solicitó un aplazamiento de la vista. El juez se lo concedió.

Matteotti sonrió para sí: confiaba en haber recuperado el terreno perdido.

Si Andrea Matteotti creyera en esas cosas, hubiera dicho que la sentencia de Luca Ruggia había quedado grabada en la losa del destino el mismo día en que nació. Sólo así podía explicarse que, en tan poco plazo, la acusación hubiera sido capaz de reaccionar a su testigo y que quizá fuera éste el que había abierto la puerta a otro testimonio aún más demoledor.

—Llamo al estrado al soldado Primo Macelloni del 93.º Regimiento de Infantería de la Brigada Messina —anunció el fiscal cuando se reanudó la vista.

Andrea Matteotti contempló expectante el desfile del nuevo testigo hacia su posición. De mediana edad y de apariencia humilde, con su chaquetilla deslucida y su gorra de obrero. Le faltaba un brazo, no era difícil imaginar dónde lo había perdido. Un mutilado de guerra. Sin duda se ganaría las simpatías de la audiencia. El exsoldado pasó por delante del acusado evitando deliberadamente dirigir la vista a su antiguo capitán. Ocupó el asiento de los testigos. Se le notaba algo cohibido, dentro de lo esperado en alguien de su condición.

Tras el preceptivo juramento, comenzó su relato en un italiano con un fuerte acento de Sicilia.

4 de diciembre de 1917. Sector del monte Grappa. El 93.º Regimiento de Infantería de la Brigada Messina aguarda en el fondo de la trinchera, listo para el asalto. El capitán Luca Ruggia comanda la 6.ª Compañía. En ese momento, el soldado Enrico Marengo entra en pánico, ruega entre lágrimas que no le obliguen a saltar al campo de batalla. Primo Macelloni recordaba bien a Enrico Marengo, su camarada, su compañero de armas, un gran chico, sólo un crío de apenas diecinueve años, un simple albañil de Nápoles, devoto y buen hijo. Sólo estaba asustado, todos lo estaban, pero él no era más que un niño. El capitán Ruggia se acercó a él, el chico le imploró de rodillas y entre lágrimas. El capitán desenfundó su arma, le quitó el seguro y encañonó la frente de Marengo; amenazó con matarle allí mismo si no cumplía las órdenes. Todos los presentes lo escucharon alto y claro.

—Lo hubiera hecho —aseguró el soldado Macelloni—. Hubiera disparado para hacer cumplir las órdenes.

Matteotti se levantó de la silla a protestar:

—¡El testigo elucubra, señoría!

Se produjeron exclamaciones en la zona del público, alteración en el rincón de la prensa. Incluso en los bancos de los testigos hubo revuelo. Alguien profirió un grito de «¡asesino!», varios lo corearon. Los martillazos del juez sólo parecían contribuir al escándalo. Los *carabinieri* tuvieron que desalojar de la sala a los alborotadores.

Matteotti observó a su cliente: con la espalda encorvada y la cabeza gacha, inclinado sobre sus propias rodillas, parecía soportar ya el peso de la sentencia que se avecinaba.

Luca Ruggia fue declarado por el jurado culpable del homicidio de su padre, Giuseppe Ruggia. Según preveía el código penal para los casos de parricidio, el juez le impuso la pena de *ergastolo*, una condena a cadena perpetua en régimen de aislamiento y trabajos forzados, sin la posibilidad de obtener la libertad salvo por concesión de gracia y únicamente después de haber cumplido veinte años de la pena.

La sentencia se ejecutó de inmediato. Luca no volvió a besar a Anice, a tocarla, a verla siquiera.

Lo trasladaron al penal de la isla de Santo Stefano, un pedazo de tierra en el mar Tirreno, frente a las costas de Nápoles, que no albergaba más que el infame edificio. Lo sometieron a un breve examen médico, y luego le raparon la cabeza, le afeitaron la barba, le vistieron con un uniforme de rayas marrones y le asignaron la celda número veintitrés, en el segundo piso de aquella extraña construcción semicircular; un habitáculo de poco más de cuatro metros cuadrados con una ventana enrejada a ras del techo, dotado de un camastro, una mesa y una silla.

Durante siete años estaría sometido a un régimen de aislamiento continuo en la celda, lo cual significaba que sólo podría recibir una visita durante el primer año y dos anuales después; además, le estaba permitido escribir una carta cada cuatro meses. Entretanto, debería realizar los trabajos que se le asignasen, observando la regla del silencio. El trabajo podía desarrollarse en la cantera, el huerto, la lavandería o la cestería. Su dieta consistía en un café por la mañana y una *minestrone* con pasta y legumbres a mediodía.

Luca no obtuvo conciencia del alcance de su situación de inmediato. La adquirió poco a poco, a lo largo de jornadas eternas con demasiado tiempo para pensar; en Anice, en el bebé, en la vida que iba a dejar de vivir. Se había entregado a aquel sacrificio porque, sintiéndose un desecho, había encontrado en dicha entrega el único propósito de su vida. No se arrepentía, pero si había llegado a creer que hallaría las fuerzas para sobrellevar su condena, se había equivocado. No fue así.

Sin abrir la boca más que para musitar una oración, sin sentir más tacto que el de la ropa tiesa y su propia piel curtida, sin percibir el paso del tiempo más que por el cambio de luz. Ésas eran las dimensiones de su condena. La permanencia de aquella soledad, aquella rutina, aquella muerte en vida, la más cruel de todas las muertes porque no conlleva ningún tipo de liberación; la carga corporal y mental, el sufrimiento, la añoranza, el peso de la conciencia, el hambre, el cansancio, el deseo... permanentes también. Ni siquiera al cerrar los ojos para dormir desaparecían las miserias terrenales; se transformaban en sueños o pesadillas y seguían allí para atormentarle.

Ojalá le hubieran alzado a un patíbulo donde todo se hubiera de verdad fundido en negro para siempre. Si tantas veces antes había mirado a la muerte de reojo, ¿cuánto más sentido no tenía entonces morir, cuando ya no le quedaba nada a lo que aferrarse, ni siquiera el amor? ¿De qué valía amar así?

¿Y ella? ¿Y Anice? ¿No quedaba ella igualmente ligada a su condena perpetua? ¿De verdad la amaba si daba eso por bueno?

Demasiado tiempo para pensar. Demasiado tiempo para existir. Y el miedo se iba diluyendo en la locura.

Mi amor, mi vida, mi todo. Perdóname...

Ya no puedo soportar la angustia. Instalada en mí desde hace años, me pudre, me deshace... Y tú ya no estás aquí para aliviarla. Entre las paredes de esta celda eterna, ¿qué sentido tiene seguir viviendo cuando el espíritu ya ha muerto?

Mi condena es la tuya. ¡No puedo consentirlo! Tú eres todo lo que tengo, lo que quiero, lo que guardo. Tú eres mi redención.

Sonríe, canta, ama... encuentra tu lugar en el mundo lejos de esta prisión. Vive, Anice. Tu libertad es la mía y tu paz es mi descanso.

Perdóname...Y dile a nuestro hijo que le quiero aun antes de conocerle. Porque es tuyo. Porque de ti sólo nace lo bueno y hermoso.

No llores. No tengo miedo, ya no. La muerte es mi refugio, a sus brazos me rindo, ella me acoge con dulzura y un extraño sentimiento de sosiego me hace sonreír. Sonríe conmigo.

Mi amor, mi vida, mi todo... Malditas palabras, inútiles para expresar cuánto te quiero.

Cierro los ojos y a ti vuelvo. Por fin para siempre. Contigo. Siempre.

Cada vez que leía la última carta de Luca, Anice acariciaba el papel, buscando con la yema de los dedos una ilusa conexión que hacía tiempo había perdido y que ya no podría recuperar.

La incredulidad, la tristeza infinita, la impotencia, la ira... Todo duelo pasa por fases similares. Ella las había transitado una a una hasta que sin esperarlo había conseguido interiorizar el mensaje de Luca; con esas pocas palabras desquiciadas que ella había tenido que leer y releer una y otra vez, él había conseguido hacerse entender y ella lo había entendido.

Sosiego, libertad, descanso. Ésas eran sus palabras. Sonreír. «Sonríe conmigo», le había pedido. Y Anice sonrió, aun entre lágrimas que tardaron un poco más en secarse.

Por supuesto que quedaba el sentimiento de abandono y desamparo, de miedo por lo que tendría que afrontar sola, de lástima por su hijo huérfano antes de nacer, pero regodearse en ello le parecía, además de destructivo, egoísta. Hacía mucho tiempo que Luca no estaba en paz, ella lo sabía; ahora por fin la había encontrado. Tal pensamiento era el que la confortaba y el que debería atesorar el resto de su vida.

Si no fuera por la culpa... «¿Acaso todo esto no ha sucedido por mi culpa?», le preguntaba a Luca incluso en voz alta mientras buscaba entre las líneas de la carta una respuesta. «Tú eres mi redención», le decía él, pero a ella le costaba creerlo. La culpa es una mancha pegajosa, imposible de quitar. Con ella cargaría hasta el final de sus días, escondida entre los pliegues de la piel.

—No te vayas, Anice. Tu lugar está aquí: tus raíces, tu casa, tu jardín, tu bosque. Estoy yo. Yo te ayudaré a cuidarla, seré su hada madrina —aseguró Manuela mientras acariciaba la cabeza cubierta de pelusilla del bebé que dormía a su lado.

La luz del sol se rompía entre las hojas del roble, el árbol más grande y anciano de aquella parte del bosque. En sus ramas anidaban varias familias de petirrojos y ardillas, un pájaro carpintero tenía su hogar en un agujero del tronco y el búho ululaba en la copa al caer la noche, Anice podía escucharlo desde el molino. Aquél era uno de sus lugares favoritos en el bosque, al que solía acudir para tumbarse sobre la hierba las tardes de primavera y leer o simplemente disfrutar del trino de los pájaros y las nubes recorriendo el cielo. Ahora, mientras Manuela hablaba, observaba a su hija dormida entre ellas, las tres al abrigo del viejo roble.

La pequeña había nacido hacía apenas dos semanas, una noche de luna nueva en pleno equinoccio de primavera. El cuco no había dejado de cantar desde el ocaso, justo cuando Anice empezó a sentir los dolores.

—Cierra ya el pico, pájaro de mal agüero —refunfuñó entre dientes la madre de Manuela mientras la asistía al parto.

Todos sabían que el cuco traía presagios fúnebres; sin embargo, Anice siempre había pensado que su irrupción justo al final del invierno, en el tránsito a la primavera, era un anuncio de vida nueva. Atrás quedaba su propio invierno teñido de muerte, aquel cuco cantaba una nueva vida para ella y contar sus cucús entre contracción y contracción le ayudaba a mitigar el dolor.

La niña saludó al mundo con un llanto quedo; más resonaron los sollozos de Manuela ante el alumbramiento. Anice recogió a su hija contra el pecho y le susurró su nombre al oído: Lucia. Por su padre y porque, cuando él se la había llevado, ella le devolvía la luz. Desde entonces, apenas la había soltado, siempre la llevaba amarrada al cuerpo con un pedazo de tela. Y la pequeña no lloraba casi, como si supiera que le convenía pasar desapercibida.

Por el borde de la toquilla asomaban sus diminutas manos con los dedos siempre recogidos en un puño. Anice besó una de ellas.

—Ya eres su hada. Y su madrina —le respondió a Manuela con una sonrisa de consolación—. Pero éste no es lugar para ella, lo sabes bien. Aquí tendría que cargar toda la vida con un pasado en el que ni siquiera ha intervenido. No puedo condenarla a eso.

El padre asesino. La madre indecente. La niña bastarda. Lucia siempre llevaría colgados esos lastres mientras permaneciera en Castelupo; el escándalo haría sombra en ella. Anice lo sabía.

—Pero estarás sola, Anice. Ya es bastante difícil criar a un hijo sin su padre, pero hacerlo en un lugar extraño, sin la ayuda de los tuyos...

—No estaré tan sola. He recibido carta de doña Beatrice —le reveló a su amiga—. Está muy enferma, tiene tuberculosis. Me pide que vaya a cuidar de ella y me ofrece instalarme en su casa con la niña. Es una buena oportunidad. No puedo rechazarla. Además, le debo tanto a esa mujer...

Pero a Manuela, obstinada por naturaleza, no se la convencía con tan poco.

—¿En una ciudad extraña? ¿En una casa extraña? Ella te está ofreciendo un trabajo, no un hogar. Aquí está tu hogar. Y tu familia. ¡Yo soy tu familia! ¡No te vayas, Anice! ¡No me dejes! —Se le saltaron las lágrimas.

Anice pasó el brazo por encima de su hija para abrazar a Manuela, hechas ambas un ovillo en torno al bebé, como una cáscara de nuez. Resultó inevitable contagiarse del llanto de Manuela.

—No puedo —sollozó—. No puedo quedarme aquí. Hay demasiados recuerdos, demasiados fantasmas. En el molino, en el pueblo, incluso aquí, en el bosque... Es Luca, es Lucia, soy yo. Tengo que sacar de aquí a mi familia. Tengo que empezar de nuevo.

Al fin, Manuela comprendió y se arrepintió de haber sido tan egoísta. Secó las lágrimas de su amiga mientras dejaba secar las suyas, la besó en la frente y besó a Lucia.

—Pero volverás. ¿Verdad que volverás?

Anice asintió débilmente porque no quería mentir de palabra.

Vermentino della Riviera Ligure di Ponente

Entré en mi casa con cierta sensación de euforia. Tiré las llaves contra la cómoda del recibidor. Anduve con pasos decididos hasta el salón. Me deshice de la chaqueta y la arrojé al sofá. Y, después, me quedé parada en mitad de la habitación con una sonrisa boba. Mi entrada triunfal se había desinflado.

Lo que tenía que hacer ya estaba hecho. Y ahora, ¿qué?

Puse música y, aunque hubiera quedado bien algo tipo la banda sonora de *Rocky*, sonó *The way it was*, de The Killers, con un tono de himno bastante apropiado y una letra también adecuada a la situación. Me dirigí a la nevera bailando, la abrí y, entre las escasas provisiones, localicé de un vistazo la botella de vermentino que Fiorella me había dado como regalo de despedida: blanco, frío, alcohólico, perfecto para celebrar, aunque fuera conmigo misma, que por fin había dado un paso adelante. No sabía si hacia un puente o hacia un precipicio, pero el logro consistía en avanzar.

Quería creer que era un avance haberme plantado delante de Carme, mi jefa, y comunicarle que tenía intención de dejar el estudio. Y la voz no me había temblado al hacerlo.

—¿Es por dinero? ¿Te han ofrecido más dinero en otro sitio? —fue todo lo que se imaginó en su obtusa visión mercantilista del mundo.

—No, no es por dinero ni hay otro sitio.

—¿Entonces? —preguntó sin disimular su pasmo—. ¿Por qué demonios quieres tirar tu carrera por la borda?

Me encogí de hombros por toda respuesta y con cierta soberbia pensé: «Tú no lo entenderías». Lo curioso es que ni siquiera yo estaba segura de entenderlo bien, quizá porque era una decisión que tenía más que ver con la emoción que con el entendimiento.

Aun así, intenté darle una explicación más o menos diplomática: necesito un descanso, replanificar mi futuro profesional, explorar nuevos horizontes... Empleé un lenguaje muy de *management*, vacío, pero en su onda.

No quería decirle, hubiera sido descortés hacerlo, que ya no me satisfacía seguir trabajando allí, que ya no quería ser como ella, que además de un trabajo, quería tener una vida. Y ser madre. No ahora. En algún momento. Cuándo fuera, eso era lo de menos. Lo importante es que sería cuando yo quisiera y como yo quisiera, sin sus condiciones ni sus coacciones. Que tal vez ni siquiera llegara a ser madre, pero desde luego que sería persona, no sólo arquitecta. No iba a decirle que ya había probado las mieles del éxito y no me habían sabido a nada, que el sabor que yo buscaba estaba fuera de las paredes de esa oficina y poco tenía que ver con el éxito.

—¿Has comido alguna vez unos tomates recién cogidos de la mata? —le pregunté entonces, sin venir a cuento de nuestra conversación, pero al hilo de mis reflexiones internas.

Ella se quedó estupefacta.

—No. —Se mostró casi ofendida.

—Pues deberías.

Es probable que pensara que me había vuelto loca. Y lo

más seguro es que creyese que le mentía y que me iba a la competencia. Pero, a esas alturas, la verdad es que me daba exactamente igual. Yo me había quitado un peso de encima.

Mirando la copa de vino tras mi brindis solitario al aire, la agité con movimientos circulares suaves para que el vino girara entre brillos dorados. Me di cuenta de que efectivamente sentía alivio. Aunque también temor. La pregunta del principio volvía a plantearse de nuevo.

Y ahora, ¿qué?

En ese momento sonó el timbre de la puerta, casi no lo oí por encima de la música y de mi propia introspección. Puede que hubieran llamado varias veces. Sin soltar la copa, fui a abrir.

—Lo siento. No sabía que estuvieras dando una fiesta.

Entonces arrancó a sonar una canción de Dido. Yo era tan absurda que, en aquel preciso instante, lo único que se me pasó por la cabeza fue que acababa de arrancar a sonar una canción de Dido. Una de esas de película, tipo *Love Actually*. La canción era perfecta para haberme lanzado riendo y llorando a los brazos de Mauro, firme en el quicio de mi puerta. Mi puerta. De mi casa. En Barcelona. Allí mismo. Frente a mí.

Sin embargo, me había quedado paralizada con la copa en una mano y la puerta en la otra, y la expresión no podía vérmela, pero la sabía embobada, de pez pegado al cristal de la pecera.

—Fiorella me ha dado tu dirección. Debí avisarte antes. No sé si pretendía que fuera una sorpresa o, simplemente, tenía miedo de que no quisieras hablar conmigo.

—No estoy dando una fiesta. —Mi voz sonó rara, un poco ronca, como si acabara de despertarme.

Mauro no parecía tener nada más que decir y nos mirábamos en silencio. Resultaba bastante incómodo. Por fin, me di cuenta de que era yo la que se suponía que debía desbloquear la situación.

—¿Quieres... pasar? —Le abrí camino hacia el interior de la casa y él avanzó lo justo para que yo pudiera cerrar la puerta a su espalda—. ¿Una copa? —invité mostrando la mía.

—No... Gracias.

Bien. Acababa de ofrecerle una copa a un exalcohólico. ¡Qué idiota era!

—Ya... Es verdad. Lo siento... No había caído.

—No pasa nada.

Empecé a deambular nerviosa por el *loft*. Tiré mi bebida al fregadero, abrí la nevera, la volví a cerrar...

—¿Otra cosa, tal vez? No es que haya mucho... ¿Agua?

—No. No me apetece nada, gracias.

Ahuequé los almohadones del sofá, cuadré la pila de revistas sobre la mesa, desplacé un centímetro a la derecha un jarrón con tulipanes naranjas y luego un centímetro a la izquierda. Apagué la música y dejé a Dido con la palabra «love» en la boca. No se me ocurría con qué otras nimiedades perder el tiempo, así que tuve que dirigir la vista hacia Mauro: inmóvil en mitad del salón, oteaba curioso a su alrededor.

—Tienes una casa muy bonita.

—¿Sí? Bueno... Un poco... moderna. Y... no hay casi paredes. Puf... Es un problema si quieres colgar muchos cuadros.

—Escucha —interrumpió con criterio mis disparates—, entiendo que no desees verme. No me quedaré mucho tiempo. Sólo he venido por dos cosas...

—Sí quiero verte —me apresuré a aclarar—. Es sólo que pensé que no volvería a hacerlo nunca más y mucho menos aquí, en mi casa. Estoy tan alucinada que sólo digo tonterías. —En ese instante caí en la cuenta de su última aclaración—. ¿A qué dos cosas te refieres?

Mauro se quitó la mochila del hombro, la abrió y rebuscó en su interior. Al cabo, extrajo un sobre abultado y me lo tendió. Yo di algunos pasos cortos hacia él, lo justo para alargar el brazo por encima del sofá que nos separaba y cogerlo. Lo examiné brevemente.

—¿Qué es esto?

—Estuve rebuscando en las cajas en las que guardamos las pocas cosas que sobrevivieron al incendio de la casa de mi abuela. Están olvidadas al fondo del garaje de Mica. No sé, me dio por ahí. Se me ocurrió que, a veces, lo que uno busca lo tiene delante de las narices y, bueno... Así ha sido. Al fondo de un baúl medio quemado y con el cierre roto (de hecho, tuve que forzarlo para abrirlo), encontré, entre un montón de paños viejos, una carta. Tu bisabuela se la escribió a la mía en junio de 1927. Pero lo más interesante es que adjunta las páginas arrancadas del diario de Anice.

Aquella revelación me dejó muda, mirando embobada entre mis manos el aséptico sobre blanco en el que Mauro había guardado la carta. Las páginas perdidas... Anice misma había decidido por algún motivo arrancarlas y enviárselas a Manuela varios años después de dejar Italia.

—¿Las has leído? ¿Las páginas?

—Sí. Me pudo la curiosidad. Lo siento si no he hecho bien leyéndolas.

—No, no. No importa. La carta es tuya, de hecho. Y la historia de Anice, un poco también.

Mauro asintió agradecido, con una leve sonrisa. Yo seguí contemplando el sobre. No sé por qué, pero no me decidía a abrirlo.

—¿Y qué dice?

—Deberías leerlo tú misma. No, ahora no. —Me detuvo cuando por fin había empezado a levantar la solapa—. Luego, cuando estés sola.

No opuse resistencia. Lo cierto es que mi mente estaba demasiado agitada como para concentrarme en leer nada y no me atraía la idea de hacerlo con Mauro observándome. Dejé el sobre encima de la mesa y me encaré con él.

—Bien. Luego la leeré. ¿Y la segunda?

—¿Qué segunda?

—Has dicho que has venido por dos cosas.

—Ah, sí. La segunda cosa. —A mí me comían los nervios por dentro, pero Mauro tampoco parecía muy sereno—. Es... He conseguido un trabajo.

—¡Vaya, eso es estupendo! Me alegro mucho por ti. Enhorabuena.

Mi alegría era sincera; sin embargo, él, por algún extraño motivo, no parecía compartirla y continuó serio, dándome su explicación con la mirada esquiva.

—Llevo meses preparándome para él. Nunca creí que fuera a salir. He hecho entrevistas, cursos, reconocimientos médicos... Me apunté a través de un programa de reinserción laboral —sonó a vergonzante confesión—. Es de ayudante de cocinero, más o menos lo mío. En una compañía de cruceros americana. Empiezo en una ruta por Nueva Zelanda que sale de Sídney en un par de semanas y tendré que estar al menos ocho meses embarcado; más, si me prorrogan el contrato.

Entonces creí adivinar el motivo de su falta de entusiasmo. Al menos a mí, la idea de que, ahora que lo tenía delante, fuera a desaparecer ocho meses o más no me entusiasmó nada.

—Es... mucho tiempo.

—Sí.

Mauro suspiró. Dio un tímido paso hacia mí; el sofá nos seguía separando. Me miró. Fue a hablar. Bajó la vista. Volvió a mirarme.

—Gianna, yo... No quería desaparecer sin más. Y, sobre todo, sin disculparme contigo. Siento haberme comportado como lo hice: haberme marchado de aquella manera, no haberte dado la oportunidad de hablar. Siento haberte dejado allí sola. No debí haberte dejado sola. Después, cuando se me había pasado el cabreo, pensé: ¿y si ese tío volvió?, ¿y si buscaba la revancha y, como yo no estaba, la tomó con ella?, ¿y si la agarró de nuevo y...? Me sentí fatal por haberme largado sin más. Y eso que ni me imaginé que... Mica me ha contado lo que pasó. Si yo hubiera estado contigo... Te habías dado ese golpe en la espalda, estabas dolorida y triste y habíamos discutido... Yo lo sabía y, aun así, me fui. No podía pensar en nada y sólo pensé en mí. Me comporté como un completo gilipollas. No debí dejarte.

Viéndole disculparse de aquella forma, con los hombros caídos y el gesto compungido, mostrando preocupación por mí, la ternura me invadía y sólo deseaba abrazarle. En aquel momento tuve el convencimiento de que le quería. No podía ser de otro modo. ¿Por qué, en cambio, permanecía quieta como una estatua al otro lado del sofá?

—No, tú no... No tienes que disculparte. No tuvo nada que ver el golpe, ni que hubiéramos discutido, ni que yo estuviera triste. Tenía que ocurrir y ya está. Hubiera ocurrido de todas maneras, aunque tú hubieras estado allí.

—Ya, pero si yo hubiera estado allí, no habrías pasado por ello sola.

Mientras yo pensaba cómo quitarle hierro al asunto sin volver otra vez sobre los mismos argumentos, él me miró de arriba abajo como buscando alguna secuela física de mi trance y, al cabo, preguntó:

—¿Cómo te encuentras?

Sonreí.

—Bien. Me están dando tanto hierro que puede que me convierta en Iron Man. No me quiero imaginar el escándalo que sería tener que pasar ahora mismo por un detector de metales. De hecho, me ha parecido ver que los imanes de la nevera vibran cuando ando cerca...

Cerré la boca y sacudí la cabeza. Ya estaba otra vez.

—No me hagas caso. Estoy nerviosa. Necesito sentarme. ¿Qué tal si nos sentamos? —propuse al notar que me temblaban las rodillas.

Mauro aceptó y se acomodó a mi lado en el sofá. Aunque quizá la palabra «acomodarse» no sea la más adecuada, pues no parecía encontrarse muy cómodo. Yo tampoco lo estaba. Y esa conversación interrumpida, que ninguno de los dos parecía saber cómo reanudar, no ayudaba.

Al cabo de un rato, me sumé a su entonación del *mea culpa* por la parte que me tocaba.

—Hice mal en no contarte lo del embarazo. Pero de verdad que no pretendía hacerte daño. En todo caso fui una ingenua por no pensar que podría hacértelo. En realidad, no imaginé que todo fuera a suceder tan rápido: en nada, pasamos de discutir cada dos frases a acostarnos juntos. Aunque...

Hice una pausa para tomar aire. El corazón se me iba a salir por la boca. Pensaba que muy probablemente más tarde lamentaría haber dicho lo que iba a decir, pero Mauro se disponía a marcharse a la otra punta del globo y yo no podía dejar las cosas como estaban.

—No me arrepiento de nada de lo que te dije aquella noche —confesé sin atreverme a mirarle—. Lo repetiría palabra por palabra. Si recordara las palabras exactas, claro. Pero la idea sería la misma, es fácil no olvidarla: me acosté contigo porque me gustabas. Y aún me gustas, de hecho.

Fui comedida. Temía asustarle si le confesaba cuánto le echaba de menos, cuántas lágrimas había derramado por su causa, cuántas ganas tenía de volver a acostarme con él, en ese preciso instante me parecía tan buen momento como cualquier otro, y que seguramente estaba enamorada de él. Demasiada artillería para el primer asalto. Y suerte que no la malgasté; a la vista de lo que estaba por venir, hubiera sido humillante. Bastante me estaba exponiendo ya e iba a seguir haciéndolo.

—Ya sé que Nueva Zelanda está muy lejos y que ocho meses, o más, es mucho tiempo. Pero no tienes por qué desaparecer y ya, como tú dices. Tú no lo usas, pero el teléfono es de gran utilidad en estas situaciones: una llamada de cuando en cuando, una conversación a media noche si te sientes solo... Hasta me puedes mandar una foto de la Ópera de Sídney, me encanta ese edificio. Yo estaré al otro lado de la línea si decides usarlo.

Mauro permaneció con la vista clavada en el suelo, entre sus rodillas abiertas, serio y en silencio. De acuerdo que no era un hombre risueño ni de conversación fluida, pero aquello no era una buena señal.

—Esto es muy incómodo —observé con un amago de risita nerviosa—. Estaría bien que dijeras algo. Y si no tienes nada que decir, puedes levantarte con disimulo y marcharte de puntillas. Haremos como que nunca has estado aquí y nunca hemos tenido esta conversación. Así mi dignidad quedará intacta.

Yo esperaba una reacción verbal inmediata. Pero Mauro sólo suspiró y, tras un lapso que se me hizo eterno, habló al fin:

—De no haber encontrado las páginas del diario, no habría venido hasta aquí. De haber pensado con la cabeza...

—Vale —le interrumpí, intuyendo lo que se avecinaba—. Aún estás a tiempo de levantarte y marcharte. Miraré para otro lado. —Y lo hice: giré la cabeza y, literalmente, miré para otro lado.

Entonces, Mauro me tomó suavemente el mentón y me obligó a volver el rostro hacia él. Comprobé que su expresión era de angustia.

—De haber pensado con la cabeza —repitió— y no con el corazón, lo mejor para los dos hubiera sido no venir aquí, no remover lo que empezaba a asentarse.

—No... —titubeé—. No me toques así si no vas a besarme.

Mauro retiró la mano y yo sentí como si me hubiera dejado un hueco en la piel.

—Gianna. —Suspiró desalentado—. Me importas demasiado como para hacer de esto un pasatiempo. Joder... Claro que desearía besarte. Y no sólo besarte. Desearía que todas las noches fueran como aquella del molino. Desearía pasar todo el tiempo del mundo contigo. He pensado mucho en ello, ¿crees que no? Y te he echado de menos... Te he echado tanto de menos... Quizá por eso estoy aquí aunque no debiera. La carne es débil y el corazón, aún más.

—¿Entonces? —pregunté al borde del llanto. No entendía dónde estaba el problema.

—No podría funcionar jamás. Tal vez al principio. Sería como una luna de miel. Pero enseguida tú te cansarías, te decepcionarías, querrías regresar a tu mundo porque el mío es una mierda, porque yo no tengo nada, sólo traumas y complejos y rabia... Y lo intento. Intento ser un tío normal. Pero me doy de hostias contra tantas y tantas cosas...

—Pero ¿qué...? No te entiendo. ¿Qué crees que tengo yo? ¿Qué crees que soy yo? ¿Qué es ser un tío normal? ¿Crees que yo soy normal? ¿Qué coño es ser normal? —me desesperé.

—¡Por Dios, mírate! ¡Mira tu aspecto y dónde vives y lo que eres! Y ahora mírame a mí. ¡Y sólo verás fracaso, joder!

Aquella mañana me había arreglado con especial esmero. Había escogido uno de mis mejores vestidos del armario, uno de crepé azul marino sin mangas que resaltaba mi figura sin ser demasiado provocador; sexy pero profesional. Perfecto para estar a la altura del vestuario de marcas de lujo de Carme, o casi. Lo complementaba con unos zapatos salón de color crema con el suficiente tacón como para mirar a mi jefa desde arriba. Además, me había arreglado el pelo en la peluquería: unas ondas abiertas recogidas en una coleta; algo desenfadado. Y me había maquillado utilizando todos los potingues de mi neceser, que no eran pocos. No sabía entonces de las peculiares circunstancias en las que aquello se iba a volver en mi contra.

En aquel momento en que Mauro empezaba a perder la calma, yo decidí hacer todo lo posible por conservarla. En lugar de contraatacar —pues me sentía atacada— de manera directa, me alisé cuidadosamente el vestido objeto de crítica.

—Así que esto es todo lo que tú ves de mí: mi casa, mi aspecto... Esto es todo lo que quieres ver. Y, al parecer, no tienes el más mínimo interés en ir más allá. ¿Sabes por qué voy así vestida? Porque, cuando has llamado a mi puerta, hacía menos de media hora que había regresado: venía de reunirme con mi jefa para decirle que dejo el trabajo. Así que acabo de mandar a la mierda un buen puesto, un buen sueldo y diez años de experiencia. Y aquí me hallaba yo: bebiendo sola y preguntándole a la copa de vino si esa decisión ha sido la más estúpida o la más inteligente que he tomado nunca. Porque lo cierto es que no sé qué demonios voy a hacer ahora con mi puñetera vida. Para muchos eso sería un completo fracaso. Como también ha fracasado mi relación con un tío que ha resultado ser un violador narcisista y mentiroso; y mi embarazo, justo en el momento en que había decidido ser madre. Pero, claro, a ti esto te importará un comino porque estás demasiado ocupado en compadecerte de ti mismo y de tus propios fracasos y en decidir por mí que, como tía superficial, exitosa y de vida fácil que soy, como triunfadora de cliché, tú no eres bueno para mí. Francamente, no sé si es que te empeñas en resultar patético o todo esto es una excusa tremendamente retorcida para mandarme a hacer puñetas. ¿Qué quieres que te diga? Hubiera bastado con un «no me interesas». Algo rápido y eficaz, como quitarse un esparadrapo de un tirón. Sin alusiones fuera de lugar a cómo soy y lo que se supone que tengo.

—Está claro que no lo entiendes...

—No, no lo entiendo, Mauro —espeté enfadada—. ¿No quieres nada conmigo? Estás en tu derecho. Pero no me vengas con el rollo de que en realidad soy yo la que no quiere estar contigo, pero aún no me he dado cuenta.

Mauro volvió a suspirar. No quitaba la vista del suelo. Daba la sensación de que no sabía cómo continuar. Y no podía explicarme por qué: era fácil, yo misma se lo había puesto en bandeja para acabar con aquello de una maldita vez. Así yo podría retirarme a lamerme mi orgullo herido.

—Necesito este trabajo. Tengo que aceptarlo. —Parecía disculparse por ello.

—¿Te he dicho yo que no lo hagas? No es tu trabajo el problema.

La verdad, no creo que me hubiera escuchado. Simplemente, alzó la cabeza y me dedicó por fin una mirada.

—He sido muy torpe antes. No he enfocado bien el asunto. Estoy hecho un lío y me cuesta expresar todo lo que pienso, todo lo que siento. Pero no eres tú —casi exclamó—. Soy yo quien tiene el problema. Soy yo el que no se ve capaz de embarcarse en una relación. Lo que he dicho sobre tu aspecto y tu casa y todo lo demás... ha sido una gilipollez, no quería que sonara a reproche. Tú... tú eres preciosa, inteligente, eres buena en lo que haces... ¿Cómo podría reprochártelo? El problema no eres tú, sino yo y la obsesión por estar a la altura. Llámalo orgullo masculino, tal vez lo sea. ¡Pero es que necesito tener alguna clase de orgullo! ¡Necesito dejar de ser el tío que estuvo en la cárcel y convertirme en alguien mejor! Necesito ser capaz de enderezar mi desastrosa existencia y limpiar toda la mierda que me precede y me define... Tengo que ganarme la vida, dejar de habitar una casa primero okupada y después prestada o la furgoneta de un colega, y que Mica ya no crea que tiene que traerme táperes con comida a mitad de la semana porque sabe que a veces no me llega ni para la compra. Necesito salir adelante... Y, joder, no ha sido una decisión fácil. No creas que no se me ha pasado por la cabeza... Yo... A veces pensaba: «¡A la mierda con todo! ¡A la mierda el trabajo, ya saldrá otro! Ella me gusta, me hace reír, me hace ser mejor persona, ¿por qué tengo que renunciar a eso?». De veras que lo he pensado, Gianna. Pero ya no es sólo el trabajo... O sí. El trabajo es parte de todo lo demás; un primer paso. Es una cuestión de dignidad y todavía me queda la suficiente para saber que ahora no soy digno de nadie.

Mauro hizo una pausa. Meneó la cabeza como para recolocar las ideas. Mientras, yo trataba de asimilar su relato antes de poder decir algo que no sonara vano. No tuve la oportunidad.

—Dicen que hay que amarse a uno mismo para poder amar a los demás —sentenció—. En ésas estoy yo: ya no en amarme, pero sí, al menos, en dejar de despreciarme. Porque si no lo hago, sucedería constantemente lo de la última vez: al más mínimo roce entre nosotros, yo saltaría y me retiraría para poder recomponerme y regresaría después y de nuevo volvería a saltar. Y así una y otra vez, porque no tengo la fuerza, ni el carácter, ni la autoestima como para hacer frente a nada. Hasta que un día, harta de aguantar mis taras, tú te largarías y yo me quedaría hecho una mierda, cada vez más hundido en el pozo del que intento salir.

Entonces hizo por sonreír. Pero su sonrisa resultó más bien una mueca de angustia y pesar.

—Ya ves que soy, Gianna, sólo yo, el que no puede seguir con esto.

Su declaración me dejó muda un instante, casi conmocionada. ¿Qué podía hacer yo ante semejante sinceridad? ¿Bajar sin más las armas y dejar de luchar? No deseaba tensar más la cuerda, él no lo merecía, pero tampoco quería dejar de mostrar aunque fuera una mínima resistencia ante el peso de las circunstancias. Me agarré a lo que pude para insinuar tímidamente:

—Puedo seguir haciéndote reír y haciéndote sentir una persona mejor. Estaré a tu lado. Te ayudaré...

En aquella ocasión su sonrisa sí fue sincera y tierna, también algo melancólica.

—Si quieres ayudarme, haz que esto no sea tan difícil y deja que me vaya.

Y así lo hice. Sin más argumentos, ni ruegos, ni lágrimas. Guardándome los besos, las caricias y el deseo. Permitiéndole ir solo hasta la puerta, que la abriera con sigilo y con el mismo sigilo la volviera a cerrar, como si nunca hubiera estado allí. Como si no le hubiera perdido por segunda vez antes de haberle recuperado siquiera.

Mauro se fue. En silencio y casi de puntillas, como yo le había pedido para no oírle marchar.

Sentada en el sofá, en la misma postura en la que él me había dejado, al borde y con las piernas cruzadas, volví la vista hacia el sobre que contenía las páginas perdidas del diario de Anice, pero todo lo que yo veía en él era el único rastro que había quedado de Mauro. No tenía ganas de abrirlo ni descubrir su interior, no sentía curiosidad, ni interés, ni emoción... Estaba aturdida, como si acabara de recibir un golpe en la cabeza.

Me descalcé, subí los pies y me abracé las piernas. Acurrucada contra la esquina, me quedé rumiando mi tristeza, imaginando que el mundo se había detenido y yo podría permanecer así para siempre y no tener que hacer frente a nada.

Tras despertar de un duermevela inquieto en mitad de la noche, ya no pude volver a conciliar el sueño. Fui a la cocina, me preparé un té y cogí el sobre, que aún permanecía en la mesa baja del salón. De vuelta en la cama, lo rasgué y vacié encima de las sábanas arrugadas su contenido: otro sobre, de color crema, con el retrato de Alfonso XIII en un sello azul de cuarenta céntimos y matasellos de Barcelona, abultado y bastante ennegrecido por los bordes. De su interior extraje un fajo de cinco cuartillas dobladas y un pliego suelto. Enseguida reconocí en las cuartillas la letra y el tipo de papel del diario de Anice. Repasé con los dedos sus bordes rasgados. Allí estaban las páginas arrancadas. Me concentré entonces en el pliego que las acompañaba, una carta breve, fechada el 16 de junio de 1927.

Carissima Manuela:

Espero que al recibo de la presente te encuentres bien de salud. Me alegró mucho recibir la noticia de tu casamiento este próximo otoño. Te escribiré otra carta para comentar sobre ello, sobre los progresos de la pequeña Lucia, que ya es casi una señorita, y sobre nuestros proyectos. Son muchas las nuevas que tengo que contarte.

Sin embargo, esta misiva es breve pues el asunto que me ocupa habla por sí solo en las páginas que adjunto.

Nada más que decirte que el peso de la conciencia me impele a obrar así y lamento profundamente si con ello te pongo en un brete por mezclarte en dolorosos y turbios asuntos del pasado. Pero necesito compartir esta carga. Y tú eres mi única amiga. No pretendo otra cosa sino que me acompañes en el trance. Nada más tiene remedio.

No me siento con ánimo de volver a escribir sobre ello. Ya lo hice en su momento en mi diario, casi como una terapia. El relato es por lo tanto confuso y desquiciado, pero la esencia resulta clara. Luca me instó a deshacerme de estas páginas, pero no lo hice, no pude hacerlo. Hice todo lo que él me pidió, pero no destruí la única prueba de su inmensa bondad, de su amor puro. Son las que te envío. Léelas y quémalas después si lo estimas oportuno. El daño ya está hecho y el destino de estas páginas no puede repararlo.

Apelo a nuestra amistad para rogarte que seas benévola y clemente y trates de comprenderme. ¿Podrás comprenderme, mi querida amiga? ¿Podrás perdonarme?

Con todo mi cariño,

ANICE

Las páginas arrancadas

Italia, 15 de noviembre de 1919

Anice había estado inquieta todo el día. De buena mañana se había retirado al bosque, que era su santuario. En la embocadura de la cueva roja, había prendido una hoguera y una vez se hubo consumido la leña, había colocado sobre las brasas un puñado de hojas de laurel y unas cuantas ramas de romero para hacer un sahumerio con el que invocar protección y buenos augurios. Con una vela entre las manos y sobre el regazo, se concentró en sus plegarias, las cuales musitó una y otra vez cual cantinela hasta que el sol hubo alcanzado su cenit.

El resto del día había procurado enredarse en múltiples tareas que mantuvieran su cabeza ocupada.

Y es que Luca y ella habían tomado por fin la decisión que tanto tiempo llevaban considerando. Iban a dejar Italia. Iban a comenzar una vida nueva juntos, lejos de todo aquello que se lo impedía: los rumores del pueblo, la sombra opresiva de don Giuseppe y los convencionalismos. Partirían hacia Génova y allí embarcarían con destino a Sudamérica o a Estados

Unidos, en el barco que antes saliera. Trabajarían duro al principio, pero, al cabo, con el dinero que Luca había heredado de su madre y el que ambos hubieran conseguido ahorrar, emprenderían un negocio. Aún no sabían cuál, pero algo se les ocurriría.

Cuando la tarde daba paso a la noche, seguía sin noticias de Luca y aquello le desquiciaba los nervios cada vez más. Tanto, que la presencia de Pino, enredando por la casa, se le hacía insoportable. Además, no quería que el chico estuviera allí cuando Luca llegara, porque éste vendría alterado y acabarían por enfrentarse como siempre. Le pidió a Pino que se fuera a su casa, primero con paciencia, aunque no se sentía muy paciente entonces, de modo que acabó haciéndolo de forma destemplada cuando él se resistió a marchar. Acabó por enfadarse. Siempre se arrepentiría de haberse enfadado con Pino aquella tarde.

Ya había oscurecido del todo cuando oyó la cerradura de la puerta; la había dejado abierta, normalmente lo hacía si esperaba a Luca. Anice, que estaba preparando la verdura para una sopa, abandonó la tarea y corrió a su encuentro.

Sin embargo, ni siquiera llegó al recibidor. Lo que vio en el umbral de la puerta la dejó paralizada.

—Quiero que me devuelvas a mi hijo, maldita bruja.

Don Giuseppe Ruggia anduvo hacia ella lentamente. Blandía un bastón con empuñadura de plata y sobre el cuello de pelo de su abrigo negro brotaba un rostro congestionado por la cólera.

—Bruja ramera —pronunció entre dientes con ira contenida—. Tú le has lavado el cerebro, tú le has pervertido, tú has sometido su voluntad a la lujuria. Tú has manchado su honor y su buen nombre. ¡Tú eres la desgracia de mi familia!

Anice se había ido apartando de su acoso físico y verbal

hasta que topó con la espalda en la pared. El pomo del bastón le apuntaba a la cara.

—No eres más que una embaucadora cazafortunas, pero no te saldrás con la tuya. Mañana mismo te marcharás de este pueblo y desaparecerás para siempre de la vida de mi hijo porque si vuelvo a verte por aquí, le contaré a Luca todas las cosas sucias que hicimos cuando eras mi criada.

—¡Yo no hice nada! —Encontró Anice la fuerza para protestar aun con la voz temblorosa.

El conde de Ruggia se acercó hasta aprisionarla entre su robusto cuerpo y el muro. El bastón se clavaba ahora en el cuello de Anice, al borde de ahogarla.

—Eso no es lo que yo recuerdo —susurró con voz pastosa—. Tú entraste en mi casa para seducirme con tus malas artes. Te aprovechaste de mi caridad y mi desconsuelo. Yo había perdido a mi esposa, a mi hijo después... Estaba destrozado... Pero tú me la chupabas como nadie. Siempre has sido una zorrita juguetona.

Anice estaba horrorizada. ¿Cómo podía ser cierta aquella sarta de mentiras? El asco y la rabia le bullían, pero no sabía qué hacer.

—No te molestes en mirar hacia la puerta. Él no va a venir. Ya me he asegurado yo de eso. Estamos solos tú y yo, mi querida Giovanna, mi pequeña zorra. —Empezó a jadear de deseo.

El cuerpo de don Giuseppe se pegaba al suyo cada vez más. Con la idea de escapar de allí y correr hasta llegar al pueblo, hizo por zafarse, pero el otro la aprisionó con mayor fuerza y, con una leve presión en el bastón, le hizo ver que podía ahogarla.

—Eres la hija de Satán. Llevas la lujuria en el cuerpo, lo supe la primera vez que te vi. Pero a mí no me engañas. Voy a follarte y no me sacarás ni una lira, al contrario que al idiota de mi hijo. Hace tanto que deseo follarte...

Anice notaba el calor pegajoso del cuerpo de aquel hombre y su aliento baboso en el cuello mientras buscaba con los labios su piel. Don Giuseppe se frotó contra ella. Anice gritó que se detuviese, pero él siguió frotándose ajeno a los gritos.

—Cállate o te ahogaré ahora mismo. Será mejor para ti si no te resistes, no quiero hacerte daño.

Anice lo empujó. Don Giuseppe descargó sobre ella una bofetada que la dejó aturdida por un instante. Sin embargo, aquel golpe la espoleó como a un animal salvaje y, entre gritos de rabia, empezó a patearle y a intentar clavarle las uñas. Él volvió a abofetearla, con tal fuerza que le rompió el labio con el sello que llevaba en el dedo. Le rasgó la blusa, le descubrió los senos y empezó a manosearlos, a hundir en ellos el rostro entre gemidos de placer y gruñidos de lucha. Anice intentaba morderle, arañarle, golpearle, pero el otro era esquivo y estaba cubierto de ropa. Finalmente, logró propinarle un fuerte codazo en el costado.

El conde emitió un aullido de dolor.

—Maldita perra rabiosa...

Anice lo tenía cara a cara, arrebatado de ira; su rostro parecía a punto de explotar. Lo miró a los ojos con un odio infinito y casi de forma involuntaria brotaron de sus labios en un susurro ininteligible las palabras pérfidas de la maldición que Viorica le había enseñado.

Don Giuseppe abrió exageradamente los párpados. Emitió un ronquido de agonía, se llevó la mano al corazón y se dobló sobre sí mismo. Sin embargo, tras escasos segundos, hizo por enderezarse. Miró a Anice con una extraña mezcla de odio y angustia. Se abalanzó tambaleante sobre ella. La joven no comprendía lo que estaba sucediendo, pero su primer instinto fue deshacerse de él con un fuerte empujón. El conde dio varios pasos hacia atrás a causa del rechazo, trastabilló, perdió el equilibrio, arrolló con gran estruendo los hierros que colgaban junto a la chimenea y finalmente se desplomó. Tras un golpe seco, un estremecedor crujido de cráneo roto resonó en los oídos de Anice. Entonces se produjo un silencio sobrecogedor.

Anice temblaba. Respiraba de forma rápida y entrecortada porque el aire no le llegaba a los pulmones. Empezó a sentirse mareada mientras, petrificada, miraba el cuerpo inerte de don Giuseppe bajo el cual comenzaba a formarse un charco de sangre.

Deslizando la espalda por la pared, se dejó caer al suelo y allí se quedó, hecha un ovillo.

Luca regresaba conduciendo a Castelupo más tarde de lo que hubiera deseado. Ansiaba encontrarse con Anice y darle las buenas nuevas. Se sentía satisfecho, contento incluso. El trance de tener que enfrentarse a su padre había resultado más liviano de lo que había anticipado. Y es que si se había imaginado un panorama de gritos, reproches, insultos, amenazas y drama, la realidad se había desenvuelto de manera bien distinta.

No es que hubiera obtenido la bendición de su padre, aunque tampoco lo esperaba. Pero al menos el viejo no había montado una escena. Ante el anuncio de su inminente partida para no regresar jamás, había reaccionado de forma gélida, contenida, tenebrosa incluso en la calma inusual que mostró y el modo en el que lo miró, con los ojos entornados y llenos de desprecio. No obstante, su desprecio ya no lo amedrentaba.

Para no empeorar las cosas, Luca no había mencionado los motivos que le habían impulsado a tomar semejante decisión. Ni tampoco a Anice, por supuesto. Daba casi por sentado que su padre, cuando menos, sospechaba de su relación con ella; sin embargo, por la razón que fuera, guardaba silencio, y él iba a aprovecharse de aquella ventaja.

Sí que le había pedido el dinero de la herencia de su madre, que el conde mantenía en depósito. Luca, que se había preparado para una negativa rotunda y violenta al respecto, contempló atónito cómo su padre, silencioso y circunspecto, sacaba el talonario de cheques de un cajón y le firmaba uno por el importe debido.

—Coge el automóvil y vete ahora mismo a Sanremo a cobrarlo. No te garantizo que mañana el dinero siga allí.

Con aquella frase seca y desairada puso fin al encuentro y volvió a la lectura que antes le ocupara.

De vuelta de Sanremo, con el dinero en el bolsillo, Luca sentía una inusual ligereza de ánimo y, con los ojos fijos en la carretera, pensaba con impaciencia e ilusión en los muchos preparativos que tenía por delante. Y en Anice. No podía esperar para compartirlo con ella.

Por fin, arribó al molino. Aparcó al borde de la carretera. Volvió a experimentar esa olvidada sensación de alegría, casi euforia, que le acometía a ráfagas. Tenía hambre. Y ganas de tomarse una copa de licor frente a la chimenea, pensó mientras avanzaba a grandes zancadas por el sendero de tierra hacia la puerta. Entró, como siempre, sin llamar y se anunció pronunciando su nombre alegremente.

—¡Anice! Ya estoy aquí...

Las palabras se le congelaron entonces en los labios. Acurrucada en el suelo como un animal asustado se hallaba ella. La joven alzó la cabeza y le mostró el gesto descompuesto y los ojos desorbitados. Tenía el cabello revuelto, la camisa rota y restos de sangre reseca le cubrían la boca. Sin decir nada, le miraba con auténtico terror.

Por alguna inexplicable intuición, Luca se volvió hacia la chimenea y allí descubrió un hombre tendido sobre un charco de sangre. Apenas le llevó unos segundos reconocer a su padre con el rostro medio vuelto hacia las brasas moribundas. Conmocionado, permaneció inmóvil, sin saber a qué atender.

—Lo he matado...

Las palabras rotas de Anice lo espabilaron. La miró.

—Él vino... Me dijo que... Me sujetaba... Y yo no sabía... La maldición... Salió de mí... Yo lo he matado...

Luca se apresuró a arrodillarse junto a ella y a rodearla con los brazos.

Durante un rato la acunó y le susurró palabras de cariño y consuelo, que repetía una y otra vez. Hasta que, por fin, ella salió del trance y rompió a llorar. Poco a poco, la histeria inicial dio paso al sollozo intermitente.

Luca acercó la mecedora y la acomodó en ella. La envolvió en su toquilla porque temblaba. Le recogió como pudo los mechones despeinados en la cinta con la que ella se ataba el cabello. Le limpió la herida del labio y le dio a beber un sorbo de licor.

Entre lágrimas y frases entrecortadas, sorteando las palabras que era incapaz de pronunciar, Anice le fue relatando lo sucedido. Por fin, cayó en una especie de letargo a causa del licor.

Con la rabia y la impotencia que le inspiraba el relato de Anice, se aproximó al cadáver de su padre. En pie, lo observó largamente. Se asustó. No por la impresión de estar ante un cuerpo sin vida. Ya llevaba contemplados cientos de ellos, había incluso saltado por encima de unos cuantos, empleado algunos como parapeto; varios le habían revuelto las tripas; otros, causado infinita tristeza. En cambio, en aquel preciso instante, frente al cadáver de su propio padre, no sentía absolutamente nada más que desprecio, frustración incluso por no poder vengar él mismo su crueldad. Y eso le asustaba. Se preguntaba si no sería aquello un síntoma de degeneración moral y falta de humanidad.

Maldito cabrón, taimado y perverso. Tenía que haber sospechado desde un primer momento de aquella mansedumbre impropia de su progenitor, tenía que haber adivinado en esa mirada aviesa la vileza de sus intenciones. Cuán ingenuo y estúpido había sido.

—Tenemos que avisar a la policía.

La voz de Anice le sacó de su desquiciada elegía.

—No.

—Pero ¡tarde o temprano se sabrá y...!

—Anice, tranquila, escúchame. —La tomó de las manos para intentar serenarla—. Nadie te creerá cuando cuentes lo que ha sucedido. Nadie querrá creerte. A ojos de todos, tú le mataste. Lo que haremos será deshacernos del cadáver. Lo sacaremos de esta casa, simularemos que ha tenido un accidente y, después, nos marcharemos como teníamos previsto.

—Pero...

—Chisss... Tú deja que yo me encargue. Todo saldrá bien. Confía en mí.

Luca arrastró el cadáver de su padre hasta el automóvil y lo cargó en él. Condujo poco más de diez kilómetros hasta un puente sobre el río Argentina, donde las aguas bajaban con mucha fuerza y caudal. Colocó al conde en el asiento del conductor, quitó el freno de mano, empujó el automóvil y dejó que se despeñara puente abajo. Tras contemplar cómo, a causa del impacto, el cadáver salía despedido a través del cristal del parabrisas y cómo la corriente se lo tragaba, Luca echó a andar carretera atrás, de vuelta a Castelupo.

El aguacero le sorprendió a mitad del recorrido, antes de amanecer, y tras cuatro horas de caminata bajo la lluvia, llegó exhausto y empapado al molino cuando el cielo ya clareaba.

Entretanto, Anice había baldeado el suelo para limpiar la sangre, había ordenado la estancia y guardado en una bolsa lo más imprescindible para emprender la huida. Cumplidas sus tareas, se había aseado, cambiado de ropa y le esperaba en el banco del zaguán con los nervios destrozados.

Luca la abrazó nada más verla.

—Tienes que prometerme una cosa —le advirtió—. Si alguna vez se diera el caso, si alguien te preguntara, jamás cuentes lo que ha sucedido hoy. Déjame hablar a mí y, pase lo que pase, secunda mi versión, ¿de acuerdo?

—Pero, Luca...

—Anice, prométemelo. Sólo así pueden ir bien las cosas.

Ella dudó todavía antes de asentir.

—No lo olvides. Me lo has prometido. —La acarició—. Te quiero. Todo saldrá bien.

Toda la vida Anice se estuvo preguntando si debió hacer aquella promesa. Toda la vida cargó con la muerte de Luca a las espaldas por más que él hubiera intentado liberarla de esa carga.

Las cosas se desenvolvieron de la manera más funesta. Incluso la inconveniencia de su embarazo. Si no hubiera sido por él, si no hubiera sido por la criatura que habría de traer al mundo, Anice no hubiera tenido valor para mantener su promesa y consentir el sacrificio de Luca.

«Tienes que seguir siendo fuerte por mí —le había rogado él tras los barrotes—. Y por nuestro hijo. Tienes que ser fuerte para traerlo al mundo, cuidarlo y hacer de él una persona de bien. Él te necesita y yo también. ¿Qué sería de mí sin ti?»

Y Anice accedió aun temiendo lo que sería de ella sin él. Lo hizo por su hijo, el de ambos.

Y el resto de la vida sin Luca ya nunca volvió a ser vida, sino más bien sobrevivir con el alma mutilada, volviendo la vista hacia Lucia cada vez que necesitaba recordar el valor de su promesa.

«No era la libertad, Viorica —le rezó un día a su madrastra siendo ya anciana y habiendo aprendido tanto—. Era la calma. Lo que debía haber buscado era la calma, pues de nada vale la libertad sin ella. Pude tenerla y la sacrifiqué con una promesa.»

Corzetti con salsa de Anice

Era viernes por la noche de un precioso y caluroso día de julio en Barcelona. El ambiente veraniego y vacacional, casi festivo, invitaba a salir a la calle, soltarse la melena y vivir la vida.

En cambio, allí estaba yo. Metida en mi casa con el aire acondicionado puesto y aspecto de vagabunda, dispuesta a zamparme una pizza mediana y medio litro de helado mientras me lamentaba de mis infortunios y de cuán injustificados resultaban mis lamentos pues mis desdichas parecían ridículas comparadas con otras calamidades como las guerras, las catástrofes o la vida de mi bisabuela. No tendría que tener derecho a quejarme, y esa idea me sacaba de mis casillas y me hacía tener más ganas de quejarme.

Que conste que no se me puede achacar falta de ánimo. Había intentado por todos los medios evitar semejante situación y había llamado a Núria para salir a picar algo y tomarnos después unas copas en cualquier local de moda cerca del mar.

—Ay, vaya, esta noche no puedo. Tengo la cena de fin de curso de la escuela.

Bueno, en realidad no me importaba. Tampoco es que me muriera de ganas por salir. Se trataba más bien de salvaguardar la dignidad personal a costa de un esfuerzo hercúleo de ánimo. Porque lo cierto es que prefería autocompadecerme. Y procrastinar. Qué palabra más fea y enrevesada. Y moderna, aunque venga del latín. No creo que las generaciones anteriores procrastinaran, no podían permitirse ese lujo. Por eso nadie sabía hasta antes de ayer de la existencia y el significado de la dichosa palabreja. No veo a Anice procrastinando, la pobre no tuvo el tiempo ni los medios para ello. En cambio, yo no había hecho otra cosa desde hacía semanas, meses ya; incluso años si pensaba en mi relación con Pau.

Según caía en la cuenta de que mi vida reciente había sido un continuo ejercicio de procrastinación, sonó el timbre del WhatsApp. Era Carlo.

Vuelo mañana temprano a Barcelona. ¿Nos vemos por la noche en La Cucina? He pensado preparar una cena especial. Tengo que hablarte de algo.

No puedo con el misterio. ¿De qué me quieres hablar?

Mañana lo averiguarás.

Pero ¿pasarás antes por casa?

No. Y basta de preguntas. ¿A las 21.30 te viene bien?

Perfecto. Allí estaré. ¿Me visto de etiqueta?

No te molestes. Vas a tener que fregar los platos.

Después de aquel breve intercambio de wasaps, me quedé mirando la pantalla del teléfono hasta que se puso negra. Tenía un horrible presentimiento. De pronto estaba segura de saber qué se escondía detrás de aquel lacónico «tengo que hablarte de algo». Y de la cena sospechosamente especial en La Cucina.

Era horrible. Carlo estaba preparando el terreno para hacer más dulce una noticia que yo hubiera preferido no recibir nunca: había un comprador para La Cucina dei Fiori.

—Mierda —maldije en voz alta mientras añadía otro infortunio a una lista que parecía no parar de crecer.

También había procrastinado con ese tema. No quería tener que resolverlo así, pero tampoco me atrevía a darle otra solución.

«Es lo mejor», me repetí. Lástima que lo mejor no siempre sea lo que nos hace más felices.

La noche siguiente, en mi firme empeño, quizá mi único empeño entonces, por vencer a mi yo más desidioso, me arreglé con esmero: vestido de vuelo y sandalias de tacón; como si tuviera una cita importante. No obstante, me dirigí a La Cucina pensando que las fiestas de despedida no deberían llamarse fiestas y que aquella ocurrencia de mi hermano tenía un punto cruel.

Según me acercaba, me sorprendió la poca luz que se proyectaba desde el escaparate. Normalmente, cuando la tienda estaba abierta, se iluminaba toda la acera; en cambio, entonces no se percibía más que un tenue resplandor.

Comprobé que no me había equivocado de hora. No. De hecho, llegaba cinco minutos tarde. Me asomé. ¿Eran velas lo que estaba viendo? A Carlo se le había ido la mano con el sadismo. Empujé la puerta pero estaba cerrada. Llamé golpeando el cristal con los nudillos y mi hermano me abrió enseguida.

—Pero ¿qué...?

No pude terminar la frase. En cuanto entré, ante mí se desveló un panorama que me dejó sin palabras.

El pequeño espacio de La Cucina dei Fiori dedicado a comedor resultaba irreconocible. Todo estaba lleno de flores, velas y luces... Aquí y allá se repartían los jarrones de loza, de cristal o de metal: sobre el alfeizar del ventanal que hacía de escaparate, en el suelo, en las mesas, en las sillas vacías... Había rosas blancas y tulipanes morados, peonías rosadas y unas flores tan diminutas que formaban una bruma malva, eucalipto, olivo y lavanda. Y las velas... ¡Con lo que mí me gustan las velas! Cundían por todas partes, prendidas en vasos, candelabros y farolillos; colgadas del techo o a ras del suelo, entre guirnaldas de bombillas minúsculas que cruzaban las paredes, se enredaban en las viejas alacenas o se enroscaban en las columnas de mármol. Parecía el escenario de una película romántica en Nueva York. También la banda sonora lo era. Recuerdo que cuando entré, cantaba Dean Martin. Después, a lo largo de toda la noche, nos acompañaron las grandes voces del *Great American Songbook*: Sinatra, Nat King Cole, Tony Bennett... Carlo había montado una mesa para dos en la esquina junto al ventanal: un sencillo mantel de lino beige, platos de porcelana antiguos y desparejados, y vasos de vidrio grueso.

Me detuve en mitad de aquella ilustración de cuento de hadas y miré a mi hermano extasiada.

—Carlo... Esto es precioso...

—¿Te gusta?

—Mucho más que eso. Mira... —me acaricié el brazo desnudo—, se me pone la piel de gallina. Dios mío, si Nonna pudiera verlo...

—Seguro que querría matarme por haber puesto su tienda patas arriba.

—No... No. Le habría encantado.

Aún permanecí un rato contemplando mi alrededor embobada, reparando en los pequeños detalles y disfrutando del perfume de las flores frescas y la cera caliente. Un escalofrío me recorrió la espalda. Carlo lo había hecho con su mejor intención, pero así iba a ser aún más difícil despedirse de La Cucina dei Fiori.

—Bueno, ¿y qué? ¿No vas a preguntarme de qué quería hablarte? ¿Ya no tienes curiosidad?

Le devolví una sonrisa triste.

—No.

Carlo arqueó las cejas, sorprendido.

—¿Qué? ¿Por qué no?

—Porque ya sé lo que me vas a decir. Y ahora mismo, aquí, en este lugar que es parte de mi vida y que apenas puedo creer lo bonito que está, que estoy pensando en Nonna y en cuando nos escondíamos detrás de los sacos de avellanas a comerlas a hurtadillas o... En fin, que ahora no quiero oírlo.

—Pero ¿qué demonios crees que tengo que contarte?

—¿Que hay un comprador para La Cucina? —pregunté algo mosca.

En contra de lo que yo esperaba, Carlo se carcajeó. Obviamente ambos teníamos una perspectiva muy diferente del asunto, porque a mí no me parecía que la situación tuviera gracia alguna.

—Pues tienes razón: sí que lo hay.

—¿Y eso te parece gracioso? ¿Tanto va a pagarnos? Para mí no es una cuestión de dinero...

—Gia... —me interrumpió con su tono más paternal. Después de hacer una breve pausa para crear expectación, reveló como si estuviera anunciando un ganador—: Yo voy a ser el comprador.

Tan obcecada estaba en lo funesto, que me pareció imposible haberle oído bien.

—¿Cómo?

—Pues eso. Que voy a hacerme cargo de La Cucina dei Fiori. He decidido quedarme con el negocio.

Me llevé las manos a la boca.

—Ay, Dios mío... —Iba procesando lentamente la noticia—. ¿Es eso cierto?

No le di ocasión a responder, no fuera que cambiase de opinión. Me lancé a abrazarle con tanto ímpetu, que perdió ligeramente el equilibrio y casi acabamos los dos en el suelo.

—¡No me lo puedo creer! ¡No me lo puedo creer! —Le besé una y otra vez en la mejilla.

Carlo se reía nervioso mientras aguantaba mi avalancha de besos.

—Vale, vale, no me agobies, que pareces una abuela besucona.

Por fin me detuve. Aún con los brazos en su cuello, una sonrisa de oreja a oreja y sin aliento, traté de condensar mis emociones.

—Ostras...

—Sí: empieza la diversión. Ostras.

La cena, que había prometido tener un gusto amargo, discurrió en cambio festiva, entre brindis de agua con gas y limón mientras disfrutábamos de un plato que Carlo había rescatado del recetario de Anice.

—Recuerdo cuando Nonna preparaba los *corzetti*. Lo que

más me gustaba era que me dejara estampar las obleas de pasta. Encontré el viejo sello de madera con la flor de lis en uno de los cajones de la trastienda y tenía ganas de usarlo otra vez.

—Ay, sí, a mí también me gustaba ese sello —coincidí con una sonrisa nostálgica—. Aunque, al final, Nonna siempre me lo acababa quitando porque me dedicaba a jugar con él y lo ponía mal dos de cada tres veces.

—Es que el dibujo no es sólo un adorno. Los surcos tienen que estar bien hechos para que se reparta bien la salsa. ¿Ves? —Me mostró sus *corzetti* sin mácula.

—Tú es que siempre has sido un listillo —me burlé—. Y un don perfecto. Por eso esta salsa está de muerte.

Aceite de oliva, tomate, calabacín y mozzarella. No eran unos ingredientes especialmente novedosos, pero el recetario de Anice contenía un par de toques secretos que daban la vuelta a la receta: un condimento con polvo de siempreviva, una planta que le aportaba un ligero sabor a curri, y unas flores de capuchina a modo de decoración, que además añadían un gusto picante.

—Sólo tú puedes darle a este sitio el empujón que necesita. Tienes talento y una visión de negocio que a la pobre Nonna le faltaba, sobre todo en los últimos tiempos. ¿Sabes? Estos días que he estado en Liguria me he topado con un montón de productos que serían perfectos para vender aquí. Productos locales, artesanos, ecológicos, de producción reducida, pero con mucha calidad, como el aceite de oliva con denominación de origen o los vinos de la región, los quesos y los embutidos, las mermeladas, los patés vegetales de tomate o alcachofa o setas, los dulces... No sé, hay decenas de ellos que aquí no se distribuyen pero que podrían tener buena salida.

—Sí, ya lo había pensado. El problema es que hasta ahora

se estaba comprando a través de grandes distribuidoras que proveían marcas ya casi masificadas, que puedes encontrar en cualquier gran superficie mucho más baratas y que su única diferenciación es que el nombre es italiano.

—Lo ideal sería dejarse de distribuidoras y contactar con las granjas y los productores locales. Con la señora de la pastelería del pueblo que te hace los *baxin* cada día, a mano, con ingredientes naturales.

—¿*Baxin*?

—Sí, son unas galletas pequeñitas, como bolitas, muy sencillas pero muy aromáticas. A veces se les añade clavo; otras, anís o limón o hinojo... Fiorella, la dueña del hotel de Castelupo, siempre ponía una con el café. Las hacía a diario la *zia* Lula en la *panetteria* del pueblo.

Carlo asintió pensativo mientras remataba un bocado de *corzetti*.

—Tienes que pensar qué quieres hacer con tu parte —dijo al terminar de masticar.

—¿Mi parte?

—Sí, la mitad de La Cucina es tuya. Te la puedo comprar o puedes quedarte de socia. Y, en este último caso, tienes la opción de ser sólo socia capitalista o meterte conmigo en el follón.

—Pues no sé. No me lo había planteado.

—Bueno, piénsalo. No tienes por qué decidirlo ahora mismo.

Carlo bebió y me miró con cierta picardía por encima del vaso.

—Aunque, no es por presionar, pero no me vendría mal tu ayuda; tu visión más estética y femenina de las cosas. Alguien que se encargue de las relaciones con proveedores y clientes mientras yo estoy más en la trastienda, con las manos en la masa y en los números. A ti se te da bien eso. Y además sabes de vinos, tienes un buen paladar. Necesito alguien que se encargue de los vinos, yo no puedo hacerlo.

—Ya. No sé... —me resistí, poco convencida—. Mezclar familia y negocios no me parece buena idea. No me gustaría que acabáramos tirándonos los trastos a cuenta de esto y que lo que hoy es motivo de alegría termine siendo de disgusto.

—Bueno, cabe esa posibilidad, no lo niego. Sin embargo, todo depende de cómo nos organicemos. Si cada uno tiene su parcela de responsabilidad y deja al otro actuar en la suya, los riesgos se minimizan.

—Ya... Puede ser. No sé —repetí por enésima vez, casi angustiada por tener que añadir una decisión más a la lista de tantas otras que me acuciaban—. Ahora... estoy sin trabajo y está claro que no puedo seguir así mucho tiempo; necesito un sueldo. A veces pienso si mi pataleta no me va a salir demasiado cara y debería regresar con la cabeza gacha y pedir a Carme que me readmita, aunque la sola idea de hacerlo me repatee. Por otro lado, no quiero volver a trabajar allí. Preferiría empezar en un sitio menos absorbente conmigo y con mi tiempo, menos tirano. Un estudio más pequeño, quizá, menos impersonal. Pero no me va a ser fácil encontrar algo así tal y como están ahora las cosas. ¿Y por qué no mi propio estudio?, me pregunto a veces. Pero no sé si estoy preparada... Lo único que sé es que sólo sé ser arquitecta —concluí con cierto fastidio.

—Eso no es cierto. Sabes de gastronomía, siempre has sabido porque lo has mamado desde la cuna. Sin querer, ibas por Liguria pensando en qué productos se podrían vender en la tienda. Y sabes negociar, lo llevas haciendo años: con contratistas, proveedores de materiales, clientes, técnicos de medio ambiente... Sabes trabajar con plazos, controlar costes y además cuidar la belleza y la estética de lo que tienes entre manos.

—Eso es ser arquitecto —desdeñé yo.

—No, eso es tener una serie de habilidades que puedes utilizar para reciclarte. Pero, insisto, ahora no tienes por qué tomar esa decisión. Sólo termínate ese plato de *corzetti* y disfruta del resto de la noche.

Asentí levemente mientras removía los *corzetti* con las puntas del tenedor.

—Además —continuó mi hermano, iluminado por una nueva idea—, tenemos esa ruina de molino en Italia. Haremos por venderlo cuanto antes y así tendrás una pequeña inyección de capital para ayudar a financiar el proyecto que prefieras. No creo que sea gran cosa, pero algo es algo.

—Sí, el molino...

Entonces, por algún motivo, la mención del molino me hizo recordar algo importante que con la emoción de todo lo demás había olvidado.

—Por cierto, no es por cambiar de tema, pero... —anuncié estirándome para alcanzar mi bolso.

Lo abrí y saqué un sobre que dejé sobre la mesa. Carlo lo miró intrigado.

—¿Qué es esto?

—Luca no mató a su padre —desvelé.

El repentino giro de la conversación dejó a Carlo descolocado.

—¿Qué?

—Que él no lo hizo. Sólo se autoinculpó para proteger a Anice. No me digas que no es generoso y romántico: eso es amor y lo demás son tonterías.

—Espera un momento, no entiendo nada. Entonces ¿Anice mató a don Giuseppe? ¿La asesina es la *bisnonna*?

—No, no exactamente... Ella habla de una maldición y no sé qué historias, pero yo creo que lo que ocurrió es que el indeseable ese fue al molino, la encontró sola, intentó violarla y, en el rifirrafe y el arrebato, tiene pinta de que le dio un ataque al corazón. Cayó al suelo y se abrió la cabeza contra el escalón de la chimenea.

—¿Y cómo sabes todo eso?

—Porque la propia Anice así lo escribió en las páginas que faltaban del diario, que ya no faltan porque están aquí. —Señalé el sobre—. Ella misma se las envió a Manuela unos años después. Deberías leerlas.

—A ver, Gia, cuéntame la historia de una vez, que parezco idiota haciendo tantas preguntas. ¿Dónde demonios han aparecido las páginas y por qué las tienes tú?

Suspiré con paciencia como si en lugar de ser yo la que se explicaba de pena fuera Carlo el corto de entendederas.

—Estaban en una caja, entre algunas cosas que habían pertenecido a Manuela, que se salvaron del incendio que destruyó la casa de su hija, también Manuela. Todas las mujeres en esa familia son Manuelas, es un follón. Salvo Mica, ella no, menos mal. Y su hija, que se llama Phoebe. Es genial. ¿Te he dicho cómo se llaman los hijos de Mica? Vas a flipar...

—Al grano.

—Vale. Resulta que la susodicha caja estaba pudriéndose al fondo del garaje de la casa de Mica. Claro, nadie sabía que allí estaban las páginas de un diario cuya existencia misma desconocían, todos desconocíamos. Hasta que Mauro, ya al tanto de toda la historia, se puso a buscar sin saber lo que buscaba y las encontró.

—De modo que ha sido él quien te las ha mandado.

—Eh... No. No las mandó. Vino a traérmelas.

Carlo sonrió perspicaz.

—Ah... Ya entiendo.

—No, no entiendes —le corregí—. No sólo vino a traerme las páginas del diario...

—Eso ya lo suponía.

—También vino a decirme que se va ocho meses a Nueva Zelanda a trabajar en un crucero. Y que mejor yo tiro por mi lado y él por el suyo. Punto final.

A mis palabras, pronunciadas en cascada a causa de cierta tensión contenida, les sucedió el silencio. El mío y el de mi hermano. Nat King Cole seguía cantando ajeno a todo.

Carlo bebió como si tuviera que aclararse la garganta antes de hablar. Creo que en realidad dudaba de si decir lo que pensaba. Finalmente, se atrevió:

—¿Y no te parece un poco retorcido venir a decirte eso cuando en cierto modo ya había desaparecido?

—Es que fue un poco más complicado que como te lo acabo de contar.

Traté de resumirle a mi hermano el tema de Mauro, sobre quien no había llegado a entrar en detalle. Le hablé de su pasado, del accidente, de su paso por la cárcel, de su forma de ser y, finalmente, de todos los argumentos que me había dado aquel día para dejarme. Fue un relato lleno de lagunas y de frases que a veces no sabía cómo terminar. Sin embargo, Carlo captó a la perfección la esencia del problema. Yo sabía que si alguien podía hacerlo, era él.

Después de escucharme, reflexionó brevemente antes de lanzarse a hablar:

—Mira, no conozco a ese tío y me fastidia pensar que para protegerse él quizá te ha hecho daño a ti. Pero, por otro lado, puedo entenderle. Y puedo entender que, a la larga, te está protegiendo a ti también.

Le miré sin saber muy bien adónde quería ir a parar.

—Ya sé que puede resultar difícil de entender para quien no ha pasado por ello —advirtió—, pero hay veces que uno siente que ha saltado por los aires y se ha deshecho en mil piezas como un juguete de Lego. Y si eres capaz de sobrevivir a eso, tienes que tomarte tu tiempo para reunir todas esas piezas, juntarlas y tratar de volver a ser lo que eras antes. Lo peor es que siempre hay algo que se pierde por el camino. Cuando has tocado fondo, cuando te sientes como una mierda que no vale para nada, no basta con que los demás te recuerden lo bueno que queda en ti y que te animen a salir adelante; es necesario que te lo creas, que te lo demuestres. Sólo tú mismo puedes juntar las piezas de Lego desparramadas. Y eso necesita voluntad, tiempo y cariño.

—Yo le hubiera dado cariño.

—Eso lo dices tú, y ahora, en pleno subidón de endorfinas. Pero ¿qué sucedería si las cosas se pusieran feas, que se pondrían? Él no tiene ninguna garantía. Apenas os conocéis. Te lo aseguro, Gia, es una mierda no tenerse la más mínima autoestima porque no crees que los demás puedan quererte y por eso a ti te resulta muy difícil querer a los demás.

—Algo así me dijo Mauro.

—Ya, sé de lo que hablo. Yo dejé a Sylvie una semana antes de la boda. Y es posible que la quisiera y seguro que ella me quería a mí, pero no fui capaz de reconocerlo. Tal vez ahora fuera diferente, yo me siento diferente... La verdad es que, si lo piensas, él se ha comportado de forma más honesta de lo que yo me comporté: no ha llegado a hacerte a ti lo que yo le hice a Sylvie, ha sabido parar antes. Y, además, te digo una cosa: si él tiene la voluntad de hacer ese ejercicio de reconstrucción, eso es que no está todo perdido.

—Para mí sí. Sea cuando sea que él se dé por reconstruido, para mí ya será tarde. Yo ya he perdido mi oportunidad —concluí con pesar.

Bailamos un poco, abrazados y a pasos cortos, frente al mostrador de La Cucina; al son de *Stardust*, como inmersos en una película en blanco y negro. Al final de la noche, terminamos sentados en el suelo, en nuestro rincón favorito, detrás de las cestas de legumbres, con las espaldas pegadas a los cajones de las cintas de empaquetar, bajo la estantería de los botes de *passata* y otras conservas de verdura; en aquella ocasión, entre velas casi consumidas y flores de color malva. Yo tarareaba *You Belong to Me.* Carlo jugueteaba con un vaso vacío tras haber apurado su último sorbo de tónica.

—Estoy acojonado.

Salí de mi pequeño trance y me volví escamada.

—¿Por qué?

—No me malinterpretes: quiero hacer esto, me hace mucha ilusión encargarme de La Cucina, pero... tengo miedo. Lo he tenido desde el primer momento en que me planteé la posibilidad, por eso he tardado tanto en decidirme. Y cuando leí en el álbum con los recortes esa frase de Anice, «El miedo es el peor enemigo de la libertad», pensé: «¡Qué demonios, el miedo no me va a impedir hacer lo que quiero hacer!». Sin embargo, el miedo está ahí; se vence, pero no desaparece.

—¿Es por dejar París?, ¿tu trabajo?

—No, no es eso. No exactamente.

—Entonces ¿de qué tienes miedo?

Carlo sonrió con amargura.

—De mí. De que lo que mantengo a raya pueda descontrolarse. Porque esto me importa. Nada de lo que he hecho hasta ahora me importaba demasiado. Dar tumbos aquí y allá, hacer un poco de todo, no aburrirme, y si algo no sale bien, da igual, me dedico a otra cosa. Pero si esto no sale bien, si la cago, sentiré que habré fracasado y no sé cómo voy a reaccionar a eso. Ya sabes, soy como un Lego, frágil. ¿Y si vuelvo a saltar en pedazos?

—No, Carlo —le hablé con cariño—. Tus piezas ya llevan mucho tiempo en su sitio. Y si fracasas, no va a pasar nada porque tú ya conoces al enemigo y sabes cómo enfrentarte a él. Escucha —insistí al no verle muy convencido—, llevas quince años demostrando que controlas tu vida, que puedes hacer lo que quieras y hacerlo bien. Ya no eres el veinteañero inmaduro y rebelde, ni el tío inseguro que dejó a Sylvie.

—Es increíble, desde que la dejé, no he vuelto a estar con una mujer más de un fin de semana seguido. Una cena, un poco de charla, sexo... Eso es todo. No quiero comprometerme, no quiero cargar con otra Sylvie sobre mi conciencia. Y lo peor es que en el fondo odio esta situación, pero no sé si sabría afrontar una relación estable.

—Pues sólo hay una manera de averiguarlo...

Carlo soltó de nuevo una risita poco alegre.

—¿Sabes? Cuando vi a tu amiga Núria, me quedé alucinado. Me pareció guapísima, me entró por los ojos. ¡Hasta estuve a punto de pedirte su teléfono! Luego me lo pensé mejor y, bueno, ella es tu amiga. Sólo traería problemas.

—¿Por qué? ¿Por ti, por mí, por ella?

—Un poco de todo.

—Ya... Por ti; en fin, es cosa tuya. Aunque también te digo que es imposible coger moras sin arañarse las manos. ¿Vas a dejar de comer moras por eso? Pues tú verás, pero nunca sabrás lo que te pierdes.

Carlo me miró con gesto burlón.

—Menuda metáfora.

—Lo has entendido, ¿no? Pues sigamos. En cuanto a mí, no es asunto mío. Ya sois los dos muy mayorcitos. Y con respecto a Núria... —No pude evitar sonreír—. Tú no lo sabes, pero hubo una época en la que estaba loca por ti y tú ni te enteraste. Por entonces ni la mirabas. Fue en el último año de instituto, cuando volviste de vacaciones un palmo más alto, un poco más cachas, bronceado y con melenita. Pero entonces dijiste que te ibas a dar la vuelta al mundo. Pobre Núria... Se ponía mala cada vez que mandabas una foto agarrado a un pibón extranjero en cualquier playa de por ahí.

—Sabrá entonces lo que ocurrió después y de la que se libró...

—Sí, lo sabe. De modo que tomaría la decisión que fuera teniendo más información que otras. Estaría bien que le dieras al menos la oportunidad de hacerlo. Que te la dieras a ti mismo.

Dicho aquello, estiré el brazo para coger el móvil.

—¿Qué haces?

—Buscar su contacto para enviártelo —respondí, concentrada en la pantalla—. Ya está. Ahora, haz lo que quieras. Bórralo, úsalo para un fin de semana, para toda la vida o para los muchos escenarios que hay en medio. Yo no me pondría demasiadas condiciones a priori.

La noche avanzaba lenta y perezosa, sin ganas de alcanzar su fin. Hacía rato que mi hermano y yo permanecíamos en silencio, enredados en nuestras propias reflexiones.

—¿De verdad crees que puedo hacerlo? ¿Crees que voy a hacerlo bien?

Asentí convencida.

—Creo que puedes hacerlo, sí. Y hacerlo mejor que bien. Pero, sobre todo, creo que no debes tener miedo a fracasar. La mayoría de las veces un fracaso es el germen de algo nuevo.

No sé cómo funciona la mente. No sé qué clase de mecanismo acciona un chasquido que de pronto, como en aquella escena de la película *Mary Poppins* en la que la niñera pone en orden los juguetes sin tocarlos, alinea los pensamientos, cuadra las ideas, limpia las dudas. Fuera como fuera, de repente y sin venir a cuento, vi con toda claridad lo que antes no había visto. Quizá tuviera la culpa el espíritu de Anice pululando por su tienda y susurrándome al oído: «Qué majaderos sois algunos jóvenes de ahora. Tenéis tanto que no estáis dispuestos a perder nada. Tenéis la vida el doble de fácil y la mitad del valor para vivirla. Deja de quejarte y arriesga, cae y vuelve a levantarte. Vive, no tienes más opción».

Con la mente clara y despejada, alcé la cabeza y dibujé una amplia sonrisa.

—Y si fracasas, fracasaremos juntos —le anuncié a mi hermano—. No voy a dejarte solo, estaré a tu lado en esto. Porque tú eres mi pequeña familia de dos.

Él observó anonadado mi arrebato, como si hubiera perdido de pronto la cabeza.

—¿Qué quieres decir?

—Que seré tu socia. Que te ayudaré a levantar lo que es nuestro. Tú en Barcelona y yo en Italia.

—¿Cómo que tú en Italia?

Sin atender a su pasmo, volví a coger el teléfono y, en WhatsApp, busqué el contacto de Enzo.

¿Sigue en pie tu oferta?

Tecleé con premura y volví a guardar el móvil. No esperaba que me contestara a aquellas horas de la madrugada, pero quería que mi mensaje fuera lo primero que viera al levantarse.

Cuál no sería mi sorpresa cuando, sin haber llegado a soltar el teléfono, sonaron los timbrazos de una llamada. Descolgué.

—Lo siento. No me imaginaba que fueras a estar despierto —me disculpé sin preámbulos.

—Soy un tipo nocturno. ¿Cómo estás?

—Bien. En Barcelona. ¿Y tú?

—Al otro lado del Mediterráneo.

—Ya. Escucha... Estoy completamente sobria y esto no es lo que parece. —Me llamé idiota por haber caído en el tópico.

—Parece que estás aceptando mi oferta de trabajo.

—Entonces, sí lo es —admití con una sonrisa, sellando así mi determinación.

Café con *canestrelli* y obreros ucranianos

Nada más empujar la puerta, las campanas de la brujita Manuela me saludaron con su tintineo. Miré hacia arriba, donde ella volaba, y le devolví el saludo con una sonrisa. Yo también me alegraba de haber vuelto.

—*Santa Madonna!*

Un chillido agudo y prolongado me sobresaltó y, antes de que pudiera reaccionar, me vi embestida por el abrazo efusivo de Mica.

—¡Estás aquí!

Apenas pude asentir mientras ella seguía parloteando a viva voz y emocionada.

—¿Cómo es posible? ¿Cómo no me has avisado? ¡Déjame que te vea! Oh, estás fantástica. Señor... No puedo creerlo. Pensé que nunca volverías...

—¿Cómo pudiste pensar eso?

—No sé... Bah, ¡qué más da! ¡Estás aquí! —Volvió a abrazarme, esta vez con un abrazo largo y pausado.

Yo me dejé abrazar a gusto, disfrutando de aquella bienvenida tan cinestésica, tan propia de Mica. Al rato, entrelazó su brazo con el mío y me llevó dentro de la tienda.

—Vamos a tomar un té. ¡Tienes que contarme! ¿Estás donde Fiorella? ¿Ya la has visto? Ay, cuando se enteren las chicas, se van a llevar una alegría... Esta misma noche haremos una fiesta de bienvenida. Gaura acaba de estar en Marruecos y se ha traído una *shisha*. La otra noche, a Fiorella se le ocurrió ponerle su *chinotto*, ya sabes, ¡eso es dinamita pura! Señor, qué colocón... Fue muy divertido. ¡Incluso Valeria perdió la compostura! —Se carcajeó—. Por cierto, ¿hasta cuándo te quedas? Dime que al menos hasta la semana que viene; es la romería del pueblo. No puedes perdértela.

—La verdad es que...

—Oye... —Mica, que me había soltado un momento para servir el té, volvió a sujetarme del brazo. Su gesto se había vuelto de pronto grave—. Mauro no está aquí —me anunció como si fuera una pésima noticia.

—Ya lo sé.

Ella frunció el ceño con extrañeza.

—¿Lo sabes?

—Sí. Fue a Barcelona y me contó lo de su trabajo.

—¿Que fue a Barcelona? ¿Me tomas el pelo? ¡No tenía ni idea! *Belin*... Pero qué rarito es. ¿Te puedes creer que no me dijo ni mu? No nos engañemos: nunca dice ni mu de nada. Al poco de irte tú, regresó de quién sabe dónde, me pidió quedarse en casa unos días, cosa extraña en él, y se metió en el garaje a rebuscar entre las cajas de la abuela. También estuvo en el molino, recogiendo algunas cosas. Por cierto, tengo yo la llave, me la dejó; recuérdame que te la dé. Luego me contó lo del trabajo. Bueno, claro —gesticulaba con las manos—, me pareció estupendo. Pero él... ¡Bah! ¡Nunca parece contento con nada! ¿Y dices que fue a verte? Ya me parecía a mí: pensaba en ti. Por eso estaba mustio; más de lo normal, que ya es.

Después de aquella parrafada, Mica bebió un sorbo de té y volvió a la carga con gesto pícaro.

—Bueno, ¿qué? Estáis juntos entonces...

—No.

Bebí yo.

—¿No? —se escandalizó.

—Mauro se fue y yo me quedé —resumí—. Cada uno por su lado. No podía ser de otra manera. —Simulaba indiferencia. Era un recurso para engañarme a mí misma.

Mientras Mica digería la novedad con gesto contrariado, yo aproveché para ir directamente al grano y evitar así seguir hablando de un tema del que en aquel momento no me apetecía hablar.

—No he vuelto por él, Mica. He vuelto por mí y voy a quedarme. No sé hasta cuándo. Tal vez —sonreí—, para siempre.

Enseguida me instalé en el molino. En precario como estaba, pero tenía ganas de habitarlo e ir haciéndolo poco a poco mi hogar. Lo primero que metí fue una enorme mesa de dibujo en un rincón bien soleado, donde diseñé el proyecto de remodelación de la antigua ruina. Entretanto, fui sustituyendo los muebles de Mauro por los míos, viejas piezas que encontraba en mercadillos y chamarileros y que yo misma iba restaurando. Dejé los libros, las cajas de madera y la cama de los recuerdos agridulces. También lo que había sido de Anice y tenía uso todavía.

Trón se vino conmigo. Mauro lo había dejado en casa de Mica, pero ella me propuso que yo me lo quedara.

—Allí sola te irá bien tenerlo: te hará compañía y te protegerá.

Me pareció una idea excelente; además, los dos nos llevábamos muy bien.

A través del contratista de la obra del *castello*, contacté con una cuadrilla de obreros ucranianos y, tras muchos tiras y aflojas con el presupuesto, los contraté para la reforma. Sergei, Dima, Vitali y Yure. A lo largo de los muchos meses que duró la obra, casi acabaron convirtiéndose en mi familia: me veían todas las mañanas recién levantada, se tomaban conmigo ese primer café que tan bien sabe y, mientras mojábamos los *canestrelli* de la *zia* Lula, me hablaban de su familia, de su país, de su vida dura de inmigrantes. Dima a veces me traía para la cena un táper con rollitos de col rellenos de carne picada, que su mujer hacía como nadie. Y Yure, apenas un adolescente, compartía conmigo canciones de Spotify. A Vitali le gustaba jugar al ajedrez y a menudo me buscaba para una partida porque sabía que podía ganarme fácilmente. Sergei era el más mayor, un poco hosco y gruñón, pero cuando decidí con osada ignorancia ponerme a plantar el jardín de Anice, se ofreció a prestarme su vasto conocimiento en horticultura. Es cierto que raro era el día que no me enfadaba con ellos si me hacían alguna chapuza o remoloneaban con descaro a la hora de la siesta.

—¡Es la segunda vez que os hago rehacer estos desagües! ¡A este paso vais a trabajar aquí toda vuestra vida! ¡Y no podré pagaros!

—¿Tú me enseñas a mí a hacer bien las obras? —Vitali siempre era el que se ofendía—. Tú harás bien dibujos de la casa, pero tienes puñetera idea de desagües. Con este forjado no puedo hacer de otra manera.

—¡Qué forjado ni qué...! Estas tuberías no tienen suficiente pendiente hacia el sifón, qué tendrá que ver el forjado. Mueve el culo y arréglalo. ¡Y quita el otro sifón de la cocina! ¡No se pone sifón en la cocina, no sé cómo decírtelo!

Esto, por poner un ejemplo. Nos gritábamos, descalificábamos y al rato volvíamos a nuestro café con *canestrelli*, como un matrimonio apasionado.

Además de intentar controlar la reforma del molino, dedicaba la mayor parte de mi tiempo al trabajo en el *castello*. Estaba entusiasmada con ese proyecto: diferente a lo que había hecho antes, estimulante, creativo. De algún modo, personal; solía pensar cuánto les hubiera gustado a Luca y a Giorgio lo que estábamos haciendo con su casa; intentaba respetar su esencia para que así fuera. Por otro lado, trabajar con Enzo resultaba muy agradable y sencillo: me daba total libertad, respetaba mi criterio, valoraba mis opiniones. A veces se obcecaba con detalles tontos, pero algún defecto tenía que tener. De cuando en cuando, salíamos a tomar una copa o a cenar. Como amigos. Sin malentendidos.

Entre reforma y reforma, aún me quedaba algo de tiempo para dedicarlo a mi trabajo como socia de La Cucina. Carlo y yo habíamos acordado que yo me encargaría de la selección y relación con los proveedores en Italia, aprovechando mi oportuno traslado. Los fines de semana, cogía el Jeep y me adentraba por las bonitas e intrincadas carreteras de los Alpes ligures hasta las estribaciones con el Piamonte para visitar una bodega aquí, una almazara allá, una granja ecológica, un molino de harina, una panadería artesana, un taller de mermeladas y conservas... Muchos de estos lugares me los recomendaba Fiorella, otros Enzo, otros los localizaba yo misma en mis rutas gastronómicas. Escogía productos exclusivos, de altísima calidad y orgánicos, preparaba envíos de muestras para Carlo y entre los dos decidíamos los más adecuados al enfoque de La Cucina; entonces iniciaba las negociaciones con el proveedor en cuestión. Nunca había hecho nada parecido y tenía cierto miedo a fastidiarla, pero también lo disfrutaba muchísimo: comer y viajar, ¡qué más se puede pedir!

Por Año Nuevo, Carlo y Núria se animaron a hacerme una visita. En la distancia, había sido testigo de cómo Carlo se había lanzado a dar el paso con Núria y de cómo ella lo había recibido encantada. Observé después cómo su relación se consolidaba poco a poco, con madurez, y al tenerlos delante, me di cuenta de lo enamorados que estaban; hechos el uno para el otro, sentenciaba mi ser más romántico. Me hizo muy feliz, por ellos, por mí; me ilusionaba pensar en que nuestra pequeña familia fuera aumentando y ya los imaginaba llenos de críos y ocupando largas mesas en el molino los veranos y las Navidades.

Para entonces, la cocina y un baño de la vieja ruina, ya no tan ruina, estaban terminados, ¡y con agua caliente! Además de usar las chimeneas para caldear los espacios, Yure me hizo una chapuza temporal con la que poder enchufar sendos calefactores eléctricos en los dos únicos dormitorios de la casa con cristales en las ventanas. Y aunque todavía había cables colgando, tuberías a la vista, paredes sin pintar y un penetrante olor a yeso y a ladrillo en el aire, me resultó emocionante mostrarle a mi hermano aquel lugar tan especial. Tanto él como Núria parecían fascinados con el paraje, el pueblo y el viejo hogar familiar.

—¿No te parece un rincón ideal para un pequeño restaurante? —le dije sin pensar a mi hermano cuando visitábamos la sala donde se alojaba la maquinaria del molino, todavía a medio restaurar—. Me puedo imaginar el mecanismo restaurado e iluminado, el techo abovedado, un comedor con chimenea para el invierno y una salida a una bonita terraza para el verano. Allí podrían instalarse las cocinas, a la vista, con un gran cristal... —Me quedé ensimismada, visualizándolas con sus frontales de acero y su equipamiento de última generación.

—No lo dices en serio —se mofó Carlo.

—¿Por qué no? Ahora que, por tu culpa, me estoy introduciendo en el mundo de la gastronomía y me he hecho con los mejores contactos...

—¿De verdad que no tienes suficiente con los miles de cosas que haces ya? No podrías atender a todo a la vez. Además, ¿quién cocinaría?, ¿tú?

—Claro que no, ¿eres tonto? Contrataría a alguien. Enzo conoce bien el sector, podría recomendarme un buen cocinero.

—Enzo, Enzo, Enzo... Enzo por aquí, Enzo por allá —recitó Carlo con sorna—. Ese hombre es una joya. No sé a qué esperas para casarte con él.

—Qué va. No me gusta que fume.

En febrero, hice una breve escapada a Barcelona para asistir a la inauguración del nuevo y flamante local de La Cucina dei Fiori. Dios mío... se me saltaron las lágrimas cuando lo vi: seguía siendo ese lugar con suelos desgastados, maderas envejecidas, cristales emplomados y muebles que ya no se hacen, con sabor a viejo; pero la reforma le había dado cierto aire actual en los colores y la iluminación, en la amplitud de los espacios, en los arreglos de flores y el diseño del logo impreso en los escaparates.

Hubo cola la primera semana para comprar los bombones de violeta, elaborados con una receta renovada por Carlo, las pastas frescas moldeadas con las trefiladoras de bronce de Anice, las *delicatessen* directamente importadas de Italia... El libro de reservas para el coqueto restaurante, de tan sólo seis mesas y que nada más que servía almuerzos, estaba lleno para los próximos dos meses. Las primeras críticas en publicaciones especializadas en gastronomía fueron excelentes, también las de Tripadvisor. El arranque no podía haber sido mejor. Ahora teníamos por delante el reto de mantenerlo.

Aproveché el viaje para poner en alquiler mi *loft*. Aún no estaba preparada para venderlo; tal vez no lo hiciera nunca, salvo necesidad. Era uno de los muchos lazos que me mantenían unida a la ciudad; el más propio, en el que quedaba una parte de mí misma, de lo que había sido y todavía era. Después de todo, Barcelona siempre sería mi ciudad.

A finales de julio, la reforma del molino estaba casi terminada a falta de los últimos remates, que mantenían a mi cuadrilla de ucranianos rondando por allí. Los iba a echar mucho de menos cuando tuvieran que irse. Y creo que ellos a mí también; quizá por eso se paseaban a menudo con una herramienta en la mano sin hacer nada en concreto, pero simulando estar muy ocupados.

En aquellos días largos y soleados del estío, el molino mostraba todo su esplendor. Había dejado de ser la ruina de párpados caídos y boca torcida, sin asear ni afeitar, que me saludó por primera vez hacía más de un año. Ahora miraba al visitante con los ojos bien abiertos, orgulloso de sus arrugas y cicatrices, algo ceñudo, porque era muy viejo y había visto mucho, pero altivo, dispuesto a afrontar con vanidad varios siglos más de existencia.

En el jardín ya habían aparecido los primeros brotes de los frutales. Las azaleas, las dalias y los girasoles estaban en plena floración y había vuelto a plantar unos parterres de petunias y geranios que se habían quedado un poco mustios tras los primeros calores del verano. El jazmín ya trepaba por la valla y desprendía un olor tan intenso que todas las noches se colaba por la ventana de mi dormitorio. Se trataba de un jardín un poco desordenado, pero a mí me gustaba así porque la naturaleza tiene su propio concepto de orden.

Una tarde, até de árbol a árbol banderines de tela y farolillos de papel. Sobre unas esteras de yute, dispuse unos cuantos almohadones con llamativos estampados, grandes y mullidos, y una hamaca para Fiorella, que detestaba sentarse en el suelo. Preparé varias jarras de cosmopolitan y una tarta de chocolate y limón vegana para que Gaura pudiera tomarla. Y convoqué a mis amigas a una fiesta en el jardín. La primera fiesta que daba en mi nueva casa; prácticamente, una pequeña inauguración.

—Tiene que ser muy especial —le dije a Mica—. Me gustaría que cada una de vosotras dejase allí su huella, como símbolo de lo que representáis para mí ahora, de lo que me habéis apoyado y abierto los ojos y hecho reír. De todo cuanto habéis hecho crecer en mí... Mica, ¿qué ocurre? —Me alarmé al verla llorar.

—Eso... Eso que dices es precioso... Precioso —logró articular entre moqueos y sollozos mientras se secaba torpemente las lágrimas.

La abracé, enternecida.

—Lo que tenemos es precioso. Y quiero que esté siempre en el jardín de Anice. En mi jardín.

—El jardín de las mujeres Verelli —apostilló mi amiga con una sonrisa empapada.

Aquello me encantó.

—Sí. El jardín de las mujeres Verelli.

Fue así que cada una de mis amigas trajo consigo una planta de su propio jardín. Fiorella escogió un esqueje de su *chinotto*, bajo el que tan buenos momentos pasábamos. Valeria optó por unos bulbos de tulipanes, que eran su flor favorita. Pierina seleccionó unas cuantas violetas de la mata que crecía junto a su puerta. Mica trasplantó unos brotes de hierbaluna en una maceta.

—Son de un arbusto que plantó *noninna* Manuela. De todas las plantas medicinales, la hierbaluna era su favorita; decía que infunde paz de espíritu.

Lo de Gaura fue tan original y diferente como ella: moldeó en barro una placa con forma de flor de loto, grabó en ella la inscripción EL JARDÍN DE LAS MUJERES VERELLI y la pintó de bonitos colores.

Cada una escogió el lugar que ocuparía su planta: cerca del río, pegada a los muros del molino, bajo el olivo, entre las tomateras o colgada de la valla de madera que lo delimitaba, que fue donde decidimos colocar el cartel de Gaura. Todas nos manchamos las rodillas y las manos de tierra para hacer crecer el jardín.

El sol ya se había ocultado tras las montañas cuando terminamos. Hambrientas y sedientas, dimos buena cuenta del cóctel y la tarta en el pequeño oasis de almohadones que había preparado.

—Gianna, eres oficialmente bienvenida al club de los paletos —anunció Valeria en el momento del brindis.

—O de los románticos —apostilló Fiorella.

A mí me dio por reír.

—¿Y eso?

—Porque eres lo suficientemente valiente o estás lo suficientemente loca como para venirte a vivir a un pueblo —explicó Valeria—. Porque has renunciado al ocio, al consumo, al progreso y a la tecnología.

—Sí, un bicho raro. Las televisiones hacen documentales y programas especiales sobre nosotros —coincidió Mica.

—Y el resto de la humanidad urbanita, que al final no son tantos, no creas, pero están juntos y hacen mucho ruido, te tratará con una mezcla de lástima, admiración y condescendencia.

—Como si a mí no me gustara ir de compras hasta necesitar asistencia médica, pegar botes en un concierto de U2 o tener lavavajillas —protestó Fiorella.

—O una escuela en condiciones y un médico a menos de veinte kilómetros —apuntó Pierina, animada por el primer cosmopolitan. Creo que nunca la había visto tan enfadada.

—Eh, pero no protestes, que tú tienes los pulmones limpios, cultivas tus propias verduras y comes huevos de gallinas ecológicas a diario sin dejarte el patrimonio en ello.

Valeria encendió un cigarrillo y se recostó en un almohadón antes de continuar con sus argumentos:

—¿Vives en un pueblo?, te preguntan con los ojos abiertos de asombro. Qué suerte, ¿no?, añaden. Pues, leñe, vente tú a vivir al pueblo, que aquí tenemos mucho hueco y en la ciudad sobráis por todos lados. Y es ahí cuando dan marcha atrás: uy, no, no, un fin de semana de casa rural tiene su gracia, pero yo no puedo estar sin wifi ni telechino ni gimnasio ni centro comercial con multicines. Tú ya, si eso, te encargas de que los pueblos no se abandonen, que es una pena.

El humor siempre cínico de Valeria hizo cundir la risa.

—Vas a acabar por asustarla —advirtió Gaura.

—Ahora que tengo la obra terminada y el jardín plantado. ¡Y los tomates a punto de madurar! —seguí la broma mientras rellenaba las copas—. Por lo menos no he comprado las gallinas. Aún estoy a tiempo de arrepentirme.

—Nada de arrepentirse —ordenó Mica.

—Y eso que no hemos empezado a hablar de hombres...

—Fiorella *dixit*. —Valeria fumó con ese aire suyo de *femme fatale*.

—Como si a ti no te gustaran los hombres, bonita. Ahora que Pierina se ha adjudicado a Marco y ya no queda en el pueblo ningún soltero de más de veinte y menos de sesenta, me dirás qué vamos a hacer. El pueblo no es lugar para ligar.

—Siempre nos quedará Sanremo, ¿qué te voy a contar?

—Pues sí, a mí gusta echar una cana al aire en Sanremo. Y uso Meetic, que no soy una paleta ni una romántica. Y tú también lo usas...

—Nunca lo he negado.

—Pero dile a un tío que se venga a vivir contigo al pueblo, que verás lo que tarda en dejarte con la cena a medias y la cuenta sin pagar.

—Espérate a que abran el hotel del *castello* y esto se llene de ejecutivos de convención. Y ejecutivas, claro. —Palmeó Valeria el muslo de Gaura, sentada a su lado—. Aunque no creo que a ti el tema de los tíos te preocupe demasiado. —Me miró—. Tú ya tienes a Enzo rondando con baladas tu ventana —se burló.

Habíamos hablado de ese asunto otras veces y Valeria sabía que yo no tenía nada con Enzo. Creo que sólo lo mencionó por fastidiar a Mica. Y lo consiguió.

—Qué pesadita con Enzo. Si se trata de tíos, tal vez Mauro regrese algún día.

—Oh, vamos, Mica, sabes que Mauro siempre ha odiado este pueblo —objetó Fiorella—. Ahora que está en la otra punta divina y soleada del mundo no creo que se le pase por la cabeza volver.

—¡Eso no es cierto! Mauro no odia este pueblo...

—Esta bien, está bien —pacifiqué—. Hay tarta de chocolate. Y habiendo chocolate, ¿quién necesita a los tíos? O a las tías. Sexo. En fin, que es lo que hay. ¿Quién quiere tarta?

Todas me extendieron el plato para recibir su ración de endorfinas de consuelo.

—Podéis pasaros a la otra acera, como yo. Somos unas cuantas mujeres, nos íbamos a divertir muchísimo —sugirió Gaura con los carrillos llenos de tarta.

—Es una opción...

Mientras las demás se enredaban en una conversación sobre las posibilidades, ventajas e inconvenientes de hacerse lesbianas o, al menos, bisexuales y, de paso, veganas como Gaura, Mica aprovechó para hacer un aparte conmigo.

—Escucha, no es verdad que Mauro odie este pueblo. Y ahora que estás tú aquí... Yo sé que volverá. —Expresó un deseo más que una certeza.

—Mica... Ya hemos hablado de eso. No pasa nada. Sucedió lo que tenía que suceder. Probablemente, lo mejor para los dos.

—¡Pero lo mejor para él era estar contigo!

Ante su insistencia le dirigí una mirada con la que pretendía zanjar un tema que ya estaba más que discutido. Y ella lo captó.

—Está bien. ¡Pero no te cases con Enzo! Si lo haces, querrá que te vayas a vivir a Sanremo o a Milán o a Londres o a Nueva York, que son los sitios donde vive la gente como él.

—No te preocupes, yo no soy de casarme —resolví con humor para luego ponerme un poco más seria—. No le demos más vueltas. Lo que tenga que ser será. Ahora sólo quiero vivir el momento. Disfrutar de esto. Como decía Anice, sólo tenemos el presente. Lo demás no importa.

Llegó agosto y con él más turistas y animación en el pueblo. Con septiembre regresó la tranquilidad, no creí que fuera a echarla tanto de menos: el ritmo pausado y habitual, las calles sin coches subidos a las aceras, las vías libres de peatones y ciclistas, de vendedores ambulantes, de autobuses... Temí estar volviéndome un poco huraña. Septiembre era un buen mes; los días aún se hacían largos y cálidos, pero por la noche ya apetecía encender la chimenea y acurrucarse en el sofá bajo una manta.

Aquella mañana de sábado me había quedado en casa, restaurando el cabecero de la cama de Anice. Yure y yo lo lijábamos en el porche para que la brisa se llevara el polvo de serrín. Vitali tarareaba mientras sacaba carretillas de escombros. Dima y Sergei remataban el encalado del recibidor. Y Trón sesteaba a mi lado, coleando de cuando en cuando las moscas. En el ambiente se respiraba sosiego, cierto ritmo pausado. La naturaleza en calma, las pasadas de la lija, el tarareo melancólico de Vitali...

Estaba tan concentrada en la tarea y el sosiego, que no oí los pasos en la grava del camino. Fue Trón quien me alertó cuando, casi en un solo movimiento, levantó las orejas, volvió la cabeza y salió disparado entre ladridos.

Me giré. El sol me cegaba y apenas distinguía la figura alta que se encaminaba hacia la casa. Sólo cuando Trón lo embistió entre saltos, lametones y ladridos supe de quién se trataba. Todo había sucedido tan rápido que ni siquiera tuve tiempo de pensar en que fuera un extraño al que el perro podría haber atacado en un inusual cruce de cables. Pero no, no era ni mucho menos un extraño.

Me puse en pie algo aturdida. Sudorosa, despeinada; todo lo que pude hacer para acicalarme fue recogerme unos mechones de pelo detrás de las orejas y frotarme las manos llenas de serrín contra el lateral de los vaqueros. Di algunos pasos hasta salir del porche, nada más, y me quedé observando las muestras de cariño entre mascota y humano. Tomando conciencia de la situación. Poniéndome cada vez más nerviosa.

Por fin, tras apaciguar a Trón, Mauro logró avanzar el trecho que le quedaba hasta donde yo estaba apostada, de brazos cruzados, impaciente. En cuanto lo tuve a una distancia razonable, me lancé a hablar, olvidando eso de que por la boca muere el pez.

—Casi doce meses sin saber nada de ti, ni siquiera una postal con una miserable línea, ¿y te presentas así, de repente?

Me pareció que me temblaba la voz y me odié por ello.

Sin decir palabra, Mauro se descolgó la mochila del hombro, la dejó en el suelo y de uno de los bolsillos sacó un paquete. Me lo mostró.

—Te he escrito. Todos los días desde el primero. He venido a traerte las cartas.

—Señor... —Alcé la vista al cielo—. Pero ¿qué tienes tú en contra del servicio de correos?

—Escucha, sé que no me habrás esperado; no lo pretendo. Pero tenía que intentarlo...

—Pues si vienes a okupar la casa, sí, llegas tarde, ya lo he hecho yo. Y, además, me he quedado con tu perro.

—Ya...

Él estaba allí, a dos pasos de mí, removiendo en segundos, sólo con mirarlo, todo cuanto me había esforzado en enterrar durante meses. No sabía si me sentía enfadada, alucinada o feliz.

Con la excusa de volver a guardar el paquete de cartas, Mauro bajó la vista. Se le notaba incómodo, atrapado en una conversación de la que no sabía cómo salir. Al contrario que a mí, a él nunca se le había dado bien el sarcasmo.

Lo vi agarrando su mochila, dando media vuelta y llevándose su paquete de cartas y su orgullo, cabizbajo y con los hombros caídos. Aquella imagen acabó por derrumbar mis endebles defensas.

—Aunque... —Conseguí que me mirara de nuevo—. Tenía pensado abrir un restaurante y estoy buscando cocinero. Un tipo raro y sin pizca de sentido del humor pero que en el fondo se haga querer. Tal vez te interese el trabajo...

Le sonreí y creo que fue mi sonrisa la que desencadenó lo que sucedió después. Un impulso que le llevó a acercarse, encerrarme la cara entre las manos y plantarme un beso... indescriptible.

En esos momentos estaba absolutamente ajena a todo lo que no fuera el roce de nuestros labios y sus manos en mis mejillas y lo cerca de mí que lo sentía después de tanto haberlo anhelado.

Sin embargo, cada vez que recuerdo la escena de nuestro reencuentro, me parece escuchar música como en las películas, emotiva, de esas que hacen saltar las lágrimas y ponen los pelos de punta, un *Nessun dorma* con el «*vincerò!*» a plena potencia en la voz de Pavarotti; la orquesta secundando el momento álgido. A mi espalda, mis obreros ucranianos silban y aplauden cual público entusiasta.

Y desde el jardín, como si fueran los Jedis de *La guerra de las galaxias*, mi bisabuela, mi abuela y mi madre, las mujeres Verelli, me contemplan cogidas del brazo con una sonrisa.

Finale ligure

Mi bisabuela, que era un hada de la naturaleza, decía que en mitad del bosque arrasado por el fuego siempre hay un brote que se abre camino entre las cenizas. Y así como la Madre Tierra encuentra la luz en medio de la destrucción, también los seres humanos.

Toda muerte da paso a una nueva vida. Todo lo que se va deja espacio a lo que ha de venir. Sólo hay que tener la cabeza y el corazón bien abiertos para volver a empezar. Cualquier comienzo es un nacimiento y siempre hay algo maravilloso en lo que nace.

Eso les cuento yo a mis hijos cuando, abrumados por el miedo y la preocupación, se acurrucan a mi lado en el gran sofá del molino que había sido de Anice y que poco a poco hemos convertido en nuestro hogar. Mauro nos mira y asiente con una sonrisa. Él mejor que nadie sabe de caerse, levantarse y volver a empezar.

Contemplándolos a ellos, a mi gran familia, no puedo estar más segura de que no existe mayor verdad.

Agradecimientos

Como siempre, a mis editor[illegible]ue tras diez años, siguen confiando en mí y apostando po[illegible]s novelas. En especial, a David Trías, que después de ta[illegible] años sabe lidiar con mis fortalezas y debilidades, y a C[illegible]a Lombá, que está conmigo al pie del cañón haciendo a[illegible]le de paciencia y visión editorial.

A mi hermano Luis, [illegible] ordenar mi caos y ponerme en el camino de esa buena historia que ni siquiera yo sé que te[illegible] entre manos.

A [illegible]

de esta bonita historia y me animó a darle forma.

A mi familia. No imagino nada sin ellos.

Agradecimientos

Como siempre, a mis editores, que tras diez años, siguen confiando en mí y apostando por mis novelas. En especial, a David Trías, que después de tantos años sabe lidiar con mis fortalezas y debilidades, y a Cristina Lomba, que está conmigo al pie del cañón haciendo alarde de paciencia y visión editorial.

A mi hermano Luis, lector, editor y escritor, capaz de ordenar mi caos y ponerme en el camino de esa buena historia que ni siquiera yo sé que tengo entre manos.

A Justyna Rzewuska, mi agente, que me reveló el germen de esta bonita historia y me animó a darle forma.

A mi familia. No imagino nada sin ellos.